言語都市・ベルリン 1861-1945

和田博文　真銅正宏　西村将洋
宮内淳子　和田桂子

藤原書店

①ホーエンツォレルンダム
・パンション神戸(205番地)

②カイザー・アレー
・日本人会(3)、パンション・アトランタ(大和旅館)(200番地)
・パンション・オリエント(203番地)

③アウグスブルガー街
・伯林週報社(52番地)

④モッツ街
・松の家(27番地)
・日本人理髪師・古屋静夫(28番地)
・日本人会(2)(31番地)

⑤ビュロー街2番地
・日本人会(1)、独逸工学会

⑥レピュブリック広場
・日本大使館(4番地)

⑦アレキサンダー・ウーファ
・大倉商事株式会社伯林支店(5番地)

⑧ウンター・デン・リンデン39番地
・横浜正金銀行伯林出張所

⑨フリードリヒ・エーベルト街
・独国三菱商事会社(6番地)

⑩フランツォーズィッシュ街18番地
・日本郵船株式会社伯林代理店

⑪モーレン街56番地
・独逸物産株式会社

⑫ツィンマー街11番地
・『東亜』発行所

⑬フリードリヒ街35番地
・大阪商船会社船客代理店

⑭ノイエ・ヴィンターフェルト街
・よさの商店、上代商店、伯林日本人運動倶楽部、独逸日本人医師会(20番地)

⑮エルスホルツ街
・独逸研究会(1番地)
・中管(2番地)

⑯ホーエンシュタウフェン街
・あけぼ乃(4番地)

⑰ランドシュッター街
・花月(8番地)

⑱インスブルッカー街
・パンション・エリキセン(18番地)

⑲クルムバッハー街
・高田屋(7番地)

⑳ガイスベルク街
・東洋館、パンション・イデルナ(21番地)
・ときわ、都座(32番地)
・欧洲月報社、独逸月報社(41番地)

(注)日本人会は3ヵ所を記載した。それ以外は移転している場合も、代表的な1ヵ所のみ記載している。

ベルリンの日本人関係地図

（『独逸国日本人名録』独逸月報社、1931 年 7 月より作成）

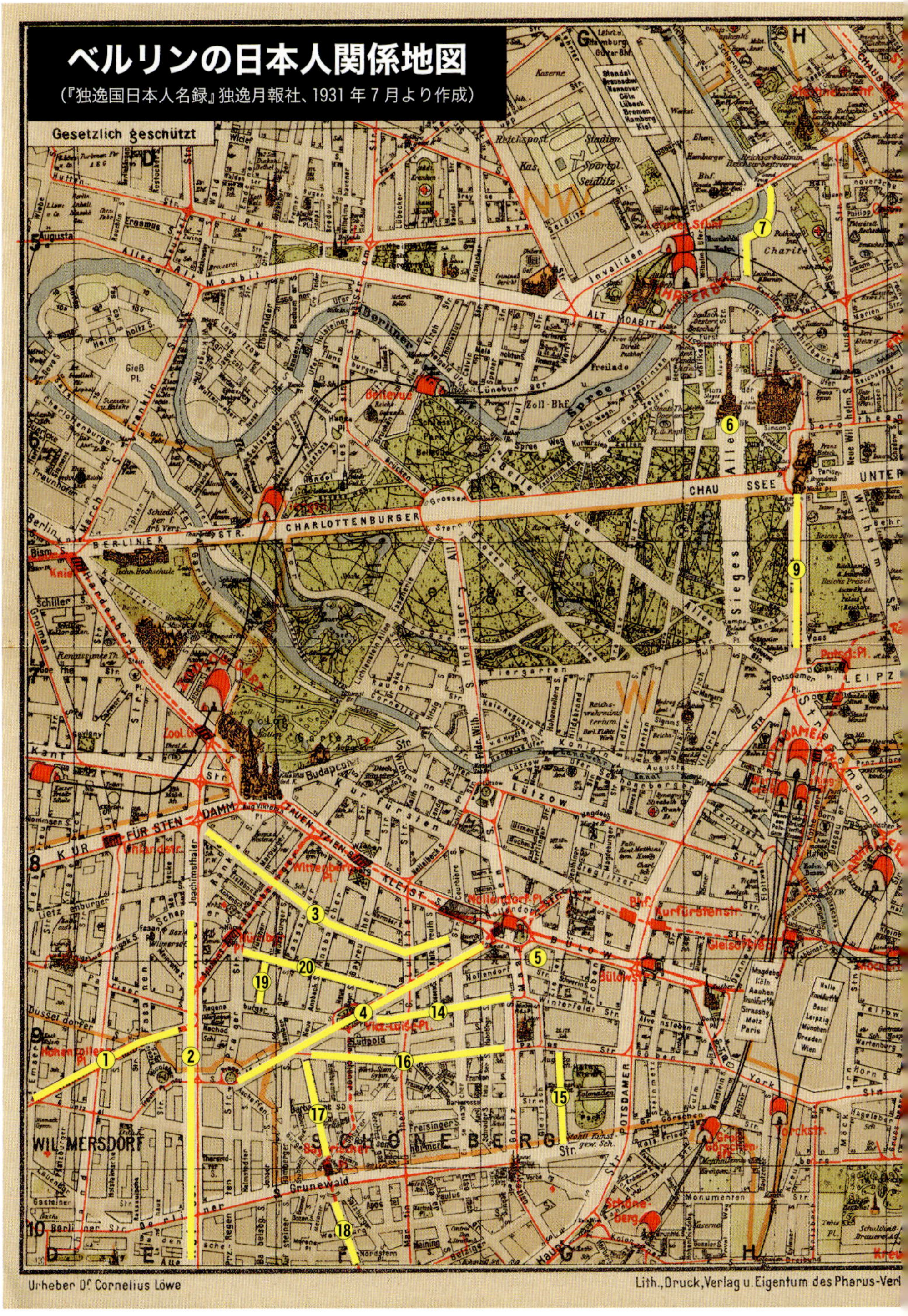

（上）あけぼ乃の外観（田辺平学『ドイツ』相模書房、1942年）。
（下）あけぼ乃の店内写真（鳩山一郎『外遊日記世界の顔』中央公論社、1938年）。
1937年8月23日の撮影と推定される。右端が鳩山。

言語都市・ベルリン 1861-1945

目次

III　ベルリン事典

プロローグ　ベルリンの日本人

一　「学都」としてのベルリン

明治・大正・昭和の戦前期にベルリンを訪れた日本人は、パリともロンドンとも異なる都市景観に感嘆の声を発した。ベルリンの道路は、アスファルトの車道と、石片を敷き詰めた歩道に分かれている。交差点には広場があり、樹木や噴水が目に優しかった。美観を損なう広告は、広告塔に集められている。建物は五階建てで統一され、一直線の景観を作り出していた。「市街の特徴を一口で言へば、近代的といふことである。更らに之を具体的に言へば、科学的で規則正しいといふ事である。伯林には巴里や倫敦の如く歴史的背景がない。随ってシンミリした情味に乏しいのは欠点であるが、其の代り、また倫敦の如く尨大の一面に乱雑がなく、巴里の如く絢爛の一面に不潔がない」と、世界通編輯所編『世界通』（世界通発行所、一九二二年）は紹介している。

もちろん「歴史的背景がない」というのは、パリやロンドンと比較しての相対的な話だろう。ベルリンがヨーロッパの主要都市に成長するのは、プロイセンの首都となる一八世紀のことである。ブランデンブルク門（西）と、アレキサンダー広場（東）にはさまれるシティが、当時の市域だった。市域を貫くメインストリート、ウンター・デン・リンデン沿いの武器庫や王立歌劇場や王立図書館は、いずれも一八世紀に建設されている。一八七一年にドイツ帝国が成立すると、ベルリンは新生帝国の首都となった。一九世紀末〜二〇世紀初頭にはシティの外側に環状地区が形成されて、道路は外に向けて放射状に伸びていく。周辺の七市などを併合して大ベルリンが成立するのは一九二〇年。西側にあるシャルロッテンブルク区には富裕階層の市民が集まり、ベルリンのもう一つの中心を作っていった。

日本人がベルリンで感嘆したのは、都市景観だけではない。一八九六年三月〜一八九七年一一月にヨーロッパに滞在した鎌田栄吉は、『欧米漫遊雑記』（博文館、一八九九年）に次のように記している。「独逸は学者の淵叢学問の本場とも云ふべき地にして、国内に在る大学の数二十五校、教授の数二千人、学生三万已上に上る、如此《かくのごとく》数多なる智識の源泉、思想の首府は点々各地の高所に在りて、全国に学問の光明を照映するの有様は、英仏と雖も恐らくは遠く及ばざる所ならん」と。ドイツの大学のなかでも最高学府と目されていたのは、ウンター・デン・リンデンに面するベルリン大学である。一八〇九年に創設され神学部・哲学部・法学部・医学部が有名なこの大学の教壇には、ヴィルヘルム・ディルタイやヨハン・ゴットリープ・フィヒテ、ゲオルク・ヴィルヘルム・フリードリヒ・ヘーゲルらが立っている。

本書『言語都市・ベルリン』は、言語都市シリーズの三冊目にあたる。問題設定のキーワードである「言語都市」（＝言葉で記述された都市）について、「言語」と「都市」に分けて考えておこう。まず「言語」。都市は誰の目にも同じように映っているわけではない。また都市認識や都市イメージの違いは、個体差だけに起因するのでもない。たとえば一九三〇年代後半のベルリンで、ユダヤ人にとっての都市空間と、非ユダヤ人にとっての都市空間は、まったく違う様相を呈していた。人種や宗教、民族や国籍、階級や職業により、都市の見え方は異なっている。それと同じように、言語の違いによっても、網膜に映る都市の姿は異なってくるはずである。

近代日本は国内で一般的に通用する言語が日本語だけという、単一言語国家だった。同時に日本語はヨーロッパのどの都市に行っても、コミュニケーションの手段としてはほとんど役に立たない。だからヨーロッパで暮らす日本人は、現地で生きた外国語を習得するか、時代と共に成長してくる小さな日本人コミュニティの日本語に頼るしかなかった。おのずから日本語で書かれた言語都市・ベルリンには、個々の日本人がベルリンで吸収した知見以外に、言語の壁を前にした挫折や、日本人コミュニティの問題が映し出されることになる。日本語で記述されたベルリンは、都市空間のなかの日本人の姿を通して、近代日本の問題を私たちに伝えてくるのである。

次に「都市」。都市の側に重心を移すと、共に日本語で記述されていても、都市のイメージはそれぞれ異なっていることに気付かされる。日本人にとってヨーロッパのさまざまな都市は、同じレベルで憧憬の対象だったわけではない。また日本人がヨーロッパの都市生活を通じて得たものも等価だったわけではない。日本国内で最も消費されたパリ・イメージは「芸術の都」である。もちろん「芸術」はパリからだけではなく、ベルリンからも日本に移植された。近代日本の演劇や音楽、写真やデザインを考えるときに、ベルリンからの波動を無視することはできない。しかし明治・大正・昭和戦前期の日本のベルリン・イメージは、「芸術の都」ではなかった。それはまず第一に、西洋近代を追いかける知識人(留学生)にとっての「学都」だったのである。

むかし我が学びし庭の木の下に今も立ちたりヘーゲルの像

鳥居赫雄(素川)『松籟』(鳥居とも子、一九二八年)に収録された一首である。一九〇二年の冬学期から翌年の夏学期までベルリン大学で学んだ鳥居は、その二〇年後に再び大学を訪れている。「政体」「風習」「倫理道徳」は時代と共に変わったが、キャンパスにある「ヘーゲルの像」は、時を超えて若い日の自分の姿を蘇らせてくれる。パリやロンドンと比較して、日本人のベルリンの記憶のなかで、大学の比重が高いことには理由がある。外務省外交史料館が所蔵する「海外各地在留本邦人職業別表」「海外各地在留本邦人職業別人口表」「在外本邦人国勢調査職業別人口表」などの資料をもとに、「ベルリン／ドイツ在留日本人数・留学生数(一九〇七年〜一九四〇年)」(一〇頁〜一一頁参照)の表を作成したので、留学生の比率を確認しておこう。

第一次世界大戦前の一九〇八年〜一九一四年の、ベルリン在留日本人のなかの留学生の比率は、一九〇八年が約八八%(三一四名中二七六名)、一九〇九年が約八五%(二九七名中二五一名)、一九一〇年が約八二%(一七二名中一四一名)、一九一三年が約八九%(二三五名中二一〇名)、一九一四年が約九〇%(二〇六名中一八五名)と、八割〜九割を占めている。パリの場合は、一九〇八年が約四四%(七八名中三四名)、一九〇九年が約三八%(九四名中三六名)、一九一〇年が約五八%(九七名中五六名)、一九一三年が約四二%(六六名中二八名)、一九一四年が約一八%(八七名中一二名)で、一九一四年を除くとほぼ四割〜六割である。またロンドンの場合は、一九〇八年が約一八%(四四〇名中八一名)、一九〇九年が約一九%(四九五名中九三名)、

	ベルリン在住者	ドイツ在住者	ベルリン留学生（ドイツ留学生）	
1907（明治40）	55名	130名	33名（44名）	※「学生」と記載。
1908（明治41）	314名	——	276名	※同上
1909（明治42）	297名	——	251名	※同上
1910（明治43）	172名	376名	141名（180名）	※同上
1913（大正2）	235名	405名	210名（341名）	※同上
1914（大正3）	206名	434名	185名（374名）	※同上
1915（大正4）	——	——	——	
1916（大正5）	——	——	——	
1917（大正6）	——	——	——	
1918（大正7）	——	——	——	
1919（大正8）	——	——	——	
1920（大正9）	——	92名	(4名）	※「学生及練習生」と記載。
1921（大正10）		268名	(13名）	※「学生、練習生」と記載。
1922（大正11）	410名	581名	206名（243名）	※同上
1923（大正12）	740名	955名	227名（280名）	※同上
1924（大正13）	988名	1197名	118名（151名）	※同上
1925（大正14）	——	837名	(380名）	※同上
1926（大正15）	——	976名	(472名）	(「学生、練習生」121名、「教育関係者」351名）
1927（昭和2）	——	811名	(490名）	※「学生、練習生」と記載。
1928（昭和3）	——	796名	(449名）	※同上
1929（昭和4）	——	796名	(449名）	※同上
1930（昭和5）	——	576名	——	
1931（昭和6）	421名	573名	——	
1932（昭和7）	698名	819名	——	
1933（昭和8）	——	1111名	——	
1934（昭和9）	——	539名	——	
1935（昭和10）	——	514名	(92名）	※「学生、練習生」と記載。
1936（昭和11）	——	475名	(102名）	※同上
1937（昭和12）	——	471名	(127名）	※同上
1938（昭和13）	——	470名	(118名）	※同上
1939（昭和14）	——	291名	(44名）	※同上
1940（昭和15）	——	267名	(28名）	※同上

ベルリン／ドイツ在留日本人数・留学生数（1907年〜1940年）

〈凡例〉

①外務省通商局編「海外各地在留本邦人職業別表」「海外各地在留本邦人職業別人口表」「在外本邦人国勢調査職業別人口表」「在外本邦人国勢調査報告」「海外各地在留本邦人人口表」を基礎資料として、本データを作成している。

②基礎資料には、総数のみ記載している年度と、「本邦内地人」「朝鮮人」「台湾籍民」に分類している年度があるため、総数を記載した。

③基礎資料の調査月にはばらつきがある。

④データは1907年〜1940年を範囲としているが、1911円と1912年は、「海外各地在留本邦人職業別表」が存在するかどうか不明である。

⑤1908年〜1909年はベルリン以外の都市の欄がなく、独逸と伯林が同一の記載になっている。「前年末ト比較増減」の数値にしたがってベルリン在住者数として記載した。

⑥第一次世界大戦中の影響か、1915年〜1919年は「海外各地在留本邦人職業別表」にベルリンとドイツの記載がない。

⑦ベルリン留学生数（ドイツ留学生数）は「学生、練習生」のデータのうち「本業者」のみをカウントし、「家族」は含めていない。

⑧「海外各地在留本邦人職業別人口表（大正十四年十月一日現在調）や「海外各地在留本邦人職業別人口表（昭和二年十月一日現在調）」ではドイツの「職業別」の「教育関係者」の記載はないが、「海外各地在留本邦人職業別人口表（大正十五年十月一日調）」では「教育関係者」が351人と記載されている。1926年のみ「学生、練習生」と「教育関係者」を合算した。

⑨「海外各地在留本邦人職業別人口表（昭和三年十月一日現在調）と「海外各地在留本邦人職業別人口表（昭和四年十月一日現在調）のドイツの表は、「前年同期トノ比較」以外は数値が同一である。

⑩「昭和五年在外本邦人国勢調査報告」の「職業（中分類）別人口」には「教育ニ従事スル者」が141名と記載され、「民籍及職業（小分類）別人口」では「学校長・教職員」140名、「学術研究ニ従事スル者」17名、「学生・生徒」43名と記載されている。1929年までのデータと比較できる数値ではないので、留学生欄は空欄にしてある。

⑪1931年〜1934年の留学生数のデータは不明である。

⑫「海外各地在留本邦人職業別人口表」のドイツのデータは、1938年から従来の「在漢堡総領事館管内」のデータに「在維納総領事館管内」のデータが加わり、1939年からさらに「在プラーク総領事館管内」のデータが加わっている。ただし1940年は在プラーク総領事館管内の報告が未着だったため前年のデータが使われている。

文部省在外研究員（219名、1931年3月31日）
在留国別頻度順リスト

国名	人数	割合
独（ドイツ）	175名	（約80%）
米（アメリカ）	149名	（約68%）
伊（イタリア）	72名	（約33%）
英（イギリス）	48名	（約22%）
仏（フランス）	24名	（約11%）
墺（オーストリア）	6名	（約3%）
瑞西（スイス）	6名	（約3%）
希（ギリシャ）	5名	（約2%）
亜（アルゼンチン）	4名	（約2%）
瑞展（スウェーデン）	3名	（約1%）
露（ロシア）	3名	（約1%）
支那（中国）	2名	（約1%）
丁抹（デンマーク）	2名	（約1%）
土（トルコ）	2名	（約1%）
諾（ノルウェー）	2名	（約1%）
葡（ポルトガル）	2名	（約1%）
印度（インド）	1名	（——）
和（オランダ）	1名	（——）
西班牙（スペイン）	1名	（——）
塞（セルビア）	1名	（——）
致（チェコスロヴァキア）	1名	（——）
洪（ハンガリー）	1名	（——）
羅（ルーマニア）	1名	（——）

一九一〇年が約一五%（五四〇名中八〇名）、一九一三年が約一四%（五〇二名中七一名）、一九一四年が約一五%（四七八名中七一名）で、一割〜二割にすぎない。ベルリンでの留学生の比率の高さは一目瞭然である。

第一次世界大戦後の「黄金の二〇年代」に入ると、ヨーロッパの在留日本人数が増加して、留学生の比率は相対的に下がる。ベルリンではなくドイツのデータになるが、それでも一九二七年は約六〇%（八一一名中四九〇名）、一九二八年は約五六%（七九六名中四四九名）に上っている。一九二七年にフランスでは約二七%（九五三名中二二六名）、イギリスでは約二八%（九四五名中二六四名）。一九二八年にフランスでは約二二%（九七一名中二一三名）、イギリスでは約一二%（七二〇名中八五名）だから、日本人にとってベルリンが「学都」であることに変わりはない。

文部省専門学務局がまとめた『昭和六年三月三十一日調文部省在外研究員表』には、同日現在の在外研究員二一九名の、氏名・官職・学位称号・研究学科・在留国・在留地到着期日・在留満期が記載されている。この表をもとに「文部省在外研究員（二一九名、一九三一年三月三一日）在留国別頻度順リスト」を作成したので、彼らの行き先を確認しておこう。多くの在外研究員が複数の在留国を選択しているが、在外研究員数が最も多いのはドイツで、約八〇%（一七五名）に上っている。続いてアメリカが約六八%（一四九名）、イタリアが約三三%（七二名）、イギリスが約二二%（四八名）、フランスが約一一%（二四名）で、それ以外の国は一桁にすぎない。つまり留学先はほぼ全員がヨーロッパとアメリカで、近代日本が学ぶべき相手として欧米しか見ていなかったことは明らかである。ベルリンはそんな欧米の頂点に位置する「学都」だった。

当時の留学生という呼称には、研究目的で渡航した大学や旧制高校の在職者も含まれている。一九一三年にベルリンに滞在していた田中一貞は、『世界道中かばんの塵』(岸田書店、一九一五年)にこんな見聞を書き記した。「独逸に居る日本人は概《おほむ》ね留学生即ち日本の大学を卒業して学士号を持つて居る人である。左う云ふ訳であるから、独逸人は一般に在留日本人を呼ぶにドクトルの語を以てすれば大過なきものと考へ、日本人と見ればヘア・ドクトルと呼ぶ。ドクトルは恰も日本人の通称の如くに成つて居る」と。この呼び方はその後も長く続いた。井上赳は『印象紀行祖国を出でて』(明治図書、一九三一年)で、街を歩くと「ヘア、ドクター」「ヘア、プロフェッサー」と呼びかけられるので、「くすぐつたい」気持ちになったと回想している。

一八八四年にドイツに渡る森鷗外が、一八八七年から翌年にかけてベルリン大学で細菌学を研究したように、留学生のなかには医者の姿も目立った。日本人歯科医に同行してもらって、ベルリンの婦人歯科医に金冠をかぶせてもらったのは吉屋信子である。『異国点景』(民友社、一九三〇年)に吉屋は、「伯林に日本の医学博士は盛りこぼれるほど居るから、どんな種類の病気してもたいてい大丈夫」と耳にしたと書いている。この話は必ずしも大袈裟ではなかった。石津作次郎『欧羅巴の旅』(内外出版、一九二五年)に次のような体験が紹介されている。日本人会に夕食を食べにいくと、「伝染病研究所のK博士」や「千葉の生理のS博士」がビリヤードをしていた。しばらくすると自分の下宿の女主人から、隣室のIの具合が悪いと、日本人会幹事に電話がかかってくる。医者同士が相談した結果、「長崎のK博士」が適任だということになり往診してもらったという。

ただし田中一貞『世界道中かばんの塵』によると、留学生のなかで最も多かったのは工学研究者で、医学研究者はその次だったらしい。外務省通商局がまとめた「在外邦人団体名簿(仮版)」(外務省通商局、一九三二年一一月)に、一九三一年〜一九三二年に在外公館が行った日本人団体調査結果が出ている。この資料によれば、独逸日本人会会員は一五〇名いるが、ベルリンの独逸工学会会員は八〇名で、独逸日本人医師会会員は三五名である。ベルリン大学に工学部はないが、一八七九年にベルリン工科大学がシャルロッテンブルク区に設立されていた。

ベルリンの土を踏んだ日本人は、どのように住居を探したのだろうか。『千五百円三ケ月間欧米見物案内』（欧米旅行案内社、一九二九年）で瀧本二郎は、「ホテル、下宿屋、素人下宿、家庭」のどれにするかは、滞在期間と目的によって決めたらいいとアドバイスしている。もちろん政府関係者や商社員や観光客が、潤沢な旅費を懐にしている場合は、ウンター・デン・リンデン沿いのアドロンやブリストルのような一流ホテルに宿泊しただろう。ホテル・カイザーホーフやパラスト・ホテルも日本人はよく利用している。しかし長期滞在者の場合は、到着直後はホテルに泊まるとしても、リーズナブルな下宿屋や素人下宿を探す必要があった。瀧本はその方法として、①大使館で貸間の申し込みを探す、②紹介所で手数料を払い物件を探す、③新聞の貸間広告で探す、④新聞広告を自分で出す、⑤日本人から引き継ぐ、などをあげている。

実際にはベルリン在住の知人が駅まで迎えに来てくれて、そのままホテルに案内されるケースが多かったようだ。そんなつてがなくても、ガイドブックのベデカーさえ持っていれば、駅からホテルや下宿屋に直行して空室の有無を尋ねることもできる。たとえば一九一二年に出た英語版の *BERLIN AND ITS ENVIRONS* を開くと、「Hotels, Boarding Houses, Furnished Apartments」が七頁にわたって紹介されている。「Boarding Houses」（下宿屋）はエリアごとに、所在地（通りと番地）・建物の階数・値段が記載されていた。在留日本人数の増加に伴って、日本人の定宿も少しずつ増えていく。たとえば一九二一年に出版された『世界通』には、「モッツ街に松下旅館と云ふのがある。日本人留学生の多く止宿する所である。又、曾て柏村と云ふ人が市内で素人下宿屋を営んでゐたさうだが、今は勿論ない」と記されている。

画家の小杉未醒は松下旅館を利用した一人だった。『画筆の跡』（日本美術学院、一九一四年）に小杉は、「昨朝ベルリンへ着いた、例の松下旅館に行くと、昨夜からおまち受けのお方が居られると云ふ。萱野君だ」と、使い慣れた様子で書いている。このときも松下旅館にはたくさんの日本人が宿泊していて、食堂へ行くと彼らがいっせいに食事をしていた。ただ日本人同士が挨拶も話もせずに、他人のように振る舞っているのが、小杉には奇妙に感じられたらしい。

二　日本語メディア／「日本人村」／日本料理店

ベルリン在住日本人数が増えれば、日本人によるメディアも誕生する。一八九四年二月にベルリンの土を踏んだ玉井喜作が、「在欧日本人月刊欧文雑誌」として『東亜』（四〇九頁参照）を創刊したのは一八九八年四月である。玉井は創刊号に「本誌発行ノ趣旨」を掲載している。それによれば「東西両洋間特ニ其新興商業国間ノ交通ニ有効ナル軌道航路ヲ供給スル」目的で「独文ノ月刊雑誌」を発行し、「傍ラ政治社会文学美術ノ事項ヲ網羅シテ論説ニ批評ニ将タ事実ノ報道ニ一新生面ヲ開カン」としたという。ただ表紙から分かるように、この雑誌は「日独貿易ノ大機関」を目指していて、ベルリンの日本人社会の情報が満載されているわけではない。言語も一部の広告を除けば、日本語ではなくドイツ語が使われていた。

ベルリンの日本語メディアについては、二〇〇二年六月一四日に加藤哲郎氏が、「新井勝紘氏（専修大学）所蔵ワイマール末期在独日本人資料目録」をインターネット上で公表している。それによれば、『伯林週報』は第四年第七号（一九三一年四月五日）と第四年第八号（同年四月一二日）の二冊の現存が、『中管時報』『なかかん時報』『Nakakanjiho』は合計七冊（一九三一年四月二九日、六月一四日、七月三日、七月一九日、七月二八日、八月二〇日、一九三二年二月？）の現存が確認されている。ベルリンではこれらの他にも、『独逸月報』『日独月報』などの日本語雑誌が出ていた。ベルリン日独センターの桑原節子氏の協力を得て、今回 Staatsbibliothek zu Berlin が所蔵するこの雑誌の第四六号（一九三三年一一月）〜第一〇三／一〇四号（一九四〇年六月）を確認することができた。その調査結果については、「日本人雑誌編集長の見たベルリン」（和田桂子）に譲り、ここでは私の手元にある独逸月報社と欧州月報社の四冊の刊行物を通して、ベルリンの日本人社会を見ておきたい。

四冊の刊行物（一六頁参照）を、発行年月順に記載しておこう。まず『独逸月報』第一二号（一九三〇年一一月）と『独逸国日本人名録』第三版（一九三一年七月）。次に野一色利衛編『独逸案内』（一九三六年六月）と『独逸月報』第七三号・七四号合冊（一九三六年七月）。最初の二冊は田島敔《たかし》の編集で、Kleist str. 41 の独逸月報社から発行されている。残りの二冊は田口正男が主幹を務める、Geisbergstr. 41 の欧州月報社から発行されている。印刷はいずれもガリ版刷りである。

ベルリンの日本語刊行物

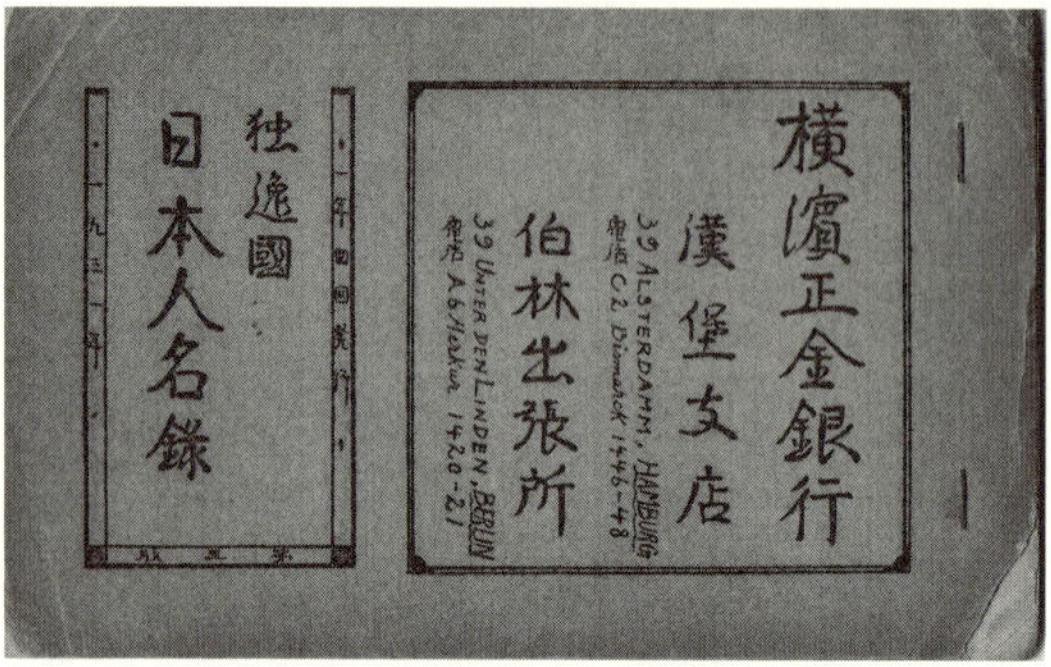

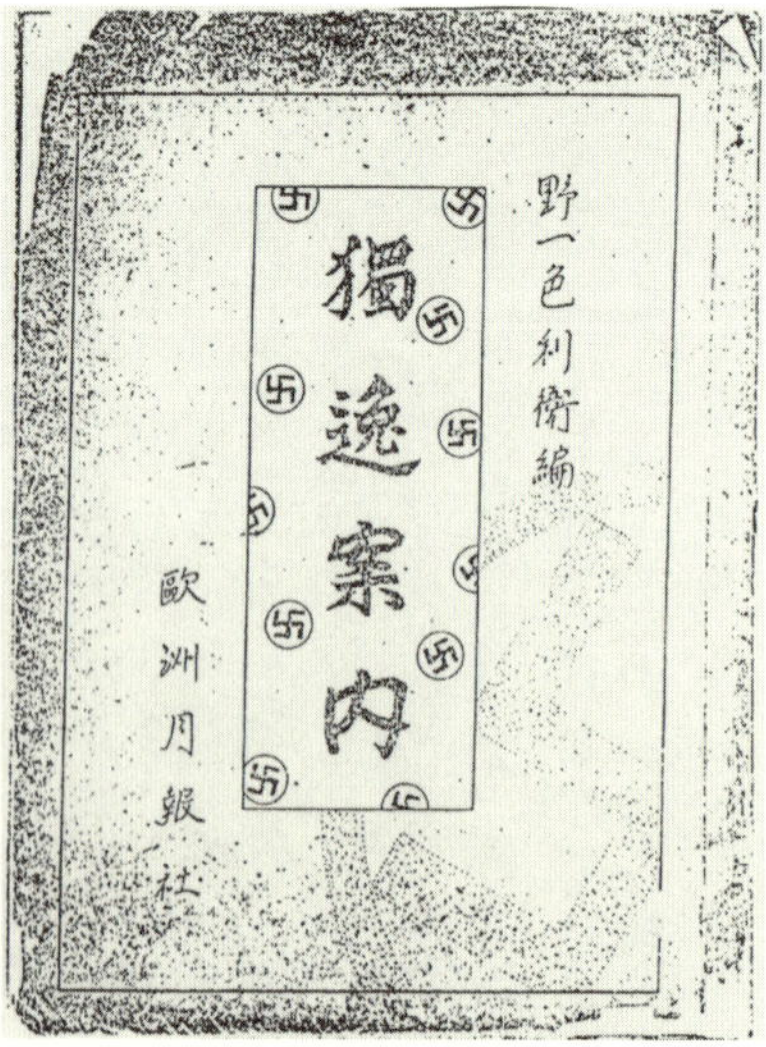

（上右）『独逸月報』第12号（独逸月報社、1930年11月）
（上左）『独逸国日本人名録』第二版（独逸月報社、1931年7月）
（下右）野一色利衛編『独逸案内』（欧洲月報社、1936年6月）
（下左）『独逸月報』第73号・74号合冊（欧洲月報社、1936年7月）

『独逸月報』第一二号にも「在独邦人氏名住所録」は掲載されたが、その翌年の『独逸国日本人名録』はより詳細な人名録になっている。個人名はアルファベット順に記載され、それ以外のものは種類別に記された。ベルリンの「諸官衙」には、帝国大使館、帝国大使館事務所、帝国陸軍武官事務所、帝国海軍武官事務所、帝国大使館商務書記官事務所、帝国鉄道省伯林出張所がリストアップされている。「諸会社銀行」には独国三菱商事会社、独逸物産株式会社、横浜正金銀行、大倉商事株式会社、住友合資会社、日本郵船会社、島津製作所伯林出張所が、「倶楽部」には日本人会が、「商店」には中管商会と上代商店が、「料理店」には花月、松の家、日本人会食堂部、東洋館、常盤が、「其他」には伯林週報、独逸月報、日本人理髪師が掲載された。

日本人関係の主な会社・銀行・倶楽部・宿泊施設・商店・料理店など三四ヵ所の所在地を書き入れた「ベルリンの日本人関係地図」を、口絵の二〜三頁に掲載したのでご覧いただきたい。もともとの地図は、『独逸国日本人名録』の巻末の付録を使用した。日本人関係のスポットは、二つのエリアに集中している。地図の中央やや北側を東西に走る広い道路がウンター・デン・リンデンで、ウンター・デン・リンデンと直角に交差する広い道路がフリードリヒ街である。日本人関係の会社や銀行は、これらベルリンのメインストリートの周辺に散在している。地図の左側の緑の部分はティーアガルテンで、その左端にツォー駅がある。日本人関係の倶楽部・宿泊施設・商店・料理店は、ツォー駅の南側に集中していて、このあたりは「日本人村」と呼ばれていた。

一九三六年の『独逸案内』で、後者のエリアを確認しておこう。「日本人の多く住んでゐる『日本人村』」にある「比較的安く宿泊出来る」施設として、野一色利衛はパンション・イデルナ（ガイスベルク街二二）、パンション・エリキセン（インスブルッカー街一八）、パンション・神戸（ホーエンツォレルンダム二〇五、一八頁参照）をあげている。また「日本人の泊る便利なパンシヨン」としてパンション・アトランタ（別名大和旅館、カイザー・アレー二〇〇、日本人会建物内）を推薦した。『独逸案内』に掲載されたパンション・エリキセンの広告には、「明治三十七年以来特に日本の皆様から深い御愛顧を得てゐます」と書かれているから、この時点ですでに三〇年以上営業していることになる。英語やフランス語も通じたので、意志の疎通ははかりやすかった。

パンション・エリキセンは一度移転している。一九三〇年一一月に出た『独逸月報』第一二号の広告（一八頁参照）で

日本人が宿泊したベルリンのパンション

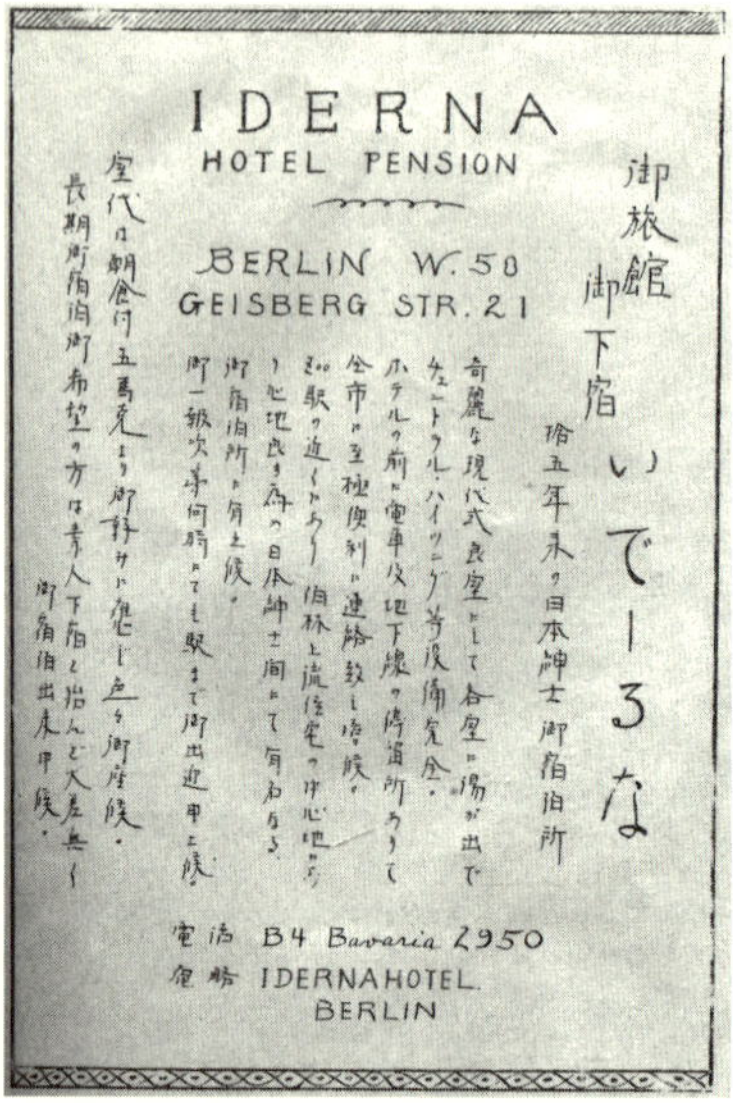

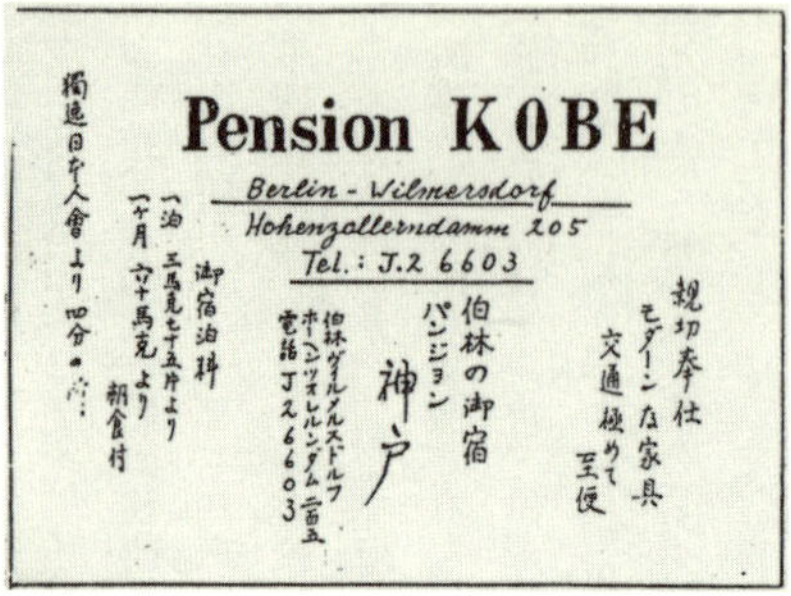

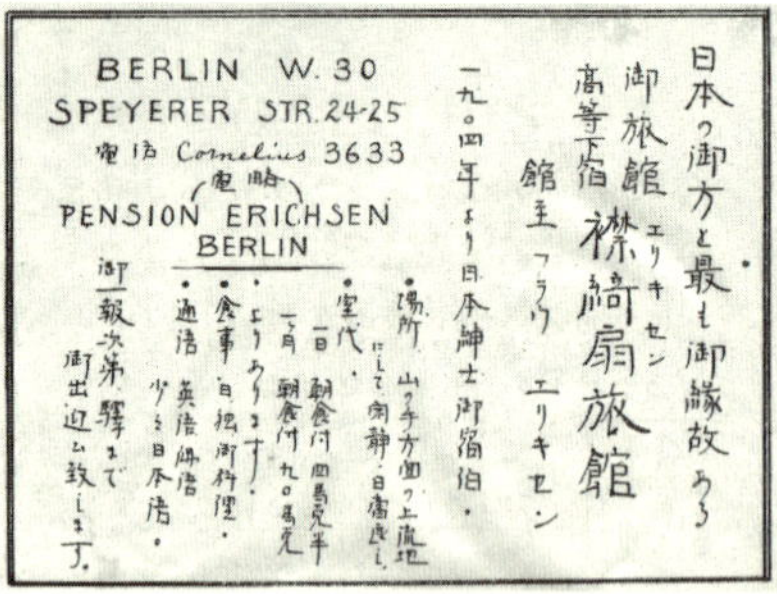

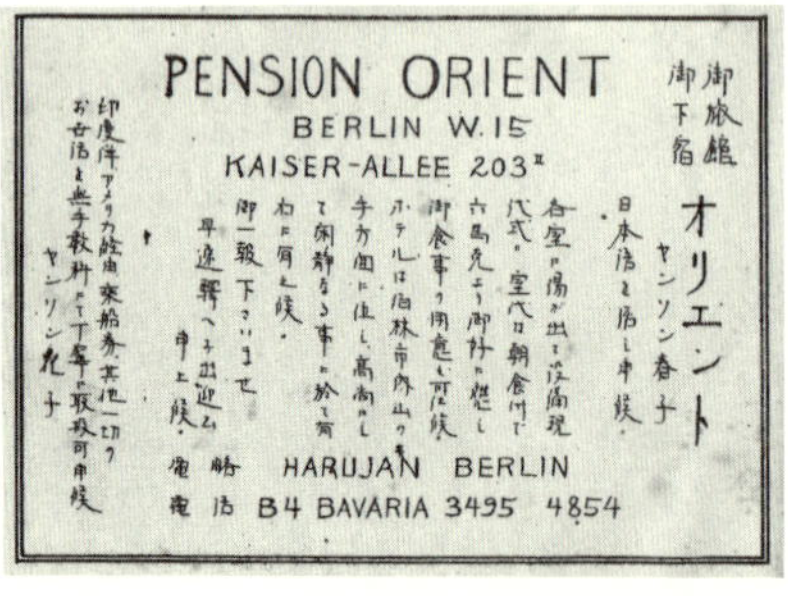

（右）パンション・イデルナの広告（『独逸月報』第12号、独逸月報社、1930年11月）
（左上）パンション・神戸の広告（野一色利衛編『独逸案内』欧洲月報社、1936年6月）
（左中）パンション・エリキセンの広告（『独逸月報』第12号、同上）
（左下）パンション・オリエントの広告（『独逸月報』第12号、同上）

は、所在地はスパイエレル街二四・二五になっている。経営者のフラウ・エリキセンは簡単な日本語を理解し、和食も作れたらしい。井上赳は『印象紀行祖国を出でて』に、「エリクゼンの名は、パリーや、ロンドンの在留邦人の間にも伝へられ」「日本人の影が絶えたことがない」と記している。母と娘が経営するこのパンションには一〇以上の部屋があり、日本人はここに宿泊する間に素人下宿を探して、やがて引っ越していったらしい。「家庭へはいらぬと得る所が少い」と考えていた井上も、半月余り滞在してから素人下宿に移っている。

パンション・イデルナも、日本人にはよく知られていた。『独逸月報』第一二号掲載の広告（一八頁参照）に「拾五年来の日本紳士御宿泊所」と書かれているから、第一次世界大戦前後から営業していたのだろう。安騎東野『欧州の雀』（人文書院、一九四〇年）によると、ベルリンに来た日本人が「大抵一応は御厄介になる宿屋」だったという。斎藤清衛はイデルナに泊まった一人である。『欧羅巴紀行東洋人の旅』（春陽堂書店、一九三七年）を読むと、彼が四階の広い部屋に案内されたことが分かる。バルコニーに出ると、ニュルンベルク街とガイスベルク街の交差点を自動車・馬車・自転車・人間が、「絵のやうに」行き来するのが見えた。外に出ると「日本人村」と言われるエリアだけあって、「日本人には特に割引します」という縦書きのビラが雑貨店に貼ってあったという。

『独逸案内』には出てこないが、パンション・オリエント（カイザー・アレー二〇三）も有名だった。『独逸月報』第一二号の広告（一八頁参照）を見ると、ヤンソン・春子とヤンソン・花子の名前が記され、「日本語を話し申候」と宣伝している。野村覚一『欧蝸牛行』（野村覚一、一九三六年）によれば、獣医学が専門のヤンソン博士は、駒場で教鞭をとっていたときに春子夫人と結婚した。博士が亡くなった後に、未亡人はベルリンでホテルを開業したという。「次女は日本郵船其他汽船の切符及手荷物発送の代理店を別室でやつて居る」と野村は書いているから、次女の名前が花子なのだろう。電話の取り次ぎなどをしてくれるので、日本人にとっては便利なホテルだった。

このエリアには宿泊施設だけでなく日本料理店も集まっている。野田一郎は『随見随録欧米巡遊』（金港堂書店、一九三二年）で、「シェーネベルグの一帯は日本人の根拠地で、常磐花月等の日本料理屋四五軒もあり、レストラントに日本新聞を置いてゐるところもある。道を歩けば日本人に遇はないこともなく、時にはベルリン少年から日本語のおはやうの挨拶を聞くこともある。在伯日本人四百名内外がこの付近にゐるのだから、日本人大威張りだ、併し日本人相互の関係はまことに冷々淡々」であると述べた。『独逸案内』は「日本人村」に位置する日本料理店として、あけぼ乃、独逸日本人会食堂部、東洋館、都庵を挙げている。時期によって異なるが、この他に藤巻や松の家（二一頁参照）も日本料理店として重宝されていた。

あけぼ乃・東洋館・都庵の『独逸案内』の広告（二一頁参照）を見ながら、日本人の表情を追いかけていこう。ホーエンシュタウフェン街に店を構えるあけぼ乃は、広告で「仕出し御料理」と謳っているから、注文があれば配達もしたのだろう。政治家の鳩山一郎は『外遊日記世界の顔』（中央公論社、一九三八年）に、この店の写真（口絵四頁参照）を収録している。右端の人物が鳩山で、一九三七年八月二三日の撮影と推定される。八月二八日にもこの店で豚の味噌煮を注文し、ホテル（アドロン）の食事より「安くてうまい」と書いているから、味は悪くなかったのだろう。外交官はこの店をよく利用していた。外務省外交伝書使として一九四一年にヨーロッパに派遣された斎藤祐蔵は、「曙」ですき焼きを食べている。斎藤の『戦時欧洲飛脚記』（清水書房、一九四二年）によると、第二次世界大戦下で食事は切符制になっていたが、大使館には切符が余分に回ってくるので、「大使館関係の旅行者は其の余沢」に預かれたという。

ガイスベルク街二一の東洋館は、パンション・イデルナと同じ建物の一階にあった。野村覚一は『欧米蝸牛行』で、一日一回は「五軒の日本料理店」のうちのどれかに行き、和食を味わうと述べている。東洋館では昼に「黒川博士の送別会」をやった。このときは四人だったからテーブル席だろうが、広告にもあるように、人数が多い場合は宴会室を利用できた。ピンポン室も設置している。弁当の販売もしていたようで、小宮豊隆『ベルリン日記』（角川書店、一九六六年）の一九二三年七月八日の項には、東洋館に「児島が弁当を買いに」来たと書かれている。

都庵の常連の一人に山口青邨がいる。広告の「博多スツプ焚き」という言葉は、他店との違いを感じさせる。『滞独随筆』（三省堂、一九四〇年）に彼は、「鯛ちりを食ひ、すき焼きを食ひ、塩鮭を食ひ、鳥のスープ炊きを食ひ、鯉こくやあらひを食つた。時には鮟鱇や山鯨（猪）といふやうなものまで食ふことが出来た。料理屋のオヤヂに親しくなつてしまひ、何でもいゝからうまいものを食はせろと我儘を言つて、かうしたものを市場へ行つた時に買つて来て貰ふのである」と書いている。前日に頼んで「Forelle」（川鱒）を味噌漬けにしてもらったり、鰈を特別に焼いてもらったり、夕食はほとんど都庵で食べたらしい。『わが庭の記』（龍星閣、一九四一年）の言葉を使うなら、山口は「僕等のクラブ」のようにこの店

ベルリンの日本料理店

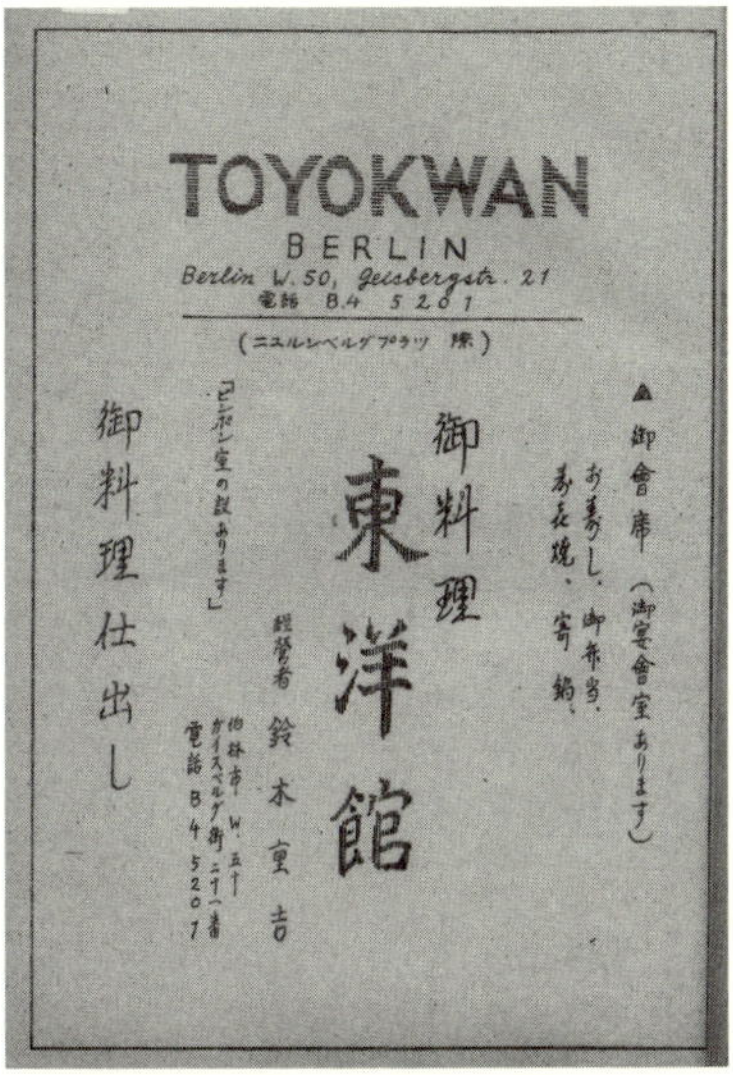

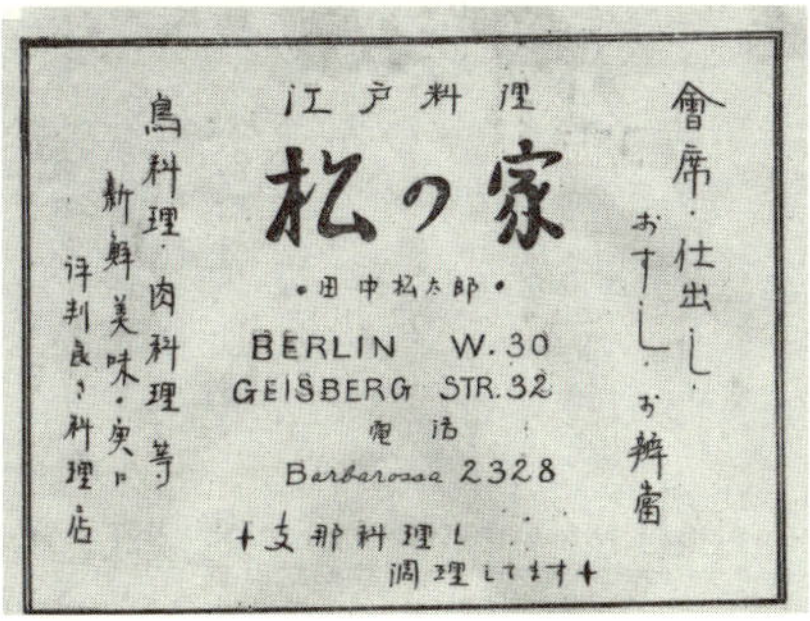

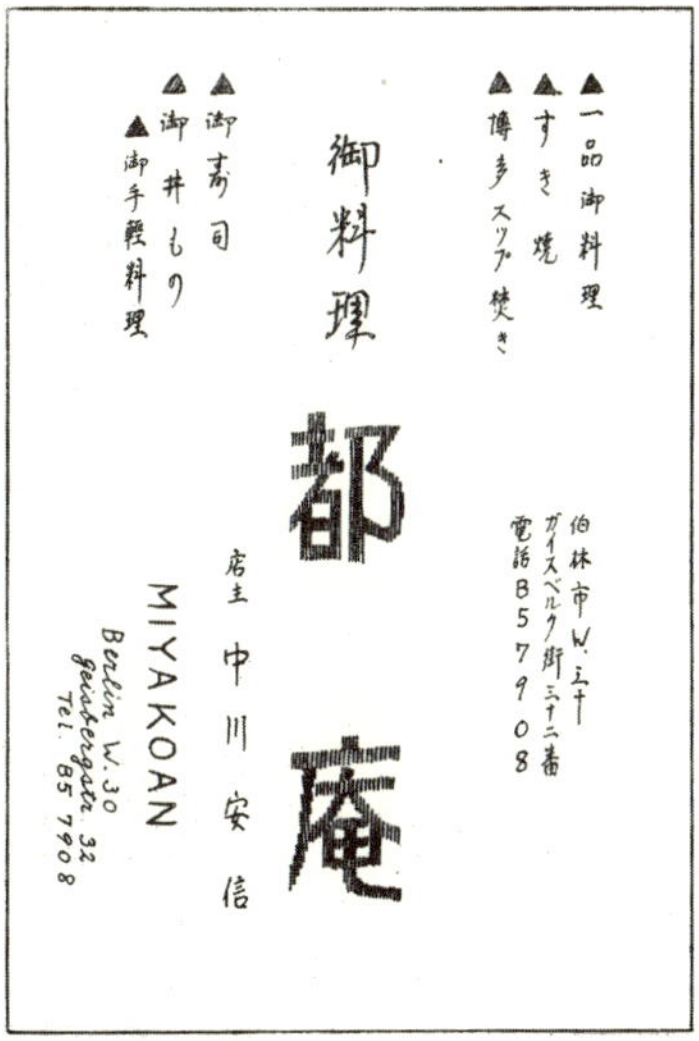

（上右）あけぼ乃の広告（野一色利衛編『独逸案内』欧洲月報社、1936年6月）
（上左）東洋館の広告（同上）
（下右）都庵の広告（同上）
（下左）松の家の広告（『独逸月報』第12号、独逸月報社、1930年11月）

に通っていた。

広告は見当たらないが、日本人は藤巻にもよく出掛けていった。大石喜一は『新らしき国古き国』（福音社、一九二七年）で、「美術学校出」の主人が「日本食堂を開いて在留者の便宜」をはかっていたと述べている。妻はスイス人で英語・フランス語・ドイツ語ができ、日本人の旅行の世話や、買い物の手伝いもしてくれた。野村覚一も『欧米蝸牛行』で藤巻に触れているが、ドイツ人のボーイ長が礼服を着ていたというから、格式の高い店だったのかもしれない。

三　日本大使館／独逸日本人会／日本人商店

ベルリン在留の日本人は、一度は日本大使館に立ち寄っているだろう。到着後に在留届を提出しなければならないし、大使館では元旦や紀元節の日に式典が催される。山口青邨は『わが庭の記』で、第二次世界大戦開戦前年（一九三八年）のまだ平和だった頃の正月風景を、次のように描いている。元旦の式典には二〇〇人ほどが集まって「両陛下の御真影」を拝し、「君が代」を歌い万歳を三唱した。それから別席に移り、日本酒・ビール・寿司・煮メ・煮豆・焼肴で祝杯をあげたと。また大使館には日本からの多くの郵便物が届く。小宮豊隆『ベルリン日記』には、一九二三年七月七日に大使館に行った小宮が、土曜日は午後一時までだと係員に仏頂面をされながら、手紙や雑誌『潮音』を持ち帰る様子が記されている。在留者ではなく旅行者の場合も、大使館での歓迎会に出たり、大使館で人を紹介してもらうことがあった。

ベルリン来訪者の歓迎会は、大使館だけではなく日本人会でも開かれている。私の手元に独逸日本人会が一九三四年五月に出した、「日本人会の組織と御入会の手続について」という表裏ガリ刷りのチラシ（二三頁参照）がある。これによれば日本人会では、講演会や見学会も催していた。また大食堂と小宴会室を備え、大津力男が経営する食堂部は仕出しもしている。会報の発行や、大使館付会員宛郵便物の転送も行っていた。外務省外交史料館所蔵の一九三九年六月二八日付公文書（大島浩ドイツ大使から有田八郎外務大臣宛）によれば、その他に日本人小学校も経営していたらしい。公文書には日本人会の創立年月日は一九二一年六月で、会員数は九〇名と記載されている。

しかし創立年月日以前の記録にも、「日本倶楽部」「日本人クラブ」という名称は登場する。一九二一年五月刊行の『世

独逸日本人会

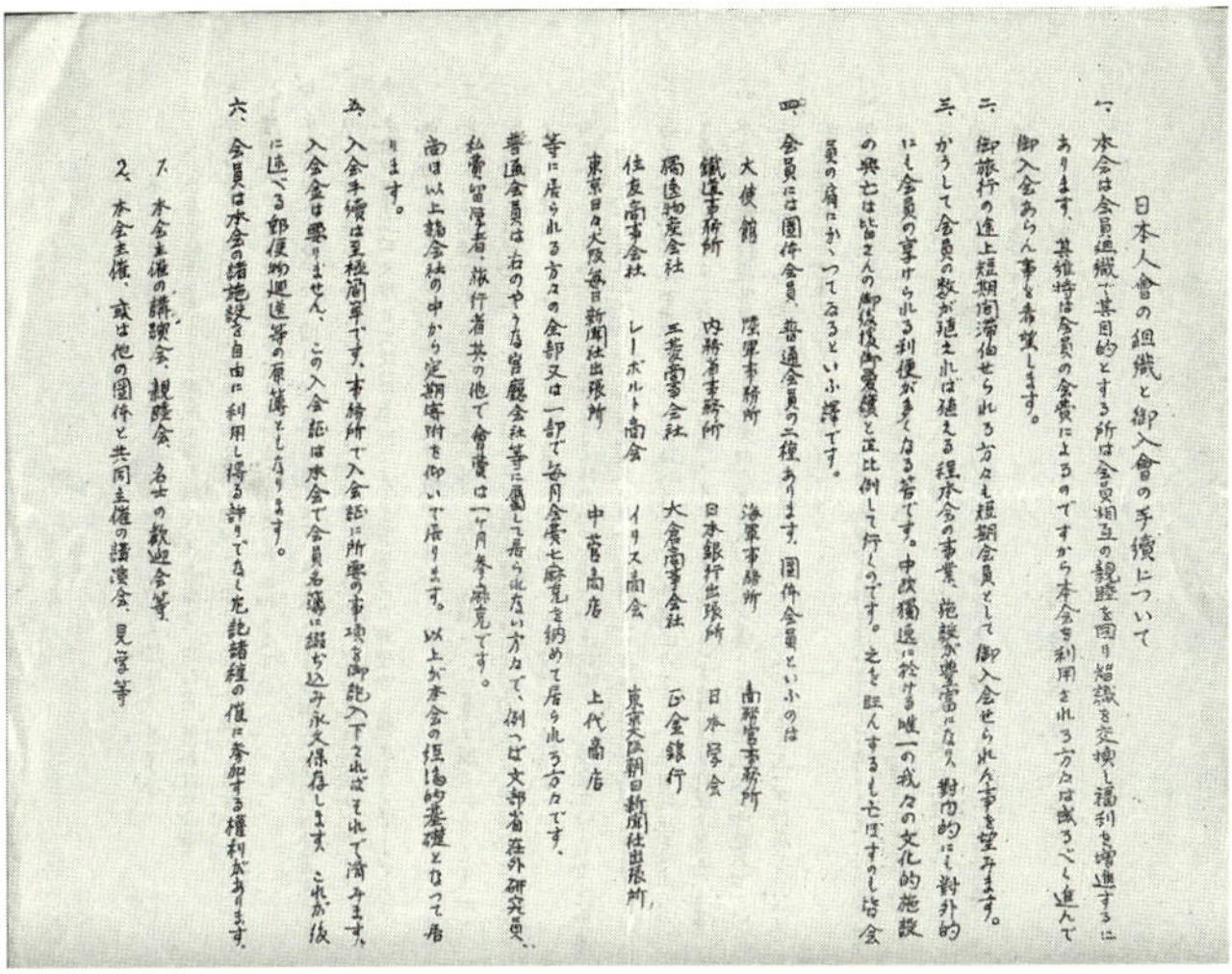

日本人會の組織と御入會の手續について

一、本会は会員組織で其目的とする所は会員相互の親睦を図り智識を交換し福利を増進するにあります。其維持は会員の会費によるのですから本会を利用される方々は成るべく進んで御入会あらん事を希望します。

二、御旅行の途上短期間滞在せられる方々も短期会員として御入会せられん事を望みます。

三、かうして会員の数が殖えれば殖える程本会の事業、施設が豊富になり、對内的にも對外的にも会員の享けられる利便が多くなる筈です。中欧獨逸に於ける唯一の我々の文化的施設の興亡は皆さんの御後援御愛護と正比例して行くのです。之を旺んにするも亡ぼすのも皆会員の肩にかゝつてゐるといふ譯です。

四、会員には團体会員、普通会員の二種あります。團体会員といふのは

大使館　陸軍事務所　海軍事務所　商務官事務所
鐵道事務所　内務省事務所　日本銀行出張所　日本學会
獨逸物産会社　三菱商事会社　大倉商事会社　正金銀行
住友商事会社　レーボルト商会　イリス商会　東京大阪朝日新聞社出張所
東京日々大阪毎日新聞社出張所　中菅商店　上代商店

等に居られる方々の全部又は一部で毎月会費七麻克を納めて居られる方々です。

普通会員は右のやうな官廳会社等に屬して居られない方々で、例へば文部省在外研究員、私費留學者、旅行者共の他で會費は一ケ月參麻克です。

尚ほ以上諸会社の中から定期寄附を仰いで居ります。以上が本会の経済的基礎となつて居ります。

五、入会手續は至極簡單です。事務所で入会証に所要の事項を御記入下さればそれで済みます。入会金は要りません。この入会証は本会で会員名簿に綴ぢ込み永久保存します。これが後に述べる郵便物廻送等の原簿ともなります。

六、会員は本会の諸施設を自由に利用し得る許りでなく左記諸種の催に参加する權利があります。

1、本会主催の講演会、親睦会、名士の歓迎会等
2、本会主催、或は他の團体と共同主催の講演会、見学等

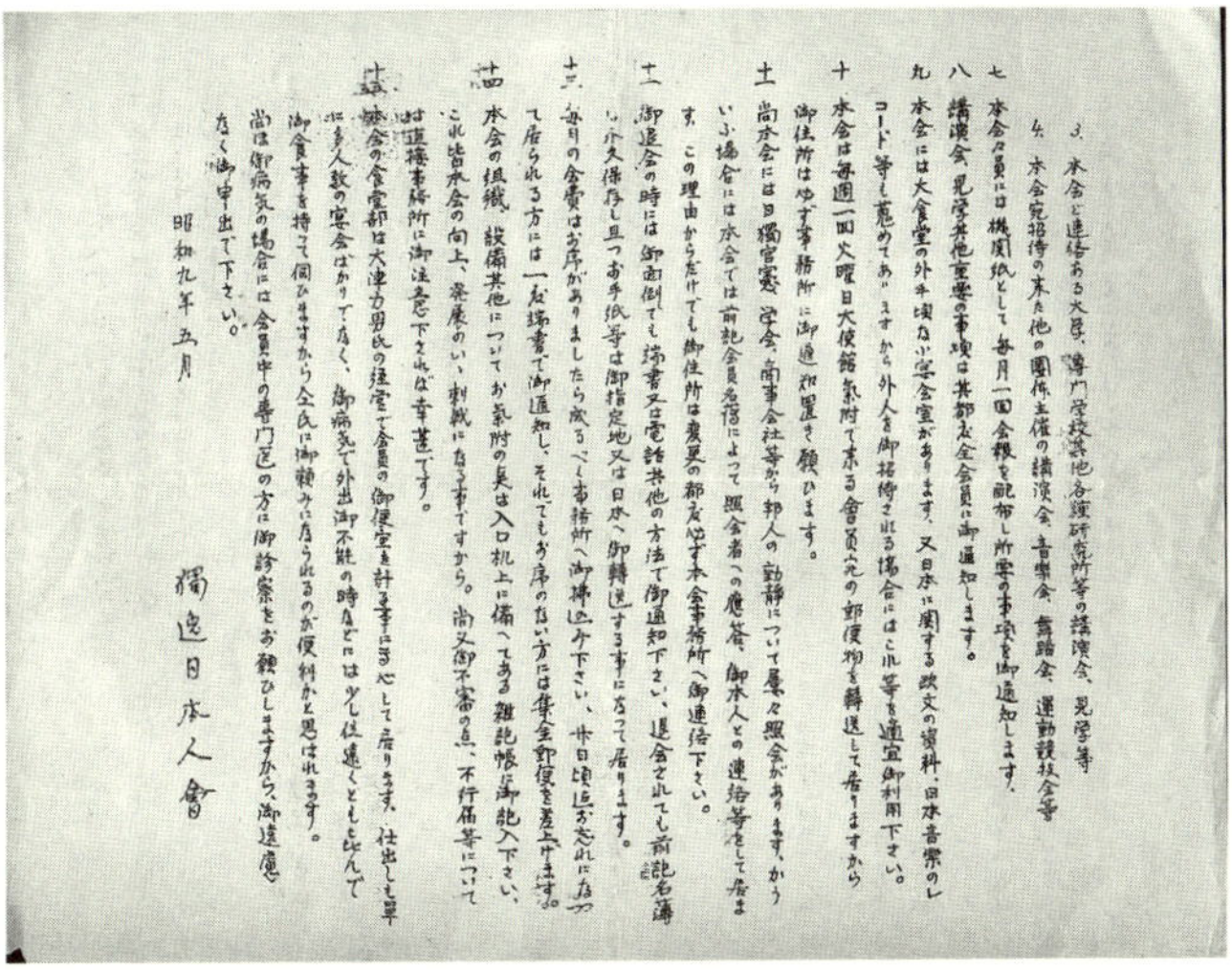

3、本会と連絡ある大學、専門学校其他各種研究所等の講演会、見學等
4、本会宛招待の來た他の團体主催の講演会、音楽会、舞踏会、運動競技会等

七、本会々員には機関紙として毎月一回会報を配布し所要の事項を御通知します。

八、講演会、見学其他重要の事項は其都度全会員に御通知します。

九、本会には大食堂の外手頃な小宴会室があります。又日本に関する欧文の資料、日本音楽のレコード等も蒐めてありますから外人を御招待される場合にはこれ等を適宜御利用下さい。

十、本会は毎週一回火曜日大使館気付で来る会員宛の郵便物を轉送して居りますから御住所は必ず事務所に御通知置き願ひます。

十一、尚本会には日獨官憲、学会、商事会社等から邦人の動静について屡々照会があります。かういふ場合には本会では前記会員名簿によつて照会者への應答、御本人との連絡等をして居ります。この理由からだけでも御住所は変更の都度必ず本会事務所へ御通知下さい。

十二、御退会の時には御面倒でも端書又は電話其他の方法で御通知下さい。退会されても前記名簿は永久保存し且つお手紙等は御指定地又は日本へ御轉送する事になつて居ります。

十三、毎月の会費はお序がありましたら成るべく事務所へ御拂込み下さい。其日頃迄お忘れになつて居られる方には一応端書で御通知し、それでもお序のない方には集金郵便を差上げます。

十四、本会の組織、設備其他についてお氣付の点は入口机上に備へてある雑記帳に御記入下さい。これ皆本会の向上、発展のいゝ刺戟になる事ですから。尚又御不審の点、不行届等については直接事務所に御注意下されば幸甚です。

十五、本会の食堂部は大津方男氏の経営で会員の御便宜を計る事に専心して居ります。仕出しも単に多人数の宴会ばかりでなく、御病気で外出御不能の時などには少し位遠くとも喜んで御食事を持つて伺ひますから全氏に御頼みになられるのが便利かと思はれます。
尚ほ御病気の場合には会員中の専門医の方に御診察をお願ひしますから、御遠慮なく御申出で下さい。

昭和九年五月

獨逸日本人會

独逸日本人会が1934年5月に出した「日本人会の組織と御入会の手続きについて」というチラシ（表と裏）。

界通』は、日本人クラブが「シェーンベルヒ河岸」の二階と三階にあると紹介している。二階には事務室や応接室の他に食堂もあって、牛鍋・刺身・蒲焼・日本酒を味わえた。新聞室では日本の新聞や雑誌が読めるし、ビリヤード・将棋・碁も楽しめる。三階には宿泊室四室とバスルームが設置されていた。留学生の多いベルリンらしく「書生流を発揮して頗る平民的」で、ロンドンの「官臭を帯びて窮屈」な日本人クラブとは対照的だったという。

日本倶楽部の創立者の一人は玉井喜作である。中村吉蔵は『欧米印象記』（春秋社書店、一九一〇年）に、発足当時の倶楽部は「運河を前にリンデンの並樹道を控へ、高架鉄橋の見下される五階建のアツパートメントの第二階目」にあったと記している。倶楽部の維持は簡単ではなく、閉鎖案が出たこともあったが、玉井は頑として応じなかった。経済状態は後に好転して引っ越しもしている。田中一貞は移転後の日本倶楽部に宿泊したことがある。『世界道中かばんの塵』によると、夜に廊下から自室に入ると、廊下は自動的に消灯された。暖房や風呂は「中央」から供給するシステムになっている。「万事が科学的」だと田中は驚いた。もちろん日本倶楽部で日本人に接しているから、ホームシックと無縁だというわけではない。夜になると声を出して泣くので、心配した友人が帰国させた留学生もいた。日本倶楽部ではないが、飛び降り自殺した工学士もいたらしい。

ベルリンには独逸工学会や独逸日本人医師会のように、同学や同好の士のグループも複数存在していた。一九〇一年に巌谷小波が組織した白人会は、そんなグループの一つである。『白人集』（白人会、一九三四年）に加藤犀水が書いた「はしがき」によれば、会員には公使館書記官の倉知鉄吉（鬼仙）や、外務官補の水野幸吉（酔香）、留学生の美濃部達吉（古泉）がいて、公使館や会員宅で句会を開いていた。会の名前は、伯林の「伯」を二つに分けて小波が命名している。パリで久保田米斎や和田英作が開いていた巴会は、後に白人会に合流した。白人会はパリや東京に舞台を移しながら、一九三三年まで続いている。一句引用しよう。「スプレイの枝河せまき若葉哉」（小波）。シュプレーはベルリン市内を流れる河。日本語の音数律に、ベルリンの風物を織り込む試みは、異郷にいる自分のアイデンティティを確認する一つの機会だったのかもしれない。

ベルリンを訪れた日本人にとって、日本語が通じる日本人商店や商社は、日本食材の調達や、旅行の手配や、土産物の購入の際にとても便利だった。最もよく知られていたのは、旅行事務所や食料品部をもつ中管である。野田一郎『随

中管の資料

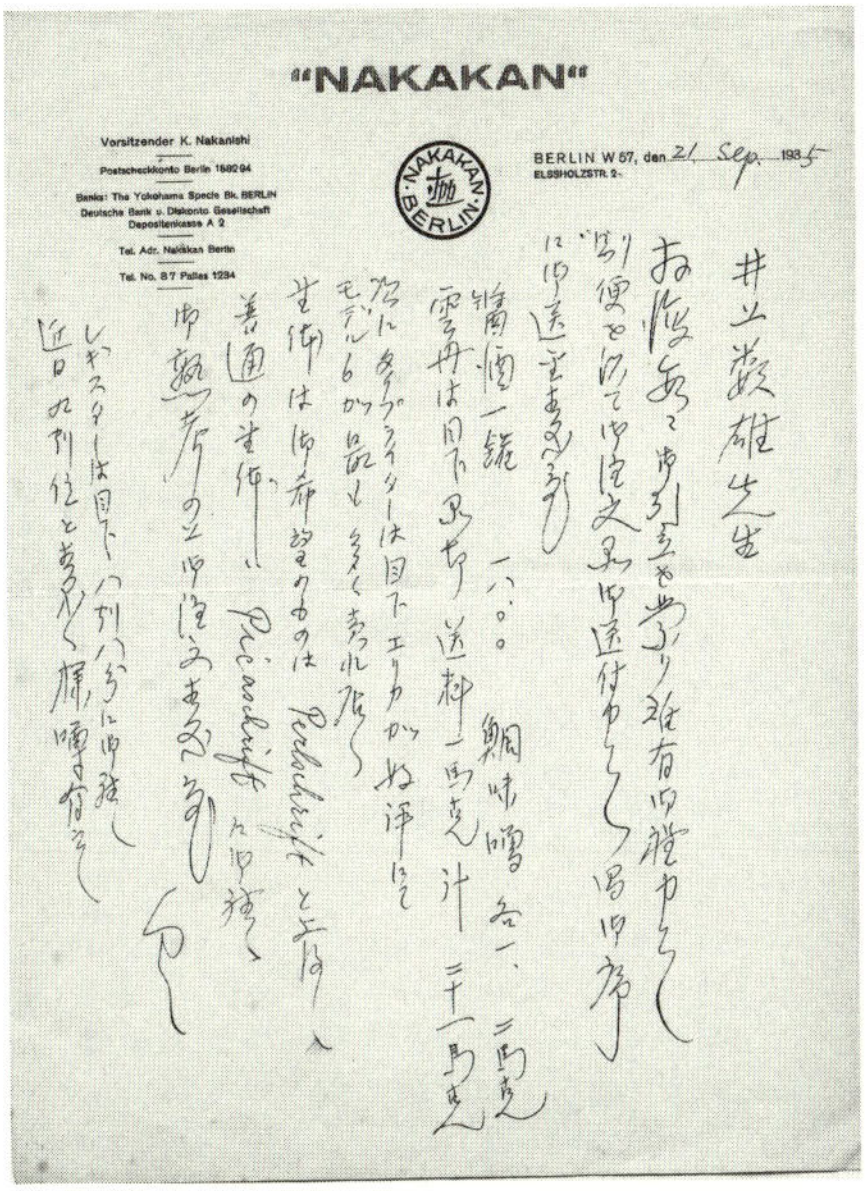

"NAKAKAN"

Vorsitzender K. Nakanishi
Postscheckkonto Berlin 158294
Banks: The Yokohama Specie Bk. BERLIN
Deutsche Bank u. Diskonto Gesellschaft
Depositenkasse A 2
Tel. Adr. Nakakan Berlin
Tel. No. B 7 Pallas 1234

NAKAKAN BERLIN

BERLIN W 57, den 21. Sep. 1935
ELSSHOLZSTR. 2

井上数雄先生

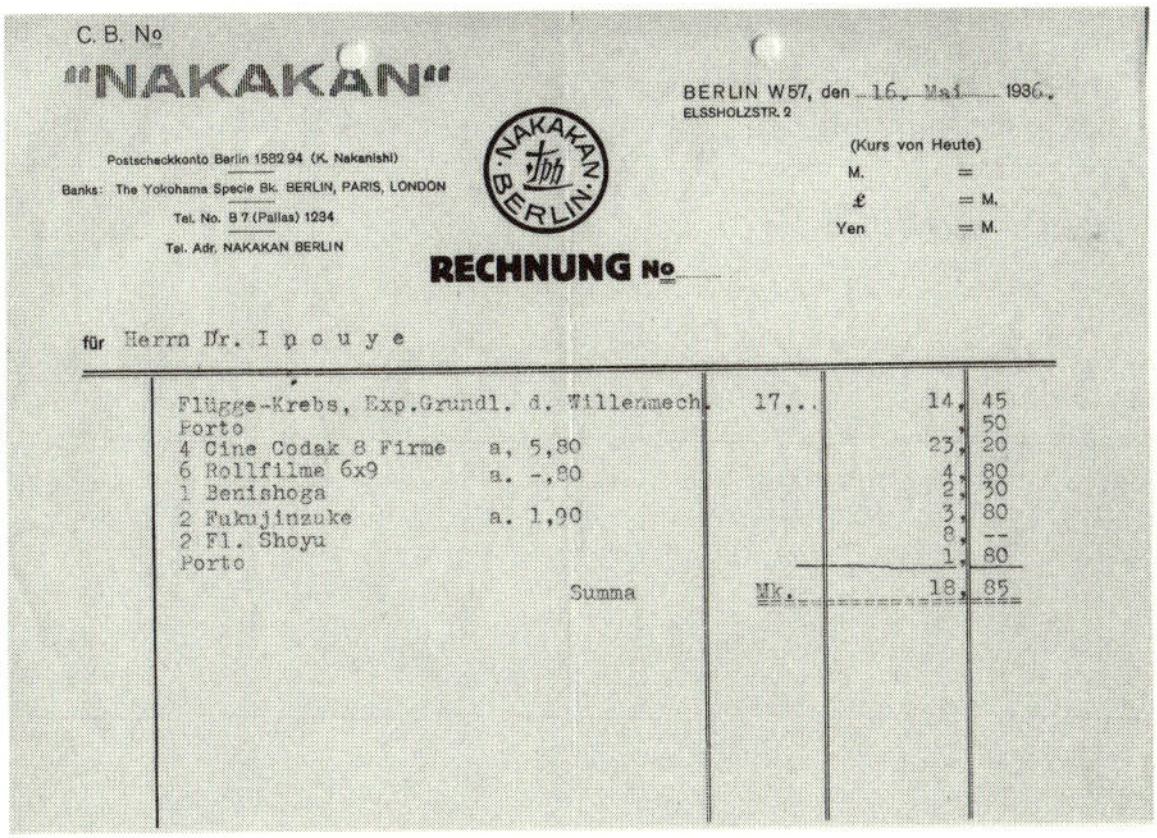

C. B. No

"NAKAKAN"

Postscheckkonto Berlin 158294 (K. Nakanishi)
Banks: The Yokohama Specie Bk. BERLIN, PARIS, LONDON
Tel. No. B 7 (Pallas) 1234
Tel. Adr. NAKAKAN BERLIN

NAKAKAN BERLIN

BERLIN W57, den 16. Mai 1936.
ELSSHOLZSTR. 2

(Kurs von Heute)
M. =
£ = M.
Yen = M.

RECHNUNG No

für Herrn Dr. Inouye

Flügge-Krebs, Exp.Grundl. d. Willenmech.		17,..	14,	45
Porto			,	50
4 Cine Codak 8 Firme	a, 5,80		23,	20
6 Rollfilme 6x9	a. -,80		4,	80
1 Benishoga			2,	30
2 Fukujinzuke	a. 1,90		3,	80
2 Fl. Shoyu			8,	--
Porto			1,	80
Summa		Mk.	18,	85

（上）中管の井上数雄宛書簡（1935年9月21日）。
（下）請求書（1936年5月16日）。

見随録欧米巡遊』は、中管に下宿を斡旋してもらった経緯を次のように述べている。ベルリン到着後にタクシーに乗ったが、ホテルの所在地が分からない。困り果てて中管に頼むと、主人が奔走して宿泊先を決めてくれた。野村覚一『欧米蝸牛行』にも中管は繰り返し出てくる。「当市一流の建築設計及施工請負人」との会見をセットし、会見での通訳も引き受けてくれた。野村は中管で「活動フヰルムの現像」を頼んだり、「東京対伯林学生競技大会」の入場券を購入している。

一九三〇年代半ばの中管の資料が、私の手元に一〇数点ある。このうちの六点は、中管の吉岡進が井上数雄に出した書簡(一九三五年九月二一日、一一月一一日、一九三六年一月七日、三月一七日、四月三日、五月一六日)で、中管の便箋に書かれている。また一点は吉岡の井上宛葉書(一九三六年四月六日)で、一点は中管の請求書(一九三六年五月一六日)である。このうち日付が最も早い書簡(二五頁上参照)を見ると、井上が醤油と鯛味噌と雲丹を注文し、タイプライターの問い合わせをしたことが分かる。また請求書(二五頁下参照)には、フィルム・紅生姜・福神漬などの金額が記載されている。他の書簡も、注文や問い合わせに対する返事で、井上は「ナチのフィルム」やドイツ語の書籍を注文していた。一九三六年四月三日の書簡は、アメリカ横断鉄道・太平洋航路・シベリヤ鉄道の切符の説明なので、帰国時期が近づいていたのだろう。

一九三五年から翌年にかけて発行された『中管時報』は三部(第一四年第九号、第一四年第一一号、一九三六年二月)ある。古書店から書簡と共に入手したので、井上数雄がベルリンで手にしたものだろう。ガリ刷りの第一四年第九号・第一一号には、翌年に迫ったベルリンオリンピック関係記事が掲載されている。それによれば在留日本人は日本選手を応援するため、井上参事官を委員長とするオリンピック委員会を、日本人会内に発足させたという。日本選手の歓迎会や送別会、通訳のための費用を、二万マルク以上と推定して、寄付金が募られた。大使館官邸で開かれた明治節の会の記念写真も、一枚三マルクという高値に設定し、その売上をオリンピック応援費に回している。一九三六年二月号(二七頁上参照)の見出しは「中管開業拾五週年記念」。この記事によれば、一九二一年に中管は農商務省の海外貿易練習店として開業した。今回は記念謝恩事業として、日本の食料品を輸入すると書かれている。

それ以外に同時期の中管のチラシが三部あるが、チラシ用に単独に作られたのか、『中管時報』の一部だったのかは分からない。『中管時報』三部がいずれも一枚物で、ノンブルがないからである。チラシ1の片面にはオリンピック応援

ベルリンの日本人商店

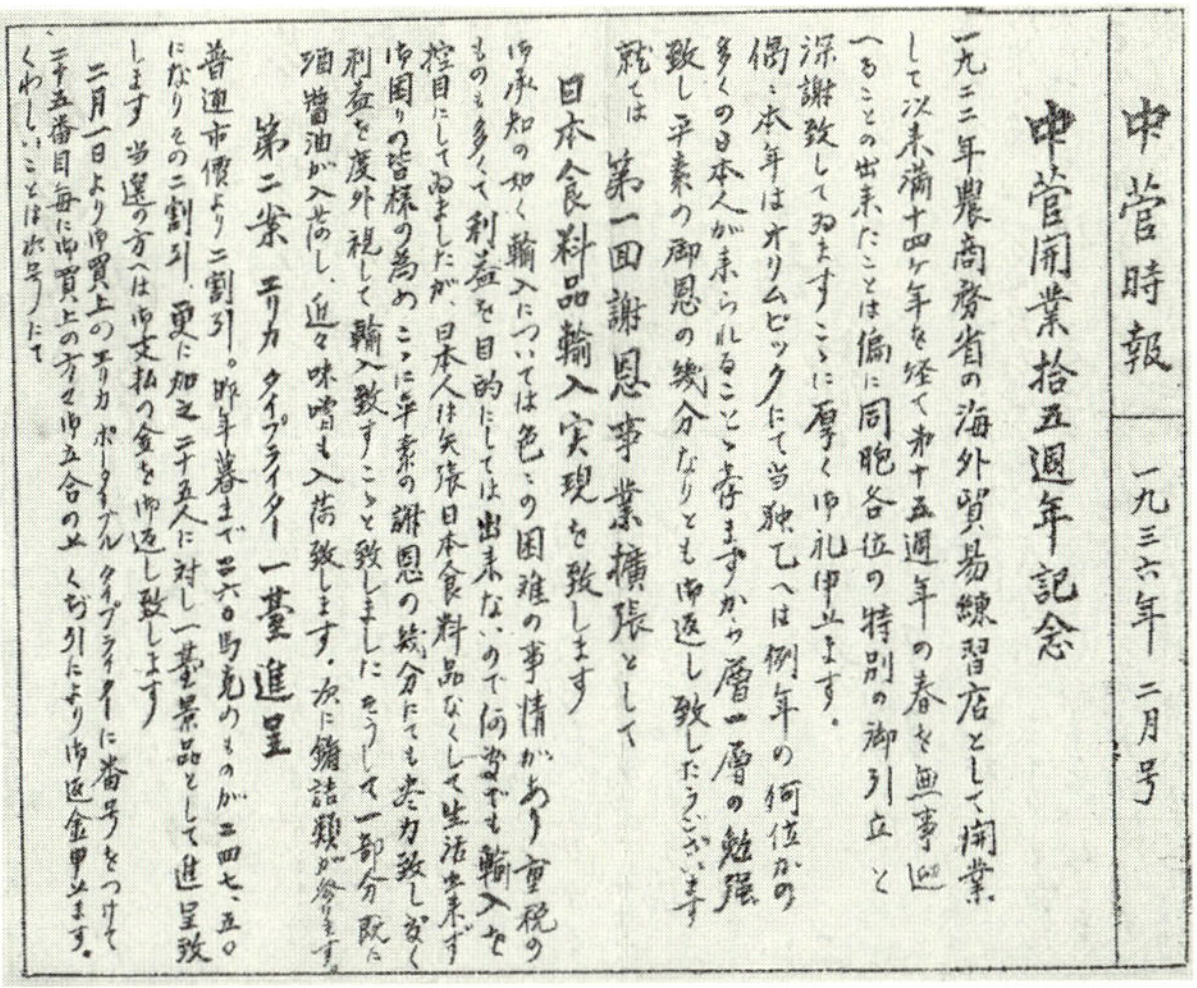

中管時報

一九三六年 二月号

中管開業拾五週年記念

一九二二年農商務省の海外貿易練習店として開業して以来満十四ヶ年を経て茲に十五週年の春を無事迎へることの出来たことは偏に同胞各位の特別の御引立と深謝致して居ますここに厚く御礼申上ます。

偶々本年はオリムピックにて当独乙へは例年の何倍かの多くの日本人が来られることと存ますから一層一層の勉強致し平素の御恩の幾分なりとも御返し致したうございます

就ては

第一回謝恩事業拡張として

日本食料品輸入実現を致します

御承知の如く輸入については色々の困難の事情があり重税のものも多くて利益を目的にしては出来ないので何営でも輸入を控目にして居ましたが、日本人は矢張日本食料品なくして生活出来ず御困りの皆様の為めここに平素の謝恩の幾分にても尽力致し全く利益を度外視して輸入致すことと致しました そうして一部分既に醤油が入荷し、近々味噌も入荷致します。次に罐詰類が参ります。

第二案 エリカ タイプライター 一台進呈

普通市価より二割引。昨年暮まで二六〇馬克のものが二四七、五〇になりその二割引。更に加之二十五人に対し一台景品として進呈致します 当選の方へは御支払の金を御返し致します

二月一日より御買上のエリカ ポータブル タイプライターに番号をつけて二十五番目毎に御買上の方々御五合の以 くぢ引により御返金申上ます。くわしいことは次号にて

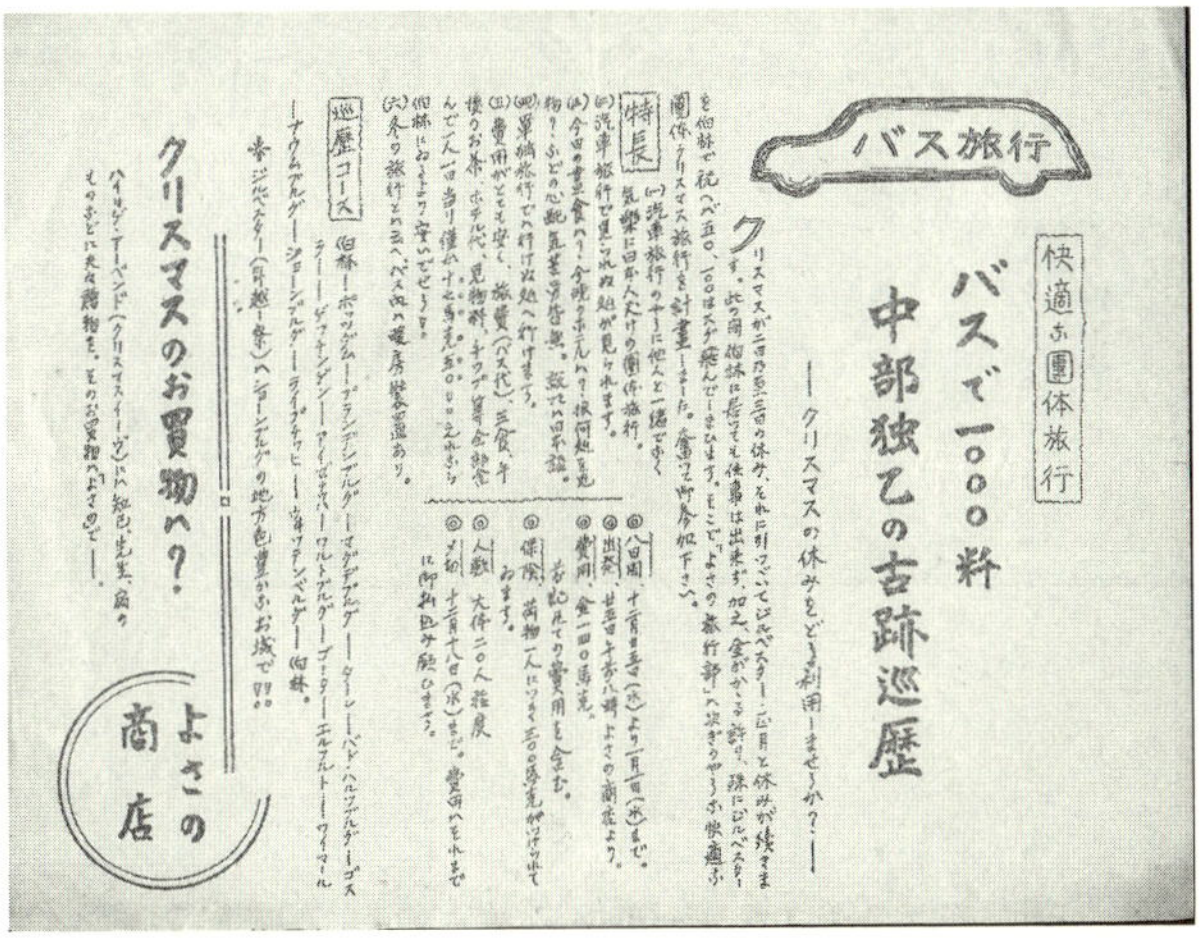

バス旅行

快適な團体旅行

バスで一〇〇〇粁

中部独乙の古跡巡歴

—クリスマスの休みをどう利用しませうか?—

クリスマスが二日乃至三日の休み、それに引つゞいてジルベスター・正月と休みが続きます。此の間伯林に居ても仕事は出来ず、加之、金がかゝる許り。殊にジルベスターを伯林で祝へば五〇、一〇〇はスグ飛んでしまひます。そこで「よさの旅行部」へ御きゝやう快適な團体クリスマス旅行を計畫しました。奮って御参加下さい。

特長

巡歴コース

伯林—ポツダム—ブランデンブルグ—マグデブルグ—ターレ—バド・ハルツブルグ—ゴスラー—ゲッチンゲン—アイゼナハ—ワルトブルグ—ゴータ—エルフルト—ワイマール—ナウムブルグ—ショーンブルグ—ライプチッヒ—ヴィッテンベルグ—伯林。

クリスマスのお買物へ?

ハイリゲ・アーベンド(クリスマスイーヴ)には知己、先生、色々のものなどに大々贈物を。そのお買物へ「よさの」で—。

よさの商店

（上）中管が発行していた『中管時報』1936年2月号。
（下）よさの商店が発行したチラシ。1935年と推定される。

グッズの値段が記され、片面には中管旅行部の「地中海遊覧旅行募集」のお知らせが印刷されている。チラシ2の片面はオリンピック入場券の申込要領で、片面は「伊国鉄道省旅客局後援、独逸研究会主催、瑞伊日本人旅行団募集」のお知らせ。チラシ3は片面印刷で、「有利な投資法」「年賀状やクリスマスカード」「オリムピック切符御申込の方へ」「中管の新電話」「白金懐中カイロ荷着」の記事が並んでいる。

ベルリンの日本人商店として中管と並んで有名だったのは、よさの商店である。外務省外交史料館所蔵の『昭和十一年十二月末現在　在外本邦実業者調（下巻）』（外務省通商局）によれば、中西賢三が経営する中管は、営業種別が「輸出入貿易、旅行案内業」で、取引売買は「貿易約一万円、其他四十三万麻克」、使用人員は七名である。それに対して与謝野譲が経営するよさの商店は、営業種別が「雑貨卸小売」で、取引売買は「約二十万麻克」と少ないが、使用人員は七名で同数だった。図版（二七頁下参照）は、よさの商店が発行した「バスで一〇〇〇粁　中部独乙の古跡巡歴」というチラシ。二〇人程度で八日間かけて回る、日本人団体旅行の企画である。

ベルリンの日本商社では、三菱商事・独逸物産・大倉商事の使用人員が多い。『昭和十一年十二月末現在　在外本邦実業者調（下巻）』には、三菱商事の取引売買は「二百六十万磅」で使用人員は六三名、独逸物産の取引売買は「二千二百万麻克」で使用人員は四九名、大倉商事の取引売買は「対独輸出物五十万麻克、対日輸出物二百八十万麻克」で使用人員は一六名と記されている。秦豊吉は三菱商事の社員だったし、画家の脇田和は三菱商事の社宅で暮らしたことがある。日本人のベルリン体験記にも三菱商事はよく顔を覗かせる。倉田亀之助は『欧米行脚』（杉野龍蔵、一九三四年）に、ドイツでの最初の日にガイドと三菱商事を訪れて、アーヘン大学入学に関する手紙を出してもらったと記している。小宮豊隆も『ベルリン日記』によれば、一九一二年七月六日に三菱で「正金へ送る手紙」にサインしている。日本人商店にはこの他にも高田商店や骨董屋棚橋などがあって、土産物を探す日本人の便宜をはかっていた。

四　日本人の階層性とアイデンティティ

日本人にとって明治・大正・昭和戦前期のベルリンは、欧米のさまざまな都市に比べて居心地のいい都市だった。シカゴ、ニューヨーク、パリを経由してベルリンを訪れた鶴見祐輔は、ダンスホールやレストランで「女たちの来て馴れ〳〵しく十年の知合のやうに話し出すのを見て、独逸の女の田舎らしい単純さと、日本人に対する人種的偏見のないのに驚いた」と、『欧米大陸遊記』（大日本雄弁会講談社、一九三三年）に書いている。ヨーロッパ各地を回ってベルリンに来た本多市郎も、「英米では、余り歓迎されない邦人も、ベルリンでは、何処へ行つても、紳士として待遇されるのであつて、邦人旅行者にとつては、こゝ程落ちついて滞在し易い所はあるまい」と『最近の世界を巡りて』（平凡社、一九三四年）に記した。

在留日本人数を考えると少し不思議な光景だが、ベルリンの都市空間では、日本人商店以外でも日本語の文字を見ることができた。大上茂喬『外遊雑記見たまゝ聞いたまゝ』（文明社、一九三四年）によると、かなり「立派な」レストランでランチを注文したときに、給仕が『大阪毎日新聞』を持ってきて、「この新聞をとつてゐるから、毎日見に来てくれ」と話しかけてきたという。楽器店のショーウィンドーには、「店にお入り下さい、そしてピアノを弾かせたり、値段を聞かれたり、どし〳〵店員を利用して下さい」と書いてある。文具店の店先には「文具一切、絵葉書多種、御名刺製作」と、理髪店の店先には「日本紳士歓迎」と記されている。日本人に対するドイツ商人の態度は、イギリス商人の態度とまるで違うと、大上はびっくりした。

ベルリンで黄色人種に対する偏見がなかったわけではない。にもかかわらずベルリンでは日本語の文字がしばしば見られた。その一因は、吉屋信子がデパートの入口で「当店には日本語の話せる店員が居ります」（『異国点景』）という日本語を読んで「日本人の購買力の偉大さ」を感じたように、ダンスホールでの「若い人はお金がなくて、こんな贅沢な踊場へ来られないのですよ」というガイドの発言を無意識に書きとめたように、経済力の階層性が作用していたからである。同時に日本人への差別意識が、欧米の他の都市よりも薄かった一因は、「ドクター」という呼称に現れているように、留学生が占める割合が高かったためだろう。

ドイツ人が日本人に向ける視線ではなく、日本人が自らに向ける視線なら、そこには階層性をめぐる葛藤と闘争が渦巻いている。中村吉蔵『欧米印象記』に、ベルリン近郊でランチを食べる場面が描かれている。テーブルを共にしたのはすべて日本人で、「東洋語学校教授辻君」「美学の深田君」「教育学の野田君」「史学の新見君」「東洋語学校の管野君」

「梵文学の榊君」と「余」の七名である。生け垣の上から七～八歳くらいのドイツ娘が顔を覗かせて、「支那の何処？」と質問したことから、一行の話題は日本人と中国人の違いになる。

それにつけて日本人が支那人と間違はれるといふので、慷慨談が出る、支那人の顔は何処か間伸がして、意気が充実してゐない、大陸産で大味な処が見えるが、日本人は小気が利いてゐる、油断の無い様子が眼、鼻、口に現はれ、肉が引締つて膏が乗つてゐる、それを兎角、独逸人、西洋人等が混淆《ごっちゃ》にしてゐるのは、眼端が利かぬなどいふ論旨が、一般日本人側の説であるが、兎に角髪の黒く粗い、皮膚の色の黄なのは、皆多少とも自己の弱点として自覚してゐるらしい、

ベルリンで日本人は、「髪の黒く粗い、皮膚の色の黄なの」を「自己の弱点」として意識していた。西洋中心主義のヨーロッパで、西洋近代の「知」を学んでいる研究者たちにとって、それは共通する自己意識だったのだろう。おのずからアイデンティティをめぐる思考は、葛藤と闘争の場にならざるをえない。「日本人にも惚れる女がある！」と一人が言うと、「それは勿論、黒奴《にっがー》にも惚れる者があるんだから」と一人が応じる。白色人種―黄色人種―黒色人種という形態的特徴による分類は、自明の階層性を示していると彼らには思えた。だから葛藤と闘争は、黄色人種のなかで日本人がいかに差異化して扱われるか、白色人種といかに同等に近く扱われるかをめぐって起きたのである。

一八九四年～一八九五年の日清戦争と、一九〇四年～一九〇五年の日露戦争は、日本を東アジアの帝国に押し上げていった。だから中村は「黒板兄」とコロニアル・ミュージアムに行ったときに、「日本にも朝鮮、満州、台湾、樺太などの材料でこんなものを建立して、国民間に殖民的意識を養はしめるがよい」と語り合うのである。倉田亀之助は『欧米行脚』に、「往来を歩いてもヒネーゼ（Chinese）と私語き振り返へられるには実にやりきれない。エムケイ氏もこの事を非常に気にしてゐて氏の下宿の主婦にヒネーゼと云はれて実に癪だと言つた」と書いている。「ヒネーゼ」＝中国人とは異なり、西洋の列強の国民と肩を並べる日本人として、アイデンティティを確立したいという欲求は、日本人のベルリン体験記に広く見られる。

経済力の階層性は、日本人男性とドイツ人女性の関係に明瞭に認められる。森鷗外「舞姫」(『国民之友』一八九〇年一月)で「余」がエリスと出会ったとき、「父は死にたり。明日は葬らでは愜はぬに、家に一銭の貯だになし」というエリスに、「余」は時計を与える。やがて「余」はエリス一家と共に暮らすようになるが、「余」にとってその生活を続けることは、「本国をも失ひ、名誉を挽きかへさん道をも断ち、身はこの広漠たる欧洲大都の人の海に葬られ」ることを意味していた。帰国するチャンスを得た「余」は、「エリスが母に微なる生計を営むに足るほどの資本を与へ、あはれなる狂女の胎内に遺しゝ子の生れむをりの事」を頼んで別れるのである。出会いと別れの場面に端的に現れているように、「舞姫」の物語は圧倒的な経済力の階層性に支えられている。

中村吉蔵は『欧米印象記』で、日本人男性の「情事談」はアメリカやイギリスよりドイツの方が多く、『舞姫』の如き実験をしてゐる日本人は屈指に遑《いとま》ないであらう」と述べている。もちろんすべてのケースが、「舞姫」のような結末を迎えるわけではない。桂太郎と共に陸軍から派遣されたKは、本国の召還命令を無視して結婚し、老人になるまでベルリンで下宿屋を営んだという。下宿の隣家の調馬師の娘と結婚して、妻を連れて帰国した「某大学の助教授」もいる。しかし、「舞姫」に近いケースも存在した。「有名な某博士」は「下宿屋の娘」を妊娠させて、子供が大学生になるまで仕送りを続けている。また仕送りが途絶えたと、日本倶楽部に「駆込訴訟」にきた母子もいる。そして多くのケースに於いて、どのような人生を選ぶのかという選択権は、ドイツ人女性の側ではなく、日本人男性の側が所有していたように見える。

ベルリンで留学生が売春婦を買う話は、ベルリン体験記によく出てくる。一九二三年にベルリンに滞在した小宮豊隆は、「もうドイツともお別れだという心境が盛になって来たと見えて、しきりに女を買い歩」(『ベルリン日記』)く日本人に言及している。一九二七年にベルリンに留学した和辻哲郎も、「留学生の多く」が「女でも買つてうさ晴し」をしていると和辻照子宛書簡(『和辻哲郎全集』第二五巻、岩波書店、一九九二年)に記した。

経済力の階層性は買春に直截に映し出される。日本人専門の売春婦は、誰もが一度は訪ねるという意味で「税関」と呼ばれていた。一九二一年に出た『世界通』は、「税関」が一〇人はいると述べ、「独逸は英仏諸国に比べると物価が安い。而も留学生の受ける手当は同じなので、学生の懐具合は概して善い方であるので、其善い部分を此税関に払込む」

と解説している。「税関」第一世として有名なのはアマンダ・シュネル。『好色ベルリン女』（いとう書房、一九四九年）で丸木砂土（秦豊吉）は、「茲にアマンダ・シュネル嬢本社忠誠ノ主旨ニ賛セラレ……特ニ正社員ニ列ス、明治三十八年十一月何日、大日本帝国赤十字社総裁……親玉」という金縁の額が、彼女の部屋にあったと述べている。「日本人の救世母、アマンダ、シュネル嬢に呈す、川上音次郎」と裏に書かれた写真には、「日本宗教学権威の文学博士」や「宮内大臣」や「陸軍中将」が写っていた。手箱の中は日本人の名刺で一杯で、「あたし日本に行つたら、どこでもおまんま喰べられますよ」とアマンダは豪語していたらしい。

もちろん名刺がすべて本人のものとは限らない。鈴木秋風は『新式赤毛布』（求光閣書店、一九一一年）で、美術家の岡崎雪声が自分の名を出すのを憚り、久保田米斎の名刺を渡したというエピソードを紹介している。アマンダの部屋を訪れた日本人は、彼女の写真をうれしそうにもらってきた。なかには帰国してから妻に、「独逸の有名な女優だ」と見せびらかした高官もいたらしい。ところがあるときアマンダが来日するという噂が広まる。ベルリン帰りの「紳士」たちは、「何の為めに来るのかと、淡気味悪く」思っていた。やがて雑誌『文芸倶楽部』の口絵に、アマンダの写真が掲げられる。アマンダが女優でないことを知ったある高官の妻は、雑誌を夫に突き付けて「お暇を下さい」と泣き、大騒動になったという。

鈴木定次はそんな留学生の姿を苦々しく見ていた。『欧州快遊記』（賢文館、一九三三年）の「学都伯林」という節に鈴木は、「私の眼に映じた在伯の学者の一二パーセントの人は確かに留学に価する研究を重ね刻々と他山の石を集めて磨きをかけてゐた人もあつたが、其他の連中となるとジアズの渦巻くサクソフオンの音にとろけて仕舞つて半裸出の豊満な腕に劣情を覚えるといふ代物が多かつた」と書いている。留学生のわずか一〜二％しか「留学に価する研究」をしていないというのは、厳しすぎる見解だろう。しかし多くの日本人が恋愛や買春というセクシュアリティの問題を、国外（ベルリン）の出来事として処理したことは間違いない。それと同じように、実は留学の問題も国外の出来事として処理されたように見える。

本書巻末の「ベルリン関係・出版物年表1861-1945」の各年の事項欄に、「†」で主なベルリン大学在籍者を記載したのでご覧いただきたい。正科生は意外なほど少なく、聴講生と語学校生が非常に多い。彼らの前に立ち塞がっていたのは、語学力の壁である。鶴見祐輔は『欧米大陸遊記』で、「自国語ですらあまり言はない習慣の我々であるから、外国語のうまくなりやうがない。従つて日本人は支那人などに較べると、外国語は段違ひだ」と嘆いている。一例をあげておこう。哲学者の和辻哲郎は一九二七年に、夏学期の聴講生になる。しかし和辻は一ヵ月も経たずに、聴講をやめてしまう。同年五月一五日付岩波茂雄宛書簡（『和辻哲郎全集』第二五巻）に彼は、「言葉が不自由なため、半分位しかわからない（又解つた限りではあまり感服も出来ぬ）講義を一生懸命に緊張してきいてゐるなどは、我ながらあまり感心したものでない」と記している。

もちろん「文物に触れる」という言葉が端的に語るように、正科生の方が聴講生や語学校生に比べて、実りある体験をするとは限らない。また正科生も、語学力の厚い壁に直面したことに変わりはなかった。『世界通』は、論文作成を専門に請け負ってくれる「売文業」（リテラトウア販売業）が存在すると指摘している。「日本のドクトル志望者は十中八九まで此所のお世話」になっていて、「論文中の参考書名を此店で作成して貰ふものも少なくない」と。

本書『言語都市・ベルリン』は、日本語で書かれた都市ベルリンを問うために、三部構成をとっている。「I　ベルリンからのモダニズム」は六章に分け、哲学・思想、音楽、建築・デザイン、演劇、写真・映画、ダンス・スポーツの各分野で、ベルリンからの波動が日本に何を与えたのかを考察した。最も大部となる「II　日本人のベルリン体験」は、「1　プロイセンからドイツ帝国へ（一八六一—一九一三）」「2　ワイマール共和国の誕生（一九一四—一九二二）」「3『黄金の二〇年代』と国際都市（一九二三—一九三二）」「4　ナチズム支配と第二次世界大戦（一九三三—一九四五）」の四つの時代に区切り、演出家・建築家・作曲家・小説家・哲学者など二五人のベルリン体験を明らかにしている。「III　ベルリン事典」では日本人のベルリン体験記に頻出する五〇のスポットを取り上げ、スポットに向けられた視線を浮き彫りにした。また巻末には、「日本人雑誌編集長の見たベルリン」と、日本人のベルリンでの足跡とベルリン関係出版物を記載する「ベルリン関係・出版物年表」を収録している。

三部からは日本人のベルリン体験の幅広さが浮き彫りになるが、「言語都市」（＝言葉で記述された都市）というキーワードに即すなら、言語都市・ベルリンで前景化される問題は、言語都市・パリで前景化される問題と異なっている。後者に特徴的に現れていたのは、「芸術の都」のようなステレオタイプ化した日本国内のパリ・イメージと、長期滞在者のパリ体験との大きな落差だった。しかし前者では、ベルリンが「学都」として捉えられたために、そのイメージは日本国内であまり消費されず、一般の人々から遠い場所として聖化されたように見える。多くの留学生が体験した挫折と煩悶は、聖化によって隠蔽され、国外の出来事として処理されることになった。ベルリン大学の正科生なのか聴講生なのか語学校生なのかは、もはや大きな問題ではない。帰国後の彼らは「洋行」や「ベルリン大学留学」を果たした者として、等しく畏敬の眼差しで迎えられた。

それは日本の国内で、別の階層性を形成することにつながっていく。第二次世界大戦後も長く続く医者のカルテのドイツ語は、その象徴的な例だろう。ドイツは医学先進国だったために、医者の留学体験の有無にかかわらず、彼らが記載するドイツ語のカルテは、患者を無言のうちに圧倒した。患者のカルテでありながら、患者本人が理解できないという、不可解な制度としてのドイツ語のカルテは、医者—患者という階層性を保障し続けたのである。

日本国内の階層性はカルテだけに現れていたのではない。一九三一年の文部省在外研究員のほぼ全員が、ドイツを中心とするヨーロッパかアメリカに留学したように、近代日本の「学問」や言説空間は、西洋中心主義という大きな枠組みの中で形成されていった。現在でも欧米の思想や理論をいち早く適用して、論文を書く光景は珍しくない。しかし適用するだけでは、それが欧米の「学問」や言説空間にとって関心の対象となることはないだろう。適用は、思考の後進性の証しにすぎないからである。極東の日本という空間と、近代という時間でこそ、可能な思考を編まない限り、交換性は生まれない。

同じ極東に生を享けても、中国人が中国語で記した言語都市・ベルリンと、日本人が日本語で記した言語都市・ベルリンは、異なった様相を見せるだろう。交換に値するのはその偏差である。日本語で記された言語都市・ベルリンを対象化する作業は、アジアやアフリカ、中南米やヨーロッパの、他の言語で書かれた言語都市・ベルリンを対象化する作業と、いつか交差するに違いない。そのときに自己と他者は、相互に照射し合うことで、まだ意識化できずにいる新たな姿を見せるだろう。本書を執筆しながら、私たちが少しでも近づきたいと願っているのは、そのような思考の地平である。

（和田博文）

I ベルリンからのモダニズム

1 哲学・思想

憲法・国家・哲学

一八七三（明治六）年三月、岩倉具視ひきいる遣外使節団がベルリンに到着した。その彼らが同月一五日夜の招宴で目にしたのは、鉄拳宰相ビスマルクの強烈な演説だった。ビスマルクは「方今世界ノ各国、ミナ親睦礼儀ヲ以テ相交ルトハイヘ〓《ども》、是全ク表面ノ名義ニテ、其陰私ニ於テハ、強弱相凌キ、大小相侮ルノ情形ナリ」と主張し、「公法」（国際法）が列強各国の権力拡大の道具にほかならないことを力説した（久米邦武編『特命全権大使米欧回覧実記』第三編、博聞社、一八七八年）。岩倉使節団は、不平等条約を改正するために、その「公法」に望みを託していたわけだが、彼らの夢と期待を、ビスマルクが粉砕したのである。この演説を聴いていた大久保利通は、国際法に頼るのではなく、憲法制定によって日本の独立を保全し、国力を増進することが急務だと考えていた。

同年五月には司法省フランス法制度調査団の一員として、影の明治憲法起案者としても知られる井上毅がベルリンにやってきた。一〇日あまりの滞在ではあったが、井上毅は革命によって急進的に成立したフランス法よりも、風俗や慣習に沿って漸進的に進化してゆくドイツ法制の有効性を学んだのだという（森川潤『井上毅の

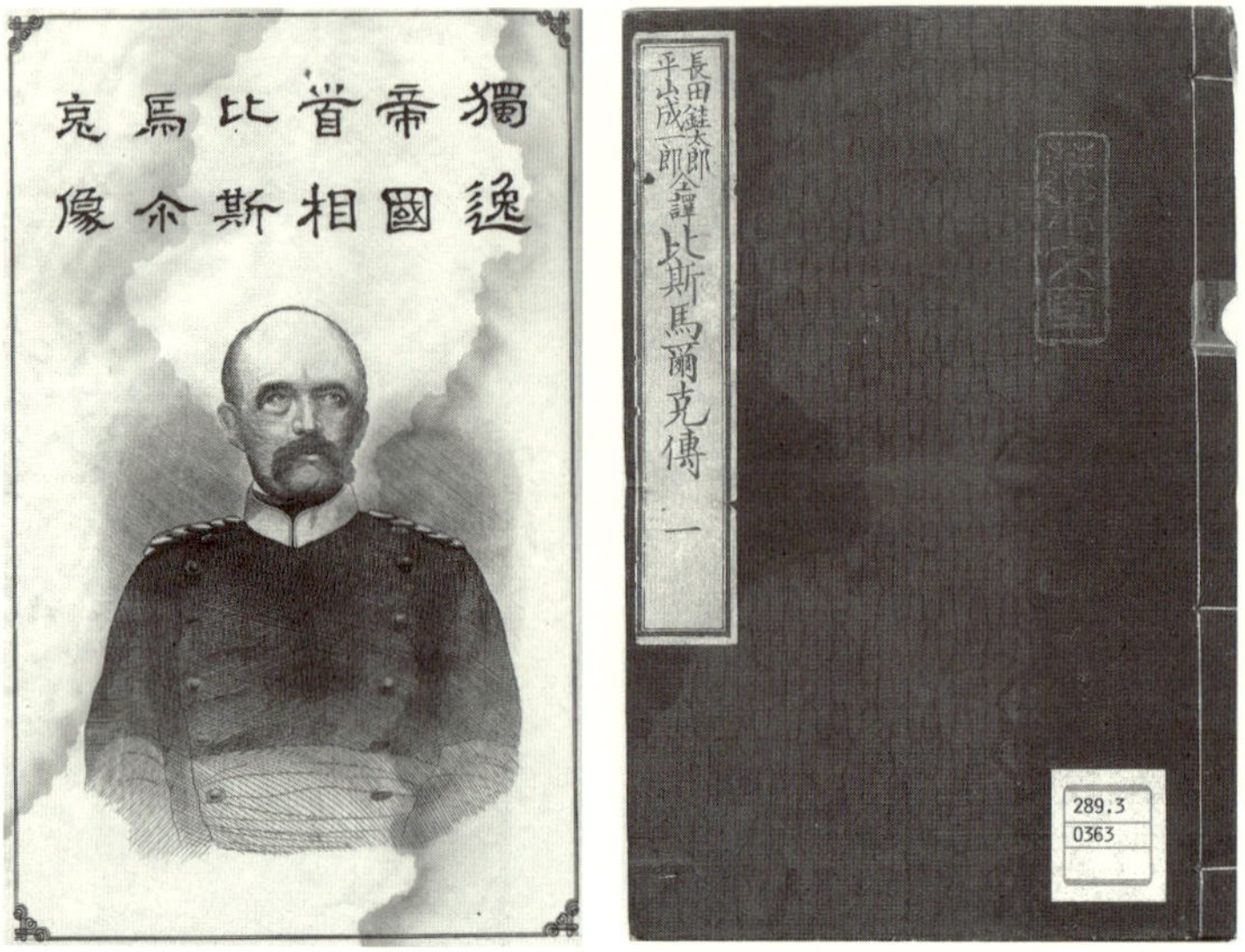

★一八七五（明治八）年刊行のア・ミシエール『独逸国首相比斯馬爾克伝』一之巻（長田銈太郎・平山成一郎訳、青山清吉発行、同志社大学図書館荒木文庫蔵）の書影と、同書に収められたビスマルクの肖像画。

ドイツ化構想』雄松堂出版、二〇〇三年）。いわゆる漸進主義の重要性である。

当初はイギリスやフランスを規範としていた日本の法学も、こうした段階を経て次第にドイツへと傾斜していく。それが表面化するのが「明治一四年の政変」であり、この一八八一（明治一四）年を境に、文部省留学生の渡航先もドイツへと集中する（渡辺実『近代日本海外留学生史』上、講談社、一九七七年）。翌一八八二年には、岩倉使節団に同行した伊藤博文が、立憲君主制を学ぶために再びドイツの地を踏んだ。その伊藤が、国家学者ローレンツ・フォン・シュタインから学んだのも、漸進的に国家が進化するための、行政の重要性だった（瀧井一博『文明史のなかの明治憲法』講談社、二〇〇三年）。

こうした憲法制定における漸進主義と並行して日本の思想界に拡大していたのが、生物学的思考であり、進化論に基づく思想である。一八七二年には、ドイツの法学者ヨハン・カスパル・ブルンチュリの『国法汎論』（文部省）が刊行されている。これは訳者の加藤弘之が明治天皇に進講した書物であり、国家を生物学的な有機体として把握するものだった。ドイツ学の先駆者であった加藤は、この『国法汎論』刊行時、天賦人権説の立場にあった。だが、その後よく知られるように、加藤は『人権新説』（谷山楼、一八八二年）を刊行し、進化論の観点から天賦人権説を批判している。そのなかで強調されていたのは、優勝劣敗の論理、つまり国家間の競争によって日本が強力な国家に進化することだった。そして、その『人権新説』には「凡ソ優劣競争ノ事ハ宇宙万物ハ勿論吾人々類世界ニ於テモ決シテ絶ユルㇰ《こと》アラスシテ、常ニ吾人ノ利益幸福ヲ進ムルモノナリ」と、エコロジーの命名者としても知られるドイツの生物学者、エルンスト・ヘッケル（「黒科耳」）の主張が援用されていたのである（なお、加藤弘之は一九〇七年にドイツ語学開設の功績によって、ヴィルヘルム二世から王冠第一等勲章を贈与される）。

『人権新説』から二年後の一八八四年には、文部省留学生の哲学研究生第一号として井上哲次郎がドイツに向かった。エードゥアルト・フォン・ハルトマン（井上と同年にドイツ留学した森鷗外も傾倒した哲学者）をはじめとして、前述のシュタイン、ヘッケルなど多数の学者と交流した井上は、一八八七年から帰国直前の一八九〇年まで、ベルリン大学付属東洋語学校で日本語や日本文化の講義を担当している。『懐旧録』（春秋社・松柏館、一九四三年）によれば、当時ドイツ公使だった西園寺公望が聴講に来たこともあった。また、井上がベルリン大学講堂で行った「神道」の演説会には、各学界の著名人を含む多数の聴衆が集まり、ドイツの新聞には講演の紹介や批評が掲載されたのだという。

その井上が帰国直後に刊行したのが、教育勅語を論じた『勅語衍義』（巻上下、井上蘇吉・井上弘太郎、一八九一年）である。同書で井上は「独国ノ諸洲ガ亦千八百七十一年ニ聯合シテ、一大帝国ヲ興セシガ如キハ、一トシテ同一ノ心性及ビ言語風俗歴史等ヲ有スルモノヲ結合シ、以テ大ニ国ノ力ヲ養成セル所以ニアラザルハナキナリ」（巻上）とドイツに言及しながら、国家が一体となる重要性を説いている。そしてさらに「夫レ国家ハ有機物ト同ジク、生命アリテ生長シ、発達シ、老衰スルモノナリ」（巻下）と国家有機体論を主張して、国民が命を惜しまず国家に尽くすことを称揚したのである。ちなみに、『明治哲学界の回顧』（岩波書店、一九三二年）で井上は、ヘッケルや加藤弘之の進化論を「物質的方面の進化」と批判し、自らの哲学の独自性を「精神的進化」と位置づけている。

転換期――第一次世界大戦

こうした動向と呼応して、当初はイギリスやフランスを中心とした明治初期の哲学界もドイツへと移行しはじめる。一八七八年にはアーネスト・フェノロサが来日して東京帝国大学でヘーゲルを講義しているが、実質的なドイツ志向が顕著となるのは井上哲次郎の帰国前後（一八九〇年前後）からだろう。特に一八九三年、東京帝大に来任したラファエル・フォン・ケーベルの役割は看過できない。この人事については、前述ハルトマンから井上哲次郎への推薦があった。そしてドイツを基軸とする哲学研究の時代がはじまるのである。ちなみに、桑木厳翼は「明治三十年代」（一八九七〜一九〇六年）に、初めて「概論風の著述が独逸に於ても我邦に於ても行はれ来た」といい、そうしたメディア状況が、哲学を「一般意識」に高めたと述べている（「哲学四十年」、『経済往来』一九三五年五月)。

その桑木がベルリンに到着したのは一九〇七年のことだった。桑木厳翼「日本思想界に及ぼしたる独逸哲学の影響」(『日独文化』一九四二年一一月)によれば、彼がベルリンで目撃したのは前述ヘッケルの大流行だった。例えば、洋服屋の老爺は「哲学なら今独逸ではヘッケルが最著名だ、是非之を研究するやうに」と桑木に助言し、百貨店にはヘッケル『世界の謎』(原著一八九九年)が山積みになっていた。ただし、「ヘッケルの名は加藤弘之博士を通じて我学界にも普通になつて居る」ともあるように、進化論にはあまり関心が示されていない。桑木は洋服屋の老爺にまで哲学が普及するドイツの「大哲学国的精神」を実感し、自らの研究に打ち込んだ。帰国後、彼は新カント派に関する著作を公刊し、大正期新カント派ブームの一翼を担うことになる。この時期には、朝永三十郎、左右田喜一郎、波多野精一らもドイツに留学し、新カント派の洗礼をうけた。

だが、こうした状況も一九一四(大正三)年の第一次世界大戦勃発で一変し、日本人のドイツへの渡航も一時断絶してしまう。一九二〇年四月、その敗戦国ドイツに「戦後に於ける日本よりの最初の哲学研究者」として入国したのが、北一輝の弟、北昤吉だった(『哲学行脚』新潮社、一九二六年)。北は一九一八年に早稲田大学哲学科講師の職を辞し、欧米各国を歴訪した後に、ベルリンに到着したのである。

当時のベルリンには「街頭に満つる淫売婦の群れが、生活苦を物語」る悲惨な光景が広がっていた(『哲学行脚』)。当然、大戦でドイツ軍と交戦した日本人への対応も以前とは異なる。「ザルツブルグ国際婦人会主催の夏期学校」(『哲学行脚』)には、北昤吉と「非戦論者として有名な前のベルリン大学助教授のニコライ氏」との会見記が収められている。このときニコライは「日本は余りに軍国主義的ではないか」と北を詰問した。後に代議士となる北昤吉の、新カント派的な認識論や価値哲学をまじえた主張を一瞥しておこう。

私は弱者と強者とに依つて道徳が異なると思ふ。弱者の徳は正義の要求であり、時としては戦の敢行である。強者の徳は、之に反して、愛であり、平和であらねばならぬ。弱者にして平和を説き愛を宣べるのは怯者で、強者にして力の福音を称へ、戦ひを叫ぶのは驕者である。ニィチエの権力意志の高潮と基督の愛の福音とは矛盾しない。道徳の主体が違ふからである。ニィチエは弱者であり、基督は強者である。日本人が朝鮮人に対して力を誇示するのは、驕者の行為であり、米国人に対して平和を宣べるに汲々たるのは、怯者の態度である。愛国心にしても、やはり主体に依つて価値が異なる。驕慢なユンカーの愛国の叫びには、一種の浮華と虚栄とがあつたが、私は現在の圧迫されたドイツ人の愛国心には、荘厳な或物があると感ずる。

このように「大哲学国」ドイツは、リアル・ポリティークの場所へと変貌しはじめたのである。

ちなみに三木清は、第一次世界大戦中の大学生だった頃（一九一七年前後）を回想して、それ以前の、アンリ・ベルクソンやルドルフ・オイケンに代表される「生の哲学」の流れに加えて、新たに「日本における新カント派の全盛時代」が形成されたと述べている（「読書遍歴」、『読書と人生』小山書店、一九四二年）。この時期、前述した桑木厳翼、朝永三十郎、左右田喜一郎らによる新カント派研究の成果が立て続けに公刊されたのである。だが、それは単なる受容ではなかった。その「日本に於ける新カント主義」の「特殊な性質」について、三木は次のように述べる。すなわち、日本では、新カント派の「認識論的立場に止まらないで」、「ドイツ浪漫主義の哲学」が結びつき、「形而上学に行くといふ傾向が常に根強く存在してゐたのである」（「読書遍歴」）。

新カント派と禅の思想

このように新カント派は大正期に一大ブームを巻き起こした。雑誌『改造』の特集「現代八大哲学者と其思想」（『改造』一九二一年七月）に、佐竹哲雄「ハインリッヒ・リッカート」が掲載されたことからもわかるように、その中心的存在だったのが、いわゆる新カント派の西南ドイツ学派に属し、文化科学と自然科学における認識や価値の差異を主張したハインリヒ・リッケルトだった。前述の左右田喜一郎も師事した人物である。

そのリッケルトの言葉を、哲学の専門家以外の広範な読者へ届けたのが、先に登場した北昤吉だった。北は一年間ベルリンで時事問題を研究した後に、一九二一年三月末に西南ドイツ学派の聖地ハイデルベルクに向かい、リッケルト教授宅を訪問した。そのときヨーロッパや日本の哲学について議論して教授の信頼を獲得し、翌月にハイデルベルク大学へ移ったのである。その北を仲介として、リッケルトの「雑誌『改造』のために」という副題のついた論考が、直接『改造』に寄稿されることになった（一九二一年四月号の「ゲェテのファウストと理想主義」、同年一一月号の「近代の科学と希臘の哲学」など）。

北昤吉がハイデルベルク大学にきた一九二一年春の時点では、町に日本人は一人もいなかった。だが、同年七月に石原謙が、翌年四月には三木清をはじめとして日本人留学生が大挙してやってきた。「リッケルトを中心として」（『改造』一九二三年三月）によれば、北昤吉は一九二二年六月に、リッケルトの依頼で「日本の神秘主義」という題目の「禅」についての講演を行っている。その主眼は「観照と実行とを特殊の方法にて一致せしめる」禅の特徴を論じることにあった。「リツケルトも禅の超功利主義な所にいたく感

★1922年にハイデルベルクで撮影された日本人留学生の会合の様子（『三木清著作集』第二巻、岩波書店、1949年）。右から四番目が三木清。五番目がオイゲン・ヘリゲル。

動した様であった」らしい。自然科学を越える文化科学の可能性を模索していたリッケルトに、禅は未知の想像力を充填したのかもしれない。

この当時を回想する日本人留学生にとってのハイデルベルクは、ベルリンの喧騒と反対に、穏やかで、あまりにも美しい。だが、それは日本人だからこそ許された意識だった。このとき人類史上最悪のインフレに直面していたドイツでは、天文学的な数値にまで貨幣価値が下落していた。加藤将之『ハイデルベルクの神話』（短歌新聞社、一九七二年）によれば、九鬼周造はリッケルトに高価なイギリス紙幣を「パリパリとあてがって」生計の安泰を与えたのだという。また、ドイツ人研究者はこぞって日本人の家庭教師をした。日本人留学生が下宿先の家計をすべて引き受けた例もある。そして日本人は神や王様のように優遇された。先に絶賛された北昤吉の禅の講演にも、純粋な学問的意味だけでなく、そうした眼に見えない関係が作用していたことは想像に難くない。

ハイデルベルクの禅については禅家の大峡秀栄が中心にいた。その大峡や北昤吉、三木清、経済学者の大内兵衛、東洋学者の増田磁良らの研究会に関係したのが、一九二四年から東北帝国大学で禅と弓道の研究をするオイゲン・ヘリゲルだった。大峡や北との接触を通じてヘリゲルの禅への関心は来日前に形成されていた。先の北昤吉の講演も、実は「ヘリゲル博士に訂正してもらつて完全を期した」ものだった（「リッケルトを中心として」）。なお、東北帝大の雑誌『文化』（一九三六年九月）に掲載された「弓術に就いて」は、ヘリゲルが日本からドイツに帰国した後の一九三六年二月に、ベルリン日独協会で講演したものであり、一九四一年に岩波書店から刊行され、多くの読者をえることになる。

また一九二〇年代にはエドムンド・フッサールの現象学が日本で盛んに紹介された。フッサールの名は西田幾多郎「認識論に於ける純論理派の主張に就て」（『芸文』一九一一年八月）にすでに見られ、一九二六年からフライブルクでフッサールに学んだ高橋里美らの紹介もある。だが、それには別の文脈もあった。一九二三年三月号『改造』に掲載の、フッサール「革新」(ドイツ語併記)は、「吾々の悩みに満ちたる現代において、革新は一般の叫びである。欧州の文化の全範域に亘って然りである。一九一四年以来、大戦は欧州の文化を荒廃させた」と始まっている。その後も、このフッサールの論文は「個人倫理問題の再新」(一九二四年二月)、「本質研究の方法」(同年四月)と『改造』に連載された。これらの論考が、一九二三年九月の関東大震災前後に発表されていることは注意しておくべきだろう。後に、横光利一「雑感――異変・文学と生命」(『読売新聞』一九三四年一月四日)は、「大正十二年の関東の大震災は日本の国民にとっては、世界の大戦と匹敵した」と述べるわけだが、フッサールの言葉は、ドイツと日本の間で、いわば第一次世界大戦と関東大震災を思想的に接続する意味も担っていたのである。

ベルリン反帝グループ

一方、リアル・ポリティークの都市ベルリンでは、別のグループの活動がはじまっていた。これに関連して、一九三一(昭和六)年四月二三日付『読売新聞』には、「国際的連絡へと/ナップ俄かに動く/勝本清一郎氏や藤森成吉氏も/伯林で秘かに活躍」という見出しの記事が掲載されている。

このグループ結成の発端は、蝋山政道(東大法学部助教授)の提唱で、一九二六年末に「ベルリン社会科学研究会」が発足したことにはじまる。この研究会ではスターリンやブハーリンなどのマルクス主義文献の読書会が行われた。出席者は有澤広巳(東大経済学部助教授)、谷口吉彦(京大経済学部助教授)らの若手研究者のほかに、鈴木東民(電報通信特派員)や黒田礼二(朝日新聞特派員・本名岡上守道)らのジャーナリスト、俳優で演出家でもあった千田是也、衣笠貞之助や岡田桑三らの映画関係者、さらに留学生の岡内順三(村山知義の義弟)も加わった(詳細は、加藤哲郎「ワイマール末期在独日本人のベルリン社会科学研究会」、『大原社会問題研究所雑誌』第四五五号、一九九六年一〇月、を参照)。

ドイツでは共産党が合法政党だったこともあって、日本のようにデモ活動が即座に禁止され、伏せ字だらけのマルクス主義の本しか読めない状況とは、全く別の環境が存在していた。ベルリンに集まった若者たちは、世界の資本主義の状況や日本の階級闘争について闊達に議論を戦わせ、ドイツの実際の左翼運動から直接学びながら、互いの交友を温めたのである。この研究会に創設期から参加し、その中心となったのが、社会衛生学研究のために留学していた東大医学部助教授、国崎定洞だった。

一九二六年末に渡独した国崎は、順調に行けば一九二八年に帰国し、東大教授となるはずだった。しかし、一九二八年に日本で行われた第一回普通総選挙で状況は一変する。公然と選挙活動を行った日本共産党に危機感を募らせた田中義一内閣は、党関係者

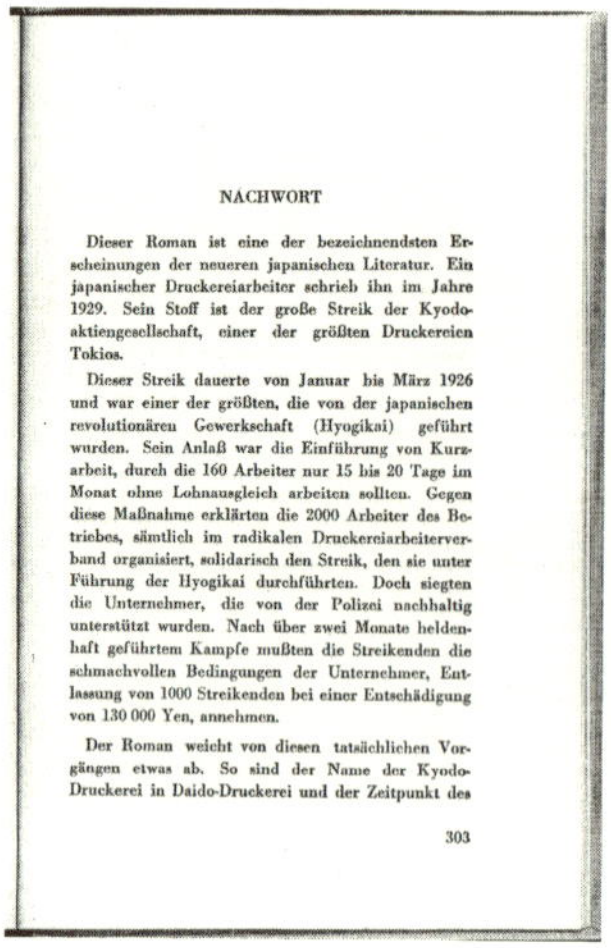

NACHWORT

Dieser Roman ist eine der bezeichnendsten Erscheinungen der neueren japanischen Literatur. Ein japanischer Druckereiarbeiter schrieb ihn im Jahre 1929. Sein Stoff ist der große Streik der Kyodoaktiengesellschaft, einer der größten Druckereien Tokios.

Dieser Streik dauerte von Januar bis März 1926 und war einer der größten, die von der japanischen revolutionären Gewerkschaft (Hyogikai) geführt wurden. Sein Anlaß war die Einführung von Kurzarbeit, durch die 160 Arbeiter nur 15 bis 20 Tage im Monat ohne Lohnausgleich arbeiten sollten. Gegen diese Maßnahme erklärten die 2000 Arbeiter des Betriebes, sämtlich im radikalen Druckereiarbeiterverband organisiert, solidarisch den Streik, den sie unter Führung der Hyogikai durchführten. Doch siegten die Unternehmer, die von der Polizei nachhaltig unterstützt wurden. Nach über zwei Monate heldenhaft geführtem Kampfe mußten die Streikenden die schmachvollen Bedingungen der Unternehmer, Entlassung von 1000 Streikenden bei einer Entschädigung von 130 000 Yen, annehmen.

Der Roman weicht von diesen tatsächlichen Vorgängen etwas ab. So sind der Name der Kyodo-Druckerei in Daido-Druckerei und der Zeitpunkt des

303

★図版の右側が、ドイツ語版、徳永直『太陽のない街』の表紙カバー（藤森成吉『ロート・フロント』学芸社、一九三三年）。山脇道子『バウハウスと茶の湯』（新潮社、一九九五年）によれば、表紙のモデルは道子本人で、写真は山脇巌が撮影し、千田是也がデザインを担当した。左は、同書に収められたベルリン反帝グループによる跋文の冒頭部分。

とその支持者に弾圧を加え（三・一五事件）、左翼運動への監視を強めたのである。この直後に蝋山や谷口らは帰国した（後に帝国大学教授に就任）。だが、国崎は帰らなかった。一九二七年一一月には、日本に残してきた国崎の妻、斉藤ともが他界している。国崎は見るに忍びないほどの状態だったのだという。一九二八年二月二三日付の小宮義孝宛書簡に国崎は、「闘争の舞台から離れて、頭の中から書いてゐる事は面白くない。君の奮闘を祈る。動揺するなよ。インテリゲンチヤは動揺しやすいからね」と自らに言い聞かせるように記している（川上武・加藤哲郎・松井坦編著『社会衛生学から革命へ』勁草書房、一九七七年）。

その後、国崎は一九二八年七月にドイツ共産党に入党し、同じく入党した千田是也とともにドイツ共産党日本語部を組織した。その年の夏にはドイツ人フリーダと再婚してタツ子・クララが生まれる。そして一九二九年末、先に『読売新聞』が報じていたグループが誕生した。この組織の名称は、所属した人物の時期や立場によって異なるが、加藤哲郎氏は「ベルリン反帝グループ」と命名し、「さまざまな反戦反帝活動、文化芸術活動に、そのイシューに関心をもつ留学生や学者・文化人が加わる、ゆるやかなグループ」と解説している（『国民国家のエルゴロジー』平凡社、一九九四年）。グループには国崎や千田のほかに、大岩誠（京大助教授）、三枝博音（成蹊高等学校講師）、三宅鹿之助（京城大学助教授）らの研究者、作家の勝本清一郎や藤森成吉、演出家の佐野碩や土方与志、画家の島崎蓊助（島崎藤村の三男）や竹谷富士雄、建築家の山口文象、ほかに小林陽之助や小栗喬太郎（小栗風葉の甥）など、既に日本で左翼運動に感化された留学生らも加わった。

ドイツ語を自在にあやつる理論的革命家として、一九三一年三月の反ファシスト・ベルリン大会に出席するなど、国崎は多方面で活躍した。また右のメンバー構成からもわかるように、プロレタリア文化運動に従事した人物が加わったことで、グループの活動は実践性を増した。「Japanisch-revolutionare Gruppe in Deutschland」（在独日本人革命的グループ）による跋文（「NACHWORT」）を収めたドイツ語版の徳永直『太陽のない街』（N. Tokunaga, *Die Strasse ohne Sonne*, Internationaler Arbeiter-Verlag, 1930）の出版もその一環だった（千田是也、アルフ・ラダッツ訳）。勝本清一郎「『太陽のない街』のドイツ訳について」（『ナップ』一九三一年三月）によれば、この本はコミンテルンの機関誌『インプレコル』などでも話題となり、一九三一年一月からはドイツ共産党の機関紙『ローテ・ファーネ』に連載された。「ドイツでは単行本で一度出たものを、評判がいゝと又新聞で連載する習慣」があったのである。

ほかにもベルリン反帝グループは、一九三二年一月に中国・朝鮮・インド・インドネシアなど、各国の活動家と連携して「革命的アジア人協会」を結成し、ドイツ語の雑誌『革命的アジア』を発行した（詳細は、川上武・加藤哲郎『人間　国崎定洞』勁草書房、一九九五年、を参照）。また同年五月、国崎は国際共産党が決定した「日本に於ける情勢と日本共産党の任務に関するテーゼ」（三二年テーゼ）を入手し、日本にいる河上肇へ送った。これは第二次世界大戦後の「五一年綱領」まで日本共産党の指導テーゼとなる。だが、国崎も台頭するナチスに追われ、一九三二年九月にソ連への亡命を余儀なくされた（一九三七年、国崎はスターリン粛清の犠牲となり銃殺）。

ハイデガー・ナチズム・やまとごころ

話題は前後するが、二〇世紀最大の哲学者ともいわれるマルティン・ハイデガーも、一九二一年の時点で、留学生からの書簡によって西田幾多郎には既知の存在となっていた。三木清は一九二二年秋にマールブルク大学に移り、ハイデガーの講義を聴講している。三木はハイデガーの書斎を訪問するまでの間柄でもあった。その三木が一九二五年四月号の雑誌『思想』に、留学先のパリから「パスカルと生の存在論的解釈」を寄稿した。この論考は、その題名が明示するように、後に公刊されたハイデガー『存在と時間』（原著一九二七年）と密接な関係をもつものだった。また、『存在と時間』をベルリンで読んだ和辻哲郎が、『風土』（岩波書店、一九三五年）の執筆に向かったことも有名だろう。一九三〇年代には、日本の一般誌や哲学雑誌でハイデガーの名は頻繁に見られるようになる。

そのハイデガーにとっても日本は意中の国だった。例えば、ハイデガーに師事した湯浅誠之助の翻訳による『形而上学とは何ぞや』（理想社出版部、一九三〇年）には、著者ハイデガーが「日本語訳への原著者の序」を寄せているし、一九五八年に発表された「言葉についての対話より」（『ハイデッガー全集』第一二巻、創文社、一九九六年）は、『存在と時間』刊行の頃に出会った九鬼周造の回想からはじまっている。

一九三三年、そのハイデガーとナチスとの癒着は日本でもスキャンダルとして報道された。一九二二年に講師時代のハイデガーとともに学んだ田辺元は、「危機の哲学か　哲学の危機か」（『東京朝日新聞』一九三三年一〇月四〜六日）で、ハイデガーがナチス支持を表明したフライブルク大学総長就任演説、「ドイツ大学の自己主張」を取り上げ、「大学の自由を否定する」ものだ、と痛烈に非難した。田辺は、ハイデガーが「理観（テオリヤ）」を説いたアリストテレスの哲学を継承していることを認めつつも、そうした「傍観的観察者」の立場は、「国家を改善するに主たる関心を有せざる哲学である」と酷評する。そして、より「実せん的」になるために、国家と哲学とが互いに「否定」しあい、「対立的統一」をなす「同一の絶対者」となるべきだと主張した。このとき、後に日本「国家」との「対立的統一」を実行しようとした田辺の歩みも定まっていたのだろう。

この田辺元の文章は、一九三三年五月のナチス焚書事件に抗議して日本の知識人が結集した「学芸自由同盟」の関連のものと推測される。この同盟発足に先立って行われた抗議集会「ドイツ文化問題懇話会」（議長、久米正雄）には、長谷川如是閑や中條百合子をはじめとして多数の著名文化人が集った。ドイツ滞在経験をもつ人物としては、三木清、千田是也、芳賀檀、藤森成吉らも参加している。これについて『読売新聞』（一九三三年六月三日）には、「人類文化への暴挙／ナチスに堂々挑戦／学芸界あげて抗議文可決／ヒットラー宰相に発送」という見出しの記事が掲載された。田辺耕一郎「学芸自由同盟から『現実』まで」（『文学』一九五八年四月）によれば、ヒトラーとナチス党本部に抗議文が送られた後に、バーナード・ショーやアンドレ・ジッド、ガンジー、魯迅らに、反ファシズムを呼びかけ、文化と自由のために提携を求める文書も発送された。そこでは、後に初期ドイツ・ロマン派からヒントを得て『日本浪曼派』を創刊する保田與重郎も奔走していたのだという。また、一九三三年五月二八日付『読売新聞』には、西田幾多郎、石原純、大佛次郎らによるナチスへの抗議文も掲載されていた。しかし、こうした動向も長くは続かなかった。

これ以降のドイツと日本の関係を暗示しているのは、鹿子木員信『やまとこゝろと独乙精神』（民友社、一九三一年）だろう。鹿子木は一九二七年から二年間、ベルリン大学学賓教授として「日本精神の闡明と宣伝とに没頭専念した」。この本に溢れているのは「やまとこゝろ」と「独乙精神」への「熱愛」だった。一九三六年の日独防共協定以後、こうした思考が進展する様子を、ハイデガーに師事し、留学中の九鬼周造や三木清とも交遊した哲学者、カール・レーヴィットが記録している。ユダヤ人のレーヴィットはナチスから逃れ、一九三六年に東北大学にたどり着いた。そこで彼は日独交換教授として来日した生の哲学の論客、ベルリン大学教授エードゥアルト・シュプランガーによる講演内容を知った。それは「日本人の犠牲的精神はゲルマン人の英雄的精神に対応し、ブシドウはゲルマン人の礼儀作法に対応し、日本人の祖先崇拝は新ドイツの人種思想に対応している」という「愚かな言論」だった（『ナチズムと私の生活』秋間実訳、法政大学出版局、一九九〇年）。

この時期、思想統制も激しさを増した。一九三七年には治安維持法違反容疑で、京都の雑誌『世界文化』の関係者が検挙されている。その前年、一九三六年の『世界文化』「新刊批評」欄には、九月号に「W・ベンジヤマン」（ヴァルター・ベンヤミン）の「機械化された再生産時代の芸術作品」（「複製技術時代の芸術作品」）が、一〇月号には「ヘクトール・ロットワイラー」（テオドール・アドルノの筆名）の「ジャズに就いて」が紹介されていた。ともにフランクフルト学派と呼ばれるユダヤ系の思想家の論考である。その後、アドルノは一九三八年にアメリカへ亡命した。そして、ナチスから逃亡中だったベンヤミンは、ピレネー山中で自らの命を絶つことになる。それは、ベルリンのヒトラー官邸で日独伊三国同盟の調印式が行われる前日の、一九四〇年秋の深い夜の出来事だった。

（西村将洋）

2 音楽

ベルリンから聞こえ来るもの

ベルリンが音楽の街であることは、今さらいうまでもあるまい。例えば渡辺鉄蔵の「近代式模範都市『伯林』」(『中央公論』一九二一年七月)の次の言葉が、ドイツと音楽とベルリンの関係について端的に言い当てている。

絵画や彫刻のやうな造形芸術には独逸人の天才は見受けられないが、併し文学とか音楽の方面に於て大天才の輩出した事は何人も認める如くである。ベートーベンや、ワグネルの偉大な力は伯林に多くある音楽堂や、(略)オペラ劇場や、クロルのオペラ劇場で沁々と味ふ事が出来る。

しかしながら、ベートーヴェンは、ボンに生まれウィーンに暮らした音楽家であるし、ワグナーは、ライプツィヒに生まれ、ドイツ国内外各地を転々とし、最後にはバイロイトに住みついた。ベルリンは、ドイツ音楽の発生の地というより、これを味わう街である。ベルリンはいわば音楽の消費都市であり、一等の演奏地なのである。その象徴が、例えば音楽堂としてのフィルハーモニー・ザールであり、楽団としてのベルリン・フィルハーモニーであり、また音楽学校としてのホッホシューレ（ベルリン国立高等音楽院）ということになろう。

国境を越えた文化の伝達にとって、その先達は、著名な作曲家の生まれた国や街というだけならば、さほどの影響力を持たないのかもしれない。日本がベルリンに学んだものが大きかったのは、そこに、これら音楽堂、楽団、音楽学校という、音楽文化の伝達性を支えるさまざまな側面が存在したからであろう。

西洋における音楽先進都市ベルリンの音楽会のプログラムは、音楽雑誌などを通して、日本にも頻繁に紹介されていた。例えば一九三六年六月の『フィルハーモニー』には、前田陽之助「伯林芸術週間――本年度プログラム詳細発表」が掲げられている。これらが全て、これからドイツを訪問する旅行者や滞在者たちのためだけの情報とはとても思えない。情報の実効性、つまりその情報をもとに実際に音楽を聴くことではなく、むしろその誌上の情報自体に、ベルリンの音楽に憧れる日本側の需要があったものと考えられる。

近代という時代にあって、多くの日本人は、西洋音楽に、おそらく多少の違和感を抱きつつも、出来る限りこれに耳を澄まし、これを受け入れようとしてきた。その態度は、他の芸術や文化の受容と同様である。そしてそのようにして西洋から文化を移入し続けた日本にとって、一九三六年のベルリン・オリンピックは、音楽という側面においても、一つの象徴的なエポックであった。

まず特筆される出来事として、オリンピック用に作曲され選ばれた五曲の管絃楽や室内楽が、ベルリンに送られ、オリンピック放送において演奏効果を試されることになったのである。そこには山田耕筰と諸井三郎の曲も含まれていた。藤木義輔「音楽選手のデビュー」（『改造』一九三六年七月）に詳しいが、オリンピックという場において、いわば音楽の社会性が、おそらく初めてといっていいほど積極的に、人々に意識されたのである。

一方、竹中重雄「日本人と其節奏的観念について――オリムピツクの事」（『フィルハーモニー』一九三七年一月）に、オリンピック入場式における日本選手団の歩調の乱れについて、次のような文章が見える。

此国際的不体裁の依つて来る原因、それはたつた一つ、他でもない、選手並びに役員連の音楽的教養の不足、これだけだ。

このとおり、音楽と行進の相関が意識された点は、偶然のことながら、文化比較上の本質的問題を類推させて興味深い。そこには、日本の近代化の宿命とも言うべき、無批判的な文化移入の困難が認められるのである。

これらオリンピックと音楽をめぐるいわば正負両面の出来事は、日本における洋楽の存在意義をめぐって、実に重要な議論の萌芽を示していた。しかしながら、この時期を境に、世は大戦の時代に突入し、残念ながら議論は先延ばしにされてしまったのである。

音楽堂と歌劇場

ドイツを代表する音楽家を挙げるとするならば、すぐにベートーヴェンとワグナーの名が挙がるであろう。彼ら二人は、その浪漫主義的作風においても、並び称されることが多い。恐らくここにいう浪漫主義的というのは、かなりの程度で、ドイツ的という言葉と響き合うであろう。

もちろんこのほかにもドイツは数多くの作曲家を出した。ベートーヴェンと並び、いわゆる3Bと呼ばれる、バッハとブラームスがそうであるし、ウェーバーやメンデルスゾーン、シューマンやリヒャルト・シュトラウスもそうである。まさしく数え上げればきりがない。さらに指揮者や演奏家をこれに含めると、膨大な音楽家たちの名が挙げられよう。しかし、ワグナーとベートーヴェンの日本における論じられ方は、群を抜いている。

鈴木賢之進「ベートーヹの片眼」(『詩と音楽』一九二三年五月)にも「全音楽界」の「二つの最高峰」として、「一方は器楽に於るベートーヹンであり、他の一方は楽劇に於るワークナーである」と書かれ、小泉洽は「裸形のベイトーフエン」(『アルス・グラフ』一九二六年四月)において、「日本人にして、少しでも洋楽に趣味を持つ程の者は、何を置いても、必ずベイトーフエンの名丈を第一に覚え込むのは奇妙な現象である」と書いている。

ワグナーの歌劇もまた、特に「楽劇」と称され、オペラの一つの頂点を作った。「楽劇」については、山田耕筰の「綜合芸術より融合芸術へ」(『詩と音楽』一九二三年一月)の要約が簡潔でわかりやすい。すなわち「従来の歌劇に於ける宣叙調と抒情調との区別を除き、歌劇に於いては声楽の伴奏に過ぎなかつた管絃楽に交響楽詩的な内容を与へた。彼は台詞と音楽と演出法とを同等の水準に置くことによつて、彼のムズイーク・ドラマの中に、文学と音楽と劇との綜合を見せようとした」というのである。

ところで、楽聖ベートーヴェンにも、たった一つであるが、オペラ作品がある。「フィデリオ」という作品である。『フィルハーモニー』一九三五年六月号は、「『フイデリオ』特輯」号であるが、その中で、例えば湯浅永年の「メトロポリタンの『フイデリオ』」には次のように紹介されている。

> ベートーヴエンの伝記評論類を読むと「フイデリオ」が彼の唯一のオペラである為めに、又二度も改作されその序曲が四曲(五曲と云ふ説もある)も存在する程に悪戦苦闘せしめた作品だと云ふので、重要な題目になつてゐる。又オペラの歴史から云つてもグルツクとワグナーを繋ぐ独逸オペラとして重視されてゐる。

一方、同じ号の近衛秀麿「『フィデリオ』を上演する」には、次のように書かれている。

「フイデリオ」を最後に伯林で見た時には、ウンターン、リンデンの国立歌劇場で、クライバーが指揮した。その夜も公演の始まる前に、僕は彼の唯一人の弟子として、夫人と共に特に許されて、指揮者の控室に居た。僕はその室の机の上に積まれた古色蒼然たる色々の歌劇の総譜に手を触れる事に、一種の云ふ可からざる魅力を感じて居るのである。この所々に裏打ちのした、然も手垢と脂で汚れたこれ等の大型の譜表を、遠くはフオン、ビユーロー、ムツク、シトラウス、現在ではブレヒ、クライバー等の歴々が、ボックスの中の薄明りで始終目を通したのだと思ふと、何となく只の譜でない様な気がして来て、各小節がすぐ音になつて耳に聴えて来る。

★「フィデリオ」の最終場面（下）と、改作前の作品「レオノーレ」の一場面（中）（『フィルハーモニー』一九三九年一一月）。肖像はいずれもベートーヴェンの像で、右の一八〇三年の肖像は、「フィデリオ」発表に近い頃。

湯浅のものは、ベートーヴェンという作曲家についての思いであるが、近衛のものは、ベルリンに学んだ者らしく、演奏家についての印象が強いものとなっている。これがベルリンの音楽体験の一つの典型なのである。

これら体験を支えていたのが、ベルリンの多くの音楽堂と歌劇場であった。

ベルリンには、フィルハーモニー・ザールやジングアカデミーをはじめとする数多くの音楽堂があり、ベートーヴェンの曲を数多く演奏してきた。ベートーヴェン・ザールと、正しくその名を冠した音楽堂まである。

ジングアカデミーについては、兼常清佐が『音楽巡礼』（岩波書店、一九二五年）に次のように書いている。

一七九〇年に、曾てフリードリツヒ大王の楽人の一人であつたカール　ファッシユが僅か十一人の合唱団を組織した。（略）これが実に今日の『ジングアカデミー』の初まりである。（略）そして一七九一年には、ファッシュはまた音楽堂をも建てた。それが今日の『ジングアカデミー』音楽堂である。

このジングアカデミー音楽堂は、Am Festungsgraben 2にあった。その他、野一色利衛編『独逸案内』（欧州月報社、一九三六年）には、「ベッヒシュタイン・ザール（リンク街四二番）」「シュヴェツヒテン・ザール（リユツツォ街七六番）」「ハルモニユム・ザール（シュテーグリッツァ街三五番）」「バツハ・ザール（リユツツォ街七六番）」「フォイリツヒ・ザール（同上）」「マイスター・ザール（ケョーテナー街三八番）」「シューベルト・ザール（ビューロー街一〇四番）」の名が挙げられている。

またオペラについては、小松耕輔『世界音楽遍路』（アルス、一九二四年）に、次のように書かれている。

伯林には今有名な歌劇場が二つあります。其一つが（略）シタアツテアタア・オペルンハウスで今一つは千九百十二年に開場されたドイチェスオペルンハウスです。是はシヤルロツテンブルグにあります。（略）両歌劇場とも建築は意外に質素ですが内容は俳優も管絃楽も実に立派なものです。

こうした豊富な演奏の場の存在が、ベルリンが音楽都市であることを支え続けてきたのである。

ベルリン・フィルハーモニーとレコードによる受容

ベルリン・フィルハーモニーは、一八八二年に組織され同年一〇月二三日に最初の演奏会を開いた管絃楽団である。一八八四年には協会が発足、一八八七年以後、個性的な常任の指揮者を置くことでもよく知られている。歴代の指揮者は、ハンス・フォン・ビューロ、アルトゥール・ニキシュの後、一九二二年から一九五四年までの長期にわたってフルトヴェングラーが務め、これを承けて一九五五年から一九八九年までカラヤンが務めた。フルトヴェングラーの時代から日本でもよく知られていたようであるが、来日したのは一九五七年が初めてである。

一九三五年一月の『新潮』に、野村光一の「音楽界の第一人者」という文章が掲載されている。そこには、洋琴すなわちピアノ、提琴すなわちヴァイオリン、声楽の男女と並んで、指揮者の項目が立てられているが、そこに見事に選ばれたのも、フルトヴェングラーであった。

今日世界中で一番人気を呼んでゐる指揮者は、管絃楽界の一方の王座ベルリン・フイルハーモニック、交響管絃楽団を統率するフルトウエングラーだらう。

『フィルハーモニー』（一九四二年八月、七・八月合併号）の颯田琴次の「音楽会のことなど」にも、団員の態度について、「フルトウェングラーの場合なぞは、舞台上で指揮者をむかへるときから途中のやすみはもちろん最後まで、全く緊張した心持で一貫し、気持は常に指揮者の上に引つぱりつけられてゐる。（略）指揮者が音楽上のいろ〳〵の条件をそなへてゐなければならないのはいふまでもないことであるが、それよりも一層必要なのは、精神的統率力の充実である。いくら技能が優秀でも、団員を内面的に充分ひきつけてゆく力がなければ、その人は決してすぐれた指揮者となり得る資格はない」と書かれている。ここには、楽団と指揮者とのあるべき関係が書かれている。隈部一雄「欧米耳の旅」（『改造』一九三六年七月）には、次のような記述が見える。

九月の末伯林の音楽のシーズンが開かれ、フイルハーモニーは廿九日フルトウエングラーの指揮で蓋を開けた。私は幸、その第一回を聞く事が出来た。人も知る如く、彼は、ナチスの遣り方に憤慨して、独逸を去つたが、独逸民衆の熱心によつて再び帰つて来た。ヒツトラーが頭を下げた唯一人の猶太人であると伝へられる。この日は彼が帰独後第一回の演奏会である。

これは確かに極めて「幸」な体験といえよう。

さて、一九三九年七月（七・八月合併号）の『フィルハーモニー』には、秋山準の「伯林フイルハーモニーの活躍――一九三九年一月―六月」という演奏記録が掲げられている。その前文には、次のようにある。

ドイツ音楽界の中心は伯林であり、伯林音楽界の活動の中心は伯林フイルハーモニーである。それは日本―東京―新響の関係と良く（略）似て居る。

このとおり、ベルリン・フィルハーモニーは、管絃楽団としての模範であり、理想であった。

しかしながら、日本人の誰もがベルリンにでかけ、ベルリン・フィルハーモニーの演奏に接するわけにはいかない。言葉は悪いが、その代用を務めたのが、数多くのレコードであった。前田三男は「虐殺された名曲」（『詩と音楽』一九二二年一〇月）に、「私の所蔵してゐるレコードは半数以上ドイツ・グラモフォンで、しかも大部分は紫盤（国立歌劇場管絃団、伯林フィルハルモニッシェ・オルケスター）であるが、これはほとんど無条件に信頼し得る」と書いている。また、面白誌編「ヴァーグナーの楽劇とそのレコード」（『レコード音楽』一九三三年三月）に紹介される録音も、多くはこのベルリン・フィルハーモニーや「伯林国立歌劇場管絃団」のものである。

レコードを仲立ちに、ベルリンは日本に、案外近かったのかも知れない。

★指揮台上のフルトヴェングラー（『レコード音楽』一九三九年一一月）。背景の客席に客が入っていないので、おそらく練習風景であろうが、迫力が伝わってくる指揮ぶりである。

ベルリンに学んだ日本人たち

前掲の兼常清佐『音楽巡礼』には次のように書かれている。

音楽学校——私の知る限りベルリンには三つの音楽学校がある。『国立音楽学校』（Staatliche Hochschule für Musik）と『シュテルン音楽学校』（Stern'sche Konservatorium）と『クリンドウォルト、シャルヴェンカ音楽学校』（Klindworth-Scharwenka-Konservatorium）である。お前は勿論国立音楽学校の名は已に度々聞いたであらう。これまで日本人で独逸に音楽を学びに来た人は、大抵此処で勉強した。日本に将来された独逸の音楽は、多くはこの国立音楽学校の音楽である。

山田耕筰を始め、ベルリンで学んだ音楽家は多い。一九二二年にベルリンにやってきた兼常は、「音響審判」（『中央公論』一九三一年八月）に、「電車通りに一年以上も居たのは、ベルリンのハレンゼーだけである。その後そこも物価が高くなつて、やり切れなくなつて、も少し場末に引越した。（略）私はベルリンのこの二つの静かな下宿で非常に快くその日その日を過した」と書いている。諸井三郎は「私が始めてブルックナーの交響曲を聞いたのは今から十年前、伯林フィルハーモニーでフルトヴェングラーが四番を指揮した時であった。（略）取り分け九番はフルトヴェングラーの指揮で数回接する事が出来、特に深い感銘を与へられた」（「ブルックナーの音楽について」、『日本交響楽団誌』一九四二年一〇月）と書いている。幸田延は音楽取調所第一期卒業生として、つとに一八八九年に渡欧し、ベルリンでピアノを学んだ。妹の安藤幸も一八九九年にはベルリン国立高等音楽院に入学しヴァイオリンを学んだ。新交響楽団を創り育てた近衛秀麿は、一九二三年にベルリンを訪れ、作曲と指揮とを学んだ。その他、**Rudolf Hartmann**, *Japanische Studenten an der Berliner Universität 1920-1945* (Mori-Ôgai-Gedenkstätte der Humboldt-Universität zu Berlin, 2003) にも、兼常清佐（一九二二年）、野村光一（一九二七年）、諸井三郎（一九三二年）などの音楽家の名が見える。

しかし彼らは、学校の中でのみ、音楽を学んだのではなかった。例えば山田耕筰の留学時代には、演奏会場に赴けば、そこには作曲者であるシュトラウスが自ら指揮棒を振っていた。つまり、作曲の現場が生きていた。

ここに一つ興味深い話がある。山田耕筰・兼常清佐・太田綾子および司会の塩入亀輔による座談会「楽壇夜話」（『行動』一九三五年五月）の中で披露された話である。

塩入　レコードで聴いても、例へばリヒアールト・シユトラウス作曲のものをシユトラウス自身が指揮したものと、エリツヒ・クライバーが指揮したものとがレコードに入つて居る。この二つを較べて聴いて見ると、一体レコードですからこれには四分音符が幾つとメトロノームが書いてある。殊にシユトラウスは細かにやってゐる。所が二つを較べて聴いて見ると、シユトラウス自身の指揮してゐるやつが自分自身の曲に対して一番遠い。（略）

山田　そこの所が面白い問題です。作曲者がその時に作曲したものは一定不変の律ぢやないと思ふ。（略）シユトラウスが自分の曲をさう感じたのですよ。それで宜しい。

ここには、音楽の理論と実践をめぐっての、解答困難な芸術論がほの見える。今はその議論自体には踏み込まないが、とにかくベルリンで日本人留学生たちが学んだものは、既に固着化した音楽ではなかった。いわば、臨場感を伴う音楽の魅力であった。学ぶべきは技術ではなく、今、ここにある音楽の力なのであった。

日本における交響楽

一九二二年一二月の『女性』において、山田耕筰が、「今年ほど音楽雑誌の群生した年はなかつたでありませう」（「楽界を顧みて」）と述べているが、この年、『洋楽研究』『葡萄樹』『近代音楽』および『詩と音楽』が創刊された。実はこの年に限らず、近代の日本において、音楽雑誌は、洋楽を中心とするものに限っても、かな

★1926年9月20日に、上野の音楽堂で開かれた、新交響楽団の第一回研究演奏会（『フィルハーモニー』1936年7月）。

り数多く刊行されていた。

例えば明治・大正期には、『音楽雑誌』（一八九〇年創刊）や『音楽之友』（一九〇一年創刊、楽友社）とその継続後誌である『音楽』（一九〇五年創刊）、『音楽新報』（一九〇四年創刊）、『音楽界』（一九〇八年創刊）、『月刊楽譜』（一九一二年創刊）、『音楽新潮』（一九二四年創刊）、『白眉音楽評論』（一九二五年創刊、後に『音楽評論』（白眉出版社）と改題）などが、創刊されては廃刊ないし、出版社を変更して変遷した。昭和以降にも、『レコード音楽』（一九二七年創刊）、『フイルハーモニー』（一九二七年創刊、戦時中は『日本交響楽団誌』と題名を改めた）、『音楽世界』（一九二九年創刊）、『ディスク』（一九三〇年創刊）、『音楽評論』（一九三三年創刊、音楽評論社）、『音楽倶楽部』（一九三四年創刊）、『音楽之友』（一九四一年創刊、音楽之友社）、『音楽公論』（一九四一年創刊）、『音楽知識』（一九四三年創刊）など変遷が著しい。また『趣味』（一九〇六年創刊）などの音楽雑誌以外の雑誌にも音楽関係の記事は多く掲載された。例えば一九二五年二月の『女性』は、「私の最も好きなレコード五種」というアンケートのような小特集を組んだが、ここには大田黒元雄・上司小剣・南部修太郎・小山内薫・近衛秀麿・久米正雄といった著名な音楽家と文学者が稿を寄せた。雑誌記事という形で、音楽の議論は早くから用意されていたのである。

しかしながら、西洋の音楽自体が、近代日本に円滑に移入されたとは思えない。おそらくそこには、交響楽を中心とする西洋音楽の性格自体が関連していたのであろう。

金子筑水は、早くも「国楽を如何にすべきか」(『趣味』一九〇七年一月)の時点で、「日本楽」と相違する「西洋楽」の特徴を「声楽にては合唱、器楽にてはシムフォニーであらう」と喝破している。洋楽を移入する際の最大の要点は、この合唱とシンフォニーの形式を日本に根付かせることにあったといっても過言ではあるまい。

一九三五年夏、新交響楽団に改組問題が持ち上がった。それは、組合組織の内部問題に端を発したが、新たに起こってきた放送との関係を通じての、楽団という組織全体のあり方を問う問題でもあった。新響の歴史こそは、我が国のドイツを代表とする西洋の交響楽受容史の雛型といってよかろう。このごたごたもまた然りである。

新交響楽団の機関誌である『フィルハーモニー』(一九三六年七月、七・八月合併号)は、その「十週年記念号」であるが、ここには、「新響十年日誌摘録」が掲載されている。これによると、一九二六年一〇月五日に結成された新交響楽団は、一九三五年七月一八日に突然近衛秀麿が新響との「袂別宣言」と「解散の声明」を発し、以後ごたごたが続いたのである。同誌の一九三五年七・八月合併号(八月)は、「新響改組記念号」であるが、次の九月号においても、手持ちのものでは、目次には、新響理事会の「近衛秀麿子を駁す(転載)」と小野正一「規約第十九条に就て(転載)」が掲げられ、黒塗でそのタイトルの文字が消され、該当する一三頁から一八頁までも無い。ここからも、新響内紛の混乱が生々しく伝わってこよう。『中央公論』(一九三五年九月)にも、小特集「新響紛争の真相」として、近衛秀麿の「交響楽団と経営――新響の内紛と自分の立場」と小森宗太郎の「改組派の立場」が載せられている。近衛は同月の『改造』にも、「新響の紛争に関して」を寄せた。山根銀二は同月の『行動』に、「新響改組問題その他」を掲載している。如何にこの時期、この問題が喧しかったかが想像されよう。

これらからは、オーケストラが真に文化として根付くことの困難が窺える。翻ってみるならば、現代に到っても、あるいはこのような状況は、継続しているといってよいのかもしれない。

(真銅正宏)

3 建築・デザイン

バウハウス——ワイマールからデッサウへ

モダニズム建築が花開くのは一九二〇年代だが、一九世紀末〜二〇世紀初頭にその兆候は現れていた。工業化社会の形成に伴い、鉄骨やコンクリートやガラスを素材とした建築が、ヨーロッパの大都市に出現するようになったのである。一九〇九年にペーター・ベーレンスが設計した、ベルリンのアルゲマイネ・エレクトリッシェ・ゲゼルシャフトの工場は、モダニズムの最初の工場建築だった。そしてベーレンスの事務所から、後にモダニズム建築の旗手となる、ドイツのヴァルター・グロピウスや、ルートヴィヒ・ミース・ファン・デル・ローエ、フランスのル・コルビュジエが羽ばたいていく。彼らは建築の規格統一を目指し、機能的で合理的な空間を生み出していった。

グロピウスが学長を務めるワイマール州立バウハウスが開校するのは、一九一九年四月である。彼は建築の下にすべての造形活動を集約しようとした。初期のバウハウスは表現主義の色彩が濃い。また造形活動の基本を手工芸に求めて、中世のギルドを思わせる親方—若親方—職人—徒弟制度を導入した。志願者は半年間の予備教育を受けてから、工房を選択して親方の下で修業する。

そんなバウハウスに変化が現れてくるのは一九二三年の春で、この頃からバウハウスは機械工業との連携を強めていった。その中心人物の一人となるのが、金属工房を担当したモホイ＝ナジである。彼は写真や映画やタイポグラフィに関心を示して、新しい実験を進めていった。

石本喜久治と仲田定之助がバウハウスを訪れるのは、バウハウスが建築の工業化へ軌道修正する半年前の一九二二年一一月である。仲田定之助「国立バウハウス（一）」（『みづゑ』一九二五年六月）によると、一〇月（実際には九月）にベルリンのポツダマー街にある美術書肆トワルディーで、「永野某君と村山知義君」が連続個展を開いていた。石本がそれを見にいったところ、ヴァシリー・カンディンスキーが来ていて、バウハウスに遊びにこないかと誘われたのである。当時の仲田はバウハウスの名前すら知らなかった。しかしカンディンスキーとの邂逅を興奮して語る石本を前に、仲田に異議のあるはずもなく、半月後のドイツ国内旅行の際、ワイマールに立ち寄ったのである。

大内秀一郎と堀口捨己がバウハウスを訪問するのは、バウハウスの軌道修正が行われた後のことで、二人はモホイ＝ナジに会うことができた。大内がパリから送った訪問記の抜粋を、川喜田煉七郎は「ワイマール・バウハウス訪問記」（『建築時代２　バウハウス・ワイマール篇』洪洋社、一九二九年）として発表している。それによれば、グロピウスと話をしてから、作品模型を見せてもらうことになり、彼らは模型室でモホイ＝ナジに紹介された。モホイ＝ナジはオランダの新造形主義運動の傾向について語り、建築家ヤコブス・ヨハネス・ピーター・アウトへの紹介状を気軽に書いてくれる。さらにその翌日にカメラ持参で訪ねると、彫刻部・家具部・印刷部・織物部を案内して、作品を一つ一つ丁寧に解説してくれたという。

一九二〇年代半ばにバウハウスは、厳しい現実に直面する。仲田定之助「国立バウハウス（二）」（『みづゑ』一九二五年七月）は、「大戦後社会民主党の組閣してゐたチユーリンゲン政府の支持のもとにあつたバウハウスは、昨春の政変に政権を得た保守派政府の為めに圧迫を蒙るやうになつた」と述べている。バウハウスと社会主義がつながっていると見たドイツ人民党は、グロピウスに圧力をかけ、中傷や批判を繰り返していた。一九二四年九月三〇日には、チューリンゲン州政府が契約打ち切りを通告している。「此稿を終らんとして私はバウハウス終焉の悲報に接した」と仲田は書いているが、一九二五年三月末限りでワイマールのバウハウスは閉校が決まった。バウハウスの危機を救ったのはデッサウ市である。バウハウスはデッサウに移転して、この年の一〇月一四日に仮校舎で開校している。

グロピウスが設計したバウハウス精神の象徴とも言うべき新校舎は、一九二六年一二月四日に落成する。吉田薫が訪れたのは同年の五月二八日で、まだ工事中の現場を見学している。「デッソウ訪問記」（『建築新潮』一九二九年一一月）に吉田は、デッサウの小さなカフェでバウハウスの場所を尋ねたが、引っ越して間もないせいか、知らなかったと記している。建築中の建物がそれかもしれないと言われ、工事現場に行ったところ、仮事務所は市内にあると教えられ、タクシーで向かった。グロピウスに日本の建築家だと自己紹介すると、大内や堀口の名刺を見せられ、彼らを知っているかと聞かれる。グロピウスの建築論を拝聴してから、吉田は陳列工芸品を見て回った。その後に戻った建築現場で、やや構造に不統一があり、施工も概して雑であるという感想を、彼は抱いている。

蔵田周忠が住んだジードルンク

一九三〇年から翌年にかけてドイツで暮らした建築家の蔵田周忠は、デッサウ時代のバウハウスを三回見学している。最初の訪問は一九三〇年一月で、山田守が連れていってくれた。『欧州都市の近代相』（六文館、一九三二年）によれば、このときはハンネス・マイヤーに面会を求めている。二回目はミース・ファン・デル・ローエに、大熊信行と出かけた三回目は山脇巌に会いたかったが、いずれも不在で会えなかった。研究生に案内されて、蔵田は工房や住居を視察している。「簡単明瞭で清潔そのもの」の所長室は、黒色・灰色・白色・銀色・淡黄色を組み合わせていて、この所長室の色彩が、バウハウス全体の色彩を代表していると彼は感じた。

山田守の帰国と、蔵田周忠の渡独は、ほぼ入れ違いのかたちである。ベルリンで一週間だけ共有できたので、彼らは市内の建築物を一緒に見て回った。ベルリンの西市街にある山田の下宿を、蔵田は引き継いでいる。そしてここを拠点としながら、蔵田は少しずつテリトリーを広げ、ベルリンのさまざまな建築物の見学を続けたのである。彼が最も関心を抱いたのは住居だった。住居体験の原点は、最初の下宿である。それは「古臭い」ルネサンス風の五階建ての二階で、天井が高かった。電車や二階付きのバスが、窓に面した街路を通るが、ペアガラスなので騒音はあまり感じない。室内の家具はバロック風で「どうしようもない」ものだったらしい。

ベルリン市内の建築物は、市街の景観を優先課題として建てられた。そのために外側から見ると堂々としているが、住環境は必ずしもいいわけではない。表通りに面した部屋と、中庭に面した部屋では、住人の階級が違っていた。後者にはほとんど光が入らない部屋もあったからである。蔵田は中庭に面した五階に住んだこともある。絨毯の埃を叩く金曜日には、朝早くから中庭で大きな音がして困惑したという。「伯林より」（『建築画報』一九三一年一〇月）で彼は、ベルリン市内の住居は、住居単位が必要以上に広くて、不況下では持て余すという問題も指摘している。それらの問題を解決するために、住居の合理化や規格化の研究が進み、ベルリンの郊外には新しいジードルンク（集合住宅）が建てられていた。

蔵田は「現代の集合住居」（『婦人之友』一九三一年九月）で、東京では同潤会のアパートがジードルンクの概念にあたると述べている。ただ概念は同じでも、同潤会とは規模が違っていた。彼がベルリンに滞在していた頃に、大ベルリン圏内には、ツェーレンドルフ、ジーメンスシュタット、ライニッケンドルフ、ブリッツ、リンゲンホーフなど、一〇〇〇戸以上を擁する大規模なジードルンクが存在している。個人個人がばらばらに小さい家を建てても、住宅街の美観は生まれにくい。第一次世界大戦後に研究が進んだジードルンクは、一人の建築家が広大な敷地の全体を設計する。敷地の条件に合わせて、合理的な定型化がはかられ、統一的な景観が成立するのである。ジードルンクは共同設備が充実していて、学校やクリーニング施設なども備えていた。

地下鉄でベルリン西南部の郊外に行くと、オンケルトムス・ヒュッテの駅がある。『欧州都市の近代相』によれば、電車が駅に到着する前から、林の中に青色・白色・黄色・赤色の壁が見えてくるという。ベトンと鉄とガラスで出来た駅で降りると、ブルーノ・タウトが設計したツェーレンドルフのジードルンクがある。強烈な色彩の使用が、タウトのジードルンクの特徴だった。蔵田周忠は友人と一九三一年の夏に、駅の北側にある一戸を借りて住んでいる。ベルリンに来てからの夢だったので、彼はとてもうれしかった。二人が借りたのは二階と三階の家で、二階には浴室・小寝室・寝室があり、三階には部屋が二つあった。

機能的な生活を営むためには、住宅だけでなく、家具などの工芸品も合理化・規格化する必要がある。一九三〇年四月にベルリンで開かれた室内工芸のメッセを、蔵田は見学した。約二〇〇室に及ぶ展覧会場で、家具や小工芸品の陳列を眺めながら、東京の商工展の出品作と形式はそれほど変わらないと彼は感じている。問題は品質のよいものを、いかに速く、大量に安く作れるかということだった。蔵田は新しい現代家具のなかで、鋼管を使用したものに着目している。バウハウスのマルセル・ブロイヤーが考案してから、鋼管家具はカフェや事務所や住宅で使われ始めた。一九三一年五月～九月にベルリンで開かれたドイツ建築博覧会でも、提案住宅二〇戸のうちの五戸で、鋼管家具が使用されている。それは新しい住空間に適合する可能性を示していた。

山口文象がグロピウスの事務所に勤める

蔵田周忠より約一年遅い一九三〇年一二月に、建築家の山口文象もベルリンに向けて旅立った。一九二〇年結成の分離派建築会に、まだ二一歳の山口が会員として加わるのは一九二三年のことである。分離派建築会結成時のメンバーである石本喜久治・堀口捨己・山田守や、後に会員となる大内秀一郎・蔵田周忠は、いずれもバウハウスを訪れている。また一九二六年五月に結成され、山口も参加した前衛美術家集団・単位三科の、仲田定之助や山脇巌もバウハウスを訪問したり学んだりした。バウハウスの情報を、耳にする機会はいくらでもあっただろう。ただ山口が向かったのはバウハウスではなかった。一九二八年四月一日からバウハウスの学長はハンネス・マイヤーに交代し、グロピウスはベルリンのアトリエで建築家としての仕事に専念している。そのグロピウスのもとに山口は赴いたのである。

山口家に残された渡欧中の手帳やノートをもとに、RIA建築綜合研究所編『建築家山口文象　人と作品』（相模書房、一九八二年）に、鈴木実は労作「山口文象年表」を発表している。この年表によれば一九三一年二月に山口は、バウハウスで学んでいた山脇巌と接触したらしい。ベルリンのポツダマー街にあるグロピウスのアトリエを訪問するのは七月で、同月の中旬からアトリエに勤務するようになった。アトリエではソヴィエト・パレスの国際設計競技や、プレスラウ・ジードルンクの設計に関与したと思われる。一九三二年二月にはベルリンで坂倉準三に会った。六月にはグロピウスの紹介状を携えて、コルビュジエのアトリエを訪れ、坂倉にパリの建築物をガイドしてもらっている。帰国するのはこの年の七月だった。

山口文象が滞在していた一九三一年五月九日〜八月二日に、ベルリンではドイツ建築博覧会が開かれている。会場の総面積は一三万平方メートルと広く、屋根付きの常設展覧会場だけでも六万平方メートルもあった。『国際建築』七月号の「独逸建築博覧会」の特集は、蔵田周忠と山脇巌の助力で成立している。「同人後記」によれば二人は、三日がかりで場内の撮影をして回った。その写真が三〇頁分のグラヴィア頁を構成している。新しい建築形態と工学技術の普及を目的とするこの博覧会は、以下の八部門に分けられていた。①都市及住宅の国際的展覧、②現代建築——我々の時代の建築作品、③現代住宅——我々の時代の住宅、④新建築、⑤農業地の住居、⑥ガラージ、⑦造形芸術、⑧独逸建築博覧会教務部。

千田是也・駒田知彦・栗田勇との座談会「建築と演劇」（『現代日本建築家全集11　坂倉準三　山口文象とRIA』三一書房、一九七一年）で、山口は次のように回想している。ドイツ建築博覧会はブルジョワジーの展覧会だと考えて、それと対抗するプロレタリア建築展覧会に参加した。そのためにグロピウスに怒られ、もうアトリエに来なくていいと言われたと。ベルリンで山口は、社会主義者の藤森成吉や勝本清一郎らと交流し、社会主義建築同盟にも加入していた。「山口文象年表」によればプロレタリア建築展覧会は五月〜六月頃に開催されているので、グロピウスの怒りをかったことが事実かどうか分からない。ただドイツ建築博覧会でグロピウスが、各国の建築実施案をまとめる役割を果たしていたことは間違いない。

ドイツ建築博覧会を見た日本人は少数だっただろう。しかしその波動は日本にも及んできている。翌年の一九三二年五月一四日から上野の松坂屋で、新興独逸建築工芸展覧会が開かれたのである。委員を務めた蔵田周忠は「『新興独逸建築工芸展』のこと」（『アトリエ』一九三二年七月）で、ドイツ建築博覧会の中心となったドイツ建築士会に依頼して、現代ドイツ建築作品の写真を送ってもらったと記している。ドイツ鉄道観光局からも寄贈があった。それは新興建築だけではなかったが、「現在我々の間では自覚せる若い建築家達にとつてなほ意想の中にあるか、仮想に過ぎない位のものが、独逸では既に社会の協力を得て、着々と実現してゐるのを見る」ことができたのである。建築学会・日独文化協会が編集した『新興独逸建築作品集』（丸善、一九三二年）は、出品された写真を一冊にまとめた本である。展覧会では建築だけでなく、鋼管家具や照明器具、ドアの金物などの室内工芸品も注目を集めた。

帰国後の山口文象の最初の大きな仕事は、一九三四年四月に竣工する日本歯科医学専門学校付属病院である。八年前に単位三科を共に結成した画家・中原実の父が、同校の校長を務めていた。またこの年に竣工する山田智三郎邸は、インターナショナル・スタイルの住宅の草分けである。これ以降、蔵田周忠・堀口捨己・山脇巌らが同じスタイルの住宅を手掛けていくことになる。

山脇巌が設計した三岸好太郎邸

山脇巌・道子夫妻がアメリカ経由でベルリンに到着したのは、一九三〇年七月二〇日である。山脇道子は『バウハウスと茶の湯』（新潮社、一九九五年）で、ベルリンの日本人との交流を次のように回想している。下宿探しは日本人だと言うと断られて困ったが、ドイツ語が達者な千田是也が、ベルリンでもデッサウでも交渉役を引き受けてくれた。千田の発案で巴工房をたちあげ、画家の島崎翁助、工芸美術家の福岡縫太郎、写真家の吉沢弘と共に、山脇夫妻は日本料理店の改装などを手掛けている。道子は一九三一年一月一七日に、千田と一緒に演劇に出演した。また千田がドイツ語に翻訳して、ベルリンの国際労働者出版所から刊行された徳永直『太陽のない街』の表紙には、巌が撮影した道子の写真が使われた（本書四四頁参照）。

ベルリンに到着して一〇日ほど経った八月一日の新聞に、バウハウスの学長ハンネス・マイヤーが解任されたという記事が掲載される。学内の共産党勢力を放置しているという理由だった。その四日後にはミース・ファン・デル・ローエが後任の学長に決定する。山脇巌『欅』（アトリエ社、一九四二年）によると、この事件の直後に巌はバウハウスを訪ねている。夏休み中なので受付に職員はいなかった。用件を済ませてから、応対してくれた研究生に、新学長への感想を聞いたが、相手は何も答えなかったらしい。山脇夫妻は一〇月下旬に、ベルリンからデッサウに移る。ただしベルリンの下宿は確保しておいた。築地小劇場の舞台美術の仕事もしていた巌が、ベルリンで観劇しながら舞台装置やコスチュームをスケッチするためである。

★山脇巌「*DER SCHLAG GEGEN DAS BAUHUS*」（『国際建築』一九三二年一二月）。「バウハウスの閉鎖　ホトモンタージュ」の一頁目〜二頁目には写真が掲載され、「閉鎖されたバウハウス」「バウハウス学期末の展覧会の一部。
公開前に市会議員の〝検閲〟を必要とする」「バウハウスの掲示場」と説明されている。

バウハウスでは基礎課程の終了後に、それぞれの専門分野に分かれる。建築家の山脇巌は建築・内装科に進んだ。午前八時から午後六時まで、昼休みの二時間を除いて講義と作業をこなしていくので、自分の時間がなかなか作れないと、彼は『欅』に書いている。多忙の一因は、広告科にも出入りしていたことだろう。ドイツの広告界で流行しているフォト・モンタージュに、巌は関心を抱いていたのである。バウハウスの生活は忙しくても楽しいものだった。バウハウスでは年に四〜五回お祭りがあり、国際色豊かな出し物が出される。一九三一年二月のお祭りでは「東洋の夕べ」と題して、巌が歌舞伎の松羽目のような舞台装置や小道具を作り、着物姿の道子がレコードの伴奏で踊りを披露した。

だがバウハウスの危機は目前に迫っていた。山脇夫妻がバウハウスに入学する前月の一九三〇年九月、ドイツ総選挙でナチス党は第二党に躍進して、左右の対立は激しくなっていた。そして二年後の七月に行われた総選挙で、ナチス党はついに第一党となるのである。一九三二年一月のデッサウ市議会で、ナチス党の市会議員はバウハウスの解散動議を提出する。バウハウスはユダヤ人や国際主義の拠点と目されていた。このときは動議の採決は回避されるが、市議会は八月にバウハウスの閉鎖を決定する。ミース・ファン・デル・ローエはベルリンへの移転を決意し、バウハウスは一〇月二五日からシュテーグリッツ地区の旧工場で、私立研究機関として再スタートした。

山脇巌は九月四日に執筆した「バウハウスの閉鎖について」（『国際建築』一九三二年一二月）で、当時の様子をこう報告している。八月二四日にミース・ファン・デル・ローエから、九月三〇日限りで閉鎖されると通知があり、二〜三人の関係者からは帰郷の知らせが来た。「世界の各地に散在して居るバウハウス的集団力は何れ何にかの形式で、又頭を持ち上げて来ることゝ考へる」と彼は報告を結んでいる。『国際建築』の同じ号に山脇巌は、「バウハウスの閉鎖　ホトモンタージュ」という作品を発表した。図版は作品の三頁目で、「DER SCHLAG GEGEN DAS BAUHUS《ママ》」（バウハウスへの打撃）と題されている。バウハウスの校舎を踏み歩くナチスと、拳を握りしめたり倒れている人々の対比は、ナチスへの憤りや悔しさを示している。

一九三二年一二月に帰国した山脇巌は、翌年の三月二八日〜四月六日に、蔵田周忠や山田守らと欧州建築展を開いた。このときに会場を訪れた一人が、画家の三岸好太郎である。美術や建築の話を語り合ううちに、三岸は新しいアトリエを山脇に依頼したいと思い始める。「あの人この人」（『アトリヱ』一九三四年四月）というインタヴューで三岸は、建築は絵画より先進的だと述べ、「ガラス建築をやらうと思つて山脇君に設計をたのんだんだ。（中略）費用がかさむので鉄筋コンクリートは止めにしたが兎に角もう着手する」と語っている。この頃の三岸はバウハウスにひかれ、カンディンスキーを想起させる抽象的なデッサンや、コラージュの作品を制作した。

しかし三岸好太郎の命は、アトリエの完成まで続かなかった。一九三四年七月一日に彼は三一歳で急逝してしまう。山脇巌「三岸好太郎氏の画室」（『欅』）によれば、生前の三岸は、アトリエに

★山脇巌が設計した、三岸好太郎のアトリエの写真。妻の三岸節子は「おもひ出」（『みづゑ』1934年12月）で、「三岸の執着したラセンの階子は取付けられ白と黒と銀に限られた色彩、太陽は室内の九分迄も光に浸してゐる。（中略）黒ガラスのフアイヤプレスにガラスの卓ガラスの器具で紅茶を飲んだり」と、生前の三岸好太郎が描いた夢を回想している。

は必ず螺旋階段を付けてほしい、階段の途中から仕事を見下ろすのはいいもんだと語っていたらしい。アトリエは死の三ヵ月後に完成し、一一月に故三岸好太郎作品遺作展覧会の会場となった。同書に掲載された写真を見ると、ガラスから光が差し込むアトリエには螺旋階段が設置され、白い壁には死の年に制作された油彩「雲の上を飛ぶ蝶」と「海と射光」が架けられている。室内には鋼管を使ったテーブルやチェアが置かれた。主のいないアトリエは、時代の尖端と向き合おうとした三岸の夢の空間を教えてくれる。

山脇道子／『婦人之友』／生活構成

建築家の夫に同行してデッサウに赴いた山脇道子は、夫と共にバウハウスに入学し、半年間の基礎教育後に織物科に進んだ。「バウハウスの一研究生として」（『婦人之友』一九三三年三月）に彼女は、「日本からあこがれて来た実際の手織機械に毎日向つて仕事をすることが出来ました」とその喜びを記している。工房には三〇台近い機織機が設置されていた。織物の種類は、家具の布地・カーテン・敷物・壁掛けなどで、大量生産できるように製作方針が立てられる。デッサウのバウハウスが閉鎖されて帰国するときに、道子はゴブラン織用の縦機と平機を購入して日本に送った。またバウハウスの精神を日本に伝えようと、ここでデザインされた鋼管椅子やテーブル、ライトスタンドやガラス食器なども数多く購入している。

帰国して半年後の一九三三年五月一日から、銀座の資生堂画廊で「山脇道子バウハウス手織物個展」が開かれた。『バウハウスと茶の湯』によれば、バウハウスを訪れたことがある建築家以外に、写真家の金丸重嶺、画家の神原泰、詩人の北園克衛、演出家の田中良、文化学院の西村伊作なども画廊に足を運んだという。山脇夫妻の交友関係の反映でもあるだろうが、バウハウスに関心を抱いた人々のジャンルの広さを感じさせる。ベルリンのバウハウス教授会が閉鎖を決定するのは、そのわずか二ヵ月後の七月二〇日だった。同年の一月三〇日にアドルフ・ヒトラーがドイツ首相に任命され、四月一一日にバウハウスは警察とナチス突撃隊の家宅捜索を受けて、建物を封鎖されていたのである。

バウハウスはドイツから消滅したが、バウハウスの精神は世界各地に引き継がれ、読み直されていった。『婦人之友』はバウハウスに関心を示した一例である。この雑誌は羽仁吉一・もと子夫妻が創刊するが、もと子は洋装を含めた生活の合理化を主張して、自由学園を創設していた。一九三〇年の秋に彼女は、自由学園のスタッフと共に、バウハウスやジードルンクを見学する。帰国後の山脇巌と道子は、『婦人之友』からたびたび原稿や座談会への出席を依頼された。「居間と家具」（『婦人之友』一九三四年九月）で巌は、不必要な装飾を退けて、木材や金属の性質を極限まで利用した家具には近代的な美しさがあると述べている。「山脇道子さんのコスチューム」（『婦人之友』一九三三年一〇月）で道子は、「比較的経済的で、日本の住宅にも都合のよい背広型」の洋服のモデルを務めたこともある。

ドイツの建築家ブルーノ・タウトは、日本インターナショナル建築会の招請に応じて一九三三年五月三日に来日した。『婦人之友』は、タウトと東京の建築を見て回ったり、妻のエリカ・タウトにドイツ家庭料理を紹介してもらったり、夫妻を招いて日本人の洋服を議論する座談会などを企画している。ブルーノ・タウトは一九三六年まで滞在するが、建築家としての仕事はほとんど残していない。その意味でタウトは、一九三〇年代の日本の建築界を写す鏡だった。蔵田周忠は「日本の建築界はル・コルビュジエ崇拝時代を経過し、グロピウスや『バウハウス』の洗練さに共鳴してゐる一段階既に新らしい時代」を迎えていたと、『ブルーノ・タウト』（相模書房、一九四二年）で述べている。表現主義のイメージが強いタウトは、「専門に於て遇されること甚だ薄幸」だったのである。

川喜田煉七郎らの生活構成研究所も、バウハウスに関心を示した一例だろう。『「生活構成」の研究について』（『建築画報』一九三一年一〇月）で川喜田は、六月に文化学院で開いた第一回生活構成展覧会と講演会を紹介している。前者では、造型構成・建築・家具・工芸・商業・美術・映画・舞台・写真の図版が展示された。後者では、以下の五つの講演が行われている。板垣鷹穂「新興芸術を

★山脇道子のモデル姿（『婦人之友』一九三三年一〇月）。「山脇道子さんのコスチューム」によれば、付属品の変化で訪問着（右）にも仕事着（左）にもなるという。コートとスカートはグレー。訪問着の帽子・靴下・ハンドバッグ・靴はグレーで、ネクタイは赤と黒の縞模様、胸のハンケチはグレーに赤い線、手袋は白。仕事着の帽子・靴・カバンは黒、スカーフは赤と黒と白の交織だった。

理解するために」、水谷武彦「バウハウスとそのシステム」、川喜田煉七郎「新興建築について」、仲田定之助「新造型芸術の概念」、濱田増治「商業美術について」。講演のタイトルを見ると、彼らがバウハウスを媒介に自らの思考を展開しようとしていたことが伝わってくる。五人のうち水谷と川喜田と濱田の三人は、生活構成研究所の所員だった。

一九三四年に川喜田煉七郎と武井勝雄は、『構成教育大系』(学校美術協会出版部)を構成教育の指導書として出版する。当時の川喜田は銀座で、デザイン運動の拠点となる新建築工芸学院を主宰していた。『バウハウスと茶の湯』によると帰国後の山脇巌は半年ほどここで、写真と舞台装置を教えたという。山脇道子も新設された織物科の講師として招かれた。また彼女は自由学園工芸研究所で、テキスタイルの授業も担当している。バウハウスの精神は着実に継承されていった。

ただ山脇道子にはバウハウスへの心残りが一つだけ残されていた。「バウハウスの一研究生として」(『婦人之友』一九三三年三月)で道子は、何回別れを告げてもきりがないので、「つい無断で出発してしまったO女史」のことを繰り返し思い起こしている。O女史とは、織物工房で熱心に指導してくれたオッティ・ベルガー。ベルガーがアウシュヴィッツ強制収容所で亡くなったことを道子が知るのは、戦後になってからのことである。

(和田博文)

4 演劇

ヨーロッパの演劇革新運動

一九世紀末から第一次世界大戦前後にかけて、ヨーロッパ各地で、演劇を総合芸術として確立しようとする演劇革新運動が起きており、ドイツでは、一八九〇年代からその運動が隆盛期を迎えた。一八八八年、レジデンツ劇場ではヘンリク・イプセンの「幽霊」「民衆の敵」「ロスメルスホルム」といった、現代リアリズムのドラマを上演した。批評家のオットー・ブルームも一八八九年に自由劇場の長となるや、イプセンの「幽霊」、ゲールハルト・ハウプトマンの「日の出前」を上演していった。自由劇場とは、観客を動員する組織で、協会員になると年にいくつかの公演を見る権利を持つ。こうした形態としては他に、一八九〇年に設立された民衆舞台《フォルクス・ビューネ》があった。演劇を有閑階級に独占させず民衆のものにしようとする運動の一つで、ベルリンにおいては、一九一四年、ビューロー広場に民衆劇場が建てられた。この運動は途中、組織の改編などもあったが、ナチス政権から活動を停止される一九三三年まで全国的な演劇組織として機能し、多くの観客を育てた。ブルームが一九〇四年にレッシング座を、一九〇五年にはマックス・ラインハルトがドイツ座を引っ張ってゆくことになり、ドイツ演劇はますます盛んになる。

第一次世界大戦の直前のドイツには二一の宮廷劇場があり、国の側も演劇を庇護する姿勢を持っていたが、新しい演劇を生んだのは在野の革新勢力だった。中村吉蔵は『欧米印象記』（春秋社書店、一九一〇年）に次のように書いている。

> 独逸に於ける民衆の力と対官憲――対王室との抗争は、劇場に於てもこれを見ることが出来る、伯林に王室オペラ王立劇場などがあつて、クラシカルな物許《ばかり》を演じてゐるのに対し、普通の劇場はフライ、フオークス、ビユー子即ち自由民立劇場と冠して、しきりと近代的の物や、ロマンチツクな物を演じてゐる。独逸座の特別劇場（カンマースピール）で、ハウプトマンの「織匠《ウエバー》」を演じた際、かゝる社会主義的思想のものを、上場するとは怪しからぬと、カイザーの忌諱に触れ、其後カイザーは、独逸座を訪ねなくなつたといふ事も、この間の一消息を洩らすものである、

中村がベルリンにいたのは革命前の一九〇九年のことである。カンマーシュピーレ（小劇場）は、一九〇六年に、ラインハルトがドイツ座の近くにより小規模な劇場をと作ったもので、フランク・ヴェーデキントの連続上演が行われたことでも知られる。

日本に新劇を打ち立てた功労者の一人である小山内薫は、ゴーリキー「夜の宿」やチェホフの演出で有名だが、ドイツ近代演劇にも造詣が深い。「独逸の芝居」（『新小説』一九一四年一〇月）では、「独逸の芝居は世界で最も芸術的に進んでゐると思ひます。興業的な方面から云へば、アメリカや仏蘭西などが、独逸より優れてゐるに相違ありませんが、芝居が全体から見て進歩的なのは確かに独逸です、全体の調子が高いのです」と述べている。小山内がベルリンにいたのは一九一三年一月から三月の間で、多くの劇場に通ったが、もっとも頻繁に足を運んだのはレッシング座だという。

もともと小山内は、ラインハルトの仕事を見たくてベルリンへやってきた。それは、次の「ラインハルトの印象」（『新日本』一九一四年六・七月）にあるとおりである。

> 私が伯林を訪問した主な目的がラインハルトにあつた事は言ふまでもない。彼は単に独逸座とカムマアスピイレとを併せ待《ママ》つ伯林のラインハルトではない。彼の名と彼の事業は、独逸国内は勿論、遠く英吉利、亜米利加にまで喧伝された。英米の新聞雑誌を通して、極東日本にまで伝へられた。彼の作つた舞台の写真と彼の事業に関する断片的の報道は日本の新聞雑誌にも屢々《しば〳〵》見られるやうになつた。ジイクフリイト・ヤコブゾオンの「マックス・ラインハルト」とパウル・レグバントの「伯林の独逸座」とは丸善を通して日本の青年の手に渡つた。早くもラインハルト渇仰の声が演劇を愛する日本

の青年の間に起つて来た。自ら称してラインハルト式の舞台なりといふものさへ、その間に案出されるやうになつた。私もさういふ青年の中にゐた、さういふ青年の一人であつた。

ベルリンに到着する以前にモスクワに滞在し、芸術座の舞台やスタニスラフスキー本人に接して深い感銘を受けた小山内は、それと比較して、ラインハルトの舞台が色あせて見えてしまったのだが、ともあれ、日本でも演劇を総合芸術として示そうと苦闘していた先駆者、小山内にとって、ヨーロッパの著名な演出家が作る舞台は、是非ともその目で見届けねばならないものだった。

真面目な観客

演劇の専門家でなくとも芝居好きなら、ベルリンでの観劇はずいぶん充実したものであった。穂積重遠『独英観劇日記』（東宝書店、一九四二年）は、法律学を学ぶため文部省留学生として独仏英米の四ヵ国に一九一二年から一九一六年までを送った著者が、当時の観劇日記をもとに書いた本である。ベルリンの観劇は一九一三年四月から一年の間で、「はしがき」には当時のことが次のように記されている。

　ドイツの演劇振り観劇振りは極めて真面目で研究的だ。例へばベルリンのドイッチェス・テヤターでラインハルト演出のシェクスピア劇を続演してゐたが、その演出も舞台装置も音楽も演技も極めて良心的研究的であつて、本場の英国では当時到底企て得なかつた本格的な沙翁劇であつた。殊に僕が

★国立劇場の観客席（*BERLINER THEATERWINTER*, Eigenbrödler=verlag, 1927）。

嬉しかったのは、座で演出台本を売つて呉れることだ。原脚本の独訳だが、今回の演出でどこを抜いてどれからどれへどう続けるかといふことがわかるやうに親切に符号が附けてある。前売切符を買ひに行つた時にそれを求めて来て下読みして行くと、芝居がよくわかつて一段と面白い。

穂積の観劇日記には、しばしば歌舞伎と比較しての感想が記されており、彼が日本でどれだけ歌舞伎に親しんでいたかがわかるのだが、その延長上でドイツの芝居を見たら、さぞ驚いたことだろう。歌舞伎は娯楽であって観劇中の飲食も会話も許容されていたから、真面目で研究的な態度の演劇鑑賞というのを彼はドイツで初めて経験したわけである。「はしがき」では続けて、「ドイツの観客は極めて真面目で静粛だ。食ひ入るやうに舞台に見入り聴き入る。拍手もあまりしない。宗教的な劇にでもなると全然拍手喝采無しで、敬虔の念を胸に秘めつゝだんまりで家路に就く。劇場だか教会だかわからないやうな気さへすることがある。かういふ観衆だと定めし芝居がしよからうと思ふ」としきりに感心している。このドイツ人のような客層は、たとえば、学生時代から築地小劇場に通いつめた浅野時一郎の記録『私の築地小劇場』(秀英出版、一九七〇年)などを読むと、日本でも一九二〇年代には一部の知識層の青年たちの間に育っていたことがわかる。しかし、本当にごく一部であり、その後も日本の新劇運動は、いつも観客の少なさから資金難に苦しみ続けたのである。それに比べるとドイツの観客層は厚かった。

第一次世界大戦後、朝日新聞の特派員としてベルリンにやってきた名倉聞一は、その通信をまとめて『共和国独逸』(大阪屋号書店、一九二三年)を刊行したが、その中に「不思議なことには沙翁劇が大入を占めて居る、仏蘭西のものもある、イプセンやストリンドベルヒのものもある、一体ならば英仏の芝居は敵愾心から禁止されるか、或は迫害を受けさうに思ふのであるが、決してそんな事はない、独逸人は如何にもコスモポリタンである」とある。フランス軍がドイツのルール地方を占領したときは、さすがに反発があり、この時期ベルリンにいた林久男の「『昆虫劇』を演じた独逸劇壇」(『演劇新潮』一九二四年六月)によると、ルール占領以来、フランス、ベルギーの戯曲は上演されなくなって、外国のものはイギリスとソヴィエト、北欧あたりのものに限られ、あとはドイツの古典やハウプトマン、フーゴ・フォン・ホフマンスタール、また表現主義のゲオルク・カイザー、フリッツ・フォン・ウンルー、エルンスト・トラーが中心になっているとある。林久男はまた、驚異的なインフレで生活が立ち行かなくなっているドイツの人々が、苦しい家計をやりくりして劇場へ足を運び、しかもカレル・チャペク「虫の生活」のような、決して娯楽的とはいえない芝居を熱心に見ている様子から、次のような思いを抱いたという。

想ふに独逸劇壇の強みは、苟も国民の当面的問題の核心に触れ芸術的価値のあるものならば、その古典たると然らざると、外国物たると内国物たるとを問はず、あらゆる障難を排して真剣に上場し、観客も真面目に観照する点にある。そしてどんなに苦しんでも、どうにか抜け出ようとする細心の工夫を怠らない。此点に於ても、我国現在の劇壇にも、新しい日本劇を築きあげてゆくと共に、新たなる意味に於ける外国劇の上演を奨励したいと思ふ。それも従来のやうな好奇心からや、稽古台としてのみでは無く、その中から端的に吾人の霊的の糧を摂取して来るといふ意味に於て新たなる外国劇の研究が盛んになつていいと思ふ。それについてはいつ迄も十八間間口の金ぴか舞台や、或はお座敷芸的の小舞台のみではなく、五百人内外の中劇場式の容れ物からしてが必要となつて来る。

この文章が発表された同年同月、定員五〇〇人弱の築地小劇場が開場したのである。

築地小劇場と表現主義

日本の新劇がドイツの演劇ともっとも接近したのは、築地小劇場の時代においてではないだろうか。そこには小山内薫、土方与志、村山知義らのベルリン体験が反映されていた。

日本の新劇は坪内逍遥と島村抱月の文芸協会(一九〇六～一九一三年)や、小山内薫と市川左団次の自由劇場(一九〇九～一九一九年)などによって切り開かれてきた。そして、小山内薫と土方与志によって一九二四年六月に創立された築地小劇場が、ここに大きな転機をもたらした。築地小劇場は、劇団名であるとともに、劇場の名前でもある。新劇の常設館である築地小劇場を拠点としたところが、まずこの新劇運動の画期的なところであった。常設館であることから、舞台装置や照明装置など、演目にあわせた試みが可能だった。舞台には、ホリゾントの上部が前方へカーヴして舞台の上方を覆うクッペルホリゾントが備えられていた。土方は、「舞台、観客席は、私のしばしば出入りしたベルリンのカンマシユピーレ座による所が多い。問題のクツペルホリゾントもほとんどその形をとり、観客席と舞台の高さもそれに等しい」(「築地小劇場の改築について」、『築地小劇場』一九二三年一二月)としている。

築地小劇場では、小山内薫の急逝後、一九二九年に分裂するまでに、翻訳劇を中心に一一七編の戯曲が上演された。このうち日本のものは二七編で、あとは海外の戯曲である。ドイツの戯曲は一七編で、一九編のロシアに次いで翻訳劇の中では二番目に多い。もっとも多く取り上げられたドイツの作家はゲオルク・カイザーで、「ガス」「朝から夜中まで」「クラウジウス」「平行」「二人のオリファー」である。他にラインハルト・ゲーリング、フランク・

ヴェーデキント、ヴァルター・ハーゼンクレーヴァー、アウグスト・シュトラム、カール・シュテルンハイムらが一作ずつで、表現主義の戯曲に集中している。

小山内薫は、こうしたドイツの同時代の戯曲について、「『小劇場』と『大劇場』」（『新演芸』一九二二年六月）で、「大戦以前に既に醗酵し始めてゐて、日本にゐた吾々には迚《とて》も想像の出来ないやうな恐ろしい戦禍の火の中を命がけで通り抜けて、戦争が済むと同時に、非常な勢で欧羅巴《ようろっぱ》を吹きまくり始めた新芸術の旋風は、必ず近い将来に日本のリアリズム（これこそブルジョア文学の一部だと私は思つてゐます）をも破壊せずには置かないと思ひます」と述べている。移入のための時間差はもちろんあったものの、単なる物まねではなく、こうした問題意識が共有されていたのである。だからこそ当局による検閲も厳しく、エルンスト・トラーの「ヒンケマン」は初日直前に上演禁止とされ、ハーゼンクレーヴァー「決定」も上演禁止となった。上演に漕ぎ着けても大幅なセリフのカットなど制約を課されることも多く、劇団はこうした検閲制度に苦しめられた。

築地小劇場の旗揚げ公演の中では、ゲーリングの「海戦」の反響が一番大きかった。築地小劇場のパンフレットの「観客席より」（『築地小劇場』一九二四年七月）には、秋田雨雀の「ドイツに起つた表現主義の運動は決してドイツそのもののみに限られたものでなくて我々自身の中にも内在し醗酵しつゝある」（「雨空の下の感激」）と

★築地小劇場の第一回公演「海戦」（1924年6月13〜18日）は、ラインハルト・ゲーリング作、土方与志演出、吉田謙吉装置で上演され、表現派風の舞台装置やテンポの早いセリフ回し、反戦的な内容で注目を集めた（伊藤熹朔『舞台装置の三十年』筑摩書房、1955年）。

いう共感を籠めた一文が送られている。また同パンフレットには松居松翁の小山内宛書簡が引用されており、「『海戦』は作といい、御演出の方法といい、西洋にて観劇致し候心地を再現仕候」「初めての洋行以来あのやうに早き、烈しきテンポで白《せりふ》を遣りたくと存じ可成力説候も顧られず遺憾に存居候二十年に近くして老兄の手にて小生に満足を与えられし事たゞ此一事にても不堪感謝」と、ドイツ演劇の息吹がもたらされたことを感銘深く語っている。

「海戦」の演出は土方与志で、彼は一九二三年一月から、表現主義演劇の最盛期であったベルリンで演劇の勉強をし、関東大震災の報を受けて年末に帰国したのである。一九二二年末にベルリンを発って帰国した村山知義は、一九二四年一二月に築地小劇場で上演されたカイザー「朝から夜中まで」の舞台装置を担当して、その斬新な構成舞台で話題となった。この組み立て舞台は場面の展開を速める効果も持っていた。スピードもまた、日本の舞台に移されたのである。

反体制の流れ

築地小劇場の創立時からメンバーであった千田是也は、一九二六年のはじめにここを去って、プロレタリア演劇の活動に従事したのち、共産党で働く人々とその活動のための演劇に加わるという目的を持って、一九二七年にベルリンへ渡った。『もうひとつの新劇史』（筑摩書房、一九七五年）では、次のように書いている。

> ベルリンではその頃はもう、普通の戯曲をやる労働者劇団は少なかったので、シュプレヒコールの稽古が多く、みんな仕事を了えてから、労働者街の小さな酒場の奥の部屋に集まって、毎週二回ぐらいその練習をやっていた。指導者は二十二、三の若者。だが日本とは全くちがい、五十を越した労働者やおかみさんもおおぜい加わって、若い連中にワイワイ言われながら、大声で朗読の稽古を神妙にやっているのを見て、「やはり歴史だなあ」と私は感心した。

ドイツの労働者演劇運動は、ビスマルクの社会主義弾圧の時代から、社会民主党の活動を体現しつつ大衆の間に広がってきた。「歴史だなあ」というのは、それを指すのであろう。その後もヒトラー政権が樹立されるまで、演劇は反体制をうたうものが主流であって、帝政下では革命に与し、ワイマール時代には右翼の台頭に抗した。

秦豊吉『文芸趣味』（聚英閣、一九二四年）には、「革命中の革命劇」として、一九一九年二月、ドイツ革命後の混乱のドイツへ行きかねてロンドンにいた秦が、新聞で「軍隊が侵入し、政府が遁走し、燈火が消え、水道が止り、機関銃が打ちまくられる革命の伯林の夜に、ラインハルトの大劇場は燈火を輝かして、恰もロマン・ロオランの革命劇『ダントン』を演じてゐたのである。絵附録にはなほこの芝居の大詰めの暴徒が法廷に襲来して、仏蘭西三色旗を翻してゐる写真が載ってゐた」のを見て、なんとも悲壮な感じに打たれたとある。同じく秦豊吉は『文芸趣味』で、エルンスト・トラーの「機械破壊者」の初演が行われたとき、当時、獄中にあったトラーに初演（一九二二年、カール・ハインツ・マルティン演出。於グローセス・シャウシュピールハウス）を見せたいから一時休暇をやってほしいという運動がハウプトマンを中心に起きたことを示し、「日本では一寸想像も付かない運動である。政治犯人とはいえ禁錮五年の囚人が休暇を貰って伯林へ芝居を見にゆくのを不思議にも思はない人が独逸にはいくらでもゐるのである」と、ドイツでどれほど演劇が重視されているかを語っている。トラーは一九一八年にミュンヘンで蜂起して捕らえられていたのである。結局、トラーの休暇は実現しなかった。

一九一九年一二月には、ベルリン国立劇場でレオポルト・イエスナー演出によるシラー作「ヴィルヘルム・テル」が上演されていた。舞台には階段があるだけで、俳優はそこを上り下りしながら台詞を言う。この年の一月には蜂起したカール・リープクネヒトとローザ・ルクセンブルクが殺される事件があり、一一月には戦時中の責任者パウル・フォン・ヒンデンブルク、エーリヒ・ルーデンドルフが喚問され、自己弁護に終始する答弁をしていた。古典の上演ながら、イエスナーはそうした現状への怒りと抗議をこめて表現派風の叫びを基調とした演出をした。そして、これが革命劇となっていることを理解した観客の熱狂を呼んだ。趣向を凝らした大がかりな演出を得意とするラインハルトと対照的に、イエスナーは、俳優の演技にせよ舞台装置にせよ、戯曲の本質を掴んで強調する方法を取ったのである。

このように近代ドイツの演劇は既成の価値観に疑問を突きつけ、現体制を批判する流れが主流であった。だから、かつてはその自然主義により市民階層の眉をひそめさせ、社会主義的だとカイザーを怒らせたハウプトマンが、「フローリアン・ガイヤー」の上演で生誕六〇年を華々しく祝されたとき、その場に居合わせた村山知義が不快を感じたのである。一九二二年、グローセス・シャウシュピールハウスでのことで、大統領エーベルトも臨席した。二一歳の村山は、最前列の桟敷席から立ち上がって観客の歓声に応えるハウプトマンの「デクデクと肥った、いかにも自足したような態度を憎む感情もあった」（『演劇的自叙伝』第2部、東邦出版社、一九七一年）と書いている。

プロレタリア演劇

社会民主党指導下にあった民衆舞台執行部と対立したピスカートルは、一九二七年九月、自らピスカートル劇場を立上げ、ノレンドルフ広場劇場で第一回公演を行う。それがトラーの「どっこ

★ピスカートル劇場「ラスプーチン」の鉄骨の舞台装置。幅15メートル、高さ7・5メートル、奥行き6メートルの半円球で地球儀を模したもの（エルヴィン・ピスカートル著、村山知義訳『左翼劇場』中央公論社、1931年）。

い生きてる」だった。第二回公演はA・トルストイとD・シチョゴーレフの「ラスプーチン」、第三回公演はハシェクの小説「シュベイクの冒険」を脚色したものだった。千田是也はこれらを見てい て、「いずれも三層の鉄のコンストラクションや、地球を模したという開閉自在の半球を舞台におったてたり、ベルト・コンベアーを使ったり、映画をふんだんに映したり、グラナッハ、ウェゲナー、テアア・トリュー、パレンベルクなどの有名スターを引っぱって来たりして、すごく大がかりな舞台だった。しかし本当に面白いと感じたのは、ベルトルト・ブレヒトが脚本製作に協力し、ゲオルグ・グロッスが背景の漫画を描き、からくりめいたものはすっかり奥にひっこめて、パレンベルクの名演技を浮き立たせていた『シュヴェイクの冒険』だけだった」（『もうひとつの新劇史』）と書いている。

千田の伝えるピスカートルの舞台は、ソヴィエトのフセヴォロド・メイエルホリドの影響が明らかだ。ロシア革命後、ソヴィエトの演劇は観客と舞台の関係を変えようとする実験性を強めていた。メイエルホリドの提唱したビオメハニカは、自然主義や心理の追求を重視するそれまでの演劇に対し、俳優の身体性やスペクタクルを求めて生まれた。一九一八年の「ミステリア・ブッフ」（ウラジーミル・マヤコフスキー作）や、一九二三年の「大地は逆立つ」（マルセル・マルティネ原作、セルゲイ・トレチャコフ脚本）などで実践された。また、一九二四年には、映画の手法を導入した「森林」（アレクサンドル・オストロフスキー作）が上演された。

土方与志は、一九二三年、ベルリンから帰国途中にモスクワでメイエルホリド演出の「大地は逆立つ」を見て大きな衝撃を受けたが、一九二七年の千田是也はメイエルホリド仕込みのピスカートルを見ても驚きはしなかった。ピスカートルの仕事はプロレタリア演劇の最先端とされていたが、千田は芸術スノッブを相手にした「からくりめいたもの」だと、冷ややかな反応をしたのである。

一九三〇年春のシーズンに、メイエルホリド劇場が「森林」「検察官」などを持ってベルリンへやってきたが、予想されたほどの反響はなかったという。すでにピスカートルがメイエルホリド張りの演出を見せていたので、ベルリンの客にとって目新しくはなかった。当時もっとも活発に活動していたのは、アジプロ演劇であり、劇場型のメイエルホリドの劇は、すでに古びて見えたこともあった。

千田は、日本にいたときから日本プロレタリア芸術連盟のトランク劇場で移動演劇運動をしていたが、ベルリンにおいても、ＡＴＢＤ（ドイツ労働者演劇同盟）で働き、一九二九年にドイツ共産党に入党すると、ＡＴＢＤのアジプロ隊の赤シャツ隊正式メンバーとなった。また、「劇団１９３１」というアジプロ隊にも属した。この時期、久保栄がドイツのプロレタリア演劇の紹介をさかんにしており、ＡＴＢＤの演劇については、「その移動劇場的活動の特徴をいはゆる『シュプレヒ・コオル』の中にもつてゐる」「多く三十分に満たない演了時間と僅々数名ないし十数名の登場人物とごく簡素な舞台装置とをもつてたりる移動劇場用台本を常に豊富に用意してゐる」（「メイエルホリドとドイツ・プロレタリア演劇」、『プロレタリア演劇』一九三〇年七月）としている。ただし久保はＡＴＢＤがドイツ共産党の完全な統制下にあると書いているが、実際にベルリンで活動していた千田によれば、現場はもう少し個別で動ける自由さがあったという。

千田是也は、「一九三一年のメーデーとドイツのアヂプロ隊」（『プロット』一九三二年五月。執筆者名は「在伯林　岩田二郎」となっている）で、「かくて、ベルリンに於けるアヂプロ隊は、メーデー準備カムパ期間中も、配属された地区のＲＧＯと協力して、それぞれの重要工場内の日常闘争に参加し、そして仕事の終ったあととか、土曜日日曜日とかに、労働者住宅の裏庭等へ出かけて個別的な宣伝活動をやったのである」（ＲＧＯはドイツ劇場人協会内の革命派）と、伏字だらけの本文ながら、アジプロ隊の活動を報告していた。

千田はアジプロ隊で、劇場で展開される演劇ではなく、さまざまな場所へ出掛けて、芝居も含めたパフォーマンスを行う演劇を学んだ。求められたのは芸術としての完成ではなく、メディアとしての演劇であった。わざわざ劇場へ足を運ばない人々に直接訴えて反応を引き出そうとする活動は、演劇の根幹に立ち戻って考える大切な機会となった。彼は帰国後、ブレヒト作品の翻訳、上演に終生情熱を傾けた。まずは一九二八年八月にシッフバウアーダム劇場で初演された「三文オペラ」を、一九三二年に自ら組織したＴＥＳ（東京演劇集団）の第一回公演として自由脚色し「乞食芝居」の名で上演している。

短期間安定していたドイツの経済が世界恐慌の波に飲まれ一九三〇年以降危機的状態に陥ると、劇場の閉鎖や統合が相次いで職を失う演劇人も増え、また、ナチス政権樹立後はユダヤ系の舞台人の亡命が続いた。ゲッベルスのドイツ国民啓発宣伝省の管轄のもと、演劇は統制され、共同体意識を固めるために祝祭性を高めた演劇が利用された。気に入ったものにはヒトラーたちが資金提供者となった。一九三三年四月二〇日、ヒトラー四四歳の誕生日には、国立劇場でハンス・ヨースト作「シュラーゲター」が上演され、幕が下りると観客は総立ちでドイツ国歌を斉唱したという。レオ・シュラーゲターはルール占領時に鉄橋を爆破し、フランス軍により銃殺された人物で、愛国者のシンボルとされたのである。新関良三『ナチス独逸の演劇』（弘文堂書房、一九四〇年）の「結語」には、「ナチス独逸が既に挙げ得てをる演劇文化的業績からして、われわれの国の演劇を考へるために、いくらかでも役に立つものがあつてほしいとの念願から」、この本を書いたと記されている。そして日本でも一九四一年、ナチス・ドイツに学んだ移動演劇が、国策に沿った劇を上演するために地方を巡回し始める。

（宮内淳子）

5 写真・映画

衣笠貞之助の「十字路」

衣笠貞之助が自作の映画「十字路」を持ってドイツに向かったのは、一九二八年のことである。日本ではこの頃、ソ連映画の斬新な手法が徐々に紹介されはじめていたが、ソ連から直接情報は得られず、ドイツの映画雑誌経由で伝わってきていた。今なら耳なじみのよいモンタージュ（montage）という用語が、ドイツ語読みでモンターゲとして伝わっていたのも不思議ではない。『映画評論』（一九二九年一月）には、フセヴォロド・プドフキンの解説を波多野三夫が訳した「モンタアゲに就いて」が載った。ただ、「映画芸術の基礎となるものは、モンタアゲである。かゝる合言葉のもとに、若きソウエト映画は進軍した」と書かれていても、肝心のソ連映画を見ることができなければ理解は難しい。モンタージュについて、その定義や歴史を詳しく解説したのは袋一平で、彼の「モンタアジュ」が『映画時代』に載ったのは、一九三〇年四月のことだった。

衣笠はこれに先駆け、新しい映画について研究しようとモスクワ、ベルリンへ向かったのである。一九二八年夏、モスクワに着いた衣笠は、セルゲイ・エイゼンシュテインやプドフキンと会っ

★衣笠貞之助監督の「十字路」上映準備中のモーツァルト・ザール劇場。横断幕に “Im Schatten des Yoshiwara”（「ヨシワラの影」）の文字が見える（衣笠貞之助『わが映画の青春――日本映画史の一側面』中央公論社、1977年）。

た。日本では公開されていなかった「戦艦ポチョムキン」も見た。一ヵ月ほどのモスクワ滞在のあとベルリンに渡った衣笠は、ここでも「戦艦ポチョムキン」を見ることができた。ドイツでは一九二六年以来、この映画の上映は許可されていたからである。

ベルリンに着いた衣笠は、一九二九年二月ごろから千田是也と同じラウバッハ街の下宿に住むようになり、一緒に「十字路」の売り込みに精を出した。ちょうど映画会社ウーファの撮影所で「月世界の女」を撮影中だったフリッツ・ラング監督や、エルヴィン・ピスカートル夫妻にもこれを見せることができたが、反応はいまひとつだった。ところがドイツの検閲を受けた「十字路」は、検閲済のスタンプのほかに、思いがけず「芸術映画」のスタンプまでもらえることになった。このスタンプがあることで興行税が半減されるため、配給業者がとびついた。こうして「十字路」は、「ヨシワラの影」とタイトルを変えてベルリンのモーツァルト・ザールで一九二九年五月に上映され、ヨーロッパ各地でも次々と上映されることになる。日本といえばヨシワラというのがいただけないが、評判は上々だった。新明正道はベルリンで封切の当日これを見に行き、「伯林の多数の常設館のかけてゐるものに較べて、決して見劣りはしない」（「伯林風見筆」、『新潮』一九二九年九月、「ウキルマアスドルフ」の署名）と評した。

この頃日本ではトーキーの話題はまだほとんど出ていなかったが、ベルリンではトーキー試作版がすでにつくられていた。映画製作会社トビスでも、試作短篇をいくつか作っており、衣笠はそのひとつに関わった。ちょうど岡田桑三（山内光）と鍋島田鶴子がベルリンに来ていたので、障子と庭の石灯篭を背景に二人に「夕焼け小焼け」を歌ってもらい、これを衣笠が撮影したのだ。阿部金剛と離婚したばかりの鍋島田鶴子は、この時岡田とモスクワ、ベルリン旅行をしており、帰国後入籍する。岡田にとっては二度目のベルリンであった。一九二二年から二四年にかけての最初のベルリン滞在の際、岡田は黒田礼二に会い、彼を介してソ連映画の魅力を知った。帰国後映画製作にこそ携われなかったが、二枚目俳優山内光として日活映画に主演する。一九二九年の今度の旅では、モスクワでエイゼンシュテインやプドフキンとともに「トゥルクシブ」を見ている。たとえ試作であったとしても、最初期のトーキーに出演できたことは、岡田にとっても大きな意味を持ったことだろう。

やがて衣笠は、トビスと提携して本格的なトーキー映画を作ろうとした。「月世界の女」のエキストラをした際に知り合ったグスターフ・フォン・ワンゲンハイムに演じてもらい、録音の費用をトビスが、製作費を衣笠が持つことになった。残念なことに、資金が途中で切れて、このトーキーは幻となってしまった。

一九三〇年夏、帰国した衣笠は、トーキー専用の大ステージをさっそく松竹下加茂撮影所につくった。日本でもようやくトーキーが注目されるようになり、一九三一年には五所平之助監督による最初のトーキー「マダムと女房」が松竹でつくられた。衣笠も一九三二年に「生き残った新撰組」をつくり、次に松竹オールスターキャストで「忠臣蔵」をつくった。この「忠臣蔵」は空前の入りだったという。

衣笠の挑戦はまだ続いた。演劇と映画を組み合わせた斬新な作品ができないかと考えたのである。これまでにも「連鎖劇」と称するものはあったが、単に映画をつなぎに用いるのでなく、本格的なコラボレーションを衣笠は考案し、これを「キノドラマ」と名付けた。ベルリンで千田是也と見たゲオルク・カイザーの「平行」を翻案し、「嗤ふ手紙」ができあがった。舞台にスクリーンを置いて、映画と芝居とが「平行」に進行するのである。この着想について衣笠は、「実際の舞台の上で、三枚のスクリーンを置いて多元描写を試みる実験は、むしろ、あのベルリン時代、千田是也さんなどとよく見たピスカトール舞台の演出方法が、その着想をうむタネになっていたかもしれない」（『わが映画の青春』中央公論社、一九七七年）と語っている。実際、一九二九年の「ベルリンの商人」や一九三〇年の「ハイ・タング」といった舞台で、ピスカートルは映写実験をして観客を驚かせている。こうしてキノドラマ「嗤ふ手紙」は、一九三七年七月に上演されて評判を得た。

岡田桑三と名取洋之助

岡田桑三は、美術の勉強のため一九二二年九月にベルリンに向けて日本を発った。一九二三年九月に岡田はドイツ国立美術工芸博物館付属工芸学校の本科舞台美術第七アトリエに編入し、翌年卒業する。しかし実際に岡田に強い影響を与えたのは、この学校よりもむしろベルリンで見た映画や演劇であったかもしれない。ベルリンで森戸辰男の世話になった岡田は、彼を介して黒田礼二と知り合った。舞台美術を志そうとする岡田に、これからは映画の時代だと諭したのは黒田であった。黒田の紹介で知り合った村山知義や土方与志は表現主義の演劇に傾倒していたが、岡田はマックス・ラインハルトやゲオルゲ・グロスに興味を抱いた。

一九二四年暮に帰国した岡田は、一九二九年七月に再びベルリン、モスクワへと向かう。モスクワでエイゼンシュテインと会い、ベルリンで衣笠貞之助と会って、岡田は映像文化の可能性を確信した。帰国後の一九三三年、岡田は野島康三から名取洋之助を紹介される。

名取洋之助がベルリンに行ったのは一九二八年の夏だった。岡田の二度目のベルリン行きのほぼ一年前である。彼もまたピスカートルやラインハルトの舞台に圧倒された。やがてジグムント・フォン・ウェイヒという工芸学校教授と知り合い、彼からバウハウスについて聞かされる。ウェイヒは、バウハウス出身のブルケ教授のいるミュンヘンで学ぶことを名取に勧め、名取はベルリンからミュンヘンへ移ることになる。一九三一年六月に、名取の撮った写真が『ミュンヘナー・イルストリールテ・プレッセ』紙に掲載された。これによって名取はウルシュタイン社の契約写真家の座を得る。ウルシュタイン社といえば一八九二年創刊の週刊グラフ誌『ベルリナー・イルストリールテ・ツァイトゥング』で有名だ。フォト・ジャーナリズムの最先端を行くベルリンで、発行部数二〇〇万部というグラフ雑誌を有する会社に名取は抜擢されたのである。

『ベルリナー・イルストリールテ・ツァイトゥング』に載せる日本の旅館の写真を撮るため、名取は一九三二年に帰国した。この時知り合ったのが野島康三だった。野島は中山岩太や木村伊兵衛とともに一九三二年五月、『光画』を創刊していた。二号からは伊奈信男も加わっている。ドイツのノイエ・フォトグラフィーを思わせるこの写真同人雑誌の出来栄えに、名取は強く惹かれた。名取は彼らとなら、ドイツで身をもって学んだフォト・ルポルタージュについて話ができると確信したのである。

しかし名取は、ほどなくしてベルリンのウルシュタイン社に戻らねばならなかった。一九三三年には関東軍による熱河省侵攻を取材する特派員として従軍する。しかしその間にヒトラーが政権を獲得し、名取はドイツに戻ることができなくなった。ヒトラー政権下では新聞・雑誌の分野でドイツ人以外の就業が禁止されたからである。やむなく帰国した名取は、再び野島と会い、彼を介して岡田と知り合った。フォトグラフィーの新しい技術、アートとルポルタージュの未来に夢を抱く者たちが集まれば、話はとんとん拍子に進む。岡田がプランナーとなり、一九三三年八月、木村伊兵衛、伊奈信男、原弘、岡田、名取による日本工房が発足した。日本工房主催の「ライカによる文芸家肖像写真展」が一九三三年に、翌年には「報道写真展」が開催された。日本工房はやがて分裂するが、こうした日本写真界の運動が、ベルリンからの刺激によっておこったことは確かであった。

『フォトタイムス』とモホイ=ナジ

ラースロー・モホイ=ナジが国立バウハウスの金属工房の教授として招かれたのは一九二三年のことである。一九二五年にはバウハウス叢書の一冊として『絵画・写真・映画』を刊行している。この著作は、日本の写真家たちにも大きな影響を与えた。北園克衛は『フォトタイムス』(一九四〇年八月)誌上で、「彼の卓越した理論は今日に於ても尚最も進歩的であるばかりでなく、未だ曾って誰一人としてナギイのセオリイに匹敵する著述を示して居ない事は驚異に値ひする」と書いた。『フォトタイムス』は一九二四年の創刊以来、日本の写真界をリードした月刊写真雑誌である。

仲田定之助は一九二二年七月から翌年一一月のベルリン滞在の間にバウハウスを訪れ、ヴァシリー・カンディンスキーやパウル・クレー、ヴァルター・グロピウスとも会っているが、帰国後、モホイ=ナジの『絵画・写真・映画』を一部翻訳して『アサヒカメラ』(一九二六年一〇月)に紹介した。この後、『絵画・写真・映画』全文は、扇田漸によって『写真新報』に一九三〇年九月から一九三一年八月まで九回に分けて訳載されたが、部分的とはいえ最も早い紹介としては仲田のものがあげられる。これに強い影響を受けた金丸重嶺は、一九三二年に『新興写真の作り方』(玄光社)を刊行し、その中でモホイ=ナジをはじめ、フランツ・ロー、ウェルネル・グラフらの理論紹介に努めた。

モホイ=ナジは一九二九年にはシュトゥットガルトで開催された「映画・写真国際展」の写真部門の構成を引き受けた。この展覧会は一九三一年に朝日新聞社主催「ドイツ国際移動写真展」として東京と大阪で開催された。「一千点を越える出品の量から言っても、その蒐集の多方面に亘り、写真展として嘗て見ない異色を放つて居る点から言っても、近頃珍らしい大展観と推称して可い」(『写真新報』一九三一年六月)と森芳太郎は書いている。モホイ=ナジは『絵画・写真・映画』とこの「ドイツ国際移動写真展」で、日本の写真界に決定的なインパクトを与えたのだった。

ベルリンからやってきた新興写真のセンスと技術を、日本の写真界は驚愕をもって受けとめたが、ただ驚いているばかりではな

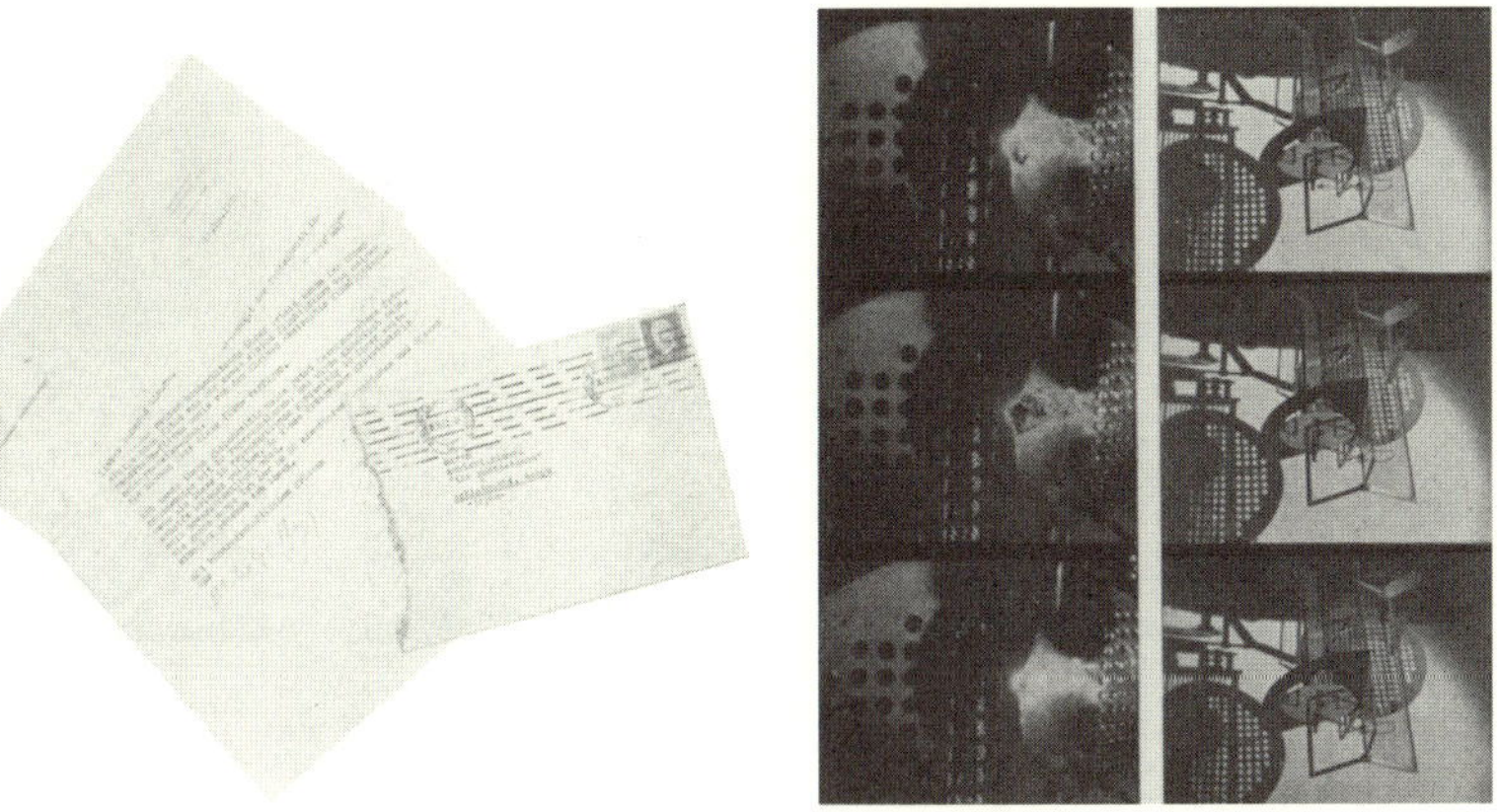

★1932年10月19日付のモホイ=ナジより木村専一にあてた手紙および同封された「黒・白・灰色」のカット写真（『フォトタイムス』1933年2月）。

かった。日本人写真家の中には、自らベルリンに出向いて、直接ドイツの写真家たちと接し、積極的に意見交換をした者もいた。

一九三〇年九月には、林平吉が天然色写真の作品を持ってベルリンで展覧会と講演会を催している。この展覧会は、独日協会とドイツアマチュア写真連盟の協同で、一九三〇年九月二六日から三〇日にベルンブルガー街にあるVWA協会の講堂において開催された。同じ年に大阪と東京では、新興写真研究会が発足した。

一九三一年一一月一六日には、河崎喜久三がウーファ・スタジオのカール・ホフマンを訪ねている。

『フォトタイムス』主幹の木村専一は、一九三一年一一月二八日にベルリンに着き、一二月一九日までの二〇日間、精力的に写真家たちを訪問してまわった。彼はクオリテート社のC・E・ヒンケフスをはじめ、モホイ=ナジ、ウンボ、エルレル、ヘッダ・ヴァルター、イヴァ、ヘルベルト・バイヤーを訪れ、さらにツァイス工場や、有賀虎五郎が卒業した写真学校レティー・ハウスも見学した。それらの訪問記は『フォトタイムス』に詳しい。

中でも驚嘆に値するのは『フォトタイムス』一九三三年二月号である。木村がモホイ=ナジ自身から受け取った手紙と写真が掲載されているのだ。手紙の訳は次のようになっている。

親友木村専一氏

小生は貴下の雑誌「フォトタイムス」の進歩に対して異常

なる注意を払ひ居るものに有之候。

貴下の雑誌はたゞに、常に美麗なる複写及び絶えざる大発展の形式をもたらすのみならず、殊に欣喜に耐えざる所ののは、同誌が又精神的にも溌剌たる処を常に示して居らるゝ点に有之候。

余にして若し日本字もしくは日本語を解するとせば、余は写真及記事の編輯に於て、又しばく採録されたる、稀れなる古文典に於て、同誌の生命が、是等のたえ間なき僅少の仕事を以てしてよく進み、何等の苦悩をも受けず、斯くて、総べての写真及恐らくは映画に於てもの、標準雑誌となるの日を達観するものと思考仕候。


モホイ=ナジはこの手紙に添えて、近作の写真や未発表のフォトグラムを送ってきた。そして「幸にして十葉全部を貴下の雑誌に御掲載を賜はらば、余の甚だ欣快に存ずる次第に有之候」(『フォトタイムス』一九三三年二月)と書いてよこしたのだから、彼が『フォトタイムス』をいかに重要視していたかが窺える。彼が送ってきたのは、一九二九年発表の「報告映画　美しい港　マルセール」(正確には「美しい港」でなく「古い港　マルセイユ」)の数カットと、一九三〇年発表の「抽象映画　黒・白・灰色」の数カット、それに「黒・白・灰色」で使用した被写体装置の写真であった。『フォトタイムス』(一九三三年二月)に掲載された彼の論文は「新しき映画に就ての命題(一)」で、これはすでに一九二八年に書かれ、第一〇回ドレスデン写真週間で講演されたものである。訳者によれば『フォルム』別刷(一九三二年五月)に載ったものだという。この号と次の号に分けて訳載されたこの論文には、映画についてのモホイ=ナジの卓見が感じられる。

『フォトタイムス』の次の号(一九三三年三月)には「新しき映画に就ての命題(二)」が載った。ここにはモホイ=ナジ近作の風景写真や肖像写真、それに一九三二年発表の映画「大都市の流浪民」の数カットが添えられた。これらももちろんモホイ=ナジから送られてきた原画のフィルムを製版したものである。モホイ=ナジの映画はいずれも数分の短いものだったが、天然色映画、立体映画、発声映画が完成されるに違いないと語る彼は、たしかに映画の可能性を十分に把握していたといえよう。

大都会へのまなざし

ドイツ映画を世界に知らしめたのは、なんといっても一九二〇年に公開された「カリガリ博士」である。これを製作したデクラ社は、その後デクラ・ビオスコープ社となり、一九二一年にはウーファ社に統合される。

やがて一九二七年、ウーファはフリッツ・ラング監督の「メトロポリス」を公開した。未来の大都市、機械文明が大スケールの絵巻物に描かれる。これはベルリン中を驚かせ、アメリカ経由で一九二九年には日本にもやってきた。六〇〇万マルクの撮影費を使ったというこの大作は、そのスケールの大きさで観客を圧倒したが、岩崎昶はフリッツ・ラングについてこう書いた。「彼は、些しも近代的ではない。機械、を理解してゐない。ル・コルビユジエを理解しない」（「フリッツ・ラングの時計」、『映画評論』一九二九年五月）。また安田清夫はラングが「殆ど総ての構図にシムメトリーと平凡なるパースペクテイーヴを許した」ことを、彼の「Picture senseの籠城」と評した（「フリッツ・ラング」、『映画評論』一九二九年五月）。期待に反してこの作品は、都会の描き方に新しさを感じさせなかったようだ。

同じ一九二七年に、「メトロポリス」とは違ったまなざしで大都会を描いた映画が上映された。ヴァルター・ルットマン監督の「伯林――大都会交響楽」である。これはウーファではなく、フォックス欧州映画社の割当作品であった。ルットマンは、ヴィキング・エッゲリングやハンス・リヒターとともに早い時期から絶対映画（抽象映画）に手を染めており、一九二五年にベルリンで公開された「国際アヴァンギャルド映画上映会」で広く知られるようになった。翌年にはソ連映画「戦艦ポチョムキン」がドイツで公開され、新しい映画の概念が急速にベルリンに広がることになる。ルットマンはベルリンという大都会を、組写真の方式で描いた。折しもこの年、ドイツ工作者連盟の主催で国際展「写真と映画」がシュトゥットガルトで開かれ、フランツ・ローとヤン・チホールト共編の『写真眼（フォト・アウゲ）』が出版された。まさしく写真眼によって都会を切り取る方法を、ルットマンは採用したのだ。奇しくもモホイ=ナジが一九二四年に『MA』誌に発表した「大都市のダイナミズム」は、ルットマンの映画を予告するようなフィルム・スケッチであった。

日本に輸入された最初の純粋映画としてこれが公開されたのは、一年後の一九二八年九月のことだった。ベルリンが写真眼によって切り取られていくこの映画は、日本の写真家や映画評論家に衝撃を与えた。そして東京という大都会が、被写体として一気にせり出してきた。

堀野正雄は『中央公論』（一九三一年一〇月）に板垣鷹穂の企画によるグラフ・モンタージュ「大東京の性格」を載せた。また一九三二年に出した『カメラ・眼×鉄・構成』（木星社書院）では、大都会の無機質な機械や建造物をカメラで切り取っていった。『犯罪科学』（一九三二年二月）には、大宅壮一の編輯によるグラフ・モンタージュ「ゲット・セット・ドン！」が載った。これも堀野のカメラによるもので、東京の木賃宿や工場が選択されている。板垣鷹穂の企画で一九三二年一〇月から『フォトタイムス』に連載されたのは、レヴューや酒場という東京の消費生活を写し取ったグラフ・モンタージュで、渡辺義雄の撮影による「カメラ・ワーク」というシリーズだった。

青江舜二郎は「『伯林』より『東京』へ」(『映画評論』一九二八年一一月)の中で、「友人、前山鉦吉から聞くところに拠れば、村山知義氏が、『伯林』を見て感動し、純粋映画『東京』が作りたくなつた相である」と書いた。村山ならずとも、「東京」という映画の製作は、多くの映画関係者が考えたことだろう。しかし純粋映画「東京」は、村山でも他の日本人映画監督でもなく、ソ連の映画監督シュネードロフによって作られることになる。朝日新聞社がシュネードロフに発注した「大東京」が、一九三三年七月に一般公開されたのだ。これはソ連の北氷洋探検隊の船に同船していたシュネードロフが、一九三二年に横浜に寄港した折に製作したもので、岡田桑三が撮影を手伝い、その後山田耕筰がモスクワで録音に協力したという東京のドキュメンタリー・フィルムであった。この映画は、たしかに数年前に公開された「伯林——大都会交響楽」を彷彿とさせるものであった。

しかし青江舜二郎は「『伯林』より『東京』へ」の中で、このように続けたのだった。「『伯林』を見た人は、誰しも纔かの『意志』を有つ事によつて、実に容易にあれを、完全な、宣伝映画に変へ得る事に気が付いたらう。(略)大衆に背いて、『純粋』の迷宮にわけ入らんとする映画よりも、此の『筋のある実写』がどれ丈、対社会的に存在理由を有し広く大衆にアピイルするかは云ふまでもない」。筋や目的のない純粋映画に価値を見出した人もいれば、青江のように考えた人もいた。写真や映画は、たしかにジャーナリズムにとっても大いに魅力あるメディアであった。このことにいち早く気づいたのは、アドルフ・ヒトラーであった。

国家・報道・宣伝

一九三三年に政権をとって以来、ヒトラーは国家宣伝の武器として映画や写真を重要視してきた。レニ・リーフェンシュタール監督による「意志の勝利」は、一九三四年ニュルンベルクで開かれたナチス党大会の記録映画であり、「美の祭典」「民族の祭典」は、一九三六年開催のベルリン・オリンピックの記録映画としてよく知られている。「民族の祭典」が日本に輸入されたのは、一九四〇年になってからであった。四〇余人のカメラマンと六〇台のカメラと一二〇万尺のフィルムを使用したといわれるこの映画について、土門拳は次のような感想をもらしている。「僕は日本の文化映画関係の腕前を信用しないわけではないが、一番大事なことは、設備とか人員とかいふ問題でなく、結局国家が非常な力瘤を入れて事業のバックとなることである、独逸の場合は、そのバックとする根柢には、結局独逸民族としての止めて止まらぬ世界的制覇といふ、非常に大きな国際的なものがある、それが一番根柢だと思ふ」(「カメラに描くスポーツの昂奮　民族の祭典とはどんな映画か?」、『フォトタイムス』一九四〇年八月)。「民族の祭典」がナチスによる国家宣伝映画として大きな効果をあげたことは誰もが認めるところであった。そしてそれはヒトラー一人の思惑でなく、ドイツ民族全体の意向の表れと土門はとらえたのであった。その点では日本はまだまだ脆弱であった。

写真の大きな宣伝力を信じていた名取洋之助は、このベルリン・オリンピックの取材のため、久しぶりにベルリンの地を踏んでいた。ベルリン・オリンピックの四年後には東京オリンピックが開かれるはずだったので、その下準備の意味もあった。

名取はすでに一九三四年一〇月、『NIPPON』という日本文化紹介雑誌を創刊していた。財団法人国際文化振興会のバックアップを受け、写真は自分のほか、『フォトタイムス』で活躍した堀野正雄と渡辺義雄に撮らせ、レイアウトを山名文夫に任せる。堀野と渡辺が抜けると今度は土門拳を入れた。日本事情を世界に知らしめること、しかもそれを最新の技術と卓抜なセンスで知らしめること、これが名取の理想だったのだ。名取はウルシュタイン社所属のカメラマンとしてベルリン・オリンピックの取材をする一方で、『NIPPON』に次の東京オリンピックに向けてのレポートを載せた。さらに一九三七年には、ベルリンのカール・シュペヒト社から豪華写真本『大日本 GROSSES JAPAN』を刊行した。

名取がこうして精力的に写真による日本紹介をしていた頃、映画の分野でも画期的な企画が進んでいた。初の日独合作映画の企画である。一九三五年七月にベルリンに滞在した東和商事社長の川喜多長政は、この映画の打ち合せのため、アーノルド・ファンク監督と会った。この映画は日本では「新しき土」、ドイツでは「サムライの娘」と題され（さすがに今度は「ヨシワラ」ではなかった）、主演原節子、助演早川雪洲という国際映画であった。監督はファンクと伊丹万作の二人だったが意見があわず、とうとうファンク版と伊丹版の二つができるというおかしな事態となった。日本では一九三七年二月に、まず「伊丹版」を公開し、次の週には「ファンク版」を上映するという異例の措置をとった。そしてこの年の三月には、原節子が川喜多らとともに、ドイツ・プレミアに出席するためベルリンに向かっている。

大阪毎日新聞・東京日日新聞のベルリン特派員だった大塚虎雄は、異国の地で日本映画を見る辛さをこう書いていた。「外人の撮影した日本に関する映画が困り物であるばかりではない、日本人の手になつた剣劇物などを外国の地で見ることも閉口である。ウ

★日独合作映画「新しき土」に主演した原節子（『フォトタイムス』一九三七年三月）。

ンター・デン・リンデン街のカメラ館で見た日本時代劇は映画の拙劣低級はいはずもがな、多数の人を殺しておいて血刀を月光にすかしながめてニッと微笑むあたり、われ〳〵には何でもないが白人はキヤッと叫んで眼を蔽ふてゐる、私は外人に見せるための目的で聡明に製作された映画が、日本からドシ〳〵出る日を待望せざるを得なかつた。その意味で、これは外人ではあるが、ドクタア・フアンクが、今度六十万円を投じて日本で撮影した『新しき土』に期待する、新春早々ベルリンで封切られると伝へられるが、『海戦』の軍艦に驚嘆した伯林人の日本認識を、更に一層向上させてくれるであらうと思ふ」(『ナチ独逸を往く』亜里書店、一九三六年)。

こうした人々の期待を背負い、日独親善のために製作されたこの映画は、派手な宣伝も手伝って大入り満員となった。ドイツでもこの年、ナチス宣伝相ゲッベルスがこの映画に最高映画賞を与え、日独友好の証はたてられた。そもそも第一次大戦で敵国同士だった日本とドイツが、一九三六年に日独防共協定を結ぶことになるのだから、それ相応の友好の証が必要だったのだ。『フォトタイムス』(一九三七年三月)の編集部は、この映画を評してこう書いた。「この興味ある試みに接して、日本人を感心させたのはカメラの機能と感覚とである。ストーリーは愚劣なものだが、日本の自然と風俗とを代表してゐるやうなものを拾ひ集めて来て、それをスツカリ盛り込んだ手際は仲々に巧妙なものである。殊に吾々日本人にとつて悦しかつたのは、所謂『輸出向き』の古いものばかりでなく、現代も併せて扱はれてゐたことである」。まずは日本宣伝映画として、そして日独友好映画として、成功であったといっていいだろう。つくる側の意図を広く知らしめるという意味で、映画ほどふさわしいメディアはなかったのである。

フォト・ジャーナリズムの世界でも、宣伝や広報の色が濃くなっていった。一九三九年、かつての日本工房は、名取洋之助を役員とする国際報道工芸株式会社に改組された。報道写真の重要性は、日中戦争によってますます増大していく。一九四一年には、岡田桑三を理事長とする東方社が発足し、対外宣伝のための写真雑誌『FRONT』が刊行された。こうして、一九二〇年代から三〇年代にかけてベルリンを中心に吹き荒れた新しい映像文化の風は、第二次世界大戦という大きな渦の中に巻き込まれていくのである。

(和田桂子)

6 ダンス・スポーツ

ノイエ・タンツの誕生

巌谷小波『小波洋行土産　下』（博文館、一九〇三年）には、ベルリンに長期滞在（一九〇〇〜〇三年）する彼が「所謂社交上の必要」からベルリンの舞踊学校に入り、週一回四ヵ月のコースで社交ダンスを習ったことが書かれている。稽古場には男女六、七〇人が集まり、そこでペアを作って、まずポルカ、カドリールなどをこなし、三ヵ月目くらいにワルツを習う。小波はここで、男女が組んで踊ることからくる風紀の乱れはないのか、という日本人の疑問を想定し、学校であるから真面目な練習が日常であり、発表会などで飲食が伴うときには開放的な言動もあるが風紀上の問題はない、とコメントしている。日本では、劇場で踊りを見ることはあっても、一部の大都市以外では、自分たちが踊る機会というのは祭りのときくらいで、しかも男女が組んで踊るという習慣はなかった。日本に社交ダンスが流行しはじめたのは、一九二〇年に鶴見花月園舞踏場が開かれたあたりからである。

ドイツには、小波が去ったころから徐々に、社交ダンスだけでなく、新しい舞踊を教える学校が増えていた。一九〇四年には、イサドラ・ダンカンがグルーネヴァルトに、一九一〇年にルドルフ・フォン・ラーバンがミュンヘンに、一九二〇年にマリー・ウィグマンがドレスデンに舞踊学校を開設している。

村山知義「ダンスの本質に就て」(『中央美術』一九二三年七月)では、一九二二年のベルリンで彼が見たマリー・ウィグマンのダンスが次のように描写されている。

私は或る冬の夜、小さな劇場に坐つて、ドレスデンのマリー・ウヰグマン、かの最も「芸術家達」に愛されてゐる所のマリー・ウヰグマンを見た。

彼女は変化しない光線の中で、単純な銀色の衣に包まれて、ベトーベンの第五シンフオニーの始まりの強い音楽につれて「英雄的行進」を踊つた。次には音楽なしでどらの音だけで踊つた。そして最後には何等の音なしで踊つた――恐らくは心臓の鼓動で。

こんなに真剣なダンスを私はいまだ嘗て見た事がなかつた。彼女の骸骨のやうな顔と蛇のやうな身体とは指の先から足の爪先に至る迄、物凄い力で以て満ちてゐた。時には殆んど全裸体で、観念の眼をつぶつて、投げ出して、床の上を爬つた。しかも常に驚くべき厳粛さと整正され精錬された趣味とを以て。

ノイエ・タンツは、クラシック・バレーにあったコード化された身体運動のシステムを排除して、内部から湧き上がるものを表現しようとする。音楽、衣裳、照明といったものの力も借りない。この新しいダンスを理論的に固めたのがラーバンで、開花させたダンサーがウィグマンだと言われる。中村秋一『ドイツ舞踊文化』(人文閣、一九四一年)には、「魂と肉体との間にあるものは、危険きはまりない緊張である。これを解くことがウイグマンの仕事である。ラバンの力強い仕事すら、この緊張を解くことはできなかつた。それを高揚し、生産したウイグマンの仕事を、われわれは『ノイエタンツ』と称ぶ」と紹介している。新しい舞踊をそのままノイエ・タンツとドイツ語で呼ぶのも、それがドイツを中心に育ったことを示している。

その当時、ドイツでは、ラーバンやウィグマンの他、クルト・ヨース、ハラルド・クロイツベルグといった人々が、新しいダンスを創造し発表しつつあった。一九二〇年代のこの動きを、表現主義舞踊と呼ぶこともある。その他、現実のカリカチュアを身体で表現して小市民性を批判したヴァレスカ・ゲルト、官能的な踊りで短期間ではあるがスキャンダラスな人気を誇ったアニタ・ベルバー、〈赤いダンサー団〉を設立して政治的メッセージを送ったハンス・ヴァイトなど、多彩な踊り手が出ていた。

ロシア・バレーも世を湧かせた新しいバレーであったが、これが作曲、舞台装置、衣装、振付やダンサーの技芸などを融合させて成立する総合芸術であったのに対し、ノイエ・タンツは音楽や物語や衣装に従属させることのない身体性を取り戻そうとしていた。その道を開いたのが、アメリカからヨーロッパにやってきて大きな影響力を持ったイサドラ・ダンカンであった。ダンカンがはじめてドイツ語圏でダンスと講演会を行なったのは、一九〇二年から翌年にかけてのことである。

ダンカンとダルクローズ学校

山田耕筰は自著『近代舞踊の烽火』（アルス、一九二二年）の中に、ダンカンが一九〇三年にベルリンで行った講演「将来の舞踊」の記録を訳して入れた。またここで彼は一九一三年にベルリンで見た、裸足でギリシャ式の衣装をゆるく身にまといピアノだけで踊るダンカンのすがたを、「その運動の自由さ、自然さには、恍惚たらざるを得ませんでした」と感動をもって語っていた。

新しいダンスの創造には、女性ダンサーの力が大きくかかわっていた。社会からの拘束をより強く身に受けているぶん、女性の方が、ダンスを通して自己解放、自己表現したいという欲求が強かったのであろう。斎藤佳三も、はじめてダンカンのダンスを見たのは一九一三年五月一二日のベルリンだと書いている（「近代舞踊と私の新作に就て」、『中央美術』一九二二年三月）。このとき、おそらく山田耕筰と一緒だっただろう。二人はベルリンで行動をともにすることが多く、ドレスデン郊外のヘレラウにあるダルクローズ学

★リトミックの円舞。ダルクローズは学校の正面玄関にこの写真を掲げていたという（中村秋一『ドイツ舞踊文化』人文閣、1941年）。

校へも行っている。

スイス人音楽教師エーミール・ジャック・ダルクローズは、リズムを身体運動の基礎に取り入れたエクササイズを創り出した。このリトミック体操は広く認められ、一九一一年、ヘレラウにこれを伝える学校と劇場を備えた教育施設が創設された。ダルクローズも、ノイエ・タンツの創造に大きな影響を与えていた。マリー・ウィグマンはダルクローズのもとで学んでいたことがある。ダルクローズ学校は大きな注目を集め、ヘレラウまで見学に訪れた人は、ディアギレフ、ニジンスキー、クローデル、ラインハルト、ラーバン、スタニスラフスキーなど、また日本人でも、山田耕筰、斎藤佳三の他、小山内薫、秦豊吉、小宮豊隆ら数多い。

山田耕筰は指揮者の研究を始めたとき、筋肉運動で自分の意志を伝える必要上、舞踊に興味を持ったのだという。それがヘレラウのダルクローズ学校の校庭で、「子供等の合唱を指揮してゐる僅か九歳の少年の運動を見て、驚嘆せずには居られなくなりました。少年の渾身の運動は、悉く煎じつめた、力強い自己表現であり、彼はそれによつて意のまゝに合唱団を動かして居りました。その時以来私は、音楽と舞踊との結合が、今後の芸術の最高位に上げられるべきものではないかと思ふやうになつた」(『近代舞踊の烽火』)とある。

一九一三年四月二〇日に小山内薫もここに来て、リトミックの理論の説明を受けたり舞台の見学をしていることが、「ダルクロオズ学校訪問」(『三田文学』一九一五年九月)に書かれている。小山内より先、一九〇七年から翌年にかけて渡欧していた市川左団次はダルクローズの方法論をそこで知り、自由劇場の稽古時にこれを取り入れていた。一九二四年に創立された築地小劇場でも、ダルクローズについて勉強したことのある岩村和雄を講師にして、リトミック体操を俳優や研究生に習わせた。日本舞踊の出来ない歌舞伎役者がいないように、新劇俳優もリトミックによってそれにふさわしい身体を得ようとしたのである。

伊藤道郎は一九一三年八月から翌年、第一次世界大戦が始まるまで、ダルクローズ舞踊学校に在籍した。舞踊家伊藤道郎の第一歩である。一九一四年八月に第一次世界大戦が起きてから、ダルクローズはこの地へ戻らなかった。伊藤もこのときロンドンからアメリカへ移って、舞踊家としての活動を展開してゆく。

石井漠と村山知義

ベルリンからノイエ・タンツをいち早く日本へ持ち込み、舞踊詩、舞踊劇を創作したのが山田耕筰であり、それを踊ったのが石井漠であった。

一九一六年六月、小山内薫と山田耕筰が新劇場を創設し、帝国劇場で第一回公演を行う。このとき山田耕筰は、自身が作曲し振付した舞踊詩「日記の一頁」、メンデルスゾーンの曲に、これも山田が振付した「ものがたり」を、石井漠に踊らせた。振付に際してはダルクローズのリトミックの教則本を見つつ自ら身体を動かし、試行錯誤を続けた。しかし公演は客が入らず多額の借金が残った。六月の第二回公演にも山田耕筰作曲の「明暗」が演じられたが、これも不入りであった。石井は浅草オペラなどを経て、自らの実力を問うための渡欧を決意する。一九二二年一一月一九日に帝劇で行われた「石井漠渡欧記念舞踊公演」で、山田耕筰は石井のために「野人創造」を作曲、振付した。

一九二三年一月一四日、石井漠は妻の妹である小浪を連れてマルセイユに到着し、パリに少しいてからベルギー、オランダ経由でベルリンへ入った。そこでは同じ秋田県出身の、作曲家成田為三、報知新聞特派員池田林儀、日本大使館書記官須磨弥吉郎らが中心となって、ホテル・カイザーホーフで漠と小浪の舞踊会を開いてくれた。さらに毎日新聞社社会部の阿部真之助が新聞記者に漠を紹介してくれ、これがきっかけで、四月二四日にブリッツナー・ザールで公演することができた。このときベルリンに滞在していた土方与志が資金援助をし、舞台も手伝った。「明暗」「メランコリー」「囚われた人」「若き牧神と水の精」などの舞踊詩は大きな反響を呼び、この好評から、漠はウーファ製作の「美と力への道」という映画にも出演している。五月末にベルリンを出て、ヨーロッパ各地をまわったが、どこでも歓迎され、アメリカ巡業を終えて横浜に着いたのは一九二五年三月のことであった。

村山知義がベルリンでダンスに熱中していたころ、日本でもダンスは、アンナ・パヴロヴァらの来日もあってブームとなっており、たとえば『中央美術』一九二二年三月号は「踊とダンス」特集を組んでいる。しかし、この号にある斎藤佳三「近代舞踊と私の新作に就て」によれば、「扨、芸術として舞踊を考へ世界の現在を通覧して、現今日本を省る時、誰か失望を感じないものがあらう。然るに舞踊といふと今日の日本では流行語の如く盛んである」とダンスブームの底の浅さを批判している。それは家元制度や、型を重んずる日本の伝統文化が、音楽や舞踊の自由な創造を妨げているせいだとし、自分が「円光は人に見えず」と「道成寺の幻想」という舞踊を作ったのは、やむにやまれぬ表現意欲に基づいてのことだとしている。これらは石井漠によって上演された。

底の浅さというなら、谷崎潤一郎も「西洋と日本の舞踊」(『大阪朝日新聞』一九二五年一一月)で、アメリカから来たデニ・ショウン一座が華々しく迎えられたのに、中之島公会堂であった石井漠の会に客の入りが少なかったことを嘆き、欧米人のダンスばかりをもてはやす風潮に苦言を呈している。谷崎は石井漠と小浪の踊りを、「彼等は、たゞピアノだけの音楽を用ひ、簡素な衣裳で、黒幕を垂れた背景の前で踊るのである。しかし私は見てゐるうちに、その深みのある象徴的な表現に全く引き入れられてしまつた。いふまでもなく漠君の舞踊は日本固有の舞踊とは違ふ。その技巧は西洋から取つたものであり、伴奏の曲目も西洋のものではあるけれども、中に盛られた感情は純粋に東洋的である。私はこれこそ日本人の独創になる真に新しい舞踊だと思つた」と絶賛している。新劇場のときから石井漠を見ていた谷崎は、そのたゆまぬ精進ぶりに感心した。滞欧時にウィグマンやラーバンのダンスを見た漠は、音楽に添って踊る舞踊詩から離れ、身体性を優先させるノイエ・タンツに近づいていた。石井はその後も旺盛な活動を展開し、自由ヶ丘にスタジオと舞踊学校を設けた。

「私はもう頭を真直にイムペコーフエンの中に突つ込んでしまつた。夜も昼も私は彼女のダンスに駆られ通した。世の中にダンス程の芸術があらうか、と私は思ひ出した」（「ダンスの本質に就て」）と、ノイエ・タンツの中でもとりわけニッディー・イムペコーフェンのダンスに魅せられていた村山知義は、石井漠の渡欧と入れ違いのようにベルリンから帰国した。そして自らダンスを創作して踊り始める。一九二三年五月に開かれた個展「意識的構成主義的小品展覧会」の目録には、緩い衣装を着て踊る村山の写真が「フムメルのワルツアを踊つてゐる私」のキャプション付きで載っている。同じ衣装で、『中央美術』一九二三年七月号に載っている踊りの写真もある（本書一九六頁）。簡素な衣装で、舞台装置も照明にも頼らないところに、イムペコーフェンの影響が見られる。また、一九二五年五月三〇日、築地小劇場での「劇場の三科」公演で、残されたプログラムによれば、村山は舞踏「ベートーヴエン・メヌエット・イン・ゲエ」「季節に協へるグロテスケ」を披露した。「マヴォ」のグループにも村山の影響力は強く、その踊りは、前衛芸術に注目していた人々の耳目を集めたが、やがて村山はプロレタリア演劇の道に入ってゆく。

個の表現から全体性へ

一九三二年パリ第一回国際振付コンクールで優勝したのはクルト・ヨース「緑のテーブル」で、これは権力者が自らの利益のために引き起こす戦争の実体を描いたものだったが、ナチ政権が樹立された一九三三年、ヨースはダンス界からの最初の亡命者となってドイツを去った。続いてヴァレスカ・ゲルト、ジャン・ヴァイト、ロッテ・ゴスラーらが亡命した。中村秋一『ドイツ舞踊文化』の刊行は一九四一年で、すでにナチスが政権を取って八年後にあたる。ノイエ・タンツがこのときどのような状況だったか、中村秋一の側からは次のように報告されている。

マリイ・ウイグマンは一時、ちよつと反戦的なものへ手を染めた時代があつたが、いまでは本道へかへつて、彼女が創始した独逸舞踊に専念してゐる。ウイグマンのかうした転向は彼女のアメリカに於ける弟子の上にもかなり変化を及ぼし、アメリカに住む門下生は全部ウイグマンから叛き去つてゐる。ルドルフ・フオン・ラバンは一時ロンドンに走つたが、いまではドイツにもどり、オペラの踊りをノイエ・タンツでやらうと工夫してゐる。相当な年齢だが、相変らずこのひとらしい熱をみせてゐるのがうれしい。ラバンが走つた原因といふのは明らかでないが、これにはパルツカが関係してゐるとも云はれてゐる。ラバンは純粋のハンガリア人だが、パルツカの祖父《ママ》はユダヤ系の婦人である。パルツカはそれを隠してナチス党のために踊り、一九三六年オリムピックのときはヒツトラー総統から花環を贈られたりした。その年末、パルツカは素性が暴れて公開を禁止され、ラバン（当時宣伝省の属託であつた）も引責してゐる。

★即興的な動きの中から創作活動を行うマリー・ウィグマン（中村秋一『ドイツ舞踊文化』人文閣、一九四一年）。

グレート・パルッカは二五〇〇人の女性を率いたオリンピックのムーヴメント・スペクタクルに参加したのである。ウィグマンはオリンピック用のマスゲームの振付に協力している。舞踊家がこうしたイベントへの参加を拒むのは難しい時代になっていた。ウィグマンは一九四二年夏以降活動を停止したが、ウィグマンの弟子であった邦正美によれば、これはゲッベルスの命令であったという（邦正美『メリー・ヴィグマンの芸術と思想』論創社、二〇〇〇年）。

集団の一部となって規律通りに動くとき、共同体の一部に吸収されてゆく快さから高揚感が生まれ、その高揚感に観客も巻き込まれてゆく――こうしたイベントは、それを目的としている。ノイエ・タンツは個の自覚から身体を動かすものであったが、一方、集団で身体を動かすことによって個を溶解させ熱狂のうちに全体性に至る逆ルートもあり得た。人の内面が、こうして変えられてゆく。身体性は諸刃の剣であり、それはスポーツにもあてはまる性質であった。

もともとダンス、スポーツ等の隆盛は、制約の多い社会から自由になり、身体性を回復しようとするところに生まれた。若者が都会から野山へ出掛けてゆくワンダーフォーゲルは、一九〇一年に協会が作られて組織立った運動となった。都会に住む者の余暇の楽しみだったものが、反知性、反文明を掲げ、自然に返れという主張のもとに組織されたとき、それがそのまま全体主義に傾斜してゆく契機ともなり得た。群舞、スポーツなどが持つ力を利用したのは、ナチスのみならず社会主義、共産主義の運動でも同じであった。ワイマール共和国でも「赤色スポーツ」は、国家権力に対する抵抗、共産主義運動の団結の手段となったのである。

村山知義は『演劇的自叙伝』第3部（東邦出版社、一九七四年）で、一九二九年から三〇年にかけて信州で年越しをしたときスキーを試みたことについて、「当時、私はドイツに注文して、『イルストリーテ・ツァイトゥング』（絵入り新聞）という、今でいう『朝日グラフ』『毎日グラフ』のようなものを取っていたが、それにドイツの労働者スポーツのことが『赤色スポーツ運動』としてしきりに出ていたので、日本でも文化運動の問題として、労働者のスポーツを取り上げねばならぬ、と思い、いろいろ物にも書いて、宣伝していた、それには自分自身が少しでもスポーツに触れねば、と思った」と書いている。勝本清一郎『赤色戦線を行く』（新潮社、一九三一年）には、ベルリンのシュポルト・パラストで開催された労働者のスポーツ大会の様子が次のように描かれる。

> 高い人工の大空！　スポーツ・パラストの広大な内面だ。強い、明るい最新式照明が、中央の真下に楕円形の競技場をくつきりと照しつけてゐる。
>
> 周囲の三階建のさじきは、二万人の顔を詰め込んで、薄黒く煙つてゐる。
>
> 今や六百人の男女の、運動着一枚の体操最中だ！　遠い向う側の二階で、プロレタリヤ・ダンス曲が元気な音を立ててゐる……音楽のリズムにつれて渦巻く腕の林、脚の波、身体の伸縮……みんな労働者の男女ばかりのスポーツ大会だ。
>
> （中略）
>
> 音楽が変つて、場内は再び割れかへるやうな拍手の渦だ。柔道の選手たちの二列縦隊が、駆足で競技場へ走りくだりつゝある。短い日本のじゆばんのやうな上衣《うはぎ》と、猿又《さるまた》をつけただけの身装――彼等こそデモの先頭に立つて、敵と格闘しようとする前衛闘士なのだ。
>
> 日本の古い武技が、全く新しいプロレタリヤ精神と集団的形態にまで生かされつつある。

これは一九二九年かその翌年のことであり、労働者のスポーツが賞揚されている。千田是也も一九二九年秋の赤色スポーツデーのデモに参加したときに見た、「水着から柔道着までの色とりどりのユニフォームをつけた三十万の労働者スポーツマンの行列」（『もうひとつの新劇史』筑摩書房、一九七五年）を記していた。

スポーツの功罪

「赤色スポーツ運動」への興味を持っていた村山だが、その数年前に書いた小説「一九二二年」（『文芸市場』一九二六年七月）には、アスファルトの街の上でラテナウが暗殺された。

国立歌劇場のもとの玉座に淫売婦をつれた日本人が現はれた。

『将来のために』青年に対しては抜目なくスポーツが奨励された。或る人達は伯林市中の運河を全部泳ぎ切る競技を発表した。グリューネワルドのスタートを出発するマラソンは飽きることなく挙行された。

最も愚劣な者達は豚に乗り、ビスマルクの銅像の下でスタートを切つて、議事堂正面の大階段を駆け上がるレコードに対して賞金をかけた。

新刊。婦人身体強健法。裸体運動のすすめ。


というくだりもあって、スポーツを奨励することの裏にある危険なものを示している。穏健派の外相ヴァルター・ラーテナウが反動的なテロで殺されたり、ひどいインフレのもと生活が逼迫していたり、危機的状況にあるドイツで、スポーツへの熱中で政治的不満を忘れようとする人々やそれを奨励するような政策があることを批判しているのだ。

日本でも大正末期から昭和にかけて、スポーツに対する国民の関心が高まり自ら参加する風潮も強まってきたが、それと同時にスポーツの国策化も目立ってきた。一九二四年から全国体育デー

★女子工員によるベルリンの赤色労働者スポーツ団「フィヒテ」の体操（勝本清一郎『赤色戦線を行く』新潮社、1931年）。

が一一月三日と制定され、同時に内務省主催の明治神宮競技大会が開催されるようになる。一九二九年一月の『中央公論』には「スポーツとマルクスとシネマ」特集が組まれた。ここで金子洋文は現在スポーツを楽しめるのは持てる階級だけだと告発し、平林初之輔はスポーツは本来、人に解放感や明るさをもたらすもので一概にブルジョワ文化だといって退けるべきでないと書いている。こうした議論が起こるほど、スポーツが身近なものとなっていたということだろう。

一九二〇年、アントワープ・オリンピックで日本人初のメダリスト（二位）が生まれていた。一九三六年のベルリン・オリンピックに、日本は役員選手総勢二四七名を送り出し、水泳の前畑秀子や、当時日本の植民地支配下にあった朝鮮出身のマラソン選手孫基禎（ソン・ギジョン）ら六人が金メダルを獲得して、盛り上がりをみせた。しかし中野重治は、「日本スポーツの好成績は、国民的健康の悪化の上に咲いた黄いろい花といつて通る」（「オリンピックと日本」、『読売新聞』一九三六年一〇月二一～二四日）と書き、また、新居格は、「オリンピックの文化的意義」（『セルパン』一九三六年六月）において、「スポーツを戦争の目的に付随させようとする底意は今のドイツにかなりあるらしい」「わたしは国際オリンピックの本質には政治的性格はあつてはならないと思つてゐる」と警告している。

確かにヒトラー『わが闘争』（一九二五年）には、「教育においては頭の訓練と肉体的鍛練の調和がとれなければならない」「健全なる精神は健全なる身体にしか宿らぬのだ」といった文章があり、こうしたスポーツ奨励の先に兵士という将来が設定されていたし、その方針のもとで一九三三年に公布された「遺伝病子予防法」では、遺伝病を持ち「健全なる身体」でないと判断された者には断種手術が強制された。

「健全なる身体」の特権化の危うさは、ベルリン・オリンピックに出場した日本選手団が帰国の船中で目に余る傍若無人を働いたという、ベルリン駐在ドイツ大使館一等書記官森島守人による告発記事（『読売新聞』一九三六年一〇月二一日）にも垣間見ることができる。身体の訓練が人を精神的に鍛え、一流のアスリートは一流の精神性を持つという神話を疑わせる告発だったが、この問題をめぐる論調は、四年後に控えた東京オリンピックがあるから対外的に恥となるようなことは止めさせなければならない、という方向へ逸れていった。『セルパン』（一九三六年一二月）でこれに関する特集をしたとき、中野重治はまったく別の視点から、「新聞は、体育協会や何とか伯爵から独立に、新聞として問題を扱つてほしいと思ふ。例をあげると、この次ぎの第十二回は日本紀元二千六百年記念といふことになつてゐるが、それは日本の場合のことで、オリムピツクそのものの第十二回といふものはそのことから独立だ。それが日本の場合はさうなるといふ事情だといふこと、それを国民に知らせることなんかも案外大切なのではないか」（「オリムピックと新聞」）と指摘した。マスコミはオリンピックの騒ぎに乗じてナショナリズムを発揚しようとする流れに乗らないよう、広い視野から報道するよう自重してほしいという要請である。しかし、こうしたごく当然な意見が通らない時代になってきていた。そして日中戦争の激化で、四年後に開かれるはずだった東京オリンピックは中止となる。

（宮内淳子）

Ⅱ 日本人のベルリン体験

1 プロイセンからドイツ帝国へ

1861-1913

統一への長い道

ドイツという国は複雑である。今も、ベルリンのみならず、ミュンヘンやフランクフルト、ライプツィヒやドレスデン、ハンブルク、デュッセルドルフなど、各都市の独立性が高く、首都ベルリンは、フランスにおけるパリや、イギリスにおけるロンドンとは全く異なる存在のあり方を示している。これには、ドイツの長い歴史が関係していることは言うまでもない。

事の起こりは、九六二年のオットー大帝の神聖ローマ皇帝即位以前にまでさかのぼる。この当時のドイツでは、諸侯が各地を割拠しており、ドイツ国王が神聖ローマ皇帝になったために、内政がますます放置され、国家の統一が阻まれた。中世においてドイツはさまざまな家の選挙王国であり、一五世紀には、ハプスブルク家のオーストリアが事実上の権力を握ることになりはしたが、各国の独立性は依然保たれていた。

同じ頃、ホーエンツォレルン家が七人の選帝侯の一人であるブランデンブルク辺境伯に封ぜられ、一七世紀になって、ブランデンブルクとプロイセンを併せ、プロイセン王国に発展させた。

このような王家の事情に加えて、一三世紀中頃の北ドイツの各都市の同盟から発展したハンザ同盟に見られるような自由都市の存在、また、一六世紀初頭のマルティン・ルターの宗教改革による新教の普及がもたらした宗教上の対立などから、ドイツはとにかく、統一という言葉から遠い国家であり続けたのである。

ようやく統一の機運が高まったのは、一七八九年のフランス革命およびナポレオンの圧迫という外圧に対しての国民感情からであった。この時のフィヒテの「ドイツ国民に告ぐ」という講演は有名である。ベルリンのウンター・デン・リンデンにあるベルリン・アカデミーの講堂でフィヒテは、一四回にもわたり、教育論として、祖国ドイツの再生を訴える演説を行ったのである。このような動きにも後押しされ、プロイセンとオーストリアの二国は、イギリスおよびロシアと組んで、ついにナポレオンを破る。これについて、『世界地理風俗大系』第一一巻（新光社、一九三一年）の「二、沿革」（今井登志喜執筆）には次のように書かれている。

ナポレオン戦争の善後策を講ずるため、列国会議がウィーンに開かれたが、この会議の決定によつてプロイセン、オーストリヤは更に領土を増加した外に、ドイツ諸国は先の神聖ローマ帝国の代りに、オーストリヤを頭として新にドイツ聯邦を作つた。しかして中世以来の約三百に達した小諸邦、僧正領等は整理せられて、三十九邦となつた。オーストリヤ、プロイセンについで、バイエルン、サクソニヤ、ハノファー、ウュルテンベルヒの諸王国、バーデン大公国などがドイツ諸国中の有力な国として残り、ほゞ現代の諸聯邦の形が成立した。

しかしながら、そのドイツ連邦もまた、その名の示すとおり、ゆるやかな同盟関係の成立にすぎず、実際上は、統一国家の誕生ではなかった。そこで、ウィーン会議後もドイツの真の統一への運動が継続された。この中で、次第に、二大強国であるプロイセンとオーストリアの対立が明らかになってきた。一八一八年以来、プロイセンはオーストリア以外のドイツ連邦内の国々との連帯を強化すべく、関税同盟を組織し、オーストリア以外の諸邦がこれに加わり、プロイセンの影響力は強大なものになった。

一八六一年、プロシア王にヴィルヘルム一世が即位した。そして翌一八六二年、ドイツ連邦の非公式代表は、九月二八日から二九日までワイマールに集まり、単一連邦国家の樹立に合意する。同三〇日、ビスマルクがプロシアの宰相に着任し、有名な「鉄血政策」を宣言する。ここに事実上、プロシアを中心としたドイツ連邦国家が誕生したのである。ドイツ連邦議会は、一八六三年一〇月一日には、シュレスヴィヒとホルシュタインの両公国を、デンマークから武力で分離することを決め、一八六四年二月一日には、オーストリアとプロシアの両国軍がシュレスヴィヒに侵攻した。つまり、ついにデンマークと開戦したのである。両軍は圧倒的な勝利を収め、一〇月三〇日にはウィーン条約が結ばれて、さらに一八六五年八月一四日には、オーストリアとプロイセンの間でガスタイン協約が調印されたが、領有権の共有という形は、後々まで火種を残した。

一八六六年六月一四日、一触即発の関係にあったプロイセンとオーストリアは、ついに開戦するに到る。世にいう普墺戦争である。結果はプロイセンの圧倒的勝利に終わり、同八月二三日、プラハの講和会議により、両国の火種の一つであったシュレスヴィヒおよびホルシュタインの両公国はプロシアに譲渡されることが決まった。プロイセンは一八六七年二月二三日、オーストリアと南ドイツの四ヵ国を除いて新たに北ドイツ連邦をつくった。これについては、渋江保『普墺戦史』(博文館、一八九五年)の「小引」にも次のように書かれている。

普墺戦争ノ如キハ、古今多ク有リ得ベカラザル重大ノ戦争ナリ。何トナレバ、此ノ戦争ノ結果トシテ、普国ハ、大ニシテハ、墺国ヲ独逸聯邦同盟以外ニ逐ヒ、己レ独逸ノ覇権ヲ掌握シテ以テ、フレデリック大王以来ノ宿望ヲ遂ゲ、以テ一躍シテ第二等国ノ地位ヨリ第一等国ノ地位ニ昇リ、小ニシテハ、ハノーヴル。ヘッスカッセル。ナッソー。フランクフルト。及ビスレースウヰグ。ホルスタインヲ併セ、又外ニ対シテハ、ビスマークノ明断剛毅能ク彼ノ狡獪多慾ナル拿破崙三世ノ毒鋒ヲ挫ギ、干渉ヲ抑ヘ、以テ間接ニ後年必勝ノ大計ヲ定メタレバナリ。

続いて一八七〇年七月一九日、フランスがプロイセンに宣戦布告した。いわゆる普仏戦争の始まりである。この名の示すとおり、これはそもそもプロイセンとフランスとの間での、スペイン国王継承権問題に端を発した戦争であったが、他の北ドイツ連邦諸国もプロイセンを助け、ナポレオン三世を退けたのである。同年九月四日には、フランスは共和国を宣言し、翌一八七一年一月一八日、プロシア王ヴィルヘルム一世は、ヴェルサイユ宮殿でドイツ皇帝の位に即き、同二八日には休戦協定が結ばれた。同年三月一日、ついにパリは落城した。三月二八日にはパリ・コミューンが成立し、パリは内戦状態に入った。五月一〇日、ドイツとフランスの間にはフランクフルト講和条約が調印された。

ビスマルクからカイザー・ヴィルヘルム二世へ

一八七一年、いよいよ単一国家として出発したドイツ帝国では、ヴィルヘルム一世とビスマルクとが、カトリック勢力を弱める政策を進めたり、オーストリアやロシアと接近したりしながら、内政にも力を注ぎ、帝国の礎を強固なものとしていった。一八七三年一〇月二二日のドイツ・オーストリア・ロシア三帝協商の成立から、さまざまな経緯を経て、一八八一年六月一八日には、ビスマルクの主導により、三帝同盟が成立、ところが一方で、ドイツとロシアの距離はなかなか埋まらず、やがて一八八二年五月二〇日には、ドイツ・オーストリア・イタリアの間で三国同盟が成立した。この時もビスマルクが主導した。これが後の第一次世界大戦の淵源の一つとなったことは、歴史の示すところである。ドイツの東西の脅威であるフランスとロシアは、一八九四年一月四日には、露仏同盟を正式に結んだ。これは日清戦争が始まる年である。翌一八九五年四月一七日に日清講和条約が結ばれるとすぐさま、同二三日には、ドイツ・ロシア・フランスが、日本に遼東半島返還を勧告した。三国干渉である。ここにも暗に示されるとおり、ロシアとドイツとは、常に微妙な距離関係を続けていた。

一八八八年三月九日、ヴィルヘルム一世が亡くなった。フリードリヒ三世が跡を継いだが、六月一五日には退位し、ヴィルヘルム二世が帝位に即いた。彼こそは「カイゼル髭」で有名な、カイザー・ヴィルヘルム二世である。彼はビスマルクと反りが合わず、ついに一八九〇年三月二〇日、ビスマルクは宰相を退いた。

森鷗外は、このドイツ帝国の牽引者が移り代わる時期に、ベルリンに滞在していた。巌谷小波や島村抱月はやや後れ、カイザー・ヴィルヘルム二世の治下となってからここを訪れた。

一九〇七年八月三一日、イギリス・フランス・ロシアの間で三国協商が成立した。ここに、ヨーロッパに二項対立の図式が用意された。山田耕筰がベルリンにやってきたのはこの頃である。ほぼ時を同じうして、寺田寅彦、片山孤村、小山内薫もやってきた。

第一世界大戦前のベルリンにかろうじて間に合ったのである。

一九一四年六月二八日に起きたサラエヴォ事件をきっかけに、同年七月二八日、オーストリアがセルビアに宣戦布告し、第一次世界大戦が始まった。これは、実質上はドイツとロシアとの争いであり、やがて三国同盟対三国協商の図式をも巻き込んでいった。

一九一四年、すなわちこの第一次世界大戦開戦の年に出された、「偉人叢書グレートメン・シリーズ」の一冊である、村島靖雄『カイゼル・ウィルヘルム二世』（鍾美堂書店、一九一四年）の「序」には、「偉人叢書」としては異例であろうが、次のように書かれている。

> 嗚呼カイゼル、ウイルヘルム二世は果して不世出の英主であるか、それとも虚栄心の権化であるか、或は絶代の天才なりと褒める者があれば或は一種の精神病者なりと貶する者がある。其何れに属するかは今卒かに断定するの限りでは無いが、少なくとも現今世界の帝王中、最も多趣味多方面で、其一挙一動は常に世間注目の焦点となつて居るのを観れば、確かに当代一流の人気役者たることは疑を容れざるところである。

第一次世界大戦開戦直後の、カイザーの評判の高さが、皮肉な表現ながらも十二分に伝わってくる。

ところで、このようにして見てくると、ドイツ帝国はカイザーの国として、強力な中央集権的勢力を持っていたようにも見えるが、実際には未だに、連邦の性格を受け継いでいた。一九一五年に出された内藤民治『世界実観』第一巻（日本風俗図会刊行会、一九一五年）の「独逸帝国の概観」にも、次のように書かれている。

> 独逸の聯邦制度は各々独立した王国や自由都市の聯合したもので、其の地方により幾多異つた歴史や風俗や慣習等を有して居るさりとて北米合衆国の如く共和政体の下に行はるゝ聯邦でもなくいはゞ皇帝の統治権を以て分立せる国家を聯合統一しつゝあるので、（略）プロシヤの首府なる伯林が独逸帝国全体の体系的中心頭脳となり、やがてその活動的精神が宿る地位にある事は確実であるが、それは主に政治や財政の上に於てのみで、商工業、教育、芸術の発達に関しては、ハンブルグやミュンヘン、ドレスデンやライプチヒなどに、遠く及ぶべきの《ママ》ではない。

第二次世界大戦後、東西ドイツに分裂した歴史的事実に鑑みても、この統一の困難は、ドイツという国にこの後も長らく続く、いわば国家を象徴する性格であったといえよう。

新興都市ベルリン

ドイツ帝国成立の時代に戻ろう。ようやくドイツが統一され、首都であるベルリンも、次第に大都市へと変貌していった。徳富健次郎の『近世欧米歴史の片影』（民友社、一八九三年）には、次のように書かれている。

普仏戦争弭んで日耳曼帝国一大強国となると共に伯林も亦欧州の大都となれり。千八百六十一年ウイリアム一世の位に即かれたる頃は伯林の人口僅々五十一万九千五百三十三人なりしが、今日に於ては殆んと百五十万に上り、欧州第三の大都会たり。

つまりベルリンは、普仏戦争後にその首都としての本格的な発展を示した、いわば新興都市だったのである。例えば幣原坦『世界小観』（宝文館、一九一二年）には、「伯林はどこからどこまでも、普魯西亜の誇りといふことが中心になつてゐる観がある」と書かれ、その都市としての性格が、普墺戦争から普仏戦争を経て、パリ落城に至るまでの快進撃の跡によって形成されたことを示している。それを象徴するのが、ブランデンブルク門上の女神像や、ジーゲス・ゾイレすなわち戦勝記念塔などの、今もベルリンを代表する建造物である。そこにはすなわち、その後、第一次世界大戦と第二次世界大戦に敗れ続けたドイツの敗北の歴史が影を落としているが、今はまだそのことには触れないでおこう。

要するに、ベルリンという都市を形成する一つの代表的要素は、一八七一年のドイツ帝国の成立に関わる、輝かしい勝利の歴史に由来するのである。ビスマルクとモルトケ将軍こそ、新興都市ベルリンを育てた母であった。

もちろんそれ以前のベルリンの記憶が全く残っていないわけではない。主として「古伯林」を中心に、今ももう一つのベルリンの顔は存在する。しかしながらまさにその名が示すとおり、そこに歴史の断絶は明らかである。

そして第三の顔が、先にも述べたカイザー・ヴィルヘルム二世である。ヴィルヘルム二世は、ビスマルクにも劣らず帝国の軍事力の強大化に努めた武人でもあったが、むしろ特筆すべきはその美術や学問への理解の深さである。前掲の村島靖雄『カイゼル・ウィルヘルム二世』は、ややこのカイザーに批判的な立場をとるが、それでも次のように紹介している。

カイゼルは美術文学及び科学に対する独逸人の景仰心及び作物全体に勢力を及ぼしたことは中々強く所謂「セセッションン」式として知らるゝ独逸美術文学上の独立運動の如きも大に拘束せられ制限せられ従つて現代独逸の絵画彫刻は大部分カイゼルの印象を帯びて居る有様である。

このとおり、ヴィルヘルム二世は、「政治、軍事、外交は更なり、文学、美術、宗教、哲学、科学、法律に至るまで何事にも口を出される」(『カイゼル・ウィルヘルム二世』)皇帝であった。この皇帝と宰相とを兼務したような存在により、ベルリンの相貌もまた、独自の色を帯びたのである。

洋行とベルリンの共振

一九〇〇年より一九〇二年までドイツその他のヨーロッパに滞在した嘲風こと姉崎正治は、当時を振り返って次のように述べている(『わが生涯』養徳社、一九五一年)。

明治年間には、洋行ということが、男子一生の大事件になっていた。洋行というのは東洋や南洋に行くのでなく、西洋に行くということであったのも、云うまでもなかろう。洋行して各国を見めぐる外に何もしなくても、只洋行して来たというのみでも、金箔がついたという状態であり、今日でも或方面で、人の履歴に「欧米視察」という項目を留めている。特に、官命で洋行するのは、色々の意味で大切の事であり、官吏で欧米に出張するのや、先生で外国留学を命ぜられるのが、その人の将来にとっても一種の保証になり、又名誉として誇るべきことであつた。(略)

この洋行熱は明治初年に特に盛んであつたが、大体明治末期から大正にかけてさえ、決して衰えはしなかつた。

しかしながら、そのように将来の保証となるような洋行の代表的な行き先の一つであったベルリンもまた、その現実は、ヨーロッパにおいては、いわば新興の都市であり、例えば美術館一つとってみても、同じドイツのドレスデンと比べ、銀行家である日本人旅行者に、「新古の絵画蒐集該博、伯林にて見たるものゝ如き比にあらず」というような印象をもたらす都市であった(小塚正一郎『欧米巡歴日記』非売品、一九一〇年)。これはちょうど、前掲の幣原坦『世界小観』の「伯林は何分新しい町であるから、敢て古美術に富んでゐるといふことは出来ない。併し何れの博物館にいつても、陳列の方法が誠に行きとゞいてゐることは、独逸人の研究的精神を現はしてゐる」という言葉に対応する。この「独逸人の研究的精神」はまた、学問を重視するドイツ人の性格と読み替えることもできよう。ベルリンが持っていたのは、このように、ヨーロッパの中ではやや異質ながら、長い歴史に支えられた伝統的文化の重視というよりも、それらを背景に新たに生まれてきた、科学的精神に支えられた学問の魅力である。ここに、封建制からようやく変貌を遂げた当時のいわば新興国であった日本の求めたものが集約されていたものと考えられる。ベルリンの一九世紀後半から二〇世紀初頭にかけてのこの特別な相貌こそは、遅れてきた帝国と自認する明治の日本からの、洋行者たちの欲望と、実に見事に響きあったのである。

(真銅正宏)

森鷗外（1862-1922）——私と公のはざまで

旅行者として見たベルリン

森鷗外《もりおうがい》は、軍医としてドイツに赴いた。鷗外のいわゆる「独逸三部作」と呼ばれる創作は、「舞姫」（『国民之友』一八九〇年一月）、「うたかたの記」（『しがらみ草紙』一八九〇年八月）、「文づかひ」（『新著百種』一八九一年一月）の三作であるが、それぞれ、ベルリン、ミュンヘン、ドレスデンの三都を主たる舞台として書き分けられている。これにライプツィヒを加えた四都を中心に、鷗外は約三年九ヵ月の月日を過ごした。

「航西日記」（『衛生新誌』一八八九年四月〜一二月）によると、鷗外がベルリンに着いたのは、一八八四年一〇月一一日のことであった。この日の項には「午後八時三十分。至伯林府。投於徳帝客舘。問田中、片山等。皆未到也。」と書かれている。田中や片山とは、マルセイユまで同船してきた田中正平と片山国嘉のことである。

「航西日記」を受け継ぐように、「独逸日記」（『鷗外全集』第三五巻、岩波書店、一九七五年）は一八八四年一〇月一二日から始まっている。そこには、「わがシヤドオ街 Schadowstrasse の旅店 Hotel garni zum Deutschen Kaiser」という文字が見え、先の「徳帝客館」がこれであることがわかる。

鷗外がドイツ滞在中に出された西滸生著『西洋風俗記』（駸々堂本店、一八八七年）には、次

★縮刷版『水沫集』（春陽堂、一九一六年）の冒頭に掲げられた鷗外の肖像。この写真については、鷗外自身が「改訂水沫集序」に、「著者が少時の小照一葉あり。小きSturm und Drangのかたみとして此改訂本の端に留め置かんとす」（一九〇五年四月の日付）と説明する。いわゆる「独逸三部作」を始め、翻訳などを集めたこの作品集の性格から見て、外遊時代の像であろう。

のように書かれている。

伯林近傍を旅行致したる通りかゝりの目を以て申せば伯林辺の巴里倫敦に異るは物事都へて質素に田舎びて見ゆる事に候衣服は半マンテルよりフルック、コートを着たる方多き位に候へ共巴里抔の如く綺麗にはなく殊に其帽子の高帽は極て希れにして丸帽の方十の八九なり（略）唯た日耳曼にて綺麗に派出やかに見受けたるは軍人の装束なり流石は武を以て国を建つる処丈に軍人の装束は水際立ちて花々しく帽子抔は兜形の黒地に白磨きの銀鋲うち頂きの中央には独鈷成の立物したる有様四下眩瞑ばかりなり

先ず彼は、橋本綱常を「カルゝスプラッツ Karlsplatz の旅店 Töpfer's Hotel」に訪ね、共に公使館に公使を訪ねようとしたが留守、今度は「カイゼルホオフ Kaiserhof」に陸軍卿に見えようとしたがこれも留守であった。しかしながらここには、課せられた任務への鷗外の意識が認められる。すなわち鷗外は、とりもなおさず、「衛生学を修むることと、独逸の陸軍衛生部の事を詢ふことゝの二つ」を政府に托されてこの街にやってきたのである。

一四日、橋本を再び訪れた鷗外は、次のように学習の順序を教えられている。

先づライプチヒ Leipzig なるホフマン Franz Hofmann を師とし、次にミュンヘン Muenchen なるペッテンコオフエル Max von Pettenkofer を師とし、最後にこゝなるコッホ Robert Koch を師とせよと諭されぬ。

★片岡半山『鶏のあくび』（非売品、一九二九年）に掲げられたホテル・カイザーホーフ。同書によるとこのホテルは、ホテル・アドロンとともに、米国式ホテルの代表として挙げられている。桑木厳翼「巴里と伯林——矛盾と統一」（『文芸春秋』一九三七年一一月）には、「こゝはヒットラーが昔ミュンヘンから上京する折りの定宿で（カイザーホーフ）」という記述が見える。

これを実践すべく、一〇月二二日にはベルリンを出発し、ライプツィヒに向かったのである。

鷗外が再びベルリンに帰ってきたのは、一八八五年五月二六日のことであった。この時は「全権公使と学課の順序を議せんと欲」してのことで、当時の青木周蔵公使を訪ねたのだが、旅行中で会えず、ベルリン在住の友人たちとしばしの再会を喜んだだけであった。二九日には「バウエル茶店 Café Bauer」で、「三浦、加藤の球戯を作すを観」たりして過ごした。三浦は旧知の三浦信意、加藤は加藤弘之の息子照麿のことであろう。この他、青山胤道、佐藤三吉等が、ベルリンでの友人であった。三〇日にはライプツィヒに帰った。

そして三度目は、一八八六年二月一九日、ロートとともに、「普魯士軍医会」に出るために、ドレスデンからベルリンを訪れている。この際は、「莫愁客舘 Hôtel Sanssouci」に宿を取った。この日の夜は、「バウエルの骨喜店 Café Bauer」に何人かの軍医たちと集合して、「戯園『ライヒスハルレ』Theater der Reichshalle」に遊んでいる。さらに深夜にはロート等とポツダマー通りの「フウト食店 Hut'sche Restauration」にも寄っている。

翌二〇日、「帝国客舘 Hôtel Imperial」で行われた「大集会」に出席し、その後「国民骨喜店 Café National」に赴いた。翌二一日は、「トヨップフェル食店 Restauration Toepfer」で朝食をとり、友人たちを「雅典食店 Restauration zu Stadt Athen」に招いた。二二日にも「バウエル骨喜店」を訪れ、二三日にドレスデンに帰った。

一八八六年八月九日にもベルリンを訪れている。「カル、スプラッツ Karlsplatz なるトヨップフェル Toepfer's Hôtel」に宿泊した。この時は、早くも一一日の夜にはミュンヘンに帰るというあわただしい行程であった。

★鷗外の日記に頻出する「バウエルの骨喜店」こと、カフェ・バウアー（左）とウンター・デン・リンデンのにぎわいを写した絵葉書（片岡半山『鶏のあくび』非売品、一九二九年）。この店は、ユルゲン・シェベラ『ベルリンのカフェ』（和泉雅人・矢野久訳、大修館書店、二〇〇〇年）によると、一九二六年に店の所有者と名前が変わり、カフェ・ウンター・デン・リンデンとなった。

生活者として見たベルリン

そしてついに、本格的にこの地に腰を落ち着け、「ロオベルト、コッホ Robert Koch に従ひて細有機物学を修めん」がために、鷗外は、一八八七年四月一六日、ベルリンに到着した。まず「トヨップフエル客舘」に宿をとった鷗外は、翌日、友人と相伴い、「獣苑 Thiergarten に至り、凱旋塔に登」ったりと、改めてベルリン観光を楽しんでいる。一八日には、「Berlin N.W.; Marienstrasse 32 I bei Frau Stern.」に住居を移した。ここが、現在フンボルト大学日本学科の管理の下、森鷗外記念館として公開されている家である。

さらに、同年六月一五日には、住居を「衛生部の傍なる僧房街 Klosterstrasse」に転じた(「No 97 I bei A. Kaeding; Berlin C.」)。前の「マリイ街」の女戸主が浮薄であったため、さまざまの難儀が起きてきたことから移ったと書いている。一方、新しい家は快適なものであったらしく、同じ日の日記に次のように書いている。

> 今の居は府の東隅所謂古伯林 Alt-Berlin に近く、或は悪漢淫婦の巣窟なりといふものあれど、交を比隣に求むる意なければ、屑とするに足らず。喜ぶ可きは、余が家の新築に係り、宏壮なることなり。友人来り観て驚歎せざるなし。前街は土瀝青を敷き、車行声なく、夜間往来稀なれば、読書の妨となることもなし。戸主ケエヂング料理店を開き居る故、三餐ともに家にて供せしむ。衛生部との距離歩程五分時に過ぎず。余復た何をか求ん。

★森鷗外記念館発行の絵葉書より、現在の森鷗外記念館内部。同記念館は、フンボルト大学の一施設として管理・運営されている。その案内書には、「天井、床、窓は鷗外の住んでいた当時のままで、調度品も同じ時期のものをそろえて典型的な19世紀のベルリンの下宿を再現しました。(略)書棚には、鷗外がドイツ留学中に読んだ作品が備えられています」と書かれている。

一八八七年九月一六日から一〇月九日まで、カールスルーエやウィーンなどを廻る旅行に出かけた他は、「独逸日記」の記事の終わる一八八八年五月一四日まで、鷗外はベルリンで過ごしている。その間、「シルレル骨喜店 Café Schiller」や「クレッテ」、「『ヨスチイ』骨喜店 Café Josty」などが、友人との会合に使われた。また、在独逸日本人の「大和会」の会合にもしばしば顔を見せている。知人同士が互いの宿を訪ね合う日々であった。

一八八八年四月一日、鷗外は三度宿を移した。今度の宿については、次のように記している。

ハアケ市場 Haacke'scher Markt と名くる大逵の角に在りて、大首座街 Grosse Praesidenten-Strasse 第十号の第三層屋なり。室内装飾頗美なるに、出窓 Balkon の下には大鉄盤を置き、中に花卉を植ゑ、蔦蘿之に纏ふ。書架は廉価なる故購ひ求めたる私有物なり。新に獲たる奇書を挿列し、時に意に適する箇冊を抽いて之を読む。以て無聊を医するに至る。

この転居の背景には、隊務の繁忙化の影響が窺える。衛生学を学んでいただけでは許されない事情が生じたのである。「在伯林森一等軍医報告」(『陸軍軍医学会雑誌』一八八八年五月)には、次のように書かれている。

三月十日普国近衛歩兵第二聯隊ノ医務ニ服スヘキノ命アリ此ヨリ所謂区域勤務(Re-

★左側の建物が一八九〇年頃のハアケ市場四番地で、その向こうに張り出し窓がある角地が大首座街一〇番地。図版は檀原みすず「森鷗外のベルリン第三の下宿」(『鷗外』二〇〇〇年七月)より転載。同論文には、「鷗外の第三の下宿跡見取り図概要」等も掲げられているが、現在はさらに建物が改修されている。

vierdienst）ニ従事シ兼テ外科手術演習会ニ参与ス隊附事務ハ公文ニ六月間ト記シアリ演習会ハ現今既ニ終レリ

この「命」により、鷗外のベルリン生活は一変する。四月一日の日記には続けて次のように書かれている。

頃日大抵六時三十分に起ち、盥漱換衣し、七時に咖啡麺包を喫し、七時三十分に門前の鉄道馬車に乗れば、八時前に仏特力街 Friedrichstrasse なる普魯士国近衛歩兵第二聯隊第一及第二大隊の営に達することを得るなり。此処にて所謂給養班勤務 Revierdienst を果し、転じてカル、街 karlstrasse なる第三大隊の営に赴き、事を操ること前の如し。班務は我邦軍隊の朝診断と称へ来れる者に匹当す。（略）班務は日曜日、祭日と雖、休むことなし。

そして「独逸日記」は『隊務日記』（非売品、一八八八年、『軍医学会雑誌第廿四号附録』として刊行）へと引き継がれる。「還東日乗」（『衛生新誌』一八九〇年五月～六月）によると、鷗外は一八八八年七月五日までベルリンその他の営所に滞在し、概ね、軍務を中心とした生活を送ったのである。ベルリンを出発した鷗外は、パリを始め各地を旅行した後、七月二九日、マルセイユで「亜瓦」（Ava）号に乗船して帰国の途についた。

★阪本喜久吉『欧洲再航録』（開成舎、一八九八年）に付された一九世紀末のマルセイユ港の風景。鷗外が Ava 号に乗船した時期より数年後のものであろうが、鷗外が眺めたのも概ねこのようなものであろう。

ビールと芸術の街で

ドイツはビールの国として知られている。ビールを供する店を初めとして、数多くの酒店やレストランに鷗外も足をしばしば運んでいる。ベルリン滞在期間に限っても、日常的にビールを飲んでいたことが推察される。

徳富健次郎の『近世欧米歴史の片影』（民友社、一八九三年）には、「伯林所感」が次のように書かれている。

伯林人に欠くべからざるもの三つあり。一に曰くカイザルなり、二に曰く兵隊なり、三に曰く麦酒なり。一は専制国の常。二は武断国の常。（略）彼処に整々として歩むは兵士なり、此処に揚々として馬を走らすは武官なり。（略）若し夫れ麦酒に至ては上ビスマルクより下馬丁工夫に至るまで共に生き共に死するもの実に麦酒の外ならず。其市街を歩する時に、五歩に一亭、十歩に一店、皆麦酒麦酒麦酒の外なきなり。

このような時代に、鷗外は軍医としてベルリンに赴き、ビールに親しんだのである。また、一八八七年七月二二日の項には、「石氏余等を帝国食店 Restaurant Imperial（Unter den Linden 16）に招き、午餐を供す」という記事が見える。石氏とは、ミュンヘンからやってきた石黒忠悳のことである。また同年八月二日には、「始て伯林府にて著名なる酒亭『ドレッセル』Dressel（Unter den Linden 50）の料理を味ふ」という記事も見える。西洋の地に

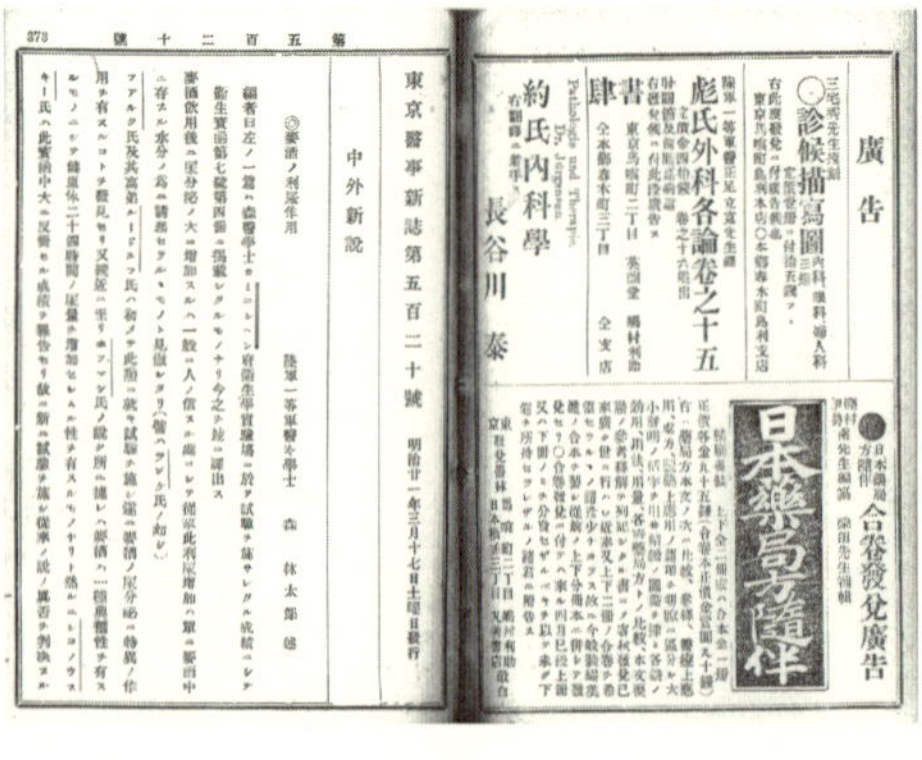
東京醫事新誌第五百二十號
廣告
日本藥局方隨伴
中外新説

★鷗外には、ビールを題材とした「Ueber die diuretische Wirkung des Biers」という衛生学の論文まである。これはのちに、「森林太郎述」として、「麦酒ノ利尿作用」（『東京医事新誌』一八八八年三月一七日〜六月二日、七回断続）という題で発表された。ただし訳文は鷗外自身の筆ではない。図版は連載第一回。

あって西洋料理を食するのは当然であるが、それは文化を「身につける」極めて直接的な手段と捉えることもできよう。

前掲の「舞姫」に、留学当初の太田豊太郎の、目標達成のための禁欲的な態度を示す次のような文章が見える。

> 彼人々は余が倶に麦酒の杯をも挙げず、球突きの棒をも取らぬを、かたくななる心と慾を制する力とに帰して、且は嘲り且は嫉みたりけん。

ここからは逆に、ビールとビリヤードとが、留学生たちの代表的な娯楽であったことが窺える。この禁欲と娯楽との葛藤の心理は、留学生という特別な身分の者たちに共通して見られるものであり、おそらく鷗外自身にも当てはまるものであったろう。「独逸日記」には、鷗外の当時の公と私の立場による微妙な表情が窺える。勤勉な学習のみならず、やはり個人の感情に基づくもう一つの「学習」の欲求もまた、生じて当然なのである。

一八八七年八月二七日、鷗外は、ペルガモン美術館を見学した。その際の日記には「ペルガモン総視画館 Pergamon-Panorama を観る。画堂は博覧会苑の裡に在り」と書かれている。また演劇や音楽も鑑賞している。一八八八年一月一一日の「独逸日記」には、「独逸戯園 Deutsches Theater に至る。『ドン、カルロス』Don Carlos を観る。ゲスネル Gessner の美、ポオザ Posa の技、最も嘉す可し」と書き付けられている。同年一月三一日の項には、「夜楽を工家堂 Archtectenhaus (Friedrich-strasse) に聴く」という記事も見える。

これらの営為は、一見ばらばらなものに見えるが、西洋の移入の観点から言えば、その

★「舞姫」の舞台の一つとなった、アルト・ベルリンの夜景。「舞姫」の太田豊太郎は、「モンビシユウ街三番地」に宿を持ち、エリスの家のある「クロステル巷」を通って、ウンター・デン・リンデンやカイザーホーフなどの繁華街に出向いている。つまり彼の生活は、シュプレー河に架かるこのような橋を越えての、アルト・ベルリンと晴れの世界との往還だったのである。図版は、*BERLIN POTSDAM u. UMGEBUNG*, Atlantis Verlag, 1936.

身体的な感覚による移入という点で大きな共通性を持つと言えよう。すなわち、味覚による西洋移入は、視覚や聴覚、或る場合には触覚にもわたる芸術作品の移入と、思えば近い営為なのである。

前掲の西許生著『西洋風俗記』には、麦酒について、次のように書かれている。

日耳曼は聞ゆる麦酒の名所にて例の甘口にして軟らかなる一種の麦酒を醸出す処なり（略）血気の少壮男子ハ勿論年寄も子供も又た婦女児も悉く皆な麦酒を嗜み飲み水の代りにも麦酒、茶の代りにも麦酒と一切の飲料は麦酒の一ト手に持切られたる有様なり

このようなビールの街としての空気が、鷗外のベルリン生活をも彩っていた。軍人と麦酒、これが、鷗外にとっての公と私とを象徴している。その中で、鷗外は西洋を、極めて身体的に移入したのである。

（真銅正宏）

★西許生『西洋風俗記』（駸々堂本店、一八八七年）。この書は西洋風俗について問答形式で説明するものであるが、例えば「日本にて居酒屋と唱ふる如き酒店様のものも彼の地には之あるや」などといった問いの内容からも、この時代、いかに西洋が日本人にとって遠い存在であったのかがわかる。鷗外の「独逸三部作」もまた、当時のこのような西洋への距離感のもとで、まさしく異界の物語として読まれるべきであろう。

巌谷小波（1870-1933）——東洋語学校講師として

「文物」の研究と「活きた学問」

一九世紀末の少年文学の第一人者と目される巌谷《いわや》小波《さざなみ》は、『日本昔噺』二四編、『日本お伽噺』二四編、『世界お伽噺』一〇〇巻のシリーズを博文館から刊行した。そんな巌谷にとって、グリム兄弟が活躍したドイツは、一度は行ってみたい場所だっただろう。チャンスは三〇歳のときに訪れる。ベルリン大学付属東洋語学校講師として招かれ、一九〇〇年一一月から一九〇二年九月まで、教壇に立つことになったのである。もちろんそれは手段にすぎなかった。『小波洋行土産　上』（博文館、一九〇三年）の「緒言」に彼は、「余一個の目的としては、彼地の文物を研究し、彼国の風俗を視察し、以て多少の得る所あらんを、独り私かに予期して居つた」と記している。

このような巌谷の言葉は、異文化社会に溶け込まずに批判をしたり、下宿にこもって書物とだけ向き合っている留学生への、アンチテーゼとして読むことができる。

> 君はあの伯林へ来てから、まだ伯林の社会を、ろくに観察した事はあるまい。そりやア成る程、博物館《ムゼウム》とか、公園《パアク》とか、宮城《シユロス》とか、オペラとか、そんな物は見物したかも知れんが、それぢやアまだ、真の伯林を見たとは云はれんよ。真の伯林をろくに見

★巌谷小波『小波洋行土産　下』（博文館、一九〇三年）に収録されたこの写真は、ベルリン大学付属東洋語学校の卒業生の、クノブラウの武士姿である。二〇世紀初頭のベルリンで、武士は日本イメージの核の一つであり、このような格好をすることが異文化に触れたという実感をもたらしたのだろう。この図像は、当時の日本とドイツの、異文化間の距離の遠さを物語っている。

もせずに、只約《たゞつま》らん〳〵と云つてしまつては、序幕の仕出し斗《ばか》り見て、この演劇《しばゐ》は面白くないと云ふのも同然、頗《すこぶ》る早計な話だらうと思ふね。――それと云ふのも、畢竟《ひつきやう》君が交際をせず、閉戸《へいこ》先生を気取つて居《を》るからだ。

巌谷小波の小説『伯林土産恋の画葉書』（博文館、一九〇五年）に、ホームシックに罹っている山野という留学生が登場する。レストランでビールを飲みながら、山野の異文化と向き合う姿勢を、「余」は問題にする。もちろん「真の伯林」などというものがあるわけではない。また博物館や公園、宮城やオペラの見物に、意味がないわけでもない。しかしそれだけでは、ツーリストの視線と本質的に変わらないだろう。「只本《ただ》ばかり読んで済む事なら、何もこんな遠い所まで、大金を出して留学させんでも、日本に置いて、図書館へ通はせて居《を》つても済む事だ。それをわざ〳〵欧米各国へ出すと云ふものは、学校以外、書籍以外に、活きた社会を見て、活きた学問をして来いと云ふのだ」という「余」の考え方は、渡航前の単なる「予期」ではなく、約二年間をベルリンで過ごすなかで醸成されてきた巌谷の感慨と言っていい。

当時のベルリンでの居住先には、三つのタイプがあった。①大勢が一つ屋根の下に住む下宿屋、②食事は外で済ます部屋借り、③家族の一員として暮らす同居。「活きた社会」に触れたいという巌谷の希望から言えば③がベストだろうが、急には見つからない。そこで②の選択肢にしぼって、三〇～四〇軒ほどを見て回り、ベルリン到着後六日目の一一月一一日に、彼はシャルロッテンブルク区アウグスブルガー街二一番地に部屋を借りた。未知の都市での生活には、不慣れなことが多い。その三日前には東洋語学校のランゲ教授宅に招

★巌谷小波『伯林土産恋の画葉書』（博文館、一九〇五年）の「余」は、ベルリンからライプツィヒに移ってから、「山野もゝはや旧の山野で無い」という知人からの連絡をもらう。山野に再会したいとベルリンに向かう途中で、「余」は森や川が美しいシュプレーワルトを訪れた。ホテルに投宿してビールを飲んでいると、「余」（ドクトル・エス・ミヅタ）の名前を騙って「新婚旅行」に来ている日本人がいると、給仕が教えてくれる。待ち伏せして確かめると、男は紛れもなく山野だった。「真の伯林」に触れる一つの方法が、恋愛だということだろうか。図版は、小説に添えられた挿絵で「スプレイの水」。

かれたが、市街鉄道の乗り換えが分からず、一時間も遅刻している。そんな失敗を繰り返しながら、巌谷はベルリンの都市空間になじんでいったのである。

ベルリン大学付属東洋語学校はツォイクハウス（武器庫＝遊就館）の裏にあり、シュプレー川を隔てて、宮殿と斜めに向き合っていた。創立されたのは巌谷が赴任する一〇数年前で、井上哲次郎・千賀鶴太郎・田島錦治も、日本人講師として教壇に立ったことがある。しかし日本語教授法のノウハウが確立していたわけではなかっただろう。巌谷もさまざまな工夫を凝らしている。初年度に彼が担当したのは一年生三人と二年生四人で、平日の授業は一時間半×二コマ、月曜日と木曜日にはさらに習字の授業があった。一年生には単語と文字を、二年生には訳読・読法・会話・書取を教える。訳読のテキストとして彼は、古い小学読本と、自身が創作したお伽噺を使用した。

生徒は外交官志望の二〇歳以上の青年で、学士や士官も含まれている。授業中は日本語だけでは意味が通じないので、ドイツ語も使わなければならない。しかし日本語の学習は難しく、脱落せずに卒業するのは三分の一程度だった。二年後に卒業しても、日本語の応対ができる程度で、難しい交渉はできず、新聞はとても読めなかった。ただ『小波洋行土産　下』（博文館、一九〇三年）によると、生徒たちの会話能力が飛躍的に進歩したことがある。一九〇一年五月にパリから、日本の芸妓一行八人がベルリンを訪れたときで、和独会で芸妓と親しくなった生徒たちは、ホテルを訪問したり、観光ガイドをかって出た。二週間ほどの間に、上品な日本語を身につけたのである。

★ベルリン大学付属東洋語学校卒業式の記念写真（巌谷小波『小波洋行土産　上』博文館、一九〇三年）。右から、ヒルレル、ヘルステル、巌谷小波、ブットマン、クロス、ランゲ教授。

在ベルリン日本人との交流

一九世紀末〜二〇世紀初頭のベルリンには、日本贔屓の下宿屋がいくつかあった。マリー・フォン・ラーゲルシュトレームという未亡人の下宿屋は、草分けの一つである。『小波洋行土産　上』によれば、彼女が下宿屋を始めたのは明治維新以前の一八五四年頃で、「古くは青木子爵、長井博士、北尾博士」などが下宿し、巌谷小波の亡兄の巌谷立太郎も世話になったという。日本食が食べられる下宿屋も存在した。有名なのはバッサウワー街の下宿屋や、シューマン街の熱海屋で、蒲焼きや鯉こくが味わえる。青木子爵が日本公使だった頃に公使館に勤務していたシュミットという女性は、二〇世紀になってからホーエンツォレルン街で隅戸亭を開いている。ここでは、五目寿司や吸い物、刺身や塩焼き、ぬたやおひたしも味わえたらしい。

この当時のベルリン在住日本人数は一〇〇人程度にすぎない。それでも日本食の材料を売っている店もあった。レックス商会に行けば、海苔・鰹節・佃煮・松茸・筍・沢庵・奈良漬け・福神漬けなどを手に入れることができたのである。ベルリン到着後間もない一九〇〇年一一月一七日に巌谷は、『東亜』主筆の玉井喜作宅に招かれている。同席者は一〇名で、家鴨のすき焼き、鯉のあらい、五目ご飯、みそ汁が振る舞われた。自分で調理さえできれば、自室で故国の味に舌鼓をうつことも可能である。そんな環境で暮らしていたので、二年後に帰国したときに巌谷は、米食を恋しいとは思わなかった。ただ羊羹と新漬けの香の物は、久しぶりに味わって食べている。

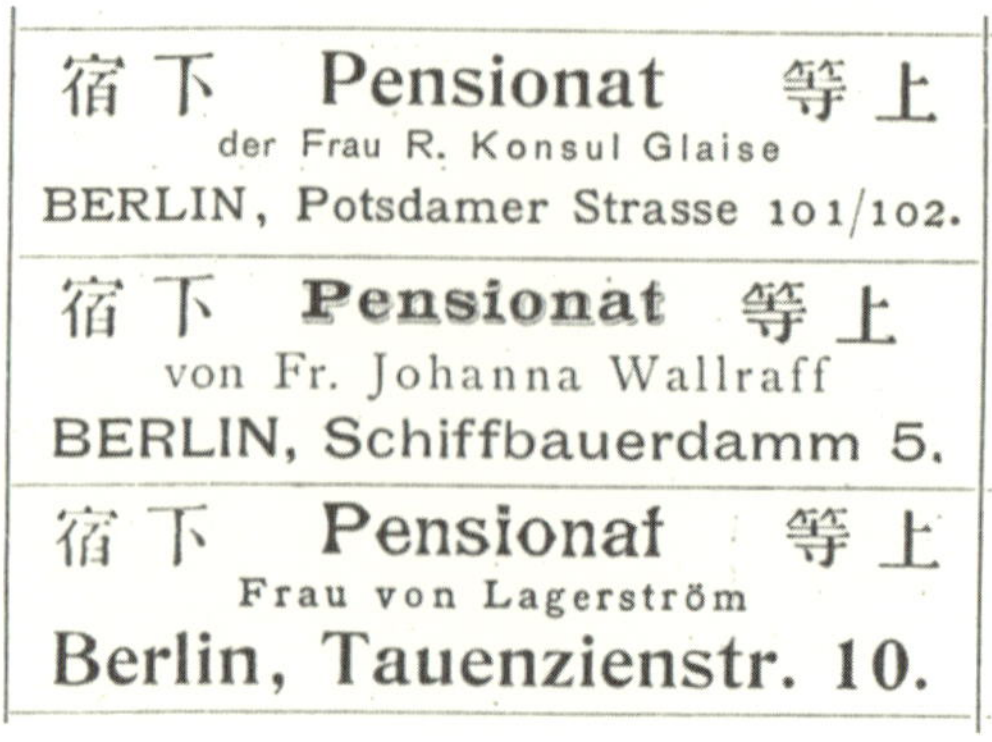
上等 Pensionat 下宿
der Frau R. Konsul Glaise
BERLIN, Potsdamer Strasse 101/102.

上等 Pensionat 下宿
von Fr. Johanna Wallraff
BERLIN, Schiffbauerdamm 5.

上等 Pensionat 下宿
Frau von Lagerström
Berlin, Tauenzienstr. 10.

★この頃にベルリンで刊行され、玉井喜作が主筆を務めていたドイツ語雑誌『東亜』には、日本贔屓の下宿屋の広告が掲載されている。図版は『東亜』一八九九年一〇月の広告欄で、いずれも「上等」「下宿」という日本語が見える。一番下がフォン・ラーゲルシュトレーム夫人の下宿屋で、タウエンツィーン街一〇番地にあった。

ベルリン在住の日本人は、いくつかの組織を作って交流をしていた。日本人全体を対象にするのは日本人会で、年に三～四回の会合を開いている。巖谷のベルリン滞在中も、元日にクレブス・ホテルで開かれた日本人会には、ベルリン在住日本人の七割にあたる七〇人余りが集まった。一九〇一年一二月六日にアルブレヒト親王館で開かれた伊藤博文歓迎会には、大谷光瑞など九〇名余りの日本人が出席している。その他に、法律や政治を研究する者は法政会、理科・工科の留学生は理工会、海軍・陸軍関係者は軍人会、医学を勉強する者は木曜会を組織していた。俳諧を楽しむ白人会のような同好会的組織もあり、それぞれテニス会・玉突会・ビール会などと名乗っている。

巖谷が深く関わったのは和独会で、ベルリン在住日本人と、日本贔屓のドイツ人の、合計五〇人ほどが会員だった。一九〇一年度はブルン博士が会頭を務め、会計主任は玉井喜作、図書係はベルリン大学付属東洋語学校生のブットマン、そして幹事は巖谷である。前年暮れに和独会がクレブス・ホテルで開いたヴァイナハト祭（クリスマス祭）には、二〇〇名が参加して、午前四時頃まで唱歌・剣舞・手品・軽業・福引・ダンスなどを楽しんだ。巖谷が幹事として企画に携わったのはオステルン祭である。姉崎正治・芳賀矢一・美濃部達吉を含む一八人が発起人となり、姉崎は花祭の由来をドイツ語で説明し、巖谷は新作のお伽噺「花祭」をドイツ語で朗読した。和独会はこれ以外にも、遠足や船遊びを主催している。

ベルリンで日本文化や芸能が話題になるときも、日本人は相互交流を深めた。たとえばオペラ「ゲイシャ」が評判になっている最中に、本物の芸妓がベルリンを訪れる。このときは玉井喜作が芸妓の演芸会を企画して、五月六日にフィルハーモニーで二〇〇〇人の観客を動員した。川上音次郎・貞奴の一座が一九〇一年一一月に中央座で興行した際は、和

★和独会は政治的経済的な立場はまったく関係なく、ドイツ人のおぼつかない日本語と、日本人のおぼつかないドイツ語が、ビールを飲みながら飛び交う会だったらしい。一九〇一年四月八日の午後八時から「フィーヤ・ヤーレス・ツァイテン」というホテルで、和独会のオステルン祭（花祭）が開かれた。巖谷小波『小波洋行土産　上』の口絵を飾ったこの写真には、一八人の発起人のうちの一三人が写っている。

独会でも川上一座の藤沢浅次郎に振り付けをしてもらい、一二月一八日にクレブス・ホテルで、ドイツ人による初めての日本語劇を行っている。またベルリンではなくライプツィヒ博物館の講堂だが、一九〇二年三月一六日には日本音楽会が開かれて、三〇〇人ほどの聴衆の前で幸田幸子が琴を演奏した。幸子は幸田露伴の妹で、ベルリンに留学してヴァイオリンを学んでいる。

たださまざまな交流は行われたが、ベルリンの日本人が困難に直面したり、孤独感に苛まれることは数多くあった。音楽家の滝廉太郎はライプツィヒに留学していたが、前年冬にかかった感冒のために入院し、日本音楽会は欠席している。その七ヵ月後に帰国した滝は、一九〇三年六月二九日に二五歳で夭折した。巌谷のベルリン滞在中に限っても、発病した者は他にもいる。『小波洋行土産　上』によると、二年間留学していた農科大学教授の白井光太郎は、「今わが日本には、奇怪至極の社会党が出来て、今にその者共が、欧州在留の吾吾を悉く殺しに来るのである」と口走るようになり、五月二二日に室内に放火、鉈で人を傷つけて、ダルドルフの「癲狂院」に収容された。「多くの留学生の中には、肺を痛め脳を害し、半途に学を廃し、志を枉《ま》げて帰朝した者も、従来《これまで》決して少くは無い」と巌谷は記している。

★幸田露伴の妹の、幸田延はピアニストであり、安藤こう（幸田幸子）はヴァイオリン奏者である。一八八九年に欧米に留学した延は、一八九五年に帰国して東京音楽学校教授を務めている。安藤幸子「独逸の三年間」（『婦人画報』一九一一年一月）によると、一八九九年にドイツへ旅立った幸子は、ベルリンの国立音楽学校に入学して、ヨアヒム四重奏団で有名なヨーゼフ・ヨアヒムに師事した。自分の好きな曲を、音楽学校の教師たちの前で演奏することが入学試験だった。一九〇三年に帰国するまでの三年間は、「耳と手との練習」に明け暮れていたという。帰国後は姉と同じく、東京音楽学校教授となった。写真は、同誌に掲載された幸子。

ナショナリズムの眼／西洋文明の眼

一九世紀の最後の年にベルリンに渡った巌谷小波の眼に、日本との文明化度の違いが大きく映ったのは当然だった。アメリカで内燃自動車製作会社が作られるのは五年前の一八九五年で、日本が初めて一台を輸入するのは一九〇〇年である。自動車はまだ日本の都市景観の要素になっていなかった。ところがベルリンに来ると、市内の道路は石畳かアスファルト舗装され、自動車が大流行している。それ以外の交通機関を見ても、市街鉄道や電気鉄道が走り、地下鉄道も工事中だった。交通機関の発達に伴って、近代ツーリズムも整備され、三日間〜四五日間の回遊切符が発売されている。巌谷も旅行事務所で回遊切符を購入して、夏休みにベルギーやフランスを旅行した。

ベルリンに到着して二週間余り経った一一月二二日に、巌谷はライプツィヒ街にある二つの有名な勧工場、ティーツとヴェルトハイムを訪ねて驚く。東京の銀座通りで目にしていた勧工場とは、規模がまるで違っている。一階から四階までエレベーターで昇降することができて、レストランやビヤホールやカフェも店内にある。「吾等田舎者には頗《すこぶ》る便利」と、彼は大小の本棚を購入した。感心したのは勧工場だけではない。銀座通りや大阪の心斎橋通りでは、西洋小間物店・呉服店・金属商・時計商などに限って「店飾り」をしていた。ところがベルリンでは荒物屋でも八百屋でも、ショーウィンドーの飾り付けをしている。また勧工場や大きい店では、配達馬車や自動車を使って宅配をする。小さな店でも郵送したり、店員自ら配達をしていた。

文明化度の違いではないが、文化の違いも痛感することがある。その一つは男女の恋愛関係だった。「日本では、まだこの自由結婚なるものを、真に解し得た者少なく。甚だしきに至っては、所謂野合、馴合などゝ、相去る遠からぬものゝ様に思ふ。これは大きな間違なのである」と、巌谷は指摘している。日本と違ってベルリンでは、婚約者たちは両親の前で仲睦まじく振る舞っていた。ベルリンで社交上必要なダンスも、日本では厳しい視線

★巌谷小波がベルギーとフランスを旅行したのは、一九〇〇年八月末〜九月上旬である。ベルリン公使館の盧百寿が、病後の白井教授にアントワープ港まで付き添い、日本船に乗せるというので、その公務の後で、二人で二週間の旅をしようと計画したのである。アントワープでは、ルーベンスの大作が飾られたノートルダム大寺院や、ブラボー噴水などを見物した。図版は、『小波洋行土産　下』に収録されたアントワープの波止場。

に晒される。巌谷は自ら舞踏学校に入学した体験をもとに、日本人が疑問に感じるような風紀上の問題はないと説明した。逆にベルリンの方が公衆道徳が発達していて、「遊郭なぞに居る女」を家に入れるようなことはしないと釘を刺している。

ただ「自由結婚」といっても、一般的な日本人のレベルでは、外国人との直接交流はまだ少ない。しかも日本の結婚は、個人の選択というより、家柄や跡継ぎの問題が大きく作用していた。おのずからベルリンを舞台とした巌谷の小説にも、ドイツ人女性と恋愛はできても、結婚はできないという意識が現れてくる。『伯林土産恋の画葉書』に登場する白江勝郎は、郵便局員の娘で、音楽学校に在籍するエルナを愛している。彼女は「未来の大学教授」の妻として「必しも恥しくは」ない。日本語だけでなく、日本の習慣や作法も覚えようとしている。また白江の父はすでに亡く、母は「心の寛い」人である。にもかかわらず白江がエルナと別れようとするのは、「毛色の変つた婦人を、我が妻として友人に紹介する、その勇気はまだ無い」という、結婚の規範意識に捉われているからだろう。

異文化と向き合うことは、自己とは何か、他者とは何かという問いを、心のなかに呼び起こす。その場合の自己とは、必ずしも個人ではなく、国家であったり民族であったり東洋であったりした。ベルリンの生活で巌谷が最も不快な気持ちになるのは、「ヒネーゼ（支那人）」とか「ボッキサア（義和団）」と呼ばれるときだった。日清戦争勝利後に、「日本の国威」はますます揚がり、「日本人の勇名」は轟き渡っているはずなのに、日本が「支那」の「属国」や「同種族」であるかのように見られるのは、「心外千万」だと彼は憤激している。「ちと血の気の勝つた者なら、ほんとに喧嘩せずには居られまい」という心情は、巌谷だけのものではない。日本が帝国を目指した時代に、多くの日本人が共有していた自己像が、

★桜井彦一郎は七ヵ月の外遊の半分以上をロンドンで過ごしたが、ベルリンにも旅行で立ち寄っている。『欧州見物』（丁未出版社、一九〇九年）によると、メトロポール座で幕間にトイレに立つと、「菓子店の女売子が、大声でヒニーゼ（支那人）と罵」り、彼はむっとしたらしい。別の場所でも「『ヒニーゼ』だの『コレイツ』（朝鮮人）」と言われたようで、「不快でならぬ」と書き付けている。図版は、同書に収録されたウンター・デン・リンデン。自動車が流行していても、この頃はまだ道路の交通機関として、馬車が重要な役割を果していたことが分かる。

このような心情を支えていたのである。
二年間のヨーロッパ生活を終えて帰国する頃には、巌谷の内部には西洋文明を規範とする眼が備わっていた。神戸の町並みを船上で眺めたときには、低い建物がただ「クシヤく」と見えるだけだと感じる。神戸に上陸した後は、町幅が狭くて道路が暗いので、「心細い心持」になる。家屋に入って「靴足袋」で冷たい板間を通るときは、「気味悪さ」さえ覚えた。久しぶりに畳の上で心地よく寝ようと楽しみにしていたが、体が痛いような気がして熟睡できない。宴席では舞妓の立ち居が「因循」に見えた。東京で出迎えてくれた人々のなかに、妻や妹の姿も見えたが、二人が人の背後に隠れて、感情を表に出さないことも「異様」だと思う。日本の都市空間や住環境、人々の立ち居振る舞いについての巌谷の視線は、その後の日本が二〇世紀を通して、いかに西洋化していったかを、私たちに考えさせる。

（和田博文）

★右は、『小波洋行土産　上』に収められた「洋行中の著者」で、ベルリンのオッペンハイマーが描いた肖像画。左は、『小波洋行土産　下』に収められた「帰朝後の著者」。二枚の図像の落差が、巌谷小波の視線が捉えたベルリンと神戸・東京との落差でもあった。

寺田寅彦（1878-1935）——科学者の視線

家族への手紙

寺《てら》田《だ》寅彦《とらひこ》がベルリンに着いたのは、一九〇九年五月六日のことであった。この日の「日記」（『寺田寅彦全集』第一九巻、岩波書店、一九九八年）には、「七時三十五分Anhalter Bahnhof着本多氏迎に見へ、Droschke にて Geisberg 39の宿に入る」と書かれている。ドロシュケとは辻馬車のことである。この年の一月一二日に東京帝国大学理科大学の助教授に任命されたばかりの寺田は、前年一二月二三日付けで、宇宙物理学研究のために、ドイツおよびイギリスへ満二年の留学を命ずる辞令を受けた。そしてまずベルリンにやってきた。ここですぐさまベルリン大学に入学し、第一学期には、「ベルリン大学」（『輻射』一九三五年五月、なお引用は『寺田寅彦全集』第一巻、岩波書店、一九九六年、によった）によると、「プランクの『物理学の全系統』ヘルマンの『気象器械の理論と用法』並びに『気象輪講』ルーベンスの『物理輪講』アドルフ・シュミットの『海洋学』『地球のエネルギーハウスハルト』『地球物理輪講』キービッツの『空中電気』ワールブルヒの『理論物理学特別講義』ペンクの『地理学輪講』」を学ぶことにした。一九一〇年一〇月にベルリンを引き払うまで、旅行の他は、長くこの地に滞在したのである。帰国したのは翌一九一一年六月二二日のことであった。

当時のベルリンの大学における物理学の様子については、物理学者で歌人でもある石原

★寺田が訪れた時代のベルリン・ライプツィヒ街。図版は東京朝日新聞社蔵版、石川周行『世界一周画報』（東京朝日新聞会社、一九〇八年）のもので、一九〇八年五月三〇日にフランクフルトからの夜行列車でベルリンに到着した「世界一周会」の一行もまた、寺田と同様、「アンハルト停車場」に降り立っている。

純が、武者小路実篤著者代表『わが師わが友』（筑摩書房、一九四二年）に寄せた「ヨーロッパ留学当時の思ひ出」において、次のように書いている。こちらは一九一二年から一九一三年にかけての頃の思い出である。

もちろんその頃ベルリンの大学には、理論物理学に世界に名だかいプランク教授が居り、実験物理学にはルーベンス教授があつて、多くの学生を集めてゐたし、また有能な若い人々もたくさんにそろつてゐたのであつたが、私は特別に親しみを感じた人がそれほど居なかつたと云ふわけである。

ここからも、石原の孤独とは別に、当時のベルリンが物理学研究の最先端の地の一つであったことがわかる。

さて、寺田の「珈琲哲学序説」（『経済往来』一九三三年二月、「吉村冬彦」の筆名）によると、彼の最初の宿は次のようなところであった。

伯林の下宿はノーレンドルフの辻に近いガイスベルク街が《ママ》あって年老いた主婦は陸軍将官の未亡人であつた。ひどく威張つた婆さんであつたが珈琲は好い珈琲をのませてくれた。

また、五月七日付の父寺田利正宛の書簡（『寺田寅彦全集』第二五巻、岩波書店、一九九九年、書簡については以下同じ）には、次のように書かれている。

★ドイツの大学における講義風景。生理学の講義の光景のようである（『世界地理風俗大系』第一一巻、新光社、一九三一年）。

宿は伯林の西南部に当り有名の大公園に近く学校へも遠からず候。下より三階にて室は十五畳位、机、大姿見、書棚、衣服棚、化粧台、寝台（蒲団は凡て鳥の毛入にて非常に心持よく候）、其他に来客の時応接する円テーブルに椅子は各種取まぜ六脚位外に長椅子一脚いづれも立派な品にて中々日本では華族さんの家でゝもなければ見られぬ品ばかりに御坐候。（略）室は本多氏の話によれば此の位が留学生普通の処にて中位のものゝ由。室料燈火、下碑使用料外に朝食を込め一ケ月三十円位に相成り候。

このように、ティーアガルテンにも近く、まずまずの下宿であった。寺田は、ベルリンでは日記をほとんどつけなかったようであるが、このとおりかなり頻繁に、両親を初めとする知人に詳細な手紙を送っている。同じ書簡には、「女でも小供でも食事時には茶のかはりにビールを飲み候。但し独逸のビールはアルコホル分少くて日本のビールの半分より薄き由に候。価も安く二合瓶位にて日本の五銭位に当り候」とも書いているが、彼の手紙はこのように、多くがかなり具体的なものであった。書簡はまた、日記代わりだったのであろう。そこには時折、日記以上に正直な海外滞在者の感想やものの見方が顔を出す。

一九〇九年五月一〇日の父宛の書簡には、日本人会の食堂について、「昨夜は此処へ参り、焚き立ての米の飯に、ヒラメの刺身、玉子焼、奈良漬、菜漬にて夕食致し候。其外には牛鍋、鳥鍋、酢の物、煮肴、菜のひたし物など出来候由に御坐候。但しどうしても高く一食一円五十銭位はかゝり候故余り度々は参り難く候」とある。経済的に許されるならばしばしば来たいという口ぶりである。食事や住環境の愚痴に傾きがちなその報告内容は、

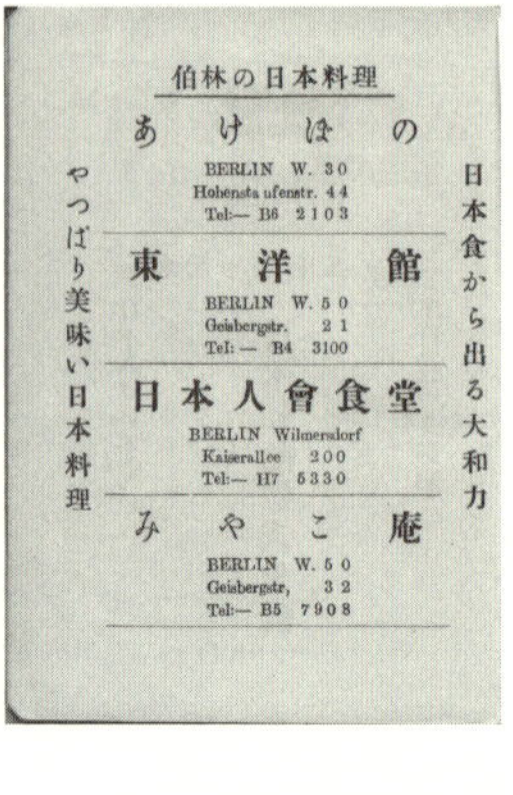

★『欧米漫遊の友』（中萱、刊行年不記載）の「伯林の日本料理」案内広告。代表的な四店といえよう。寺田の宿はいわゆる「伯林日本人村」に位置し、日本人会食堂部にも近かった。

身近な話柄であるがゆえに、より強い現実感が伴っている。というのも、例えばこの前年、すなわち一九〇八年に、旅行者として十日ばかりベルリンに滞在した桜井鷗村の『欧洲見物』(丁未出版社、一九〇九年)には、「日本倶楽部」の「日本食の昼餐」について、「久し振りの美味だ。但し其日本食たるや、至って書生風な調理法だが、珍らしいから甘い、甘いやうな感じがする。それで貴顕紳士も伯林に遊べば、此の日本食――本国にあるなら、コンナものが食へるかと却けて顧みない此の料理で舌鼓を打つのである」と書かれている。異国の日本食の味とは、このように見る方が事実に近いのであろう。ならば寺田の度々来たいという思いも、一層哀れに思えてくる。

一方、留学の最大の目的であるベルリン大学の講義については、先にも掲げた「ベルリン大学」という一文を用意している。その冒頭は、「一九〇九年五月十九日にベルリンの王立フリードリヒ・ウィルヘルム大学の哲学部学生として入学した人々の中に黄色い顔をした自分も交じっていた」という一文で書き始められている。しかしながらこのベルリン大学で学んだことについては、「三学期一年半のベルリン大学通いは長いようでもありまた短いようでもあった。たいそう利口になったようでもありまた馬鹿になったようにも思われた」と振り返られる。大学で学ぶというのは、所詮そのようなことなのかもしれない。

理学の留学

一九〇九年八月八日付の父寺田利正宛の書簡に、次のような興味深い記事が見える。

★フリードリヒ・ヴィルヘルム大学(現フンボルト大学)と、ヴィルヘルム・フォン・フンボルトの彫像。いわゆるベルリン大学のことである(*BERLIN POTSDAM u. UMGEBUNG*, Atlantis Verlag,1936)。

> 二三日前加藤弘之男の子息医学博士加藤照麿（皇孫殿下侍医）と申す方に始めて御目にかゝり色々御話し致し候処、昔父上様麹町区上二番町の角屋敷に御住の頃加藤家とは隣り合せにて往来致せし由、話のはしに思いがけなく相分り奇遇を歎じ申候。

この照麿は、森鷗外の「独逸日記」（『鷗外全集』第三五巻、岩波書店、一九七五年）にも登場してくる人物である。一八八四年一〇月一五日の項に、「加藤弘之大人の令息照麿にも此時始て逢ひぬ」と書かれるその人である。奇縁とも感じられようが、ドイツの日本人社会は、学問を通じて、それほども緊密な関係を保持していたとも考えられる。四半世紀前には鷗外と共に、ミュンヘンで一「クルウグ」すなわち一リットルのビールを飲んで楽しんでいた（「独逸日記」一八八六年七月二九日）留学生加藤照麿は、この時には「医学博士」「皇孫殿下侍医」としてこの地を再訪し、鷗外同様、文学と理系の学問の双方に明るい寺田と出会ったのである。ここには、間接的ながら、文学と学問とを介した寺田と鷗外の近親性をも認めることができるかもしれない。それは、敢えて言うならば、「文理融合」的視線である。

例えばやや時代は下るが、渡辺鉄蔵「近代式模範都市『伯林』」（『中央公論』一九一二年七月）の、「此街を見れば独逸人に共通な特性はよく窺はれる。街の建設にも共同生活にも、科学と秩序と組織の応用せられて居る事は何人にも直ちに肯かれる」という記事などに見られるとおり、ベルリンの都市景観やドイツ人は、「科学的」と評されることが多いが、この科学性は、医学や物理学などの学問の発展とも深い関係があるものと考えられよう。明治維新後の日本が範の一つにとったのもまた、ドイツのこの性格であったことは、周知のとおりである。

★ポツダマー広場からライプツィヒ街を眺めた写真。繁華のうちにも、街の建設が極めて秩序立てて行われている様子が窺える（*Berlin*, J.Wollstein, 刊行年不記載）。

寺田は、「風呂の寒暖計」（『家庭』一九三一年六月、署名は「吉村冬彦」）に次のように書いている。

今からもう二十余年も昔の話であるが、独逸に留学して居たとき、あちらの婦人の日常生活に関係した理化学的知識が一般に日本の婦人よりも進んで居るといふことに気のついた事が屢々あつた。

これはやはり、科学者に顕著なものの見方といえよう。内藤民治編『世界実観』第一巻（日本風俗図会刊行会、一九一五年）の「独逸帝国の概観」には、次のような言葉が見える。

翻つて独逸に於ける一般国民教育普及の程度は如何にと問へば欧洲の国々に比して格別に進んで居ると云ふ程ではないが、医学上の智識に関しては世界随一の叢淵として知られ、亦科学の進歩著しきものも少なくない、（略）

或人は独逸を評して「欧洲の日本」であると言つて居る、その新興国たるに於て、男尊女卑の習俗に於て、国家主義に於て、法律の微細に行き届いて居る点に於て、且つ戦争に強く、又た模倣の巧みなる事に於て、共通酷似の歴史と国民性と習慣とを有する事は事実である。

ここにもまた、日本とドイツの重ね合わせの視線を見て取ることはたやすい。科学は日本とドイツとを繋ぐ一つの鍵語であった。鷗外や寺田の視線にも、このような国家的な視線の欲望が入り込んでいたであろうことは、想像に難くないのである。しかもその科学的

★ベルリンの裏町の風景。このような裏町においても、一応石畳が敷かれ、人々の様子も、質素ながらも不潔な様子は見られない。図版は内藤民治編『世界実観』第一巻（日本風俗図会刊行会、一九一五年）からのもので、同書には、「伯林では乞食に対する制裁及び保護の方法が充分に行き届いて居る為めに、白昼街上に徘徊せる乞食を見ることは殆どない」と書かれている。

要素や合理的精神は、熊本時代からの夏目漱石の弟子であった寺田にとって、文学というものを遠ざけるものでもなかった。

先生・友人への手紙

筆まめな寺田は、家族宛同様、師漱石や友人たちへもしばしば手紙を送っている。とりわけ小宮豊隆とは頻繁に手紙のやりとりがあったようで、例えば一九〇九年八月二日付の小宮豊隆宛の長い手紙には次のように書かれている。

拝啓　毎度御便りを下さつて難有う、先生や諸兄の消息おかげで承知する事が出来て何より難有く御礼を申上げます。（略）

此手紙先生にも御序の節御目にかけて下さい。

一九〇九年八月といえば、漱石が「それから」を連載していた頃である（『東京朝日新聞』『大阪朝日新聞』六月二七日〜一〇月一四日）。漱石は一九〇七年四月に東京朝日新聞社に入社し、その後は自らも執筆する傍ら、漱石山房に集まる知人や弟子たちの文章を推薦して掲載させた。寺田寅彦もまた、「T・R生」または「H・K生」の匿名で、いくつかの随筆を載せてもらっていた。というより、漱石の方が寺田を重用していたのである。小宮豊隆の『夏目漱石』（岩波書店、一九三八年）の「朝日文芸欄」の項には、次のように書かれている。

★一九一〇年二月二四日付小宮豊隆宛の寺田のベルリンからの絵葉書。タンホイザーの絵柄で、「ウーヴァーチュアが終つて幕が上ると舞台の左の隅に伶人がヴエヌスの膝を枕にして眠つて居る　正面一面は花の如く雲の如き姿が夢の如く群つて居る」との書き込みが見える。小宮もまたこのような絵と文章に、ベルリンなど異国への憧れの思いを新たにしたであろう（『寺田寅彦全集』第二五巻、岩波書店、一九九九年）。

> その上漱石は、朝日新聞に入社して以来、差し出がましからざる程度で、それまでの新聞に欠けてゐて、然も必要な事を、徐徐に填補して行かうと企てた。その第一は、科学知識の普及に資するやうな記事を掲載する事であつた。もつとも是は或は寺田寅彦の助言によるのかも知れない。（略）寺田寅彦が（略）科学に関して人人の注意を喚起するに必要な短文を『東京朝日』に載せ始めたのは、明治四十年（一九〇七）七月十五日の事である。是はとびとびではあるが明治四十一年（一九〇八）十一月十八日まで続き、明治四十二年（一九〇九）三月、寺田寅彦のヨーロッパ留学によつて中絶された。

このとおり、漱石の文芸欄担当についても、寺田が大きく関与していた。そしてその寺田が科学の先進国であるベルリンにでかけたのである。間接的ながら、ベルリンの寺田は、東京にいる漱石には貴重な情報源であったに相違ない。同年一〇月三日付の小宮宛の手紙にも当時の漱石との親密な師弟関係が次のように書かれている。

> 今朝御手紙を受取つてうれしく拝見しました。（略）此絵端書のグルーネワルドを散歩するのは実に好い気持である。此処を先生や諸兄と一処にぶらついて見たく思ふ。

さらに漱石の評伝の著者である小宮もまた、一九二三年になって、ベルリンを訪れることとなる。その際には、この寺田との書簡の往復が、情報として大いに役立ったことであろう。

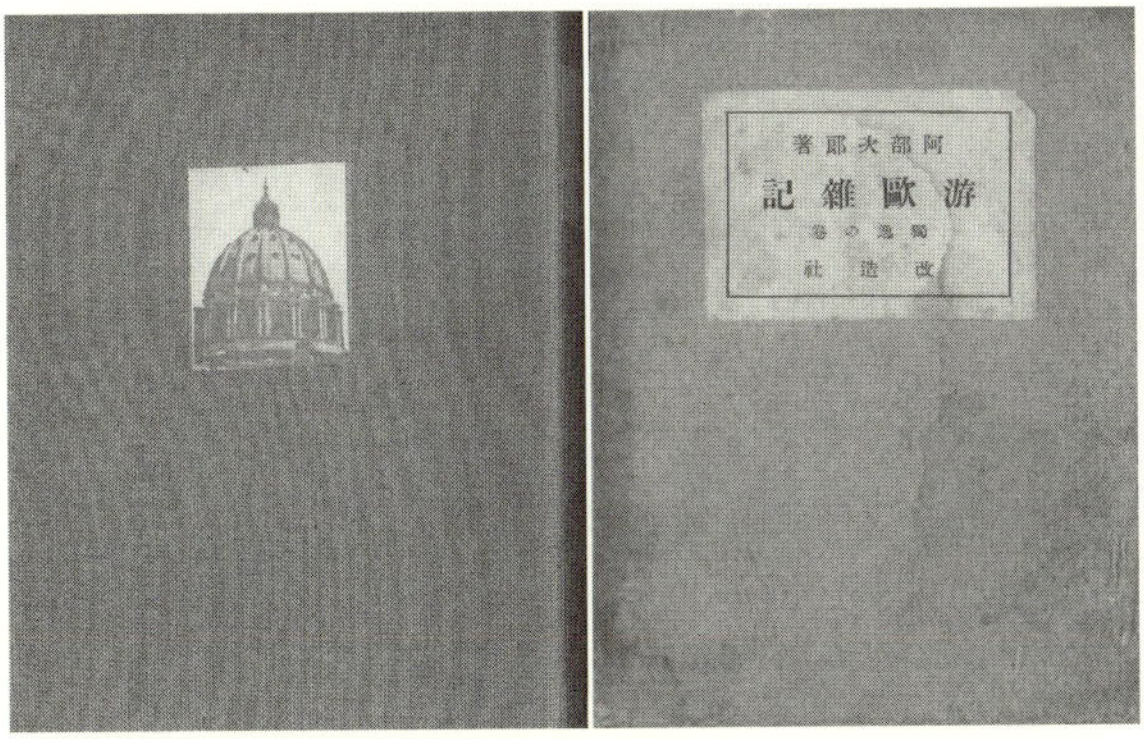

★寺田や小宮と同じく漱石の弟子で、「漱石山脈」と総称される、安倍能成や阿部次郎もベルリンを訪れている。図版は、阿部次郎『游欧雑記　独逸の巻』（改造社、一九三三年）（右）と安倍能成『西遊抄』（小山書店、一九四四年）（左）。

イギリスへの小旅行から帰った後、ベルリンから出した小宮宛の手紙には、「木曜日に先生に御手紙を読んであげてくれ玉へ」として、イギリス旅行の報告が書き添えられている。そこには、「ロンドンの日本料理生稲の待合室に『虞美人草』がテーブルの上に備へてあります。外の小説はない処を見ると此処の主人は先生の愛読者だろうと思はれます」と書かれている。一九一〇年六月五日の日付である。東京とベルリンとロンドンとは、漱石、寺田、小宮の関係を通して、実に大きな三角形を描いていたのである。

(真銅正宏)

★トマス・クック社横浜支社長ケーザー氏。クック社は、ロンドンに総本社を置く、著名な旅行案内業者。一九〇八年に、朝日新聞主催の「世界一周会」による世界一周旅行を用意した。図版は東京朝日新聞社蔵版、石川周行『世界一周画報』(東京朝日新聞会社、一九〇八年)より。

山田耕筰（1886-1965）――ホッホシューレの青春

滞欧作曲修行

山田耕筰《やまだこうさく》は、一九一〇年二月二四日に東京を発ち、ベルリンに向かった。音楽を勉強するために、である。第一の目標は、当時世界最高水準とされた、ベルリンのホッホシューレ、すなわちベルリン国立（当時は王立）高等音楽院に入学し作曲を学ぶことにあった。その手には、自らが作曲した「自信のある十数曲」（『若き日の狂詩曲』大日本雄弁会講談社、一九五一年）の楽譜が携えられていた。

山田のドイツ留学は、東京音楽学校（山田は「上野」と呼ぶ）の恩師ヴェルクマイスターの紹介によって、岩崎小弥太男爵の経済的な援助を得ることによって実現した。留学の経緯をめぐっては、その頃既に東京音楽学校で教えていた幸田延子が、たまたまベルリンに滞在することになっていて、「『幸田延子が、若い燕をドイツへ先発させた……』といふやうな記事が三文新聞に出たりした」こともあったという（『若き日の狂詩曲』）。

三月二〇日にベルリンに着いた山田は、ハンゼンというデンマーク生まれの技師の家に下宿することになった。そして早速、これも「上野」の恩師ロイターが書いてくれた紹介状をもって、「フリーデナウ、アルベ町三番地」（「ブルッフ氏とダンカン夫人」、『新潮』一九一七年五月）に住んでいたマックス・ブルッフを訪ねた。ブルッフは当時ホッホシューレの作曲部

★一九〇四年七月の東京音楽学校卒業生。前列右端が三浦（旧姓柴田）環、中央が当時既に教師であった幸田延子、右隣がその妹安藤（旧姓幸田）幸子（東京新聞出版局編『上野奏楽堂物語』東京新聞出版局、一九八七年）。

長であった。山田はブルッフに携えてきた曲を見せ、そして受験することを許可された。山田は「樫村とかいふ、陸軍からかつて留学した旧軍人が、ドイツ人の妻君と経営してゐる下宿」をベルリンでの宿としていた幸田延子を訪ね、「作曲？　むづかしいわねえ！」と言われた（『若き日の狂詩曲』）が、結果は見事合格、その知らせは、東京への電報数通となって送られたという。日本人がホッホシューレに入学するということは、それほども大変なことであった。ここで山田はレオポルト・カール・ヴォルフ教授に師事し、一九一三年一月に卒業するまで、滞在期間のほとんどを、音楽院の学生として過ごしたのである。

到着当時に話を戻すが、山田は、同じ Am Lützow 6の三階、Dr. Schmidt の家に移った。そしてこの家で、旅行時以外、帰朝するまでずっと過ごした。ベルリンを出発したのは、一九一三年一二月六日のことであった。

ところで、山田はその後もベルリンを訪れている。一九二一年九月から翌一九二二年一月にかけての欧米への旅行の際に母校を訪れ、また一九三七年五月にはドイツへ視察旅行にやってきて、六月にはベルリン・フィルハーモニーを指揮している（一一月帰国）。しかしこれら両度の旅行は、やはり若き日の初めての滞在とはその意味合いを決定的に異にしている。留学は、旅行ではなく、山田の人生を決定づける滞在であった。

『山田耕筰著作全集』全三巻（岩波書店、二〇〇一年）には、山田の主たる創作活動である音楽作品を除いた文章が収められている。つまりこれらは、音楽家山田のいわば副業である。にもかかわらず、その文章は膨大な量にのぼり、言及される事柄も、音楽に関連の深いものばかりながら、極めて多岐にわたっている。その多くが、若き日のベルリンでの体験を「原点」として語っている。ベルリンとは、山田にとって、作曲修行の場であったと同時

★一九三七年に渡欧した際にベルリン・フィルハーモニーを指揮する山田（山田耕筰『自伝若き日の狂詩曲』日本図書センター、一九九九年）。

に、音楽という芸術ジャンル全体への視野を拡げさせた場でもあった。

ベルリンでの交友地図

ベルリン滞在中、山田はさまざまな日本人と接した。約四年間の留学生活の中で、自ずと交友のネットワークは拡がっていった。まず、大使館の武者小路公共三等書記官には、合格発表の時点から世話になっている。実篤の兄である。当時の大使は珍田捨巳であった。大使館の会合には、寺内寿一、海軍の大角岑生、医学界の南大曹、福士政一らが集まった。重光葵も外交官補として滞在していた。

その他、当時のベルリンには、後の東宝社長渡辺鉄蔵、山岸光宣などがいた。行政裁判所評定官の阿部文次郎などとは、先の福士とともに「八八」(光《ピカ》チョン)などをして遊んだという(『若き日の狂詩曲』)。山田の親友で、日本最初の飛行家である滋野清武がパリから来訪したこともあった。

一九一一年三月、文部省留学生として多久寅が、そして私費留学生として萩原英一がベルリンにやってきた。それまで山田は、留学生としては一人であったが、それが三人になった。多は近所、萩原はベルリナー街に下宿した。さらに一九一二年には、これも東京音楽学校から、服部駟郎次と小倉末子の二人の後輩が留学生としてやってきた。この時、共に、山田の親友である斎藤佳三もやってきた。斎藤は山田が岩崎小弥太の援助を受けるに際して尽力してくれた男であり、山田はこの後帰朝までの約一年あまりを、斎藤と同室で暮らしたのである。

★山田には、膨大な作曲のほかに、音楽随筆や解説、概説書などの業績がある。例えばこの『音楽読本』(日本評論社、一九三五年)などがその代表的なものである。この書において山田は、ドイツ音楽について、「ドイツ人は生来解剖的努力的国民でありますから、物を培ひ育てるよき農夫であり、教育者たる事は出来ても、元来非芸術的に生れついてゐるために、真に芸術的な創造的飛躍を見せる事が出来ません」と、実に厳しい見解をも示している。

小山内薫もやってきた。「兄貴」（『演劇新潮』一九二五年一月）によると、小山内とも「独逸で小山内さんと僕とは、一つ家に暮らした。一しよに飲み、一しよに遊び、一しよに勉強した」という。

物理学者で歌人の石原純もやってきた。生田葵には、モッツ街の松下という日本料理店で、「梟」と呼ばれる夜の女の自殺未遂の話を聞かされている（『若き日の狂詩曲』）。

しかしながら、その交友範囲は、事実としては極めて狭かったといえよう。そこには、「出来るだけ独人と親しみ、無用な日本人との交遊を避けてをつた」山田の、「日本人倶楽部などには滅多に足を踏み入れることがなかつた」（「フィルハーモニー回想」、『交響楽』一九二六年一月〜八月）という徹底した勉学の態度があったのである。

「ベルリンの青春」

ここに、山田がベルリンに出かける際の、一つの美しくも哀しい挿話がある。関西学院時代の親友徳久恒利の妹泰子との恋愛譚である。東京音楽学校に通っていた当時、兄恒利の前で、山田は泰子と婚約した。ところがその証人の兄が若くして病を得て亡くなり、婚約は証人を失って反古同然のものとなる。やがて山田はベルリンに渡ることとなり、さまざまな横やりが入り、挙げ句の果てには、滞欧中に婚約が破棄されてしまったのである。

岩崎男爵の厚意にこたえるためにも、極めて真面目な態度で音楽修行を続けていた山田ではあったが、やはり若かったことも確かである。これはさすがにこたえた。また彼には、「All or nothing」という哲学があった。一九一二年のある日、小山内薫の次のような、いわ

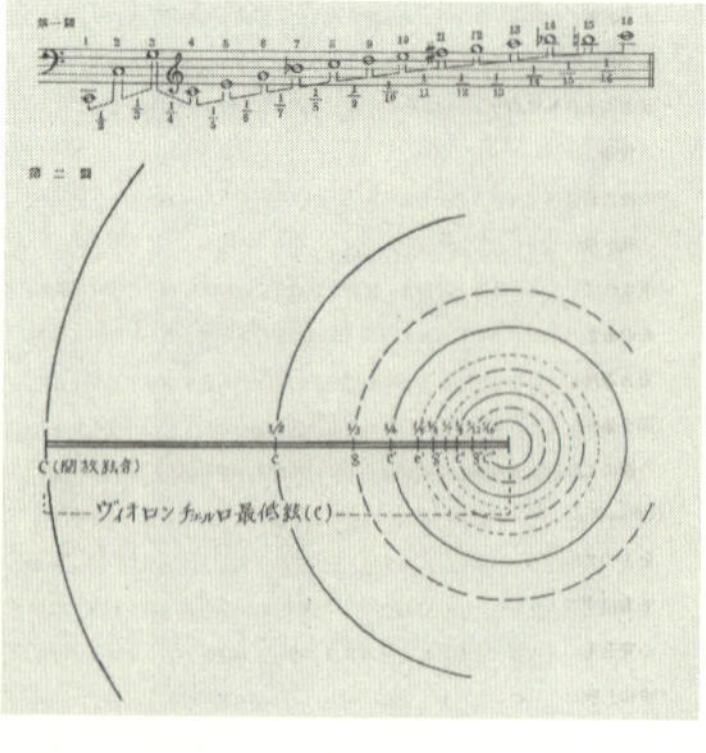

★山田はベルリン生活の当初、実に勤勉に学習に励んだようである。例えば山田の『和声楽及作曲法』（清教社、一九三七年）の「序」には、「私がベルリーンに留学中、国立高等音楽学校において、親しく私を導いて下さつた恩師レオポルド・カルル・ヴォルフ先生から授けられた知識を経とし、それに私自身が最近十数年間自ら子弟を教育して来た乏しい経験を緯として編み上げられたもの」と書いている。図版は同書に載せられた、音階の原理を示した図。

ば悪魔の囁きに、山田はその生活態度を一変させる。

「君の音楽的才能は見上げたものだ。また君の超人的な努力と粘り強さにも敬服する。が、さて、世の一切を知り、一切を学びとるといふ、つまり、清濁をあはせて体得するといふ点については、聊か、勇気がなさ過ぎはしまいか」（『若き日の狂詩曲』）

さらに、次の出来事も拍車をかけた。当時ベルリンの新聞紙上にK. Yamadaという撞球の名人の名が現れた。これは後に撞球家として著名になる山田浩二のことであったが、山田耕筰のことと誤解され、不良留学生という悪い風評として日本に伝えられた。何でも、当時たまたまベルリンにやってきた、「大阪朝日新聞社主催の世界漫遊団」（「フィルハーモニー回想」）の人々の口から悪評が拡がったのだという。これを兄鉄雄が真に受けて、援助を断る旨の手紙をよこした。これに憤慨した山田が、ベルリンの夜をひたすら遊び回ったというのである（『若き日の狂詩曲』）。

知らうとする心に燃え、その上、頼りない友と、頼りない肉親を持ち、裏切りの痛みに傷つけられた私の心は、荒みに荒んだものであつた。私は、徒らに肉を追ひ、徒らに酒に走る青年と化してしまつた。そこに何の目的もなく、ただ、これでもか、これでもか、といふやうな気持が私を、爛れた夜のベルリンに追ひ廻したのであつた。

このような嵐のような生活のうちにベルリン生活の一部を送った事実は、実に興味深い。

★ベルリンのダンスホール兼バー。写真は二階で、下にダンスホールがあり、見下ろすことが出来る。この図版は道家斉一郎『欧米女見物』（白鳳社、一九二九年）からで、キャプションには「勿論女が沢山客をさがして居る。こうした所では踊り乍ら取引の相談をするのが普通です」と書かれている。山田のベルリン生活における「シュトゥルム」の時代は、このような場を舞台に演じられたのであろう。

ちょうど時代は、マリー・ローランサンやカンディンスキー、アルキペンコなどが集った、「シュトゥルム社」による新芸術運動の盛んなりし時代であった。山田はその運動の中心的人物であった作曲家 Herwarth Walden にも紹介されている。

ベルリンから持ち帰ったもの

山田は、ベルリンを初めとする海外で出会った芸術家たちから、やはり大きな影響を受けたようで、後年に至るまで、彼らについて、独特の鑑賞眼をもって接したことが窺える文章を数多く書いている。

その代表が、『私の観た現代の大作曲者』(大阪毎日新聞社・東京日日新聞社、一九三四年)であろう。この書の中には、マックス・ブルッフ、レオ・オルンシュタイン、エルンスト・ブロッホ、セルゲイ・ラフマニノフ、セルゲイ・プロコフィエフ、リヒャルト・シュトラウスの六人についての「側面観」が書かれている。それを山田は、「一面私にとつては、私自身の海外における生活の一記録」(「序」)とも呼び直している。とりわけマックス・ブルッフはベルリン時代の恩師でもあり、敬愛に満ちた文章となっている。また、リヒャルト・シュトラウスに関しては、クロル・オーパー、すなわち第二王立歌劇場でニジンスキーの舞踊公演があった際、たまたま観衆席にいたシュトラウスを見つけ、憧れのあまり、後をつけたことを告白している。シュトラウスには師事しようとも考えたようであるが、これは経済的な理由から断念した(「シトラウスの思ひ出」、『音楽評論』一九三四年六月)。しかし、帰朝のためにドイツを出発する四、五日前にも、シュトラウスの聞き納めと、その指揮によるシュ

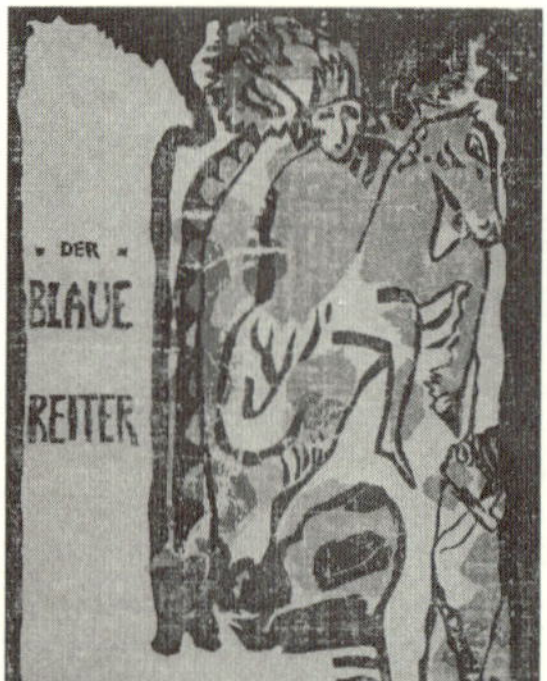

★年刊誌 DER BLAUE REITER の表紙を飾ったカンディンスキーの色刷木版画(一九一一年)(『表現主義の美術・音楽』河出書房新社、一九七一年より転載)。カンディンスキーは最初ミュンヘン新美術家協会の一員として新しい芸術運動に身を投じたが、やがて決裂し、一九一〇年にベルリンで DER STURM 誌を創刊したヘルヴァルト・ヴァルデンに近づいていった。

トラウス自作の「ツァラトゥストラ」を聴きにでかけている。

舞踊家イサドラ・ダンカンについては、前掲の「ブルッフ氏とダンカン夫人」や「イサドラ・ダンカン女史」（『女性』一九二三年四月）など、繰り返しその印象を書いている。「イサドラ・ダンカンの芸術」（『近代舞踊の烽火』アルス、一九二二年）の中には、次のような言葉が見える。

> 私が初めてダンカンの舞踊を見たのは、一九一三年、彼女が伯林のクワフイユルステンダム座で踊つた時のことでした。（略）当時私は、ニジンスキーの踊りを十回ばかり見通して後、パヴロヴア一派の舞踊を見て、ロシヤン・バレーと自分との間に埋めやうのない間隙を感じ始めてゐた時でしたので、クワフイユルステンダム座の幕が上つて、クリームがゝつた灰色の薄い希鑞式寛衣をまとうて、跣足のまゝ、深い暗緑色の天鵞絨の幕を背後に、漆黒なピアノに半ば身をもたせて立つてゐるのを見た瞬間には、今まで味つた事のない或る一種の霊気がぞく〳〵と全身に沁み渡つて行くのを覚えました。

ちなみにアンナ・パヴロヴァについては、「パヴロヴアの印象」（『東京朝日新聞』一九二二年九月一三日〜一六日）によると、一九一二年の五月に、クロル・オーパーで最初に見たらしい。その際には、「随喜感激」したが、何度も見るうちに、幻滅していったという。

この他、ベルリンのフィルハーモニー・ザールでは、やはり多くの演奏を聴いている。例えばヴァイオリン奏者ジンバリストについて、「提琴家ヂ氏に就て」（『読売新聞』一九二二年

★リヒャルト・シュトラウスの肖像。図版は、属啓成編『音楽歴史図鑑』（音楽之友社、一九五一年）のもので、キャプションには、「1897年某アマチュアカメラマンの撮影」とある。

五月二日〜三日）という文章を書いているし、同じヴァイオリン奏者のフリッツ・クライスラーについても、「私の見たるクライスラア氏」（『東京朝日新聞』一九二三年四月三〇日）という文章を発表している。もちろんこのような記事は、ベルリンでの体験に止まらないが、やはり若き日に初めて接した体験は、後年まで記憶に強く残っていたようである。

いずれにしても山田は、このとおり、流行に決して左右されない、自分自身の価値基準を持とうとしていたようである。その態度は、「世界の音楽国」ドイツのベルリンで音楽を学びながら、「独逸人は、科学の統御の圏外にある芸術の世界に解剖の刃先を刺しこんだ結果として、自然の造った一廓の庭園の如く、筆と共に美しく繁茂すべき音楽を、組立ての妙味を除いては何らの内容もない迷園の如きものとしてしまつたのである。（略）独逸音楽は、知と意との所産に止つて、真実の芸術味を欠いてゐると言つても過言ではないだらうと思ふ」（「作曲者の言葉」、『詩と音楽』一九二二年九月）という意見を述べるまでに至っている。ベルリンは、山田に、西洋音楽の、とりわけ独逸音楽の魅力だけではなく、それをも相対化して眺める視線をも与えたのである。

註　山田はカタカナ表記にこだわりがあり、例えば「オーケㇲㇳラ・コッサート」というように大文字と小文字を発音によって書き分けていたが、ここでは通常の表記に改めた。

（真銅正宏）

★フリッツ・クライスラーの近影（『レコード音楽』一九三九年一一月）。山田の「私の見たるクライスラア氏」（『東京朝日新聞』一九二三年四月三〇日）には、「私がクライスラーの演奏に接したのは彼是十五年も前のことである。それは伯林のフイルハーモニー楽堂であつたと覚える」と書かれている。

片山孤村（1879-1933）——都会文明への憧憬

『都会文明の画図伯林』の都市空間

ドイツ文学を専攻する新進評論家として頭角を現し、一九一〇年に島村抱月らに対して自然主義批判の論陣を張った片山孤村《かたやまこそん》（正雄）は、その翌年に、ドイツ語を研究するためベルリンへ旅立った。Augsburger Str. 三一番地に居を構えた片山は、一九一一年四月に王立フリードリヒ・ヴィルヘルム大学、すなわちベルリン大学に入学する。大学ではドイツ文学史や戯曲史、言語学や演劇術などを学んだ。片山はヨーロッパに二年間滞在しているが、そのうちライプツィヒに移るまでの一年半をベルリンで過ごしている。おのずからベルリンへの愛着も深いものがある。

著者独逸に留学すること二箇年、その間、国内を漫遊したことが前後二三回、国外に出たことが一回、墺、伊、瑞、巴里及倫敦を歴遊し、また莱府《ライプチヒ》に転住したこともあつたが、いづれの度にも伯林に帰らなかつたことは無い。伯林は実に著者に取つては欧州に於ける第二の故郷で、伯林に於けるほど気持よく、安心して住んだ土地は無かつた。（中略）。著者は伯林に精通することを以て誇とすることは出来ないけれども、伯林を愛し、伯林の特色を理解する上に於ては人後に落ちないつもりである。

★一九〇二年に東京帝国大学文科大学独逸文学科を卒業した片山孤村は、鹿児島の第七高等学校造士館教師を経て、一九〇四年に学習院教授に就任する。武者小路実篤はこのときの教え子だった。その後一九〇六年に仙台の第二高等学校教授となり、その五年後にベルリン大学に留学している。写真は、登張竹風『人間修行』（中央公論社、一九三四年）に収録された「学習院教授時代の片山正雄君」。同書によれば、一九一〇年九月に第二高等学校講師として赴任した登張は、一一月にブラザー軒という西洋料理屋で開かれた、片山の外遊送別会に出席している。

帰国して半年後にまとめた『都会文明の画図伯林』（博文館、一九一三年）の、「序」の一節である。片山には他に『独逸及独逸人』（冨山房、一九一四年）という本もあるが、書物の空間をどのように作るのかというコンセプトの違いは、目次を見れば明らかだろう。ゲルマン民族について説明し、中世からドイツ帝国成立後の現在までをたどる後者は、書名が示すように、ドイツ（人）の歴史を概観しようとしている。それに対して前者は、「フリードリヒの伯林」「ティーアガルテン」「学生区及労働者区」「伯林西区」などのエリアや、「伯林の美術館」「伯林の劇場」「伯林の勧工場」「夜の伯林」などの魅力的なスポットを章立てすることで、ベルリンの都市空間を、書物の空間に変換しようとしているのである。

ロンドンやパリと比較すると、ベルリンの歴史は新しい。「現時は約二百十万、近々大伯林《グロースベルリーン》の名の下に合併せらる可き市外の二十九都市（自治団体）の人口を合すれば三百五十万を越え」と片山は記したが、彼が訪れる五〇年前、すなわち一八六一年のベルリンの人口はまだ五四万八〇〇〇人にすぎなかった。しかし一八七一年に成立するドイツ帝国の首都となってから、ベルリンは急速にヨーロッパを代表する都市に成長する。だから片山が指摘するように、ロンドンやパリのような「歴史的興味」には乏しいが、「近代文明の一切の成果を応用した都市」であることを特徴としていた。建物は五階建てで統一され、車道と歩道に分けた道路は、朝と夕方に撒水機できれいに掃除する。風致を保つために、広告や看板は広告塔に限って許可されていた。

片山は「伯林が所蔵し、提供する精神的財宝には遍く眼を曝すことが出来た」と自負している。「精神的財宝」の一つは美術館だろう。もっとも新興都市であることは、美術品の

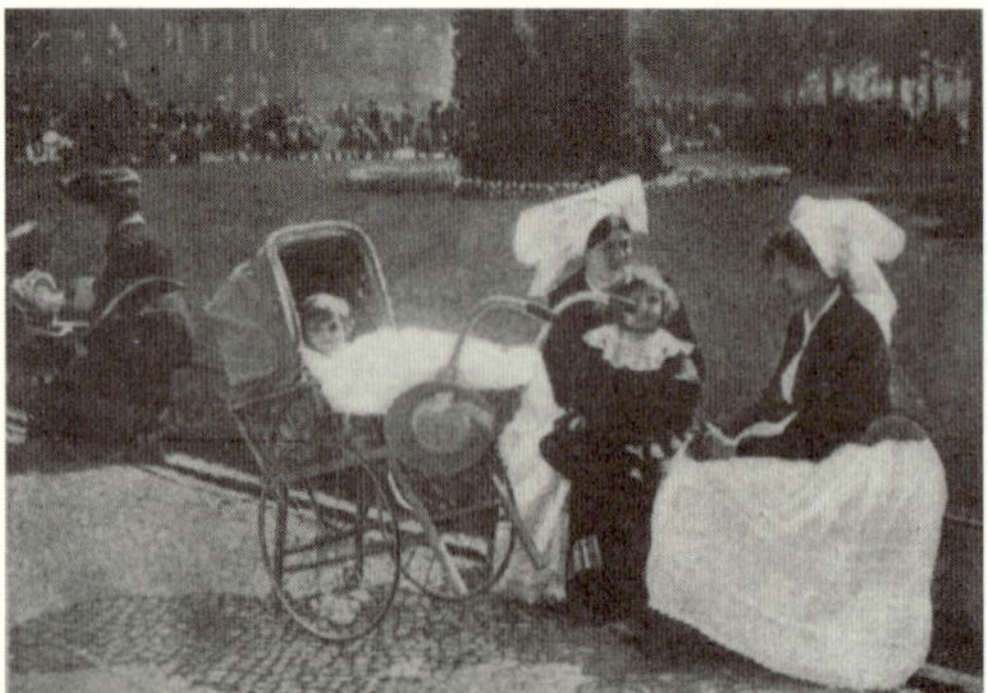

★写真に写っているのは、ティーアガルテンで子守をする女性たち（『都会文明の画図伯林』博文館、一九一三年）。同書で片山孤村は、一二世紀以来のベルリンの恋愛小説の多くが、この大公園を舞台の一つにしてきたと述べている。二五五ヘクタールの広さをもつティーアガルテンは、もともと猟場だったが、芝生を植えて、無数の散歩道を作り、人工的な公園として生まれ変わった。地質が砂で柔らかいために、ロンドンの公園とは異なり、芝生を踏むことは厳禁されていたという。

収集が後発だったことを意味している。ロンドンの大英博物館が一七五三年に、パリのリュクサンブール美術館が一七五〇年に、ルーヴル美術館が一七九三年に創立されたような歴史はない。一九世紀初頭にナポレオン・ボナパルトがヨーロッパ大陸を征服し、各国から美術品を収奪したことは、逆に各国に美術館を所持させるようになっていた。さらにアメリカの経済力が、ヨーロッパの美術市場に大きな影響力を及ぼしている。それでも一八七一年の普仏戦争勝利後に、ベルリンの富は急速に増え、フリードリヒ帝紀念博物館や新旧博物館で、片山は知的好奇心を満たすことができたのである。

片山が堪能したもう一つの「精神的財宝」は劇場だろう。ベルリンがドイツの演劇の中心地となるのは、やはり一八七一年にドイツ帝国の首都になってからである。「伯林の劇場」によれば、一八六〇年代にわずかに九しかなかったベルリンの劇場は、一八七〇年代の初めに一八と倍増し、現在では約四〇を数えるという。演劇内容も、マイニンゲン劇団がフリードリヒ・ヴィルヘルム市区座（後のドイツ座）で「ジュリアス・シーザー」を演じてから革新された。一八八三年にはドイツ座が組織され、一八八九年には自由舞台が創立されている。劇場への入場者は一日四〜五万人、日曜祭日になると一日八万人を数えるというから、二一〇万人の人口の都市としては非常に多いだろう。

ベルリンの消費社会も、普仏戦争後に大きく変貌した。フランスの賠償金五〇億フランと、アメリカの文化が流入したためである。「伯林の勧工場」によると、四〇年間でベルリンの地価は二〇〜三〇倍に跳ね上がったという。市内には、大規模なホテルや娯楽施設やデパート（「勧工場」）が、次々と建設されていった。片山が訪れた当時の四大デパートは、ライプツィヒ街のティーツとアー・ヴェルトハイム、ポツダマー街のヴェー・ヴェルトハ

★片山孤村『都会文明の画図伯林』の口絵を飾ったフリードリヒ帝紀念博物館。約二〇〇〇点を陳列したこの博物館で、ルネサンスの巨匠であるラファエロや、フランドルの画家ルーベンス、オランダの画家レンブラントなどの作品を、片山は堪能している。

イム、タウエンツィーン街のカウフハウス・デス・ヴェステンスだった。なかでも人気があったのはアー・ヴェルトハイムで、食料品廉売日の金曜と土曜には、中流社会の主婦たちが列をなしたという。

保科孝一『伯林と巴里』の違和感

片山孤村と同じ頃にベルリンに滞在し、その記録を残した一人に、国語学者の保科孝一がいる。文部省から派遣された保科は、「独逸国内各都市の小学校に於ける国語教育に関する報告」（文部省、一九一三年）を提出しているが、報告とは別に『伯林と巴里』（冨山房、一九一四年）という印象記もまとめた。「滞欧二年有半、見るもの、聞くもの、井蛙と等しき我輩には、いづれ珍しからぬはなく、見るに従ひ、聞くに従ひ、そこはかとなく書き記した」と、彼は「序」で述べている。この頃の冨山房は、ヨーロッパの文明や動向を取り上げる時事叢書を企画していて、『伯林と巴里』はこの叢書の第一編として、片山『独逸及独逸人』は第六編として、それぞれ刊行されたのである。

片山孤村『都会文明の画図伯林』と比べると、保科の『伯林と巴里』は、異文化に対する違和感が前景化されている。違和感を引き起こした理由の一つは、軍人の姿だった。ベルリンで目にする陸軍士官は、派手な色彩のハイカラな軍服を、少しのたるみもなく着用している。襟は艶麗なビロードで、流行の一眼鏡をかけ、コルセットをしめて細腰を気取ったり、白粉を塗る者もいたらしい。盛装した女性を抱き抱えたり、女性の外套を手にして歩く姿を、保科は何度も目撃した。また演習には妻の同行が慣例となっていて、夜にはダ

★ベルリンの軍人への違和感はかなり強烈だったようで、保科孝一はパリでもその感慨を新たにしている。『伯林と巴里』（冨山房、一九一四年）には、「伯林で土曜日の晩に見るやうな兵卒下女デーは仏蘭西にはないらしく、巴里のやうな淫風の盛なところでも、兵卒と下女と腕を擁して大道を練つてゐるのもつひ見受けなかつた」という記述が見られる。

ンスを楽しんでいると耳にする。「こんな風で、いざ鎌倉といふ場合に、剣を執《とっ》て国難に赴く気概があるかしらんと疑はれた」と、彼は慨嘆している。

もっとも保科の違和感は、軍人だけに向けられたのではない。一八七二年に生まれた保科は、片山より七歳年長で、この本をまとめた当時は四〇歳を越えている。ヨーロッパの男女の関係が、彼に違和感を与え、それが「厳粛」であるべき軍人への慨嘆として出てきても不思議ではないだろう。軍人への違和感は、ベルリンの繁華街への違和感とリンクしていた。ベルリンを代表する大通り、ウンター・デン・リンデンについて保科は、「何となく神さびた神々しいところであるやうに考へてゐたが、来て見ると、実に俗なところで失望した」という感想を漏らしている。ウンター・デン・リンデンと交差する大通りフリードリヒ街も、「少しも神さびたところがないのみならず、夜になると、百鬼夜行の俗地になるから一層驚かざるを得ん」と切り捨てた。ライプツィヒ街もポツダマー街も、彼の目には「百鬼夜行の巻」と映ったのである。

ベルリンで最初に生まれたカフェは、ウンター・デン・リンデンのバウアーだった。片山や保科が訪れる頃には、カフェはベルリン生活で不可欠なものになっている。『都会文明の画図伯林』に片山は、「大カフェーは規模の宏大な点に於て、設備の完全な点に於て維納巴里以上」と記した。保科も「カフェーの本家本元」はパリだと聞いていたが、「今では独逸の方が盛になつてゐる」と、その印象を綴っている。ただし保科はカフェを、「善用」と「悪用」の二種類があると捉えていた。日本では一九一一年に、パリ帰りの松山省三が銀座でカフェー・プランタンを開店している。日本の多くのカフェは「悪用」で、「書生などがビールに酔つて馬鹿騒ぎをしてゐる」のは「労働者の酒場のやうな、甚だ不作法なもので

★片山孤村『都会文明の画図伯林』の口絵の一枚「フリードリヒ町の賑ひ」。「夜の伯林」の章で片山は、「幾万とも知れぬ燈火と、両側の大厦高楼の玻璃窓の反映とは茲に焔の海を現出し、アスファルトの上は昼よりも眩しい」とフリードリヒ街を描写している。

ある」と彼は切り捨てた。

保科は「白鬼夜行」「悪用」の場所に近づかなかったのだろう、『伯林と巴里』にはそれ以上の情報は記載されていない。対照的に片山は柔軟である。「貧乏な著者は」「大都会の歓楽に耽溺し、近代の物質的文明が与へる一切の利便に浴するが如き洒落れたことは出来なかつた」と断っているが、『都会文明の画図伯林』は「飲食の伯林」「夜の伯林」という章を含んでいる。「風俗や民情を視察せむとする旅行者や外国人は必ずカフェーを訪ふ可きである」と片山は主張した。ベルリン中心部のカフェは「如何はしい男女の集会所」として、夜間の方が客足が多い。特に午前一時〜午前五時頃が混雑していた。そこでは観劇後に休息する家族連れと、客待ちの娼婦が混在する、「奇観」が見られたのである。

ベルリンで夜遊びをするスポットは、四種類あると片山は指摘している。①ビール紀行やワイン紀行にふさわしい店は、「比較的無邪気」である。②舞踏場やバーは、「化性の者を本体」としていた。一流のパレ・ド・ダンスやムーラン・ルージュでは、女性が客を誘うことはなく、夫婦で楽しむことも可能である。しかし二流以下の舞踏場の場合は客層が「平民社会」の人々で、「化性の者」も交じっているという。③午前二時頃から賑わう夜間飲食店にも階層があり、学生地区や北の地域に行くとかなり品が落ちてくる。④寄席には、音楽や落語を楽しむカバレットと、軽業や手品などの見世物を主とするヴァリエテの二種類があった。ベルリンではすでに遊郭が廃止されていたので、娼婦の姿は市内のあちこちで見られたという。

★片山孤村『都会文明の画図伯林』に収録されたポツダマー広場の写真。ここにはピカデリーという大規模で有名なカフェがあったが、「飲食の伯林」の章では、建築費が三〇〇万マルクを越えて、一日一六〇〇マルク以上の売上がないと採算が合わない豪奢さだと説明されている。

ベルリン体験と日本への視線

保科孝一が異文化への違和感を前景化する一因は、彼のベルリン体験にもあった。『伯林と巴里』には、「多くの日本人は、独逸に来て排独思想を惹き起すやうである。自分もその一人であつたが、それは下宿屋の関係が大に与つて力ある」という告白が含まれている。下宿屋を営むのは「中流以下」の人だから、「その根性も卑しいに相違ない」と保科は断言する。そもそもドイツ人が金銭感覚にやかましいことが、日本人の「癪にさはる」という。そのうえ月末の勘定をごまかしたり、移転通告を行ったのに翌月の下宿料を請求したり、荷物まで差し押さえることもあると。彼自身の具体的な体験として記されたわけではないし、言葉の障壁による誤解も考えられるが、それに類する体験を実際にしたのだろう。

異文化への違和感は、家族観ともリンクしている。保科がベルリンで見た家族は、子供が自立するまでは親が養育するが、子供が収入を得るようになると、親は部屋代や食費を徴収していた。当然その金額をめぐって親子喧嘩が起きたり、子供が家を出て下宿するようなケースも出てくる。そんな家族関係が彼には、「暖い人情」に欠ける「冷酷」なものに思えた。「個人主義の著しく発達した弊害」と、保科は指摘している。

片山孤村のベルリン体験も、順風満帆だったわけではないだろう。「独身生活の無聊を感ずること深く、異邦人のみじめな生活に倦んで、伯林――単調なる伯林を呪つたこともあつた」という。しかし帰国後の片山が、日本の文明や日本での生活を「貧弱」で「厭はし」いと感じるように、ベルリンの生活は総体として充実したものだった。またこの国際都市

★図版は、ベデカー社から一九一二年に刊行された英語版ガイドブックの、*BERLIN AND ITS ENVIRONS*。この本の「Hotels.Boarding Houses.Furnished Apartments」の頁を開くと、「Boarding Houses ("Pensionate"; usually managed by ladies) abound.The following are among the best known.」と書かれ、エリアごとに下宿屋の住所と階数の一覧が記載されている。

では「見物中の田舎者」を除けば、どんな「異形の人」でもじろじろ見られず、一人でいられる。保科とは対照的に、「冷淡でも自由で寛容な方がうれしい」と片山は感じていた。おのずから片山の家族観は、保科とは異なる。西洋の個人主義は「盲目なる利己主義」ではなく「合理的利己主義」で、日本の家族主義には「個人及経済の発展を妨げる弊害」があると彼は考えていた。

ドイツと日本の文化の違いを、片山は『都会文明の画図伯林』でこう説明している。日本では西洋の模倣をハイカラと言うが、多くのドイツ人はバンカラである。ただし日本のバンカラは礼節をわきまえない「乱暴な男」を意味するが、礼儀作法に厳しい西洋ではそれは排斥されると。また言論の自由について、次のように述べている。ドイツ人は自己の意見を主張するが、他人の意見も尊重する。日本で乃木将軍が殉死したときに、それに批判的な者は「乱臣賊子」のように言われたが、ドイツではそのような「野蛮」なことは少なくて、思想の世界も多様だと。

もちろん片山は、ドイツの文化だけを評価し、日本の文化を価値のないものと考えていたわけではない。たとえばドイツのインテリア趣味は、どうも肌に合わなかった。ドイツではデパートで購入した美術品や嗜好品を、部屋の四隅に煩わしいくらい飾っている。日本の客間と比べると、「趣味の高下に雲泥の相違」があると彼は感じた。ただ「高下」と書きながらも、文化の差異が単なる優劣でないことを片山は認識している。だから彼はこう続けるのである。西洋人の趣味は「血の気」が多いが、日本人の趣味は「枯淡」である。両者の違いは、オペラと能楽によく現れていると。

片山孤村『都会文明の画図伯林』の「例言」には、この本の戦略が明瞭に記されている。

★写真はデパート(「勧工場」)のアー・ヴェルトハイムで、片山孤村『都会文明の画図伯林』に収められた。アルフレット・メッセルが設計したこの建物は、総建坪三万九三九九平方メートルの威容を誇っている。それでもベルリンの女性で、「この迷宮のやうな各部陳列場内の勝手を心得て居ないものは無い」という。

「伯林の都会文明」の描写が目的なので、「周到ではあるが浅薄な案内記、又は随観随録、主観的色彩を免れない旅行記の類」とは趣を異にしていると。一年半を過ごしたベルリンは、近代の都会文明がどのようなものかを彼に教えてくれた。日本の文壇では「都会生活」とか「近代人」という言葉が飛び交っている。しかし片山には「近代人」を生み出す「近代的都会」は、まだ日本に誕生していないと思えた。だから「都会文明の画図」を一冊の書物として描き出そうとしたのである。

帰国後の片山は文芸評論の世界から遠ざかり、独和辞典の編纂に取り組んでいる。一九二三年九月一日の関東大震災は、彼が執筆した辞典原稿の三分の一を焼き払った。しかし片山は挫折することなく作業を続け、本格的な『双解独和大辞典』(南江堂)を一九二七年に刊行している。そんな彼の地道な作業を支えたものの一つが、ベルリンの都市空間の記憶だったことは間違いない。

(和田博文)

★様々なベルリンの都市空間の記憶のなかで、片山孤村にとって最も鮮明なスポットの一つが、「伯林大学及王室付属図書館」だっただろう。図版は、『都会文明の画図伯林』に収録された図書館の閲覧室。

小山内薫（1881-1928）――新劇の「糧」を求めて

翻訳劇は糧である

こゝまで参りました
一ヶ月この国に滞在の予定　この町には一月十五日までをります
正月の末には御地で御目に掛れます、久しぶりで気焔のあげッくらをしませう。
併し、僕の西洋へ来るのは随分遅れましたねえ。――

「この町」とはモスクワ、「御地」とはベルリンである。これは、シベリヤ経由でモスクワに着いた小山内《おさない》薫《かおる》が一九一二年の暮れに、ベルリンの山田耕筰にあてた絵葉書の文面で、久保栄『小山内薫』（文芸春秋社、一九四七年）に引かれている。山田耕筰は岩崎小弥太の給費により、一九一〇年二月にベルリンへ向けて日本を出港していた。久保は葉書の文章を引用したあと、「洋行が大ぶ前からの懸案だつたことは、その文面でも分る。費用は、ほゞ太陽堂から出ることになつてゐた」と書いている。

日本に近代劇を確立すべく、海外の戯曲を翻訳紹介し、俳優の演技指導をし、舞台装置や効果を考えてきた小山内にとって、ヨーロッパはやはり演劇の先進国であり、実際に行って見ておかねばならない地であった。まだ日本では演出者の職能は確立されていなかった

★ラインハルト演出によるドイツ座「リヤ王」第一幕第一場。ヒイラム・ケリー・モダウエル『現代の劇場』（菊岡進一郎訳、早稲田出版社、一九二〇年）に「最近の暗示的様式」として紹介されている。小山内は、こうしたラインハルトの斬新な舞台に憧れていた。

が、ヨーロッパの地ではロシアのコンスタンティン・スタニスラフスキー、ドイツのマックス・ラインハルト、イギリスのゴードン・クレイグと、際立った才能が次々と生まれていた。戯曲を翻訳、上演するとなれば、ことばの問題だけでなく、舞台装置や照明から時代や風俗の考証といった一切が演出者の肩にかかってきた。しかもそのために得られる情報は少なかった。小山内薫は二世市川左団次と、一九一二年に自由劇場を創立し活動を不定期に行って、この壁の厚さを感じ続けていた。それでも、翻訳劇は続けなければならなかった。

「翻訳劇の運命」（『新演芸』一九二〇年一月）では、翻訳劇は「糧《かて》である。滋養物《じやうぶつ》である」とし、「日本で——この不便極まる極東で——西洋の演劇《しばゐ》をやるといふ事は、実に厄介な為事である。吾々は靴一足にも帽子一つにも、人の想像に及ばぬ苦労をしなければならないけれども、「貧弱な日本の演劇は、まだ〳〵糧なしには育たないので」、この苦労は日本に演劇を根付かせるために、どうしても必要なことだとしている。築地小劇場の役者たちは、西洋の映画を見て西洋人らしさを研究したという。小山内薫は欧州滞在時に大量の舞台写真を買って、持ち帰った（宮下啓三・小平麻衣子作成『目録　ヨーロッパ旅行から持ち帰られた小山内薫の演劇絵葉書』慶応義塾大学三田メディアセンター、一九九五年七月）が、これも見たこともない風俗を再現するために必要だった。

市川左団次は、一九〇六年一二月から渡欧し、松居松葉の案内で演劇を見歩いて翌年八月に帰国している。その報告を小山内が聞く形式を取っているのが、「市川左団次と語る」（瓦街生、『歌舞伎』一九〇七年一〇月）である。ここで小山内は「新派の芝居は矢張独逸が一番好いだらう」と言い、左団次もベルリンでの観劇体験を語っていた。演出家の職能を確立し

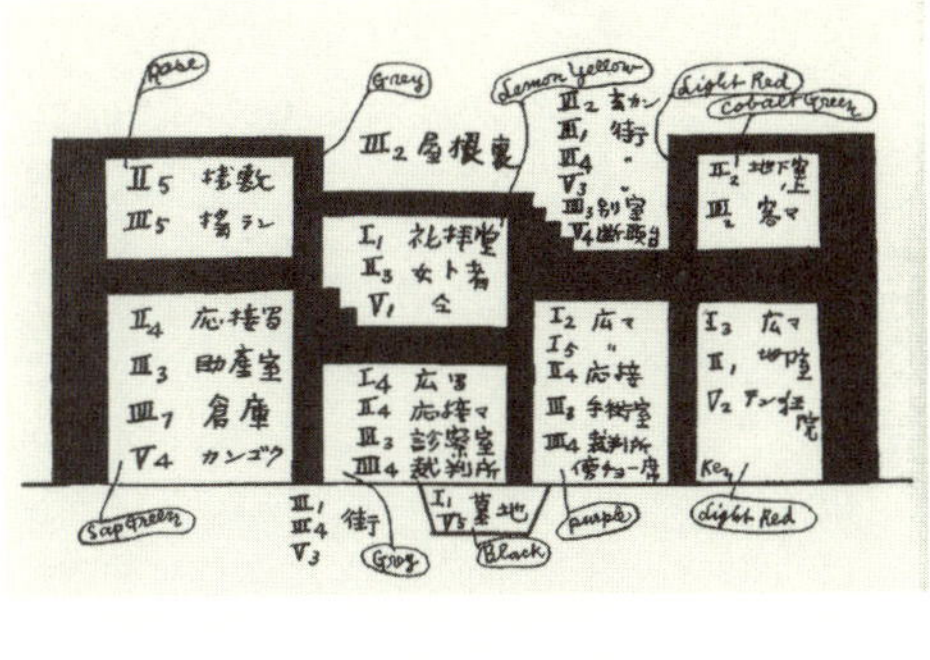

★ヴァルター・ハーゼンクレーヴァー作、小山内薫訳「人間」（小山内薫演出・吉田謙吉装置）を上演（築地小劇場、一九二五年九月一二～二四日）したときの、吉田謙吉による三階構成舞台の場割（吉田謙吉『舞台装置者の手帖』四六書院、一九三〇年）。築地小劇場においての小山内の演出は「夜の宿」やチェホフ作品などロシアものが有名だが、ドイツの戯曲だとハーゼンクレーヴァーの他、アウグスト・シュトラム「牧場の花嫁」（一九二五年七月三～一二日）も演出している。「牧場の花嫁」は、エルンスト・トラー「ヒンケマン」、ハーゼンクレーヴァー「決定」が相次いで上演禁止とされ、急遽決定された演目であった。

ようと悪戦苦闘していた小山内にとって、これらの劇場で上演されている舞台は何としても見たいものだった。自由劇場第六回試演を一九一二年四月に行うと、その年の暮れ、小山内はヨーロッパに旅立つ。「僕の西洋に来るのは随分遅れましたねえ」というのは、彼の待ち遠しかった気持ちをあらわしている。

ラインハルトの印象

小山内はモスクワに着いた翌々日の一九一二年一二月二九日、芸術座でゴーリキーの「どん底」を見ることができた（「美術座の『どん底』」、『演芸画報』一九一三年一二月）。一九一三年一月五日には、芸術座のマティネで「桜の園」を見る。築地小劇場の演出部にいた水品春樹は、小山内の渡欧の収穫について、「何といっても最大な収穫はスタニスラフスキーの舞台に親しく接して、それの精密な記録をとることができたことである。その重いクロース表紙のノートにいろいろうつされたスケッチや覚え書は、彼の後年の築地の仕事に、生きた『虎の巻』として大いに演出上に役立ったものである」（『小山内薫』時事通信社、一九六一年）と書いている。この手帳は、小山内の急死前後に失われて出てこないという。一月一〇日には、芸術座の「ハムレット」を見る。これはかねて敬愛していたイギリスの演出家ゴードン・クレイグがスタニスラフスキーと共同で作った舞台で、スクリーンを用いた舞台装置が著名であった（「美術座の『ハムレット』」、『帝国劇場上演台本ハムレット及びハムレットの研究』冨山房、一九一八年）。一月一三日はロシア歴の大晦日で、小山内は招かれてスタニスラフスキーの家へ行き、スタニスラフスキー一家やチェホフ夫人のオリガ・クニッペルら芸術座の俳優たち、

★小山内薫『伯林夜話』（春陽堂、一九二六年）。

チェホフの甥らと親しく交流しつつ年越しをした。ベルリンへ移ったのは、冒頭の葉書の文面からして一九一三年一月末である。

当時のドイツの演劇のレベルは、劇場施設の充実や、演劇を理解し深く味わう能力を持った演劇愛好家の層の厚さに支えられ、ヨーロッパの中でも高い水準にあった。ロシアでの、短期間ながら充実した演劇体験と比べてみると、小山内にはドイツ劇壇がもの足りなく感じられた。とりわけ、その仕事を見るのが洋行の大きな目的の一つであったラインハルトに失望したのは大きかった。

「ラインハルトの印象」(『新日本』一九一四年六・七月)によると、一九一三年一月二八日、ドイツ座でラインハルト演出のメーテルリンク「青い鳥」を見たが、演技も美術も気に入らず、「僕の今夜見たラインハルトには、Stil《スチル》らしいStilは一つも無かつた。あの珍しげな模様画だつて、吾々日本人から見れば少しも驚くには足らない。第一彼のレジイには少しも霊魂がない。彼の舞台は工芸であつて、芸術ではない。これに比べればモスコオの『青い鳥』には立派なStilがあつた。そしてそのStilは霊気に滲み通つたものであつた。それに、ラインハルトの好む色は何といふ不快なけば〳〵しい乾き切つた色だらう」と全否定している。またドイツ座で見たトルストイの「生ける屍」に対しても、「ラインハルトのレジイには少しも内面的な所がない。彼のレジイは飽くまでも外面的である。彼は或物を奥の奥まで舞台の上に暴露して了はなければ、その物の奥深い事を現す事の出来ない人である」と不満をあらわにする。「ロミオとジュリエット」のロミオ役アレキサンダー・モイシに魅了されたくらいが、ラインハルトの芝居を見続けた収穫だったようだ。「ファウスト」では、その回り舞台の使い方に感心している。「オイディプス王」と「イェーダーマン」が上演された

★小山内薫が持ち帰った演劇絵葉書の中にあった「青い鳥」の写真で、ヴィクトール・アルノルトの犬とゲルトルート・アイゾルトの猫(宮下啓三・小平麻衣子作成『目録 ヨーロッパ旅行から持ち帰られた小山内薫の演劇絵葉書』慶応義塾大学三田メディアセンター、一九九五年)。

のは、のちにグローセス・シャウシュピールハウスが建てられたシューマン・サーカス（曲馬場）であった。小山内は、その空間の大きさに負けて装置や演出が雑になっていて、これでいったい芝居を見る雰囲気が保てるのかという疑問を抱いた。そして、

「アグラエヌとスリゼット」をCurtain《カアテン》のみの舞台で演じ、「春の目覚め」を初めて板にかけて不可能を可能としたと言はれた往年のカムマアスピイレは何処にあるのだらう。あの気持の好いFoyer《フオアイエ》に立つてゐるイプセンの胸像とストリンドベルグの胸像とは、今日のラインハルトをどう見てゐるであらう。クライネス・テアタアからカムマアスピイレへ移つて行つたラインハルトの芸術は、曲馬場と寄席の「商売」になつて了つたのであらうか。

（「ラインハルトの印象」）

と嘆いている。

ところが帰国後の小山内は、たとえば「舞台の変遷」（『演芸画報』一九一七年一〜三月）や、「平民と演劇」（『演芸画報』一九二三年五月）などで、演劇をPeopleのものにするための運動をしたとしてラインハルトの仕事を好意的に書いている。演劇に対する小山内の考えの変化が、ここに反映していると見てよいであろう。

ベルリンではレッシング座へ一番よく通った。永年ここを経営していたオットー・ブルームが少し前に亡くなっていたので、レッシング座は寂しく見えた。ここで小山内は、イプセンの「社会の柱」「青年団」「ヘッダ・ガブラー」「海の夫人」、ハウプトマンの「海狸の皮」「沈鐘」「ローゼ・ベルント」「織屋」「寂しき人々」などを見ている。こうした近代劇

★洋行してきた市川左団次に小山内がその体験を聞く「市川左団次と語る」（『歌舞伎』一九〇七年一〇月）で、市川はカンマーシュピーレで見た、ゴードン・クレイグが手伝ったという舞台が印象深かったとし、「この道具は一切背景の絵を用ゐず、総て種々な布をぶら下げただけで、そこの景色を彷彿させるのです。例へば森の景なぞでは、緑色をした天鵞絨の濃いのや淡いのを巧みに配合してぶら下げて、その奥の方に強い電気の光を只た一つ點けると云ふやうな事をするのです」と説明している。小山内は、それはメーテルリンクの「アグラヴェーヌとセリセット」に違いないとしている。

図版は、土方与志がメーテルリンクの「タンタジールの死」を一九一九年一二月六日に友達会で演出したとき、カーテンの背景を用いた場面（『TOMODACHI』3号、一九二〇年二月）。

のために通いつめる客はやはりドイツでも少数派だったらしく、「レッシング座で見た芝居」(『歌舞伎』一九一三年六月)によると、「私はいつでも土間の三列目の真ん中の席で見た。しまひにはカッセでも私の顔を覚えて了つて、私が切符を買ひに行くと、黙つて三列目の廿九番を出して呉れるやうになつた」とある。

『伯林夜話』と山田耕筰

冒頭の葉書に見たとおり、ベルリンでは山田耕筰が小山内を待っていた。山田耕筰が小山内薫と知り合ったのは、二二歳の山田が、歌劇「誓ひの星」を書いたとき、月島に住んでいた小山内を訪ねたのが最初だという(「兄貴」、『演劇新潮』一九二五年一月)。「誓ひの星」は一九〇九年一二月初演で、この演出を小山内がした。

ベルリンでの生活を素材とした小山内薫の短編「夜鳥」(『伯林夜話』春陽堂、一九二六年)の書き出しは、「シヤアロッテンブルクのCauer Strasse《カウアア シユトラアセ》、そこに村井の部屋が村井を待つてゐた。村井はもう三年も前からここに来てゐる旧友の林田に、露西亜のモスクワから手紙を出して、半月も前からこの部屋を借りて置いて貰つたのである——林田はつい近所のLützow《リユツツオウ》消防署の前に住んでゐた」とある。この林田の住所は、山田耕筰が四年間ずっと住んでいた、Charlottenburg、Lützow 6(現在のAlt-Lietzow 6)につながる。部屋の持ち主や近所の娘と村井とのかかわりを描いたこの短編から、小山内のベルリンの暮らしが垣間見られる。

山田耕筰は『若き日の狂詩曲』(大日本雄弁会講談社、一九五一年)に、ベルリン留学中に小山内薫を迎えてともに過ごした日々のことを書き記している。

★『伯林夜話』に入っている短編の多くはシャルロッテンブルクあたりがよく舞台になっており、「同じシヤアロッテンブルクでもKurfürstendammのやうな目抜きの場所になりますと、伯林本市のカフエにも負けないやうな立派なカフエがあるのですが、大通りとは言つてもここいらは場末ですから、とてもそんな気の利いた家はないのです」(「?を売る男」)とされているのはBerliner Strasseという通りである。シャルロッテンブルクはベルリンでも新市街で、そこの目抜き通りがクーアフュルステンダムであった。

図版は、クーアフュルステンダムの絵葉書。

幸ひ卒業制作も書きあげてしまつてゐたので、毎日、彼に随いては芝居を見歩いた。時には、マチネェと夜の公演をぶつ続けて見る事もあつた。イプセン、ストリントベルヂ、ハウプトマン、シッラァの戯曲はもとより、ゲェテもレッスィングも、いや時には、モルナァの「リッリオム」さへ見逃さうとはしなかつた。そのセゾンには、ドイツ座で、特にシェエクスピア・ツィクルスの上演があつたので、ラインハルトの演出はあまり好きでない私ではあつたが、その全部をも見通した。芝居が済むと、いつも行きつけのカフェェにゆき、そこで夜中まで、演劇を中心としての芸術論が戦はされた。さうした席には、もとより斎藤も一緒だつた。私は貪るやうに、あらゆる疑点について質問した。そしてそれは、いつも快く説き明かされた。時には、斎藤と小山内君の間に、烈しい議論の戦はされることもあつた。もとより斎藤は小山内の敵ではなかつた。然し斎藤も、時には鋭く小山内を衝いて、容易に屈伏しない。それを聞いてゐるのも、私にとつてはいい勉強と刺戟になつた。

斎藤とは斎藤佳三のことで、山田耕筰とは東京音楽学校で一緒だったが、その後、東京美術学校へ移った。斎藤は伊藤道郎と同じ船で、小山内より一ヵ月早く日本を出港していた。この三人のつながりが、帰国後の新劇場（一九一六年六月に帝劇で第一回公演）の運動などに結びついてゆく。新劇場で斎藤は背景や衣装を担当した。

『若き日の狂詩曲』には一九一〇年のこととして、ある夜、知人に誘われて日本人専門の娼館へ行き、そこで出会った「梟」というあだ名のごく大人しい人柄のドイツ人女性が、

近代舞踊と私の新作に就て
齋藤佳三

★斎藤佳三は、絵画、デザイン、舞台美術と多方面に才能を見せた。「近代舞踊と私の新作に就て」（『中央美術』一九二二年三月）では、クーアフュルステンダムのオペラ座ではじめてイサドラ・ダンカンのダンスを見た感激を語り、ダルクローズを語り、石井漠の舞踊のために作曲した「円光は人に見えず」「道成寺の幻想」について語る。彼にとってもベルリン体験は非常に重要なものであった。

やがて生活苦から自殺をしてしまうという話がある。小山内薫の短編「みゝずくの話」(『文章世界』一九一四年五月、『伯林夜話』に収録)にもほぼ同じ身の上の女性が出てくるので、同一の素材に基づくものと思われ、こうした話題も山田や斎藤との交流の中でしばしば交わされたことがわかる。二七歳という若い山田にとって、小山内はあらゆる意味で影響力を持った。都会の歓楽を描いた小説『大川端』(籾山書店、一九一三年)を刊行したばかりの小山内である。彼から「君はまだ、デカダンスの何ものかを考えても見ないとの事だが、それでは少し頼りなさ過ぎる」と言われた山田は動揺し、一時期、遊蕩にふけったという。なお、短編集『伯林夜話』は、集中の「Tokio の消印」により、発禁となっている。

小山内は、この洋行でベルリンの他、ドレスデン近郊へレラウにあるダルクローズ学校を訪ねたり、ノルウェーでイプセンの墓に参ったり、ロンドンのドルリーレーン劇場でフォーブス・ロバートソンの引退興業「ハムレット」を見たり、パリでバレー・リュッスを見たりした。そして、一九一三年八月八日に神戸に着いた。

「舞台監督の任務と権威」(『演芸画報』一九二二年三月)では、ヨーロッパへ行って「舞台監督」の仕事について考えたことを次のように語っている。

> 旅行は僅々半年あまりだつた。併《しか》し、私は日本で出来るだけの予備知識と多少の経験とを携へて行つたから、それなしに行つた人の四年や五年には当つたと信じてゐる。併し、私の欧羅巴へ担いで行つた、「疑問」の荷物は、日本へ帰つて見ると、一層大きくなつてゐた。私はどうしても、この大きな荷物の堅く結ばれた紐を解かうと思つた。私は理論や美学で、到底それの解けないのを知つてゐた。

★築地帽をかぶった小山内薫(『小山内薫全集』第六巻、春陽堂、一九二九年)。築地帽とは、土方与志がドイツから持ち帰ったアルバイター・ミュッツェという労働者のかぶる帽子のこと。築地小劇場の団員が欲しがったため、衣装部にいた土方梅子がこれを作った。築地小劇場の人たちがかぶったことから、築地帽という呼び名が生まれた。

これは一九二二年の思いである。翌年の暮れには、土方与志が関東大震災の知らせにベルリン遊学を打ち切って急遽帰国し、小山内のもとに新しい演劇運動を立ち上げる相談に訪れた。ここから築地小劇場が誕生する。そしてその実践の中で、小山内は引き続き「疑問」と取り組んでゆくのである。

（宮内淳子）

★一九二四年六月一三日に開場した築地小劇場。日本で最初の新劇の常設館となった。建坪八〇坪。京橋区築地二丁目二五番地に建てられた。その後移転・改築などを経て、一九四五年に東京大空襲で全焼した。

2 ワイマール共和国の誕生

1914-1922

「戦争は来れり」

郡虎彦は「伯林通信」（『白樺』一九一四年七月）に、一九一三年一一月にドイツ座でのシェークスピア・チクルスを見にベルリンへやってきたときのことを書いている。パリやミュンヘンを経てきた郡の眼に、ベルリンは都会らしい情味に欠けた街に見えたが、広告塔を見ると、「Paul Cassirer ではゴッホの展覧会がある。Anna Pawlowaが来て四日ばかり踊る、ウエーデキント夫妻が来てつゞけて、自分の作物をチクルスに、ラインハルトの Kammerspiele で演じる、ラインハルトはまた Sumurun 以上に評判を取つた Vollmoller の『奇蹟』をまだつゞけてゐる」と、活発な芸術活動が行われていた。とても予定通りに帰ることはできなくなって、まずゴッホ展に足を延ばしている。しかし、この約半年後に戦争が始まると、広告塔も一変する。山田潤二の『伯林脱出記』（千章館、一九一五年）には、「晴天の霹靂、戦争は来れり、見よ市中到る処の広告塔は赤紙に変ぜり。千九百十四年八月一日午後五時全独逸の動員令は降れり」とある。山田潤二は満鉄社員としてベルリンに派遣されている最中、開戦の日に出会ってしまったのである。

一九一四年六月二八日にオーストリアの帝位継承者フェルディナント大公がサラエヴォで暗殺されたのが発端となり、オーストリアを支持するドイツは八月一日にロシアに、三日にフランスに宣戦を布告した。四日にはドイツ軍がベルギーに侵入し、イギリスと開戦。第一次世界大戦が始まった。

河上肇は、ロシアに宣戦布告した日、ベルリンにいた。街の様子を見るためフリードリヒ街へ出ていったときのことを、『祖国を顧みて』（実業之日本社、一九一五年）に、次のように記している。

> 私の今居る家の前も、狂喜せる群集に殆ど立錐の地も無い。絶えず行列が通る。是等の行列は先頭に独墺伊三国の国旗を立て、之に従ふ群集には約三分の一の婦人が見える。彼等は声を合わせてドイッチュランド、ドイッチュランド、ユーバー、アルレス（独逸々々、万国一の独逸）を高唱しながら四辻に来ると、上下呼応して、旗を振り帽を振りつゝホッホ、ホッホを連呼するのである。号外も絶えず出る。本紙大の号外を積んだ各新聞社の自動車が絶えずやって来て、車の上から其号外を八方に向けて投げる。すると群集は、麩を争ふ鯉の如く、之を奪ひ合ふ。

彼等は常勝ドイツ軍という誇りに満ちていて、負けることなど考えてもいない様子だった。河上は、はじめベルリンに居残って非常時の経済の変わり方を自分の眼で見ようと決意したが、一四日に日本大使館から日独開戦が近づいているから即刻退去するようにとの通知があった。あわてて銀行から金を下ろし汽車の切符を買う。「停車場でも銀行でも、吾々の行く所には必ず十名近くの日本人が居る。皆慌てゝ逃げ出す連中なのである」「独逸の国境は十八日までは無事に通れたが、十九日には早や二人の日本人が拘留されたと云ふ話。何も彼も置いて来たのは不便至極だが併し生命と手足だけ無事に持ち出した以上、此際祝はなければ為らぬ訳である」（『祖国を顧みて』）という切迫した状況だった。

山田潤二の方もまた、「伯林の在留者は此の日及び翌十五日を以て大半和蘭に向ひ、地方在留者は飛電に接し蒼皇荷物を捨てゝ伯林に出しもの辛うじて免るゝことを得、先蹤を踏みて和蘭に走れり」（『伯林脱出記』）と書いている。続々と国外へ脱出する邦人を見て、ベルリンに踏み止まっていたかった山田も八月一七日の夜、オランダ経由でイギリスに向かった。日本は八月二三日にドイツに宣戦布告している。多くの日本人がベルリンを去り、五年後にヴェルサイユ条約が結ばれるまで、戻れなかった。

敗戦と皇帝退位

ゲオルゲ・グロスは、一九一四年一一月から翌年の一月まで、西部戦線で戦い、五月に除隊となる。この体験を通して、戦場がいかに人間性を殺すか、開戦時の国民の高揚がいかに中身のないものだったかを痛感したグロスは、戦場からベルリンに戻るや、独自の絵を描き始める。早くにグロスを日本に紹介した村山知義は、「ゲオルゲ・グロッス」（『アトリヱ』一九二六年一月）で、「彼は芸術に対するロマンテイックな信念を失ひ、同時に人生の悪に眼ざめた。芸術家並びに芸術家たらむとするものの最大の危険は、彼が芸術といふ阿片を持つてゐるがために、人生の根本悪に眼ざめ得ないことである」と述べている。戦場でこのような「目ざめ」を得た人々は少なくなかったはずだ。

演出家のエルヴィン・ピスカートルは、大戦が始まったとき二〇歳だった。早くから俳優を目指していたが、招集されてベルギー北西部のイープル戦線に送られる。村山知義が翻訳したピスカートル著『左翼劇場』（中央公論社、一九三一年）には、そのときの体験が次のように回想されている。

> 我々は進軍する。イープルの戦線。ドイツ軍は一九一五年のあの有名な春の攻勢のたゞ中にあつた。始めて毒ガスが吹きまくつた。英国人の死骸とドイツ人の死骸が、憂欝な灰色のフランデルンの空に向つて悪臭を放散した。我々の中隊は人員がどんどん減少する。それを補充しなければならない。最前線に進入する前に、我々は幾度か前進し、退却させられた。その中に或る時、最初の榴弾が来た。散開の命令と塹壕にはいれの命令。私は伏す。心臓が動悸を打つ。

俳優志望だった彼は戦場において非力で、生死の境にあるというのに塹壕掘りもままならない。自分の選んだ仕事のことや死のことなどを考え続けたという。こうした迷いは生還したから語れることで、画家のアウグスト・マッケ、フランツ・マルク、詩人のアルフレート・リヒテンシュタイン、アウグスト・シュトラムらは戦死して戻らなかった。

はじめドイツ軍は東部戦線タンネンベルクで勝利するが、九月のマルヌの会戦でその快進撃は止まり膠着状態が続くようになる。一九一六年二月に始まったヴェルダンの戦いでは一二月までに、ドイツ兵三三万五〇〇〇人、フランス兵三六万人が死亡した。一九一七年一月、ドイツが無制限Uボート戦を布告し、これをきっかけに、四月、アメリカがドイツに宣戦。ロシアでは二月革命でロマノフ王朝が滅び、続く一〇月革命によりソヴィエト政権が樹立される。大きな変革のうねりが、ドイツにまで伝わってきた。その上、国内では物資も食料も不足し、はじめは勝利を確信していた国民の中に、この戦争はいつまで続くのだろうといった動揺が広がっていた。

一九一八年三月、西部戦線でドイツ軍が大攻勢をしたものの、一ヵ月後にはそれも止み、事態は打開の仕様がなくなった。一一月になると、キール軍港のドイツ水兵が出航命令を拒否し、拒否した者が拘禁されるや、これに抗議する水兵が武装蜂起した。市民も同調して、ドイツ革命の始まりとなる。のちにドイツ共産党の基礎を成したスパルタクス団の指導者、ローザ・ルクセンブルクとカール・リープクネヒトは、革命的オプロイテ（職場活動家集団）と共同して、帝政打倒と社会主義共和国を打ち建てることを訴え、これに呼応してベルリンでゼネスト、市中デモが始まる。ヴィルヘルム二世が退位して君主制は終わり、一一月九日、フィリップ・シャイデマンにより共和国宣言が行なわれた。カール・リープクネヒトもドイツ自由社会主義共和国成立を宣言しており、共和派の中が、議会制民主主義国家にしようとする穏健派と、ソヴィエト共和国にしようとする急進派に分かれてしまった。これが、翌年に内乱の起きる源となる。一一日、連合国からの休戦条約文にドイツ全権団が調印した。

一九一九年一月一五日、一〇日間にわたった大々的な反政府デモは武力で鎮圧され、スパルタクス団は政府軍に敗れる。混乱の中、ローザ・ルクセンブルクとカール・リープクネヒトが反革命勢力により殺された。芥川龍之介「玄鶴山房」（『中央公論』一九二七年一月）には、末尾に大学生がリープクネヒトの『追憶録』を読むところがあるが、このリープクネヒトはカールの父のヴィルヘルムであったのにもかかわらず、当時はカールとして読んだ人もあった。これは、カール・リープクネヒトの悲劇的な死が日本でも広く伝えられ、読者の記憶に残っていたためと思われる。

暗殺はその後も続き、二月にはバイエルンの首相であったクルト・アイスナーが、一一月には独立社会民主党の党首フーゴー・ハーゼが犠牲となった。こうした右翼による要人暗殺に政府が厳しい対処をしなかったため、ワイマール共和国時代に同様の事件が何件も起きて、共和国自体の足元を揺るがしたのである。また、はじめ戦況がドイツ有利に見えたため、敗戦という結果が信じられず、敗因は軍事勢力の問題ではなく、反戦運動やストライキといった国内の動きが原因だったと思いたがる傾向が生まれた。これが共和国成立後に、反共和国側に利用され、民主主義からファシズムへ、そしてユダヤ人攻撃へとなだれを打ってゆく素地を成した。

ワイマール文化の隆盛

一九一九年一月一八日、ヴェルサイユ講和会議が開催され、日本からは西園寺公望、牧野伸顕が全権委員に任命されて参加した。一月一九日、二〇歳以上の男女が平等に選挙権を得て、ドイツ国民議会の最初の選挙が行なわれる。当選した議員は二月六日、またどのような騒乱が起きるかわからないベルリンを避けてワイマールに招集された。この国民議会により、初代大統領に社会民主党のフリードリヒ・エーベルト、首相にフィリップ・シャイデマン、国防相にグスタフ・ノスケらが選ばれた。ワイマール共和国は、憲法制定、国内の飢餓の解消、秩序の回復、軍隊の帰還等々の緊急の問題を抱えていたし、敗戦国として戦争責任と賠償を問われる旧敵国との交渉が待っていた。それらは容易に解決できるものではなかったので、議会は何度も危機的状況に見舞われ、ワイマール共和国では内閣の交代が頻繁に行なわれることとなった。

一九一九年六月二八日、ヴェルサイユ条約調印。この条約は、敗戦国ドイツに非常に厳しいもので、エルザス・ロートリンゲン、ポーランド回廊その他の土地と植民地を失い、軍備縮小、多額の賠償金支払い、そして戦争責任のすべてがドイツにあったことを認めるよう要請された。この条約にドイツ国民は、物質的にも精神的にも苦しむこととなる。一九一九年八月一一日、新ドイツ国憲法が公布され、国内秩序回復のための土台作りが進んだものの、翌年、右翼政治家ヴォルフガング・カップが共和国に対して起こしたクーデターであるカップ一揆が起き、まだまだ混乱は続いた。

名倉聞一『共和国独逸』(大阪屋号書店、一九二二年)は、一九一九年一〇月から一九二一年四月まで、朝日新聞特派員としてドイツに滞在して書いた通信をまとめたものである。一九一九年一一月九日の革命記念日に取材した「雪の日の革命記念日」には、革命記念日に予想された騒乱は起きず、社会民主党の大会の演説では、シャイデマンが「独逸の過激思想を終息せしめんが為に働け」と演説を締め括ったとある。この時点で、共和国政府にとっての脅威はファシズムよりも極左勢力であった。また独立社会民主党の方は、カール・リープクネヒトとローザ・ルクセンブルクの墓に花輪を捧げ、数千人を集めたが、デモは官憲によって阻止されたとある。ロシア革命後、ソヴィエト政権は世界革命の構想中にドイツを入れたけれども、それは実現しなかったのである。

敗戦、君主制の終わり、共和国成立といった激変で古い世界は崩壊し、しかしまだ新しい秩序は生まれない。この不安定な政情の中、のちにワイマール文化と呼ばれるものがさまざまなジャンルで活発化していた。ナチス政権樹立後は芸術家の活動が著しく狭められてしまったため、余計にワイマール文化の豊かさが際立ち、「黄金の二〇年代」と呼ばれる。

一九一九年だけでもさまざまな新しい芸術活動が起きているので、続けて述べておくと、一月三一日に、ゲオルク・カイザー「朝から夜中まで」がベルリンで上演される。二月一五日、ダダの雑誌『誰もが自分のフットボール』が創刊される。四月、ヴァルター・グロピウスを校長としてバウハウスが発足。五月四日、一一月革命後、最初の「ダダの夕べ」が開かれる。九月一八日、エルンスト・ルビッチュ監督「パッション」が、ベルリン最大の映画館ウーファ・パラスト・アム・ツォーで封切られる。九月三〇日、ベルリンの劇場トリビューネで、エルンスト・トラー「変転」が上演される。一一月、マックス・ラインハルトはフリードリヒ街の曲馬場を改造して、大劇場グローセス・シャウシュピールハウスを作り、その地下には戦争中閉鎖していたキャバレー「響きと煙（シャル・ウント・ラウホ）」を再開させる。キャバレーは他に、「誇大妄想狂（グレーセンヴァーン）」や「騒乱舞台（ヴィルデ・ビューネ）」と続いて開かれた。一二月、イエスナー演出の「ヴィルヘルム・テル」が上演され、イエスナー階段が使われる。

一九二〇年二月には、ローベルト・ヴィーネ監督「カリガリ」が、ベルリン・マルモルハウスで封切られた。日本では一九二一年五月に浅草キネマ倶楽部で封切られ、文学や美術に多くの影響を与えた。一九二二年、フリッツ・ラング監督「ドクトル・マブゼ」、F・W・ムルナウ監督「ノスフェラトウ」が封切られている。次第に日本人もベルリンに戻り、こうした新しい芸術に触れるようになってくる。一九二二年五月には、村山知義、永野芳光が、デュッセルドルフでの国際美術展と、国際進歩的芸術家同盟設立のための会議に参加した。

日本人の見た敗戦後のベルリン

生田葵『独逸哀話』（上弦書洞、一九二〇年）には、戦争によって生活を踏みにじられたドイツ人のありさまが小説として描き出されており、いつの時代でもどこの国でも、戦争の代償は名もなき庶民のうえにもっともむごいかたちで現れてくることを示している。

一九一九年一〇月一九日から一一月一日まで、諸国歴訪の途中、徳富蘆花と愛子がベルリンに滞在し、敗戦国の様子を見て、『日本から日本へ　西の巻』（金尾文淵堂、一九二一年）に次のように記している。

今朝初めて伯林を歩いて見て、今更のやうに皆の顔色にうたれた。Weimar《ワイマール》では、まだ此様ではなかつた。伯林に来て本当に戦敗独逸に来た感がある。皆蒼ざめて居る。然らずば、ドス黝《ぐろ》い。頬が出たり、眼に光が無かつたり、血の気がない顔ばかりである。それは新聞売りの子供も、Bagを提げたLadyも殆ど皆同様に光沢のない存在を示して居る。降伏――何と云ふても講和は降伏だ――の沈痛もあらう。然し問ふまでもなく栄養不良の結果だ。英吉利の封鎖兵糧攻めが如何に利いたかゞ分る。それを押しこらへた独逸の頑強もだが、その頑強を捻じつけた英吉利の苛辣《からつ》も頗るである。伯林を歩くのは、Dante《ダンテ》の地獄の一つを歩くのだ。

ドイツだけでなく、国内が戦場になったフランスなども消耗が激しかった。戦場が遠かった日本人がドイツの疲弊を見る眼は、同情するゆとりがある点も含めて、傍観者的である。

朝日新聞特派員名倉聞一は、一九一九年一一月、ウンター・デン・リンデンのカフェ・ヴィクトリアで見た光景を「二人の娘はお茶の方だけ取つて、何か紙包をぱりくさしてゐたが、取り出したものは黒パンである。それを虚栄盛りの娘が恥しげもなく、カフェーの隅で食べるのである。周囲のお客は誰も不思議に思ふ者はない」とし、また、「私の居るカイザーホーフと云ふ旅館は伯林一流のホテルであるにも拘らず十四日の朝から朝のコーヒに砂糖を貰ふことが出来ない」「道を歩いてゐる人で新しい服を着た人、または立派な靴を穿いた人は大抵外国人である」(『共和国独逸』)という記事を書いている。

物資の欠乏は戦時中から深刻であったが、その上、ドイツは、一九二二年から急激なインフレに見舞われた。一九一四年の公式交換レートは一ドルが四マルク二〇ペニヒだったのが、一九二一年は二七〇マルク、一九二三年八月はじめは一一〇万マルク、さらには一億六〇〇〇万マルクと続落する。これは、資産運用や給与所得で生活していた者、年金生活者らに大きな打撃を与え、破産者も多数生じた。

黒田礼二は「蝙蝠日記」(『解放』一九二二年六月)の中で、「欧州戦争の齎した偉大な社会的効果は不必要な人間を必要な人間にしたことだ。公債や株券の利子で手を束ねて居ても別荘へ自動車で往来の出来た人間も何かしら労働せねばならぬ様にしたことだ。戦争がそれを教へたのだ」とし、国民がおしなべて貧困化し、高踏的な芸術はもはや息の根を止められたと書いている。戦後のベルリンに滞在した日本人の多くが、ドイツ人宅の一部屋を借りて住んだが、マルク安のときに外国人の下宿人を置くのは、この時期のドイツ人にとって貴重な収入源であった。

一九二二年にベルリンに滞在していた村山知義は、小説「一九二二年」(『文芸市場』一九二六年七月)の中で、マルク安のドイツで傍若無人に振舞う日本人のすがたを描いている。

マルクがさがつた！
外国人共はワッとばかりにドイッチエス・バンクに駆け込む。大きな鞄の口を出来るだけ大きくあけて、紫や赤や緑の札をギシギシとつめ込む。
待合室で顔にホータイをした髭の生えた日本人が一団の日本人に取り巻かれて得意満面で泡を吹きながらしやべつてゐる。だつて君、考へて見給へ、俺達はいやしくも日本人ぢやないか、そこで俺とあとの四人とはづかづかと踊場へあがりこむなり、踊つてゐる毛唐共に眼もくれず真直にオーケストラの所へ行つて、俺達のナショナル・ソングをやれと命じたんだ、楽長の奴眼を白黒させて、この一曲が済んだら、と云やがつた、そこで俺は大声をあげて、踊りを止めろ！帽子を取れ！俺達のナショナルソングが始まるんだ！と怒鳴つて札束をオーケストラの頭から降らしてやつた、すると始めたわい、

一方、一九二二年に帰国する際、マルク安のおかげで大量の楽譜や文献を購入でき、シェーンベルクといった新しい音楽を紹介し得た信時潔のような事例（後藤暢子「日本における表現主義音楽の受容」、『思想』一九八四年九月）もある。

いずれにせよドイツにとっては危機的状況であった。一九二一年に元蔵相マティアス・エルツベルガーが、一九二二年には外相ヴァルター・ラーテナウが暗殺された。ドイツの現状に対する憤りを政府の要人やユダヤ人に向ける動きが、右翼勢力を勢いづかせていた。賠償金問題は切迫しており、一一月にはフランスから賠償金が支払われなければ、ドイツの工業の心臓部ルール地方を占領すると宣告され、ついに翌年にはルール占領に至るのである。

（宮内淳子）

山田潤二（1885-1961）——ベルリン脱出

第一次大戦の勃発

山田潤二《やまだじゅんじ》は東京帝大法科大学政治科を卒業後、満鉄（南満州鉄道株式会社）勤務を経て再び東京帝大法科大学の独法科に入学した。卒業後、一九二二年に大阪毎日新聞に入社。論説委員、取締役、東京日日新聞の営業局長、監査役、常務取締役となった。一九四二年には専務取締役・西部本社代表となり、四四年には毎日新聞経営のマニラ新聞社長となる。さらに一九五三年には毎日球団の社長となり、野球界を牽引した。

山田が大連を発ってヨーロッパに向かったのは、満鉄勤務時代の一九一三年一月一日のことである。モスクワを経てベルリンに着いたのは一月一五日の午前三時であった。ベルリンが「白昼を欺く明るさを以て私の眼の前に展開した時、其市に磅礴する新興国の気運を感得して私は思はず快哉を叫びました」（『赤心録』民友社、一九二一年）と山田は書いている。国の繁栄はその首都の明るさで判断できるともいわれる。まばゆいばかりのベルリンは、不屈のエネルギーに満ちているようであった。

この時、山田と共にこのまばゆいベルリンを見ていたのは平野万里である。平野は山田と同い年だ。東大の応用化学科を卒業し、横浜硝子製造会社に就職したが、一九一〇年に満鉄中央試験所技師となっている。山田と平野は同じ満鉄社員としてドイツに派遣された

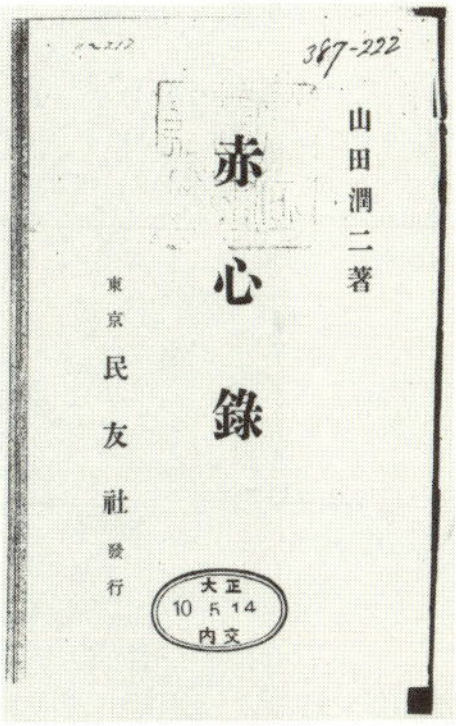

★山田潤二『赤心録』（民友社、一九二一年）の内扉。山田はベルリンで満鉄への思いをしたためた。「予は今欣然として此稿を草す、蓋殖民地の経営を論ぜんとするもの及殖民会社の事業竝成績を評せんとする人士に対して特に一顧を請はんと欲するものあればなり。身異郷に在りて雲煙遠き満洲の天を望み、遥に想を其将来に馳せつゝ筆をやれば、筆端逸りて奔馬の如し。（大正二年三月伯林にて）」とある。

のであった。

　山田はそれからベルリンに約一年半をすごし、東ドイツの内地植民地方に一ヵ月を暮らした。その後第一次大戦の勃発により、一九一四年八月一七日にベルリンを脱出して英国に渡った。『伯林脱出記』（千章館、一九一五年）は、生々しいベルリン脱出の模様を描いたものである。彼の弟によって書かれた序によると、一九一四年一〇月二一日付の手紙には、英国から郵船香取に乗って帰ると書かれており、「此際帰国する事は実に不本意千万ながら奉公の身は詮方なく」、しぶしぶ日本に帰るということだった。しかし一二月三日付の手紙には、「会社は小生の切望を容れて米国経由の旅費を与へ呉れ候」とある。結局、一二月一一日にリヴァプールから船で大西洋を渡り、アメリカへ行き、横浜に帰着するのは一九一五年一月三日のことである。それからは東京支社の経済調査局に勤務し、一〇月二一日には再び大連へ向かっている。

　オーストリアの皇太子が暗殺されたのは一九一四年六月二八日であった。その頃山田は東プロイセンの海浜にいた。植民政策の実態を調べるため、有名な内地植民の実況を見学しようと、一週間の予定で行ったが、そのまましばらく逗留していたのだった。風雲急を告げるニュースをその地で聞いた山田は、「脚下に湧く暗雲を瞰むは会心事なり」（『伯林脱出記』）と、ベルリンに急ぎ帰った。

　この戦争勃発を「愉快なるかな」と感じた理由を、彼は忌憚なくこう述べている。「物に誇り力に驕ることのみを知る白色人種の困憊と、傲岸不遜常に我等を蔑視し虐遇せる欧州諸国の疲弊とに乗じ、隠忍幾歳月、満を持して動かざりし吾日本帝国が蹶起雄飛して万代の長計を確立すべき千載一遇の秋なり」（『伯林脱出記』）。ヨーロッパに対する屈折した思い

★山田潤二の肖像。「東普より風雲を望んで伯林に向ふ著者」とある。一九一四年七月、東プロイセンに滞在していた山田が戦争勃発の知らせを聞き、急ぎベルリンへ向かった時である（山田潤二『伯林脱出記』千章館、一九一五年）。

と、威勢のよかった時代の日本の戦争観が窺えるようだ。さらには今度の戦争が、「長大足の進歩を遂げたる科学の智識をあらん限り応用し尽したる新活劇」と期待している。最新技術を応用した飛行機や戦艦による戦闘を、この時点で山田はスペクタクル活劇のように感じているのだ。そこには恐怖も不安もみじんも感じられない。山田はどうあってもベルリンに留まってこの一大活劇を体験するつもりで腹をくくっているのだ。

戦争突入の騒動

当事者のドイツ国民も血をたぎらせている。窓の外にフラー、フラーと聞こえるのは示威運動の雄叫びである。オーストリアについてロシアと戦うべしと、群衆が国歌を高唱しつつ歩く。王城前で万歳をし、ブランデンブルク門を過ぎて国会議事堂前のビスマルク像に向かって万歳、最後にオーストリア大使館前で声援激励するというデモンストレーションである。この運動は日を追って盛んとなり、八月一日午後五時ついに動員令が下ると、最高潮に達した。その様子を山田は「右往左来、疾走、佇立、団集、群哮、酔へるが如く、狂へるが如く、憤るあり、哭くあり、訴うるもの、叫ぶもの、騒然亦愴然。擾々亦愁々、あゝ誰の筆か克く之を形容名状するを得ん」(『伯林脱出記』)と書いた。

この日山田は友人と馬車で市中見物をしたが、ウンター・デン・リンデンに到るや一歩も進めない混雑ぶりである。馬車を降り、雑踏の中を肩をぶつからせながら王城に向かった。王城前は、ほとんど立錐の余地もない。カイザーがバルコニーに出て勅語を述べるのを洩らさず聞こうというのである。歓声と万歳が響き渡った。

Gratis! Extra-Blatt. Gratis!

Berliner Tageblatt

und Handels-Zeitung

Deutschland in Kriegszustand.

Wie am Schlusse einer Beratung, die heute mittag im Reichskanzlerpalais stattfand und bis 1 Uhr dauerte, amtlich kundgegeben wird, hat infolge der andauernden und bedrohlichen Rüstungen Rußlands der Kaiser auf Grund des Artikels 68 der Reichsverfassung Deutschland in Kriegszustand erklärt. Es handelt sich dabei um einen vorbereitenden Schritt, der aber einer Mobilisierung noch nicht gleichkommt. Der Kaiser verlegt, wie wir erfahren, im Laufe des Nachmittags seine Residenz von Potsdam nach Berlin.

戒嚴令號外

★一九一四年七月三一日に発行された『伯林日報』の号外。山田潤二の翻訳によると内容は次の通り。「戦時状態に入れる独逸――本日正午宰相官邸に開かれたる会議は一時まで継続し其結果公表せられたる処に拠れば、カイザーは露国の脅迫的戦備の依然続行せらるゝに備へんが為に帝国憲法第六十八条の条規に基き独逸の戦時状態に入れることを宣布せりと、猶動員は之に依りて直に行はれざるも其準備の第一着歩に外ならず。聞く所によればカイザーは本日午後中ポッツダムより伯林の居城に移ると。」(山田潤二『伯林脱出記』千章館、一九一五年)。

しかし高揚した気分は、たちまち現実に引き戻される。日本からの郵便物はすでに七月一四日付をもって最後となっていた。ドイツからの郵便物はすべてドイツ語で書かねばならず、開封され検閲を受ける。塩やじゃがいもの値段が二倍、三倍に騰貴する。かつて二万台を越えたベルリンの自動車が、今や数えるほどしかない。運転手は徴集され、かわりに地理も運転もおぼつかない人間がハンドルをにぎる。ガソリンは軍用に供され、アルコールを使用したりしている。鉄道の発着は不確定となり、外国行きは無論のこと、ドイツ内地への交通も閉ざされがちである。

またポアンカレが暗殺された、フランス人スパイがコレラ菌を水道に投じた、などといった流言蜚語も盛んに流れた。日本人にとっては都合のよい流言もあり、日本がロシアに宣戦布告し、ドイツと共に戦うことになったというのである。日露戦争を覚えているドイツ人たちはこれを信じ、日本人を見ると帽子をとって「フラー、ヤパン」と叫び、さらには近寄って胴上げをする始末である。

しかし喧騒の十数日がすぎると、ベルリンの街を不気味な静けさが覆った。ベルリンの誇った歌舞場や演劇場は閉鎖され、光かがやいていた電灯広告が取り外された。中でもピカデリー・カフェなどといった外国語を使った名称は、ことごとく改称せざるを得なかった。ビール醸造のための小麦は食料として貯蔵される。多くの店が閉店し、貸家や貸間の札が至る所に見られるようになった。「沈寂、真に沈寂。思へば思へばげに変り果てたる伯林かな」(『伯林脱出記』)と、さすがの山田も胸に迫るものがあったようだ。

八月五日には日本大使館が在留民に注意書を送った。日本からの送金が困難になりつつあるため十分節約すること、いらぬ反感を買うことのないよう言語を慎むこと、身元を証

★山田潤二の肖像。「伯林にて胴揚げせられたる当時の著者」とある。一九一四年八月、日本がロシアに宣戦布告し、ドイツと共に戦うことになったとの誤報により、ベルリンの街を歩く多くの日本人が胴上げされた(山田潤二『伯林脱出記』千章館、一九一五年)。

明するものを常時携帯すること、帰朝する際には日本船または中立国の船に乗ること、等である。街中はいよいよ不穏となり、外国人がリンチにあうことも多くなった。ドイツ人は国旗を記章として衣服につけ、外国人も自国の国旗を身につけた。山田は国旗なしでも日本人とすぐわかり、数日前までは胴上げされていたものを、同盟国イギリスが参戦したことで雲行きが変わりつつあった。

　やがて国民軍の召集と志願兵の増加で、女車掌が登場した。男子用の服と帽子を身につけ、電車の発着ごとによろめいて客に助けられる始末である。女性の中でも出征軍人の妻は、政府から扶助料をもらっているが、未婚の女は経済的に困窮する。当時ベルリンにおける失業婦人は五万人となり、失職自殺者も多かったようだ。

　満鉄からの留学はその大半がドイツであったという。この時も満鉄からの留学生が二三名ドイツに滞在していた。情報を得に、身元保証書を交付してもらいに、あるいは金を借りに、彼らは連日のように日本大使館に集った。大使館の応接室は人があふれ、日本倶楽部や松下旅館も常に満員である。相談の結果、ベルリンを退去してオランダに向かう同僚の多い中、山田はやはりベルリンに留まるつもりである。「旦に夕に移り往く経済現象を坐し乍ら観察し得るは、十年枯据机辺に蹲るに勝る、宝の山に入り乍ら手を空しくして還るは智に於て肯ぜざる所なり」（『伯林脱出記』）という理由からであった。

　経済現象は、たしかに刻々と悪化していった。日本倶楽部では「白米払底に付会員諸君心付きの節は各自購買持参を乞ふ」と掲示されており、客が米を持ち寄って食べなければならない。しかもメニューはスキヤキに限られた。商店では紙幣よりも絶対価値のある銀貨を保蔵したがり、安い日用の物を買うことが困難になった。同胞は次々と引き揚げてい

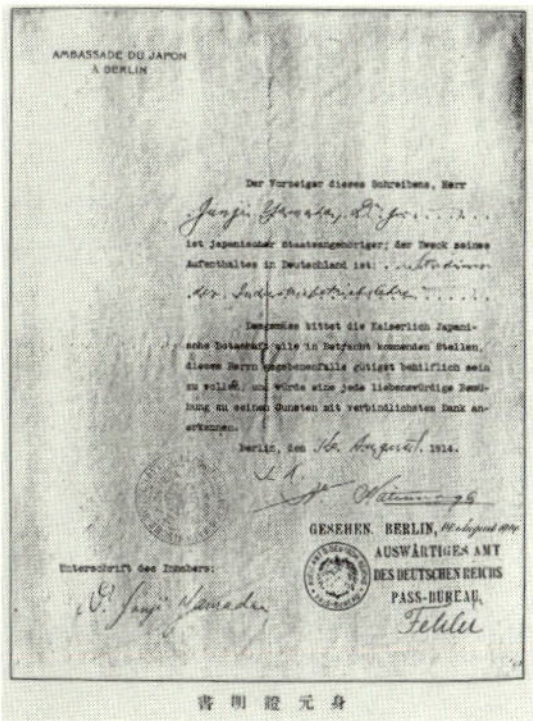
AMBASSADE DU JAPON
À BERLIN

Der Vorzeiger dieses Schreibens, Herr

ist japanischer Staatsangehöriger; der Zweck seines Aufenthaltes in Deutschland ist:

Demgemäss bittet die Kaiserlich Japanische Botschaft alle in Betracht kommenden Stellen, diesem Herrn gegebenenfalls gütigst behilflich sein zu wollen, und würde eine jede liebenswürdige Bemühung zu seinen Gunsten mit verbindlichsten Dank anerkennen.

Berlin, den 14. August 1914.

GESEHEN. BERLIN,
AUSWÄRTIGES AMT
DES DEUTSCHEN REICHS
PASS-BUREAU

Unterschrift des Inhabers:

身元證明書

★一九一四年八月一四日付で在ベルリン日本大使館より発行された山田潤二の身元証明書。山田の翻訳によると内容は次の通り。「伯林駐剳日本大使館証明――本書の携帯者法学士山田潤二氏は日本国民にして工業経営学研究の目的を以て独逸に滞在するものに候。従て日本帝国大使館は各位が時宜により懇篤なる援助を同人に与へられんことを依頼し併せて其厚意を予め奉感謝候／伯林／千九百十四年八月十四日／大使館書記官／代理署名者／松永直吉／検閲済／伯林／千九百十四年八月十四日／独逸帝国外務省旅券係／署名者／フェーラー／携帯者署名」（山田潤二『伯林脱出記』千章館、一九一五年）。

く。八月一四日には海軍士官のほぼ全員と陸軍士官の一部とは去った。一五日には陸軍士官のほぼ全部が引き揚げた。

そしてとうとう山田も八月一六日に決心を翻す。心配した船越光之丞代理大使から叱責を受けたからである。この日をもって日本倶楽部は閉鎖した。山田はめげずに残飯を所望し、キャベツ漬に熱湯を注いで食べた。翌一七日、いよいよ出発である。ドイツ銀行で両替をしようにも、イギリスの貨幣もオランダの貨幣もことごとく売り切れている。仕方なく所持金の大半をアメリカドルに替えた。松下旅館も閉めるという。最後にここで冷飯と佃煮と味噌汁の昼飯を所望した。夜一一時半、レールター駅からロンドンに向けて出発する。この時も平野万里と一緒である。共に煌煌たるベルリンに入った二人は、今光のない寂しいベルリンをあとにする。「哀れだネ」とつぶやくほか、終始無言の二人であった。

それぞれの脱出

河上肇は一八七九年生まれ。山田より六歳年長である。彼は京都帝国大学助教授であり、文部省の留学生として経済史および経済学史研究のため一九一三年一〇月、ヨーロッパに向かった。一年ほどヨーロッパをまわっていたが、山田と同じく第一次大戦勃発の日、ベルリンに滞在していた。一九一四年八月一日の動員令公布の際、彼もまたベルリンの大騒動を経験した。日本人とわかると胴上げをされたのは、河上も同じである。日本人がよく出入りしていたカフェ・ルイトポルドでは君が代が演奏され、日本大使館の前には何百という群衆がやってきてホッホ・ホッホ・ホッホ（万歳）を唱えるという具合だった。「愈々戦争が始

★一九一四年四月二五日付の河上肇より父忠にあてた絵葉書。「伯林は人口に於いてロンドン、パリに次ぐ世界第三位の都会にて、清潔の点に於いては世界第一と申す事に有之候。室は河田君の隣室に御座候。パリよりは安く候へ共、室の設備は雲泥の差有之、牢獄を出でゝ俄に宮殿に入るの感有之、大に満足罷在候間御安心被下度候。」とある（『河上肇全集24』岩波書店、一九八三年）。この約三カ月後に動員令が公布されるとは、夢にも思っていなかっただろう。

まつた上に、日本人大持てと来て居るから、之は面白い時に留学したものだと、私は密に悦んで居た」（『祖国を顧みて』実業之日本社、一九一五年）と、河上も山田同様、この時期にベルリンに居たことを喜んでいる。そして「今は戦時経済の大実験が行はれつゝある最中である。医科や理工科の人々は、大学の実験室が凡て閉鎖された以上、茲に居るのは全く駄目だと云つて居たが、吾々経済学の書生に云はせると、恰も其と反対で、今は独逸全国が非常経済の大実験室に充てられて居るのである」（『祖国を顧みて』）と、考えることも一緒で、河上は断固ベルリンに残る決心をした。

八月一日の動員令公布の日の様子を、河上も書き留めている。彼はフリードリヒ街とウンター・デン・リンデン街との交差点にあるカフェの二階に陣取って、その夜の大騒ぎをつぶさに観察した。「ドイッチュラント、ドイッチュラント、ユーバー、アルレス（万国一のドイツ）」と高唱しながら歩く群衆、号外を自動車の上からばらまく新聞社の社員、それを奪いあう人々、乗合自動車の二階から杖で号外を拾いあげる乗客、落ちて路傍にたまる帽子……。興奮と喧騒の一日であった。あたかも戦勝の祝日のごときこの日。大戦が彼らにどのような苦渋を強いることになるのか、この日ベルリン市民は誰も知らなかったのだ。

ベルリンに留まることを決心した河上はこの日から数日、大使館にも日本倶楽部へも行かず、やりかけた三浦梅園の『価原』の独訳を続けていたが、八月一四日になると状況が緊迫してきた。日本大使館に急ぐと警告が掲げられており、「今後送金の見込断然無之に付き此際一刻も早く帰朝致され度」などと書いてある。「一刻も早く」には点々までつけてある。どうやら非常事態らしいと察した河上は、即時退去の決心をし、八月一五日にロンドンに向けて出発した。

★一九一四年八月一六日付の河上肇より父忠にあてた絵葉書（『河上肇全集24』岩波書店、一九八三年）。「Letzten Tag in Deutschland」（ドイツ最後の日）と書かれており、ベルリンを脱出後、国境にて投函された。

河上が八月一四日に日本大使館で見た警告は、日本倶楽部や松下旅館にも貼られていた。船越代理大使が、なるべく多くの日本人を——当時ドイツ在住の日本人は五〇〇名にのぼっていたという——すみやかに退去させようとしたのである。八月二〇日、ドイツ官憲は日本人保護の名目で在留邦人を拘禁した。山田や河上のように、辛くも脱出して拘束を免れた者はよかったが、大使館の退去勧告に応じなかった者や交通不便のため脱出できなかった者は、拘束の憂き目にあった。船越は八月二三日アメリカ大使館を訪れ、「引揚後の残留同胞の保護について呉々も依頼し、それと共に保護費用及び大使館の家賃五ケ年分二十五万マルクを寄託して」（「伯林引揚げの前後」、『改造』一九三九年一〇月）帰館した。またこの日アメリカ大使館からグリュー参事官ほか二名が日本大使館に来て、「麻縄でからげた金庫三個、書簿、戸棚、銀製の食器箱等合計三十一個」（「伯林引揚げの前後」）を引き取った。日本大使館一行は八月二四日早朝シュレジッシャー駅から出発してオランダに向かった。船越は引き揚げ当時の感懐をこう記している。「同胞多是就帰程　遮莫国交間隙生　一片丹心有天識　戴星暁出伯林城」（「伯林引揚げの前後」）。この頃ベルリンを脱出してイギリスやオランダに向かった何百人もの日本人は、おそらくこの異様な雰囲気を終生忘れなかったことだろう。

（和田桂子）

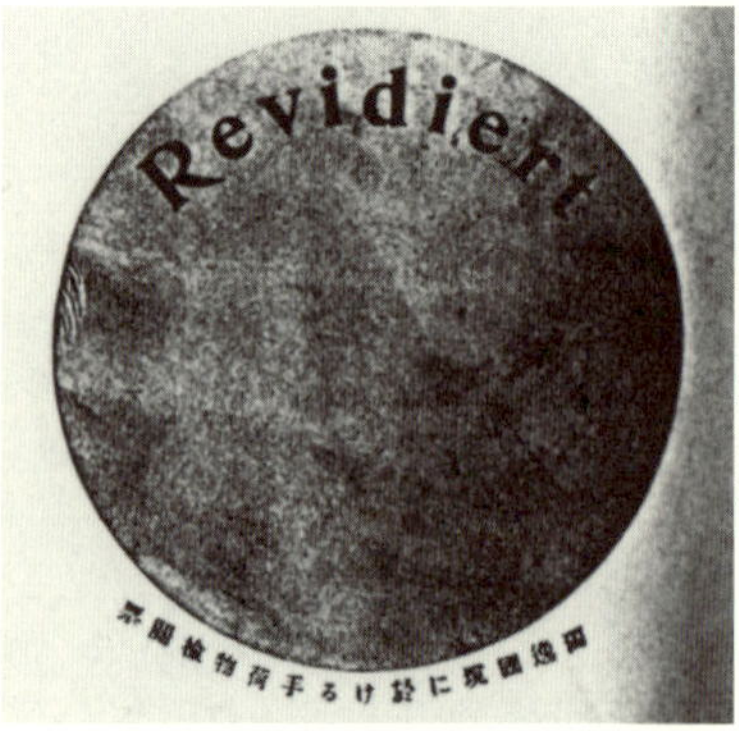

★山田潤二が持ち帰ったもので、右は「独逸国境に於ける手荷物検閲票」。左は「著者脱出当時伯林より国境ザルツベルゲンに至るに際し使用の鉄道切符」とある（山田潤二『伯林脱出記』千章館、一九一五年）。

黒田礼二（1890-1943）——多才なるジャーナリスト

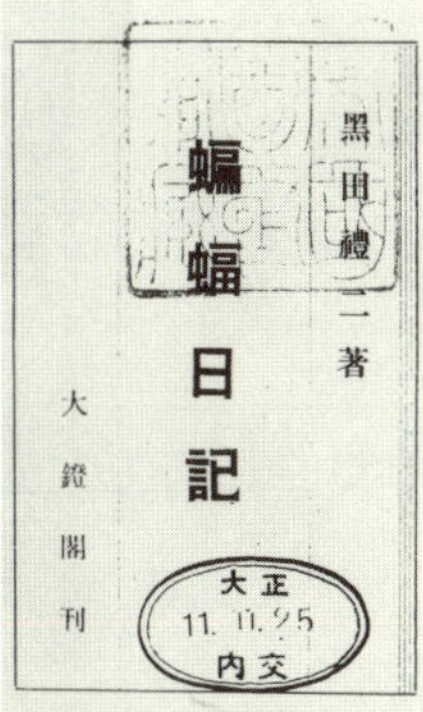

★黒田礼二『蝙蝠日記』（大鐙閣、一九二二年）の内扉。黒田は夜を徹してベルリンの社会観察にいそしみ、「九月十六日の朝七時頃、僕は唯一人アウグスブルグの下宿に帰つた。而して其の一日を蝙蝠の様に寝過ごした」とある。

ベルリンの社会見学

黒田礼二《くろだれいじ》は本名岡上守道《おかのえもりみち》で、一九一六年に東京帝国大学法科大学経済学科を卒業し、満鉄（南満州鉄道株式会社）に勤務した。一九一七年から野坂参三や佐野学らと「木曜会」でロシア革命を研究していたが、一九一八年に赤松克麿らが「新人会」を創立するとこれに加わった。筆名黒田礼二というのはクロポトキンとレーニンをつなぎ合わせたものであったらしい。またドイツ語もロシア語も堪能であったという。

一九二〇年に黒田は、第二回ＩＬＯ総会政府代表嘱託として、また解放社海外特派員としてドイツに渡る。四月末に東京を出て、ハンガリー経由でドイツに着き、その後再びハンガリーやチェコスロヴァキアをまわってようやくベルリンに落ち着いた。ベルリンでの生活は雑誌『解放』に連載され、のちに『蝙蝠日記』（大鐙閣、一九二二年）としてまとめられた。

『ベルリン大学の日本人学生 1920-1945』（Rudolf Hartmann, *Japanische Studenten an der Berliner Universität 1920-1945*, Mori-Ôgai-Gedenkstätte der Humboldt-Universität zu Berlin, 2003）によると、黒田は一九二一／二二年の冬学期から一九二二年の夏学期までベルリン大学に在籍している。学籍番号は五三〇七番。国家学を履修したとある。一九二〇年にすでにフランツ・オッペンハイマーの『国家論』を翻訳刊行している黒田にとって、恰好の科目だっただろう。一九二二年にはエルンスト・トラーの『変転』を、一九二三年にはゲオルク・カイザーの『瓦斯』なども訳している。また彼は大阪朝日新聞社のモスクワ特派員、ベルリン特派員を務め、一九三二年には帰国して論説委員となった。一九三四年には通信局長として再度ベルリンへ赴く。一九三六年に帰国後は朝日新聞社を退社し、『日独旬刊』の編集者となってドイツ事情を解説した。

黒田が最初に住んだアウグスブルガー街二三番地は、ユダヤ人のゲットーとして知られるところで、「能く言へば自由職業者、少し品を下げて言へば洋服細民、一寸学問的に言へばガイスチゲス・プロレタリアートの群居する裏町」(『蝙蝠日記』)であった。その路地裏にある地下室で、北向きの小さな窓が一つしかない部屋、しかも間口三メートル奥行五メートルほどの狭い部屋に黒田は住んだ。部屋代は月一五〇マルク、日本円にして六円であった。「地下室のすぐ前の階段は昼でも闇の様だ。燐寸をすつて自分の廊下の方へ出て、訪問客なら按摩の様に扉をさぐり当てる必要がある。もう階段から廊下に出るあたりは隣りの勝手口より来る下等な腸詰と腐つた梅の悪臭がむつと鼻を衝く」(『蝙蝠日記』)といった劣悪な住環境の中で、黒田はむしろ楽しんで毎日を過ごした。敗戦国の現況を体験するには、他の旅行者のようにホテル・エスプラナーデなどに滞在するわけにはいかなかったのだ。黒田の街の探索につきあってくれたのは、家主の長男ヨハン・コーエン君である。彼は貧しいながらベルリン大学で言語学と社会学の博士号を取っており、ベルリン社会の案内者としてうってつけの人材であった。彼とともに、黒田は積極的に街へ出掛けた。その様子は『蝙蝠日記』に詳しい。

★黒田礼二編輯の『日独旬刊』(一九三九年一〇月二五日)の表紙。この号で黒田は、「東亜新秩序建設の目的達成のために日独ソの親善関係を再興する」ことを提案した。

まずは卑近な例から。黒田の観察によると、ドイツ人は盛んに屁を放つ。「食ふ物も着物もないのに礼節もエチケツトも国民的特徴も愛国心もあつたものぢやない」のである。またベルリンでは男色が大流行だ。ニュルンベルク街五番地には有名な男色専門のお茶屋があった。それから同性・異性・変態を問わないミカド・カフェ、ゲイシャ・カフェ、ハラキリ・ロカーレ、サクラ・ヴィルトシャフト、ヨシハラ・カシノなど、エロチックな国として定評のあるらしい日本の名前を冠した店が多く存在した。黒田の観察眼は売春婦にも容赦がない。「伯林の女には伊太利流の熱情的な処もなく、維也納流のエレガンな点をも欠きブダペストの様な可憐な印象を吾人に与へることが出来ない。唯茫漠として何の印象も与へない様な女、衣裳が野暮臭くつて顔が下女の様な女が、夥しく顔に白粉と眉黛と頬紅とを塗り立てて徘徊して居る。まるでお化物の行列か、未来派の画を見る様だ」と書いた。黒田はまた、ユダヤ・ゲットーからクリスチャン・ゲットーをまわり、賭博場で一〇マルクをすり、泥棒市で金時計を値切って、熱心に社会研究をするのだった。

怪しいコカインの世界も黒田は書いている。「白い幽霊」「可愛い女」とも呼ばれる通称コークスは、カフェや酒場のテーブルをまわって来るチョコレート売りや花売りが、こっそり客と交渉して売りつける。その売買の方法や幻覚症状について、黒田は詳しく説明した。とはいっても黒田自身がこの世界に深入りしたわけではない。情報提供者はカフェ・デス・ヴェステンスの給仕人だった「傴僂《せむし》のリシヤード君」だという。「このカフエの名物にせむしの新聞運びがゐて、客の求めに応じて、せむしの瘤の両側に新聞挟みにはさんだ新聞を抱えて、込み合つた椅子の間を這ふやうに歩いてゐる」（秦豊吉『青春独逸男』文芸春秋社出版部、一九二九年）と秦豊吉が書いたのと同一人物に相違ない。

★黒田礼二『蝙蝠日記』（大鐙閣、一九二三年）に添えられた挿し絵。カフェの客にこっそりコカインを売りつけるボーイの姿が描かれている。

様々な場所に足を運び、表現主義やシュトゥルム運動の実態を知るにつれ、黒田はベルリンに求めていたものが違ってきたことに気づく。彼は階級闘争の実態を観察するため、またプロレタリアートの芸術を知るためにベルリンに来たのだった。しかし「絵画界に於けるスツルム運動を見ても又文字に於て、カイザアの『カレーの市民』などを読んで見ても単に推移時代の混沌として行き詰つた思想界、芸術界の有様を暗示するに過ぎないで、固有のプロレタリアートの芸術の方向をオリエンチーレンするものを一度も発見し得なかつた為め鮮なからず不満を抱い」たのだ。表現主義のプロレタリア芸術を擁護するというクロスター街の芸術避難所に招かれた時も、失望を感じた。ドイツは結局のところ「口に多数社会党を唱へても要するに生き残つたブルジョアの遣り繰り算段をして居る社会組織である」と黒田は見た。「従つて今日の独逸の芸術も行き詰つた小ブルジョア式思潮の最後屁式運動に過ぎない口にプロレタリアートを唱ふる丈けに却々以て眉唾物である」と手厳しい。そして「そろ〳〵独逸を見捨てゝ去らなければならぬ秋が来た様だ！」と黒田の結論は出た。しかし実際のところ、黒田のベルリン滞在はまだまだ続くのである。

ベルリンの人間模様

ベルリン生活が長く、情報が豊富で、ドイツ語が堪能な黒田のまわりには、多くの人が集まった。一九二五年には映画脚本家森岩雄が、村田実監督と共にベルリンにやってきた。二人が制作した映画「街の手品師」をヨーロッパに売り込みに来たのだ。秦豊吉の斡旋がうまくいかなかったので、黒田は次の年にフィルムを預かり、オランダで買取先を探して

★黒田礼二『蝙蝠日記』（大鐙閣、一九二二年）に添えられた写真。次のような説明が付されている。「正面の三人のうち、向つて右に笑顔を見せてゐるのが、著者の黒田氏である。（中央は氏の友人）又左の隅に背を凭せかけてゐる人は、撮影の際、不意にカメラの中に飛込んで来た闖入者で、実は名も知らぬ伯林街頭の物乞ひであつたと云ふのも、面白い一挿話である」。この説明自体は無署名だが、「はしがき」を書いた佐野学の筆であろうと思われる。

やろうとしたが、やはり結果は芳しくなかったようだ。秦のもとには四月二四日付けの黒田からの預かり証だけが虚しく残った。森と村田は黒田との会話の中で、しきりにパリで見てきたジョセフィン・ベーカーをほめる。黒田は早速ツォー駅からパリへ向かい、ベーカーの「エロトロギー」を研究するためムーラン・ルージュの客となった。しかしベーカーはその後すぐにベルリンを訪れ、興行主がホテル・カイザーホーフで記者たちを集めてお茶の会を催した。黒田によると、「特に我々外国新聞記者連を礼厚々に招待して怖しく愛嬌を振蒔いてくれた」(『最後に笑ふ者』千倉書房、一九三二年)そうだ。ベーカーと踊る機会もあったのだが、「僕の様な黄色い東洋人がチヨキンとぶら下つたんぢや国際的拍手喝采が満堂と腹の皮とを揺るがせるかも知れぬ」と躊躇している間に逸してしまった。

一九二七年五月には千田是也が片山潜からの紹介状を持って黒田宅を訪れている。この頃には黒田はモッツ街に妻シャルラ・ハルトゥングと住んでいたが、夫妻の世話で千田は住居探しをしたり、エルンスト・トラーや演出家エルヴィン・ピスカートルと知り合ったりした。さらに黒田夫人の伯母のもとでロシア語のレッスンも始め、黒田の紹介で社会科学研究会にも出席した。この会は一九二六年末に蜷山政道が設立した会で、在独日本人が集まってスターリンやレーニンなどマルクス主義文献を読むものであった。有沢広巳、国崎定洞らが中心となっていたが、千田の記憶によれば「毎週一回、たしか土曜日の午後、フリーデナウのジュードウェストコルゾーの近くのレストランのフェラインスツィンマー(集会室)に集まって、レーニンの『帝国主義論』や『国家と革命』やブハーリンの『転換期の経済学』や『史的唯物論』などをいっしょに読んだり、ドイツのマルクス主義学者を招んで話をきいたりしていた」(千田是也『もうひとつの新劇史』筑摩書房、一九七五年)という。

★モッツ街の黒田宅で撮られた写真。一九二七年頃と思われる。左端が黒田礼二。左から五番目が千田是也。八番目が黒田夫人のシャルラ・ハルトゥング(千田是也『もうひとつの新劇史』筑摩書房、一九七五年)。

一九二九年四月には藤巻という日本料理店で、武林無想庵夫妻が黒田と初めて会っている。パリで長期間貧乏暮しをしていたという無想庵に、たまには日本に帰って存在をプロパガンダしなければいけないと説いたおかげで、この年の五月に無想庵は妻子を残して日本に発った。黒田は親切心で世話を焼いたのだったが、夫のいない三ヵ月の間に、妻文子と黒田はできてしまったようだ。一九三〇年、無想庵が偶然文子のスーツケースをあけると黒田からの手紙が入っており、「まずグッときたのは、黒田礼次《ママ》が妻のことを、お前、お前と呼んでいる一事」(『むさうあん物語16』無想庵の会、一九六四年)だった。彼は黒田の手紙をわしづかみにして文子の顔につきつけ、暴力をふるった。

朝日新聞社がエーリヒ・マリーア・レマルク著『その後に来るもの』の日本における発表権を得たのは一九三〇年五月のことだった。黒田はこれを翻訳し、一二月から『朝日新聞』に連載した。ところがこの連載は、一七六回で中断してしまった。レマルクが気に入らぬ箇所を大幅に書き替え、朝日新聞社に対して、新聞に連載されたものはすべてこれを廃棄するよう求めてきたからだった。黒田はまったく新しく翻訳をし直さなければならなくなった。この年の初秋に、黒田はベルリンのホテルでレマルクに会見している。レマルクは、一週間だけベルリンに滞在予定だったが、そのうちの三時間を黒田との会見にあててくれた。ホテル・ヴィラ・マイエスチークの三八号室で、レマルクは前作『西部戦線異状なし』の売れ行きがよすぎて「世界中の大きな本屋から右へ左へと引張り凧となり、私といふ人間の生活全体が、完全に他人の捕虜となつてしまつた」(黒田礼二「レマルク君の横顔」、エーリヒ・マリーア・レマルク『その後に来るもの』黒田礼二訳、朝日新聞社、一九三一年)と語った。会見後、黒田の妻も駆けつけ、レマルクの愛犬トミーも交えて記念撮影をした。この時点で

★エーリヒ・マリーア・レマルクとその愛犬トミー。一九三〇年、黒田はベルリンのホテル・ヴィラ・マイエスチークでレマルクと会見した。もちろんトミーも一緒であった(エーリヒ・マリーア・レマルク『その後に来るもの』黒田礼二訳、朝日新聞社、一九三一年)。

は大幅な変更の件も、連載の廃棄の件も、持ち上がっていない。黒田はレマルクに負けぬ饒舌な文体でこの会見記をまとめている。

ヒトラーとの出会い

一九三一年春に、黒田はヒトラーに会見している。『日独防共協定の意義』（日独同志会、一九三七年）によると、まだヒトラーが野党の首領であった頃、ミュンヘンのブラウンハウスで黒田のインタビューを受けたことがあるのだ。この時ヒトラーは、日本が近いうちに国際連盟を脱退するであろうと語り、事実その通りになった。「それ以来私は彼といふ人物に対して一種の神秘的な感じを抱くやうになつた」と黒田は書き、「彼の天才的に鋭い政治的本能がそれを予言したのだ」と結論づけた。彼がこの後、一九三二年九月から一〇月にかけて「ナチスは叫ぶ」を『朝日新聞』に連載したり、『最後に笑ふ者』や『躍進ドイツ読本』（新潮社、一九四〇年）でヒトラー論を繰り広げたりした背景には、明らかにこの時の衝撃があると思われる。

一九三六年に黒田が書いた『日独同盟論』（日独同志会）には付録として「日独同志会設立の趣旨」が入っている。やっと成立した日独防共協定を形骸化させぬよう、「サロン外交」や「日和見的追従外交」を避けさせ、「公正なる与論の喚起啓蒙に努力し為政者の進まんとする方針に何等かの示唆を寄与」することが目的であった。黒田はこうしたパンフレットを刊行し、また研究会や講演会を催す先頭に立ったのである。『日独同盟論』は日独同志会パンフレット第一輯となっているが、一九三七年には『日独防共協定の意義』（日独同志会）

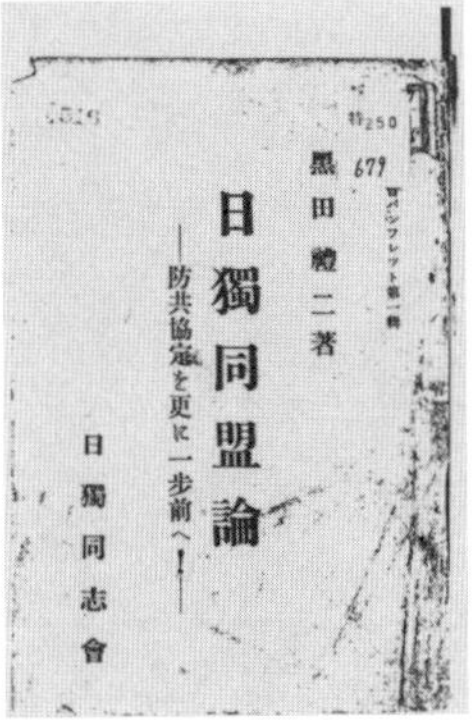

★黒田礼二『日独同盟論』（日独同志会、一九三六年）の表紙と黒田礼二『日独防共協定の意義』（日独同志会、一九三七年）の表紙。

が、日独同志会小冊子第一輯として出された。前者がアジ演説的なものであったのに対し、後者はより噛み砕いたものとなっている。表紙もまた、左にナチスのカギ十字、右に日の丸を配したわかりやすいデザインである。その「日独同志会設立趣意書」には、「ナチス独逸の本質と国是とを広く国民大衆に識らしむる」ことの重要性が書かれている。たとえば「独逸の指導者主義と所謂『ファッショ』乃至独裁専制主義とを同一視するが如き重大なる誤謬を是正一掃するは啻独逸第三国家の本体を闡明する所以なるのみならず惹いてはナチス独逸と皇国日本との世界文化史上に有する使命の共通点を発見することゝもなる」という。この日独同志会の世話人としては、黒田のほかに松本徳明、藤沢親雄などの名前が見える。

ベルリン時代、黒田が所属していたのは社会科学研究会だった。これがベルリン反帝グループの前身であったことを思えば、この時の黒田と帰国後の黒田がかなりの方向転換をしたことは明らかである。このあたりの苦悩は、一九三一年に刊行された彼の著書『廃帝前後』（中央公論社）の「序」にうかがえる。「扨て一体お前のシステムは何だ？　又如何なる主義に立脚してゐるか？　そんなことは聞いて下さるな。そんなことが麗々しく吹聴が出来る位なら、小生十年間も無駄飯くつてジヤーナリストなんか今頃してやしない」。黒田礼二は、ジャーナリストとして己れの直感にどこまでも正直であったようだ。

（和田桂子）

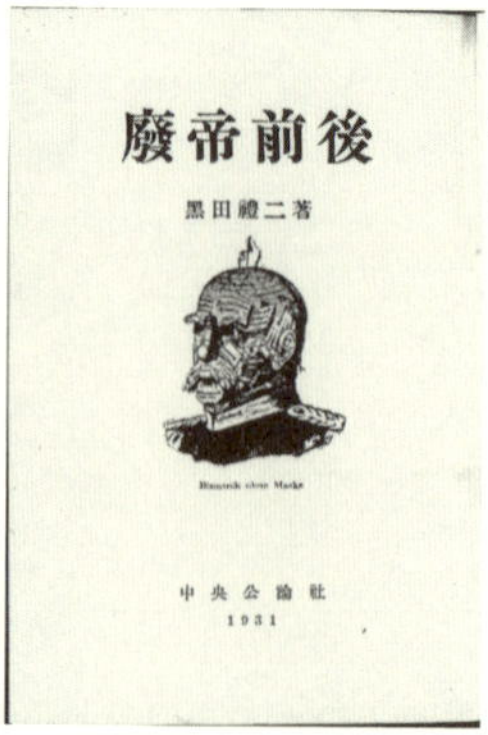

★黒田礼二『廃帝前後』（中央公論社、一九三一年）の内扉。カリカチュアは仮面をはずしたビスマルク。

村山知義（1901-1977）——アヴァンギャルドの旗手

アウグスブルガー街からメーリッツ街へ

村山知義《むらやまともよし》が生涯にした仕事は、演劇、美術、文学、舞踊と多岐にわたる。さらにそのうち一つを取っても、たとえば演劇というジャンルなら、演出や戯曲執筆はもとより、舞台装置、衣装の製作も行い、俳優をしたこともある。美術も、アブストラクトからリアリズムの肖像画まで描き、また童画やポスター、装幀にも腕をふるう。村山にとっては、演劇、美術、文学、舞踊などといったジャンル分けなど必要なく、それらを自由に横断して表現活動としているのだ。二〇歳で渡ったベルリンでの体験が、こうした活動の源となっていた。ベルリンに滞在した期間は一年足らずであったが、村山知義は、ヨーロッパの前衛芸術に目を見開かれ、それを実践し、さまざまな種子を抱え持って、戻ってきたのである。

　村山がベルリンに向け吉野丸に乗船して横浜を出港したのは、一九二二年一月四日のことであった。村山は、前年に東京帝国大学哲学科に入学したが、学びたい講座も見つからず失望感が強かった。それで、宗教哲学を専攻するためにベルリン大学へ行こうと思い立つ。中学からの同級生であった和達知男《わだちともお》が、高校を卒業するとすぐベルリンへ行っていた。また一高で一緒だった森五郎も、歴史哲学の良い講座が日本にないとしてハイデルベルク大学に留学していた。そうしたことが彼の留学熱を高めたようだが、ベルリンに行ったあ

★岡本一平は、一九二一年に婦女界社の後援で欧米の旅に出たときベルリンにも立ち寄った。そのときに見た、砂糖を買うために並ぶ人々とはだしの子どもたちを描いたもの(『一平全集』第八巻、先進社、一九二九年)。

とでベルリン大学の哲学科は入学試験にラテン語が出ると聞き、すぐに諦めてしまっている。

一九二二年のドイツは、経済危機と政情不安の中にあった。村山がベルリンに到着して一ヵ月後、鉄道従業員八〇万人のストライキがあったのだが、彼はまったく記憶しておらず、また、マルクが急落している現状も把握していなかったという。後年プロレタリア芸術運動に邁進する村山だが、そうした意識が、このときはまだ育っていなかった。

マルク安のため、カイザー・ヴィルヘルム記念教会のすぐ近く、アウグスブルガー街四七番の立派な建物の三階にあるシュルツ家の部屋を借りることができた。インフレで生活が苦しい中、部屋のゆとりがあるドイツ人は、マルク安で潤っている外国人に貸して収入の足しにすることが多かった。「二十畳敷きの居間、十畳敷き位の寝室とバルコニー、それに立派な家具、ベッド、ストーヴ、三食付きで、月一円五十銭だというのだ。モデル代などは、一日雇いっ切りにしても十銭にもつかない。私はだんだんぜいたくになってしまって、絵筆などは洗うのが面倒なので、五、六ぺん使うとストーヴにくべて燃してしまった」(村山知義『演劇的自叙伝』第2部、東邦出版社、一九七一年)という生活を送ることができた。

しかし、あやしげな遊び場で法外な値段を吹きかけられ、そこの男たちと下宿まで金を取りに戻ったとき、謹厳なシュルツ家の人々はこれに怒って彼を追い出した。そこで村山は、労働者街のヴィルマースドルフ区メーリッツ街七番のシュッテ夫人の家に移り、三ヵ月後にはまた、店舗の上にある貧しげな部屋に移った。母親の借金で留学している身が、何をやっているのだろうと自己嫌悪を感じ、自己処罰として労働者街に移ったのだという。村山の戯曲「勇ましき主婦」(『演劇新潮』一九二六年一〇月)と小説「リヂアの家」(『文芸公論』一九二七年三月)は、ここでの暮らしから生まれた。「リヂアの家」の冒頭にあるメーリッツ街

★カイザー・ヴィルヘルム記念教会の絵葉書。

の描写は、「這入つたと思ふともう出てしまふ短い――たつた十五間程の――通りで、片側はずつと低い倒れかかつた石垣の塀で占領されてゐた」「通りのもう片方の側には、古いよごれた五階建ての家が三軒、お互ひに倚りかゝり合ひながら立つてゐた。此の側を左に見るやうにして通りに這入つてゆくと、順に靴屋、小間物屋、魚屋、食料品店、理髪店、古道具屋が店を開いてゐた」というもので、シュルツ家のあった界隈とはかなり雰囲気が違っている。

村山の目に映ったベルリンの人々の暮らしは、総じて苦しいものであった。村山が帰国後書いた小説「何が道徳的か――一つの美しい思ひ出」（『文党』一九二六年一月）のモデルとなったアンゲルマイヤー夫妻は、もと和達の友人であった。フレート・アンゲルマイヤーは友人の劇作家ゲオルク・カイザーを崇拝して、自分たち夫婦の食べ物や金をすぐに提供してしまうことから、一層の窮状を呈していた。夫の原稿料はパンを購うにも足りない。小説の中で、結核でありながら生活のため活動写真館で一日ピアノを弾いている妻は、絶望的な生活ではあるが、クリスマスにはせめて階下に住む貧しい子どもたちのためにチョコレートをプレゼントしたいと願う。「私はもう死ぬんですよ！　そんな事は何でもない。もとからきまつてゐたことです。私はただ死ぬ間際にたつた一遍人並のことがして見たかつたのです。他の人を喜ばせて見たかつたのです」という嘆きを聞いた村山らしき人物は、彼女のためにチョコレートを買いに走り出てゆくのである。

★村山知義の描いた「アンゲルマイヤア夫人像」（一九二二年）（村山知義『演劇的自叙伝』第2部、東邦出版、一九七一年）。モデル代を支払うことで、いくらかでもアンゲルマイヤー夫妻の窮状を救うという目的もあったという。ここで彼は、ドイツで感銘を受けたデューラー、ホルバイン、クラナッハといった画家の作風を求めて、初めて板に油絵を描いた。「私はこの絵で、ルネッサンスの、『現実を尊敬し、驚嘆し、それに厳粛に相い対するという態度』をとり、同時に、印象派以後の、光線と色彩に対する忠実さを失うまいと努力した」（『演劇的自叙伝』第2部）という作品だったが、日本に持ち帰ってから紛失してしまったという。

表現主義から構成主義へ

ベルリンで村山がまず心を奪われたのは絵であった。彼はドイツ滞在中の一年足らずの間に、一五〇点ほどの作品をつくったという。

ポツダマー街にあるヘルヴァルト・ヴァルデンのシュトゥルム画廊に出入りするようになって表現派の絵画を知り、なかでもアルキペンコのブロンズ彫刻に魅せられて、ヴァルデンの紹介で会いにいったこともある。ほかにも、ヴァシリー・カンディンスキー、ゲオルゲ・グロス、マルク・シャガール、パウル・クレー、パブロ・ピカソなどに心を奪われた。村山がベルリンにいたころのグロスは、画集『神はわれらと共に』（一九二〇年）で軍隊を侮辱したとして当局から告発され、逃亡中だった。村山は帰国後、グロスの紹介（「ゲオルゲ・グロッス」、『アトリヱ』一九二六年一月）をしている。のちに村山は左傾したきっかけを、ベルリンでグロスの絵とエルンスト・トラーの芝居を見たこと、としている（『演劇的自叙伝』第2部）。

こうして多くの絵に刺戟された村山は、間もなく自分でも油絵を描きはじめ、なんと早くも、一九二二年三月にノイマン画廊で開かれた大未来派展覧会に「アウグスブルガー街」「ハーレンゼー街」など四点の油絵を出品した。日本人では他に、東郷青児の義弟で、アウグスブルガー街の部屋に村山と一緒に住んだこともある永野芳光が、三点出品した。村山の小説「一九二二年」（『文芸市場』一九二六年七月）には、多少の虚構を交えつつ、無名の日本人に出品させるについては主催したイタリア未来派の詩人ルッジェーロ・ヴァザーリに計

★村山知義「ゲオルゲ・グロッス」（『アトリヱ』一九二六年一月）の中で紹介されたグロスの絵。

算があったと書いている。マルク安のため日本人は金持ちだった。そこには「二人の小さな日本人、ヴァッサリの大事な掘出物も、服のポケットといふポケットに札をつめ込んでドイッチエス・バンクの大きな門を出た。金ピカの制服を着て立つてゐる廃兵の門番の一月の月給はその一枚の札の四分の一にも足りない」という皮肉な文章があり、ヴァザーリにも「こいつがちよつとしたドル箱なんだ」と言わせている。また「一九二二年」には、円の力で放埒なふるまいをする在ベルリンの日本人たちの醜態も描かれている。

村山と永野は再び、デュッセルドルフでテオ・ファン・ドゥースブルフ、エル・リシツキー、ハンス・リヒターら「若きラインラント」グループが中心となった第一回国際美術展（Internationale Kunstausstellung Düsseldorf）が五月二八日から七月三日までティーツ百貨店で開催されるから出品してみないかと持ちかけられ、これに応ずる。村山知義「万国美術展覧会の新運動」（『解放』一九二二年一一月）には、「徒らに名のみ聞いてゐた人達の本物を見たばかりでもどんなにうれしかつたか知れない。そればかりか、エックスプレッショニスムス、キユビスムス、フトウリスムス、ダダイスムス、のばかりの展覧会である気持ちよさは一と通りでない」とある。ここには一九ヵ国、三四四人の作品が展示された。また、展覧会だけでなく、国際進歩的芸術家同盟の設立宣言のための会議も設けられており、各派に分かれて紛糾したが、設立ののちは同盟の日本の通信員として村山が決定された。ただしこの会議は途中から「若きラインラント」グループが離脱してしまっている。

村山はデュッセルドルフまで来た機会に、ミュンヘンやドレスデンなどをまわって美術館を訪ね、クラナッハとデューラーの絵に衝撃を受けた。ベルリンへ戻ってからは、アンゲルマイヤー夫人や二番目の下宿先のシュッテ夫人、その姪のヘルタ・ハインツェらをモ

★ Die Deutsche Bank und Disconto-Gesellschaft（塚本義隆『ドイツ通信1929-1932』新聞聯合社大阪支店、一九三二年）。塚本によると、一九二九年に「Deutsche Bank」と「Deutsche Disconto-Gesellschaft」が合併している。

デルに、板に透明な絵の具を塗り重ねてゆく古典技法で肖像画を描いた。

一方、アブストラクトへの情熱も衰えず、探究は続けられており、『カンディンスキー』（アルス、一九二五年）によると、この夏には「まはり一ぱいに積んだり散らかつたりしてゐる各種のボロ布、各種の髪の毛、針金、ブリキ、紐、新聞紙、ペンキ、木片、各種の小さな見棄てられた物質、嘗ては役にたつた立派だつたものなんどを手まさぐつて汗を流してゐた。かうしてこの一と夏のうちに私は猛烈に自信が出来てしまつた。未来派の連中とはあんまり暑くならないうちに絶縁してしまつた。表現派の連中とは暑い最中に絶縁してしまつた。作品はどんどん出来た」という状況になっていた。このような創作方法には、五月にシュトゥルム画廊で開かれたクルト・シュヴィッタースの展示会の影響が指摘されている。しかし村山は、これを自分独自の形成芸術（ビルデンデ・クンスト）とし、一九二二年九月一八日から三〇日まで、ベルリンのポツダマー街一一二番のトワルディー画廊で個展を開いた。「過ぎゆく表現派——意識的構成主義への序論的導入」（『中央美術』一九二三年四月）には、

私が未来派に属してゐた時分どうしてもその形式に不満になつて或る日カンバスの上に布や金髪を縫ひ附け初めた。すると伊太利人である未来派の詩人が遊びに来て「ふん、何を悪戯してるんだ。」と云つた。そして二三分して「ダダイズムなんて過去のものだよ。」と云つた。

私がダダイズム式の絵を画くやうになつてからの事だが、伯林のポツダマー街の或る店で個人展覧会をしようとした。さうすると店の持ち主はその絵の中で貼り附けたり縫ひ附けたりしてある分を全部傍にどけて「如何でせう、そつちの美しい絵だけを陳

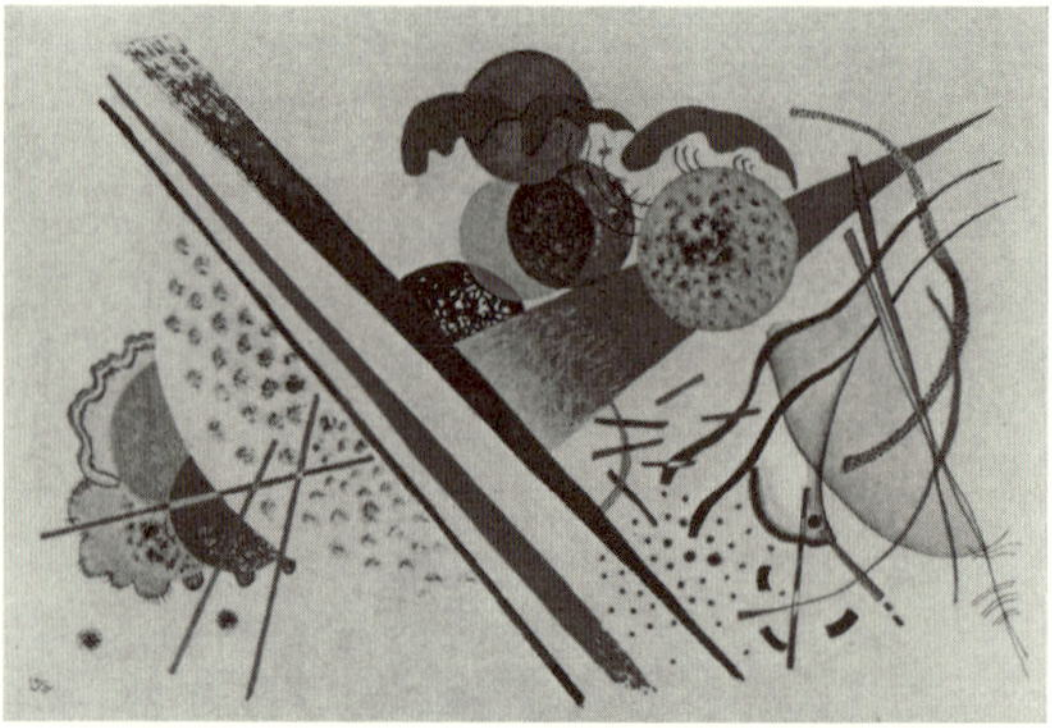

★カンディンスキーの水彩画（仲田定之助蔵、一九二二年）（村山知義『カンディンスキー』アルス、一九二五年）。

列して戴くわけに参りませんでせうか」と云つた。私が面喰つて「何故か」と聞くと持ち主は「こちらの絵を展覧致しますと店の硝子を皆たゝき壊されてしまふだらうと思ひますので」と云つた。気が附くとその店の向ひは表現派の本部とも云ふべき Der Sturm だつた。

とある。各派の勢力争いのようなものがあったらしい。それにしても、シュトゥルム画廊から始まった村山の美術遍歴は、短期間に目まぐるしく変化したものである。

イムペコーフェンとトラー

村山がベルリンで出会って心揺さぶられたもののひとつにダンスがあった。

ノイエ・タンツの女性ダンサーといえば、村山がいた時期だと、ルドルフ・フォン・ラーバンを師としたマリー・ウィグマンやヌードダンスで人気を得たアニタ・ベルバーらが活躍していたが、村山がもっとも感動したのは、まだ一〇代の女性舞踊家、ニッディー・イムペコーフェンであった。イムペコーフェンの踊りについては、『中央美術』（一九二三年七月）に発表した村山知義「ダンスの本質に就て」で、細かに紹介されている。はじめてそのダンスを見たとき彼は感動のあまり泣き出してしまい、「彼女は魔法使ひだ。途方もないヘクセだ」と思った。ダンスを創ることは、「直接に自分の肢体を提出してしかも動き回らなければならない。一つ一つのフォルム、一つのフォルムから他のフォルムへの変移、音との関係、観念との関係、何たる複雑さだかわからない」というものなのに、それを「全

★「囚われた鳥」を踊るイムペコーフェン（『ダンス！——20世紀初頭の美術と舞踊』栃木県立美術館、二〇〇三年）。

く無意識に、天使に導かれてもう踏み過ぎた一人の少女がゐる。イムペコーフエン！」と絶賛している。村山は、自分も踊り手になろうと決心した。一九二三年七月号の『中央美術』には、自由学園で踊る村山の写真が載っている。村山が「マヴォ」同人より成るチエルテルの会（一九二四年六月二八日）で岡田龍夫とともに踊る写真もよく知られている。

演劇の方では、「機械破壊者」をはじめとするエルンスト・トラーの戯曲に揺り動かされた。また、エーミール・ヤニングス、ヴェルナー・クラウス、コンラート・ファイト、パウル・ヴェーゲナー、リル・ダゴファーなどの名優の演技に接した。経済危機で食べるものにもこと欠いていた時代だったが、ドイツでは演劇が人々の間に定着しており、劇場に家族連れが多いのに驚いた。

マックス・ラインハルトの名声が高かった時期だが、村山の滞在時にラインハルトはベルリンにおらず、ただラインハルト演出による芝居を見ることができた。カンマーシュピーレでは、ゲールハルト・ハウプトマンの「ラッテン」「ハンネレの昇天」を、またグローセス・シャウシュピールハウスではオッフェンバックの喜歌劇「天国と地獄」を見た。この五〇〇〇人を収容する大劇場では、ハウプトマンの生誕六〇年記念の「フローリアン・ガイヤー」を見る機会を得た。

民衆劇場では、芝居もさることながら、劇場の建築に心奪われた。「正面はただ一面にそびえ立った赤褐色にミルクをまぜたような色一色の、思い切って平べったい壁である。／中にはいると、すべての壁は濃暗紅色に塗りつぶされた板張りで、装飾などは全くない。それがいかにも男性的で雄大である。／この建物が私に、新しい建築というものに目を開かせた最初の建物である。それ以後、私は建築に取りつかれ、建築をする機会を持ちたい

★踊る村山知義（「フムメル　ワルツ・ベートーヴエンのメニユエツト」、『中央美術』一九二三年七月）。

と願い、いくつかの建築の設計もするようになったが、これは舞台装置とも密接な関係を持っている」（『演劇的自叙伝』第2部）と述べている。村山が築地小劇場の「朝から夜中まで」（一九二四年一二月五～二〇日）で、日本最初の構成派舞台装置を創ってみせたのは、周知のことである。

一九二二年、もう一二月になるのだからクリスマスを過ごしてからにすれば、という下宿の婦人の勧めも断わり、村山は急ぎ帰国することにした。「私は美術上の一つの流派を開いた、日本の人たちはさぞ吃驚するだろう」（『演劇的自叙伝』第2部）と、若者らしい性急さで思い込んだためだという。パリを経てマルセイユへ出て船に乗り、東京の上落合の家に着いたのは一九二三年一月三一日であった。

帰国するとすぐに、最初の個展を「意識的構成主義的小品展覧会」として五月に、神田文房堂で開催した。新帰朝者として、最新の芸術を紹介する文章の執筆が求められ、ジャーナリズムにもその存在が知られてゆく。さらに「マヴォ」の結成など、あらゆる方面での前衛の旗手として旺盛な活動が開始された。

（宮内淳子）

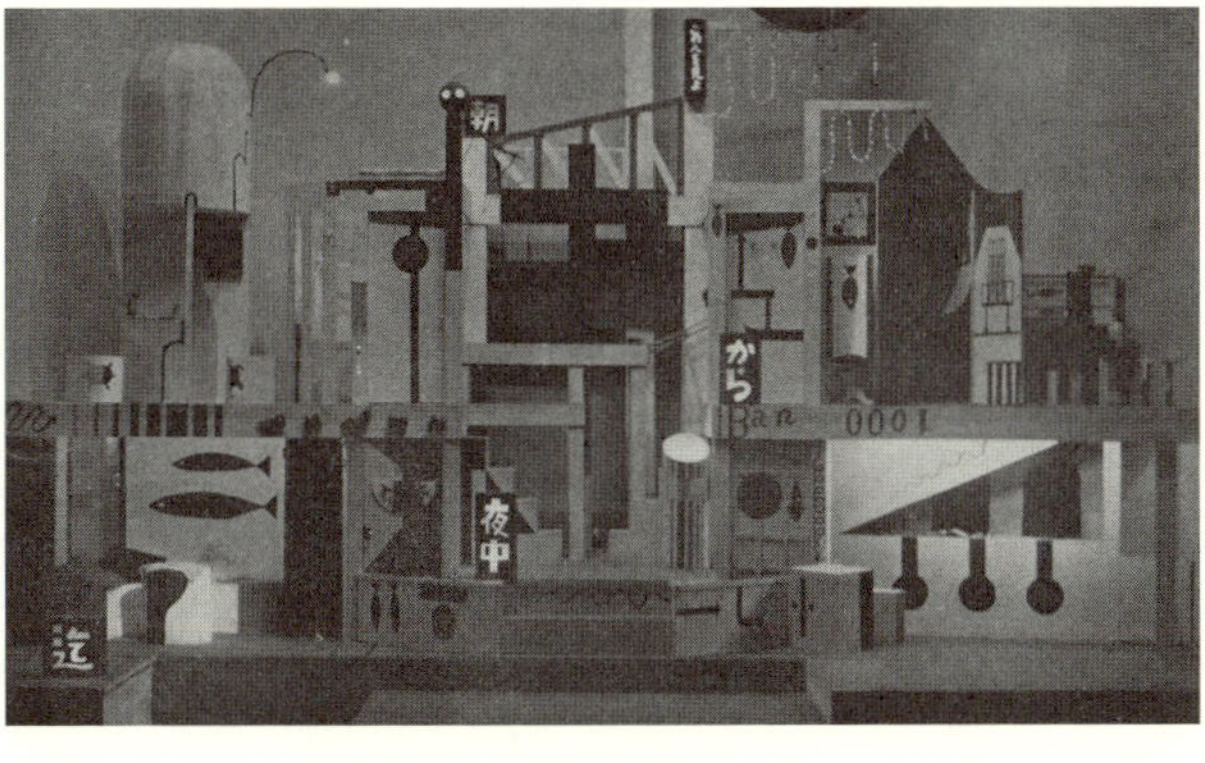

★村山知義による、築地小劇場での、ゲオルク・カイザー「朝から夜中まで」（土方与志演出）の舞台装置（伊藤熹朔『舞台装置の三十年』筑摩書房、一九五五年）。この舞台装置が評判を呼び、期間中四〇〇〇人の観客を動員した。

池谷信三郎（1900-1933）——関東大震災の亀裂

★ベルリンの「リトファスゾイレ」（広告塔）。図版は、『日・独・伊親善芸術使節渡欧記念アルバム』（宝塚少女歌劇団、一九三九年）より。柱に寄りかかっている女性は、宝塚少女歌劇団の玉津真砂。広告柱の中央には宝塚ベルリン公演（国民劇場、一九三八年一一月二〇〜二三日）のポスターが貼られている。

広告塔とオペラ

ハイカラで小柄な好青年。そんな池谷信三郎《いけたにしんざぶろう》は、一九三三年一二月に享年三四歳で鬼籍に入った。その後、川端康成は池谷の全集刊行に尽力し、菊池寛は池谷信三郎賞を設立した（一九三六年）。池谷が一躍その名を文壇に轟かせたのが、『時事新報』懸賞小説に当選した『望郷』（新潮社、一九二五年）だったのだから、わずか八年足らずの作家生活だった。その『望郷』を再録した『現代日本文学全集』第六一篇（改造社、一九三一年）には、「『望郷』に寄せて」という池谷の直筆原稿が掲載されている。曰く「『望郷』は、伯林で過した二年ばかりの間の印象を、小説の形に書き集めたもので、私の所謂処女作である。どの行の裏にもあの頃の若さの想い出やら連想がしのんでゐて、私にとつてはいつまでも懐しい作品である」と。

この若き日の思い出が綴られた『望郷』の登場人物、今村恵吉は「伯林の地方色《ローカルカラー》」を象徴する存在として「リトファスゾイレ」（Litfaßsäule 広告塔）に言及している。それによれば、ベルリンの「リトファスゾイレ」には、「歌劇《オペラ》や寄席の広告と並んで、殺人犯人捜索の広告」も「混然と貼られてあつた」のだという。つまり、「リトファスゾイレ」とは、ベルリンの華やかさ（オペラ）と、街の暗部（殺人事件）を同時に表現する特別な存在だったのである。小説は、この象徴的な存在に、さらにもう一つの象徴性を注ぎ込んでいる。

　このリトファアスゾイレの周囲《まはり》をぐるぐる廻って、自分の踵に追ひつくと云ふ事、それが「不可能」と云ふ事の諺言になつてゐる。（略）とまれ伯林の人々はこの不可能な企てを無意識に繰返し乍ら、その日一晩の享楽の方面を決めるのであつた。

広告塔の周りをぐるぐると回り、自分の後ろ姿に追いつこうとすること。この堂々巡りともいえる「不可能」な行動が、ベルリンのイメージとして示されている。もう少し、小説の中から、それに類するイメージを抽出してみよう。

小説には、恵吉がベルリンの街に出かけるとき「彼はもう誰かの云ふ、『終りのない芝居』の舞台に立つのだ。（略）そこには観客も、俳優もいないのである」という記述がある。そういえば、『望郷』にはこんな一節も記されていた。

　『この世の中は一つの大きな舞台なのです。その上に動いてゐる男も女も、結局《つまり》はみんな役者なのです。……』

これは、今村恵吉、山田京輔・卯女子の兄弟、桜井その枝の四人でオペラ「道化師」の観劇に行ったときに、トニオ役の役者が「序詞《プロローグ》」として発した言葉である。四人がいるのは、ウンター・デン・リンデンとあるので、おそらく国立歌劇場だろう。

レオンカヴァロ作曲のオペラ「道化師」（一八九〇年）は、旅回り一座に起こった実際の事

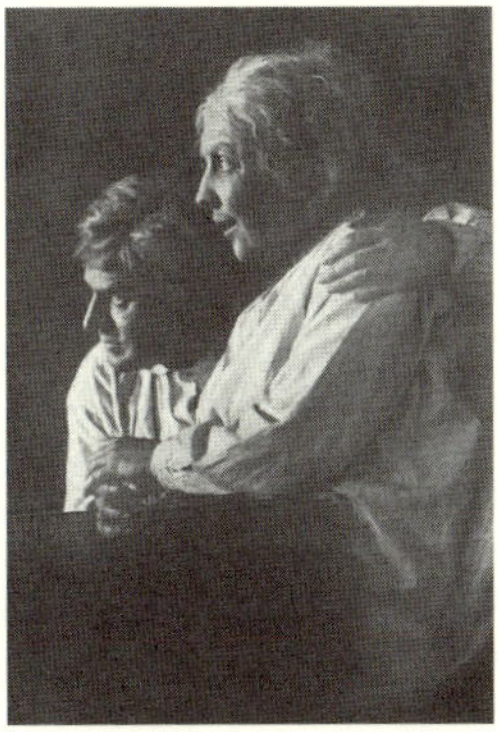

★池谷信三郎は、ベルリンの国立劇場で、イプセンの詩劇「ペール・ギュント」を三度も見ている。「ペア・ギュントその他」（『池谷信三郎全集』改造社、一九三四年）によれば、「ペール・ギュント」の「映画的な舞台の転換」や「筋の運びの面白さ」、「溢れるやうな詩味」、グリーグ作曲の音楽、そしてペールの妻「ソルベーヂ」が、池谷の心を惹きつけたのだという。図版は穂積重遠『独英観劇日記』（東宝書店、一九四二年）に収録された「ペールとその母」。

件を題材にした歌劇である。一座の座長を務めるカニオは妻ネッダの浮気を知り、気が動転したまま、喜劇の舞台に立つ。その芝居では、コロンビーナ役の妻ネッダが、夫（道化師）の留守中に恋人と浮気をする場面があった。カニオ扮する道化師は、劇中で浮気についてコロンビーナ（妻ネッダ）と言い争ううちに、次第に芝居と現実の区別ができなくなる。最終的に、カニオはネッダの胸を短刀で突き刺し、舞台上に駆けつけたネッダの実際の浮気相手シルヴィオまでも殺害してしまうのである。ちなみに、先ほど「序詞《プロローグ》」を述べていたトニオは、ネッダに思いを寄せながらも、全く相手にされない人物として登場していた。

『望郷』は、この「道化師」を小説の展開の中に織り込んでゆく。例えば、桜井その枝は、オペラ「道化師」で脇役を演じるロッテと自分の夫との不倫に悩んでいた。彼女は舞台で殺されるネッダを見ながら、「あのロッテの眼の前で、この自分があゝやつて、夫に殺されたならどんなであらう？」と重苦しい想像に耽っている。また、劇中のトニオのように、桜井その枝へ好意を抱く山田京輔は、その枝の傍らで不安な表情を浮かべていた。劇中劇「道化師」では、現実と芝居の二つの物語が交差するわけだが、『望郷』では、その二つの物語にさらに複数の物語が交錯する。カニオが芝居と現実を区別できなくなったように、オペラを見ている四人や、その後に登場するさまざまな国籍の作中人物たちは、次々に「一つの大きな舞台」の中に巻き込まれてゆく。『望郷』の章題は「序曲《プレリュード》」「緩徐調《アンダンテ》」「間奏曲《インターメッツオ》」「急速調《アレグロ》」「終曲《フィナーレ》」となっている。小説は、オペラのように背景で音楽を奏でながら、「舞台」上で展開される物語を演出しているのである。「舞台」は、「一つの大きな」渦のように、全ての現実を巻き込む。恐らくそれは「伯林の人々」が「リトファスゾイレ」の周りを「無意識に」「ぐるぐる廻」る、あのイメージと通じ合っているはずだ。『望郷』

★『望郷』でも登場したオペラ「道化師」の妻ネッダ（右）と、夫のカニオ（左）（Gustav Kobbe, *The Complete Opera Book*, G. P. Putnam, 1922）。『現代日本文学全集』第六一篇（改造社、一九三一年）収録の自筆年譜によれば、池谷はベルリン大学に在籍したものの、その実は音楽の講義を聞くくらいで、ラインハルトやフルトヴェングラーなど、「毎日芝居と音楽会にばかり入り浸つてゐた」のだという。

の冒頭は、そんな「大都会」ベルリンに、ぴったりな言葉ではじまっていた。

凡そ人の世のもろもろの出来事を、歓喜《よろこび》も悲哀《かなしみ》も恋も嫉みも一様に、無限の底に熔込む、坩堝のやうな大都会の夜であつた。

為替相場の豚

しかしベルリン滞在中の池谷は、必ずしもこれと同様の感覚を抱いていたわけではない。一九二二年に東大英法科に進学した池谷は、その年の六月に大学を休学し、留学先のベルリンに向かった（八月末に到着）。当時のドイツは、あの未曾有のインフレの一歩手前にあった。一九二三年一月には、第一次世界大戦の賠償を履行させるため、フランスとベルギーがドイツ西北のルール工業地帯に軍を進駐した。工業地帯を失ったドイツ経済は大打撃を受け、インフレは加速度的に激化する。こうした出来事の反響は、『望郷』にも確かに刻印されていた。例えば、今村恵吉は道端でドイツ人の「男」のこんな視線を感じている。

その男の顔を見上げた時、決闘の疵痕のある男の眼がギロリとこつちを向いて、『為《ヴ》替相場豚奴《ルータぶため》！』と云つた。眼が云つたのである。

池谷信三郎「インフレ独逸の想ひ出」（『池谷信三郎全集』改造社、一九三四年）は、「為替相場豚」について、「為替相場で成金風を吹かせた外国人を、独逸人はさう呼んで罵つた」と記

★ベルリン大学留学中、池谷は「Charlottenburg,Kaiserdamm 115」に住んでいた(Rudolf Hartmann, *Japanische Studenten an der Berliner Universität 1920-1945*, Mori-Ôgai-Gedenkstätte der Humboldt Universität Zu Berlin, 2003)。図版は、池谷の下宿の近辺にあった「Charlottenburger Brücke」(Mario v. Bucovich, *Berlin*, Albertus-Verlag, 1928)。

している。同じ文中には、このときの「真実のインフレーション」について次のような記録もある。

　三ヶ月に五倍の騰貴位は後から考へると驚いたのが滑稽な位であつた。翌年一月仏軍のルール侵入で、十一日から廿五日までの二週間に、物価が六十五パーセント騰つたと眼の色を変へたのが、二、三、四月の小康の後五月から一月毎に二倍強、九倍強、十六倍、四百四十倍、五十六倍、と弗《ドル》が騰り詰め、十月には終ひに一弗・四二〇〇〇〇〇〇〇〇〇〇〇（伏字に非ず。）までに暴騰（馬克から云へば暴落。）した。

「伏字に非ず」は、いかにも池谷らしいが、この文章は決して滑稽な話を紹介しているのではない。同じ文中には「私なども伯林にゐたので毎日の新聞の悲憤慷慨の文字を見て、自分までが独逸人になつたやうな気持で仏蘭西人が憎らしかつた」とあり、当時のドイツに対しては同情の気持ちを抱いていた様子がわかる。ただし、それはやはり同情に過ぎなかった。「為替相場」の「豚」と罵られた日本人は、やはり「成金」の権化だった。

ベルリン留学中の、当時無名の青年だった池谷は、『太陽』（一九二三年七・八月）に「シュワルツワルドの旅日記」を寄稿している。この旅の目的は、一九二二年の年末年始をドイツ南西部の山脈地帯シュヴァルツヴァルト（黒森）で、日本人の仲間と過ごすことだった。目的地の一つバーデン・バーデンは、日本語で「温泉温泉」。カラカラ浴場でも知られるローマ時代以来の由緒ある温泉街である。いかにも「為替相場《ヴルータ》豚奴《ぶため》！」といえよう。

この文章には、意外な人物ネットワークも描かれている。池谷はバーデン・バーデンへ

★俳人の河東碧梧桐は、一九二一年九月にベルリンを訪れ、美術館や寄席、踊り場、芝居、カフェーで「夢のやうに過ごし」た。だが、このとき碧梧桐は、街に漂う、第一次大戦後の「焦燥と不安と痛ましい悔恨」も感じていたのだという（「欧洲大陸瞥見記（十九）」、『日本及日本人』一九二三年四月一五日）。図版の美術館のような建物は、河東碧梧桐「欧洲大陸瞥見記（十四）」（『日本及日本人』一九二三年二月一日）で紹介された「バーデンバーデン浴場」。池谷信三郎も訪れたこの施設について、碧梧桐は、男湯が「フリードリッヒ」と言い、女湯が「オーガスタ」と言うと解説している。

の道中で、ハイデルベルクに立ち寄った。同地は新カント派の哲学者ハインリヒ・リッケルトがいた場所でもあり、ドイツ留学した日本の哲学者が多数赴いた場所でもあった。池谷が訪問したのは哲学者の三木清。残念ながら三木は、同じく哲学者の田辺元のいるバーデン・バーデンに向かった後だった。極度のインフレに直面するドイツで、日本人は年末年始の温泉旅行を楽しんでいた。この旅日記には、インフレの「伯林の空を包む暗澹たる雲」を思い浮かべる場面もあるが、大部分はスキーや温泉を満喫する様子が記されている。

しかし転機は突然訪れた。こののんきな旅日記が連載された次号の『太陽』は、特集「大震災号」として発行された。一九二三年九月一日、関東大震災が東京を襲ったのである。池谷信三郎の自筆年譜によれば、この地震で裕福だった池谷の実家も破産に近い打撃を被った。池谷は「早速借金して、あわててシベリヤ経由で帰つて来た」のだという（『現代日本文学全集』第六一篇）。帰国したのは一九二三年一一月だった。

このとき「伯林の空を包む暗澹たる雲」は、偶然にも池谷自身を襲ったのかもしれない。破産した池谷の立場からすれば、ベルリンの悲惨な光景は、もはや同情の対象ではなく、自身の立場と通底するものとなったのである。『望郷』には、全ての現実を渦の中に巻き込んでゆく「舞台」や「リトファスゾイレ」が描かれていた。「為替相場」の「豚」から、突如として、インフレのベルリン（あるいは大震災の東京）へ落ち込む感覚は、まさに渦の中に吸い込まれるような体験だったはずだ。『望郷』には、こんな言葉もあった。

あの九月一日の大地震《おほなゐ》を境界《さかひ》として、恵吉の周囲の人世と云ふものが忽然としてダークチエンヂをして了つたのである。彼の人生観も従つてでんぐりかへしをして了つた

★池谷信三郎「心座のこと」（『池谷信三郎全集』改造社、一九三四年）には、一九二三年「九月二日の夕刊ですでに伯林の人々は関東の大震災を知つてゐ」たとある。ちなみに、同じ文章で池谷は、「劇に——文学と拡張する事も可——コスモポリタニズム（エキゾチヒズムと決して同意語ではない。）を採用する事」と主張している。図版は、ドイツから帰国した頃の池谷信三郎（前列右から二番目）。左端には、池谷と同じく震災によって、ベルリンから帰国した土方与志もいる（『池谷信三郎全集』）。

のだ。

ベルリンの裂け目

馬郡健次郎『欧米大学生活』(春陽堂、一九三〇年)は、イギリス・ドイツ・イタリア・アメリカへ留学するために、それぞれの土地の現状や大学の様子を紹介した書物である。同書の「独逸大学生気質」という一章には、資本主義やナショナリズムの渦中で廃頽してゆくベルリン大学の風景が紹介されている。興味深いことに、この「独逸大学生気質」には、池谷信三郎「伯林の大学生活」(『帝国大学新聞』一九二四年六月一三・二〇・二七日)の文章が、ほぼそのままの表現や内容で借用されていた(ただし話題の順序は組み替えられている)。

池谷が『帝国大学新聞』に執筆した「伯林の大学生活」の副題を順に挙げてみよう。「講義を聴くだけ試験はない/男女共学で女席の隣は人気がある」(一九二四年六月一三日)。「剣闘の痕/生々しい頬/昼飯は抜くこともある苦学生」(同年六月二〇日)。「縄張りの酒場にビールの泡/一斗九升を平げた豪の者」(同年六月二七日)。このほか文中にはカフェの紹介や「ドクトル論文を作って上げると云ふ親切な広告」など、さまざまな情報も盛り込まれている。『時事新報』懸賞小説の締め切りが一九二四年九月末だったことを考えると(「近く掲載される一等当選『望郷』」、『時事新報』一九二四年一二月二四日を参照)、「伯林の大学生活」は『望郷』とほぼ同時期に執筆されていたとになる。池谷のベルリンは、関東大震災後の渦巻きのようなイメージと、享楽的な感覚との狭間で揺れ動いていた。

こうした二つのイメージの隔たりを、さらに別の角度から見てみよう。『望郷』の初出が

★ベルリン大学法学部に在籍した池谷は、「伯林の大学生活(中)」(『帝国大学新聞』一九二四年六月二〇日)に、「大学の廻りには沢山ビール場やカフヱーがある。授業の切れ間になるとそこへ行つて隅の方の机で手紙をかく。自分にかゝはりのないあたりの華やかさは却て自分の心に静けさを与へる」と記している。図版は、『世界地理風俗大系』第一一巻(新光社、一九三一年)に収録された「ベルリーンの珍名物」「囚人カフェー」。

『時事新報』に連載されたとき（一九二五年四月一日〜六月一〇日・全一六一回）、挿絵を担当したのは、ベルリン滞在の経験を持つ村山知義だった。村山は『心座』と『三科展』（『演劇的自叙伝』第2部、東邦出版、一九七一年）で、その「今迄の新聞小説の挿絵と全く異った新しい傾向」の自作について記している。この挿絵に対しては「賛否こもごもの」多くの投書が寄せられた。その多くは「あんな判らない挿絵はやめてしまえ！」と非難する内容だったようだ。この「騒ぎ」で、連載の第四八回目から、村山は挿絵の担当を外されることになる（以後は田中良が担当）。同じ文章で村山は、池谷について次のように語っていた。

池谷は一高の一年後輩ということと、偶然、相い次いでドイツに行ったということから結び付きができたが、実は二人は性格といい芸術といい、全く異なっていた。彼の芸術は、抒情的、むしろ女性的な、ごく穏健なものであったし、彼の性格もまたそうだった。

その村山知義の挿絵を見ておこう。前述の「リトフアスゾイレ」（初出は「リヒターゾイレ」）が描かれた「望郷（6）」（『時事新報』一九二五年一月六日）では、極度に単純化された線で全体が描出され、その周りには首なしの人間が歩行している（下の図版を参照）。ここに展開された無機質な表現は、先ほど見た『望郷』の「リトフアスゾイレ」の情緒的な記述との異質性を醸し出している。この後も、村山の挿絵は回を重ねるごとに過激さを増した。自動車の写真のヘッド・ライトに女性の顔をモンタージュした挿絵（「望郷（28）」、同年一月二八日）、半透明の衣服の内部で切断された身体（「望郷（33）」、同年二月三日）など、さまざまな実験が

★村山知義が「望郷」のために描いた新聞の挿絵。右が本稿冒頭で言及した「リトフアスゾイレ」の場面の挿絵（「望郷(6)」、『時事新報』一九二五年一月六日）。左は登場人物たちがオペラ「道化師」を見に行った場面の挿絵（「望郷(25)」、同月二五日）。

繰り返されたのである。

先に村山は、「抒情的」な池谷の作風を回顧して、自分と池谷の「芸術」は「全く異なっていた」と記していた。しかし、そのような評価とは裏腹に、池谷の単行本『望郷』（新潮社、一九二五年）、あるいは「三月卅二日」「街に笑ふ」などの、池谷のベルリン体験に基づいた作品が収められた『橋・おらんだ人形』（改造社、一九二七年）では、村山の装幀が採用されている。『橋・おらんだ人形』表紙は「望郷」の新聞連載第一回目の挿絵でもあった。

池谷のベルリン体験が、二つのイメージの狭間で揺れ動いていたことを前に見た。村山と池谷のコラボレーションは、まさにそのような揺れ自体を体現していた。特に新聞連載された「望郷」は、村山の前衛的な絵と、池谷の抒情的な物語とが、互いに葛藤しながら、独特の不協和音を発しつつ、物語を展開していた。こうした亀裂の入った二つのイメージの裂け目にこそ、池谷信三郎のベルリン体験が現れていたのかもしれない。

（西村将洋）

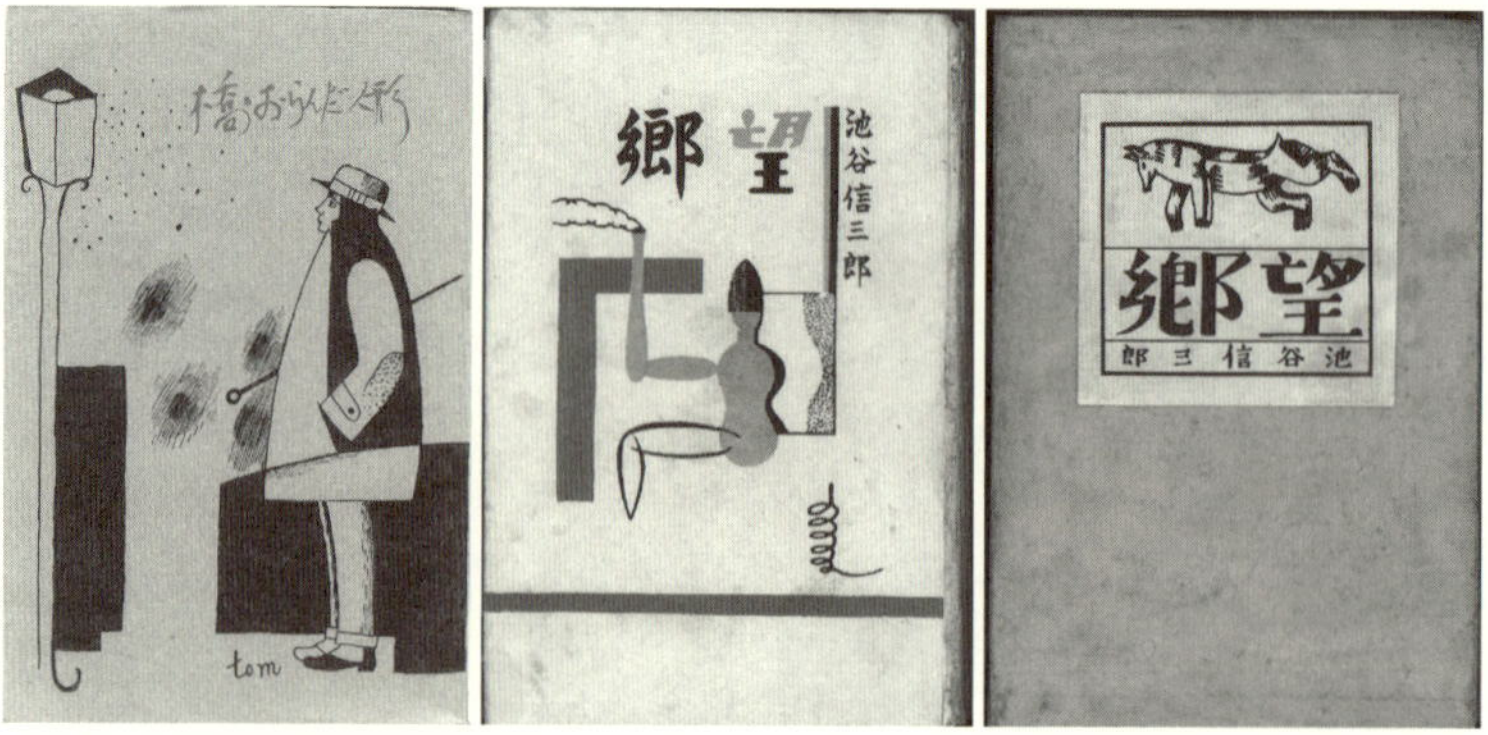

★右が、池谷信三郎『望郷』（新潮社、一九二五年）の箱、中央が同書の書影。左が、池谷信三郎『橋・おらんだ人形』（改造社、一九二七年）の書影。

阿部次郎（1883-1959）——教養主義の自己物語

第一次世界大戦後のベルリンへの嫌悪感

哲学者の阿部《あべ》次郎《じろう》が文部省在外研究員としてヨーロッパに派遣されたのは、一九二二年六月〜一九二三年九月のことである。マルセイユからパリを経由して、七月五日にベルリンのツォー駅に到着した阿部は、新バイロイト街二番地のジーグフリード未亡人の家に落ち着くことになった。『游欧雑記　独逸の巻』（改造社、一九三三年）によれば、未亡人は小さい娘と女中の三人暮らしで、自分たちの居間以外はすべて、四〜五人の外国人の下宿用にしていたという。通りに面した明るい一室を借りた阿部は、八月八日にハイデルベルクに向かうまで、一ヵ月余りをベルリンで過ごすことになる。

ベルリンでの阿部の日課は、美術館に通うことだった。新バイロイト街から地上地下鉄道に乗ってライプツィヒ広場駅で下車し、ウンター・デン・リンデンを歩くと、シュプレー川に出る。橋を渡ると「美術館の中島」と呼ばれるエリアがあり、古代美術館や近代美術館、カイザー・フリードリヒ博物館が隣接していた。ベルリンの美術館は、パリのルーヴル美術館に比べて、規模ははるかに小さい。しかし「個々の美術品を心からいとしがつて、これを純粋な、集中された翫賞を喚起するやうに陳列してゐる点に於いて、明かにルーヴルに勝る」と彼は記している。阿部が特に心を魅かれたのは古代美術館で、ヘレニズム時

★*Album von Berlin Charlottenburg und Potsdam*, Globus Verlag（刊行年不記載）に収録されている、ツォー駅の写真。

代の彫刻に目を見開かされた。

ギリシャ精神を伝える小彫刻の前ではほっと息をつけたが、阿部はベルリンの都市生活を好きになれなかった。一九一九年六月二八日に調印されたヴェルサイユ条約で、第一次世界大戦敗戦国のドイツには苛酷な補償が課せられる。賠償金はその一つで、一九二一年五月以前に確定する賠償総額を三〇年間かけて、また暫定的に二〇〇億金貨マルクを金銭や現物で支払うように求められていた。一九二三年八月七日に阿部は「仏英日記」（『阿部次郎全集』第一四巻、角川書店、一九六二年）に、「Versailles 条約の内容を今頃になつて知るのは恥かしいが独逸を永久に浮ばれないやうに十重二十重に縛らうとしてゐるのは卑怯であり、暴虐であり、非人道である」と記している。同年八月二〇日の小宮豊隆宛書簡（『阿部次郎全集』第一六巻、角川書店、一九六三年、以下書簡の書誌は同様）で補うなら、阿部はパリで戦後ヨーロッパについての本を読んで、条約の内容を初めて知ったのである。

ベルリンで一ヵ月余りを過ごす一九二二年には、阿部はまだヴェルサイユ条約の内容を知らない。しかし国際為替相場でのマルクの急激な下落は、彼の目にもはっきりと映っていた。『游欧雑記　独逸の巻』によれば、阿部がベルリンを訪れた頃に、マルクはすでに常価の一二五分の一に下がり、その後一年かけて三万五七一四分の一に暴落したからである。ドイツの貧困という現実に、彼は旅の初めから直面している。ドイツ国境の税関を通過するときは、「貧しい独逸人にいくらか恵んでくれないか」と駅夫に頼まれ、彼は二マルクを与えた。ベルリン到着の翌日に日本大使館に向かうと、案内役をかって出たドイツ人が、妻子を養えないと金をねだってくる。

マルクの暴落は、ベルリンで暮らす外国人には大きな恩恵である。しかし阿部は恩恵を

★黒板勝美は『西遊二年欧米文明記』（文会堂書店、一九一一年）に、「新古博物館は二棟に分れたクラシックの建築で、その古といひ新といふはたゞ建築の前後を示すに過ぎぬ、その陳列するところのものは埃及希臘羅馬等の彫刻及びその摸造等で珍貴なものもまた少くない、特に希臘オリムピヤに於ける発掘品は、希臘以外僅かにルーヴル博物館に蔵せる外たゞこの館にあるのみ」と記している。図版は、同書に収録された「古博物館の正面」。阿部次郎は古代美術館で、彫刻から「希臘盛時の血」を学ぼうとしていた。

そのまま享受できなかった。個々のドイツ人がマルクの下落を「各自の損失」として負担しているのに、自分が利益を得るのは「搾取」に等しいと感じたからである。特に銀行で換金するときは、「不幸な独逸人の横面」を張るようでつらい。そのつらさを軽減するために、数日後にマルクが下落すると分かっていても、わざと一ヵ月分を引き出して損をしてみたりした。換金したマルクの一〇分の一を「十分の一税」として、ドイツ国民に返そうという「不思議な思想」が湧いてきたのは、この頃のことである。

ベルリンの夜の歓楽郷も、阿部は好きになれなかった。将来に対する経済的な不安感は、現在の享楽的な生活をもたらし、「道徳的混乱」を引き起こすと彼は考えている。第一次世界大戦でのドイツ青年の戦死と、戦後の経済的不安感は、女性の結婚難をもたらす。それは一方で売春婦の増加として、他方で「手軽な、自由な性的共棲」として、現象しているように阿部には思えた。だからヴィッテンベルク広場の「カフェー芸者」の近くで、日本人が売春婦の手を引いて歩くのを見たりすると、「自分自身のことのやうに」恥かしいという気持ちを押さえられなかった。

貧困と「道徳的混乱」という、ベルリンの都市生活の表情は、阿部が寄宿したジーグフリード家の女中Gに、凝縮して現れている。ベルリンに来て四日目の、家人がみな外出しているときに、Gは突然「私をいりませんか」と尋ねたという。身の上話を聞くと、金持ちになりたいと彼女は繰り返す。別の日に美術館に出掛けようとするとGがきて、あなたが結婚しているのは「生《あい》にく」だが、「貴君は私達二人と結婚しなければいけない」と言い出す。七月二九日には、来月から物価が高くなるという話を思い出して、「私」はGに一〇〇〇マルクを与えた。だから八月八日にハイデルベルクに移るときに「私」は、「もうこの

★図版は、フリードリヒ街の絵葉書。キャバレーのネオンサインは、夜は煌々と明かりを灯していただろう。秦豊吉は「独逸人の見たる芸者」(『僕の弥次喜多』三笠書房、一九三四年)で、「ベルリンには日本旅客の一度は駕を曲げられるカフエ『ゲイシヤ』といふものがあつた。日本の学生が最も多く勉強に行くべきはずのベルリンに、かういふ名前の場所があるのは極めて皮肉で、いかに日本人と芸者と離るべからざるものであるかを示すが、しかしこの名をつけた人にしてみれば、決して日本を侮辱してゐる積りは更にない」と述べている。

女を見てやる義務から免除される」という喜びに満たされる。それは単にGからの解放だけではなく、ベルリンからの解放も意味していたはずである。

ハイデルベルクの「森の家」

ドイツで最も古い大学と、最も有名な古城で知られる、ドイツ南西部の都市ハイデルベルクで、阿部次郎は約五ヵ月を過ごした。『游欧雑記　独逸の巻』で阿部は、ヨーロッパ見学の方針を、その土地でなければ見られないものを見て、その土地に住まなければ接することのできない生活を送ることだと説明している。前者は具体的には美術館を歴訪することだったが、ハイデルベルク滞在は後者の実現を意味していた。それがベルリンではなくハイデルベルクであったのは、「独逸人がまだ独逸らしく生き、ルーターやゲーテ以来の伝統が猶その力を失はずにゐる」と思ったからである。この小都市では美術や演劇は堪能できなかったが、彼は「森の家」のシュワルツ家に寄宿して、「独逸の生活を内から」見ようと努めている。

ハイデルベルクでの生活は、阿部にとって理想的なものだったように見える。午前中に読むゲーテは彼の心を「深く、穏かに、生々と、力強く」して、午後に読むカントは「抽象的な思索」に導いてくれた。夜に読むマイヤーの古代史と現代の新聞は、「人類の努力と迷ひと嘆きとの測り難き深さ」を感じさせる。「森の家」がある山から、町に降りることが億劫になり、大学にはほとんど行かなかった。ただちょうど同時期に、哲学者の九鬼周造が文部省嘱託としてハイデルベルク大学で学んでいる。阿部恒子宛書簡（一九二二年一一月二

★阿部次郎『游欧雑記　独逸之巻』（改造社、一九三三年）に収められたこのハイデルベルクの写真には、「旧市街と城山」というキャプションが添えられている。写真の左上に阿部が付けた白い「×」が、「森の家」の位置である。

五日）によれば、阿部は週に一度、九鬼のホテルに入浴に出掛けた。九鬼の妻に頼まれて書いた俳句「赤き菊や緑衣の女活けてゐる」も、九鬼宅の光景だろう。一〇月二五日〜二九日にはハイデルベルクで、バッハ・レーガー祭演奏会が催され、阿部も毎日山を降りて音楽を楽しんでいる。

シュワルツ家のドイツ人夫婦との交流は、阿部にとって貴重な体験だった。和辻照子宛書簡（一九二二年一一月一四日）に彼は、「私の下宿は恐らく独逸でも一番立派な家庭の一つで、此処にゐる九鬼君などは独逸に来てから僕のうちの妻君位上品な人を見たことがないと云つてゐますが、兎に角此処で独逸人の生活を見ることが出来たのは幸ひでした」と書いている。夜になると「私」と夫婦は、コニャックのグラスを手に、ドイツや日本について語り合った。夫婦は第三者に阿部のことを話すときには、「私達の教授」と呼んでいたらしい。阿部は「私の外遊中に与へられた問題」（『家庭週報』一九二四年一月一八日〜三月七日）で当時を回想して、「日本人が独逸の教養ある階級に如何に見られてゐるかの一例」を知ったと述べている。

シュワルツ家での対話は、阿部にしばしば日本の文化について考えさせた。日本は「お伽噺の国」なのに、西洋文化を輸入して特色を失うのは惜しいと、夫人が典型的な日本観を披瀝したときには、正面からこう反論している。「西洋文化を咀嚼同化しながら、将来の世界文化を築きあげるのが吾々の任務」で、「桜や絹の着物や浮世絵の国」に甘んじているわけにはいかないと。「自然」や「沈黙」や「微笑」という言葉をキーワードに、阿部は東洋と西洋について思考を巡らせた。シュワルツ家の夫とはしばしば一緒に山を降りて、町でワインを楽しんだりしている。そんな交流に一つの区切りが付くのは、一一月一〇日に

★ハイデルベルク大学には一七一二年から一九一四年まで、乱暴狼藉を働いたり規則違反を犯した学生を放り込む、「学生の別荘」と呼ばれる部屋があった。部屋の壁には無数の落書きが残されていて、現在は観光スポットになっている。図版は、『世界地理風俗大系』第一一巻（新光社、一九三一年）に収録された内部の様子。

夫が死去したときだった。

第一次世界大戦後のドイツの貧困は、ベルリンだけではなく、ハイデルベルクも襲っていた。ベルリンで脳裏に浮かんだ「十分の一税」という「不思議な思想」を、阿部はハイデルベルクで実行に移している。八月に夫人に相談して育児院への寄付を勧められ、銀行で受け取った一〇万四〇〇〇マルクのうち、一万マルクを届けてもらったのである。物価騰貴のために育児院は、病気の子供に与えるミルクも買えない窮状に陥っていた。また一〇月には、帝政時代に伯爵夫人だった老女に石炭を届けてもらう。伯爵の死後、老女は売る物もない状態に追い込まれて、高価な石炭を購入できないまま、冬を過ごさなければならなかったのである。

シュワルツ家の夫が亡くなってから一〇日後に、阿部はハイデルベルク大学で、リッケルト「カントからニーチェまで」と、グンドルフ「一九世紀ドイツ文学史」と、カール・ノイマン「デウラー及び彼の時代」という、三つの講義の聴講料を支払う。リッケルトの講義の印象は良くなかったが、ヘーゲルが同じ教室で講義したことを、阿部は思い出していた。しかし彼の意識は次第に、カイロの美術館や、アクロポリスの丘や、イタリアの風光に占められるようになっていく。一九二三年一月四日に阿部は、ハイデルベルクを出発して、アフリカ北部とヨーロッパ南部を周遊する旅に出た。そのときの彼は、ベルリンを離れる時とは対照的に、後ろ髪をひかれる思いで一杯だったという。

★文化哲学・価値哲学を提唱したハインリヒ・リッケルトは、新カント学派のひとつ西南ドイツ学派の有名な哲学者で、ハイデルベルク大学の教授を務めた。『欧米大学生活』（春陽堂、一九三〇年）で馬郡健次郎は、ベルリン大学学生はドイツのどの大学に移るのも自由だと述べて、次のように記している。「学期の初めに各大学は各々の『講義目録』を発行する。学生はそれを見て今学期はハイデルベルヒでリツケルトがファウストをやるからそこへ行かうとか、今度のフライブルヒは面白そうであると勝手に決めて荷造りして出かける」と。『游欧雑記　独逸の巻』の「グンドルフやリッカートのやうな名物」という表現も、リッケルトの評判の反映だろう。フェンシングを楽しむハイデルベルク大学の学生たちの姿は、『世界地理風俗大系』第一一巻に収められている。

「教養」「無教養」という世界の区分法

一九二三年五月一九日に阿部次郎は、スイスのルツェルンを訪れた。イタリアの一人旅を続けてきて、休息したくなったからである。ルツェルンは阿部が親しみを覚える、作曲家と哲学者に縁がある土地だった。ワグナーが「第二の妻を得て隠栖の幸福を味ひすゝつた」場所であり、ニーチェが「一生のうちで最も曇のない友情を享受して生涯忘れることの出来なかった」湖畔である。二三日に彼は「ゲーテの跡」を追って、アルプスの雄大な景観を眺めようと、リギ・クロムに登る。往路の船中や山中でアルプスの山々を望みながら、阿部が思い出していたのはゲーテの『スイス紀行』や自叙伝だった。

阿部がほぼ半年ぶりにドイツの地を踏むのは、その直後の六月一日である。彼はドイツで二つの訪問プランを持っていた。ミュンヘンでリップスの遺族を訪ねることと、ワイマールでニーチェの妹を訪ねることである。「思想的に恩恵を被つた欧羅巴人は極めて多数であるが、その家族がまだ残つてゐるもの、その遺族をたづねて死後の感謝を致す義務がある者は、この二人」と阿部は感じていた。

前者の訪問は、ミュンヘン大学のモーリッツ・ガイガー教授の斡旋で、五日に実現している。リップスは三人の娘と一人の息子を残していて、子供の数と性別が阿部と同じだった。彼は自分の死後の子供たちの生活を想像して、一家の力になりたいと願っている。また阿部はリップスの学問の運命にも思いを馳せた。ガイガーを含めた弟子たちは、すでに現象学に移っていたからである。「師を追ひ越す」のは「弟子の義務」だが、リップスの学

★阿部次郎の後にニーチェの妹を訪問する日本人は、彼のおかげで話がはずむことがあった。登張竹風『人間修行』（中央公論社、一九三四年）によれば、彼は一九二四年一〇月二日にワイマールのニーチェ文庫を訪れている。ニーチェの妹は会うとすぐに、「お前が登張さんか。お前は、私の兄のために戦ひ、私の兄のために苦しんだのだと聞いてゐる、有難い」と言って、涙を流しながら握手を求めてきたという。一八年前の一九〇六年に、登張の主張するニーチェの超人説は、天皇否定につながると非難され、彼は東京高等師範学校教授を辞職した。そんな話を阿部が、ニーチェの妹にしていたのだろう。同月一五日に開かれた生誕八〇年の記念日にも、登張は招待された。同書に収録された写真は、一九二四年にパリで撮影された登張。

問が空しくなったわけではないと彼は考えている。後者の訪問は一六日に、飛び込みで行った。「ニイチェも日本が好きでした。生きてゐたら行つて見たいといふ計画が実行されたかも知れません」と言われて、日本の「無趣味な家」「乱雑な町」「『様式』を欠いた現代生活」「利己的な人間の夥しさ」を想起し、ニーチェに日本を見られなくてよかったと、彼は安堵している。

ルツェルンでワグナーやニーチェやゲーテを思い、ミュンヘンでリップスの遺族を、ワイマールでニーチェの妹を訪ねたときに、阿部の心は充実感に満たされていただろう。しかしベルリンに向かう六月二〇日に、彼の心は再び憂鬱になっていた。「仏英日記」のこの日の記述には、「又この不愉快な町に帰つて来た」という一節がある。ベルリンもハイデルベルクも、第一次世界大戦後の貧困状況は変わらない。にもかかわらずベルリンだけが嫌悪の対象となるところに、阿部の教養主義が現れている。

帰国後の「私の外遊中に与へられた問題」という講演の冒頭で、「我々が、日本人並びに東洋人として如何なる取扱を受けて来たか」を話したいと阿部は述べた。その実例を彼が初めて目撃したのはコロンボである。港口に到着した船から陸に向かう小蒸気のなかで、インドの坊さんが座ったときに、「ブラィクは其処に腰をかけてはいけない」と、イギリス人が立たせたのである。上海では船上のヨーロッパ人が波止場に投げる小銭を、子供や苦力が拾い集めている。日本からヨーロッパに向かう途上で、「下等な人間が下等な人間に虐げられてゐる」光景を、阿部は何度も目撃した。『游欧雑記　独逸の巻』には、ヨーロッパで英語とドイツ語を話すと、「本来自分達の水準以下にあるべき日本人」がと驚かれたという、彼自身の体験も記されている。

★欧州航路の伏見丸で登張竹風と同船した茅野蕭々も、夏の終わりにニーチェ文庫を訪ねている。茅野蕭々・茅野雅子『朝の果実』（岩波書店、一九三八年）の記述によると、蕭々は日本を出発する前に阿部次郎から、文庫の書記をしている大佐宛紹介状をもらっていたが、ベルリンの宿に残してきてしまった。「一般の見物を謝絶するといふ意味の貼札」に気後れしながら建物に入り、阿部の友人だと大佐に自己紹介すると、数日前に阿部から手紙が来たばかりだという。ベルリンからワイマールに移りたいが、文庫の書籍を使わせてもらえないかと尋ねると、この自分の仕事部屋でよければ、机と椅子を提供しようと言ってくれた。午後に再訪したときに蕭々は、八二歳になるニーチェの妹から、ニーチェの看護をしていた頃の思い出話を聞いている。図版は、同書の箱。

白色人種／有色人種、西洋人／東洋人という、優劣を意味する世界の区分法に阿部は反発した。講演の最後に彼は、ヨーロッパに行って良かったことの一つは、「西洋人に対して臆する気持がなくなつた」ことだと語っている。自信がついてきたのはマルセイユに到着したときで、フランス人で「汚らしい風をしたのや鼻下に鬚のあるお婆さん」がたくさんいるのを見て、「下等な馬鹿な人間が居るといふことは日本だけではない。さういふ人間はいたる所にゐる」と思ったのである。「仏英日記」の七月二〇日の記述に、「淫売らしい女が英吉利人らしい老人の客と」食事をしているのを見て「眼でからかってやつた」という一節が含まれている。「この嘲りは確かに通じたであらう」と得意げに書くときに阿部は、上等／下等が同じように優劣を意味する世界の区分法であることに、無自覚なように見える。

ベルリン郊外で阿部は、ビール樽のような腹をした「無教育らしい」男から、鶏の鳴き声のような声に続けて「Japp'an!」と大声で言われたことがある。別の若い男は犬に向かって「Jap!」と呼びかけていた。このような光景は、ベルリンの中心部では見られなかったが、彼に「敬意と好情」を寄せる「教養ある人達」とは異なる、「無智な人達」の行為だと彼は捉えている。ベルリンで悩みの種だった女中のGについての表現にも、「無智にして野卑な」「孤児らしく、下女らしく、最も無教養に代表」という言葉が散見される。阿部には教養／無教養という世界の区分法が根強くあり、自分自身はもちろん教養の側に属していると考えていたのだろう。阿部がベルリンではなくハイデルベルクを好んだのも、教養という枠組みの中で成立している自己物語を、保全して生きることが可能だったからである。

（和田博文）

★小網源太郎述『欧米魚市場覗記』（小網源太郎、一九二五年）に収録された、マルセイユの魚市場の写真。エプロン姿の庶民階層の女性が写っている。

土方与志（1898-1959）——演劇巡礼

インフレと表現主義

一九二三年のシーズンにチェコのチャペク兄弟の「虫の生活」を見た林久男は、『演劇新潮』（一九二四年六月）に「『昆虫劇』を演じた独逸劇壇」を書いた。これは、蝶、蜉蝣、蠅、蜂といった昆虫のさまを通して、烈しい生存競争や命のはかなさを伝える戯曲で、林は「初めは殆ど好奇心に籍られて、一夕、伯林のケョニヒグレッツア街の小じんまりした劇場を訪れた自分は、餓虎のやうな眼を光らしてぢつと此の劇を観照して居る独逸人達の間にはさまれ色々な事を考へさせられた」とある。一九二三年といえば、危機的なインフレーションに見舞われて、ドイツ国民が厳しい生活を強いられていた時期である。

このとき土方与志《ひじかたよし》もベルリンにいた。土方は帰国後、小山内薫らと一九二四年に築地小劇場を旗揚げしたが、そこでの上演演目の選定に、この時期のベルリンの演劇状況が色濃く反映されることとなる。「虫の生活」は、一九二五年四月、築地小劇場で北村喜八訳、土方与志演出、吉田謙吉装置で上演された。一九二四年七月にはカレル・チャペク作、宇賀伊津緒訳の「人造人間」が、土方演出、吉田装置で上演されている。土方は、「灰色の築地小劇場」（『新劇の40年』民主評論社、一九四九年）で、「当時ベルリンは表現主義演劇の最盛期であつた。私はゲオルク・カイザーの世相的戯曲の上演や、また、エルンスト・トラー、カー

★築地小劇場で上演された、チャペク兄弟「虫の生活」（一九二五年四月一五〜二四日）の「蝶の場」の舞台写真（吉田謙吉『舞台装置者の手帖』四六書院、一九三〇年）。擂り鉢型の舞台装置で、出演者は動きにくかったという。

ル・チアペツク等の作品に興味を感じた。革命的演劇運動はまだはつきりとは現はれていなかつた。エルウイン・ピスカートルなどは場末の劇場で、トルストイの『闇の力』などを上演していた」と回想している。

一九二二年一一月、二四歳の土方与志は、ヨーロッパで演劇の勉強をするために神戸からフランス船ポルトス号に乗り込み、翌月の二〇日頃にパリに着いた。

土方は一生の仕事を演劇にと思い定め、小山内薫のもとで修業していたが、商業演劇の中に身を置いてみると、その内部の停滞ぶりに堪えられないことが多かった。また、大正デモクラシーの流れの中で華族という自分の身分について思い悩んでいた。ともかく生活を建て直すために良い演劇のある国へ行こうと決め、落ち着いたら母と妻子を呼び寄せるつもりで、ひとまず単身で旅立った。一九二三年九月の関東大震災の知らせで急遽帰国したが、それがなければ一家揃ってヨーロッパのどこかに長期で住む予定だったのである。

パリにはモスクワ芸術座が来ており、シャンゼリゼ劇場で「どん底」「桜の園」「カラマーゾフの兄弟」などを、コンスタンティン・スタニスラフスキーやオリガ・クニッペルといった演技陣により見ることができた。しかし、「灰色の築地小劇場」によれば、完成美は感じられたものの平板な印象しか受けず、これよりもジャック・コポーのヴィユ・コロンビエ座やリュネ・ポーの創作劇場の方にひかれたという。

彼は次にベルリンへ移る。

一九二三年一月、ベルリン大学に演劇科が開かれると聞いたので、ルール占領、そして更にヨーロッパ戦争の再発の危機の噂をよそに、フォツシユ将軍の軍隊と一緒の汽

★神戸港を出発する土方与志。後ろ姿は妻の梅子で、長男の敬太を抱いている(『土方梅子自伝』早川書房、一九七六年)。

車でベルリンに着いた。早速つてをもとめて、マックス・ラインハルト系の三劇場――「ドイツチェス・テアター」、「カムメル・シユピーレ」、「グロツセス・シヤウシユピール・ハウス」――に出入することが出来、またドイツ自然主義演劇の育成者の一人カール・ハイネ（ヴエデキンドを劇界におくつた人）について学ぶことになつた。小山内氏もカール・ハイネのことを知つておられ、私が彼に師事したことを喜ばれた。なお「カムメル・シユピーレ」でベルンハルト・ライヒ演出のストリンドベルク作「令嬢ユリエ」の演出過程を全部見学することを許された。（「灰色の築地小劇場」）

彼にベルリン大学の情報をもたらしたのは、学習院からの友人である近衛秀麿であった。また、「令嬢ジュリー」は、一九二五年七月に築地小劇場で、土方与志演出、伊藤熹朔装置で、主演、山本安英、千田是也により上演されている。

ベルリンの恋

土方与志「愚痴」（『土方与志演劇論集――演出者の道』未来社、一九六九年）には、次のような思い出話がある。

祖父は、私の少年期に自分を育ててくれるのに、よくこんなことを私に話した。
「お前のお父さんは、馬鹿な奴だ。俺は明治維新が済んだとき、もう「士」の時代は去った。こんどは科学の時代だと思ったので、医者の勉強にお前のお父さんをドイツ

★築地小劇場の「ジュリイ嬢」の舞台写真（水品春樹『築地小劇場史』日日書房、一九三一年）。

にやった。ところがお父さんは、俺の言いつけにそむいて、ドイツに行くと、医者の学校には入らず、カイゼルの士官学校に入ってしまった。」

と、このような意味のことをいっては、その後の私の父の軍務上の失敗から、自殺するというような不幸な運命を悲しむように、暗い顔を私から外らせた。

与志の父の土方久明はヴィルヘルム二世のドイツで、陸軍士官学校に入って軍人となった。父が軍人となった地へ、与志は演劇人たらんとしてやってきたのである。ベルリンで観劇以外に土方がどのようにして過ごしていたかは、あまり書き残されていない。

『土方梅子自伝』（早川書房、一九七六年）には、与志のベルリンでの恋が書かれている。与志本人が思い出として梅子夫人に語ったもので、夫人の回想には、

その娘さんはタイピストでした。ある時、展覧会で涙を流している女の絵を見て、「画に描いてある女の人が泣いている。本当の涙……」と言いながら、涙をたしかめるために、画にそっとふれてみたそうです。

与志は、私に「梅さんだったら、いかにも『いい絵でございます』って恰好で、分りもしないのに、すまして見ているだろう」と申しました。

私は気位いを高くもつようにと教育され、また形式的な躾を身につけておりましたので、そのドイツの娘さんと同じように感動することは、やはりできなかったと思います。

★黒田礼二「亜米利加踊り」（『解放』一九二二年二月）中にある、黒田礼二描くベルリンのダンス教室の風景。ドイツ革命後の混沌とした文化状況を、黒田は「何等特有の文明を持たざりし独逸、模倣と加工とを以つて文明の上塗りをして居た独逸」「今の独逸には何一つ残されたものが無い」ゆえに、幼稚なアメリカニズムが流行すると、皮肉な見方をしている。土方がドイツにいたのは黒田がこれを書いた翌年である。土方がドイツでどのような生活をしていたか、演劇のこと以外はあまり書き残していないので不明なことが多い。このようなドイツの状況が、土方にはあまり気に入らなかったのかもしれない。

とある。梅子は、日銀総裁や貴族院議員を勤めた三島弥太郎の次女であったが、嫁いでからは、女性も仕事を持つべきという土方の考え方を受けて洋裁を身に付け、その技術を活かして築地小劇場の衣装部で活躍をした人である。形式的な躾で身を固めていたとは思えないのだが、華族であることに後ろめたさを感じていた土方にとって、「タイプの技術で生活を支え、展覧会場で、絵をなでて感動するようなドイツ娘が、どんなにすばらしいものに感じられたかは私にも分ります」と梅子は書いている。

土方与志は築地小劇場の運動を資金面で支え、演出家として活躍して新劇運動を引っ張ったが、観客あっての演劇であり多くの民衆に支持されてこそ舞台が成立すると考えたとき、自身の身分と財力、また西欧文化から得た教養が民衆から自分を浮き上がらせてしまうという矛盾に悩んでいた。左傾してゆく要因の多くがそこにある。

新劇を日本に根づかせようとした先駆者に小山内薫がいるが、築地小劇場を立ち上げたとき小山内が四三歳だったのに対し、土方は二六歳とまだ若かった。それだけ日本の旧劇に染まることが少なかった。また小石川にあった土方邸が大きな洋館であったことに象徴されるように、西洋の教養が借り物でなく身につく環境に育った。築地の演出は小山内薫、土方与志、青山杉作の三人で行っていたが、土方の方法にもっとも親しんだのが役者では千田是也、舞台装置では吉田謙吉で、前衛的な試みをした人達である。新しい試みを果敢に行っただけ、民衆との乖離ということでいえば、もっともその悩みは深かった。

築地小劇場創立にさいしては、劇場に鉄筋コンクリートで作ったクッペル・ホリゾント（ホリゾントの上部が前方にカーブして舞台の上方を覆う）があり、従来なかった天井からの照明装置

★左から、小山内薫、友田恭助、土方与志。築地小劇場創立当時のもの（小山内薫『演出者の手記』文芸春秋社、一九四八年）。

を備え、プロンプターボックスを作るという、当時では最新の機能を備えた。土方は洋行前から土方模型舞台研究所で研究を進め、友達座という自分たちの演劇グループでその成果を問うていたが、ドイツでの実地の勉強によってさらに進んだ劇場の装置を考えることができたのである。

土方は「築地小劇場の改築について」(『築地小劇場』一九三二年一二月)で、築地小劇場を建設したときのことを回想して、次のように書いている。

舞台、観客席は、私のしばしば出入したベルリンのカンマシユピーレ座による所が多い。問題のクッペルホリゾントも殆どその形をとり、観客席と舞台の高さもそれに等しい。それに当時私の研究としては、照明は投影機による舞台照明に、かつてのボーダー、フットライトの照明が代りつつある時であり、それが表現主義的演出と結びついて、欧州大戦前後の社会的変革に伴って、劇場観客の質の変化に即し、かつての舞台の左側(客席より)にあつた照明室が、次第に王侯貴族の見物席たりし第一ボックスに移りつつある傾向から、築地小劇場も照明の中心を観客席の上に持って来たのである。

ベルリンでの演劇研究が、築地小劇場創立の土台となっていたのである。

★ドイツ座(*Grüsse aus Berlin und Ungebung in Bild und Wort*, W.Sommer,1898)。

関東大震災の知らせ

一九二三年の復活祭前後に「ファウスト」がいくつかの劇場で同時に上演された。土方は、三月三〇日にドイツ座のマックス・ラインハルト演出、四月一日にはレッシング座のヴィクトル・バルノフスキー演出、四月二五日には国立劇場のレオポルト・イエスナー演出で「ファウスト」を見た（「同時上演の問題」、『演劇新聞』一九四八年一月一日）と回想している。ベルリンでは、演出家としてレオポルト・イエスナー、カール・ハインツ・マルティン、俳優としてはアレキサンダー・モイシ、アルベルト・バッサーマン、パウル・ヴェーゲナー、コンラート・ファイトらを見たという（「青年期第三」、『なすの夜ばなし』河童書房、一九四七年）。このような調子で、土方はヨーロッパ滞在中の一年足らずの間に三〇〇ほどの演劇を見ている。

演劇シーズンが終わるころに、日本からやってきた友人の近衛秀麿とロンドンへ行き、さらにヘレラウのダルクローズ学校を訪れる。一九二三年七月八日の日付で、与志から梅子宛の絵葉書に「音に名も高き／ダルクローズの学校の祝典を／見に来た／連れは近衛君、斉藤さん／と三人だ」（菅井幸雄編「土方与志をめぐる手紙（四）」、『悲劇喜劇』一九九八年一〇月）とある。そのあと北欧を経てベルリンに戻り、関東大震災の報を受けたのである。

一九二三年九月二日朝早く、ベルリンのホテルの一室に眠っていた私は、一枚の新聞を持って入って来たボーイに起された。ボーイは同情というよりもお悔みに近い表

★アルベルト・バッサーマンの演ずる「ヴェニスの商人」のシャイロック（穂積重遠『独英観劇日記』東宝書店、一九四二年）。穂積は、バッサーマンのシャイロックを一九一三年一二月二九日にドイツ座で見ている。

情をして持って来た新聞を渡した。いうまでもなく、そこには前日の関東大震災のニュースが紙面をうずめていた。そこでは日本という島が太平洋に沈んでしまったかの様に大げさに報ぜられていた。半年以上、ヨーロッパ各地を演劇巡礼していた私はまず途方にくれた。

（「古き築地から新しき築地へ」、『芸術新潮』一九五五年一月）

ドイツの新聞では、富士山も吹き飛んだと書いてあり、これでは家族もだめだったろうと諦めた与志は、帰国せずベルリンで自活してゆく道を考え、ドイツ座のエキストラに応募して採用されたという（『土方梅子自伝』）。ベルリン大学演劇科での勉強もまだ始まっていなかった。そうしているうち、河原崎長十郎（二世）から、日本の演劇再建を目指す熱意のこもった手紙が届き、意を決して帰国することにする。シベリヤ経由で帰る途中、モスクワに数日滞在してメイエルホリド劇場の「大地は逆立つ」（マルセル・マルティネ原作、セルゲイ・ミハイロヴィチ・トレチャコフ脚本、フセヴォロド・メイエルホリド演出）を見た。「『自然主義』的な、或は『印象主義』的な演出に疑問をもち、真実なものを探しもとめていた私にとって、真の演劇の解放がここに実現されているかのように感ぜられた」（「メイエルホリドの死」、『なすの夜ばなし』）として、数日とどまったモスクワで見たメイエルホリドに、半年以上滞在したベルリンでも得られなかった深い感銘を受けたという。

一九二三年一二月に神戸港に着き、その足で土方は関西にいた小山内薫を訪ねて、新しく演劇活動を始めたいという意思を伝えた。ここから築地小劇場の活動が始まる。ヨーロッパには結局一年間しかいられなかったので、長期滞在のために準備した費用を演劇活動にあてることにした。

★メイエルホリド劇場（尾瀬敬止『新露西亜画観』アルス、一九三〇年）。

彼がふたたびベルリンの地に立ったのは、そのときから一〇年後である。

一九三三年、病気療養とヨーロッパの演劇界の視察という理由で、土方は梅子夫人と長男敬太、次男与平の一家四人で、四月四日に東京駅を出、神戸から出発した。実際は、国際労働者演劇オリンピアード出席のためであった。また、日本を出なければ、プロットでの活動や共産党への資金提供により収監される危険性が出てきていた。一九三四年には、左翼運動にかかわったということで、宮内省より爵位の返上を命じられている。

パリに到着後、モスクワへ着くまでの経路は、一九四一年七月に滞在先のパリから帰国してすぐ三田警察署に留置されたときの文書（内務省資料『土方与志演劇論集　演出者の道』）によると、「〔一九三三年〕五月十三日マルセイユ到着後直ちにパリーに入り、ソビエート領事館にて入国の査証を得んとしたるも、プロットのマンダートなきため再三の申請も効をなさず、已むなく佐野に連絡したるところ、ベルリンの勝本清一郎に頼め、との指示を得」「ベルリンにては予めパリーより電報にて手配し置きたる為、勝本清一郎に駅頭に迎えられ、家族を勝本宅に休息せしめ、直ちに勝本と同道してソビエート領事館に至り、勝本の通訳にて簡単に旅券の査証を受け」とあり、ベルリンに短時間ではあるが立ち寄っている。五月三一日、モスクワに到着し、翌日、佐野碩とともにＩＲＴＢ（国際革命演劇同盟）大会、国際労働者演劇オリンピアードに参加。六月中旬に会が終わると、そのまま国際革命演劇同盟の書記局員となってモスクワにとどまった。

一九三七年に国外退去となり、一家はパリに移り、一九四一年に帰国。土方はただちに特高に捕らえられて、敗戦後に仙台刑務所から釈放されるまで、その活動は封じられた。

（宮内淳子）

★一九三七年のベルリン国立オペラ劇場のプログラム。ハーケンクロイツが描き込まれている。

3 「黄金の二〇年代」と国際都市

1923-1932

レンテンマルク発行まで

一九二三年一月、フランス・ベルギー軍によってドイツの工業地帯ルールが占領された。いわば心臓部をおさえられてしまったドイツ人民の苦悩と反発は、演劇鑑賞の姿勢にも現れた。ベルリンでいくつかの舞台を見た林久男は、このように観察した。「なるほど一九二三年一月仏蘭西が、ルール・ライン地方に圧迫を加へて来て以来、流石に辛抱強い独逸人の顔も見る〳〵蒼みと凄みとを増して来て、朝野唯一の合言葉は『一致』といふ一語であつた。従つて演劇の方でも、さういふ国民的一致や、自由や、解放を歌つたものが可なり熱狂的に歓迎されて来たので、此際——演劇そのものの出来ばえは暫く別として——『フローリアン・ガイエル』や『ギルヘルム・テル』などがさういふ人気を博したのも、国民的心理から云つても無理のないことであつた」(『芸術国巡礼』岩波書店、一九二五年)。この頃ある日本人の踊りが評判になっていた。石井漠の「舞踊詩」である。石井は義妹小浪とともに一九二三年二月にベルリンに着き、成田為三や阿部真之助、土方与志らの協力を得て四月二四日にブリッツナー・ザールで公演することになった。これが大変な評判で、急遽再演が決定されたほどであった。人間の苦悩を表現した石井の「舞踏詩」が、ベルリンっ子たちの共感を得たのである。

しかし現実には、観劇でうさを晴らそうにも晴らしきれないほどの激しいインフレが続いていた。一九二二年七月にベルリンに来た阿部次郎が残した詳細な換算表によれば、一九二二年七月八日に一ポンドが二二九〇マルクであったものが、一九二三年六月二日には三四万五千マルクになり、それから一ヵ月もたたない六月二九日には七〇〇万マルクになった(『游欧雑記 独逸の巻』改造社、一九三三年)。五月にベルリンに着いた小宮豊隆の下宿屋でも、さすがに七月になると部屋代をマルクでなくポンドで支払うように言ってきた。ところが主人はまだマルクの価値が上がる夢を見ている。マルクが上がった時にポンドで支払われると困るので、その時はまた話し合うという暫定的措置であった。つまりこの頃、庶民には留まるところを知らぬインフレの姿がまだはっきりとは見えていなかったのである。無理もない。誰がこれほどの下落を予想できただろう。一ポンドが三五〇万マルクになった頃、小宮が三菱の支店でポンドの両替を頼むと、その日はじめて発行になった五〇〇万マルク札を渡された。この札を商店で使おうとすると、「驚異の眼を瞠つてゐる会計も売子も合客も、悉く羨望の光を漾はせて、時時私の方を窺み見た。若い女の眼は秋波のそれに近かつた」と彼は『黄金虫』(小山書店、一九三四年)に書いている。八月、このインフレの激化によりクーノ内閣は倒れ、人民党のシュトレーゼマンを首班とする大連合内閣が成立した。しかしマルクはさらに暴落し、最後には一ポンドが四二兆五千億マルクという天文学的数字になった。

つるべ落としのマルク下落はドイツ人に苦境をもたらしたが、外国人には信じられないほどの甘い汁をもたらした。この頃ベルリンに滞在していた日本人は、買い物にいそしみ、キャバレーで札びらを切って遊んだ。もちろん商店やキャバレーにとっては願ってもない上客である。なにしろ煙山専太郎によれば「ベルリンでの餓死者は、一九二二年一月から一九二三年十月までに一〇三人、而して自殺者も次第に増加してる。生計の困難のため、中流社会は皆流離困頓し、国民の精神生活の理想的標準の支持者たりし中級の頽廃は、一般道徳の低下を胚胎するに至つてる」(『再生の欧米を観る』実業之日本社、一九二八年)といった状況だったのである。ところがこの年の九月一日、関東大震災がおこり、多くの日本人は急いで帰国した。

一一月一五日、ついにレンテンバンクが創立されてレンテンマルクが発行された。ドイツはこれを政府所有の土地財産を担保として発行したのである。池田林儀によると「最初此のレンテンマルクが計画された時、多くの人は之を冷笑し、レンテンマルクの価値を疑ひ、彼のフランス革命当時に行はれた『マンダー、テリトリオー』と同様の不評を以て之を迎へた」(『ワンダーフォゲル』文化社、一九二四年)という。ところが意外にもこれが効を奏した。三二億のレンテンマルクが吐き出され、ドイツに流通したことで、表面上は景気が戻った。ただし預金のない銀行がこれを流通させ、ドイツ人はこれを一マルクも貯蓄しないのである。ともあれ、マルク下落に不安を通り越して恐怖を抱いていたドイツ国民は、これで一応の安心を得たのだった。

黄金時代の到来

こうして一九二四年は、つかのまの安定期となった。この年八月のロンドン会議で、ドイツの欧米連合国への賠償金が決定した。ドーズ案である。これによりドイツは、一九二四年の一〇億マルクを皮切りに、総額一三二〇億マルクを支払うことになった。それにもかかわらず景気が安定したのは、この支払いのために産業を復興させるべく、アメリカから六〇億マルクを借款したからである。つまりこの頃の景気は、他国からの借金によって生じた、いわば幻の空景気であった。

それでも景気はいいに越したことはない。この年、アドミラルス・パラストやコーミッシェ・オーパーやグローセス・シャウシュピールハウスでは、それこそ景気のいい大スペクタクル・レヴューが展開された。中でも八月にアドミラルス・パラストで開幕した「アテンション　波長五〇五」は、世界最大のレヴューとなった。これを見に行った秦豊吉は、「夜の八時十八分から十一時四十分に終るまでに六十回の場面を見せたものである。即ち華麗を尽した各場景も、平均してたつた三分三十秒ですぐ次に消えてしまふのである。（略）この早さこそ映画の早さであり、現代の速力である」（『青春独逸男』文芸春秋社出版部、一九二九年）と感嘆した。レヴューに惚れ込んだ秦は、「日本人の骨の髄まで浸み込んでゐる歌舞伎といふ憂欝を追ひ出して貰はなければならぬ。レヴュウでこそ僕等の今日の生活と感覚とは、解放され、休息され、柔げられる」（『青春独逸男』）と感じ、のちに東京宝塚劇場（東宝）に入社してレヴューの花を咲かせることになる。

一九二五年にはロカルノ条約が調印され、ドイツとフランスの協調時代がはじまった。また一九二六年には国際連盟に加盟し、ドイツは世界と協調する姿勢を明示した。この功績により、シュトレーゼマンはこの年、ノーベル平和賞を受賞するのである。ベルリンには勢いと華やかさが加わり、パリやロンドンと並ぶ憧憬の都市となった。

演劇の分野ではマックス・ラインハルト、エルヴィン・ピスカートル、ベルトルト・ブレヒトがそれぞれ違った個性で観客を魅了していた。この百花繚乱の黄金時代、エリザベート・ベルクナーやエーミール・ヤニングスなどのすぐれた俳優が生まれた。またオペラやコンサートの分野でも、エーリヒ・クライバー、ヴィルヘルム・フルトヴェングラーらの優秀な指揮者、パウル・ヒンデミットらの斬新な作曲家をベルリンは擁した。カフェは派手な電飾と大音量のオーケストラで客を集め、映画館は豪華な内装を誇り、ヴェルトハイム百貨店のそばには一九二四年、斬新なガラス張りのヘルピヒ毛皮店ができた。ティーッ百貨店は一九二六年にKDWと合併してヴェルトハイムと集客数を競った。

一九二九年一月、エーリヒ・マリーア・レマルクの『西部戦線異状なし』が発売されてベストセラーとなった。六年のベルリン生活を終えて帰国していた秦がこれを翻訳刊行し、日本でも大いに売れた。レマルクの次の作品『その後に来るもの』は黒田礼二が翻訳した。黒田は一九三〇年、秦は一九三三年に著者に会う機会を得ている。さらにトマス・マンが一九二九年度のノーベル文学賞を受賞し、ベルリンは再び湧いた。

一九三〇年の末、山口文象がベルリンに着いた。新しい建築理念を世界に提示したバウハウスの前校長ヴァルター・グロピウスに師事するためである。グロピウスは一九一九年にワイマールにバウハウスを設立し、一九二五年にはこれをデッサウに移転した。一九三〇年にはその校長の座をルートヴィヒ・ミース・ファン・デル・ローエに譲り、自分はベルリンのポツダマー街にアトリエを開いていたのだ。「足かけ四年の間『おやぢ』には筆舌に尽せぬお世話になりました。非常に厳格ではあったが、ぐっと来るような温かさでいたわって下さる半面もありました。外国人には当時仕事の報酬は支払えないことになっていましたが、貧窮の私にずっと続いて充分な手当を支給してくれました」（『現代日本建築家全集11 坂倉準三　山口文象とRIA』三一書房、一九七一年）と山口は回顧している。彼はグロピウスとともにラースロー・モホイ＝ナジの純粋抽象映画をベルリンの小さなホールに見に行ったこともあった。デッサウのバウハウスで学んでいた山脇巌も、蔵田周忠に誘われて一九三一年、ベルリンで開催されたドイツ建築博覧会の共同取材をしている。バウハウスの建築理念である芸術と近代工業の融合は、山口や山脇によって日本に伝えられ、大きな反響を呼ぶことになる。

アメリカン・カルチャーの氾濫

一九二六年二月、アメリカからジョセフィン・ベーカーがやってきてネルゾン・レヴューに客演し、あっという間にチャールストンの大流行をもたらした。黒田礼二は新聞記者の特権で、ベーカーと短い会話の機会を持つことができた。その頃のベルリンにはベーカーに代表される歌と踊り以外にも、アメリカ大衆文化が怒涛のように押し寄せていた。一九二八年二月には、しばらくアメリカに渡っていた人気演出家のマックス・ラインハルトが帰ってきていた。ブロードウェイで刺激を受けたラインハルトが六月にドイツ座にかけたのは「芸人たち」で、豪華絢爛のアメリカ文化満載の舞台であった。「タウエンツィエン街からクルフュルスデンダムへかけての大通りには、アメリカやアメリカまがいの映画をやる大映画館、アメリカン・ジャズの鳴りひびく豪華なカフェーが軒をならべ、その角々には街の女たちが、夜目もあざやかな赤・白・黄・緑・紫などの編み上げ長靴の妍をきそ」っていたと、千田是也は『もうひとつの新劇史』（筑摩書房、一九七五年）に書いている。

映画もアメリカ文化に押されがちであった。映画会社ウーファは一九二五年に文化映画「美と力への道」を封切り、その科学性と写真技術によって評判を得たが、これでは観客の熱狂を勝ち取ることはできなかった。この映画には日本人も何人か出演している。一九二七年に封切られた第二作の「大自然と愛」には、一糸まとわぬ姿の千田是也も登場している。この時の日当が四五マルクというから、映画のエキストラの仕事は、ベルリン在住の日本人には、いい小遣いかせぎになったのである。それにしても、「文化映画」と称するこの種の映画は華やかさに欠けた。集客数を誇ったのはやはりアメリカ映画であった。これに対抗するように一九二七年一月に封切られたフリッツ・ラング監督の「メトロポリス」も、ニューヨークの摩天楼を下敷きにして未来都市を描いたものであった。ウーファは、この製作に六〇〇万マルクを注いだ。和辻哲郎はこの年の八月二七日にこの映画を観た。満員の盛況だったという。

舞台俳優から映画に転向したエーミール・ヤニングスも、すぐにハリウッドに呼ばれて国際俳優になった。ヤニングス主演の「ヴァリエテ」は一九二七年に日本でも上映され、大評判を得た。彼が一九二九年にアメリカからベルリンに戻った時の群衆の熱狂ぶりは、ホテル・エスプラナーデの玄関で彼と握手をした円地与四松がよく覚えていた。

ところが、もうひとつの新しい波がやってきた。サイレントからトーキーへの移行である。世界初のトーキー「ジャズ・シンガー」がアメリカからドイツにやってきて、ベルリンで公開されたのは一九二八年九月のことだった。時代は明らかにトーキーの方へ向かっていた。そこでウーファはアメリカに行っていたヨーゼフ・フォン・スタンバーグ監督を呼び寄せ、ヤニングスとマレーネ・ディートリヒを使って「嘆きの天使」を製作した。一九三〇年に封切られたこの映画の中でディートリヒが歌った歌が話題を呼び、これ以降ドイツ映画は「シネオペレッタ」の路線を歩むことになる。「会議は踊る」など日本でも大ヒットした映画が次々と製作されるようになった。ニューヨークのロケット・ガールズのむこうを張ってティラー・ガールズが、さかんにトーキーに出演して、腕や脚を露出させて歌った。

日本を題材にした映画も、ささやかながらベルリンにお目見得した。一九二八年七月には「ヨシワラの一夜」という怪しげな映画が封切られており、これには千田是也をはじめ、ベルリン在住の多数の日本人が出演していた。一九二九年五月には「ヨシワラの影」が封切られた。こちらは衣笠貞之助が持ってきていた「十字路」が改名されたもので（日本といえば富士山か吉原だったから）、モーツァルト・ザールで特別公開された。

しかし一九二九年一〇月二五日、ニューヨークの株式大暴落が世界を恐慌に陥れた。黒い金曜日である。アメリカがドイツに貸し付けていたドルは引き揚げられ、一九二四年からのかりそめの「ベルリン黄金時代」は、幕をおろす。そして不穏な空気が再びベルリンの街を覆うことになる。

『西部戦線異状なし』が映画化され、モーツァルト・ザールで上映されたのは一九三〇年一二月のことだった。この時、数十人がなだれこんできて上映妨害をした。この妨害は、当初共産党のしわざとみなされていたが、やがて民族社会主義者たちによるものと判明した。彼らはこの映画の中のドイツ敗北の描写や、ドイツ軍隊への批判的姿勢に不満を抱いたのだった。その結果、すでに検閲を通ってきたこの映画は再検閲され、「外国におけるドイツの名誉のために」上映禁止となった。この様子を見てきた新明正道は、「独逸の中央政府が表面的にはきはめて強固であり、たえず国民社会主義の克服を試みているように見えながら、実際において、如何にそれが微弱であり、易々として国民社会主議《ママ》の突撃の前に屈伏してしまふものであるかといふことが、此の一篇によつて明らかにされ得るものと信ずる」（「レマルクの映画の禁止されるまで」、『批判』一九三一年七月）と書いた。ヒトラーの台頭が、徐々に明確になりつつあった。

ベルリンの左翼日本人たち

ベルリンの西南地区に住んでいた大部分の日本人がベルリンの黄金時代を謳歌していた頃、プロレタリアートの実態を研究し、マルクス主義経済学を実地で学ぼうとしていた日本人グループがいた。それが一九二六年末に蝋山政道によって設立されたベルリン社会科学研究会である。河合栄治郎が「社会政策そのものの研究と実際とから云つても、日本が独逸に学ぶべきものの多いことは英国の比ではなかつた」と『在欧通信』(改造社、一九二六年)に書いているように、ベルリンは社会学や経済学を学ぶ上で最適の都市だったのだ。ベルリン社会科学研究会では、レーニンやブハーリンを読んだり、マルクス主義学者の話を聞いたりする集会を週一度の割合で持っていた。ここには国崎定洞をはじめ、堀江邑一、有沢広巳、鈴木東民、それに黒田礼二らが集った。一九二七年五月には千田是也が片山潜からもらった紹介状をもって黒田を訪ね、この研究会に参加した。一二月にはモスクワからブリュッセルに来ていた片山が、数日ベルリンに滞在し、研究会のメンバーと会っている。

しかし彼らがいわば和気あいあいと研究会を催している間に、一九二八年、日本では三・一五事件がおこり、共産党員への締めつけが強化された。四月には東大新人会が解散させられ、河上肇は京大を辞職させられた。帰国の時期を迎えていたベルリン社会科学研究会のメンバーは、相当な逆風を覚悟して帰国準備をしなければならなかった。五月二〇日の総選挙では社会民主党が勝利し、ベルリンでも共産党に対する弾圧が強くなってきていた。有沢はこの頃ベルリンを発ち、九月には堀江が帰途についた。国崎だけは帰国を断念した。

一九二九年二月九日、パリで賠償に関するヤング会議が開かれた。ドーズ案で青息吐息になっていたドイツが、改訂を求めたのである。六月に決定されたヤング案は、ドーズ案の賠償額を大幅に緩和したものであった。すでにベルリンには失業者があふれ、五月一日には、血のメーデーがおこっていた。社会民主党はこの後『赤旗』を発行停止にし、「赤色戦線戦士同盟」を解散させた。ベルリン社会科学研究会も集会が開きにくくなってきていた。そんな折、一〇月一〇日に勝本清一郎が島崎蓊助を伴ってベルリンに着いた。

勝本はベルリンの日本人についてこんな記述を残している。「今ベルリンには約五百人の日本人が住んでゐる(冬になつて少し減つたが……)。それらの日本人はどんな地域に住んでゐるかといふと、九十九パーセントまで、ベルリン市中の西南部に住んでゐる。日本人殊にウイルマースドルフ区とシエーネベルフ区とに多い。日本人は海外に出るとみんな妙に意気地がなく、大使館や日本人会や日本料理店のある付近に、あたかも金魚鉢の中にいれられたボーフラか何かのやうに、かたまり合つて住みたがる癖がある。（略）かういふ環境の中にゐて、毎日、日本飯ばかりを食つてゐたのでは、どんな科学者も、自由主義者も、ドイツにおけるプロレタリアートの政治運動や芸術運動の現状が、てんで分りツこがない」（『赤色戦線を行く』新潮社、一九三二年）。

こうしたわけで、左翼日本人たちはベルリン西南部を避け、つとめて北東部に住むように心がけた。藤森成吉の『転換時代』は、彼らを題材にした小説である。その中で主人公はこう申し渡される。「今後我々同志の住居は、ベルリンの北部、東部、東北部、乃至此の辺の中央部に限定したい」。なぜかというと「ベルリンぢうで一番多くプロレタリアートが住んでゐる部分であり、一番党の力の強い地区であり、我々がプロレタリアートと接触する上にも、勉強する上にも、最も便利な個所だ。第二に、我々はいつも此の酒井氏のところを集会所としてゐるが、その点、出来るだけ此の近くへ密集して住んでゐる必要がある」からだという（『改造』一九三一年一〇月）。この中で酒井君として登場するのが、国崎定洞であった。

一九三〇年三月一八日、日本の治安維持法によく似た趣旨の「共和国保護法」が国会で可決された。デモや集会は、ますます実施が困難になった。そんな中でも社会科学研究会は継続しており、山口文象も三枝博音とともに参加した。千田がアジプロ用の衣裳や舞台装置をつくるのを、山口も衣笠貞之助らと手伝ったりしていた。

七月二八日には岡本かの子がパリからベルリンへ着いた。その年のクリスマスに、一人の「プロレタリア党」が「俺達の教会」へかの子を連れていった。「『俺達の教会』では思はず吹き出し、そして感心しちまった——何とおめえ達さうぢやあねえか、信ぜよ、そして働けよ、だ。——これがプロレタリア牧師さんの言葉。聴手は勿論プロレタリア諸君」（『世界に摘む花』実業之日本社、一九三六年）とかの子は書いている。一九三二年一月には尾崎行雄が、三月には四宮恭二がベルリンに着いた。五月には河合栄治郎が七年ぶりにドイツを訪れ、高橋健二や鶴見祐輔と会っている。

一九二九年にはじまった経済恐慌は、一九三〇年になっても続き、一九三一年には銀行や手形取引所が閉鎖された。一九三二年には恐慌は頂点に達し、ドイツの失業人口は六〇〇万人を越えた。政治は混迷し、人心は乱れた。一二月六日、ワイマール共和国最後の国会が開かれた。そして翌年、ついにヒトラーが政権を取ることになる。

（和田桂子）

小宮豊隆（1884-1966）――一九二三年の孤独

歴史的な年に

小宮豊隆《こみやとよたか》は、一九二三年五月一二日夜にベルリンに到着した。『ベルリン日記』（角川書店、一九六六年）の小宮曠三の「あとがき」には次のように書かれている（以下、日記とはこの『ベルリン日記』本文を指す。なお、この『ベルリン日記』本文は、小宮曠三により、新字体、新かなづかいに改められている。「注」については、凡例記載が無いのでいずれが付したものか不明である）。

> 住居はホーエン=ツォルレン通り二十六番地のシュパイエル氏方であった。内地では有島武郎氏の自殺・ケーベル先生の逝去、そして九月には関東大震災があった。そういった出来ごととインフレにあえぐドイツの社会相とが本書のひとつの層を色濃く織りなしているが、もうひとつ底流をなすものに、比較文化への意欲がある。

ここに見られるとおり、一九二三年とは、関東大震災という、さまざまな歴史の切断を余儀なくさせた大きな出来事があった年であり、また文学の世界においても、有島武郎の死に象徴されるように、明治が決定的に遠のいた時に当たり、一九二〇年代といういわゆるモダニズム文学とプロレタリア文学という新しい時代のとば口であった。これらはいず

★小宮の住んでいた家（小宮豊隆『ベルリン日記』角川書店、一九六六年）。小宮自身のキャプションには、「右側にあるのが入口。（略）窓が四つならんで見える。この四つの窓を持った二部屋が俺のつかっている部屋である。入口の扉に近い方が書斎、遠い方が書斎、書斎の窓の一つから露台に出られる。（略）二階、三階にはどこの誰が住んでいるのかわからない」と書かれていて、この一階に住んでいたことがわかる。

れも社会と密接に関係をもつ文学運動であり、文学作品はますます、文化を測る一つの窓口として見られるようになってきていた。これに伴い、書き手の側もまた、社会を見る視線自体を文学作品に取り入れつつあった。小宮豊隆はこの年、数え年四〇歳であった。

彼のつけていた日記は、当然ながら、彼が滞在した時期のベルリンの風俗についての見聞にすぎない。しかし彼が不在にしていた日本国内が、たまたま歴史において重要なターニング・ポイントとなる年であったがために、図らずもそれが、ベルリンという海外に滞在中の日本人の手記という相対的な属性をまとうことになった。

先ず食欲についてであるが、日記には「『ランチ』に行く」という記事が頻出する。夜もでかけているので、これは店の名であろう。食事という行為は、文化比較の視線を用意する。七月四日には、「『ミッチャー』で飯を喰う」とあり、同六日には、「ヒラーで飯」「クランツラーで紅茶をのむ」と書かれている。そして夜はまた「ランチ」であった。同八日には「エデン」、八月三日には「ハーク」というカフェにも出かけている。「クランツラー」は、ウンター・デン・リンデン街とフリードリヒ街の角という、まさにベルリンの一等地にあるカフェである。これらは、彼が身体的に受け入れた、他国の文化の代表的なものである。とりわけ「ランチ」はかなり気に入った店らしく、当初はここばかりに通っていた。七月七日の日記には、次のように書き留められている。

ランチでは、ガルテン・アンラーゲ（注、庭園席）で飯を喰う。地面に砂を敷いてその上に食卓を据える。（略）まんなかに、空地をのこし、五十坪たらずの庭の四方にテントが張ってある。夏らしい味を涼しくエンジョイできるような仕掛けになっている。

★ベルリンの宿の露台（バルコン）に出た小宮。左に見える二つの窓は寝室の窓である（『ベルリン日記』角川書店、一九六六年）。

その一方で、「日本飯へ行く」という記事も多く見られる。それとは別に、「東洋館」にもしばしば出かけている。また八月一八日の、「藤巻で三日会がある。どうも藤巻というううちは喰わせるものもまずいし、空気が何となく濁っていやである。しかし鯉の洗いは中中うまかった」というような記述もある。日本人とは、日本料理を旨いといって食べる人々である。この単純な事実が、海外から逆照射されるのである。

さらに興味深いのは、このような詳細な食事の記事と並んで、自らの性欲についての赤裸々とも云える告白の記述が見られる点である。八月五日には、たまたまやってきた斎藤茂吉に、次のような質問をしている。

一体、夫婦生活ゼロで生理的に何らかのわるい変化がおこるものか、（略）自分はこのごろたてつづけに夢精をやった経験がある。しかもそれが一か月二回くらいというふうに規則的なのではなく、二、三日おきに三度つづけてあるということは、神経衰弱の徴候だというようなことになるのではないか？

また、九月三〇日には次のような記述もある。

こっちの女を見ても、いつでも脚が目につく。乳のふくらみが目にうつる。尻のふくらみが自分を刺戟する。（略）考えてみると自分のこのエロトマニーも一種の自己暗示にかかっているのかもしれない。

★道家斉一郎『欧米女見物』（白鳳社、一九二九年）には、「ドイツは体格はがつしりと肥え太つた堂々たる婦人に富んでゐる。しかしダンスホールや春を売る女には意外にもほつそりした美人が多い」と書かれている。図版は同書の口絵で、キャプションには、「ハンブルグの或るダンスホール」において、「写真は著者と所謂貴婦人連です」と書かれている。この場合の「貴婦人」とは、「最高笑婦」を指す。

食欲と性欲とは、異郷の孤独な単身生活者にとっては、内面をことさら強く意識させる要素なのであろう。これら感想は、日本にいない日本人であるという二面性に裏打ちされて、より明確に自覚された結果と想像される。

美術館通いと観劇の日々

七月六日、「アルテス・ムゼーウム」すなわち旧美術館を見て回った。この後、同九日には、「ドイツ・オペラ座」に出かけた。小宮の留学の一つの目的は、このような美術と演劇の鑑賞にあった。日記によると七月一四日から二五日までは、ドレスデンに行き、「ダルクローズ舞踊学校の舞踏」を見ている。ベルリンにおいても、やがてその美術と演劇の「勉強」が始まる。

七月三〇日、小宮は、「ハムサンドウィッチを持って」「カイゼル・フリードリヒ美術館」に出かけた。翌三一日もでかけたのであるが、休みであった。八月一日、再び美術館にでかけた。さらに同二日、同三日、同四日と通ったのである。また、四日の夜には、レッシング座で「モスクヴァ芸術座」の「第三研究」の芝居を見ている。五日は休んだが、六日にはまた午前中にカイザー・フリードリヒ美術館を見て回り、夜はレッシング座を見ている。同八日も朝、美術館、夜、レッシング座である。同九日も同じ。そして同一〇日になって、「今日から当分美術館通いをやめる。これまで見たものをすこし整理しておきたい」と書き付けるのである。この日はレッシング座にもでかけなかった。ただし演劇を見ること

★博物館島のルストガルテンと旧博物館正面。一八本の円柱を並べる。右奥にナショナル・ギャラリー、正面奥に、カイザー・ヴィルヘルム博物館のドームが見える（*Berlin*, J. Wollstein,刊行年不記載）。

はこの後も続けた。八月二二日には、「国立劇場」に出かけ、九月一一日には、「カンマーシュピーレ」にも出かけている。しかも熱心なことには、多くの場合に、事前にその戯曲を読んでいるのである。

ところで、前述したとおり、この間の九月一日に、関東大震災が起こった。その知らせはベルリンにもすぐに届いた。小宮は同二日には「街の掲示板」でこれを知った。ところが、この一一日になっても、家からは何の連絡も届かなかった。小宮は次第に不安を募らせていく。同一二日の日記には次のように書かれている。

> 家から何か言って来そうなものだがなんとも言って来ない。いろんな空想をめぐらすのは愚かなことだと思って、空想がおこりかけると強制的にそれをおさえつけてしまうものだから、うかぶのはとりとめのないことばかりだ。そのかわり何となく身体全体が萎えてしまったようだ。本を読んでももとより身につかない。

このような状況の中で、同一三日には、「国立劇場にペールギュントを見にゆく」のである。この日の朝まで「ペール・ギュント」を読んでいたが、読書だけでは、精神状態のためにつまらなく思われてしかたなかったという。

このような最悪の事態を空想することとの戦いは、ようやく「ミナブジ」の電報が届けられた同一九日まで続いた。その間も、同一五日には「国立劇場に『ファウスト』を見に行き、同一六日にはやや目先を変えてポツダムまで気晴らしのハイキングに出かけている。同一七日には、「ルストシュピールハウス」で「トゥルッペという一団」の芝居を見ている

★国立劇場とジャンダルメン広場、およびフランス大聖堂。このあたりは、ウンター・デン・リンデンに面した国立オペラ座からやや南に位置し、したがって、美術館島からも近い。(*Berlin*, J. Wollstein, 刊行年不記載)

し、同一八日には、「ベートホーフェン・ホールでロシアの旧帝室歌劇付の役者の四部合唱」を聞いた。あたかも悪い知らせの予感から逃げるかのように、芝居や音楽演奏会に通い詰めたのである。これらが、鑑賞者の脱日常を実現させてくれる芸術であることがよくわかる。

さて、家族が無事であったことを聞いても、習慣となった劇場やコンサート・ホール通いは続けられた。この一九日には、「ドーム・コンツェルト」を聞きに出かけているし、同二〇日には「国立オペラ劇場にモーツァルトの『ドン・ジョヴァンニ』を見」に出かけている。同二二日にも「ベートホーフェン・ホール」に聞きに出かけている。日記の記述は意外に淡々としているが、関東大震災をめぐる、異国の地における精神の動揺を、これら鑑賞という行為が救ったことはもはや間違いあるまい。

ちなみに小宮は、例えば「ルストシュピールハウス」のチケットを、百貨店「ヴェルトハイム」で手に入れている。池田林儀『改造の独逸より』(東京堂書店、一九二三年四月)には、次のように書かれている。

> 伯林の三越をウエルトハイムと云ふ。本店はライプチーゲルプラッツにあつて、此外に支店が四つある。本店は何しろ大きいもので、三越の六倍はあらう。こゝでは文字通り何でも売つてゐる。凡そ人間社会に必要なものは何でもある。衣食住一切を通じ、芝居寄席の切符、汽車の切符銀行両替までも完備してゐる。

小宮はこのヴェルトハイムを好んで利用していたようである。百貨店にあるありとあら

WERTHEIM
ウエルトハイム
LEIPZIGER PLATZ
欧洲第一の廣い大きな
百貨店
(中菅連鎖契約)
Ka. De. We.
カー デー ウエー
WITTEN BERGERPLATZ
多くの日本人の御愛顧の
何れの百貨店でも御買入の受取傳票を中菅に御持参
下されば特別の割戻便法があります。

★ヴェルトハイムとKa. De. We. の広告。中菅と「連鎖契約」を結んでいて、割引になることが窺える(『欧米漫遊の友』中菅、刊行年不記載)。

ゆる品物は、日用品や土産物を買い揃えるのに便利なだけでなく、孤独な旅行者にとって、日常性という要素を介して、家族を遠く偲ばせたものでもあったに違いない。

「だれた」生活

『黄金虫』（小山書店、一九三四年）の「ドイツの女」の章には、下宿について次のように書かれている。

　ベルリンで私の下宿してゐた家の主人は、元大きな本屋の支配人とかをしてゐたのださうで、当時はなんにもしてはゐなかつたが、相応に裕福に暮してゐるらしかつた。理科大学に通つてゐる息子と妻君との三人家族に、下女を一人使つて、彼等は東京で言へば番町とでもいつたやうな閑静な屋敷町の、どつしりした建物の、表の一階に住んでゐた。

まずまずの下宿と呼んでよかろう。前掲の『ベルリン日記』に挿入された写真を見ても、立派な家だったようである。この下宿の部屋で、小宮は、読書にかなりの時間を費やしている。そこには小宮の真面目な性格が窺えるが、やはりせっかくの海外生活であることを思えば、ややもったいないような気もする。

これに関して、七月九日の日記に、興味深い記事が見える。

★小宮豊隆『黄金虫』（小山書店、一九三四年）には、主にベルリンを扱ったものとして、「ドイツの女」と「ベルリンの一日」および、「渋柿抄」にまとめられた小品のいくつかが収められている。このうち「ベルリンの一日」は、一九二三年七月一日の日記である。後に出版された『ベルリン日記』（角川書店、一九六六年）は、七月三日からと、実に中途半端な日付から開始されているが、これはその前段に当たる日記である。

> ランチで昼食。小西、林、岡田が来る。どうもこの連中を相手にしていると、くだらない話ばかりしていて退屈する。(略) 自分もかなりだれた生活をしているが、この連中の生活はもっとだれている。毎日ウロウロ出あるくばかりだ。(略) どうもここにいる連中は、見渡してみるとみんなだらけた生活をしているようである。ベルリンがいけないのか。田舎に行っている連中は、もっときっと勉強しているに違いない。

八月一九日の日記にも、次のような記事が見える。

> 太田君が来る。太田君はどうもベルリンにいると神経がつかれるからどっかへ早く引きあげようとも思っていると言っていた。一緒にメトヴィェージというロシア料理へ行って飯を喰う。中中うまいうちである。

「太田君」とは太田正雄、すなわち木下杢太郎のことである。どうやらベルリンとは、このような空気を醸し出す土地でもあったようである。

このようなベルリン自体の空気に加え、この時代には、為替相場の大きな変動という事実があり、外国人滞在者は特に、その状況変化に振り回されていた。日記によると、八月二三日には、一ポンドで「二千百万マルク」であったが、約一ヵ月後の九月二八日には、「一ポンドとりかえる。七億七千万くれる」と書かれている。一〇月一〇日には、「こんな気違い染みた状態がいつまでつづくのだろう」と書かれるとおり、毎日が想像もつかない変化ぶりであった。これは、ベルリンのドイツ人達にももちろん共通する事態であったで

★片岡半山『鶏のあくび』(非売品、一九二九年)には、「独逸は一九二三年九月マークの大暴落の為め財界に大混乱を来した結果、フエルフリツヒ等の努力によつて金貨馬克の設定となり、一九二四年一月一日より一兆マークを一レンテン金貨馬克に決定してしまつたので財界もやゝ落着き始めた」とあり、小宮がいた頃は、いまだ混乱のさなかであったことがわかる。同書によると一九二三年一一月二三日には、「英貨一磅に対して四拾弐兆五千億馬克となつた」とある。図版は、暴落当時の二億馬克紙幣(石津作次郎『欧羅巴の旅』内外出版、一九二五年)。

あろうが、ただでさえ不慣れな海外の貨幣を持つ日本人たちにとって、かなり不安を与えたものであったことは容易に推察されよう。

第一次世界大戦と第二次世界大戦との間、ヒトラーが未だ首相になる前のベルリンは、敗戦後の無気力な空気を未だにひきずっていた。この特殊な時代状況と、ベルリンの土地柄とが相まって、ベルリン旅行者たちにとって、この街の印象は独特な色調のものとなった。それは決して、明るいばかりのものではなかったのである。

（真銅正宏）

★一九二五年九月、朝日新聞社の訪欧飛行機「東風」と「初風」が、ベルリンのテンペルホーフ飛行場に到着した。図版は、『朝日新聞社欧州訪問大飛行記念画報』第二輯（『大阪朝日新聞』一九二六年二月一一日附録）所載の「初風」（左上）と、空港における歓迎の様子。同書によると、「戦後ドイツの領土内を飛んだのは実にわが訪欧二機が最初のもので、その好意と国民挙つての大歓迎」が四勇士を迎えた。この熱烈な歓迎の裏には、戦後のドイツ国民の屈折した感情が見え隠れする。

千田是也（1904-1994）——労働者演劇の中へ

ベルリンのアジプロ隊

千田是也《せんだこれや》がベルリンにいたのは一九二七年五月から一九三一年一一月までの四年半であるが、演劇活動を軸に、それと不可分のかたちで政治活動にも参加して、多くの人々と交流した。千田はこのとき、守るべき地位や名誉のまだない二〇代の若者で、実家からの仕送りに支えられた遊学という自由さがあった。その上、日本で演劇活動をした自信と行動力がものを言った。

千田は、一九二六年一月の「ヴェニスの商人」のアントーニオ役を最後に、創立期からいた築地小劇場をやめた。マルクス主義への関心を深めていた千田から見ると、築地小劇場の芝居は芸術至上主義的でなまぬるく感じられた。海外で勉強をしなおしたいと思い、一九二七年四月三〇日に東京駅を発った。二二歳の時である。もともとは革命後のロシアの演劇、とくにフセヴォロド・メイエルホリド、エヴゲーニー・ワフタンゴフの仕事に興味があったが、ソ連へのパスポートを得るのが難しく、まずベルリンを足場にするつもりで出発したのであった。

五月一二日にモスクワに着き、父親の旧友である片山潜を訪ねた。五月二三日にモスクワを出発し、ベルリンのツォー駅に着いたのは、五月二五日の朝のことであった。片山潜

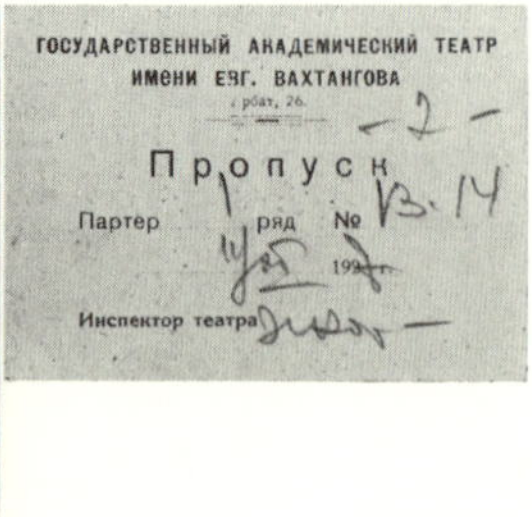

★ワフタンゴフの写真と、モスクワのワフタンゴフ劇場の観劇券(尾瀬敬止『新露西亜画観』アルス、一九三〇年)。千田は帰国するときにふたたびモスクワを通り、ワフタンゴフ劇場の「たくらみと恋」、カメルヌイ劇場の「鋼鉄の流れ」と「三文オペラ」などを見ている。

の紹介状を持って、ノレンドルフ広場に近いモッツ街に朝日新聞社の特派員だった黒田礼二（岡上守道）を訪ね、その案内でレーゲンスブルク街二九番地の小さな部屋を借りた。

『文芸戦線』（一九二七年九月）に載った千田の「伯林だより」は、辻恒彦が自分宛に来た私信（一九二七年七月一〇日付）の一部を公開したもので、「こゝの日本人共は実にしようがない奴等だ。けつきよく、こゝの党で働いてゐる人達のグループ、それから芝居の人間、その中へぐん〳〵入つて行つて、友達をつくる他はないらしい」と辛辣なことを書いている。大家族に育ち、劇団でも大勢の仲間と共同で働いてきた千田が、急に一人で暮らすことになった、その不安や苛立ちも反映されていたようである。また実際、官費留学生の多いベルリンでは、千田と気のあう日本人はあまりいなかったことだろう。

　築地小劇場のメンバーが作った水曜会の機関誌『葡萄棚』に寄せた「伯林だより」（一九二七年一〇・一一月）にも、「こゝへ来てもう一月半になります。こゝもシーズンの終りなので、いゝ芝居は無くて、これといつて感心するものもありませんでした。舞台装置は決してうまくはありません。色が無い事、無器用な事、しかも独逸人の無器用さは露西亜人やなんかのやうに、ユーモアや正直さや、そう云ふものゝない、小金を貯めた百姓の無器用さで、些つとも面白くありません」「兎も角築地の舞台を見た事のある人間は、こゝへ来てそれ程驚きません」とある。一九二七年八月、ノレンドルフ広場劇場でのピスカートル舞台「どっこい生きてる」（エルンスト・トラー作）の稽古が始まり、その見学に何回か通った。片山潜がエルンスト・トラーに紹介状を書いてくれ、トラーがまたピスカートルを紹介してくれたのである。しかし、千田がここの劇場でおもしろいと感じたのは、ベルトルト・ブレヒト脚本、ゲオルゲ・グロスが背景を描いた「シュベイクの冒険」だけだった。確か

★グロスがピスカートル演出の「シュベイクの冒険」（ハシェク原作、一九二八年一月上演）のために描いた絵（エルヴィン・ピスカートル『左翼劇場』村山知義訳、中央公論社、一九三一年）。

に従来の演劇に関しては、築地小劇場で学んだこと以上の発見はなかったようだ。しかし彼は、こういうものでない、新しい演劇の形態をベルリンで知る。

一〇月から一二月にドイツをまわったモスクワのシーニヤ・ブルーザ劇団（青シャツ隊）の軽快で多彩な演技をノレンドルフ広場劇場で見た千田は、ピスカートルの「ラスプーチン」よりずっと良い、と思った（『もうひとつの新劇史』）。実は小山内薫もシーニヤ・ブルーザを一九二七年にモスクワで見て、「私は始めて真個の演劇を見たやうな気がした。これに較べては、カアメルヌイも、メイエルホリドも、まだ舞台と観客との『橋』に嘘があるやうな気がした」（「『シニヤヤ・ブルウザ』を見る」、『読売新聞』一九二八年三月一～七日）と書いている。築地小劇場で一緒だった時期は短いし、歳も離れ、思想的にも近いとは言えなかった二人だが、演劇に関してここでは同じ感性を示しているのが興味深い。

千田はATBD（ドイツ労働者演劇同盟）のベルリン支部の稽古や公演につきあい、そこの親しみやすい雰囲気を喜んだ。シュプレヒコール・グループの活動を見学したりもした。こうした居心地のよい仲間をみつけ、一九二七年九月からは、西区から中央区の労働者街アルテ・ヤーコブ街に引っ越した。

日本人たちとの距離感

ベルリンの生活に入って最初に親しく接したドイツ人は、前衛座演劇研究所の講師をしたときテキストに使った『芸術の本質と変化』（原典は、*Wesen und Veränderung der Formen-künsten*, 一九二四年刊行、日本では青木俊三訳、共生閣より一九三一年刊行）の著者のルウ・メルテンで、ATBDに

★ノレンドルフ広場（絵葉書）。ノレンドルフ広場劇場があった。千田がはじめてベルリンに着いたとき、この付近のモッツ街に住んでいた岡上守道（黒田礼二）を訪ねた。モスクワで片山潜に紹介状をもらっていたのである。なお片山潜は、千田の父、建築家の千田為吉の旧友であった（『もうひとつの新劇史』）。

紹介してくれたのも彼女であった。毎週一度、一緒にこの本を読んでもらう約束をして、シュテーグリッツのアルブレヒト街七二番地C号の二階にあるメルテンの部屋を訪れた。本の話をするといっても、まだ千田の語学力がそれに及ばなかったしメルテンも教師気質ではなかったから、ドイツの社会や芸術の話をすることになって、それはまたそれで勉強になったという。

東大医学部助教授だった国崎定洞を誘うときもあった。国崎と知り合ったのは、黒田の紹介でベルリン社会科学研究会へ顔を出すようになってからである。毎週土曜日に集まっていたが、学者の集まりである社会科学研究会では勉強と懇親が主で、実際の政治活動はしていなかった。国崎を中心としてベルリン反帝グループが結成されたのは、一九二九年末ころである。

千田も一九二九年八月にはドイツ共産党に入党したが、これは合法的な党である。日本で非合法活動をしてドイツに来ている日本人たちと、千田は一線を画していた。それは政治的な理由というよりも、スパイを恐れて神経過敏になり、グループの規約の中で偏狭になっている日本人左翼グループを敬遠していたためである。気の合う国崎定洞とは親しく交際していた。

ベルリンで千田と知り合った島崎蓊助は、『島崎蓊助自伝』（平凡社、二〇〇二年）の中で、ベルリンにいる日本人の中でも千田はひときわ自由に生き生きと活動していたとして、次のように書いている。

千田のようにドイツ共産党の党員として、党の方針に従いながら、持てる力を充分

★ケーテ・コルヴィッツの画集『戦争』より。千田是也は『中央美術』一九二七年一二月号に、「ケエテ・コルヰッツ」を書いた。コルヴィッツはこの年、六〇歳を迎え、ドイツでも記事や写真の載ることが多かったが、ヒューマニズムの画家として紹介される風潮に一線を画し、階級意識に目覚めた芸術家として紹介している。この絵は、そのとき『中央芸術』誌上で紹介されたもののうちのひとつである。

に活用しながら、合法党の、しかもベルリン労働者に特有なモラルを愛し、そのなかで自由な私生活を送っている人間と、非合法下の日本からヨーロッパにきたさまざまなタイプの左翼系日本人たちとのちがいは、思考も感覚も、夢の見方まで、おそらく大きな較差があった。

藤森成吉「転換時代」(『改造』一九三一年一〇月)では、千田らしき人物を、在ベルリンの日本人左翼運動家たちが「周囲が自由なセイか、ひどく享楽的になつて、年下の森を引つ張つては飲み歩いたり踊り廻つたりしてる風だ」「西部の日本人に関係をつけてゐて、漫遊客の案内をやつたり、小仕事の手伝ひをしたりして稼ぐ」「まだ日本の運動が今ほど厳しくならず、ナツプの組織も今見たいに統一的になつてゐない時分こつちへ来たから、そんなルーズさが残つてるんだな」と、さんざんに批判している。「年下の森」とは島崎蓊助のことであろう。千田は建築家の山脇巌と道子夫人を中心に、工芸美術家の福岡縫太郎と島崎蓊助、写真家の吉沢弘とともに、日本工芸の巴工房を開き、日本料理屋花月の改装や、日本陶器店の包装紙のデザインなどを手がけたことがある。小金を稼ぐというのには、この活動も入っているだろう。また、日本人留学生がよく遊びにいっていたカフェ・ヴィクトリアに出入りしていた時期があり、そこから「享楽的」と言われたらしい。

千田は、映画のエキストラのスカウトがあるというロマーニッシェス・カフェに行って、仕事にありついたりしていた。一九二八年には、ハンス・ベッカーザックス主演の『ヨシワラの一夜』(エメリヒ・ハヌス監督、ハンス・ベッカーザックスプロダクション)という映画に、エキストラではなく、ドイツ人演ずる日本人娘の、盲目の父親という役で出演もしていた。

★一九三〇年メーデーのドイツ共産党のデモ(勝本清一郎『赤色戦線を行く』新潮社、一九三一年)。治安維持法で押さえ込まれていた日本から来た人々にとって、共産党が合法的に活動しているドイツで見るデモの光景は刺激的であった。

このときの収入で、一九二八年一月にはフリーデナウのラウバッハ街九番地に引っ越す。そして、共産党の機関誌『ローテ・ファーネ』や党の宣伝パンフレット、労働者演劇やピスカートルのことなどを文章にまとめて、日本へ送った。「独逸の労働者演劇に関する覚書」（『戦旗』一九二八年七月）には、アジプロ演劇に向けたドイツ共産党の指導が翻訳され、続けて千田がベルリンで見たこの種の催物として「出獄者歓迎会」「サッコ、ヴァンセッチ追悼会」「露西亜革命十周年記念祭」の報告がある。「詩人よいつわれ!!」（『戦旗』一九二八年九月）には、詩人ヨハネス・ベッヒャーが共和国に対する謀反を企てていると提訴された事件を告発し、その無罪を訴えている。他に「ドイツの労働者演劇に関する覚え書（その2）ピスカートルの演劇論」（『戦旗』一九二八年一〇月）なども書いた。

千田の関心はアジプロ隊にあって、劇場に足が向かなかったのだが、一九二八年八月末に、ソ連で歌舞伎公演をしてベルリンに寄った市川左団次一行の中に旧知の河原崎長十郎や市川団子《だんこ》（のちの三世市川段四郎）らがいたので、彼等とともに芝居を見ることになった。ラインハルト演出では、ベルリン劇場でアレキサンダー・モイシ主演の「生ける屍」、シッフバウアーダム劇場のブレヒトの「三文オペラ」に感銘を受けた。他にフリッツ・コルトナー、エルンスト・ドイッチュといった俳優の演技に接した。市川団子はベルリンでこの年いっぱい勉強したいと千田の下宿に住み、翌年帰国した。

市川団子と入れ替わるように、一九二九年の二月から衣笠貞之助が移ってきて九月まで一緒に暮らした。衣笠は、自身が監督をした映画『十字路』のベルリンでの公開を目指して活動していたが、千田の助力もあって配給会社が決まり、ノレンドルフ広場のUFA直営館モーツァルト・ザールでの封切りとなった。

★一九二七年、民衆舞台での、エーム・ウェルク作、ピスカートル演出の「ゴットラントの嵐」の舞台（Fritz Engel und Hans Böhm, *BERLINER THEATERWINTER*, Eigenbrödler=verlag, 1927）。

ATBDと劇団1931

一九二七年一二月、国際反帝同盟総評議会の第一回国際大会がブリュッセルで開かれ、千田は日本から労農党の代表に指名されて、片山潜、日労党代表の与謝野譲らとともに参加した。一九二九年七月にも、フランクフルトでの第二回大会に新党準備会の代表として出るようにと日本からの指示を受けた千田は、友人のグスターフ・フォン・ワンゲンハイムの助力を得て、レヴュー「インペリアリスムス」を創り、大会で発表して好評だった。ワンゲンハイムは俳優で、ATBDの演劇活動に関わっていた。

ベルリンに戻ると、千田はすぐにドイツ共産党に入党し、ベルリン支部の第一地区（中央区）に編入された。その年の暮れに行われるベルリン市議会選挙の宣伝パンフレットやビラを作る手伝いをするため事務局に通った。絵が得意であるから、似顔絵などのカットも巧みに描いた。またATBDのアジプロ隊である赤シャツ隊の正式メンバーとなり、舞台装置、衣装、小道具の設計や製作を担当した。このため、ATBD事務所付近の東北区フーフェラント街八番地の下宿に越し、イルムガルト・クリム（通称イルマ）と知り合う。彼女は、千田が帰国するとき一緒に日本へ来て結婚した。

秋、労働者赤色スポーツデーにATBDが参加したときは、デモ行進のデザインをし、トランスパレットや山車を作った。このデモが好評だったので、党の大ベルリン支部に頼まれて、翌年のメーデーのデモのデザインをした。また、一九二九年の一〇月一三日に結成されたIFA（ドイツ労働者文化団体協議会）の第一回大会を記念して一九三〇年の二月一五

★千田是也「独逸の労働者演劇に関する覚書」（『戦旗』一九二八年七月）には、一九二七年八月二二日に開かれた赤色救援会（ローテ・ヒルフェ）ノイケルン支部主催の「出獄者歓迎会」に参加したときの報告がある。この絵は、まずメンバーが赤旗を掲げて登場し、労働者の過酷な日々をシュプレヒコールで訴える場面を千田が描いたもの。三〇人近い男女の声が迫力をもって響き、これは「プロレタリアの武器」になると感銘を受けている。この後、千田は街のシュプレヒコール・グループを見て歩いたりする。

日から三月一五日まで開かれる労働者文化展覧会のために、ＡＴＢＤやアジプロ隊の運動の歴史、組織、創造方法、職業演劇との対比などをモンタージュ写真やグラフ等で表わしたパネルを作った。この仕事をするための部屋が必要だったため、西区アッシェンバッハブリュッケ街一四番地の屋根裏のアトリエに引っ越す。このころ、徳永直『太陽のない街』のドイツ語訳（ＡＴＢＤの幹部のアルフ・ラダッツと共訳）をベルリン国際労働者出版所から出すことになり、翻訳料も入った。これは一九三〇年の一二月に刊行されている。

世界恐慌が始まると、一時的に安定していたドイツの経済は、ふたたび緊迫し、失業が増えた。社会不安を抑えようと緊急令が相次ぎ、ドイツ共産党はその活動を押さえ込まれようとした。それに反抗するため、アジプロ隊の活動は一層さかんとなった。

一九三〇年六月二五日から三〇日まで、モスクワでＩＡＴＢ（国際労働者演劇同盟）の第一回国際会議が開催されることになり、千田も日本のプロレタリア演劇の報告書を、勝本清一郎や藤森成吉らの意見を聞きながらまとめて、これに参加した。

千田の属するアジプロ隊がベルリンガス工場細胞のアジプロ活動を受け持つことになったので、プレンツラウベルク区の失業労働者ギュンターの家に移る。一九三一年三月、ＩＦＡ第二回大会に参した。

失業の波は、閉鎖したり人員整理する劇場が増えたことで俳優にまで及んだ。ちょうどアジプロ隊のほうでも劇の質の向上が課題だったため、五月、ワンゲンハイムは失業した俳優を集めてアジプロ隊「劇団１９３１」を作り、千田もここに加わった。ここでの上演準備に奔走していたさなか、モスクワで六月二五日から七月二日まで開かれたＩＡＴＢ拡大評議委員総会に出席した。ここで千田はプロットとの連絡、極東事務局の設立準備のた

★「鼠落とし」の〈小道具係〉という役（千田是也『もうひとつの新劇史』筑摩書房、一九七五年）。これは場面転換や小道具を役者に渡したり片づけたりする、歌舞伎の黒子を意識したような役で、当初千田が演ずることになっていたが、急遽帰国が決まって任が果たせなかった。

めに日本へ帰ることに決まり、「劇団1931」に出演できなくなった。残された時間で、舞台に使う仮面などを山脇巌や島崎蓊助に手伝ってもらいながら創作する。このときの出しもの「鼠落とし」は、「物真似だけでなく歌、踊り、朗読、シュプレヒコール、パントマイム、アクロバット、字幕、即席漫画などのあらゆる要素を取りいれている点で〈赤いカバレット〉とか〈赤いレヴュー〉と呼ばれた労働者アジプロ演芸隊とそっくりの手法がいたるところで使われています」（「私が体験したベルリンの演劇・生活」、『日本DDR文化協会会報』一九八六年春季号）というものだった。上演されたクライネス・テアターは、ラインハルトのレヴュー小屋「シャル・ウント・ラウホ（響きと煙）」のあとにできた劇場であった。「鼠落とし」は好評で、一五〇回連続上演を記録する。

九月に民衆舞台で上演されたゲオルク・カイザーの「平行」（カール・ハインツ・マルティン演出）に出演してから、千田は一九三一年一一月四日、イルマを連れてベルリンを出発。モスクワを経てウラジオストックから船に乗り、二七日に敦賀到着。京都で衣笠貞之助に会ってから、東京に戻った。

帰国後は、東京演劇集団（TES）の創立や、プロットの自立劇団対策委員会やメザマシ隊での活動などを通して、ドイツで得た労働者演劇の体験を活かそうとするが、戦時体制下での弾圧や検挙が続き、戦中は苦難の道のりを歩んだ。

（宮内淳子）

★仮面劇「鷹の井戸」（伊藤熹朔『舞台装置の三十年』（筑摩書房、一九五五年）。ウィリアム・バトラー・イェイツ原作。伊藤道郎演出・伊藤熹朔装置。仮面製作も伊藤熹朔。老人は伊藤道郎、青年は千田是也。初演は一九一六年、伊藤道郎がイギリスで行い、日本での初演は一九三九年、東京の軍人会館であった。これはそのときのもの。舞踊家の伊藤道郎は千田の長兄、このとき衣装と音楽を担当した伊藤祐司は三兄、舞台装置家の伊藤熹朔は四兄であり、兄弟によって作り上げられた舞台であった。千田是也が演劇の道に進んだのはこうした兄達の影響が強い。

秦豊吉（1892-1956）——商社マンからショーマンへ

三菱商事ベルリン支店

秦豊吉《はたとよきち》が東京帝国大学を卒業して三菱商事（当時三菱合資）に入社したのは、大正六（一九一七）年のことである。一九二〇年、秦はベルリン出張所への赴任を申し渡され、二月に横浜港から諏訪丸で出航した。ニューヨーク、ロンドンを経てアムステルダムから列車でベルリンに向かい、着いたのはフリードリヒ街駅である。「どこを見てもネオンの光さえない。暗い、暗いベルリン」（『三菱物語』要書房、一九五二年）の中央駅に降り立った秦は、震えながら出迎えてくれた三菱の出張所員たちと合流し、ポツダマー広場近くのパラスト・ホテルに向かった。このホテルの中に仮事務所があったのだ。

「戦後の独逸に六年間住み通した私に、何が一番不自由であったかといふと、藁の入った黒パンでもなければ、砂糖代用のサッカリン水でもない。六年目の最後に至るまで苦しめられたのは住宅難であった」（『好色独逸女』文芸春秋社出版部、一九二八年）と秦が述懐しているとおり、まともな事務所、まともな下宿を探すのは至難の技だったのである。しかしやがて三菱はフリードリヒ街の中心にあるビルに事務所を移し、秦もアルト・モアビート街に下宿をみつけた。フリードリヒ街といえばベルリンの銀座である。商店が並び、夜になると閉まってしまうので秦は「暗い銀座」（『青春独逸男』文芸春秋社出版部、一九二九年）と呼んだ。

★アルト・モアビート街にあった秦の下宿は、重罪裁判所の真向かいに位置していた。図版はその重罪裁判所（*Grüsse aus Berlin und Umgebung in Bild und Wort*, W. Sommer, 1898）。「毎朝石炭運びの貨物自動車の音で目を覚ますと、窓の外に厭でも何でも見えるものが、城のやうな重々しい重罪裁判所の建物と高い煉瓦塀であった」と秦は『青春独逸男』（文芸春秋社出版部、一九二九年）に書いている。

その暗い通りには夜鷹が横行したが、実は彼女たちは朝から仕事に精を出していたのだった。ベルリンの街娼取締は、ちょうど三菱事務所のある区域を彼女たちの漫歩区域として許可していたため、秦は日曜祝日を除く毎日、彼女たちに声をかけられながら出勤したのであった。二年ほど事務所はここにあったが、今度はすぐ近くのクローネン街にある独亜銀行の二階に移転し、その後フリードリヒ・エーベルト街に移転した。

秦が一年間住んだ下宿は、「伯林の労働町に近い、人の厭がるモアビイトの、しかも重罪裁判所の真向ひ」で、「毎朝石炭運びの貨物自動車の音で目を覚ますと、窓の外に厭でも何でも見えるものが、城のやうな重々しい重罪裁判所の建物と高い煉瓦塀であつた」（『青春独逸男』）という。しかも家主が石炭を買えずに二週間に一度しか湯をわかさなかったため、体がかゆくなって日本から垢擦りを送ってもらったりもした。

ドイツに滞在した六年間は、秦にとって不快なものであったとしても不思議ではない。ところが彼は、充実した楽しいベルリン生活を送り、「唯の一度も日本に帰りたいと思つた事はありません」（『好色独逸女』）というのだ。ベルリン事務所での仕事が多岐にわたり、多忙をきわめていたのも原因のひとつだろう。

もうひとつは、忙しい仕事の合間に、ドイツの著名人に直接会えたことである。最初は作家ゲールハルト・ハウプトマンだった。ベルリンに来ている日本人だが会ってもらえないかと手紙を出すと、あっさりと許可され、一九二〇年五月にシュレージェンにある彼の山荘で会うことができた。ドイツ語が話せ、文学に興味を持つ秦をハウプトマンは快く迎え、以後何度も二人は会っている。哲学者ルドルフ・オイケンをエナに訪ねたのもこの年の一二月のことである。その後も秦は一九二三年には画家ハインリヒ・フォーゲレルを、

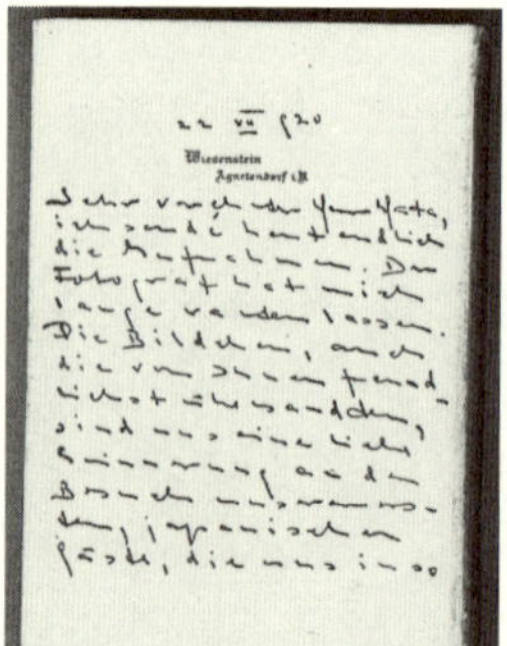

★『独逸文芸生活』（聚英閣、一九二八年）の表紙には、ゲールハルト・ハウプトマンのマルガレーテ夫人から秦豊吉に送られた手紙が転写されている。「この文字は中々読み憎い。僕は手拭の豆絞りを思ひ出した」と秦は内扉に書いている。

一九二五年には劇評家アルフレート・ケルを訪れている。

またこのような知的経験とは別に、秦はもう少し毛色の変わった経験もしている。ニュルンベルク街のカフェやKDW百貨店の角にたたずむ金髪の化粧した男たち、マグナス・ヒルシュフェルト博士の変態性欲研究所、女のボクシングが売り物のキャバレー、役者が素裸になる舞台――。日本ではちょっとお目にかかれない刺激的なシーンを、秦は若い眼で鑑賞し、吸収していった。

また新聞、雑誌、小説のたぐいも、秦は旺盛な好奇心で読みあさった。一九二〇年前後は、ベルリンの同性愛者たちが続々と雑誌を発行しており、こちらの方にも秦は目配りを怠っていない。好色本もしかりである。「独逸人は日本を以て羨むべき色情国だとしてゐる。然し好色本の上から見ると、さすがに日本も独逸には及ばないやうである」(『好色独逸女』)と秦は書いた。彼はベルリンの驚くべき社会相を、こまめに観察し、記録し続けた。

ずっとベルリンに暮らすことに異存のなかった秦だが、実は一九二四年に、賜暇帰朝者として、平たくいえば嫁をもらいに、一度日本に帰っている。三ヵ月ほどで新妻と共にベルリンに戻った秦は、ますます忙しく働くようになる。ところが妻が病気になり、一九二六年、東京本社に転任となってベルリンを離れることになった。ツォー駅から汽車に乗った時、秦は「六年暮したベルリンの最後の夜であり、いつの日再び来らんと思つて、帰朝を悦ぶ妻とは違つて、私は悄然とした」(『三菱物語』)と書いている。

★一九二三年七月一五日、ドレスデンの近郊ヘレラウの舞踊学校講堂前で撮った写真。左が小宮豊隆、右が秦豊吉(小宮豊隆『ベルリン日記』角川書店、一九六六年)。

日本人観光客の世話

三菱ベルリン支店は、当初正確には三菱合資会社ロンドン支店のベルリン出張所であった。それが三菱商事会社ベルリン出張所となり、やがてベルリン支店となる。ベルリンの重要度が増すにつれて規模が大きくなったのである。秦はその成長する様子をつぶさに見てきた。

三井物産や高田商会、横浜正金銀行がみなハンブルクに出張所を設けていた当時、三菱がベルリンに出張所をつくったのは、ベルリンが政治の中心であったからだ。ドイツの経済や紡績はどうしても政治に影響される、ハンブルクなどの港は荷物の受け渡し場所にすぎない、というのが三菱の判断だった。こうしてベルリンといえば三菱、という頭が日本人旅行者にできあがり、三菱商事ベルリン支部はまるで私設日本領事館のようになっていった。

三菱を頼ってくる日本人の数の多さに悲鳴をあげたベルリン支部は、とうとう本社と打合せて、こんな策を弄するようになった。本社が書く紹介状に暗号をつけて差別化をはかるのである。紹介状に「右御紹介申上候、頓首」と書いてあると、お世話はしてもご馳走は不要。「右御紹介迄得貴意候、敬具」と書いてあると、食事にも案内し、何かとお世話をする。「右御紹介旁御依頼迄得貴意候、謹言」と書いてあると、社員がつきっきりでお世話をし、ご馳走もし、夜の案内もする特別待遇である。とはいっても、それぞれ別の紹介状を持った数人の日本人が一緒に来た場合にはどうしようもない。ベルリン支部はあいもか

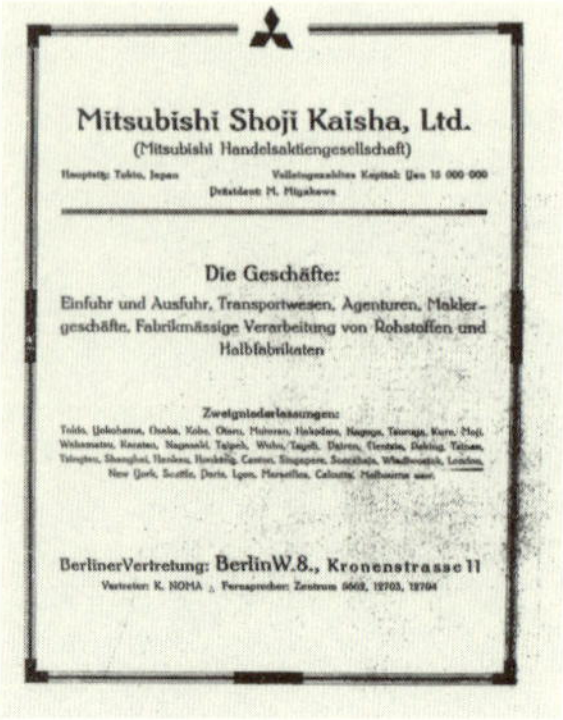

★『Deutsch-Japanische Revue』（一九二三年一一月）に掲載された三菱商事会社の広告。クローネン街一一に事務所を構えていた。

わらず大忙しであった。

ベルリンに日本人が押し寄せた大きな理由は、マルクの下落である。ベルリン支店は当初ロンドン支店の出張所であったため、秦の在勤手当てはポンドで支払われた。当時彼の月給は四五ポンドだったようだ。その紙幣がロンドンから保険をつけて郵送される。それを金庫に保管して一枚ずつマルクに換算して使ったという。秦の記憶によると、彼がベルリンに到着した頃は一ポンド一三〇マルクだったが、インフレで三年後には八兆マルクに至ったという。「物価の高いロンドンと為替率の下つたパリ、ベルリンとが、同じ額では、ロンドンが気の毒である。あの頃ロンドンの社員は盛んに不平をこぼしていた」(『三菱物語』)と秦は書いている。

円をたずさえて来る日本人観光客には、笑いのとまらない話である。ベルリン支店は東京なら銀座、新橋のあたりに位置するから、日本人が散財するのにはもってこいの場所でもあった。「パレ・ド・ダンス」「蜻蛉」「メルセデス」といった有名舞踏場に案内するほか、もっと親密な関係は「税関」「芸者カフェ」などと呼ばれる日本人ご用達の店に任せるのである。中でもアマンダ・シュネルという女性は、日本から来る数多の高位高官の背中を流し、親身に世話をして人気があった。「ドイツ語に不自由な、殊に老人各位は、こういう女性に預けるのが、ごく無事安心であつた」(『三菱物語』)と秦も信頼を寄せていた。

こうした好景気も一九二一、二年がピークで、二三年の関東大震災で大方の日本人が呼び戻されると、日本人相手が得意だった姐さんたちも暇をもてあそぶようになった。秦は戻らなかったが、震災を報じるドイツの新聞記事にはくまなく目を通した。「世界戦争の際に日本が兼て師表と仰ぐ独逸に加担しなかつた天罰である、と真面目な論説を掲げた独逸

★一九四九年に、いとう書房から刊行された丸木砂土(秦豊吉)の本は、表紙には『敗戦都市ベルリン女』と書かれ、生活苦を背負ったような女が描かれているが、一枚めくると『好色ベルリン女』と書かれ、裸の女が描かれている。この本の中で秦は三人のドイツ娘と夜を共にした体験を書き、このプレイを「ナチスの紋所」すなわち「まんじ」と名付けている。谷崎潤一郎の「卍」を思わせるようだ。

の新聞が三つもあつた事」(『独逸文芸生活』聚英閣、一九二八年)は、秦を唖然とさせた。ともあれ秦にしてみれば、日本人観光客が帰り、やっと本来の仕事に力を注げるというものである。もっとも、日本人観光客の世話を秦が嫌っていたわけではない。むしろ彼らを案内して訪れたカフェや踊り場の様子をよく観察し、後半の彼の人生に大いに役立てたのである。

エンターテインメントの世界

秦が一六年勤めた三菱商事をやめ、株式会社東京宝塚劇場に入社したのは、一九三三年のことである。きっかけは、秦が仕事の合間にしていた文筆業にある。ある日ドイツから買い入れた小型飛行機の試験飛行にやってきたパイロットが、面白いからとエーリヒ・マリーア・レマルクの『西部戦線異状なし』をくれた。少しずつ時間をみつけて翻訳し、一九二九年に刊行するや、この本が大変な人気となった。勤務時間にこっそり翻訳をしていたわけではなかったのだが、周囲はそうは見なかった。

その上、ベルリンの歓楽街を知り尽くしている秦に、軽い読み物の依頼が来るようになり、丸木砂土というペン・ネームで夜の見聞記を書きだした。こうして彼は秦豊吉の名前でゲーテやレマルクを訳し、『独逸文芸生活』や『伯林・東京』(岡倉書房、一九三三年)などの著作を書く傍ら、丸木砂土という怪しげな名前で『夜の話昼の話』(明星書院、一九三〇年)『女性西部戦線』(風俗資料刊行会、一九三一年)などを書くようになる。そんな彼のことをとやかく言う人も現れた。少々居心地が悪くなった秦を招いてくれたのが、東京宝塚劇場を設立した小林一三だったのである。

★エーリヒ・マリーア・レマルク『西部戦線異状なし』(秦豊吉訳、新潮社、一九五五年)のカバー。絵は向井潤吉。「あとがき」に秦は、この小説が「甚しく反戦的であるというので、ナチ政権から大いに圧迫された」こと、「私自身にも影響があって、赤坂憲兵隊に呼び出された」ことなどを書いている。

一九三三年一月に三菱を退社した秦は、八月に正式に東宝に入社するまでの間、欧米視察をする決心をした。この年の五月、秦は退職金を使って単身渡欧し、七年ぶりにベルリンの土を踏む。作家ベルンハルト・ケラーマンに会い、南スイスに渡って『西部戦線異状なし』の著者レマルクと会う機会も得た。しかしベルリンの街はかつて知り尽くしていたあのベルリンとは様変わりしていた。ヒトラーのベルリンとなっていたのである。マックス・ラインハルトの大劇場は既に閉鎖されていた。クーアフュルステンダム街の映画館で見た映画は「血潮のドイツ」というナチスの宣伝映画だった。「映画が済んで外へ出たら、ナチの腕章の青年が、汽車の切符のやうなものを呉れた。見れば『エルサレム行切符』だ。但し帰りは無効としてある。ユダヤ人排斥の宣伝用だ。それではこれが愈々今のベルリンか…と思ふと、又々僕はぐらつき出した」(『伯林・東京』)と秦は書いている。

それでも秦は二ヵ月半の滞在中、「夫婦円満の道」「タイフーン」「燃ゆる秘密」などの映画を見、ドイツ座で「大世界劇場」を、プラッツァ座で「白馬屋」を観劇して、旺盛にこの街のエンターテインメントを摂取しようとした。ヒトラーによる統制と排斥の吹き荒れるベルリンでも、大衆の笑い声は健在だった。

帰国後、秦は小林のもとでショーのプロデュースを担当した。かつてベルリンで見たアルトゥール・シュニッツラーの「輪舞」、ジャック・オッフェンバックの「下界のオルフェウス」、エーミール・シュトラウスの「ヨゼフ物語」、それにカンマーシュピーレで上演された暴風座の奇妙な舞台や、喜歌劇座で上演されたエロチックな「脱いでおしまい」というレヴュー。色とりどりのそんな記憶を手繰り寄せ、秦ははじめてのヴァラエティー・ショーに力を注いだ。しかし気ばかりが先行して、このショーは失敗に終わった。

★一九三三年五月、秦は自分が翻訳した『西部戦線異状なし』の原著者エーリヒ・マリーア・レマルクに会いに行った。左は南スイスのアスコナという町にあるレマルクの家で、秦自身が撮った彼の写真である。『伯林・東京』(岡倉書房、一九三三年)に収められた。

秦は一九三五年に再び欧米劇場視察に出掛けた。帰国後、彼は東宝グループ内にもうひとつの舞踊団、日本劇場（日劇）ダンシングチームをつくり、一九三六年、日劇ステージショーを開催した。一九三八年には、宝塚少女歌劇団を引き連れて第一回のヨーロッパ公演も試みている。ベルリンではシャルロッテンブルクのオペラ座での公演が決まっていたのだが、手違いからオペラ座が許可を出さず、結局国民劇場での公演となった。

一九四〇年に東宝劇場社長となった秦は、戦後ＧＨＱの占領政策により、公職を追放される。しかし一九四七年、帝都座小劇場のプロデュースを個人として任された秦は、「名画アルバム」と題するヌード・ショーを出し物にして、大評判を勝ち取る。ベルリンで見た「生きた大理石像」というショーにヒントを得た彼は、名画の一シーンとして何秒かの静止ヌードを観客に見せたのである。これは本邦初の本格的ヌード・ショーとして今も語りつがれる「額縁ショー」であった。

一九五〇年に秦は帝国劇場（帝劇）社長に就任する。そして再びヨーロッパ視察旅行でベルリンを訪れる。一九二六年に病気の妻を伴い、悄然として去ったベルリンを、秦はその後何度も訪れることができたのである。ベルリンの光と影は、秦の数奇な人生を長きにわたって彩ったのであった。

（和田桂子）

★ベルリンのケーニヒ・グレーツ街劇場にかけられたフランク・ヴェーデキント作「フランチェスカ」の一場面。秦はこの演劇を一九二四年から二六年の間に見ており、カール・ハインツ・マルティンの演出を「傑作」と評価した。こうした観劇経験が後の秦の仕事に大きく影響したことはいうまでもない（『独逸文芸生活』聚英閣、一九二八年）。

和辻哲郎（1889-1960）――ベルリンでの風土と文化の考察

ホームシックと「神経衰弱」

三年間のドイツ留学を命じられた和辻哲郎《わつじてつろう》が、パリを経由してベルリンに到着するのは一九二七年四月八日のことである。以後一九二八年七月三日に帰国するまでの、一年三ヵ月に及ぶヨーロッパ生活は、『故国の妻へ』（角川書店、一九六五年）や『和辻哲郎全集』第二五巻（岩波書店、一九九二年）に収録された書簡から窺うことができる。ベルリンの第一印象は悪くなかった。パリのように騒々しくない、静かな都市と感じたからである。ベルリンの b/Frl. M, Hermann Jenaerstr. 22に居を定めた和辻は、久保勉の助力でベルリン大学の聴講の手続きをとる。家庭教師は、「独乙語教授」と漢字の看板を出しているフラウ・ドクトル・イレに頼んで、いよいよベルリン生活が始まった。

だが大学の聴講は長続きしていない。四月二八日に初めてデソアールの哲学史概説を聞いたときは、言葉がはっきりしていて、自分のドイツ語でもいけそうな気になった。ところが五月三日の講義は早口でよく分からず、悲観的な気持ちになる。岩波茂雄宛書簡（一九二七年五月一五日）に和辻は、「結局第二週目の中程からすべつて了つてあまり出なくなつた」と記している。会話力は「低能」だが、学問で劣っているわけではないという自負心も、聴講を止める気持ちを後押しした。大学に行かなくても、ドイツ語の専門書を読むこ

★和辻哲郎『故国の妻へ』（角川書店、一九六五年）の箱。同書には、大西克礼と共に神戸港から乗船した白山丸が屋島付近を通過した一九二七年二月一七日の書簡から、熱田丸が神戸港に入港する前日の一九二八年七月二日に打電した電報まで、一年半の間に妻に送った手紙のすべてを収録している。妻の和辻照は「あとがき」に、「全集二十巻になりました一生の仕事のかげに、ありのまゝの哲郎の姿をのこしておきますのも、あながちむだではないようにも存ぜられます」と記した。

とはできる。またベルリンで暮らしていれば、日常生活に最低限必要なドイツ語は身についてくる。彼はじきに伸び伸びと出歩けるようになった。

ベルリン滞在期間を通じて、和辻はたびたびホームシックに襲われている。和辻照子宛書簡（一九二七年四月一八日）によれば、ベルリン到着直後には自宅のことばかりが気になった。食欲がなく、気持ちもブルーになり、帰国したいと思う。「一年半牢屋にはいる覚悟をして来たのだ」と、彼は自分に言い聞かせた。七月に入って、同じ船でヨーロッパに来た中島さんが、シベリヤ経由で帰国するというニュースを聞いたときはうらやましくなる。和辻照子宛書簡（一九二七年七月二二日）に和辻は、「少くとも一年位はゐないと、自分が自分になつてヨーロッパをのみこんで帰る丈の力はつくまいと思ふ」と記した。日本から遠いベルリンまで来た以上、最低一年というのが、自らに言い聞かせる我慢の年限だったのである。

ホームシックに陥りがちな和辻を支えたのは、ベルリンの日本人社会だったように見える。特に日本人クラブには、繰り返し通った。そこに行けば、日本食を味わい、日本語の新聞を読み、ビリヤードで遊ぶことができたからである。日本人クラブには他のベルリン在住日本人もやってきたから、そこは未知の人と出会い、再会し、情報交換をする場でもあった。たとえば一九二七年五月三日に和辻は、日本人クラブで八時過ぎに刺し身やおひたしの夕食を食べたが、一橋大学の村松恒一郎に再会して、一〇時半までおしゃべりをしている。六日後の五月九日の午後には、古本屋で購入した書籍を預かってもらおうと日本人クラブに立ち寄り、ヴァイオリニストの夏目純一に出会う。夕食やビリヤードを共に楽しんで、帰宅したのは夜中の〇時過ぎだった。

★一九二七年五月二九日に和辻哲郎が妻に送った絵葉書の表紙（『故国の妻へ』）。絵葉書下部の左側には「Berlin」、右側には「Unter den Linden」と印刷されている。上部中央に「フレデリク大王ノ像（台ノウシロニカントノ像ガアル）」と、上部右側に「コレハ図書館」と、右側に「コレガ大学ノタテモノ」と、和辻哲郎は家族に分かるように書き込んだ。

ベルリンでホームシックに罹ったり、「神経衰弱」になった日本人は、和辻の周囲にも数多くいる。四月二八日に日本人クラブに行くと、同船でベルリンに来た京都大学の大槻正男が、不眠に陥ったと話しかけてきた。やはり同船で来たばかりの「ビオフェルミンの武田長兵衛の息子」は、「ホームシック」のために、五月中旬にマルセイユから帰国してしまう。和辻照子宛書簡（一九二七年五月一一日）に和辻は、自分も帰りたいが「知つてゐる限りの人たちの笑ひ物になつてまで急いで帰りたいとは思はぬ」と書いている。和辻照子宛書簡（一九二七年六月三日）によれば、静岡高校の田中経太郎は、パリにいるときから様子が変だったが、ベルリンでの部屋探しの焦り方が尋常ではない。「こいつは本当に神経衰弱になるぞ」と和辻は感じた。出会って一ヵ月後に夏目も、彼を訪ねてきて神経衰弱らしいと弱音を吐いている。

和辻自身が「神経衰弱」に陥ったわけではないだろう。美術館に通い、コンサートを楽しみ、活動を見る——日本では考えられないようなのんびりした生活を送りながら、ヨーロッパに慣れていくことに意味があると、彼は自分に言い聞かせていた。ただ同時に、日本にいるときと比べて、書く量も読む量も少ないという現実も意識している。和辻照子宛書簡（一九二七年一一月二二日）に彼は、「新しい国土を見たためにいろ〳〵な問題が頭に浮んで来た事の他には、勉強した分量はほんの少しだ」「有効なのはやつぱり見物で、見物は一年で充分だ」と書いている。「神経衰弱」は、和辻がヨーロッパ生活を切り上げて、帰国するための口実に使われた。京都大学の西田幾多郎には「神経衰弱」は事実であるという手紙を、妻には文部省に出す満期前帰朝願に必要な「神経衰弱」だという手紙を出して、彼は帰国の途についたのである。

★和辻哲郎が帰国する一九二八年七月、アムステルダムではオリンピック大会が開会した。それに合わせて、大阪毎日新聞社・東京日日新聞社は六月〜九月のヨーロッパ一周団体旅行を企画する。大阪毎日新聞社・東京日日新聞社編『欧州観光記』（大阪毎日新聞社、一九二八年）によると、一行は七月に五日間ベルリンに滞在した。京都で茶道具を商う服部来々堂の服部栄之助は、このときにベルリン博物館で、どうしても確認したいものがあった。遠州作の大徳寺の什器「竹の柄杓」を、一九世紀末に来日したキンメルが購入したと聞いていたからである。博物館では現物を確認できた。ただし当時の博物館長が、「こんな竹の小道具に対しよくも斯様な大金を出した」と立腹して引き取りを拒み、キンメルの私有品として展示されていたという。図版は同書の扉。

自然風土と東西文化比較論

和辻哲郎が妻への手紙に、「新しい国土」を見てさまざまな問題が浮かんできたと書いたように、ヨーロッパに向かう船中で、彼は次々と変化していく風物に関心を抱いて観察し、それを書簡や絵葉書に記録している。上海では、西欧的都市景観に中国色がミックスしていることを興味深く思った。香港ではミックスの仕方が、上海とは異なっている。シンガポールでは白っぽいという都市の印象が、熱帯特有のシャワーによるものではないかと推測した。また上海や香港と違って、シンガポールは西欧的都市景観に中国色とインド色がミックスしていると感じる。ペナンはシンガポールから近いのに、白色ではなく薄い色の都市だった。色彩の違いの原因を、彼は泥土と砂混じりの土という、地質の差異に求めている。

コロンボまでの自然風景は、「東洋風」という印象の枠内に収まっていたが、アデンで目にした風景は和辻を驚かせた。和辻照子宛書簡（一九二七年三月三〇日）には「突コツとした山が、まるで岩と砂ばかりで、毛程も緑を持つてゐない。濃い褐色で、所々黒ずんでゐて、まるで屍を見る様な、物凄い感じがする」と書かれている。この船旅での異国の印象は、一九三五年に彼がまとめる『風土――人間学的考察』（岩波書店）に生かされた。この本の第二章「三つの類型」の「沙漠」の節を開くと、「かかる草木なき岩山は、具体的には物すごい、陰惨な山である。そうしてこの物すごさ陰惨さは本来的に言えば物理的自然の性質ではなくして人間の存在の仕方にほかならぬ」と、風景の印象を「人間の存在の仕方」に敷

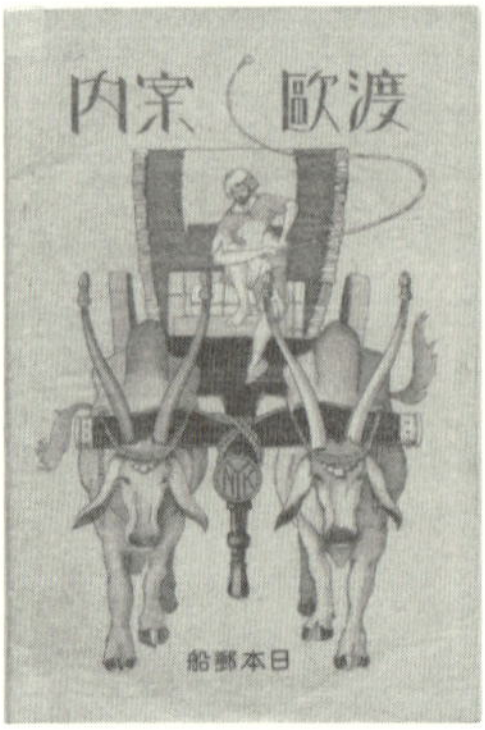

★和辻哲郎が往路に乗船した白山丸は一万三八〇トンの、帰路に乗船した熱田丸は七九八二トンの、日本郵船欧州航路使用船である。図版は、和辻がヨーロッパに滞在していた一九二八年二月の『渡欧案内』（日本郵船）。アラビア半島の南端に位置するアデンは、一八三九年に東インド会社の所属となり、一九三七年にイギリスの直轄植民地になった。このパンフレットは、アデンについてこう説明している。「当社船は往航若干の揚荷と積荷との為めに内港に碇泊しますから、其の間の数時間を見物に利用することが出来ます。半島一帯、巍々たる石灰岩の高峰連り、一流の河川さえ亜丁港に注がない位ですから、一草一木もないかと怪しまれる程で、満目荒寥たる感のある此の不毛の地」と。

衍した叙述が見いだせる。
この本の「序言」に和辻は、「自分が風土性の問題を考えはじめたのは、一九二七年の初夏、ベルリンにおいてハイデッガーの『有と時間』を読んだ時である」と記した。ハイデガーを読みながら、風土に思考を巡らせる和辻を、すぐ近くで見ていたのは東京大学助教授で哲学者の出隆である。出は三月二八日にパリのリヨン駅で和辻を出迎えて市内を案内し、四月八日に共にベルリン入りしていた。これ以降、九月一一日にシベリヤ鉄道で帰国の途につくまで、出もベルリンで過ごしている。和辻の書簡には、出との交流の様子が繰り返し出てくる。和辻照子宛書簡（一九二七年八月二六日）には、胸を衝かれる一節がある。二四日の夜に出が沈んだ様子なので、「西洋将棋」を指したが、そのときに次男が死んだという手紙を見せられたという。

出隆の目に、和辻の思考はどのように映っていたのだろうか。「出隆自伝」（『出隆著作集』第七巻、勁草書房、一九六三年）によれば、パリ到着の翌日に出の下宿で、「欧州は日本（或いは東洋）とちがって、風が吹かない（或いは風が静かだ）」と和辻は言って、インド洋上で観察したモンスーンの話や、東西文化比較論を始めたという。このときの話が、その後の和辻の『風土――人間学的考察』の「はしり」のような気がして、出はこの日のことを印象深く覚えている。「この一事から直ぐさま普遍的な結論を出す、というよりも、この一般的な事実で特殊な結論を立証しようとする」和辻の思考が、出には「論理の素直さ（というか、直情性か、単純性か、単刀直入性か）」と見えて、「うらやましかった」らしい。

直感的な思考回路は、旅行中の和辻の観察に広く見られる。和辻京子・夏彦宛書簡（一九二七年四月二九日）には、スエズ～カイロ間の砂漠を自動車で走ったときの回想が出てくる。

★ベルリンの和辻哲郎の部屋で、「西洋将棋」（チェス）に興じる、和辻（左）と出隆（右）。この写真は、和辻哲郎『故国の妻へ』の口絵に使われた。

地上が闇に覆われて何も見えなくなったときに、彼の目には空の星が印象深く映った。そのときに和辻は、エジプトやバビロニアで天文学が発達したのは、夜空を眺めるのが楽しいからだと考え、さらにエジプトと日本の比較神話論に思考を巡らせていく。このような自然風土の「一事」から、「人間学」の「普遍的な結論」にストレートに至ろうとする思考は、魅力的であると同時に危ういものでもあるだろう。

自然を観察して文化に思考を巡らせる作業は、ベルリン到着後も続いている。ベルリンの中心部にはティーアガルテンという森があり、郊外も緑は豊富である。しかし和辻はベルリンの新緑も紅葉もあまり好きでなかった。和辻照子宛書簡（一九二七年九月二日）には、木々の緑は「自然の旺盛な力」を感じさせず、紅葉は「爽かな色彩」感に欠けていると書いてある。そして自然の乏しさが、人工的な生活を作り出していると、彼は考えたのである。一一月三日に和辻はベルリンを離れてドレスデンに向かう。和辻照子宛書簡（一九二七年一一月三日）によれば、車窓から北ドイツの単調な景色を眺めて、この風土が北ドイツ人の「勤勉な辛抱づよい性質」を形成したのではないかと考えている。イマヌエル・カントの哲学も、この風土から理解しなければならないと彼は感じた。

ベルリンのコンサートと美術館

和辻哲郎は二週間でベルリン大学に行かなくなったが、下宿に籠城して本を読み続けたわけではない。ベルリンに来て三ヵ月半ほど経過した七月二九日に、和辻は「伯林も大分方々歩いて一向珍らしい所もなくなつたので（と云つても夜の暗黒面の方は一向知らない

★和辻哲郎の直感的な思考回路の危うさは、ティーアガルテンの紅葉の感じ方にも現れている。三宅克己は『欧州写真の旅』（アルス、一九二一年）で、「十月の中旬頃のティーヤガルテンの紅葉の美しさは、これも亦倫敦や巴里の公園では見られぬ美景です。紅葉と云つたとて、日本では迚も想像の付き兼る色彩と調子を現して居ます。真に画にも写せないと云ふのは、この景色の美しさかと思ひました。空から森や草原の心までが、紅葉して居るやうに思はれました。これを思ふと、日本の紅葉など奈何見ても、造り物のやうな感がする」と述べていた。洋画家の視線が捉えた紅葉は、和辻の紅葉とは対照的である。図版は、世界通編輯所編『世界通』（世界通発行所、一九二一年）に収録されたティーアガルテンの写真。

が）」と妻への手紙に記している。ベルリンの都市空間で、最も親しんだスポットの一つはコンサート会場だった。到着して六日後にはリヒャルト・ワグナーの「パルシファル」を、九日後には王立歌劇座でワグナーの「マイスタージンガー」を鑑賞している。もっともオペラは、舞台美術や演技と組み合わせた総合芸術である分、和辻は気に入らなかったようだ。和辻照子宛書簡（一九二七年四月一八日）で彼は、前者の舞台装置は「妙に写実的」だし、大きな発声のために動く役者の顔の筋肉は、役の表情を作っていないと批判的に述べている。

ベルリンでは一〇月半ばから音楽シーズンに入る。和辻が滞在した頃のベルリン・フィルハーモニー管弦楽団の常任指揮者はヴィルヘルム・フルトヴェングラーだった。一〇月二四日には彼が指揮する、ベートーヴェン「田園」と、モーツァルト「ヴァイオリン協奏曲イ短調」と、ラヴェル「ダフニスとクロエ」を聞いている。和辻照子宛書簡（一九二七年一〇月二七日）でフルトヴェングラーの指揮を、シャルロッテンブルク市立歌劇場でのブルーノ・ヴァルターの指揮と比較している件は興味深い。前者は後者と違って、体全体を使って「恐ろしく熱狂的な」指揮をしていた。前者は「浪漫的」で後者は「古典的」に見えたが、和辻の目にはヴァルターの指揮の方が偉大だと映っている。

ベルリンの都市空間で、和辻が親しんだもう一つのスポットは美術館だった。六月から彼は毎週一回は美術館に行くと決めている。和辻照子宛書簡（一九二七年六月一〇日）によると、六月六日には出隆らと四人で外出した。この日に見たのはフランス印象派の絵画で、ポール・セザンヌは五点、クロード・モネは三点、フィンセント・ファン・ゴッホとエドゥワール・マネとオーギュスト・ルノワールは二点、ポール・ゴーガンとアンリ・マティスは一点ずつ掛かっていたという。点数は多くないが、和辻はセザンヌが「とびぬけてうま

★世界通編輯所編『世界通』は、「王室附オペラ劇場」が「伯林第一のオペラ劇場で、ワグネル歌劇を独占して」いたと述べている。観劇料は特に高いわけではなく、「外人桟敷席」は九マルク、「舞台前席及びオーケストラ場席」は八マルク、一等席六マルク、二等席四マルク、三等席二マルク半、「土間」と「円形劇場席」は一マルク半だった。図版は同書に収録された、ティーアガルテンにあるワグナーの記念像。

い」と感じた。その印象は一一月二七日にパリのリュクサンブール美術館に行ったときも変わらなかったようで、少ない筆数と少ない色彩で、リアルに描くことに感嘆している。

だがベルリンで和辻が最も堪能したのはファン・レイン・レンブラントだろう。カイザー・フリードリヒ美術館にはレンブラントが二〇点ほど所蔵されている。六月二四日に四〜五点を時間をかけて味わった彼は、和辻照子宛書簡（一九二七年七月一日）に、「ダニエルの幻影」「サスキヤの肖像」「自画像」の絵葉書を同封した。絵葉書の裏には、彼の感想が細かく記されている。「ダニエルの幻影」で感心したのは天使の輝きで、主として白の色彩が使われているが、腰のあたりにはうすい青も見える。「内の光で輝いてゐるといふ感じ」がいかにも宗教画らしいと和辻は思った。その後も七月六日と一七日に、彼はカイザー・フリードリヒ美術館のレンブラントの部屋で鑑賞しているから、よほど見飽きなかったのだろう。

和辻はベルリンで音楽や美術に親しんだが、個々の作品とは別に、感心したことが一つある。それは音楽や美術に親しめるように、システムが整備されていることだった。音楽シーズンに入ると、毎日のようにコンサートが開かれるが、入場料はわずか一マルクしかかからない。美術館や博物館の収蔵品も多く、日本美術の部でも陳列方法に気を配っていることが感じられた。日本で国立の西洋美術館が開館するのは第二次世界大戦後のことで、大原美術館が開館するのも三年後の一九三〇年である。和辻照子宛書簡（一九二七年九月九日）に彼は、「日本で西洋のものをこの程度に持つてゐる美術館があるかといふ事を考へれば、やつぱり毛唐の方が偉い」と記している。

ベルリンを一一月一日に離れた和辻は、ハンブルクやハイデルベルクを経由して、この

★一九二七年七月一日の和辻照宛の封書に同封された絵葉書（『故国の妻へ』）。絵葉書の裏から、図版のレンブラント「サスキヤの肖像」についての感想が書き出されている。図版の右下の「Cの飾りは」の前に「(つゞき)」と書かれているのはそのためである。

月の一六日にパリに到着する。一二月二一日までの一ヵ月余りのパリ生活は、彼にベルリンと日本を比較する視線だけでなく、ベルリンとパリを比較する視線を加えた。食事はもちろんパリの方がいいが、ふじで食べたときに、ベルリンの日本料理よりもはるかに美味しいと彼は感じる。それは調理技術の違いというより、材料の違いに起因するようだった。ベルリンの方がパリよりも優れていると思ったのは、室内装飾や家具類、オーケストラや舞台装置である。ただ色彩感覚が鈍いのか、濃い色をむやみに使うことが、和辻には気になっていた。

(和田博文)

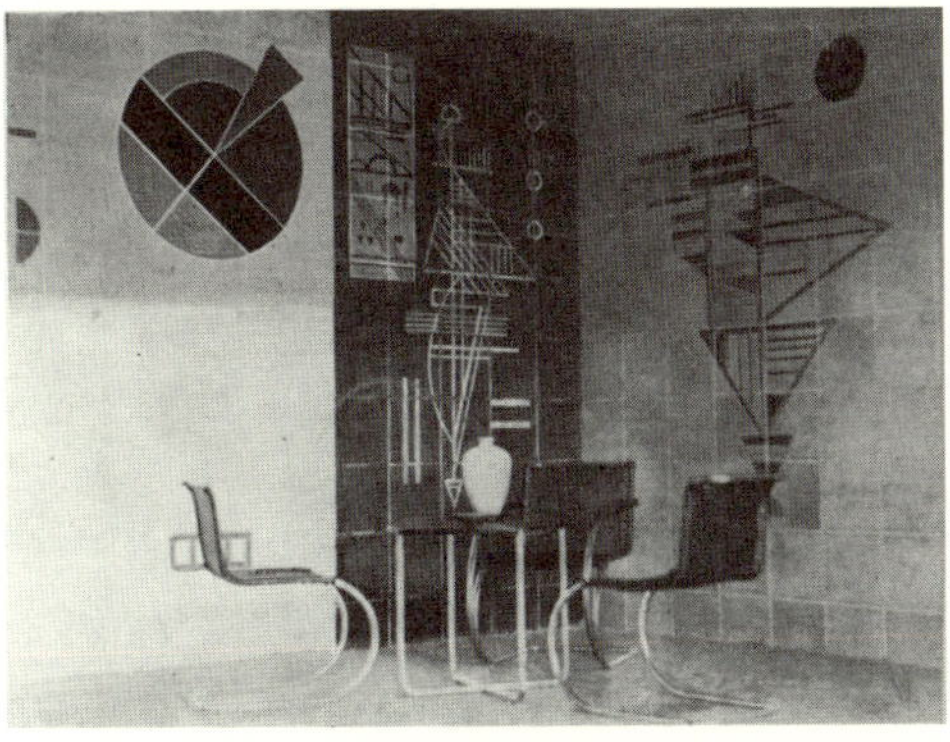

★和辻哲郎が帰国して三年後の一九三一年に五月九日〜八月二日に、ベルリンのカイザーダムの展覧会場で、独逸建築博覧会が開催された。『国際建築』は七月号でこの博覧会の特集を組んでいる。図版は、同誌に掲載された「ワ・カンディンスキー設計・音楽室」。「壁の文様タイルが最近のカ氏の作風を示す」と説明されている。

勝本清一郎（1899-1967）——左翼勉強

「第二の赤都」へ

勝本清一郎《かつもとせいいちろう》は、幼稚舎から大学まで慶応で、予科文科時代に沢木四方吉からドイツ語を、安倍能成に哲学を学んだ。美術史を専攻し、卒業論文は大徳寺真珠庵の障壁画について書いた。一九二五年に大学院修了。この頃から蔵原惟人を通じて左翼運動に入ってゆく。一九二八年、労働者の生活を身近に知ろうと、深川大工町の同潤会アパートに移った。その後、ベルリンへ渡る。

勝本清一郎『赤色戦線を行く』（新潮社、一九三一年）のあとがき「海外に在る同志勝本のために」を書いた貴司山治は、深川大工町に勝本を訪ねたときのことに触れ、

> 私はかれが芸術理論の上に企てゝゐるまじめな、誰れもがまだ手をつけてゐない研究のプランを、大工町のアパートで娓々《びび》としてかれにかたりきかされた頃をなつかしむことができる。それは僅かに一年あまり前の事である。私は勝本を尊敬した。同時にかれがその持つてゐるいゝ仕事を十分に果たすためには、かれはまづ「文壇」的に識られたかれの名を抹殺しなければならないだらうと思つた。そして、マルクス主義者としての、より新たなる生活の眼光を、プロレタリアートの中に直ちに汲みとらな

★ドイツに向け敦賀より天草丸に乗り込む勝本清一郎（手前）と、同行した島崎蓊助（島崎蓊助『島崎蓊助自伝』平凡社、二〇〇二年）。左翼運動にかかわっていた蓊助は、円本で収入を得た父・島崎藤村の援助もあり、勝本の誘いでドイツへ旅立った。蓊助は二〇歳であった。

ければならないだらうと希つた。

と書いている。勝本は、編集委員をしていた『三田文学』を中心に文芸評論や小説などを発表し、また『新潮』では左翼文芸理論家として知られていた。貴司山治は、続けて、「ベルリンは世界の、第二の赤都である。そこに行けば、プロレタリアートの闘争と労働の生活は爛漫として渦巻いてゐるだらう。その、プロレタリアートの独自の生活の意識に身をひたすことは、インテリゲンチヤにしてマルクス主義者たるすべての人間にとつて何よりの『勉強』である」と激励している。

一九二九年九月二一日、勝本清一郎は藤村の息子である島崎蓊助を伴って敦賀港からドイツへ向けて旅立った。ソ連行きも考えたが、ドイツ語ができるので、文献を読める便宜を優先したという。

このあたりの事情について慶応大学の後輩にあたる平松幹夫は、「プロレタリア運動に対する当局の取締りが次第にきびしくなり、評論家活動に拘束を感じたこともあろうが、やはり本質的には、学生時代に茅野蕭々、沢木四方吉教授などに開眼されたドイツ文化に対する憧憬と、マルクス、エンゲルスなどの学問的興味に惹かれて、この機会に一つ本場に行って徹底的に勉強してやろうと考えたのにちがいない。この意味では過去の藤間静枝や山田順子との関係が、君の生活転換のスプリングボードとなったように、ドイツ留学も、帰国後の君のユネスコ運動から明治文学の資料収集、さらに近代文学史家へと展開する、一つのスプリングボードであったと見なされぬこともあるまい」（「勝本清一郎君回想」、『近代文学ノート（2）』付録、みすず書房、一九七九年）と推測している。

★「反ファシスト青年前衛隊の若い女達」（勝本清一郎『赤色戦線を行く』新潮社、一九三一年）。一九三〇年三月一七日、警察に殺害された共産党員の青年の葬儀に集まった反ファシスト青年前衛隊のことが「腕にハンマーと剣のマークをつけた紺色のシャツのやうな上衣、赤いネクタイの制服で四列縦隊だ」（『赤色戦線を行く』）と描写されている。

ウラジオストックからシベリヤ経由で一〇月始めにモスクワに着き、一〇日ほど滞在したあとベルリンに向かう。一九二九年末ころから、国崎定洞、小林陽之助らがベルリン反帝グループを作っており、勝本もそこに加わった。

ベルリンから書き送った「日本人の巣――新ベルリン通信序論」(『東京朝日新聞』一九三〇年四月二〜五日、『赤色戦線を行く』に収録)で勝本は、ベルリン在住の日本人の多くは市中の西南部のヴィルマースドルフ区とシェーネベルク区という「ドイツ国粋党」をもっとも支持する地区に住んでいるとし、こうした「反動的な地区」に住んでいる日本人は偏った情報しか得られないから、「従つていはゆる洋行談や海外土産などといふものが、現代においては、どんな性質を帯びがちだかは、余りに分り過ぎよう」と警告する。そうした片寄りのない情報が必要なので、「我々はベルリンに、万国のプロレタリヤ芸術家の共力のもとに、一隻のオーロラ号を浮べて、日本のプロレタリヤ芸術運動に力を添へるため、日本までとゞく遠距離砲をもつて、遙に援護射撃を敢行しようとしてゐる」と述べている。彼はそうした使命感をもってベルリンに暮らしたのである。しかし、やがて日本を離れてはじめて見えてきた「日本のプロレタリヤ芸術運動」の問題点に直面することとなる。

四度のモスクワ行き

「ハリコフ会議のころ」(『文学』一九六四年四月)によると、勝本はドイツ滞在中、四回ソ連に行っている。一回目はドイツへ向かう途中の一〇日間ほどである。二回目は、一九三〇年一一月から一二月にかけてのことで、勝本に日本のプロレタリア作家同盟から駐独代表

★ハリコフ市の労働宮(尾瀬敬止『新露西亞画観』(アルス、一九三〇年)。ハリコフはウクライナにある。

を委嘱してきたので、ウクライナのハリコフ市で開催された国際革命作家会議第二回総会に正式の代表として出席した。このときの報告を、勝本は松山敏の筆名で、「プロレタリア××作家、第一回国際大会に於ける日本プロレタリア文学運動についての報告——その沿革、現勢、および将来」（『ナップ』一九三一年七月）に書いている。三回目は一九三二年の夏から秋にかけてで、さらにいったん出国し、再び同年一〇月末に入国して翌年二月まで滞在した。このとき、モスクワで佐野碩とともに、日本のプロレタリア芸術運動に対し、組織は分散戦術を取り人民戦線の立場から共産主義者以外の人々との共闘を避けてはいけないとするテーゼを作成した。一九三一年九月に満州事変が起こり、戦時体制下、このままでは日本のプロレタリア芸術運動は壊滅するという危機意識に迫られ、国際組織からのテーゼというかたちで呼びかけようとしたのである。しかしこれは、共産党のモスクワ駐在代表者の野坂参三に止められたという。

「プロレタリア文学と私」（『現代日本文学講座　小説6』三省堂、一九六二年）には、こうした自分の変化について次のように書いている。

> ドイツに行ってからは、非常に現実的な考え方のいろいろなことを教えられた。四回にわたって行ったソ連でも教えられた。日本で考えていたプロレタリア文学運動の性格は、ドイツやソ連で考えていることと非常に違うことを知った。向こうのプロレタリア文学運動は、もちろん一つの理想主義的なものではあるが、それを裏づけているのは、非常に現実主義的な見方、運動のやり方であった。日本では要するに理想だけになって、現実主義的なことは全部置いてけぼりにしていた。

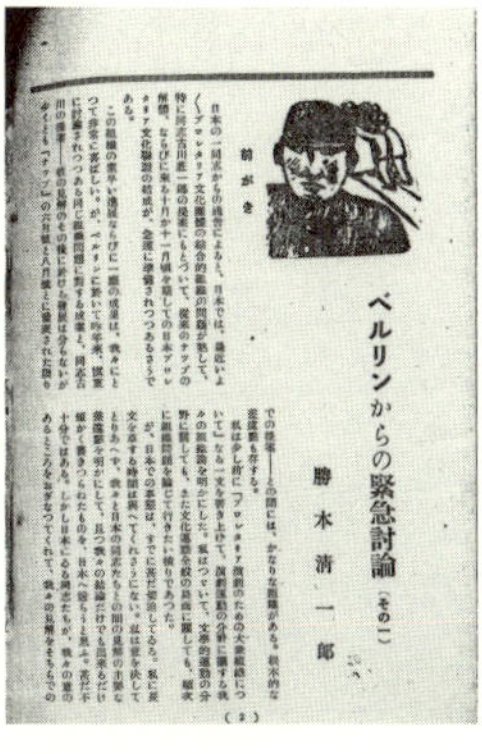
ベルリンからの緊急討論（その一）
勝本清一郎

★勝本清一郎「ベルリンからの緊急討論（その一）」（『ナップ』一九三一年一一月）では、文化運動の独自性に対してコップの理解が浅いことを追及している。論文末尾には「ベルリン、一九三一・九・二二」と記されている。

ドイツ人から「日本は共産党があんなにちっちゃいのに、プロレタリア文学運動がでかいのは、そもそもおかしい。その問題を君たちはうんと本気で考えなければだめだ」と批判を受けたこともあったとある。三二年テーゼ（「日本における情勢と日本共産党の任務に関するテーゼ」）を二月ころにいちはやくドイツ文の草案で見た勝本らは、トレプトウ公園で日本の留学生たちと、人が来ればすぐわかる見晴らしのきく広い芝生に集まって勉強会をしたこともあるという（「ハリコフ会議のころ」）。

「ベルリンからの緊急討論（その一）」（『ナップ』一九三一年一一月）では、ナップ（全日本無産者芸術団体協議会）解体からコップ（日本プロレタリア文化連盟）結成への動きについて、プロレタリア文化運動の役割を問いつつ、「我々は、プロレタリア文化運動ないし芸術運動を『××』の文化教育的活動の見地からのみ見る誤謬を、第一に打破しなければならぬ」としている。コップの組織論には文化運動が持つ創造的側面を認める姿勢がない、文化的セクト主義だ、という批判である。

他にも、ベルリンから書き送った「プロレタリア演劇のための大衆組織について（その一）」（『ナップ』一九三一年一一月）で教条的なプロレタリア演劇を批判しているが、良い例として、「ドイツのアヂプロ隊やソヴイエート同盟の『トラム』の演劇は、決して、セリフの受け渡しを中心にして構成してゐる在来の描写的演劇、またはお話し的演劇のいづれでもない。その全篇を貫くものはシユプレッツヒ・コールであり、音楽であり、合唱であり、体操であり、舞踊であり、足踏みであり行進であり、そして特に個人的演技ではなしに何処までも集団的演技であり、一様の紺羅紗の運動服であり、簡単な紙製のお面・小道具であ

★「伯林トレプトウ公園の朝」（三宅克己『欧州写真の旅』アルス、一九二一年）。勝本は、「ベルリンにトレプトウという大きな公園があるんですよ。広い広場に芝生があって、日本の留学生ばかり十四、五人、ピクニックのような格好で寝そべっていて、なにしろ見渡す限りの広い芝生でしょう。誰か近寄ってくれば何百メートルも向うからわかるわけですね。それで安全なものだから、そこで三二年テーゼの研究会をやったことがあるんですよ」（「ハリコフ会議のころ」『文学』一九六四年四月）と回想している。

り、……等々、更にこれらの単純な要素の非常に渾然たる、且つ甚だキビ〳〵した簡潔な綜合的構成物なのである」とし、このようなプロレタリア演劇が日本に育たないのは、文化を政策の手段としてしか見ない文化蔑視と、運動が労働者・農民の手の中にないためだとしている。

しかし、日本でもドイツでも演劇の現場に立ち続けていた千田是也のような人物からすれば、勝本の言っていることも机上の図式なのであった。アジプロ隊に所属してドイツ人たちと活動をともにした千田は、勝本のドイツ・プロレタリア演劇の現状把握に誤りがあると考え、岩田二郎の名前で発表した「独逸のプロレタリア演劇運動（一）」（『プロット』一九三二年三月）で、「彼のヤリ方は彼の持ってゐる結論から出発して、その為に必要な材料を独逸のプロレタリアの演劇運動の中から拾ひ集めた観が強い。彼は演劇の方の専門家でないから仕方ないとしても、こう云ふヤリ方をされては、独逸の演劇運動の、特に一番彼から槍玉に上げられてゐるATBDの同志達にとって迷惑至極」と書いている。千田はこの論文中にドイツのプロレタリア演劇団体の組織図を示し、ATBD（ドイツ労働者演劇同盟）は決して勝本の言うような幹部組織ではなく、労働者演劇のための超政党的な大衆組織であったことを示している。後年になっても、千田是也は「ベルリンの勝本さん」（『近代文学ノート（4）』付録、みすず書房、一九八〇年）で、勝本論文にあるのとは違っていた労働演劇の実体を述べている。

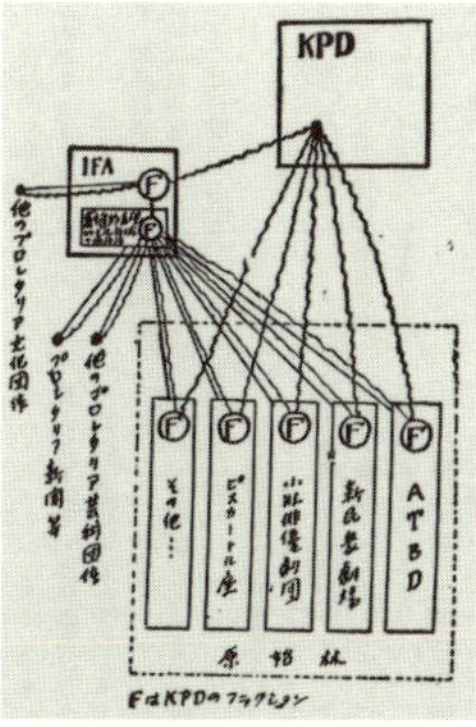

★在伯林 岩田二郎（千田是也）「独逸のプロレタリア演劇運動（一）」（『プロット』一九三二年三月）の文章の中に記されたドイツのプロレタリア演劇団体の組織図。KPD（ドイツ共産党）とIFA（ドイツ労働者文化団体協議会）の間で、各フラクションのつながりを整理統合する強力な力は働いていないという。「机上の上の組織論で云へば演劇団体のFの頭が、全芸術領域の共同体に統一され、それが更に文化同盟の中で統一され、KPDに結びつくと云ふのが、一目整然としてゐてよさそうだが、いくら整然としてゐたって、動けない組織、闘争のために作られたのでない組織なんて何にもならない」とここで千田は書いている。

一九三三年のベルリンを伝える

『赤色戦線を行く』の最後は、一九三〇年五月に行なわれた勇ましいデモの報告をしたあとで、「ドイツ労働階級の政治的第一線は、今や攻勢的地歩を確実に占めた。戦線はいよ〳〵多事にならうとしてゐる。彼等はます〳〵前進するであらう」とまとめられている。しかし、この年の九月にあった国会選挙ではナチ党が、それまでの一二議席から一〇七議席に躍進して、社会民主党に続く第二党となった。共産党も二三議席増やして七七議席となったが、ナチスの勢いは止められなかった。一九三二年七月の国会選挙でナチスは二三〇議席を占めて第一党となり、一九三三年一月には政権を取る。勝本はそこに数ヵ月とどまっていた。

「ユダヤ人受難見聞記」（『中央公論』一九三三年七月）は、まさに題名の通り、ベルリン市内で勝本が見聞きした、ユダヤ人商店への襲撃など、ユダヤ人迫害の光景を伝える。「嵐の中のドイツ芸術」（『中央公論』一九三三年一二月）は、「編集〆切間際に達した情報によれば、昨日、プロシア芸術アカデミーから政治的理由により、文学部議長ハインリッヒ・マン氏、ケーテ・コルギッツ女史及びベルリン市土木建築顧問ドクター・ワーグナー氏らが除名された。短い、しかしセンセーショナルな報道が二月十六日の朝、ドイツの諸新聞に一斉に掲げられた。いよいよ始まつたな、と我々は感じた」として、ユダヤ人であること、反ナチスであることなどの理由から、芸術家の活動が封じられてゆくドイツの現状を、美術、音楽、演劇等にわたって書き送り、

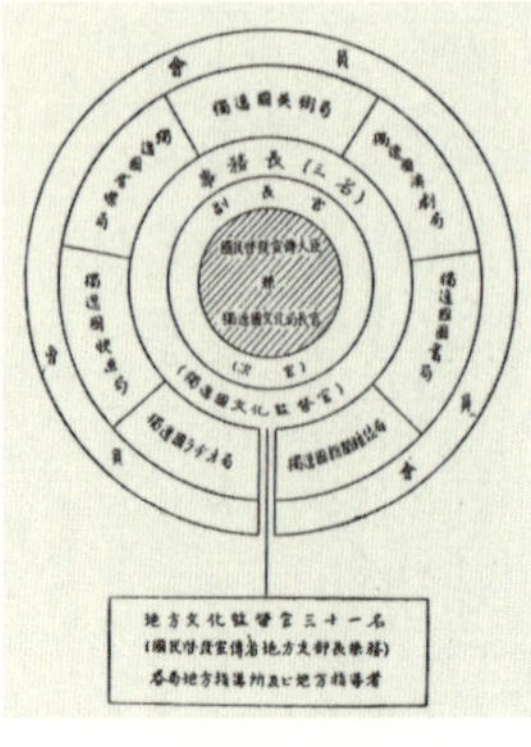

★新関良三『ナチス独逸の演劇』（弘文堂書房、一九四〇年）中にあるドイツ文化局の組織図。「独逸国文化局」は、七つの局をもって一切の文化事業を統括した。「登録によつて局に所属せる者でなければ文化業務を行ふことはできない。即ち、文化局は一つの強制組織である。局に所属せざる者は、事情によりては、警察力によつてその就業を防止せられる」と新関は書いている。国民啓発宣伝省が立案したドイツ文化局法が可決されたのは、一九三三年九月二二日のことであった。国民啓発・宣伝大臣はヨーゼフ・ゲッベルスである。

上野の音楽学校の親学校みたいだつたベルリンの音楽大学は、空ツぽにされてしまつた。又森鷗外が、小山内薫が、島村抱月が、土方与志が、村山知義がつたへた近代劇の古巣は、ヱルダンの戦跡のやうに荒されてしまつた。日本の芸術家諸君の感慨如何？　諸君は世界文化防衛の大旗を東洋の一角にもつと高く翻すべきだ。

と訴えている。

四回目のロシア滞在中、勝本は国際革命作家会議側からロシアにとどまるように言われた。野坂参三に相談したところ、野坂は、ソ連と日本の関係は悪化するだろうという見通しに立ち、早く帰国するよう促し、さらに帰国後はナップ関係者に近づかなくてよいとし、「君が日本に帰ってブルジョア民主主義という立場からだけ主張してくれれば、日本共産党はそれで感謝します」と言ったという（「プロレタリア文学と私」）。表だった活動をして逮捕されてしまうより、できる範囲の発言を継続的に続けてくれたほうが為になるという現実的な判断であろうか。

一九三三年の一二月二六日に、勝本は夫人ドーラ・ミンドラとともに神戸に入港した。「故国に帰りて」（『中央公論』一九三四年二月）の末尾に示された、「日本の民衆の来るべき大きな国際的危期を前にして、文学的方法によつて多少社会的に役立ちたいことを願つてゐる」「あまり右へ行き過ぎることは用心なさいよ、文明的な顔をなさいよ、世界の情勢はかうですよ、と云へれば、僕はそれだけでも満足のつもりでゐる」というところは、野坂の進言を容れた上での表明のようだ。そのためにも、彼はナチス政権が出来て以来のドイツの現

★焼き討ちに合う前の国会議事堂の絵葉書。

状を伝える必要があった。「故国に帰りて」には、次のようにある。

僕はヒットラー支配下のドイツに五箇月間生活した上でパリーに来た。国境外に於ける名前だけ勇ましい何々委員会の効果だの、新聞雑誌上に於けるさうした堂々たる議論だのが、ドイツの民衆の上には二階からの目薬ほどにもとどいてゐない事がよく分つてゐたのだ。民衆は、議会に放火したのは共産党であり、ベルリンの上空を三千メートルの高度で外国の怪飛行機が飛んだ事実があり、左翼文士の腰抜けどもやユダヤ人のインテリどもは、いざと云ふ時には平常の言論にも似ず、みんな民衆を捨てて国外へ逃亡してしまつたのだと信じて疑はないのだつた。そうして多少ナチスをきらひであらうが、なからうが、みんな否応なしに、ナチスの旗が街上を行進すれば誰でも道端にとどまり、片手を高くさし上げて「ヒットラーいやさか！」の敬礼をせざるを得なくなつてゐるのだ。

亡命したクラウス・マンは一九三三年九月、アムステルダムで雑誌『集合』を創刊し、反ナチスの言論活動を行った。トマス・マンもチューリヒで雑誌『尺度と価値』を創刊。ハインリヒ・マンはフランス人民戦線に加わり、パリで結成された亡命作家の組織「ドイツ著作家保護連盟」の名誉会長となっていた。しかし勝本は、いくら外国で活動していたとしても亡命者には批判的であった。操作された情報しか得られず、「きらひであらうが、なからうが」ファシズムに巻き込まれてゆくドイツの人々のすがたは、そのまま日本にもあてはまる状況だったのである。

（宮内淳子）

★「一九三四年五月、ルストガルテンに集まった若者たち」（Max Arendt und Paul Torge, *Berlin Einst und Jetzt*, Gustav Grosser, 1934）。ハーケンクロイツの旗で埋め尽くされている。

池田林儀（1892-1966）——優生運動の旗手

ジャーナリストとして

池田《いけだ》林儀《しげのり》は大正三（一九一四）年に東京外国語学校シャム語科を卒業した後、しばらく大隈重信が主宰する雑誌『大観』の編集に携わり、一九一九年に報知新聞社に入社した。報知新聞社では大隈重信の専属記者となったが、一九二〇年ベルリンに特派員として赴任し、一九二五年までの五年間をドイツで過ごした。

一九二〇年の冬にはじめてドイツに足を踏み入れた池田は、その時の様子をこう記している。「腐つたミルクのやうな陰惨な雲が低く垂れて、頭をおさへつけるやうないやな日ばかりつゞいた。骨にまでしみ込んでくる寒さが、北国生れで寒気にはなれきつてゐると内心ほこつてゐた自分のうぬぼれの鼻柱をくぢいた。木は枯れ川は氷り、見わたすかぎり万物に生気なく、野も原も町もすべてが骸骨の住家のやうに冷たくさびしかつた」（『ワンダーフォゲル』文化社、一九二四年）。厳寒の、それも敗戦直後のベルリンは、すべてを拒絶しているかのように荒涼としていただろう。

気負い立って日本を出たはいいが、着いてみるとなんとも足元がおぼつかない。池田はその思いをこう書いている。「本を読んでも、はっきりと胸に落ちるまでには、自分たちのやうに中年で語学をはじめたものは、殆んど不可能な努力であらねばならぬ。人に対して

„Deutsch-Japanische Revue“
erscheint monatlich einmal
Preis 65 Gold-Pfg.
Anzeigenpreis: Ganzseitig 50 Goldmark, halbseitig 30 Goldmark.
Herausgeber: S. Ikeda, Berlin-Charlottenburg, Kaiser Friedrichstr. 40II
Telefon: Wilhelm 6917.
Verlag „Linden“

★一九二三年に池田はベルリンで月刊誌『Deutsch-Japanische Revue』を創刊している。左はその広告。カイザー・フリードリヒ街四〇IIのリンデン書店から発行された（『Deutsch-Japanische Revue』一九二三年一一月）。

も肝心の対話が何の用をもなさぬ。一切万事が厚いつや消し硝子を通して物を見るやうな感じである。日本に育つて日本の事情に通ずることすら困難であるのに、突然飛び込んで来たドイツの事情を洞察するなぞと云ふことは、考へて見ると厚顔無恥と云はうか、無謀と云はうか、鉄面皮と云はうか、顧みて冷い汗の流れ出るのを禁じ得ないのであつた」（『ワンダーフォゲル』）。気楽な旅行者とは一線を画す切実な思いが、ここからは読み取れる。

ともあれジャーナリストたるもの、書を捨て、町へ出ねばならぬ。往来に出てみると、いやでも眼についたのは女性の服装であった。「巴里の女の服装は濃厚な麗々しい華奢な眼もさめるようなものばかり、倫敦の女の服装は地味な渋い地質のいゝものばかり、伯林の女は汚ならしい地質の悪いものばかり、その三者の間に於ける此の相違は全く歴然たるものである。女から衣服を奪ふことは、女の生命の一半を殺したものである。独逸の女が戦争を怨んでゐるのも無理がない。負けた独逸に一番気の毒なことは、女が衣服を失つたことである」と池田は書いた（『改造の独逸より』東京堂書店、一九二二年）。女が衣服を失うと自尊心も失ったとみえ、金のために簡単に男に身を任せるようになった。かくして「戦前には殆んど日本人なぞ寄りつけなかつた中流以上の女が、日本大明神で拝み奉るような時代になつた」（『改造の独逸より』）のだった。

次いで眼についたのは、子供救済の運動であった。栄養不良となった子供たちを救うために、ドイツの小学校では毎朝肉汁を一杯ずつ与えることにした。このため、ドイツでは毎朝コップをぶらさげて通学する子供たちの姿が見られた。これは主にアメリカなどのキリスト教慈善団体の活躍が実を結んだものであったが、ドイツ政府も広報活動をした。一九二〇年の冬には「キンダー・イン・ノート」（子供の危機）と記したビラを至る所に貼った。

★「キンダー・イン・ノート」（「子供の危機」）と書かれたポスター。飢えや貧困・病気に悩める子供たちを救おうという広報ポスターで、池田林儀によるとこの種のポスターが六〇〇余種に上ったという（『独逸復興の原動力』優生運動社、一九二九年）。

子供たち自身が、こうしたビラを配っているのも見た。寒風の中、ひとかたまりになってビラを配る子供たちの姿は、「いぢらしいと云ふよりも、寧ろいたましいものであつた」（『改造の独逸より』）と池田は書いている。

一九二一年三月一〇日にはルイゼ皇后の誕生記念日をティーアガルテンに見に行った。その三日後に、戦勝記念柱の爆破が企てられるという事件がおこった。この頃共産党暴動をはじめ、インド人学生シングー殺人事件、シュトラスブルク街の群盗事件、ターラート・パシャ暗殺事件などが立て続けにおこった。示威運動も月に一、二回の割合であった。池田はそういった集会や行列も見に行き、また国会議事堂にヴィルト総理大臣の演説を聞きに行ったり、ベルリン大学にR・タゴールの講演を聞きに行ったりもした。

ドイツにとって日本は敵国であったため、池田のように各地を積極的にまわるには危険が伴ったと思われがちだが、ドイツ人の対日本人感情は概して良好だったという。為替相場の関係で日本円が強いことに加え、戦争中に日本がドイツの青島俘虜を優遇したことが子供にまで知られていたこと、ベルリン大学や子供救済の慈善団体に寄付をしたことなども功を奏していたらしい。

五年もたつと、ドイツの景気は目に見えてよくなってきた。池田の観察によると、「往来の人間の身なりを見ても、五年前と今日とは大変な相違である。品もよくなったが型も新しくなつて来てゐる。客に招ばれて行つても、四五年前と今日との御馳走がまるで変つて、飲物などなかなか贅沢になつて来た。宴会や舞踏会に行つて見ると、特に此のことが目に立つ。最初ドイツに行つた頃の宴会や舞踏会で、スモーキングとか燕尾服などを必要とする場合が全くなかつたのが、昨年暮頃からは殆んどすべてが之を必要とするやうになつた」

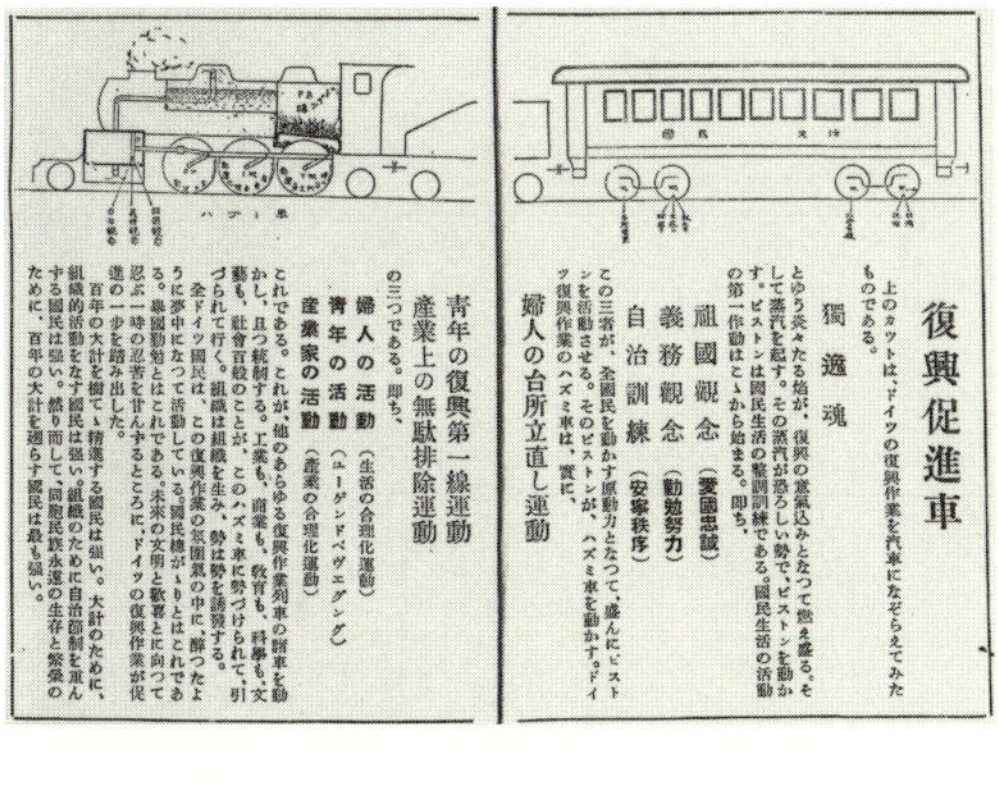

復興促進車

上のカットは、ドイツの復興作業を汽車になぞらえてみたものである。

獨逸魂

とゆう炎々たる焔が、復興の意氣込みとなつて燃え盛る。そして蒸汽を起す。その蒸汽が恐ろしい勢で、ピストンを動かす。ピストンは國民生活の整調訓練である。國民生活の活動の第一作動はこゝから始まる。即ち、

祖國觀念（愛國忠誠）
義務觀念（勤勉努力）
自治訓練（安寧秩序）

この三者が、全國民を動かす原動力となつて、盛んにピストンを活動させる。そのピストンが、ハズミ車を動かす。ドイツ復興作業のハズミ車は、實に、

婦人の台所立直し運動
青年の復興第一線運動
産業上の無駄排除運動

の三つである。即ち、

婦人の活動（生活の合理化運動）
青年の活動（ユーゲンドベヴエグング）
産業家の活動（産業の合理化運動）

これである。これが、他のあらゆる復興作業列車の諸車を動かし、且つ統制する。工業も、商業も、教育も、科學も、文藝も、社會百般のことが、このハズミ車に勢づけられて、引づられて行く。組織は組織を生み、勢は勢を誘發する。

全ドイツ國民は、この復興作業の氛圍氣の中に、醉つたように夢中になつて活動している。國民總がゝりとはこれである。總國勤勞とはこれである。未來の文明と歡喜とに向つて忍ぶ一時の忍苦を甘んずるところに、ドイツの復興作業が促進の一歩を踏み出した。

百年の大計を樹てゝ精進する國民は強い。大計のために、組織的活動をなす國民は強い。組織のために自治節制を重んずる國民は強い。然り而して、同胞民族永遠の生存と繁榮のために、百年の大計を廻らす國民は最も強い。

★池田による復興促進車のカット。まず「独逸魂」という炎が燃え上がり、それが三つのピストンすなわち「祖国観念」「義務観念」「自治訓練」を動かす。それがさらに三つの車輪すなわち「婦人台所立直運動」「青年運動」「産業合理化運動」を動かす。こうしてこの機関車は復興作業列車の諸車を動かしていくのである（『独逸復興の原動力』優生運動社、一九二九年）。

(『ワンダーフォゲル』)のだ。

敗戦の打撃のただ中で、ドイツ人がいかに生活し、いかに向上していったかを池田は目のあたりにした。池田は復興に寄与したもののひとつが、ワンダーフォーゲルの理念であるらしいと気づいた。

ワンダーフォーゲルの力

ワンダーフォーゲルとは「渡り鳥」の意味で、一八九八年ベルリン郊外のシュテーグリッツに始まった運動とされる。若い人たちが休日に集まって、ギターやマンドリンをつまびき、歌い笑いながら、共にあちこちの山や野に歩いていく。彼らは日の光を浴び、地理を理解し、自然を観察し、心身を鍛えるのだ。この運動は、もとは単なる親睦をかねた遠足であったが、戦後復興をめざすドイツにとって、民族精神を強化するための最もふさわしい運動とみなされるようになった。

池田は、物質的な富を失ったドイツが、風土の富の豊かさを享受していると感じた。「ドイツの林をさまよひ、湖水に遊び、山に登る時、そのにくらしいまでに行き届いた愛護と設備とに、彼等の自然を愛する心を感ずると同時に、之れに投ぜられた労力と富とのほどを感ぜずには居られぬ。戦敗の結果、マルク低落の結果、ドイツ人は貧乏になつたと云ふが、手に持つマルクは之を失つたとしても、彼等がその国土に、その都市に、その生活の直接の接触面に投じて保有してゐる富は莫大なものである。貧しいとは云へ、われ〳〵日本人の及ばぬ貯蓄を彼等は持つてゐる。此の事は、今後吾々日本人の生活の上に、慎重に

★『ワンダーフォゲル』(文化社、一九二四年)の表紙。中央に描かれているのは、若い女性がマンドリンをつまびきながら野山を駆けていくワンダーフォーゲルのイメージと思われる。

考量し反省してみなければならない問題を提供する」（『ワンダーフォゲル』）。
このような観察は、民族精神、民族の血という問題を考える契機となった。一九二二年にビスマルクの墓を訪問した際、池田は民族の血の問題をさらに深く考えることになる。「負けたドイツには、今や民族精神が烈火の如くに燃え立ってをる。血は物を云ふ。血は最後の審判者である。血を叫んだビスマルクの精神は、これからもドイツ民族の中に生きて行くであらう。鉄に破れたドイツは血でこれを救はねばならぬビ公よ。永遠にドイツを護れ」（『ワンダーフォゲル』）。

池田はこの頃には、ワンダーフォーゲルの力を確信している。民族精神はワンダーフォーゲルによって鍛えられ、その鍛えられた民族精神が国を救うのだ。池田の著作『ワンダーフォゲル』はこのように締めくくられている。「ワンダーフオゲルのマンドリンの音が、ギタの音が、あのさゞめきが、あの笑ひが、ドイツの山川から絶えざる限り、ドイツ人は、ドイツ民族は、未だ〱永存の精力を失ふものではない。ドイツの哲学が、ドイツの自然に養はれたるが如く、ドイツの自由がドイツの自然に芽ぐんだ如く、ドイツ魂がドイツの自然に育まれたる如く、ドイツ民族そのものが、ドイツの自然に抱かれ且つ生き立たなければならない。ワンダーフオゲルは、永遠の生存への自由享楽の旅であらねばならぬ」。

このような書きぶりから、池田が完全なドイツびいきになったような印象を受けるが、彼の意識の中には常に日本の姿があった。ドイツの復興力を参考にして、日本の将来に役立てようというわけである。『改造の独逸より』は一九二二年、『ワンダーフォゲル』は一九二四年、いずれも池田がまだベルリン在住の頃に刊行された。帰国後、池田はこれらを日本の社会に適用すべく、新たな運動を立ち上げる。

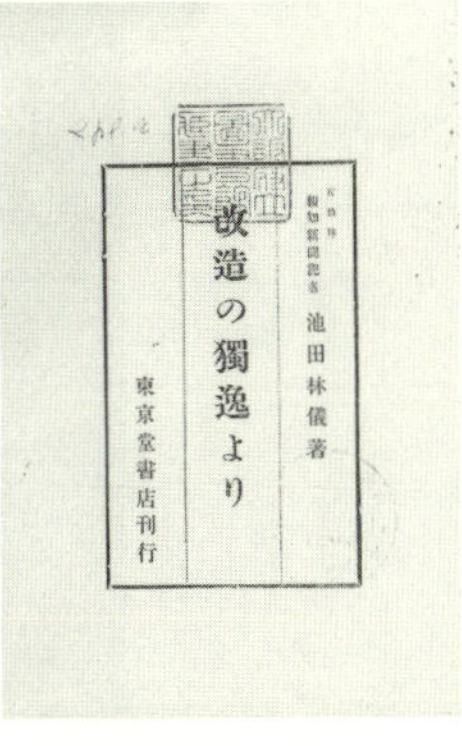

★『改造の独逸より』（東京堂書店、一九二二年）の内扉。「在伯林　報知新聞記者」とある。

優生運動

池田は一九二五年に帰国し、一九二六年に報知新聞社を辞した。この年、池田は「日本優生運動協会」を立ち上げ、優生運動に力を注ぐようになる。優生学の基本理念を、池田はドイツ留学中に学んだ。ワンダーフォーゲルをはじめとする青年運動について実地に学んだのみならず、イギリスの遺伝学者フランシス・ゴールトンやアメリカ遺伝学者ポール・ポペノーの学説にも触れたようだ。照沼哲之助が訳したポール・ポペノーとロズウェル・ヒル・ジョンソン共著の『応用優生学』は一九二二年一〇月に刊行されており、これも池田はベルリンで読んだと思われる。池田が一九二六年九月に出版した『応用優生学と妊娠調節』（春陽堂）には、この訳書からの引用が見られるのだ。

『応用優生学と妊娠調節』のはしがきに、池田はこう書いた。「日本民族をして、将来、凡ての点において、世界の第一線に立たしめるにわ《ママ》、どうしたらよいであろうか？」「十九世紀わ《ママ》、原子発見の文明であり、二十世紀わ《ママ》遺伝質発見の文明である。遺伝学の人体応用が優生学の骨子である。日本がよう〳〵十九世紀の文明に追いついたか、追いつかない間に、欧米でわ《ママ》すでに遺伝の文明に足を踏み込んで、優化運動に着手している。優生学を無視したこのまゝの世態を続けるならば、日本わ《ママ》いつまでも欧米諸国の後を追うて進まねばならぬことになる」。つまり池田の優生学は、明治時代に一部の知識人が唱えた人種改良論をもう少し具体的に進めたものであったといってよい。日本人を世界一の民族とするために、個々の日本人を生誕に遡って鍛えようというのである。こうした理念を一般に浸透

★一九二七年、報知講堂にて開催された優生文化講演会の様子。講師は池田林儀（『優生運動』一九二七年五月）。なお、この号の編集後記には、発行部数五万部を続けていると書かれている。

させるために、池田は積極的に講演をしてまわった。

雑誌『優生運動』が創刊されたのは、一九二六年一一月のことである。創刊号の巻頭に池田は、よい草花を作るのに、よい種子とよい畑とよい手入れが必要であるのと同様、よい人間を育てあげるには、よい両親とよい社会とよい教育が必要だという基本理念を繰り広げた。その上で第二巻第七号（一九二七年七月）で、ドイツの青年運動の一環として「少年の宿」があると書いた。これはワンダーフォーゲルなどの活動で各地を旅する青少年を安く泊める宿のことである。この宿で青少年は規律と秩序を学び、いわゆる「よい手入れ」を施されるのだ。第二巻第一〇号（一九二七年一〇月）ではワンダーフォーゲルについて、「とにかく、この運動はドイツの民族運動中最も注目すべきもの」で、「近き将来において、ドイツに新生の気運が起つて来るとすれば、実にこのユーゲンドヘルベルゲン（少年の宿）が中堅となつて現われて来るに相違ない」と書いた。第三巻第二号（一九二八年二月）には、「ドイツは困憊の中にも、既に生気を帯びて、再びヨーロッパに列強と対等の地位を恢復しつゝある。この驚ろくべきドイツの弾力は、果して何に原因しているのであるか。それは、一にドイツ民族の共存共栄に対する理解に基づくものである」とし、ドイツのような民族的愛着心を育てる教育の重要性について述べた。

第四巻第二号（一九二九年二月）には、優生運動社の社告が載った。それによると、報知新聞社主催の日独競技大会が五月に挙行されることが決定し、これを機会により深い日独親善を求めて、池田が報知新聞社嘱託としてドイツに特派されることになったという。池田の足取りは逐一『優生運動』誌に報告された。池田は二月一七日に東京を出発し、シベリヤ経由でドイツに赴き、三月四日にベルリンに安着した。ドイツ体育協会のデイーム博士

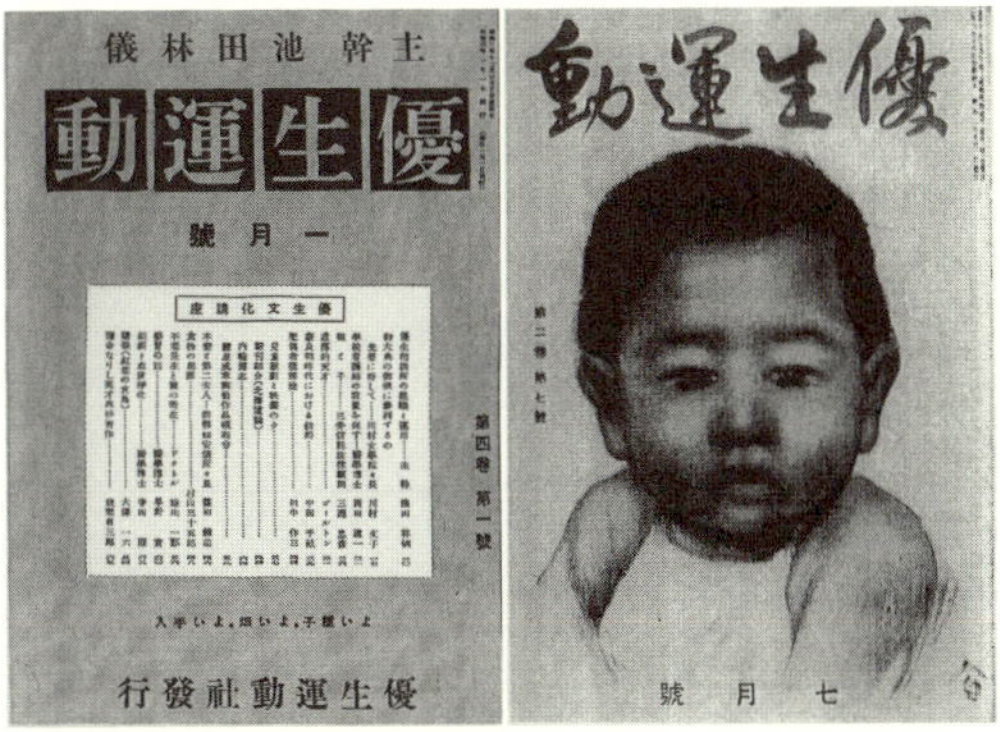

★『優生運動』誌の表紙は、幼児の絵であったり（一九二七年七月号）、無機的な目次であったり（一九二九年一月号）した。前者の絵は帝展審査員白瀧幾之助により、題字は近藤雪竹によるもの。後者の下部には標語のように「よい種子、よい畑、よい手入」と書かれている。

と秋開催予定の報知新聞社・全日本陸上競技連盟共同主催の日独陸上競技大会の打ち合せをし、一六日にヒンデンブルク大統領に接見した。この時、報知新聞社長大隈信常の代理として日本刀を献上した。日独親善に尽力した功により、帰国後の一〇月七日には、大統領より二等赤十字名誉徽章を授与されている。

今回の旅について池田は、「ベルリンに着いた瞬間、ドイツは復興したといふ感に打たれた」（『優生運動』一九二九年五月）と記している。池田は復興の鍵が、青年運動と、婦人の無駄排除運動と、産業の合理化運動の三つにあると見た。「私は日本を正視すべく独逸を究めた。本書は独逸のために書いたのではない。日本のため、日本民族のために書いたものである」（『独逸復興の原動力』）と断っているとおり、池田の主眼目はドイツ復興の三つの鍵によって日本を優生化することにあった。同じテーマで、池田は一九三〇年八月には『新興ドイツ魂』（万里閣書房）を刊行した。

優生運動はかなりの広がりを見せたようだ。「日本優生運動協会賛助員芳名」（『優生運動』一九三〇年一月）には、巌谷小波、上司小剣、横山大観、生方敏郎、柳田国男、鳩山一郎らの名前も挙がっている。池田は一九三三年には『ヒットラー』（太陽社）を刊行し、一九四一年からの数年は立て続けにアドルフ・ヒトラーやナチスについての著作や翻訳書を刊行した。日本の優生運動が、理論的にはアメリカの後を追っていたとしても、心情的にドイツに大きく傾いていたとしたら、それは池田の功績によるものといえるだろう。

（和田桂子）

★米国ミシガン師範大学教授のシー・ラウ博士が一九二九年に来日した際、撮影した写真。右が三木報知新聞取締役、中央がラウ博士、左が池田林儀（『優生運動』一九二九年一〇月）。

新明正道（1898-1984）——舞台芸術の社会学

オペラと社会学

東北大学助教授（社会学講座）の職にあった新明正道《しんめいまさみち》は、一九二九年四月一一日、中国大連に向かうアメリカ丸の船中で、近く出版する自著の校正作業を終え、同書の跋文を執筆していた。その著書『群集社会学』（ロゴス社、一九二九年）の「跋文」によれば、この本は「四年前の夏」に書いた原稿を「久しく筐底にとどめておいた」ものだったようだ。同書の「序論」冒頭は、次のように起筆されていた。

群集の幽霊は至るところに出没してゐる。共産主義や反動主義のそれと相交錯するかのやうに。群集の幽霊は往々共産主義や反動主義のそれに従属するものであるが、しかし、それらよりも一層有力なるものであと《ママ》もいへよう。

翌日大連に上陸した新明はシベリヤ経由でヨーロッパを目指した。新明正道『ドイツ留学日記』（山本鎮雄編、時潮社、一九九七年、以下本書からの引用文の［ ］内は編者山本氏による注記）によれば、目的地のベルリンに到着したのは同月二五日のことだった。その日はホテルに一泊し、翌日ベルリン西南部に位置する新興住宅街ヴィルマースドルフの下宿を知人から紹

★新明がベルリンに到着した七日後の一九二九年五月一日には、ドイツ共産党と社会民主党の対立を決定づけた「血のメーデー事件」が発生している。図版は、ドイツ留学中の新明正道（『新明社会学研究』新明正道先生生誕記念百年記念号、一九九九年六月）。

介してもらった。続く二七日から「バルネヴィッチ氏」宅に身を寄せ、一九三〇年末まで、途中の旅行期間を除くと約一年半、新明はベルリンに滞在することになる。

　社会学の知識を貪欲に取り込み、日本の雑誌に送る原稿を執筆しながら、ベルリン滞在中の新明は驚くほど頻繁に映画や演劇の鑑賞に出かけている。ベルリンに到着した当初の新明が特に期待したのは、五ヵ年計画を進行中のロシアだった。ドイツでは共産党が公認されており、日本では容易に接することのできないロシア映画も簡単に映画館で見ることができたのである。日記にはロシア映画の原稿を書いている箇所もあり（一九二九年七月一日）、ベルリン西区のクーアフュルステンダム通りの「マルモルハウス」などでロシア映画を見たという記述も確認できる（一九二九年七月四日、一一日、八月一三日ほか）。

　だが日記を通読してみると、ロシア映画に関する記述はおおむね淡泊で、彼の予想を越えるような衝撃的な作品には出会えなかったようだ。それとは対照的に、日記の中で詳細な記述が見られるのは、演劇・オペラなどの舞台芸術だった。例えば、新明がベルリンに到着した直後、一九二九年四月三〇日の日記には、国立歌劇場でワグナー作曲「ニュルンベルクのマイスタージンガー」を観劇したときの様子が記されている。元来、新明は「オペラというものに感心していなかった」。なぜなら「凡ての表現を『歌』にしてゆくという技巧が鑑賞を妨げた」からである。しかしこの日は次第に良さがわかってきた。日記ではその印象を三点にまとめている。舞台装置の「うまいこと」。さらに「役者個々の芸」が優れていること。残る一点は日記の言葉を引用しよう。

　群集的訓練のしっかりしていること。最後の結婚式の場面の如き、実に多数の群小

★新明は、ベルリンに到着した四日後に、映画館ウーファ・パラストで「ニーナ・ペトロヴナ」を見た。特に映画「メトロポリス」にも出演した女優ブリギッテ・ヘルムの演技に注目している。図版（右）は、その映画館ウーファ・パラスト（Mario v. Bucovich, *Berlin*, Albertus-Verlag, 1928）。左の図版は、新明も見たオペラ「ニュルンベルクのマイスタージンガー」の一場面（Gustav Kobbe, *The Complete Opera Book*, G. P. Putnam, 1922）。

の役者が出る。（略）彼等は混然と劇にとけている。つまりこの群集は必要なだけの群集であって、不必要にならべられた群集ではないのだ。

「群集」という四年前に書いた自著の言葉を、新明は想起している。このときオペラは単なる娯楽ではありえなかった。同様の見解は、同年六月一五日の日記で、プッチーニ作曲「ボヘーメ」を鑑賞した箇所にも「いつもの如く、群衆のあつかい方はうまいと思った」などと記されている。舞台芸術への関心は、彼の専門とした社会学の問題意識とクロスしていたのである。そして、新明はこの後に本物の「群集」に出会うことになる。

「シォビニスト」と「インタナチオナル」

『ドイツ留学日記』で、新明の心境に変化が現れるのは、ベルリン到着から約二ヵ月を経た頃のことである。二ヵ月という期間を経て、それまでの受け身の生活から抜け出たのだろう。一九二九年六月二九日の日記には、「伯林なれのしてきたせいか、色々反省の余地が出て来る」とあり、周囲のドイツ人を客観的に批評し、自分にとって誰が必要な人物であるのかを考える様子も記されている。この前後の日記で、特に熱っぽく言及されているのは、下宿先のバルネヴィッチ夫人だった。

同年六月二八日の日記を見てみよう。その日はヴェルサイユ条約の一〇周年記念日であり、右翼政党（「ドイツ・ナチオナル」）は「国辱記念日」と称して、デモ（「クンドゲーブンク」）を行っていた。その夜、新明の下宿近くを共産主義者（「コムミュニスト」）のデモも通過した。

★稲原勝治「ドイツを繞る外交問題」（『世界現状大観』独逸共和国篇、新潮社、一九三〇年）に収められた「ドイツの国辱記念日」と題する写真。そのキャプションには、「ヴエルサイユ条約十周年記念日に際しベルリンに於て条約反対の学生の大示威行列が行はれた。連合国では平和記念日でもドイツでは国辱記念日だから面白い」と記されている。

そのときバルネヴィッチ夫人（「B妻君」）は次のようにいった。

B妻君は「きょうはコムミュニストもドイツ・ナチオナルも皆一緒だ。ヴェルサイユ条約に反対するのだ」という。「ローテ・ファーネ」［ドイツ共産党機関紙］をみれば分る。勿論、コムミュニストはヴェルサイユ条約を承認するのではないが、そのクンドゲーブンクは、寧ろ保守派のクンドゲーブンクに反対するにある。B妻君はさっぱり知らないでいて、そんなことをいう。ショビニストである。こうした意見をおしつめてゆけば、も一度、戦争である。（略）

新しい戦争へ！――しかも、B妻君はかつて「戦争すると碌なことはない」といったではないか。

B妻君は右派と左派が団結して「ヴェルサイユ条約に反対するのだ」と主張する。ヴェルサイユ講和条約は第一次世界大戦の賠償問題を定め、敗戦国ドイツに貧困をもたらした。これに対して、右派も左派も、全ドイツ国民が一丸となって「反対」すること。それが「新しい戦争」のはじまりを意味するのはいうまでもない。続く七月一日の日記には、B妻君が「将来は帝政だ」と熱弁し、ドイツの勝利は「瓦斯」（毒ガス）によって導かれる、と主張する場面もある。それはまさしく「ショビニスト」（熱狂的愛国者）の姿であった。これに対して、新明は右派と左派との差異を強調し、その主張を訂正している。また、右の引用文で新明が記していたように、同年六月九日の日記には「戦争するものでない」というB妻君の言葉が記されていた。約二〇日前に反戦を主張したB妻君は大転換したのである。

★新明は、『欧洲の危機』（日本評論社、一九三一年）に収めた一九二九年一二月二三日付の文章（「反動の高まる波濤」）で、共産党や社会民主党など、ドイツの左翼系機関紙の論調が、台頭するナチスの存在を軽視していると批判した。そして、この「ファッシズムの最も典型的な前衛」の出現に警鐘を鳴らしている。なお、この『欧洲の危機』は、ベルリンから雑誌『経済往来』に寄稿した新明の文章が集成されたものである。図版は、同書に収められた「ヒットラア青年隊」と題する写真。

前掲『群集社会学』は、このような状況を扱った書物だった。新明は、社会的規範を遵守する「公衆」に対して、社会的規範を逸脱する存在として「群集」を規定している。しかし両者は明確に区別されるものではなく表裏一体の関係にあった。社会の中で諸個人の欲望が抑制されたとき「群集」が出現する、と述べられるのである。ここには、欲望の抑圧として意識下の領域（無意識）を説明したフロイト精神分析学が援用されている。

B妻君の「ショビニスト」への変貌は、戦後賠償問題によって抑圧されたベルリンの「群集」の片鱗だった。『群集社会学』を書いた新明は、そのことを頭では分かっていたはずだ。しかし現実の「群集」は知識の中の群集とは全く異なっていた。日記の中で、感情を昂ぶらせながらB妻君に言及している言葉は、その新明の胸の内を明瞭に伝えている。

その一方で、新明は共産主義に対しても、全面的な信頼を寄せられなかったようだ。一九二九年八月一日の日記には、「ルストガルテン」で開かれた、共産党（「KPD」）反戦集会に行った記述がある。演説している弁士を写真に撮ろうとした新明は、「KPDの連中」に制止され、「一寸妙」な気持ちになる。そして、あの歌の合唱がはじまった。

インタナチオナルの吹奏が始まる。皆、脱帽した。僕は一体、脱帽が嫌いなので——この場合はなお更——、そのままにしていると、肩を小づくものがある。ふりむくと、向うで帽子を指すものがある。帽子をとったが、妙な気がした。

「インタナチオナル」……と、耳の傍で若い男がうたう。その節のどこかにゆるさが感じられた。

KPDと脱帽——これも一つの問題である。脱帽主義、下らないではないか。

★「ルストガルテン」で行われたドイツ共産主義者による「戦争反対の一大デモンストレーション」（『世界地理風俗大系』第一一巻、新光社、一九三一年）。中央の赤い旗には「ファシズムと戦へ」というスローガンが記されている。

少なくとも、傍観者に強制する態度はほめられない。

『群集社会学』の第三章「群集の組織」では、演説会や弁士の重要性が記され、群集を強制的に組織化することが戒められていた。右の日記に「この場合はなお更」とあるのは、ドイツの運動を試すという意味もあったのだろう。だが、その『群集社会学』は、社会主義を「経済的不平等の打破」を目指す有力な運動として高く評価した書物でもあった。この日の集会で新明が体験しているのは、そうした評価が瓦解する瞬間だったのかもしれない。だとするならば、ベルリンには、そんな新明の心を揺さぶるようなものなど、何も存在しなかったのだろうか。

前衛舞台のダイナミズム

新明は、アジプロ演劇で知られるピスカートルの舞台を頻繁に訪れている。最初にその演劇を見た一九二九年五月一五日の日記には、「この劇には少しも戦闘的意識は見られない、ピスカートルは唯舞台装置に異色を出したようなもの」ともあるが、記述は詳細で、舞台のスケッチもある。この日の演目「ライバル」第四幕の記述は、次のようなものである。

再び戦地に向かうことになって、けんかしてピストル三昧にまで走ったふたりが仲良く肩を並べて出発する時―右手の建物が約二間も奥に引っ込められて、前方へ向かって進む兵士はエスカレーター式の工夫によって巧みに同一地点にありながら、進軍の

★加藤哲郎「ベルリン反帝グループと新明正道日記」(新明正道『ドイツ留学日記』山本鎮雄編、時潮社、一九九七年)は、新明日記の「ハイネ的考察者」という鍵語を起点に詳細な論を展開している。当時ベルリンには国崎定洞を中心とする「ベルリン反帝グループ」が存在した。新明は、勝本清一郎や千田是也らの反帝グループのメンバーと接しながらも、彼らと距離を取り続けた。また新明は一九三〇年七月からカール・コルシュ(福本和夫の師)や、タールハイマーと勉強会を開いていた。この二人は、当時ドイツ共産党を除名されており、いわば「傍観者」の立場にいた人物だった。加藤論文は、こうした人物関係を描き出し、共産主義運動に対して、同伴者的な立場に止まり、決して実践者とならなかった新明を、「ハイネ的考察者」と論じた。図版は、日本人がよく住んでいたベルリン西区の街並み(Mario v. Bucovich, *Berlin*, Albertus-Verlag, 1928)。

感を出すことができた。これはこの夜始めて小生の見たところ。ピスカトールの舞台の特色をここに見た次第である。

また、同月三一日の日記では、その日に見たマックス・ラインハルトの「保守化」を指摘しつつ、ピスカートルを「鬼才」と評している。同年六月二日には、シラー劇場で見た演劇の「舞台装置の覚え書」として、「ここの装置はやや簡単でピスカートルほどではない」と、再びピスカートルが現れた。このほかに同年七月一三日、あるいはベルリンからの出発が近づく一九三〇年九月一四日の日記にも、ピスカートルの舞台に対する感想がある。

その新明が、特に強烈な印象を受けたのは、ピスカートル演出の問題作「伯林の商人」(原作はダダイストのヴァルター・メーリング)だった。一九二九年九月二二日の日記には、ピスカートル演出「シラアの群盗」を見て、「『伯林の商人』を見たあとでは、この種のものには感心しなかった」と記している。実は、この「伯林の商人」には、ピスカートルのほかにもう一人の重要な人物が関係していた。舞台装置を担当したモホイ=ナジである。モホイ=ナジは前年まで所属したバウハウスの職を辞し、ベルリンで舞台装置の仕事に従事していた。一九二九年七月一六日の新明の日記には、「ホフマン物語」を見て、「舞台の新しさ、光の駆使の自由さ、色彩の多様なる屈折よ」とある。この舞台装置を担当したのも、実はモホイ=ナジだった。

シビル・モホリ=ナギ『モホリ=ナギ』(下島正夫・高取利尚訳、ダヴィド社、一九七三年、原著一九五〇年)は、「ベルリンの歴史上これまでになく物凄い劇場での争い」が勃発した「伯林の商人」初演の様子を報告している。一九二三年のドイツのインフレを主題としたこの作品

★右が、一九二六年に民衆劇場で上演されたピスカートル演出「海嘯」の舞台(秦豊吉「独逸現代演劇」、『世界文学講座』第一三巻、新潮社、一九三〇年)。舞台の背景には、夥しい人にあふれたデモが映し出されている。左は、同じくピスカートル演出の演劇「タイヤンは目醒める」(舞台装置は山脇巌が担当)のパンフレット(藤森成吉『ロート・フロント』学芸社、一九三三年)。

は、主人公のユダヤ商人が、肺病の娘のために、国家の軍備拡張で利益をむさぼるやからと結託して、次々とドイツ経済を操作し、飢えた大衆から金を搾り取るという物語である。最後の場面では、ユダヤ商人が友人に裏切られ、彼の死体がインフレで無価値になった何千万の紙幣とともにゴミ箱に投げ込まれた。このとき観客席では国家主義者と社会主義者の罵り合いと喧嘩が生じ、「知的退廃」として左右両派から猛烈な抗議が噴出したのだという。一九二九年九月六日に発生したこの騒乱を、新聞は一斉に報道した。それが新明の耳にも届いていたのだろう。九月一二日、彼は少々「緊張」しながら、ノレンドルフ広場劇場へ向かった。

ピスカトールの「伯林の商人」を見にゆく。（略）
芝居は色々の意味で緊張してみた。活動の用い方も決して「試み」の程度ではない。心にくいほど巧くつかっている。シュプレヒコールも効果のあるものであることを知った。こんな風にして新「オパア」が出来上るのではないか。詳しいことは、別に記すことにしておく。

日記には右の言葉に続いて、「この芝居は兎に角分る。ここがラインハルト式の『内在的』にばかりゆかない芝居の特長である。自分はこの方をとる」とも記されている。先に見たように新明は、ピスカートル演劇の舞台装置に関心を寄せていた。その点からいえば、「伯林の商人」は特筆に値する。前掲『モホリ＝ナギ』によれば、それは「きわめて大胆な実験」だった。劇場は、「悲劇的なプロレタリアート」「悲喜劇的な中産階級」「軍

★図版は、エルヴィン・ピスカートルの著書『左翼劇場』（村山知義訳、中央公論社、一九三一年）の箱。同書には、「伯林の商人」が公演されたときの、ドイツの新聞各紙による批判が紹介されている。「総てのプロシア・ドイツ的な過去と伝統とは、ふざけた漫画と汚言との中に引きずり込まれた！」とは、ドイツ右翼政党（「ドイツ国家党」）の機関紙『ベルリナー・ローカル・アンツァイガー』の言葉である。

国主義的な資本家」という舞台を上下する三つの床で構成され、絶え間なく動くベルト・コンベアが、それらの床を舞台上に出現させたり遠ざけたりした。さらに舞台では、飢えた失業者の泣き叫ぶようなシュプレヒコールや、統計表・スローガンなどの巨大な映写も行われたのである。

『群集社会学』第六章「群集の対策」で、新明は「動的なる安定が真の安定である」と記していた。「伯林の商人」は舞台装置それ自体が動き出し、舞台上のさまざまな階級や立場の人々を「動的」に連関させるものだった。群集と演劇の関連性に注目していた新明は、その演劇から強烈な何かを得た様子だ。それはおそらく、社会学的な彼の関心や、ベルリンで遭遇した「群集」の問題とも密接に関わっていたのだろう（だが、新明が「詳しいことは、別に記す」と述べた文章については、筆者は未詳である）。

新明がドイツに旅立った直後、日本では社会主義者の大量検挙事件（四・一六事件）が発生していた。一九三一年五月、新明正道はその日本に到着する。

（西村将洋）

★ベルリン社会科学研究会（ベルリン反帝グループの前身）に所属した鈴木東民も「伯林の商人」を見た。「ピスカトア・ビューネの『伯林の商人』」（『帝国大学新聞』一九二九年一〇月二八日）で東民は、この演劇が資本主義社会の「一切の醜悪なもの」を「暴露」したと評価し、「伯林の商人」を非難した新聞各紙の「反動」性を批判した。また、共産党の機関紙『ローテ・ファーネ』が、「伯林の商人」の「どこに標的があるのか」と批判したことに対しては、「赤い旗を振らなければこの人たちには標的がわからないのであるか」と述べた。図版は東民の記事に添えられた挿絵。コラージュのように描かれた人・モノ・数字は、ダイナミックな舞台の様子を伝えている。

「伯林の商人」舞台面のスケッチ

藤森成吉（1892-1977）——ベルリンの狼へ

抗争するイズム

私は、プランドも神曲も思ひうかべていなかつた。その代りに、ジヤツク・ロンドンの「野生の呼び声《コール・オブ・ザ・ワイルド》」を考へてゐた。その特色ある小説の主人公は、犬から狼になつた。私は、所謂インテリゲンチヤからプロレタリアにならうと思つた。

（藤森成吉「序言」、『狼へ！』春秋社、一九二六年）

藤森成吉《ふじもりせいきち》『狼へ！』は、一九二四年から約一年半、妻信子とともに労働者街に住み、工場や農場で労働に従事した記録である。藤森は匿名の一労働者《プロレタリア》（「狼」）となり、現実の場に身を置くことで自らの糧を得ようとした。ナップ（全日本無産者芸術家団体協議会）初代委員長だった藤森は、その後に円本の印税によってベルリンへ向かったわけだが、それは単なる外遊ではなかった。そこには確かに『狼へ！』の延長線上へ連なる問題意識が存在していたのである。

三七歳の藤森が信子と日本を旅立ったのは、一九三〇年一月三〇日のことだった。藤森岳夫『たぎつ瀬——作家藤森成吉略伝』（私家版、一九八六年）によれば、藤森が渡独を申請したところ、友人の口添えなどもあって、「夫人同伴なら」との条件付きで許可されたよう

★一九三〇年一月三〇日、日本から出航する直前の船上で撮影された藤森成吉一家の写真（藤森岳夫『たぎつ瀬——作家藤森成吉略伝』私家版、一九八六年）。成吉と妻の信子の間には、日本で留守番することになった長女純江がいる。

だ。夫人同伴ならソ連に潜入することもあるまいと政府も判断したのである（注、実際はソ連に潜入する）。藤森夫妻は、ベルリン東北区、フリードリヒスハイン公園に近い労働者街のプレンツラウアーベルクでアパートを借り、約二年の生活を送ることになる。

この時期のベルリンは、日本のプロレタリア文学運動にとって格好の教訓を得ることのできる場所だった。ドイツでは公認政党として共産党が存在し、共産党が非合法化していた日本とは対極の状況があった。また、一九二九年五月のベルリン・メーデー（血のメーデー）で、社会民主党を第一党とする政府と、共産党との闘争が激化していたことも看過できない。いわゆる「社会ファシズム論」によって、モスクワの国際共産党《コミンテルン》は社会民主主義（の左派）を資本主義社会における全体主義《ファシズム》の一形態として定式化していた。社会民主党政権によるベルリン・メーデー弾圧は、この「社会ファシズム論」の有効性を実証したのである。その意味で、社会民主党と共産党とが抗争する当時のベルリンは、まさに世界の縮図でもあった。

藤森のベルリン体験が生かされた小説『争ふ二つのもの』（日本プロレタリア作家同盟出版部、一九三三年）は、この資本主義と共産主義の対立を描いている。この作中で、共産党を支持するドイツ人医師レーマンは、次のようにいっていた。

> 支配階級がファッショ化して来る事は、ドイツのプロレタリアートに取つても結局幸福ぢや。千八百四十八年のドイツ革命の弱点としてマルクスが指摘してゐるやうに、強い反革命的な力のないところに鍛えられた革命もあり得ないから。

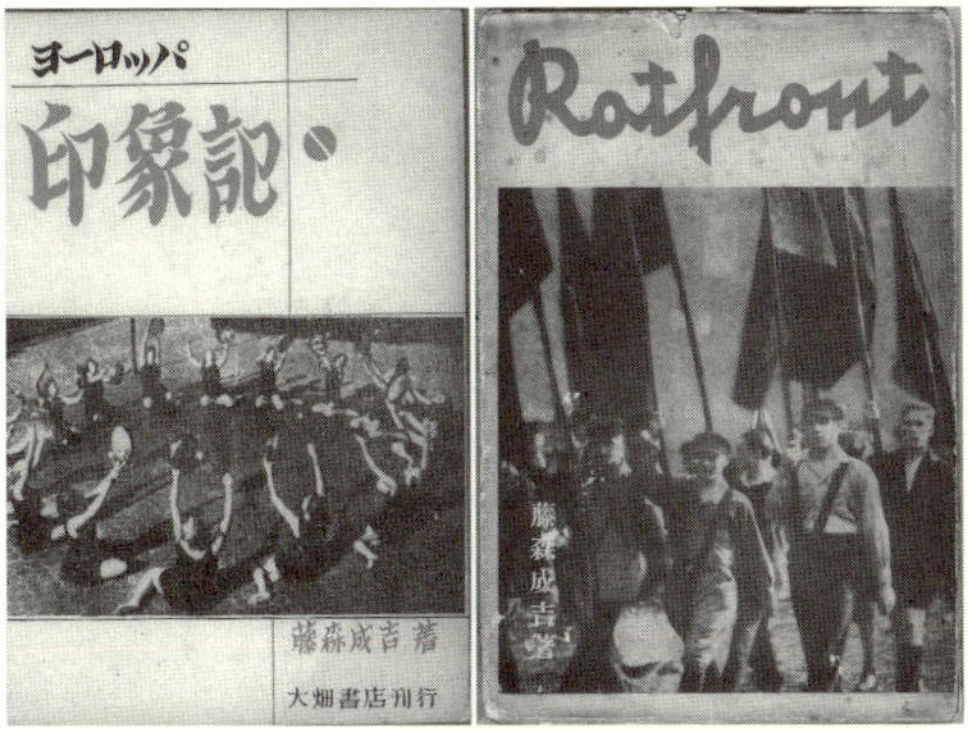

★右が藤森のドイツ体験が綴られた『ロート・フロント』（学芸社、一九三三年）。「ロート・フロント」とは、「赤色戦線」の意味。同書は三月二〇日に刊行されたが、「ドイツニ於ケル共産党主義運動ノ見聞ヲ集録セルモノニシテ、所々ニ日本ニ於ケル此ノ種運動ト対比シ反戦共産主義運動ヲ支持シ宣伝的筆致認メラルヽニ因リ」、同月二三日付で発禁処分となった（『出版警察報』一九三三年四月）。その改訂版として刊行されたのが、左の、藤森成吉『ヨーロッパ印象記』（大畑書店、一九三四年）である。

このように、「強い反革命的な力」（社会民主党）の存在するベルリンは、革命前夜にほかならなかった。藤森成吉「ドイツ共産党の勝利」（『ロート・フロント』学芸社、一九三三年）はその興奮を伝えている。彼がベルリンに到着した一九三〇年の総選挙では、共産党が過去五〇年間ベルリンで最大票を獲得してきた社会民主党を追い抜き、ベルリンにおける第一党となった（ただしドイツ全域では第三党）。ヤング案（第一次世界大戦後の賠償問題の解決案）を抱える敗戦国ドイツは、一九二九年の世界恐慌によって大打撃を受け、各種税率の引き上げや失業者の激増など、国民生活全体の貧窮が一層深刻化していた。藤森は、ベルリンの大衆が、五ヵ年計画を進めるロシアを横目に見ながら、共産党に望みを託したのだと主張し、「ベルリンは、文字どほり『赤いベルリン』になつた」と宣言している。

転換期への期待

このようなベルリンの現状把握は、そのまま創作活動にも反映している。当時ベルリンには、国崎定洞を中心とするベルリン反帝グループが存在した。このグループの実状を基に執筆された、藤森成吉「転換時代」（『改造』一九三一年一〇月）は、革命前夜のベルリンを描いた小説である。その「前がき」には、前述したベルリンの状況が総括されている。

作者は、スターリンの所謂「転換期」の最も多彩な期間の一つを採り、ヤング案のドイツと五ヶ年計画のロシアと恐慌日本とソヴイエツト支那と…等を背景に、戦後世界資本主義の第三期、大恐慌、大建設、対立激化、ファツショ化、××力の昂揚等々を

★ドイツ滞在中の藤森は、『戦争』の著者ルートヴィヒ・レンと交友した。詳しくは、藤森成吉「独乙プロレタリア革命作家同盟書記長同志ルドウヰツヒ・レン虐殺される！」（『プロレタリア文学』一九三三年九月）を参照（ただし、この文章で伝えられた虐殺の情報は誤報）。写真の中央で左手のこぶしを上げているのがルートヴィヒ・レン（藤森成吉『ロート・フロント』学芸社、一九三三年）。

描破しようと企てた。その観点や構成は、全部唯物弁証法的に意図した。

「転換期」とは、「資本主義から社会主義への発展が一の転換を以て徴表される」過程であり、「その特徴は経済の政治への集中なりとされてゐる」（『新特高辞典』第四版、松華堂書店、一九三二年）。右の引用に続く文章では、この小説が三部構成の全三四章であると紹介されているが、実際は一回の掲載だけで中断された（第一部第四章まで掲載）。

この「前書き」で藤森は、「此の長篇の中に現れる人間のモデルを探す事は全く無益だ」「政治的事件の日時のみが事実を厳守してゐる」という。確かに、作中の第二回「世界ピオニイル大会」の模様などは、藤森成吉「労農児童《ピオニール》第二回世界大会」（『ロート・フロント』）の記述と一致しており、このほかにも映画館「バビロン」で行われたとされる「反戦デー準備の催し」なども、ベルリン体験が踏まえられていたのだろう。ただし川上武・加藤哲郎『人間　国崎定洞』（勁草書房、一九九五年）が論じたように、小説の登場人物は実在のモデルを想定していた。モデルを否定したのは、特高警察への牽制という意味合いがあったのだろう。ちなみに、小説『争ふ二つのもの』には、ベルリンで日本の特高警察が活動する様子も記されていた。

小説「転換時代」は、主にグループの会合の様子を描いている。そこでは、大学教授や四・一六事件で検挙された留学生、満州からきた労働者、詩人など、さまざまな境遇の人物が集まり、ベルリンに住む中国人も交えて、インドの革命運動やドイツの現状などについての勉強会が開かれている。この会合の議題として「住居問題」が取り上げられ、「同志の住居は、ベルリンの北部、東部、東北部、乃至此の辺の中央部に限定したい」と、労働者街

★「ピオニイル」とは、プロレタリアートの指導のもとで組織された少年少女労働者および労働者農民の子供たちのこと。第二回ピオニール世界大会は一九三〇年七月にベルリンで開催された。図版はその時の模様を撮影したもの（藤森成吉『ロート・フロント』学芸社、一九三三年）。

への転居が提案されている場面などは、最初に見た『狼へ！』の発想とほぼ一致している。

だが「転換時代」は『狼へ！』の発想とはもちろん異なる。一九三〇年一一月、藤森は勝本清一郎とともにベルリンを旅立ち、ウクライナのハリコフ市で開催された国際革命作家会議第二回総会に、日本代表として参加した。その決議の第一項「日本プロレタリア作家同盟は、直ちに国際的組織に加入すべきである」（『ナップ』一九三一年二月）という方針を、中国人やドイツ人との国際的連携を描きながら、「転換時代」は実践しているのである。国際共産主義の革命運動に日本人として参画すること。そのような現実の場に身を置き、自分の活動の糧を得ることが、藤森がベルリンの「狼」になることの核心だった。ベルリンという場所は、国際的活動を実践できる、資本主義末期の、そして革命前夜の理想郷だったのである。

藤森成吉「ドイツ生活様式」（『改造』一九三二年七月）は、そのことを率直に物語っている。最初ドレスデンからベルリンにきた藤森は、「何の奇もない五階建ての建築群」の連なる単調さや、「門や記念碑」の「カイザア時代臭」によって、完全に「失望した」。だが、その感情は変化してゆく。「一年ばかりすると、資本主義列国の中では、ドイツ、特にベルリンほど面白い処はないやうに感じ出した。あそこを立つ時、僕は——やや誇張すれば——泣きの涙だつた」とまでいうのである。明らかにそこでは、未来のドイツと革命後のロシアが一体化されていた。最初に「失望した」単調な「建築」も、そこでは次のように変貌したのである。

ロシアでは、炊事場や食堂や洗濯場や托児所やクラブやがすべて共同の物として設

★図版は、「モスコオの美術家達の共同住宅」（藤森成吉『ロート・フロント』学芸社、一九三三年）。藤森は『改造』（一九三二年七月）に発表した「ドイツ生活様式」を『ロート・フロント』に収録する際に、この図版を加えた。文中には、ソヴィエトでは「バウハウスのハンネス、マイヤア等」、ドイツの一流建築家たちが「思ふままに腕を振はせ、社会主義国家に相応した集団住宅をドシドシ作りつつある」と記されている。

備され、徹底的に合理的な、機械利用的な、経済的な住宅様式が打ち立てられてゐる。だがロシアを除けば、ドイツの集団住宅建築は兎に角世界最高の物だらう。

それは建築のみに止まらない。藤森成吉「ベルリンの夏」(『文学評論』一九三四年八月)では、ベルリン郊外の労働者街の季節感さえもが、同じ観点から肯定されている。「ベルリンの夏のたのしさはどこに由来するか? ぼくはそれを、気候や温度のほか、主としてドイツの資本主義の完全な発展(日本の封建的遺制に対比する)に帰してゐる」のだ、と。

岡内順三と都市の欲動

だが、このような雰囲気だけが、藤森の周囲を支配していたわけではない。藤森成吉「ドイツ労働者スポーツ」(『ロート・フロント』)には、社会民主党系のスポーツ団体と、共産党系の団体「フィヒテ」との闘争が詳述されている。スポーツは左翼運動の中でも重要な要素を担っていた。それは単に娯楽や健康を目的とするだけでなく、労働者の連帯や組織化を促し、選挙の際の政治活動や、そのほかの経済運動とも直結していたのである。この文章でも藤森は、前に見た文章と同じように、ベルリンの「世界の資本主義国家中最大の労働者スポーツ団体」「フィヒテ」を絶賛している。

だが、ここで取り上げたいのはプロレタリア・スポーツではなく、その活動に参加した一人の日本人についてである。藤森はこの文章を執筆する際に、「スポーツ団に入つてゐる」「同志」に、その実状を教えてもらったと記している。この発言と呼応するように、ベ

★図版は、ベルリンの共産党系スポーツ団「フィヒテ」がスタジアムを行進する様子(藤森成吉『ロート・フロント』学芸社、一九三三年)。胸の「F」が「フィヒテ」のマーク。

ルリン反帝グループに属した島崎蓊助（島崎藤村の三男）は、『島崎蓊助自伝』（平凡社、二〇〇二年）で、反帝グループにいた一人の青年のことを回想している。

一人の若い日本青年が同席していた。村山知義夫人籌子さんの実弟だった。彼はベルリンの下町に詳しく、赤色スポーツの裸体操クラブなどに属し、フリュートの勉強をしているとのことだった。白川敏（岡内）の名で、のちに「ベルリン紅団」というものを書いた四国の薬屋の息子だった。

『島崎蓊助自伝』に収録された加藤哲郎氏の解説によれば、この村山知義の義弟、岡内順三は、日本に帰国したあとに、ベルリン反帝グループについて特高警察に供述し、「明白な『転向』を果たした」ため、「ほとんどの関係者が口を閉ざした」人物だったようだ。小説「転換時代」にも、共産党系のスポーツ団体「フィヒテ」に所属する「加賀見」という人物が登場し、彼の住所は「ノイキヱルン」だと記されている。『ベルリン大学の日本人学生1920-1945』（Rudolf Hartmann, *Japanische Studenten an der Berliner Universität 1920-1945*, Mori-Ôgai-Gedenkstätte der Humboldt Universität Zu Berlin, 2003）によれば、岡内順三の住所は「Ratiborstr. 17, bei Poetke」とあり、そこはベルリン東南部の「ノイキヱルン」（Neukolln）にほぼ隣接する地域だった。だとするならば、藤森が小説で描いた「加賀見」とは、岡内を虚構化した人物だったのだろう。

その岡内が白川敏の筆名で発表した小説「伯林紅団」（『中央公論』臨時増刊新人号、一九三四年七月）には、ドイツ人の青年たちがベルリンの街で放蕩の限りを尽くす様子が描かれている。もちろん、「伯林紅団」が想定しているのは、川端康成『浅草紅団』（先進社、一九三〇年）

★内務省警保局『極秘昭和八年中に於ける外事警察概要欧米関係』第六号（『特高警察関係資料集成』第一七巻、不二出版、一九九二年）に収められた岡内順三調書によれば、岡内は音楽研究を目的として一九二七年にドイツへ赴き、一九三三年に帰国している。図版は白川敏（岡内順三）「伯林紅団」（『中央公論』臨時増刊新人号、一九三四年七月）の挿絵（松野一夫画）。

だろう。『浅草紅団』に登場する不良少年・少女は「紅座《くれなゐざ》」を組織し、世間を驚かせる奇想天外な見世物を出すという夢を抱いていた。前田愛「劇場としての浅草」(『都市空間のなかの文学』筑摩書房、一九八二年)は、『浅草紅団』の中に「プロレタリア文学が夢想していた革命の設計図」とは異なった「古風な世直しの幻想」を読み、都市の境界を象徴する「アンドロギュヌス(両性具有)の少女」「弓子」を論じた。だが、残念ながら「伯林紅団」は、そうした表現とはかけ離れていた。そこに描かれたのは、もっと直接的な欲動の表出だった。九人の不良たちは、「リニエン街」や「アレクサンダー広場」近くの居酒屋を渡り歩き、退廃的な日々を送っている。泥酔しきった彼らの姿を描いた「伯林紅団」の後半部分から引用しよう。


「女！　女！」

　この叫びは、今まで睡つてゐた彼等の情熱を、新しく沸きたゝせた。

「さうだ！　女だ！」

　コロニーとバード街の角には、何時も淫売が立つてゐる筈だ。


この「コロニー」街(Koloniestr.)と「バード街」(Badstr.)はベルリン北区の労働者街「ウヱツヂング」(Wedding)にあった。そこは、藤森が「ベルリン第一の赤い区域」と述べていた地域だった(『ドイツの作家達』、『ロート・フロント』)。また、不良たちが彷徨っていた「リニエン街」(Linienstr.)やアレキサンダー広場は、ドイツ共産党本部(カール・リープクネヒト・ハウス)の近辺にあり、そこは藤森夫妻の住む東北区に位置していた。岡内の言葉は、藤森が理想

★図版は、岡内順三の小説「伯林紅団」で記されたアレキサンダー広場(Mario v. Bucovich, *Berlin*, Albertus-Verlag, 1928)。藤森成吉の小説「転換時代」(『改造』一九三一年一〇月)には、日本から来たばかりの「プロレタリア詩人佐々木進」が、ここを訪れる場面がある。「モクモク騰る煙、熱風に翻る旗、縦横に走り廻る電車や自動車」を目の当たりにして、佐々木は「ベルリンはやつぱり活気があるなあ」と呟いている。

的に思い描いたベルリンが、「伯林紅団」の欲動と表裏一体だったという事実を照らし出している。

藤森成吉「ドイツ選挙戦風景」（『中央公論』一九三二年九月）は、先に藤森が「『赤いベルリン』になった」と宣言した、一九三〇年の総選挙を素材とした小説である。ドイツ共産党（「KPD」）が、社会民主党（「SPD」）やナチスと争う様子を綴ったこの作品は、後半部分で急に重苦しい雰囲気になる。

「あッ！」

山田は思はず声を挙げた。ベルリンでも可成りナチスが取つてるのを彼は本部報告で知つたが、全国統計はそれを数倍して《ママ》た。「SPD第一位、ナチス第二位、KPD第三位……。」ラヂオは叫びつづけた。

ベルリン東北区に住んだ藤森は、「伯林紅団」が描いた都市の欲動を、ナチス台頭とも関連するような街の雰囲気を、確かに感じていたはずだ。それでも、それだからこそ、彼は公然と国際共産主義をアジプロした。その行為が、ベルリンの「狼」となるために彼が選択した実践だったのである。

（西村将洋）

★ベルリン反帝グループに所属した島崎蓊助の「在独日本青年素描」（『改造』一九三六年二月）には、「散々になつた仲間の消息も多くは次第に絶えて終つて、ロマニッシエ・カフエの常連はユダヤ人が多かった故か寂れて終ひ、ヒットラアの髭の一本がこんな処に迄でのさばる御時世になつた」と記されている。図版は、「在独日本青年素描」に収められた蓊助による挿絵。

4 ナチズム支配と第二次世界大戦

1933-1945

ナチスvs日本人

一九三三年四月一日、竹久夢二は「Jude とか✡のマアクをガラスへペンキで描いた」ベルリンの街を歩きながら考えていた。「どこか猶太《ユダヤ》人の住む土地はないか。猶太国の建設が見たい。（略）思ひ上つたナチスの若者の、鉄兜の銭入をがちやつかせてゆく勇ましさも何か寂しい。それでお前は幸福になれるであらうか。だが、これは千年の懸案であつた」（『夢二日記4』筑摩書房、一九八七年）。

夢二が述べた二ヵ月前の一九三三年一月三〇日、午前一一時直後、大統領ヒンデンブルクはアドルフ・ヒトラーを首相に任命し、ナチス・ドイツへの扉が開かれた。その後、三月の総選挙の大勝利や全権委任法の成立によって、ナチス独裁体制が確立されたのである。

「千年の懸案」と夢二が言ったように、ユダヤ人迫害については歴史の長い道を辿らなければならない。ただしそれが人種思想として広汎に流布したのは一九世紀後半の、近代の出来事だった。一八世紀末から一九世紀初頭にかけて、言語学でインド・ヨーロッパ語族と名づけられる言語群が成立し、ドイツ人のフリードリヒ・ミューラーは、この「インド・ヨーロッパ」を「アーリア」（サンスクリット語で「高貴」の意味）と言い換え、「語族」を「人種」に置き換えたのである。一九世紀を通じて、生物学的人類学的に何の根拠もないアーリア人種は、優秀な種族として理論づけが行われ、金髪・碧眼の北方人種＝ゲルマン人と同一視された。このアーリア人種優位論が、ナチズムによるセム（ユダヤ）人種劣等論の温床となる（長澤均「ナチズムにみる人種理論」、『倒錯の都市ベルリン』大陸書房、一九八六年）。しかし現実は、非アーリア人種としてユダヤ人のみをスケープゴートにすることでは終わらなかった。

一九三四年六月、オットー・ウルハン夫妻がドイツから神戸港に到着した。ベルリン国立生物学研究所の所員であったウルハン博士は、「その母が『日本人』であるといふ事だけで『純ドイツ人種にあらざる者の官公職就任制限』の法規にふれて」、着の身着のまま日本に辿り着いたのである（詳細は「ナチスに追はれて／安住の地日本へ／ドイツの青年学究夫妻が／更生を期して来朝」、『東京朝日新聞』一九三四年六月二八日夕刊などを参照）。

こうしたベルリンの実状を、ベルリン社会科学研究会（ベルリン反帝グループの前身）に加わった鈴木東民が克明に報告している。東民は一九二六年に電通特派員としてドイツに渡り、約八年間ベルリンに滞在した。その彼が「ナチスは日本に好意を有つか」（『文芸春秋』一九三四年六月）で言及したのが、一九三三年一〇月にベルリンで発生した日本人少女殴打事件だった。これは、「ヤップ」という侮辱の言葉を浴びせられた日本人の少女が、それに抗議したために棒きれで顔を殴打されたという事件である。このナチス人種政策実行中の出来事に対しては、日本の新聞でも連日報道され、永井松三駐独大使からナチスのノイラート外相へ抗議が行われた（「図に乗るナチス／日本人を侮辱し出す／有色人差別の無体な法案」、『東京朝日新聞』一九三三年一〇月二〇日夕刊、などを参照）。

ほかにも東民は、ある日本人児童がドイツ人児童に日本の写真集を贈ったところ、小学校教師に「それは劣等な人種の風俗や習慣をうつしたものだから棄てゝしまへ」と言われて、日本人児童に返しにきたという「実際」の話や、ナチス機関紙の「日貨排斥」運動も報告している。そのなかでも注目に値するのは、ヒトラー『我が闘争』の日本批判の箇所を訳出していることであろう。その言葉は、戦前の日本で単行本として出版された『我が闘争』では、大久保康雄訳の三笠書房版（一九三七年）、室伏高信訳の第一書房版（一九四〇年）、眞鍋良一訳の興風館版（一九四二年）と、全て削除された言葉だった（ただし伊藤斌編『我が闘争』第一巻下、東亜研究所、一九四三年は例外）。ヒトラーは日本文化に対してアーリア人種の優位性を主張していた。「仮令その文化は一定の色彩を有つてゐるにもせよ、その実生活の基礎を成すものは、決して特殊な日本の文化ではなく、欧洲とアメリカ、即ちアリアン民族の偉大なる科学的、技術的事業である」。「日本の文化は、後には化石し、麻痺するであらう」と（「ナチスは日本に好意を有つか」）。

オリンピックと政治学

ただし、このような日本とナチスとの摩擦は、反共産主義を掲げる日本とドイツの政治的利害が一致するに及んで、次第に表層面からは消えていく。

その一例を見てみよう。ドイツの国内事情の紹介と観光案内を兼ねて、一九三六年にベルリンの欧州月報社が発行した野一色利衛編『独逸案内』には、ベルリン日本文化研究所理事の孫田秀春が「序文」を執筆している。そのなかで孫田は、一九三四年一月の「国民的労働統制法」を取り上げ、ドイツでは「経営共同体」が形成され、労資間の「マルクス主義的対立観」や「階級闘争の余地」がなくなったこと、そのことによって、社会学者テンニースの述べた、共同社会から利益社会への移行という「社会学的悲観主義」を超克したのだと主張した。ナチスによる「新興独逸」を「研究すべき」なのだ、と羨望の眼差しで彼は語る。

この孫田の文の末尾には「一九三六年六月八日　オリムピック日独交換放送の日」とも記されている。「オリムピック前奏／我等の燃ゆる意気を／電波に乗せて／日独が交驩放送」（『東京日日新聞』一九三六年六月八日）によれば、六月八日の午後七時五七分から、大日本体育協会副会長の平沼亮三らの挨拶にはじまり、上野児童音楽園児童「征けよ、伯林」（作詞、三島彌彦）、東京男声合唱団「オリムピック讃頌」(作詞、大木惇夫)が東京からベルリンに向けてラジオ放送された。それにこたえるかたちで、午後八時半からはベルリン放送交響楽団「エグモンド序曲」(ベートーヴェン作曲)が日本に向けて放送されたのである。このベルリンと日本の距離を一気に越えるメディア環境は、日独の政治的協調のみならず、孫田のように、ベルリンに住む日本人の高揚感をも触発したはずだ。

その第一一回オリンピック・ベルリン大会が開幕したのは、一九三六年八月一日のことだった(一六日まで)。このオリンピック観戦に訪れていた武者小路実篤は「オリンピックを観る」(『欧洲見聞記』山本書店、一九三六年)に、次のように記した。「オリンピックなんか下らないと思つてゐる人も少なくないと思ふ。僕も日本に居たらその一人であらう。実際見やうによれば、一番早く走つた所が、なんでもないと言へる。しかしさう言ふ悟つた見方が本当か、又ごく自然に、矢張り日本が勝つとうれしくなり、日本が負けると残念に思ふ方が本当かは、一概にきめられない。実際勝てばうれしくなる。又日本人にたいする世界の考へ方もかへることが出来る」。

「オリンピックなんか下らない」などの言葉を連ねながら、この文章が、何を逆説的に強調しているのかは明瞭だ。スポーツを媒介にして「日本」が「世界」に名を馳せること。武者小路は、一万メートル走で接戦の末に四位になった村社講平の力走や、金メダルを獲得した三段跳の田島直人を「日本人」として高く評価した。さらに「マラソンで孫が勝つてくれたことは、実に嬉しかつた」とも記している。日本の植民地の朝鮮人として金メダルの表彰台に上がり、日の丸の掲揚や君が代の演奏に、行き場のない複雑な感情を抱いていた孫基禎《ソンギジョン》に対して、である。このとき明らかにスポーツと政治は癒着していた。

このオリンピックの開会式で、最も観衆を歓喜の渦に巻き込んだのは、フランス選手団の入場行進だった。一九三六年三月のドイツ軍によるラインラント進駐をはじめとして、当時フランスとドイツの関係は最悪の状態にあった。そのフランス選手団がヒトラーに向かって、突然「ハイル・ヒトラー」式の挙手の敬礼を鮮やかに贈ったのである。このときの割れんばかりの歓声を、横光利一は「私は民族を異にした全体が、一つの興奮にまき込まれながらも、各各の好みに従つて歓呼し、拍手するヨーロッパの態度を、この時まのあたりに見ることが出来たと思ふ」(『欧洲紀行』創元社、一九三七年)と的確に記した。

横光は競技場の熱狂に飲み込まれるでもなく、その裏側に渦巻く「各各の好み」と、欲望を発散させる「拍手」に冷静な眼を向けている。竹久夢二がナチス台頭のベルリンで自らに課したのは、そのような政治的力学を横目にしながら、己を内省するという行為だった。一九三三年四月八日の日記に彼は記した。「帰る国土があるといふだけのこと。国家のため郷土のため民衆のため個人のため自由のため、いづれにしても、ために生きてゐる人こそ羨しい。『椅子のない客』のさぶし《（ママ）》さは国士をもたないユデヤ《（ママ）》人よりも惨めだ」（『夢二日記4』）。

このベルリン・オリンピックが終わった約三ヵ月後の一九三六年一一月二五日、反共産主義の名のもとに、日独防共協定が調印されたのである。

美しさを交換しよう

ドイツと日本の協調関係は、一九三九年の独ソ不可侵条約や一九四一年の日ソ中立条約で、互いが疑心を募らせたとはいえ、一九四〇年の日独伊三国同盟に向かって確実に発展していった。そのような状況を文化面において先鋭化したのが、近衛内閣の東亜新秩序声明から二二日後の、一九三八年一一月二五日に成立した日独文化協定（正式名称「文化的協力に関する日本国独逸国間協定」）だった。『日独文化協定』（国際文化振興会、一九三九年）に収録された「日独文化協定に関する外務省声明」は、その内実を具体的に伝えている。その核心は、日本とドイツで様々な文化を「交換」することだった（「教授学生交換」「青少年団による交驩」「図書雑誌交換」「芸術文化交換」「映画交換」「交換放送」など）。この協定以前に日独間の文化交換が存在しなかったわけではない。それ以後、強力に「交換」が推進されたのである。ちなみに先に登場した孫田秀春も交換教授の一員であり、ドイツからは一九三六年秋にベルリン大学のシュプランガー教授が来日した。前述の「オリムピック前奏」ラジオ放送も、この一環と言えよう。

そのなかで空前絶後ともいえるのが「伯林日本古美術展覧会」（於：独逸美術館、一九三九年二月二八日〜三月三一日）だった。これについては豪華和装本『伯林日本古美術展覧会記念図録』（伯林日本古美術展覧会委員会、一九三九年、上下巻、ドイツ語併記）から出品作の一端を紹介しよう。彫刻では、観音菩薩立像（法隆寺）、釈迦如来座像（室生寺）、如意輪観音座像（観心寺）、平清盛座像（六波羅密寺）など、仏画では、不動明王及二童子像（瑠璃寺）、両界曼荼羅図（上杉神社）など、大和絵では、法然上人絵伝（男爵団伊能蔵）、将軍塚絵巻（高山寺）など、このほかに厳島神社の舞楽面、能面、雪舟、狩野派、光悦、宗達、円山四条派、浮世絵があり、当時の国宝二九点、重要美術品六三点が出品された。図録では全一二六点となっているが、能面などは数点をまとめて一点と換算しているので、実際は二〇〇点近くになるだろう。そのなかには皇族の久邇宮家、三菱財閥の岩崎小弥太、近衛文麿らの所蔵品も含まれていた。

この展覧会の名誉総裁となったのは、日独の首相、平沼騏一郎とヘルマン・ゲーリングだった。名誉委員のゲッベルスやヒムラーをはじめとして、顧問の宇垣一成や近衛文麿、実行委員の児島喜久雄や、事務嘱託の伊奈信男らまでをあわせると、総勢一〇〇名以上の日本とドイツの重要人物が関係した。この企画は、一九三七年八月に来日していたプロシア国立博物館総長キュンメルの求めによって具体化された。それから約三〇回の実行委員会や二〇回余りの専門小委員会が行われ、約一年間の準備が進められたのである。国宝や重要美術品は、法律によって国外に搬出できないことになっていたが、特別措置がとられ、それらを所蔵する寺社や博物館、個人にも強い働きかけがあったようだ。

この展覧会の日本委員会会長だった大久保利武は「芸術の媒介によつて日本精神を友邦独逸国に紹介せしめんとする希望は最も切実であつた。而して伯林に於て展覧会を開催することは、やがて全欧洲に対して我が国の芸術文化を展示する機会たること疑を容れないところであらう」(「序」、『伯林日本古美術展覧会記念図録』上巻)と述べている。

山田智三郎「伯林日本古美術展雑記」(『アトリヱ』一九三九年八月)によれば、会場となった独逸美術館の二階には、ドイツ・ルネサンスの巨匠アルブレヒト・デューラーをはじめとして、ドイツが誇る名画が陳列されていた。それを取り除くのだから、この場所を選んだキュンメル総長の「英断」に対しては「大反対」もあった。会場には壁に「すだれ」のようなものを施す演出も行われ、各種の雑誌や新聞でも報道されたようだ。

この展覧会初日、ペルガモン美術館の大広間で行われた開会式には、総統ヒトラーもやってきた。児島喜久雄「伯林日本古美術展」(『改造』一九三九年九月)によれば、ヒトラーは平清盛座像や風濤図(雪舟筆)、扇面散図(宗達筆)、鳥類写生帖(光琳筆)などを気に入ったらしい。ヒトラーが美術展覧会の開会式に出席したのは、一九三七年の「大ドイツ芸術展」以来、二回目のことだった。この当時ヒトラーは「幼年時代から日本が好きだ」(鳩山一郎「欧洲政治家の印象」、『中央公論』一九三八年三月)と言っていたらしいが、この日は心ゆくまで日本の古美術を堪能したはずだ。先に見た『我が闘争』の言葉は、たぶん忘れていたのだろう。

ちなみに、このベルリンの展覧会に先立つ一九三七年には、「独逸国宝名作素描展覧会」として、先に名前を挙げたデューラーやホルバインの素描が、東京府立美術館と大礼記念京都美術館を巡回している。また一九三八年から翌年にかけて、親善芸術使節としてドイツで公演した宝塚少女歌劇団もこの文脈のなかにある。それはまさしく「芸術文化交換」だった。

これに加えて一九三八年に行われた日独青少年団交驩事業も見逃すことはできない。『日独青少年団交驩会事業概要』(日独青少年団交驩会、一九三九年)によれば、この事業は、日本の青少年団団員とヒトラー・ユーゲントとが、それぞれドイツと日本を訪問し、両国の青少年団運動の振興や親善関係の構築に努めるという趣旨で行われた。一九三六年の日独防共協定締結後にドイツから申し出があり、ヒトラーも乗り気だったようだ。日本からは全国の青少年団員から全二五名が選抜され、訓練合宿の後、一九三八年五月に神戸港から旅立った。彼らはドイツ各地でヒトラー・ユーゲントの活動や、様々な文化施設を見学し、同年一一月に帰国した。

一方、ヒトラー・ユーゲントは、同年八月に横浜に到着した後、札幌から九州まで全国各地を訪問し、一一月に神戸で、ドイツから帰朝した日本人青少年団員との交驩式を行い、そののちにドイツへ向けて出航している。言うなれば、ドイツと日本は互いの美しい青春を交換したのである。

ベルリンが壊れるとき

この日独青少年団交驩事業でドイツを訪問した稲富早苗は、当時二三歳、佐賀県の小学校少年団で指導員をしていた。『訪独感想集』(日独青少年団交驩会、一九三九年)で、彼はドイツの青少年団運動について報告し、ナチス親衛隊を見て「『制服の威力』を痛切に感じました」と述懐している。しかしここには正式の文章で語られない事情があった。

日本の派遣団が最初にベルリンに到着したのは、一九三八年七月四日のことだった。ドイツを正式訪問したときには、訪問者はウンター・デン・リンデンの「無名戦死者記念墓」(ノイエ・ヴァッへ)に花環を捧げることになっていた。だが、日本の派遣団は正式訪問できなかった。制服問題が発生したのである。稲富早苗『ドイツに使して』(私家版、一九三九年)によれば、ベルリン日本人会から「あの制服はあまりに見すぼらしい」「制服の国、独乙にあつてあの制服では自分達としても肩身が狭い」といった意見が出たようだ。その後、日本人会が「巨額の費用」を投じて「制服」を贈った。確かに『日独青少年団交驩記念』(日独青少年団交驩会、一九三九年)などの写真集を繙くと、その前後で派遣団の制服がナチスに劣らないくらい豪華な制服に一変している。花環を捧げる正式行事がやっとのことで実現したのは、同年八月一二日だった。

文化の交換といっても、大枠からは見えない部分が沢山ある。稲富が記した言葉は、ベルリンにいた日本人(会)の存在感を鮮明に伝えている。そんな日本人が、刻一刻と状況の変化する戦時下のベルリンで生きた姿を、最後に見ておこう。

ドイツの日本人に大きな影響を与えたのは、一九三九年九月一日、ドイツ軍がポーランドに侵攻し、第二次世界大戦が勃発したことだった。不可解なことに、誰も知らないはずの戦争の開始が日本人には伝わっていた。同年八月二六日の朝には、日本大使館の命令で重要任務のない者はハンブルクへ向かった。そこには日本郵船の靖国丸が停泊していたのである。しかし全ての日本人がこの時点で帰国したわけではなかった。

当時、陸軍士官学校独語教官としてドイツに留学していた高嶋泰二の『伯林日誌』(求龍堂、一九九四年)によれば、一九四〇年一二月一九日には「独日協会主催の大日本帝国紀元二千六百年記念祝賀会がハウス・デル・フリーガー」で開かれた。ここでは「在留邦人とドイツ側協会関係者の間で交歓の乾杯が続いた」ようだ。また、翌年の三月、ベルリンにいた人々は街が無数の「日の丸」

に埋め尽くされた光景を目撃している。芳賀檀は「どんな日本の祝祭の日にも、未だ曾て私はこの様に多くの、この様に豪華な国旗を見はしなかつた」（「ドイツ戦線の背後より」、『改造』一九四二年一〇月）と記した。周知のように、この日ベルリンで大歓迎を受けた松岡洋右外相は、日本への帰国途中のソ連で日ソ中立条約を調印することになる。

この直後、一九四一年六月二二日の独ソ開戦はドイツと日本の陸上交通（シベリヤ鉄道）を切断した。国家が必要とする一部の者だけは、中立国トルコからコーカサスを経由してソ連に入国し、シベリヤ鉄道で日本に帰国する裏技があったものの、三菱などの貿易会社職員は帰国不可能となり、壮絶な経験を強いられた。ただし物資の統制が進み、制服姿のナチス党員が闊歩するベルリンは、まだ本当の戦争を体験してはいなかった。

この当時ベルリンの劇場に勤めていた邦正美が「戦時伯林風景」（『モダン日本』一九四〇年二月）で記したように、オペラや演奏会は「連日満員をつゞけてゐ」た。山岸重孝『戦乱の欧洲を行く』（鱒書房、一九四三年）にも同様に、劇場や映画館が「超満員の盛況」だと記されている。また山岸によれば、日本人会を含む日本料理店には、ドイツ政府から白米を配給するという特別待遇もあったようだ。その他に平時と異なるのは、次第に空襲が日常化していること、そしていつの間にか、街からユダヤ人の姿が消えていることだった。

その娯楽も一九四四年九月の緊急命令で禁止となった。右に記した邦正美は戦後ダンス界を牽引した人物であり、当時は日本大使館にも連絡しないで、最後までベルリンでドイツの人々と生活をともにした。ユダヤ系の知人をドイツの国境に連れて行くなどの行動も彼は行った。前衛的な演劇、バウハウス、ノイエ・タンツ、そんな彼が愛する文化を生み出したベルリンに、そしてナチス体制下で窮屈な生活を強いられていた人々に、邦は捨て去ることのできない愛着を持っていた。一九四五年、そのベルリンは粉々に破壊され、人々は陵辱された。彼がその記憶を言葉に記すことができたのが、約五〇年が経過した一九九三年刊行の『ベルリン戦争』（朝日新聞社）だった。半世紀という途方もない時の流れが、一九四五年のベルリンで起こった、決して再現することのできない出来事の一片を、辛うじて今に伝える。

その書物のなかで邦は廃墟と化したベルリンに一つの記憶を重ね合わせた。「それは一九三八年一一月九日である。ナチスが公然とドイツのユダヤ人を襲撃した日である。商店のショーウインドーを片っ端からこわし、略奪し、ジナゴークを焼いた日である」。「ジナゴーグ」（ユダヤ教教会）が襲撃されたその日の夜、ベルリンにはガラスの破片が散乱した。この日の出来事は「水晶の夜」という少々ロマンチックな名で、現在にも語り継がれている。

（西村将洋）

岸田日出刀（1899-1966）——オリンピックの建築家代表

オリンピック芸術競技

一九三六年六月半ばのシベリヤ。五輪マークのついた特別列車が疾走していた。乗客は平沼亮三団長ひきいる約一五〇人の日本選手団である。もちろん目的地は、第一一回オリンピックの開催地ベルリンだった。その車中には東京帝大建築学科教授の岸田日出刀《きしだひでと》の姿もあった。岸田は「恰も自分がオリムピックの晴の舞台で戦ふやうな、非常な感激と興奮を覚えました」（「伯林オリムピックに就て」、『建築雑誌』一九三七年一月）と、そのときのことを語っている。その後、岸田は当地での三ヵ月間の過密スケジュールをこなし、一〇月半ばに日本に帰国する。それは駆け抜ける列車のような旅だった。

このベルリンは岸田にとって思い出の場所だった。一九二五年末から、彼は欧米各国を旅行していた。岸田は「欧米漫感（四）」（『帝国大学新聞』一九二六年一二月一三日）に、「自分は、パリー以上にベルリンを美しく、そして整つた都市と考へる」と記している。

だが今回のベルリン滞在には、四年後（皇紀二六〇〇年）の東京オリンピックに向けて、重要な任務が課せられていた。一つは文部省調査員として競技場施設を調査すること。さらに、大日本体育芸術協会調査員としてオリンピック芸術競技を視察すること。この二点である。オリンピックの東京開催は、岸田のベルリン滞在中（七月三一日）に決定したが、よ

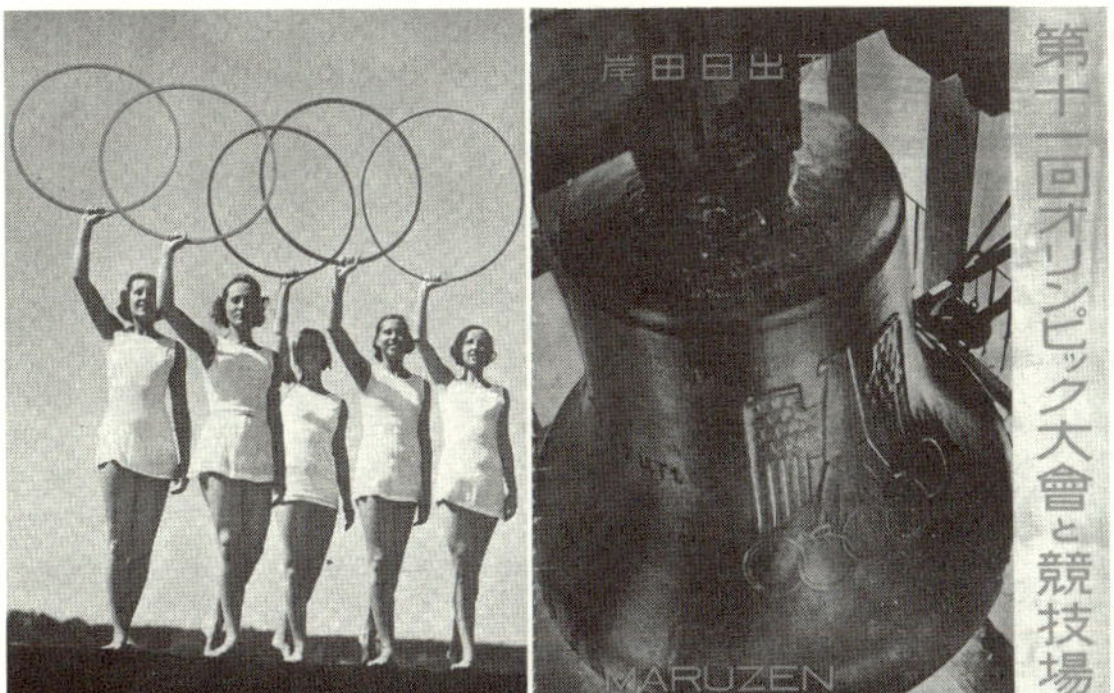

★ベルリン・オリンピックを視察したときの報告書や写真が収録された岸田日出刀『第十一回オリンピック大会と競技場』（丸善、一九三七年）（右）と、同書に収録された写真（左）。

く知られているように、一九三八年七月に東京大会の中止が決まり、幻のオリンピックとなる。

「大日本体育芸術協会」と「オリンピック芸術競技」という言葉については説明が必要だろう。豊田勝秋編『第十一回オリンピック芸術競技参加報告』（大日本体育芸術協会、一九三六年）から、今はなき「オリンピック競技憲章」「綱領」の第四項を引用しよう（文中の太字は原文による）。

> オリンピック競技に於ては左の種目必ず行ふ事を要す、陸上競技、体操、諸闘技 Combative Sports 水泳、馬術競技、五種競技及び**芸術競技**

この「芸術競技」を強固に主張したのは、近代オリンピックの創始者クーベルタン男爵だった。歴史学を専攻したクーベルタンは、普仏戦争で荒廃した故国フランスを復興するために、古代ギリシャ文化におけるオリンピックの役割に着目した。その古代オリンピックでは、芸術家や文芸家も競い合っていたのである。「大日本体育芸術協会沿革」（『第十一回オリンピック芸術競技参加報告』）は、次のように記している。

> オリンピック祭の起源に就ては、色々研究されて、種々の考證が挙げられて居るが、或る学者の説に従へば、ヘレン民族が他の野蛮民族の中で最も美しい人類だと信じてゐた為、自分達が他の附近民族と比較し、最高体型美を獲てそれを人類の標準体型として、他をしてこの標準体型に向つて優生学的に総べての人類を向上せしめやうとい

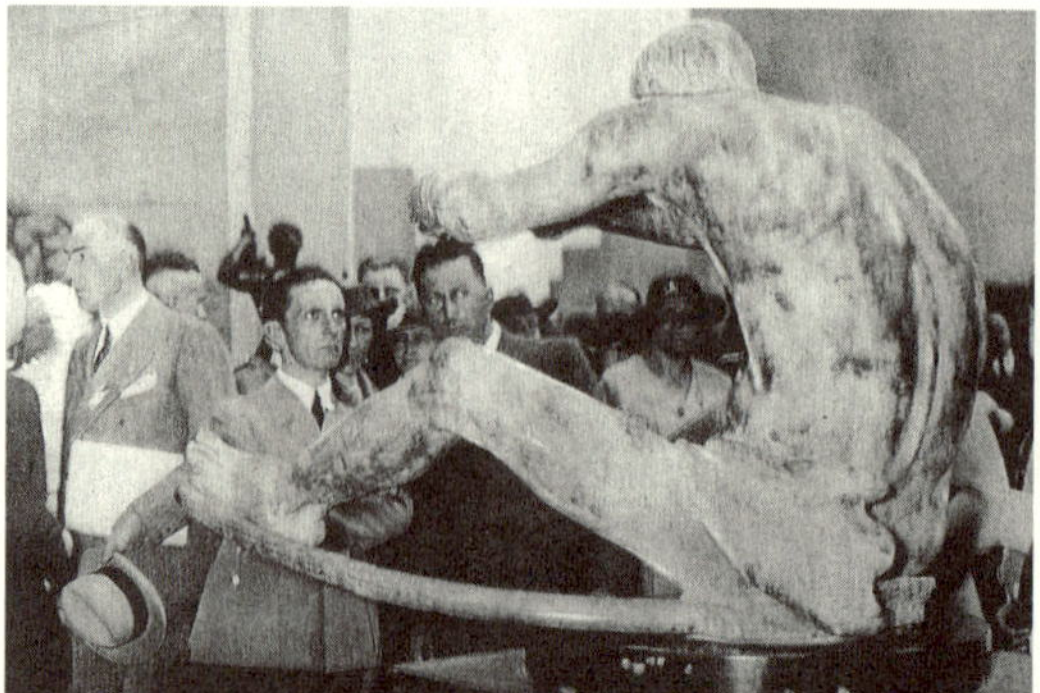

★図版は、ベルリン・オリンピック芸術競技の彫刻部門で一等賞になったファルピ・ヴィニョーリ作「御者像」（『伯林オリムピック大観』満州日日新聞社、一九三六年）。腕組みして像を見つめているのはゲッベルス。現在、この像は東京国立競技場内の秩父宮記念スポーツ博物館の入口脇に展示されている。

ふ理想から、芸術家にその標準体型を作って貫ふことにして、その方法を講じたのが、オリンピック祭なりといふ説である。

このように古代ギリシャ人（「ヘレン民族」）は、人類の標準となるべき「最高体型美」の創造を芸術家に依頼し、「各種の運動競技」は、「芸術家の案出すべき標準体型のモデルを得る為に」行われた、と文章はまとめている。「優生学」という言葉も現れているが、ここでは歴史的考証性の正確さよりも文意に注目しておきたい。つまり、古代オリンピックは「芸術家」が中心的位置にあった、と主張されているのである。そして「此の有意義なオリンピック芸術競技に参加し、又国内に向っては体育運動に関する美術の調査研究並に運動美術の普及発達を図るのを目的として」、一九三二年七月一六日に大日本体育芸術協会が創立された。

同協会は、一九三二年のロサンゼルス大会から芸術競技に参加し、一九三六年のベルリン大会では、絵画・版画・彫刻・工芸・建築の全七九点（東山魁夷、棟方志功、小磯良平ほか）と音楽の全五曲（山田耕筰ほか）が芸術競技に参加した。結果は、藤田隆治の絵画（「アイスホッケー」）と鈴木朱雀の水彩画（「日本古典的競馬」）が三等賞を獲得し、長谷川義起の彫刻（「横綱両構」）と江文也の管弦楽曲（「台湾の舞踏」）が等外佳作を受賞した。芸術競技の結果はオリンピック・スタジアムで発表され、国旗の掲揚と国歌の吹奏も行われたらしい。

岸田日出刀は「オリンピック芸術競技に就いて」（『建築雑誌』一九三七年四月）で、この芸術競技の内容や変遷、審査方法などを包括的に紹介している。それによれば、クーベルタンの提唱により、一九一二年の第五回ストックホルム大会から、絵画・彫刻・文学・音楽・

★図版は、ベルリン・オリンピック芸術競技の絵画部門で三等賞になった藤田隆治作「アイスホッケー」（豊田勝秋編『第十一回オリンピック芸術競技参加報告』大日本体育芸術協会、一九三六年）。五十殿利治「ベルリン・オリンピック展をめぐって」（『現代芸術研究1』一九九六年一月）によれば、この藤田の絵の買い手はゲッベルスだったのだという。

建築の五部門で芸術競技ははじまった。しかし一般からは理解されず、正規のプログラムに編入されたのは、一九二四年の第八回パリ大会からだった。ちなみに、岸田もベルリン・オリンピック芸術競技建築部門に「日本のゴルフ」を出品したのだが、管見に入った限り、彼が自分の作品に言及した形跡は見当たらない。

ナチス建築の一色化

ベルリンに到着した岸田は精力的に各競技施設を視察した。視察地はベルリンのオリンピック・スタジアム（東京の国立競技場のモデルにもなった）周辺をはじめとして、デンマークとの国境付近にあるキール軍港のヨット競技会場や、冬季オリンピックが開催されるドイツ南端のガルミッシュ・パルテンキルヒェンにも赴き、建築家の視点から詳細な調査を行っている。

岸田日出刀『第十一回オリンピック大会と競技場』（丸善、一九三七年）には「総説」として、彼が文部省に提出した報告書が再録されている。それによれば、オリンピック・スタジアムの周囲に設けられた「15分間に10万人を通過」させる「合計80の出札兼検札所」や、スタジアムの「外周全部に渉り」設けられた「上下二層の吹抜柱廊」など、一〇数万人の観客を誘導するための効果的な設備が高く評価されている。だが彼が最も感心したのは、大規模で用意周到なプランだった。

これら尨大なる建築施設の綜合計画を見るに、全体の統一と調和の完成とが敷地の

★オリンピック・スタジアム周辺の鳥瞰図（岸田日出刀『第十一回オリンピック大会と競技場』丸善、一九三七年）。

状況に応じ、適宜巧みに極めて手際よく計画されてをり、又競技場内各建築的施設相互の関係及本競技場と市中心部との連絡交通運輸の計画も巧みに計画されゐる。

例えば、市街電車・高速度地上電車・地下鉄の駅は、それぞれがスタジアムから適度な距離に設けられ、ベルリン中心部から二大幹線道路を通って訪れる人々とともに、二〇万人を越える観客が「何等交叉撞着することなしに」、スタジアムに行くことができた。また、各国の選手はスタジアム西方のオリンピック村に宿泊しており、東と南からくる観客と接触しないで競技場に向かうことができる。さらに、広大な敷地に設けられた「五月広場」や「鐘塔」は、モニュメンタルな意味を景観に加えていたのである。ちなみに一九四〇年の東京大会に向けて明治神宮外苑を使用する案が提出されると、岸田はこのベルリン大会の体験を踏まえて、「外苑以外」の「広大なる一団の敷地」の重要性を再三強調した（岸田日出刀「中心競技場は外苑以外に敷地を／素晴らしい伯林競技場」、『帝国大学新聞』一九三六年九月七日などを参照）。

このような多忙な調査と並行して、ベルリン滞在中に岸田は一冊の本を読んだ。ナチズムのイデオローグ、ローゼンベルクによる『二十世紀の神話』（原著一九三〇年）である。「ナチス独逸の建築一色化とは」（『甍』相模書房、一九三七年）によれば、岸田は「伯林滞在中親しい友の独逸建築家」に「ナチス本部に於いてかゝる文化上の指導精神は何人により樹てられるか」と質問し、教えてもらったのが『二十世紀の神話』だった。岸田は「結論に於いて建築と芸術に於ける国際性と即物性を去つて、独逸固有の特質と伝統に活くべき所以を力説している」と感想を述べている。

★図版は、オリンピック・スタジアムの「五月広場」（岸田日出刀『第十一回オリンピック大会と競技場』丸善、一九三七年）。左側の奥に見えるのが「鐘塔」。手前の二基の塔の下に見える人間の大きさと比較すると、この広場がいかに広大なものかがわかる。

この「ナチス独逸の建築一色化とは」は、岸田の帰国直後、アルベルト・シュペーアのナチス建築総監への就任が伝えられたときに執筆された。岸田は、日本でも市街地建築物法（建築基準法の前身）が存在するが、それは構造上の保安や衛生保健を監督するためであり、その法律で指定された美観地区も一定の地区を対象とした「消極的の意図」に基づくものであるという。しかしナチスの「建築総監」設置は、建築家の個性や表現、それにグロピウスが掲げた「国際建築」という現代性を全否定するものであるとして強く抗議したのである。岸田は、ナチス建築を検討し、「これらの実例より見るに、中世独逸の新化再現といふ感情は少しも受けない。むしろそれは古典的傾向を基調としたものと考へられ、古典建築のもつ美的表現の中から洗練さを除き去り、均衡と比例を取り去つて、野人の粗笨を置き換へたとしか見えない」と述べている。同じ文章から、「ナチス式統制」の「具体的方法の標準的様式の実例」とされる「航空省（ベルリン市）」について言及した箇所を見ておこう。

> この建物は最近完成したもので、その表現の中にはゲーリングの趣味が多分に入つてゐるとの評判であつた。屋根は一見陸屋根と見えるが申訳のやうに緩い勾配屋根をつけたあたり、主義に忠実な点はよく判るが、平らにしたら屋上も使へてよいのにとをかしな気もする。外壁面道路側にはナチス独逸に貢献があつたり純粋な独逸文化に寄与したところの大きい偉人などの浮彫胸像が刻んである。その鈍重な表現はナチスの要望する建築の特徴をよく表はしてゐると言つてよいだらう。

岸田は「美観を主点に　ナチ建築の一色化」（『帝国大学新聞』一九三七年三月一日）で、ナチス

★図版は、岸田が「ナチス建築」の一例として挙げた「航空省」（『甍』相模書房、一九三七年）。後に岸田は『ナチス独逸の建築』（相模書房、一九四三年）を刊行し、ナチス建築の紹介者となった。この書物には、シュペーア監修『新独逸建築』（Rudolf Wolters, *Neue Deutsche Baukunst*, Volk und Reich, 1940）と、『国民は築く』（ed. German Library of Information, *A Nation Builds*, German Library, 1940）が訳出された。ただし、同書「序文」で岸田は、独ソ不可侵条約の頃に出版された『新独逸建築』にロシア語の対訳があり、『国民は築く』がナチス宣伝活動の一環としてアメリカで出版されたことを指摘し、共産主義と資本主義の間を揺れ動く、ナチスの変転を批判している。

建築の一例として「伯林のオリンピック競技場建築」も列挙している。そこには、競技施設の綜合的プランに驚嘆しながらも、ナチス建築様式への根深い違和感があった。

ドイツの友人と「日本のゴルフ」

ところで先ほど岸田はベルリンで「親しい友の独逸建築家」に会ったと記していた。結局、その文章で「友」の実名は明かされないのだが、その友人がナチス建築を「『ganz trocken』（無味乾燥）と評して呵々大笑した」という逸話が紹介されている。岸田日出刀「海外の友」（『扉』相模書房、一九四二年）には、その「独逸建築家」らしき人物が登場する。その人物はマックス・タウト、日本美を再発見したとされる建築家ブルーノ・タウトの「弟」である。マックス・タウトはドイツ近代建築の先鋭として名を馳せた人物であり、岸田は兄ブルーノ・タウトと比較して「作品の上に現れた出来栄えからいへば、弟の方が或は上ではないか」とも記している。ある日、岸田はマックスと一緒にオリンピック・スタジアムの見学に行った。競技場の周りには、参加各国の国旗がずらりと並んでいる。岸田はマックスに「どれが一番いゝかまた好きか」と尋ねた。そのときマックスが指さしたのは「日章旗」だった。

単純明快は新建築の標語である。独逸新建築の第一線に立ち続けてきた彼が日章旗を最もよしとするのは蓋し当然のことで、日本人であるわたくしに対するお世辞でも何でもない。

（「海外の友」）

★図版は、ベルリン・オリンピック芸術競技の「日本の部」の様子（岸田日出刀『第十一回オリンピック大会と競技場』丸善、一九三七年）。中央にある彫刻が、等外佳作となった長谷川義起作「横綱両構」。金丸重嶺「伯林オリンピック芸術競技を見る」（『アトリヱ』一九三七年一月）によれば、この長谷川の作品は「独逸の新聞にもよく使はれた」そうだ。

岸田は『過去の構成』（構成社書房、一九二九年）で、「『モダーン』の極致」を「過去の日本建築その他に見出して今更らに驚愕」すると述べ、モダニズム建築の合理性に通じる要素として、日本建築の簡素で合理的な造型美を評価していた。先の引用文で、「単純明快」な「新建築」（モダニズム建築）と「日章旗」とが結びつけられた背景には、そのようなモダニズムと〈日本的なもの〉を結合する思考が介在していた。そして岸田がオリンピック芸術競技に出品した「日本のゴルフ」は、そのような発想を援用して制作された作品だった。『第十一回オリンピック芸術競技参加報告』に収録された岸田の作品を見てみよう。

「日本のゴルフ」は、岸田が設計した山中カントリークラブハウス（一九三四年竣工）の写真・平面図・解説文からなる。その写真のカメラ・ショットで特徴的なのは、富士山麓のなだらかな傾斜に沿って建てられたクラブハウスが、自然との一体感を喚起していること。さらに室内と外部空間がほぼ全面ガラスで仕切られており、それが空間の開放性を演出していること。最後に、建物やバルコニーを支える柱が垂直に交差し、直線的で「単純明快」な造形性を表現していること。おおよそ以上の三点に、その特徴をまとめることができる。

実はオリンピック前年の一九三五年、ベルリンでは日本建築を紹介した吉田鉄郎『日本の住宅』（Tetsuro Yoshida, *Das japanische Wohnhaus*, Ernst Wasmuth, 1935. 鹿島出版会より二〇〇二年に翻訳出版）が刊行されていた。この本で吉田が強調したのも、日本建築と自然との「密接な関係」や、「外部に対して開放的」な空間性、さらに日本建築の「簡素、明快、良質といった特徴」だった。「日本のゴルフ」の特徴として確認した先の三点は、吉田の著書との関連を明示している。おそらく岸田は吉田の本を知っていて、戦略を考え抜き、自分の作品を制作した

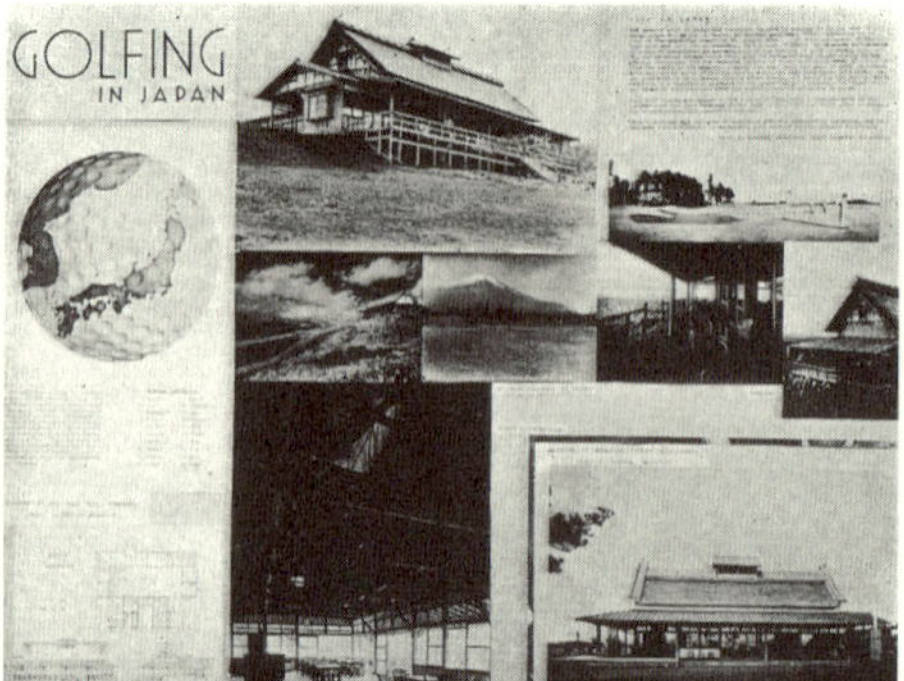

★図版は、岸田日出刀「日本のゴルフ」（豊田勝秋編『第十一回オリンピック芸術競技参加報告』大日本体育芸術協会、一九三六年）。中央には富士山の写真が配置されている。ちなみに岸田は無類のゴルフ狂だった。

のだろう。

前掲「ナチス独逸の建築一色化とは」で岸田は、「中世独逸の新化再現といふ感情は少しも受けない」とナチス建築を批判していた。これに対して、岸田の「日本のゴルフ」は、モダニズム建築に通じる「単純明快」性や、ガラスの開放性を演出し、さらに日本的とされる自然との融合性を強調していた。それは、間違いなく国際的な評価を得られるはずの作品だったし、それが岸田なりの伝統の「新化再現」だったのである。

岸田日出刀「海外の友」には、ブルーノ・タウトの「息子」、ハインリヒ・タウトとの出会いも綴られている。当時ハインリヒは定職もなく、オリンピック村で外国選手の世話や通訳をしていた。岸田がベルリンを出発するとき、彼は日本にいる父のために、自分の婚約者の写真と一本の大きなソーセージを岸田に託した。しかし岸田が帰国したときには、父ブルーノ・タウトはトルコに旅立った後だった（トルコで一九三八年に客死）。結局、ソーセージは岸田が食べてしまった。「ハインリッヒの父への厚意を喰つてゐるやうで、あまり味よくは食へなかつた」と岸田は記している。

不愉快なナチスの建築政策を目にし、オリンピック芸術競技でも、苦心の末に考え抜いた自分の作品が入賞しなかったことと合わせて、岸田の二度目のベルリンは、少々苦い味を残すものとなったようだ。

（西村将洋）

★右がマックス・タウト。左がハインリヒ・タウト（岸田日出刀『扉』相模書房、一九四二年）。ともに岸田のベルリン滞在中の写真と推測される。

山口青邨（1892-1988）――西洋の楽しみ方

ベルリン食生活

俳人山口青邨《やまぐちせいそん》の『伯林留学日記』上下二巻（求龍堂、一九八二年、以下特に断らない限り「 」の引用は本書による）の「あとがき」には、出発から帰朝まで「二年二ヶ月七百八十六日、その毎日がこの日記である。当時私は東大助教授工学部勤務四十四歳」と書かれている。この何気ない記述からもその几帳面さが類推されよう。

青邨がベルリンに到着したのは、一九三七年四月一日夜一一時四〇分過ぎのことであった。迎えに来た三井物産の漆山という友人の車で、Steinplatz の Hotel Pension Steinplatz（Berlin Charlottenburg Uhlandstraße 197）に入った。翌二日、青邨はまず横浜正金銀行で金を受け取り、日本大使館に向かい、「あけぼの」で日本料理を食べた。概ね、ベルリンを訪問する多くの日本人がたどるコースといえよう。翌三日には「日本人倶楽部」に顔を出し、同九日には、ベルリン大学のドイツ語講座の受講を申し込み、また同一九日からは会話の勉強をも始めた。

この日記には、特に食事について、実に丹念に書き付けられている。同年四月四日には活動写真を見、夕食は野菜と魚料理の店でとり、同五日には「Ballhaus Kakadu」に出かけ、同六日には「Cafe König」で昼食をとり、同一二日には、「泰東」という「支那料理屋」に出かけた。これらの店名については、「伯林中萱《ママ》旅行部編纂」の『欧米漫遊の友』（中萱《ママ》、刊

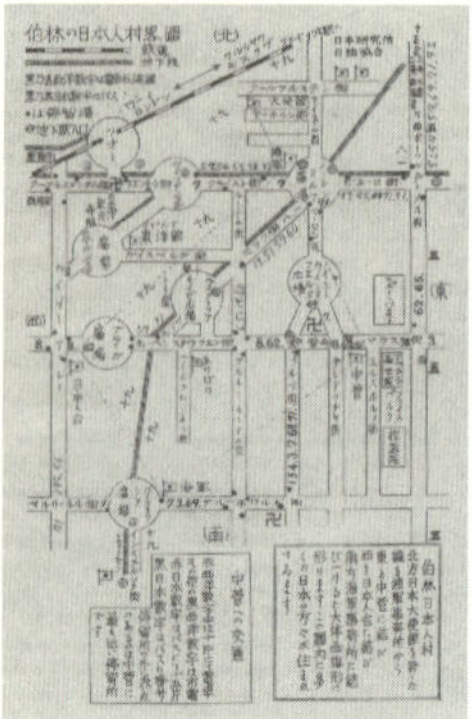

★『欧米漫遊の友』（中萱《ママ》、刊行年不記載）に掲げられた「伯林日本人村」略図。西の日本人会、東の中萱《ママ》がその区画の目印となっている。そのほぼ中間に、あけぼのも見える。

行年不記載、「緒言」に「オリンピックを目前に」という言葉が見えるので一九三六年の刊行と思われる）に掲載されている。綴じ込みの広告頁には、「日本食から出る大和力」「やっぱり美味い日本料理」という宣伝文句とともに、「あけぼの」「東洋館」「日本人会食堂」「みやこ庵」の四つの名が並べられている。

もちろん、同月一三日の「晩飯を食ひに町に出る。Zoo Quelle といふレストーランを見つける」という記事のように、馴染みでない店にも入ってみたようであるが、食事の付かない下宿の場合、食事場所の確保は、日々の大きな課題であり、これは今の我々にも共通するところであろう。レストランを一々探す面倒くささから逃れるためには、自ずと行きつけの店へということになりがちである。同一五日にも、「Zoo Quelle」で「立ってゐて食ふことを覚えた、一品料理を一つ一つ出来てゐるのを買って、ビールのコップも一つ買って、スタンドに立って飲み食ふのだ、これで一マーク」と書き付けている。青邨はおそらくそれまでこのような立ち食いの食習慣には不慣れであったであろうが、ここも、致し方なく、行きつけの店となるのである。

海外における日本料理店はおおむね高級であり、日本料理ばかり食べることも、長期滞在者たちには、経済的な事情から困難である。青邨は同年五月二二日にも「みやこ」で飯を食っているが、その際、「近頃は一日おき位に日本飯を食ふことにした」という記事がわざわざ書かれている。にもかかわらず通うのは、同年九月二七日の、「都庵でエビのてんぷらが出る、とてもうまい、近頃になくうまかった」という記事からも窺えるように、日本恋しさのせいである。また「新しい日本の新聞」（同年八月三一日）を読むことができるという便利さもあった。

★『欧米漫遊の友』（中菅、刊行年不記載）。「欧米漫遊」とあり、旅行上の諸注意や欧米各国の情報を記載するが、実質上はベルリンの案内が中心であり、その詳細ぶりは、「舞踏酒場及娯楽場」「カフエー」「美味い料理店」などを、コメントつきで紹介する点などからも窺えよう。興味深い広告記事も多い。なお「なかかん」は、通常「中管」と漢字表記されるが、このガイドブックにおいては終始「中菅」となっている。

一方、昼飯などは、すぐに西洋の風に染まったようである。同じ七月一五日の昼食は、「いつもゆくAugsburg Str. のMosch（Konditorei）に行って、パンとも菓子ともつかないものを食べてレモンティを飲む、このごろは殆ど毎日これで昼を済ます」という具合である。後には、「野菜料理の店」や百貨店K・D・Wの食堂で「Fischfilet」（同年八月一六日）などで昼食を済ますことが多くなった。ただし誰かと一緒の場合には、例えば一九三八年一月二三日のように、「レストーランHistorische Mühleで遅い昼食をとる」ことが多かった。

「泰東」の「支那料理」は、海外にあっては、日本料理に準じるものと考えられよう。一九三七年七月一八日には、「河野君の送別会」として、「まづ泰東に行って支那料理を食ひビールを飲」んでいる。いわゆる腹ごしらえである。興味深いのは七月二一日の記事である。「No. 12とNo. 41を食ふ、No. 12はズッペ、No. 41は肉と野菜に酢をかけたものであるが、この番号のを食ふのが便利だとみんなが言ひ伝へてゐるのである」と書かれている。番号による料理のオーダーは、今もベルリンの中華料理店で見られる光景で、言葉の障壁と、料理の中味が不明であるという障壁とを、一挙に解決する方策として、先輩たちから伝えられていたのである。

一九三八年二月二六日には、「スカラの彼方角のWaffenschänkeといふ料理屋でRussische Lachs mit Toastを食ふ、ロシヤ鮭の生な薄身にレモン汁をかけた料理、それにトースト」という食事であった。同年五月八日には、「新館氏を誘ってSchlichterに飯を食ひにゆく、（略）ここの前菜がうまい、料理もうまい、僕の誕生日は五月十日だが新館氏は明日旅行に出るので繰り上げて御馳走を食ふことにした」とある。この店はお気に入りだったようである。これらから見るに、留学生活も一年を過ぎ、異国の味にもついに馴染んできたのであろう。

★ベルリンを代表する料理店アシンゲルの内部。図版は『世界地理風俗大系』第一一巻（新光社、一九三一年）からのものであるが、そのキャプションには、「欧洲一の簡易食堂」の見出しで、「ベルリーンでアシンゲルといへば誰知らぬもののない旨い物屋である」と書かれている。

ベルリンと日本の距離

青邨は、一九三七年四月一九日にBürger夫人の家（bei Bürger Ansbacher Str. 28 Berlin W 50）に移転する。「このマダム、フランス語風独逸語を話す、室は広くてまづよいが掃除等思はしくない、殊に台所便所等きたない、ちっとも整頓されず、乱雑である。一ヶ月朝飯つき七十マーク」と記事にはある。前述の漆山に連れて行ってもらったのであるが、偶然青邨は高浜虚子から、この家の姉娘Yvonne Bürger宛の紹介状を持ってきていた。この時姉妹は入れ違いに日本に滞在していた。こうしてみると、日本とドイツの距離は案外近いようにも思える。

一九三七年四月五日には、「中管」を訪ねている。ここは日本とベルリンへの旅行者とを繋ぐ窓口である。一九三八年三月四日、「しばらく中管へ行かなかったので散歩がてらに午後から出かけ」ている。「わかもと」を欲しいと思ったからであるという。残念ながらこれはなかったが、このとおり「中管」は、便利でありかつ割安でもあった。一九三八年四月二〇日の項には、「時計が欲しいと思って中管にゆく、ウンターデンリンデンのHuberといふ時計店を紹介してくれた。ここの受取を中管にもってゆくと一割の金を返してくれるといふ仕組である。かういふやり方は大抵の日本人の店ではやってゐる、眼鏡などもさうだ」と書かれている。前掲の『欧米漫遊の友』にも、時計店「Andreas Huber」の広告が載せられ、「中菅《ママ》より紹介状御持参の方は定価より一割引」とある。

その他、日本大使館や日本人会での交際も盛んであった。一九三七年九月八日の記事に

★右より、ビュルガー夫人、その息子、息子の妻、夫人の主人の兄弟であるフリッツ、ビュルガー夫人の娘ジャンヌ、そして山口青邨。「ワイナハトの宵」とされる（『伯林留学日記』下、求龍堂、一九八二年）。青邨はこの日記の「あとがき」において、「私の下宿、ビュルガー一家の人々、その時はいろいろ不満もあり悪口を言ったり書いたりしたがやはり長い間世話をしてもらった。時には私が主人のやうなわがままもした。親しい人たちである」と書いている。

は、「大使館に行って秩父宮殿下のお出迎へに行きたい旨申し出る、一つの証明書（紹介状）を書いてくれる、これをもって日本人会に行き、入場券を貰へといふ。日本人会に行き、それをもらひ、且つ明日の殿下をお招ぎしてのお茶の会に出席することを頼む」とある。このお茶の会については、翌九日、「ポッダムプラッツのホテル Esplanade で催される秩父宮殿下のお茶の会に出かける（日独協会、日本人会共催）、（略）非常な盛会、四、五百人は集まったと思ふ」と書かれている。海外における日本人社会には、良くも悪くも、ただに故国を同じうする仲間というに止まらず、戦争の迫り来る時代にあっては、同朋であることの強い再認識の磁場があったことが想像されるのである。

佐々木駒之助の『一九三八年の欧米』（非売品、一九四〇年）には、一九三八年当時のベルリンについて、次のように書かれている。

> 伯林では五月十八日到着から六月五日北欧に去る迄の滞在であったが其間可成り忙しく人々の訪問やナチスの諸施設見学に費しヒットラー総統治下の独逸に対し些か観察を遂ぐる機会を得たのは幸であつた。（略）催し物としては当時伯林に開催中であつた万国手工業博覧会に臨み、各国出品と列んで漆器刺繍傘履物等日本特有の手工芸品を陳列して居る日本館を覗き、あらゆる機会に日本の姿を外人に示すことの有効適切なるを感じた。

日本という国は、ヨーロッパにとっては、まだまだ認識度の低い国だったようである。

★当時のベルリンの街の様子。図版は写真家ハール・フェレンツ『東洋への道』（アルス、一九四〇年）所載のもので、キャプションには「此のウンター・デン・リンデンの一角は、今やムッソリーニとヒットラーの黙祷を通じて新なる欧洲の記念碑たらんとして居る」と書かれている。

ベルリン遊生活

時代は確かに移りつつあったが、当時の滞在者たちは未だベルリンを楽しむ余裕をもっていた。

先に見た一九三七年七月一八日の「河野君の送別会」の続きは「カフェビクトリヤ、カフェメルテンス（ウドン屋と称す）、カフェアルテリーベと三軒梯子す。アルテリーベで河野君踊る」という具合に展開した。この時青邨は、「実をいふと私はこれらのカフェに行くのは初めてである」と告白している。さらに「女達はもう四十歳くらいから三十歳くらいまでであるかも知れない、一言二言は日本語をしゃべる、みな先輩達の教育によるものである」と続けている。一九三八年一月には、一九日に「Zigeuner」、二九日に「フィッシャーといふレストーラン」、三一日に「ツォーの Berliner Cafe で音楽を聞きながら Grog von Rum」を飲むといった具合である。さらに同年五月二五日には「Café Berlin」、同年六月二五日には、「カフェノイエルゼー」、同年九月三日には、「オリエント」に行って「Halb-und-Halb を一杯」、同年一〇月二〇日には、「ファーターランド」でビールを飲んでいる。「フィッシャー」に出かけた同年一月二九日の記事には、「Bockbier を飲む、今がこのビールの飲みごろらしい、あまいがすこし強いやうだ」とあり、ビールの種類にも目を向けるようになっている様子が窺える。

これも多くのベルリン訪問者と同様、青邨もまた、映画やオペラ鑑賞にしばしば足を運んでいる。一九三七年七月二二日には、「Astor に Mississippi Melodie を見にゆく、面白い、

★図版は『世界地理風俗大系』第一一巻（新光社、一九三一年）のもので、そのキャプションには、「ベルリーンのノイエ・ウエルトにおけるボックビール開きの光景である」と書かれている。ボックビールとは、アルコール濃度の高いビールのことで、もとは冬から春先にかけて身体を温める酒として好まれていた。そこから、春先の季節物ビールとされるようになった。

活動写真を見るのが楽しみになった」という記事が見え、ここで活動写真の魅力を知ったことが窺える。ただし同年四月一二日にも既に見ていた。その他、同年一二月八日に「Ufa Palast」、一九三八年八月二八日に「Tauenzien-Palast」、同年一〇月一日に、「ツォーのプラネタリウム」に「Großmacht Japan の活動写真を」見に出かけている。オペラについては、一九三八年一月二〇日には、「シターツオーパー」に「リゴレット」を見に出かけているが、「私は初めてである」と書いている。しかし楽しめたのであろう、同二九日にも「スメタナの『売られた花嫁』」を見た。

さて、青邨のもう一つの楽しみは、買い物であった。一九三七年四月二一日に、「KaDeWe（西部デパート）で買物をする」という記事が見えるが、この後も頻繁にデパートにでかけている。同年七月一三日には、「Wertheim（註、伯林の百貨店）に寄る、K・D・Wよりはやはり大きい」という記事が見える。これらは、とにかく何でも買うことができるので、さぞ旅行者には便利だったであろう。例えば同年六月八日に青邨は、「巴里行切符」まで、このK・D・Wで手に入れているのである。このような必要に迫られた買い物はもちろん、ただぶらりとここに入り、さして必要でもないのに買ってしまうということも多かったようである。同年九月九日にも、「ウェルトハイムで買物、各国の民芸品の売場があって、日本のところもある」と書かれている。また、一九三八年六月一六日には、「ヴェルトハイムに「ちょっとのぞいて見るつもりで入ってまた不急のものを買ってしまふ」という記事も見える。K・D・Wも同様で、同年六月一八日、「つひK・D・Wまで行ってしまふ、そしてまた何かしら買ってしまった」と書かれている。土産物を買い始めた一九三八年一二月九日、「東部の労働者向の Kaufhaus Karlstadt」にまで足を運んでいるのである。

★『世界地理風俗大系』第一一巻（新光社、一九三一年）に掲げられた「リゴレット」のスチール。キャプションには「ベルリーンのシャーロッテンブルヒにある国立オペラ劇場上演のリゴレット。右はヨセフ・シユワルツ。左は名優マリヤ・イヴギューン」と書かれている。この際の「国立オペラ劇場」とは、その所在地から、野一色利衛編『独逸案内』（欧洲月報社、一九三六年）などに「市立オペラ」として紹介されている劇場のことを指すのであろう。

一九三七年一二月一四日に、次のような記事も見える。「夕方クールフュルステンダムを散歩してゐて無用のものを買ってしまった。ローゼンハイムといふ店である、こまごまと分解出来て、一つのサックに入った大工道具、電気で焼くトーストの道具、胡桃割器など、三十数マークが消えてしまった」というものである。これもまた西洋に旅行に来たものの心理の一端を表していよう。特にベルリンでは、今もしばしば見られる光景といえよう。

その一九三七年の大晦日には、「Femina (Das Ballhaus Berlins, Nürnberger Str. 50, Ecke Tauentzien Str.)」に出かけた。『欧米漫遊の友』に「竜宮に行った見たいな」と紹介される踊り場である。また一九三八年五月一二日には、「ツォーの踊場 Barberina」に行った。「私は初めてである。オペラ座を小さくしたやうな古風な落着いた、よい家である」と書いている。『欧米漫遊の友』はここについては「近代豪華舞踏場」としている。

しかしこの日記にも、やがてヒトラーの名が多く登場するようになり、ユダヤ人の店の迫害が書き込まれていく。その象徴が、しばしば訪れた本屋「シトライザンド」で、一九三八年一〇月二一日には、「ユダヤ人なので婆さんいつもしょぼしょぼしてゐる」と書かれている。この問題については、『わが庭の記』(龍星閣、一九四一年)の中の「ドイツの寒暖計と糊その他」にもやや詳しく触れられる。

(真銅正宏)

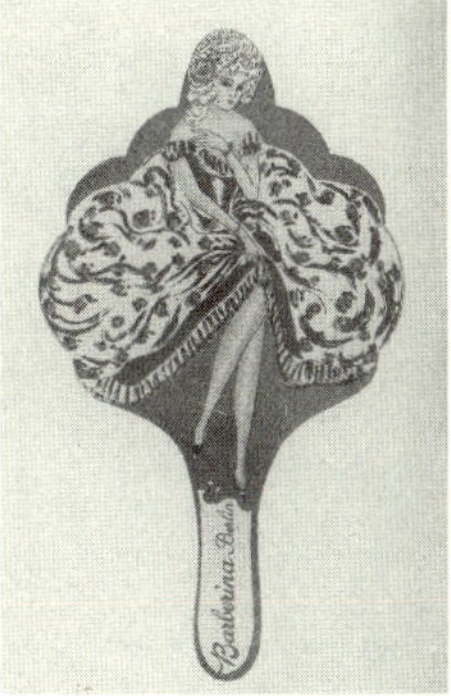

★踊り場 Barberina の団扇(片岡半山『鶏のあくび』非売品、一九二九年)。同書には、「ダンス場として最も高尚、否高価につくのはババリーナとか、ライン・ゴールドとか云ふのであります。其の中で日本人専門とも云はれるのがビクトリヤ・カフエーであります」と書かれている。

宮内（瀧﨑）鎮代子（1910- ）――ピアニストの青春

女性の出発

宮内《みやうち》鎮代子《しずよこ》は一九三一年に東京音楽学校ピアノ科を卒業した。東京音楽学校は、明治一二（一八七九）年に文部省に音楽取調掛が置かれたのがはじまりで、一八八七年には東京音楽学校と改称した。宮内はその母校で、一九三三年六月から一九三八年一月まで教務嘱託として勤めていた。彼女が渡独したのはその年の二月のことである。それが文部省で最終の留学生を出した年だったという。

宮内は一九三八年二月二一日、ドイツ船グナイゼナウ号で神戸を出航した。文部省からの留学生とあって、日本大使館がなにくれとお世話をする。船上ですでに東郷茂徳大使から手紙が来ており、宿もすべて手配が終えてありご心配なきよう、とのことである。とはいえ、女性が単身ドイツに向かうには、今日とは違った格別の決心が必要であったに違いない。ドイツまでの旅をつづった彼女の著書が『女性の出発』と名付けられているのは、そのためだろう。

三月の終わりには、小雨降るベルリンのフリードリヒ街駅に到着した。ベルリンの三月は決してうららかではない。一人ならばさぞかし心細い到着となっただろう。しかしそこには正金銀行支配人の下村夫妻や首藤商務書記官が出迎えのために待っていた。鎮代子の

★グナイゼナウ号キャビン内の宮内（宮内鎮代子『女性の出発』六芸社、一九三九年）。

父宮内国太郎は東京帝大を卒業して農商務省に入ったが、明治末期の六ヵ月をベルリンですごしたことがあった。その父が暮らしたベルリンに、今娘が二年間暮らそうとしている。しかし何の心配があるだろうか。彼女の宿泊先は首藤氏の自宅であった。「私のために調へられた、ドイツ人の凡そ住めぬほど立派なところに、また留学生輩の足の踏み込めぬほど立派な大きな部屋」(『女性の出発』六芸社、一九三九年)に宮内は旅装を解くのだ。その上、下村氏はヴィルヘルム・フルトヴェングラーの四月五日の切符をすでに取ってくれている、一等書記官の昌谷氏は明日の音楽会の切符を用意してくれている、という具合だった。その後、東郷大使夫妻、大島陸軍武官夫人、柳井参事官夫人を訪問して挨拶をすませ、次の日には下村夫人の案内でデパートで買物である。まずは恵まれた留学といわざるを得ない。

ベルリンの最初の印象について宮内はこのように書いている。「一つのビルに十組ぐらゐ住んで、彼等は庭を持たない。違ふ人々の間にサンドキッチになつて実にみじめなものです。お夕食はジヤガイモと菜のすりえ(これをドイツ人はスピナートと呼んでゐます)ですが、そのまづいこと砂を噛むやうです。私はドイツの家庭に住むと威張つてゐたが、とても〳〵こんな処では痩せてしまひ、庭もなかつたら青くなつてしまひます」(『女性の出発』)。そんな宮内にとって日本人宅でゆったりと住むことが許されるのは実にうれしいことであった。

四月に入って宮内は、ベルリン国立高等音楽院(ムジーク・ホッホシューレ)へ単身見学にでかける。一八五〇年創立の由緒ある音楽学校である。音楽学校なのだから、近くまで行けば楽器の音が乱れ聞こえてすぐにわかると思ってでかけたが、何も聞こえてこない。教室が二重窓と二重ドアを採用していたためである。「日本の文部省は、なぐさみに官立の学校

★ベルリン国立高等音楽院(ムジーク・ホッホシューレ)(宮内鎮代子『独逸だより』敬文堂書店、一九四三年)。

を設けるのでないなら、すぐにも先づ校舎を建てねばなりますまい」（『女性の出発』）と、宮内は日本の立ち後れを嘆いた。

音楽三昧の日々

宮内は当初よりヴィルヘルム・ケンプかエトヴィン・フィッシャーに習うつもりでベルリンに来ているので、ベルリン国立高等音楽院には特別入学を希望していなかった。しかしルドルフ・シュミット教授に追加の入学試験を課してあげるといわれ、後日受験することにした。シュミットは弘田龍太郎、諸井三郎の先生で、自身はレオニード・クロイツァーに師事した。クロイツァーはベルリン国立高等音楽院の主任教授だったが一九三一年に来日し、一九三八年には東京音楽学校の教務嘱託となった。彼の門下生には高折宮次、伊達純、室井摩耶子らがおり、宮内も彼に習った。宮内にしてみれば、クロイツァーにすでに習った自分が、ベルリンまで来てその弟子に習うこともなかろうということだ。彼女はどうしてもケンプに習いたかったのだ。一九三六年にケンプが来日した際、宮内はドイツ大使館で彼に紹介され、それ以来彼に習うことを夢みてきたのだった。ケンプはベルリン国立高等音楽院に学んだが、母校で教えるよりも演奏活動を主にし、短期講習をポツダムで行っていた。

日本人でベルリン国立高等音楽院に学んだ者は少なくない。ピアノの萩原英一、弘田龍太郎、小倉末子、作曲の山田耕筰、下総皖一、諸井三郎、ヴァイオリンの貴志康一、多久寅、チェロの斎藤秀雄、吹奏楽の山口常光、それに指揮の坂本良雄。山田耕筰が合格した

★上は山田耕筰が師事したレオポルト・ヴォルフ教授。下は一九一一年、ベルリン国立高等音楽院で学んだ日本人三人。右から多久寅、萩原英一、山田耕筰（山田耕筰『若き日の狂詩曲』大日本雄弁会講談社、一九五一年）。

のは一九一〇年三月のことだったが、この時自分のことのように喜んだ武者小路公共に「息のつまるほど背なかをどやされ」たと回顧している。そして自分はというと、「嬉しいといふよりは、ぼんやりしてしまひ、嘘のやうにしか思へなかつた」(山田耕筰『若き日の狂詩曲』大日本雄弁会講談社、一九五一年)という。ベルリン国立高等音楽院は、音楽を志す日本人にとってあこがれの学校だったのである。

しかし宮内の予想に反して、ここで使用しているピアノはかなりお粗末なものであった。「楽器国ドイツが現在の窮状に、学生がこれで我慢してゐるのは、一般の生活の困難も思はれる程」と宮内は嘆息した。また「ホッホシューレなるものは、日本で聞いたほど大したものではない」(『女性の出発』)と結論づけた。四月一二日、その入学試験に宮内は合格し、この日ジングアカデミーで公演していたケンプに、さっそく意見を聞きにいった。楽屋には藤原義江も来ていた。ケンプは七月をまるまる宮内の指導にあてるが、それ以外は高等音楽院で学ぶことを提案した。宮内はケンプの意見を入れて、高等音楽院のシュミットにつくことを決心する。

四月五日にはフルトヴェングラーの音楽会をフィルハーモニー・ザールに聞きにいった。「フルトヴェングラーをもつドイツは羨ましい。しかし、この心から応援する大衆をもつフルトヴェングラーは、私にはそれにもまして羨ましい」(『女性の出発』)と宮内は感じた。四月三〇日にはフィッシャーの公演を聞きにヴァイセンゼーに行った。ここでも聴衆の熱狂はすばらしかった。ピアノの技巧だけならば、来日している高名なドイツのピアニストに習えばいい。しかしわざわざベルリンに来たことの意味は、むしろ聴衆の意識を知り、その雰囲気を体験することにあったのかもしれない。日本ではそうそう味わえないオペラの妙味

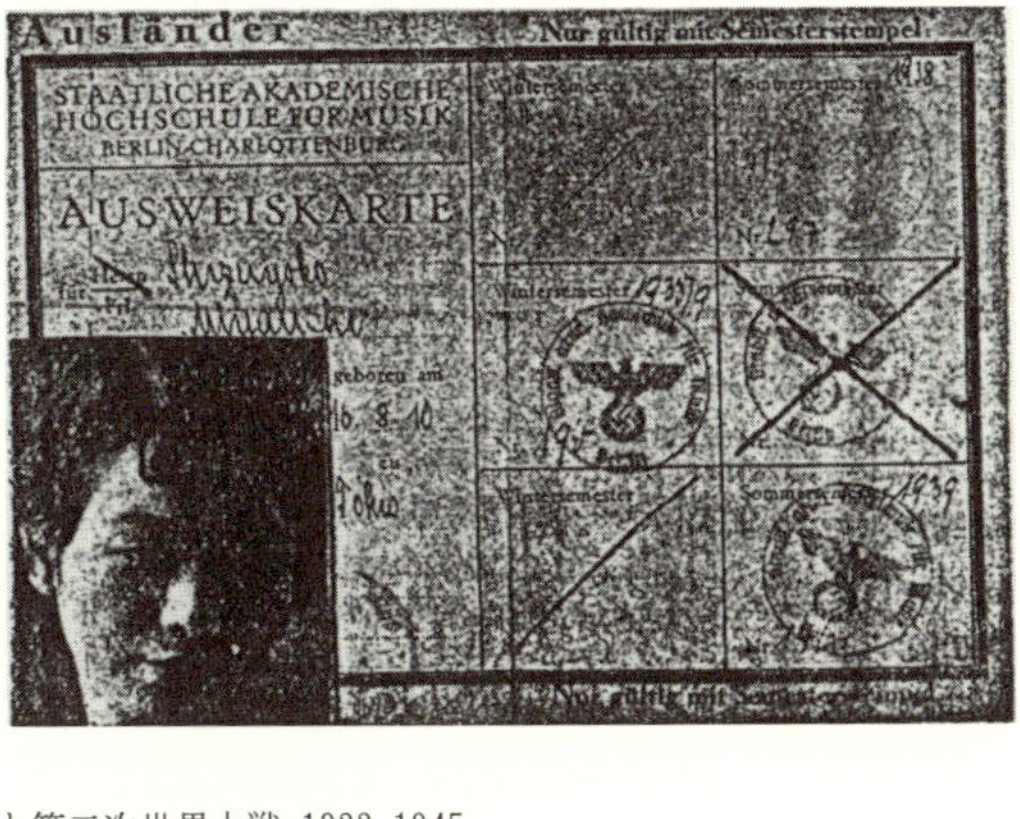

★宮内鎮代子のベルリン国立高等音楽院の学生証(宮内鎮代子『独逸だより』敬文堂書店、一九四三年)。

も、ベルリンでは何度となく味わうことができた。田中路子の招待で、レヴューを見に行ったこともある。

こうして音楽会やオペラに行き、恵まれた環境を提供されている宮内にも、ベルリンの日常の困窮はひしひしと感じられた。「物資がないのです、いくらお金を出してもよい果物など手に入らぬのです、恐ろしくいやな処！　普通の家庭では、バタが一週間一人あたり百瓦といつた様に切符制度で、多く手に入らぬのです。ジャガ芋と菜をすつたもの、それに卵が一つつけば上等といはねばならぬ、この為人々の顔は蒼ざめて、非健康そのものです。これは冬の五ヶ月、日光が出ないのにもよるのださうですが、ドイツはおそろしい負け方をしたものです」（『独逸だより』敬文堂書店、一九四三年）と宮内は両親への手紙に書いた。

六月一日、宮内は首藤氏の家を出て、グルーネヴァルトのドイツ人宅に引っ越す。そこから毎日のように高等音楽院やティーアガルテンにあるシュミットの家に通っているうち、夏休みとなった。七月からはいよいよポツダムのマルモア・パレで講習がある。「ベルリン‐ポツダムとハイフンでつなげて書かれていた戦前のポツダムは、ベルリンからつい一足先」（『ピアニストの20世紀』非売品、一九九九年、「瀧崎鎮代子」に結婚後改姓）だったのだ。ケンプについたのは、四人のドイツ人と一人のカナダ人と二人の日本人だった。宮内ともう一人、お茶の水付属高等女学校の先輩、有田竹子である。またここで、宮内は憧れのフィッシャーの授業を見学することもできた。

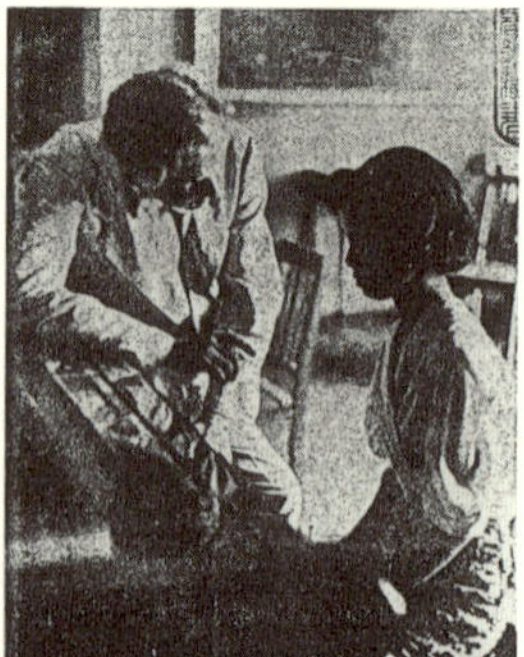

★ヴィルヘルム・ケンプに直接指導を受けている宮内鎮代子。一九三八年七月ポツダムのマルモア・パレでの講習会にて。宮内によれば、バッハのプレリュードを弾き終わり、ケンプが『こゝはタンツだ――あなたのひくのではライツが足りない、ライツという語を知つてゐますか』と云ふので、私が『ja』と答えた処」だという（宮内鎮代子『独逸だより』敬文堂書店、一九四三年）。

ベルリン生活の終わり

当時のドイツは、アドルフ・ヒトラーの写真が「レストーランにでも、停車場でも、どこにでも、そこにでも貼つてあつて、おそろしい程の偶像崇拝」(『ピアニストの20世紀』)だったと宮内は書いている。オーストリア併合のお祝いとして、ウィーンのフィルハーモニーがベルリンに来て演奏したことがあったが、この時宮内の目に入ったのはヒトラーで、彼は「至つて気安く隣のゲッベルスとさゝやき合つたりしながら、右手を肘から上げては『ハイル〳〵』に気軽く応へて」(『ピアニストの20世紀』)いたという。年末には、ドイツにとって今年が「ヘルリッヘス・ヤール」(すばらしい年)だったと語るゲッベルスの放送が国内と隣国へ中継された。「独逸は常に、Nein と否定されることを ja へと持ち運んだのでした。この努力、この不屈の精神は、ドイツで学ぶ私の、この九ヶ月余の努力——それは、私にはいつでも最大の努力の様に思へたのでしたが——に比べると何と大きい事でせう。ヒットラーの仕事から考へると、私の力など何とさゝやかな事でせう。このドイツで勉学する私は、このヒットラーの発展法を収得して帰らねばならぬ事と存じます」(『ピアニストの20世紀』)と宮内は感激の面持ちである。この年にドイツに居合わせた人間が、なんらかの高揚感を覚えたとしても不思議ではない。ドイツ国歌とハイル・ヒトラーが鳴り響く中、宮内の胸にはそれに呼応するかのように君が代が鳴り響いていてもいたのだろう。

しかし一九三九年九月、第二次大戦が勃発する。宮内はせっかくの留学を途中で切り上げなければならなくなる。宮内はこの頃にはポツダムに移り住んでいたのだが、ベルリン

★宮内が知遇を得たドイツ楽壇の巨匠四人の写真とサイン。左からヴィルヘルム・ケンプ、エトヴィン・フィッシャー、ヴィルヘルム・フルトヴェングラー、ゲオルク・クーレンカンプ(瀧﨑鎮代子『ピアニストの20世紀』非売品、一九九九年)。

の日本人会からの電話で、明日にでも発つように言われたのだ。宮内は宿を引き払い、大使館がおさえてくれたベルリンのヴィルマースドルフの宿に移った。「ベルリンでは男性たちさえも気が立っていて、そこ、ここで、すぐ喧騒が起こりかねない。日が暮れれば市中の照明という照明は消されて、幾本ものサーチライトが天空を交叉して迎え撃つ英軍機を撃たんばかりの態勢でジーゲスゾイレの女神像がときどき度ぎつく反射する」(『ピアニストの20世紀』)と宮内は回顧している。こんな折にも音楽会は開演されており、空襲警報が鳴れば皆で地下室に降り、解除を待ってまた出てくるという具合だった。ただ食料品は欠乏しており、「パンは真黒で不味く、カツレツにする豚は二週間に一ト切れ、石けんは一週に一個、靴などは一足しか認めず、破損すると警察の証明書を貰って買いに行く」(『ピアニストの20世紀』)のだった。

宣戦布告のあとは、ニュースの合間に何回となくシュミット作の航空兵マーチが放送された。最後の夜、宮内は灯火ひとつない大通りにたたずんだ。中央には戦勝記念塔が見える。この大通りはやっとこの四月にヒトラーの誕生日にあわせて竣工したばかりだった。だがシュミットはめげず、「この暗い街、なんと古典的ではありませんか、わがモーツァルト、ベートーヴェン時代の夜は、おそらくこんなだった。何と、情緒的な！　よい作曲もできた筈だ」(『ピアニストの20世紀』)と楽天的なセリフを吐いてみせた。

「在学記念に白地に黒くそしてシュテンペルをおしたプロイセン独特の卒業証書をもらうことはもう決してむずかしいことではな」かったのにと宮内は心残りである。「芸術精進のため、こうして、女の身で単身海を越えてくることは容易な覚悟ではなかったのである。学成らずば、たとえ、異国に屍をさらすとも、後へ退かぬのは、文化の戦場に身を捧ぐべ

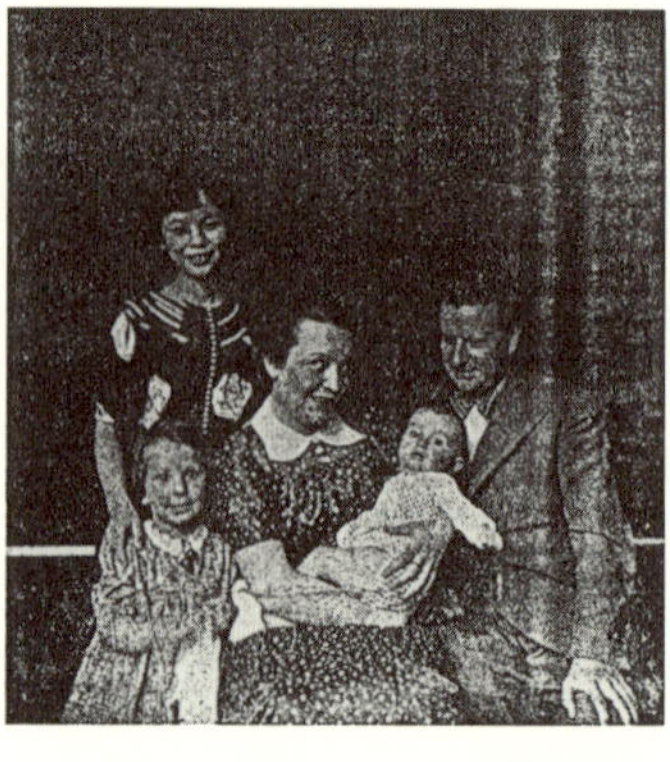
★ベルリン国立高等音楽院のルドルフ・シュミット教授一家と宮内(宮内鎮代子『独逸だより』敬文堂書店、一九四三年)。

き我等平和の闘士の魂ではなかろうか」（『ピアニストの20世紀』）と考え、彼女はドイツに残る決心さえする。しかし在留邦人たちはどうあっても彼女に帰国を勧めた。

九月九日、宮内はアンハルター駅から出発し、ナポリまで行って箱根丸に乗った。戦災を避けて箱根丸に乗る日本人は多く、パリのコンセルヴァトワールで学んだピアニストの草間（安川）加壽子も乗ってきた。アメリカを経由して日本に着いたのは一一月一八日であった。年あけ早々、ドイツ留学の成果を示すため、軍人会館と華族会館でリサイタルを開いた。おおげさなことは避けたかったので、派手なリサイタルにはならなかった。宮内によると、軍人会館はホールの大きさがベルリンのベートーヴェン・ザールに通じるものがあり、華族会館はドイツの個人のお城で開かれるプライヴェートなかんじを漂わせていたから選んだという。

宮内は一九四〇年四月から東京音楽大学に復帰して教務嘱託となり、一九四一年四月からは講師、一九四四年二月から助教授、一九四九年六月から東京芸術大学の職員を兼任して、一九五二年に正式に東京芸術大学の教員となった。その後、宮内（瀧崎）は一九六二年と七五年、八四年にベルリンを再訪している。かつて住んでいたグルーネヴァルトの家が、当時と同じドゥグラス街一一番地にたたずんでいたことは、彼女を喜ばせた。「そこから六分歩けばグルーネヴァルトのSバーンの駅で、朝に夕にこの道をホッホシューレとシュターツ・オーパーその他の音楽会場に通う以外は、私はここの部屋で、シュタインヴェーのピアノの鍵盤が温かくなるまでさらったものだった」（『ピアニストの20世紀』）と、彼女は振り返る。そして「苗床のような、温室のような日本の楽界」と、「大自然のような」（『ピアニストの20世紀』）ドイツの楽界を、今さらながら考えずにはいられないのだった。

（和田桂子）

★一九三八年から三九年にかけて宮内が住んでいたグルーネヴァルトの家と宮内の部屋。家賃は一ヵ月一五五マルクでピアノは常時弾け、風呂は毎日入れるという条件のいいところだった（宮内鎮代子『独逸だより』敬文堂書店、一九四三年）。一九九一年、宮内がベルリンを再度訪問した時、昔の姿を留めているのに感激し、住人に頼んで中を見せてもらったという（瀧崎鎮代子『ピアニストの20世紀』非売品、一九九九年）。

芳賀檀（1903-1991）――空襲をみつめるユダス

精神の世界都市

ベルリン大学教授エードゥアルト・シュプランガーによる「ベルリン――精神の世界都市として」（『文芸』一九四一年五月）は、世界的視野に基づいたベルリン特有の「創造的精神」を問うた文章である。この中でベルリンの「精神」の中心として挙げられているのが、一八〇九年創設のフリードリヒ・ヴィルヘルム大学（ベルリン大学）だった。

シュプランガーは、世界で初めて独立した哲学科を設けたベルリン大学が、ヘーゲルの教授就任（一八一八年）などを経て、都市の「精神の領域」を形成したと主張し、「大学」「工場」「参謀本部」などを念頭に置きながら、「そこでは『個人』は全体に奉仕する。しかしそれは魂のない奉仕ではなく、創造力と責任にみちた奉仕である」と主張している。続く文章には、「偉大なる孤独者が協同体への奉仕に足を踏みだしたときにのみ、驚異は成しとげられるのである」とも記された。「偉大なる孤独」は「全体」性への必須条件だった。

教育学・文化哲学を専門としたシュプランガーは、ヴィルヘルム・ディルタイの直系に属する「生の哲学」の学者であり、日独文化協会主事も務めた。一九三六年一一月から約一年間は、日独交換教授として日本各地で八〇回余りの講演を行った人物である（シュプランガー『文化哲学の諸問題』小塚新一郎訳、岩波書店、一九三七年を参照）。この来日中だったシュプラ

★エードゥアルト・シュプランガー『文化教育学研究』（小塚新一郎訳、刀江書院、一九三五年）に収録されたシュプランガーの肖像写真。写真の下にある一九三七年五月七日付のサインは、同志社大学図書館蔵『文化教育学研究』の見開き部分に記されたもの。日独交換教授としてシュプランガーが来日した時のサインと考えられる。

ンガーと親しく話す一人の日本人がいた。芳賀檀《はがまゆみ》である。

芳賀は、東大独文科を卒業した翌一九二九年からベルリン大学に籍を置き、このシュプランガーのもとで学んだ（一九三三年前後まで在独）。それから約一〇年後の一九四一年三月、再び彼は日本学徒代表として渡独し、日本語や日本文化について講演などを行うためにベルリン大学に身を置いた。その直後の一九四一年六月、独ソ開戦でドイツ国内に足止め状態となったが、のちに中立国トルコからソ連に入国し、シベリヤ鉄道を経由して、一九四二年八月に日本に到着している。その二度目のドイツ訪問が記された芳賀檀「戦ふドイツ国民」（『キング』一九四二年一二月）には、自らの師シュプランガーとベルリン大学の学生との「美しい」逸話が綴られた。

昨年六月二十七日、世界的哲学者として有名なエドワード・シュプランガー教授が六十回の誕生日を迎へた時、先生が朝目をさまされると、朝早く自分の家の窓の下に男女の学生が集つてお祝ひの歌をうたつてゐた。（略）――教授と学生との間が如何に美しいかがわかるではありませんか。

芳賀檀「ドイツの指導者教育」（『中央公論』一九四二年一二月）によれば、この二度目のドイツ訪問は、「ドイツの人間を見るといふことが主願」だったようだ。この中で芳賀は、「個人の最も深く高い成熟と、国家の意志との幸福な出会」いの場所として、先に見たシュプランガーの論文と同様に、ドイツの学校に言及し、「それらの学校をまた施設を見た者は今迄僕らが考へてゐた学校とか教育とか言ふものに関する概念を全く変へなければならなか

★日独友好の役目を果たしたのは、芳賀のような人物だけではなかった。一九三八年に日独伊親善芸術使節として渡独したのは、宝塚少女歌劇団である。図版は、一九三八年一一月二〇日から二三日まで、国民劇場で行われた宝塚少女歌劇団ベルリン公演の様子。この写真を収めた『日・独・伊親善芸術使節渡欧記念アルバム』（宝塚少女歌劇団、一九三九年）のキャプションには、「『宝塚音頭』を踊る絢爛の舞台」とある。

つたであらう。それ等はみな実に宏大な美しい牧場か花園の中におかれてあつた。（略）あらゆる世間からの束縛から切り離されて、あくまで彼自身の成熟に、性格の錬成を、戦ひを、たのしむことが出来るのであつた」と記している。

　そのあとも感動の日々は続いたようだ。芳賀檀「ドイツより帰りて」（『文芸』一九四二年一〇月）では、「ドイツの学生は、家庭生活などよりももつと学問の伝統を愛してゐるやうに見受けられます。戦地から休暇を貰つて帰ると、家へ帰らないでまづ訪れるのは大学です」と再び学校について語っている。一九四一年一二月八日の太平洋戦争開戦（真珠湾攻撃）のときには、「夢心地でベルリン大学へ行つて講壇に上ると、学生たちは僕を待ちうけてゐて、一せいに拍手をしてくれました」と述べ、ドイツ人の「日本に対する信頼と感謝」の感情を、「涙ぐましい気持」で綴っている（「戦ふドイツ国民」）。このほかにも、一九四二年九月一一日付『読売新聞』「今日のラジオ」欄には、芳賀檀「戦時下のドイツ見たまま」の放送予定が記されている（夜の部、六時三〇分）。その放送でも右に挙げた内容が繰り返されたのだろう。

　先にシュプランガーは、共同体に奉仕する人間の条件として「偉大なる孤独者」であることを強調していた。芳賀の学校賛美からそれを見るのは、おそらく不可能であろう。しかし芳賀自身は自らを「偉大なる孤独者」と認識していた。その内実を探るためには、一九二九年からはじまる、芳賀の一回目のドイツ留学に目を向ける必要がある。

★芳賀檀「戦ふドイツ国民」（『キング』一九四二年一二月）には、ツォー駅近くの映画館ウーファ・パラストで、紀元二六〇〇年記念映画「燃ゆる大空」（東宝）が公開されたときのことが書かれている。その日は大島浩大使やゲッベルスが挨拶に訪れ、翌日の新聞には映画評として「武士道」への「賛美」が繰り返されたそうだ。図版はウーファ・パラストで、「満洲」のドイツ移民を描いた映画「あかつき」（一九三三年）が公開された時の様子（『独逸大観1937-38』日本電報通信社、一九三七年）。

孤独のはじまり

東大独逸文学研究会の『エルンテ』創刊号（一九二九年二月）には、留学前の芳賀が寄稿した「表現派より労働文学へ」が掲載されている。この文章は、東京帝大独逸文学会の機関誌『独逸文学研究』（一九二九年六月）に、芳賀檀「鉄中の人間其の他紹介」と改題して、詳細な加筆が施されて収録された。その文中で芳賀が述べる「労働文学」とは、プロレタリア文学とは一線を画すものであり、第一次世界大戦の「恐怖の虚無」から生まれた、ドイツ表現主義に続く、新たな文学ジャンルだった。つまり、「最早それは経済学的、概念的、社会学的な抜け殻ではな」く、「独自の純粋行為としての文学」であり、「個人の目的」は消滅し、「精神的動きへの Dienst」（奉仕）が実践されるのである。芳賀は自分が評価する「労働詩人」「ハインリッヒ、レルシユ」について、「革命詩人でもなく、政治詩人でもなくプロレタリア詩人でもない」といっている（ただし論中で芳賀が翻訳した「労働文学」には明らかなプロレタリア詩も見受けられる）。

ベルリンに到着した芳賀は、自らの思い描く「労働文学」を追い求めた。ベルリンから寄稿された「新興独逸の傾向について」（『エルンテ』一九二九年一二月）では、当時ドイツで発生した「新唯物派」（Neue Sachlichkeit）に引きつけて労働文学を擁護し、ピスカートル演出のアジプロ演劇「ベルリンの商人」を批判している。また、「伯林通信」（『エルンテ』一九三〇年七月）でも、ピスカートルや「日本のプロレタリア文学」を酷評し、「F氏等もこの意味で哀れむべきヂヤーナリストでした」と揶揄した。おそらく「F氏」とは、この時期に渡独

★芳賀檀「ハンス・カロッサ」（『文芸』一九三八年二月）によれば、一九二九年に留学したとき、芳賀はカロッサと知り合いになり、「精神の世界の花園の様なあの気圏」に触れたのだという。帰国後に芳賀はカロッサ『指導と信従』（建設社、一九三七年）を翻訳した。また一九三七年から約二年間ドイツに滞在した高橋義孝は、「ツォー駅の裏手に当る講堂」で行われたカロッサの詩の朗読会に出かけている（「詩人の朗読会」、『文学』岩波書店版、一九三八年四月）。図版は、芳賀檀「新世界文学の展望ドイツ」（『中央公論』一九三四年四月）に収められたカロッサの肖像写真。

していた左翼作家、藤森成吉だろう。

高田里惠子『文学部をめぐる病』（松籟社、二〇〇一年）は、この一回目のドイツ滞在で芳賀の経験した出来事を克明に論じている。それによれば、ベルリンからチューリヒ大学へと移り、さらにハイデガーやフッサールの哲学を学ぶためにフライブルク大学に移った芳賀のもとに、東大教授木村謹治から「冷酷な手紙」が届いた。「祭り」の日に到着したその文面には、「東大内部の情勢が変ったので君を教授に入れる可能性はなくなった」と書いてあるだけだったようだ。芳賀は「学閥との闘争三十年」（『新潮』一九五七年五月）を発表するまで、この「あまりにも低次元」（『文学部をめぐる病』）の恨みを持ち続けたのである。

この木村教授からの手紙が届いたあと、芳賀は憧れていたケルン大学教授エルンスト・ベルトラムを訪ね、絶望と孤独の淵から再生する。このベルトラムとの華々しい邂逅が描かれた、芳賀檀『古典の親衛隊』（冨山房、一九三七年）冒頭部分の「一切の祝典の只中に、私はひとり迷ひ込んだ乞食の如く貧しく慄へた」という文章について、前掲『文学部をめぐる病』は、この「意味不明ながらカッコイイ文章は、フライブルクの祭りの日に木村教授の手紙を受けとり狂乱したことを指していたのだった」と正確に指摘している。

この「あまりにも低次元」な「孤独」で、芳賀檀は転生した。ドイツからの帰国後に発表された、芳賀檀「風景二三」（『エルンテ』一九三三年一〇月）は、「Herrn Prof. Bertram gewidmet」というベルトラムへの献辞を持つ文章である。その中で、ユダ（「ユダス」）の裏切りを予感するキリスト（「私」）は、次のように「狂乱」した。

神よ。貴方に、最も近いのは、ユダスであるか、私であるか。貴方はユダを愛して、

★図版は、芳賀檀『古典の親衛隊』（冨山房、一九三七年）の箱。同書に収録された「別離——エルンスト・ベルトラム教授に」によれば、ベルトラムは、芳賀と初めて出会ったとき、「君は、曾て奴隷であつたことはなかつた」と第一声を発し、その言葉に対して、芳賀は「敗れ、欺かれてゐる者に対する慰め」を感じたのだという。

私を捨てようとされるのであるか。私は、ユダスを愛したと言へるであらうか。私は、ユダスの中に自分の恐るべき敵を見はしなかつたか。ユダス。——恐るべきものは、お前だけだ。だからこそ、私は彼を愛した。（略）神よ。貴方は、何れを、とられるのであるか。何れが。生くべきか。ユダス。お前は、私の生んだ最大の創造物であるかも知れない。力と力の対立だ。

東大教授の座をめぐる出来事を考えると、「私」と「ユダス」（裏切り者）が、それぞれ誰を指しているのかは明白だが、ここでは文体の変化のみを確認しておこう。右の文では、「労働文学」への希望を直接的かつ断言的に表明していた芳賀の筆致が、明らかに変化しているのである。ケルン大学教授ベルトラムはゲオルゲ派《クライス》の詩人でもあり、彼の主著『ニーチェ』（原著一九一九年）は学問であると同時に文学作品としても評価されていた。その影響が芳賀の言葉に存しているのは間違いない。前掲、芳賀檀「表現派より労働文学へ」には、「ゲオルゲの形而上学は消滅した」とも記されていた。だとするならば、一旦は否定したゲオルゲ派《クライス》が再び見出されたとき、何が生まれたのか。その内実を探る鍵は芳賀のベルリン体験に存在していた。

ナチスへの襲撃

芳賀が一回目のドイツ留学から帰国の途についたのは、ナチスが政権を取った後だった（芳賀檀「学閥との闘争三十年」を参照）。芳賀檀「非ドイツ的ナチス」（『帝国大学新聞』一九三三年六月

★日本海軍の軍艦「足柄」は、一九三七年五月にドイツを訪問し、ベルリンで日独軍隊による交驩式を行った。図版は、その交驩式で日本海軍吹奏隊がブランデンブルク門を行進したときの写真（右）と、この写真を収録した『独逸大観1937-38』（日本電報通信社、一九三七年）の書影（左）。

一二日）には、ヒトラー首相就任前後に行われたと推測される「選挙」の様子が記されている。選挙当日、芳賀檀はベルリンにいた。「明くればベルリンは雪だ。ブランデンブルグ、トーアに吹雪がしきる。その中をりうれうたる軍楽を先にし、鉄青団一万人の行進だ」「パーペンが先頭に立つ」。ちなみにこの日、ケルンに帰った芳賀は、選挙に勝ったナチスの「大デモンストレーション」も目撃している。右の「パーペン」とは、一九三三年一月にヒトラー内閣副首相に就任した人物である。このようなナチス・ドイツの光景を想起しながら、一九三三年五月の焚書事件に激怒する芳賀檀は、ナチス（「N・S」）批判へと筆を進める（この文は、ナチスに対して日本の知識人が抗議した「学芸自由同盟」の関連のものと推測される）。

私はドイツの生んだ最大の天才達を排撃するヒットラーのドイツ化運動なるものが、Panik に乗じて愚民達を迷はす所のカーネバルとならない事を望んでゐる。（略）私達の求めるのは非ドイツ的なるN・Sのルネツサンスではなくして、精神文化に輝くゲーテの、ヘルデルリンのルネツサンスである。

この文章によって、芳賀のナチスへの〈抵抗〉を立証することもできるだろう。しかし、この文の直前に、次のような言葉があったとすればどうだろうか。補足しておくと、以下の文中で「ニイチエ」は、先の「ヘルデルリン」と同様に「深くドイツ的」作家と規定されていた。

ニイチエは愛すればこそドイツを憎んで、ドイツへ帰らうとはしなかつた。そこに、

★芳賀が二度目のベルリンに滞在していた頃、邦正美は『モダン日本』（一九四一年一二月）に「現地通信伯林秋の話題」を寄稿し、女優の田中路子とドイツの国家的俳優ヴィクトル・デ・コーヴァとの結婚を報じた。だが、それは通常の結婚ではなかった。邦正美『ベルリン戦争』（朝日新聞社、一九九三年）によれば、ナチスの人種政策によって、路子が子供を産めないように手術をさせられ、その後に結婚が許可されたのだという。図版は、薩摩雄次『欧洲の首都伯林より』（皇国青年教育協会、一九四二年）に収録の「全婦人の恋人ヒットラー大総統」と題する写真。当然、この「全婦人」に日本人は含まれていない。

彼の、「憎しみの愛」の悲劇がある。彼にとっては「良きドイツ的である事は、非ドイツ的となる」事でしかなかった。

この二つの引用文は奇妙な関係にある。前者は「非ドイツ的」であるために批判され、後者は「非ドイツ的」であるがゆえに肯定された。実は、この憎悪と愛情の同居する文章で、芳賀は「N・Sはユダスである」とも語っている。先に見たように、芳賀檀「風景二三」では、「神」への救いを求める偉大な孤独者（「私」）が、「ユダス」を裏切り者と考える自分自身を相対化し、真に「私」が「ユダス」を愛したかと自問した。そのとき「恐るべき敵」ユダスは、「愛」すべき対象へと変貌し、「最大の創造物」となった。とするならば、芳賀檀「非ドイツ的ナチス」は、憎悪の対象であるナチスが、賛美の対象に変貌することを、十分に予感させる文章でもあったのである。ちなみに、こうした奇妙なねじれと呼応するように、ナチスを批判しながらも、ヒトラー内閣副首相「パーペン」について、その「誇り高い」姿の「ドイツの悲劇的要素を愛する」と、芳賀は密かに記していた。

「朝日時局新輯」の一冊として刊行された、芳賀檀『ドイツの戦時生活』（朝日新聞社、一九四三年）は、二回目のベルリン体験が記された本である。この中で主張されたのは、ドイツの「戦時下の組織の立派さと完全さ」であり、「司令された合理的な生活」だった。芳賀は「統制外に生きるといふことは結局『私』に生きる事」だ、と述べ、「ガダルカナルは東京湾に通ず」と悠長に語る日本人に対して、近隣国と戦うドイツの「銃後即ち戦場」という切迫した精神を賞賛している。「戦ひ即ち文化」だ、と。

芳賀檀「非ドイツ的ナチス」で批判されていたのは、ドイツの偉大な作家たちの書物を

★芳賀は長い間ドイツにいて、ドイツ軍と日本軍の「血縁の近さ」を感じていた（「ドイツの陸軍」、『時局情報』一九四三年一〇月）。こうした感覚は特異なものではない。鳩山一郎も、ヒトラーと会見した際に「ナチスの精神と日本の武士道は酷似してゐる」と挨拶している（「欧洲政治家の印象」、『中央公論』一九三八年三月）。図版は、独ソ開戦後のドイツを脱出し、「満洲」へたどり着いた芳賀檀（左）と、日本文学講義のために渡満していた作家の中河与一（右）。「満洲」で発行された雑誌『芸文』（一九四二年一〇月）の座談会「世界の文化と戦争を語る」に掲載されている。

焼き払う、ナチスの自惚れた姿勢だった。その文中では、「彼」（＝ニイチェ）について、「浅薄なる自己満足の感情程彼を怒らせたものはない」とも記されていた。「統制」に生き、前線の兵士と同じ気持ちで、「銃後」の日常を「戦場」と考える「精神」は、（芳賀を裏切った東大教授のような）「浅薄なる自己満足の感情」とは無縁なのである。こうした発想は、最初に見たベルリン大学の風景にも通じている。戦地から帰った学生が、「家へ帰らないでまづ訪れる」大学は、「戦ひ即ち文化」を体現する特異な場所にほかならなかった。

だが言葉は横滑りしてゆく。彼は敵機の空襲にあうベルリンを次のように見ていた。

　併し僕ら外国人たちにとつては敵空襲はなか〱美しい観物であつた。何百本かの探照燈の交錯、様々な高射砲や光弾の爆発など、むしろ花火の様である。終ひにはもう馴れてしまつて、空襲がやつて来ない晩など何か物足らなくて困つた。

「浅薄なる自己満足の感情」を批判した芳賀檀は、「閃々とした火花が雲に映じてまるで夏の遠雷を眺めてゐる様な気持である」とも記している。芳賀は「精神の世界都市」ベルリンで、友情や信頼の確立を実感し、朗らかにナチスを賛美した。しかし爆撃されるベルリンの夜空の下に現れた芳賀檀の「精神」は、そのナチスの全体主義思想からも限りなく遠い。そして、ナチズムと無関係であるがゆえに一層不可解な存在ともいえる。さしずめ芳賀は「最大の創造物」と自らが呼んだ「ユダス」に転生していたのかもしれない。

（西村将洋）

★芳賀檀「伯林に於ける近衛秀麿子」（『音楽公論』一九四三年八月）によれば、二度目のベルリン滞在中、芳賀は指揮者の近衛秀麿（近衛文麿の弟）と多くの時を過ごした。その近衛がベルリンを脱出し、米軍の捕虜となったのは一九四五年四月のことだった。近衛は『幽囚日誌』（『風雪夜話』講談社、一九六七年）に、「日本の将来の為に毎日祈りを捧げながら平和到来を待とう」と記し、同年六月二八日の項には、『リーフレット』の稿作る／『日本国民に告ぐ』東京の空から撒く予定」と書いた。図版は、太平洋戦争の終戦直前に、日本上空で散布された「日本国民に告ぐ」（国立公文書館蔵、資料名「米軍撤布の伝単」）。

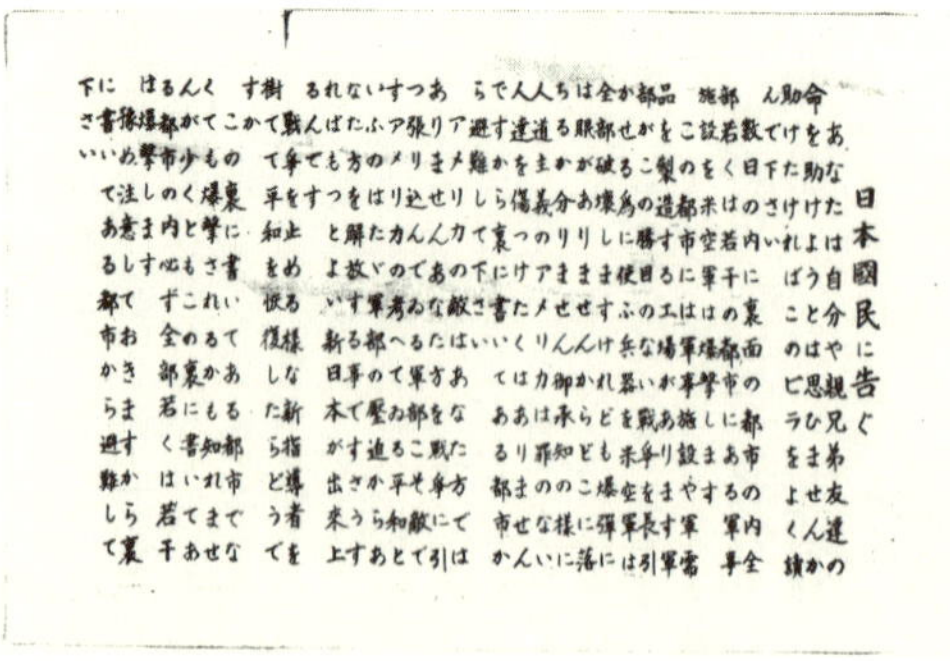
日本国民に告ぐ

田辺平学（1898-1954）——空襲下の防空見学

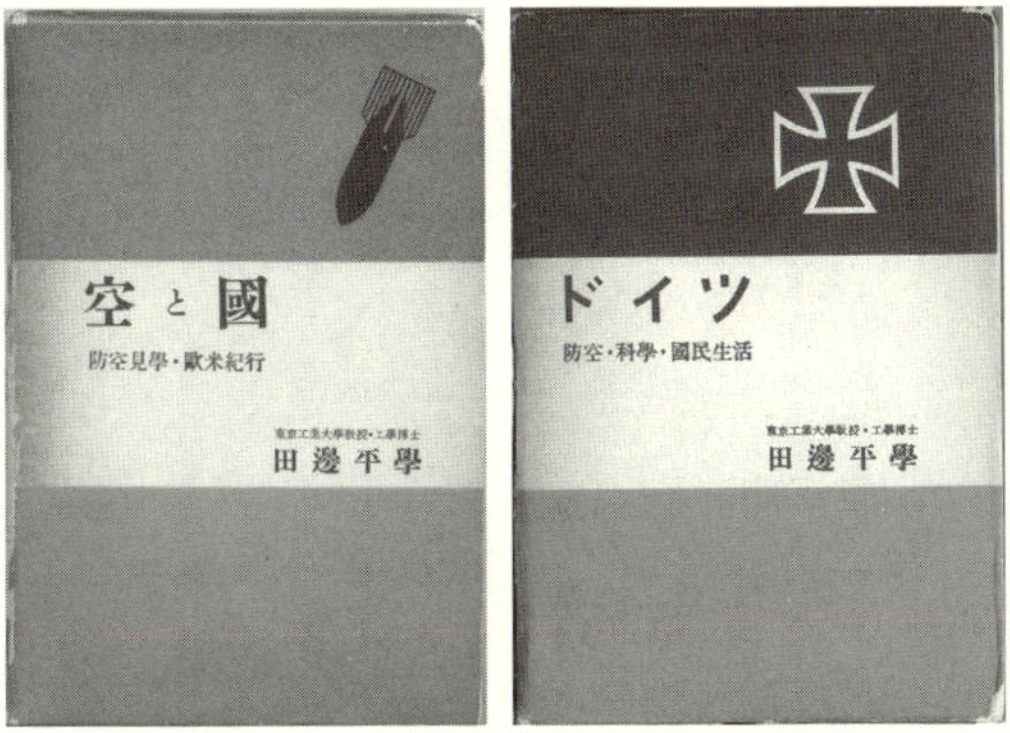

★田辺平学がドイツから帰国後の、一九四二年と四三年に相模書房から出した、『ドイツ——防空・科学・国民生活』と『空と国——防空見学・欧米紀行』の箱。

第一次世界大戦後のドイツ

東京工業大学教授で建築学者の田辺平学《たなべへいがく》が、戦時下のヨーロッパの防空施設を調査するために、東京を出発したのは一九四一年四月中旬のことである。第二次世界大戦は二年前の九月一日に、ドイツ軍がポーランドに侵攻して始まっていた。ドイツ軍はその後も、ノルウェーやデンマーク、ベルギーやオランダ、フランスやルクセンブルクに侵攻して、ヨーロッパの地図を大きく塗り替えている。出発直前の四月六日には、ドイツ軍がギリシャとユーゴに侵攻したというニュースが伝えられた。独ソ戦が間近いという予測も、日本で流れている。田辺は同僚の教授に、「里見八犬伝を持ってドイツへ行かれたらどうです」と勧められたらしい。シベリヤ鉄道が途絶して帰国できなくなったら、ドイツ語訳に気長に取り組めという冗談だった。

ヨーロッパから帰国する一〇月中旬までの半年間に、田辺は見聞したことを七冊のノートに書き記している。そのノートをもとに執筆したのが、『ドイツ——防空・科学・国民生活』（相模書房、一九四二年）と『空と国——防空見学・欧米紀行』（相模書房、一九四三年）という二冊の本である。ただし田辺が描いたのは、一九四一年の欧米の状況だけではない。二〇年前の一九二二年に、彼は東京帝国大学建築学科を卒業して、神戸高等工業講師になった。

その年の秋に田辺は、鉄筋コンクリートを研究するためにドイツに留学し、ベルリンとドレスデンに二年間滞在した。二〇年前の回想や、古今の比較が、前者には現れている。

マルクの下落は一九二二年八月から始まるが、田辺がドイツに向けて日本を出発したのは、その翌月の一九日だった。マルクの下落は急ピッチで、船がコロンボを通過する頃には出発時の一〇分の一になる。ベルリンに到着してみると、不夜城のパリとはまるで違って、電力節減のために市内は暗かった。各地でストライキが続発し、強盗や殺人の記事が新聞を賑わし、自衛のためピストルを携帯する日本人も出てくる。一九二三年一月にドイツが石炭の引き渡しを拒んで、フランス軍とベルギー軍がルール地方を占領すると、事態は一層悪化した。ドイツ到着時に一円は四〇〇〇マルクだったが、二億マルクにまで暴落してしまう。失業者が続出して治安は悪化した。田辺もドレスデンのレストランで食事中に、「暴徒に襲はれ」て逃げ出したことが三回あったという。マルク相場が安定し秩序が回復するのは、一九二三年末になってからである。

だが田辺はベルリン生活を嫌っていたわけではない。街路は暗くて、人々の服装も質素だったが、「蛮的なところが第一に頗る」気に入った。一九二三年三月まで在籍したベルリンの材料試験所では、ドイツ最大の設備に目を見張っている。彼は研究のかたわら、市内の建築を見て回った。中心部〜東部・北部の旧市街は古いルネサンス様式で、西部・南部の新市街と対照的である。鉄筋コンクリートの建物はほとんどなくて、まだ在来の煉瓦造りだった。しかし新市街の住宅設備は「到れり盡せり」で、自動エレベーターが設置され、上下水道も完備している。「我国の所謂『文化住宅』に見る様なやすっぽい家具」は見当たらず、プライバシーも守られている。

★ベルリン材料試験所がベルリン工科大学の一部として創立されたのは、一八七〇年のことだった。その九年後には独立機関となり、一八八四年に工科大学と共に、ベルリン郊外のシャルロッテンブルクに移転している。図版は、田辺平学『ドイツ——防空・科学・国民生活』に収録された、ベルリン材料試験所の全体図。

ベルリンで火事を見たときには驚いた。八百屋の二階から火が出て、消防隊が駆けつけてくるが、野次馬は五～六人しかいない。八百屋も逃げる様子はなく、平然と営業を続けている。消防夫の間を縫うように、主婦も買い物をしている。「焼けぬ材料で造つた家に住む者」と「薪で造つた家に生命財産を託してゐるもの」、すなわちドイツ人と日本人との差異を、田辺は目の当たりにしたのである。日曜日に休む習慣も気に入った。「六日間うんと頑張つて一日息を抜くと云ふドイツ式の勉強法を、学生生徒諸君にもお奨めすると共に自分でも実行しやうと心掛けてゐる」と、彼は記している。

一九二三年四月から田辺は、ドレスデンの材料試験所に移る。同じくベルリン留学中の東京工高の土居松市教授から、ゲーラー教授に師事するように勧められたからである。ゲーラーの著書『ラーメン』を精読した彼は、ベルリン材料試験所のブルヒアルツ教授に紹介状を書いてもらい、複数の研究題目案を記したノートを携えて、指導してくれるように懇願する。ゲーラーはこの申し出を受けたが、研究題目案はすべて落第だった。ドイツですでに研究済みだったからである。ゲーラー教授から「コンクリートのポアソン数決定」というテーマを与えられた田辺は、その後の八ヵ月間で実験をまとめている。一九四一年に彼はベルリンやドレスデンを再訪するが、以前のように驚いたり感激することはなかった。日本国内の研究が二〇年前に比べて、それだけ進展していたからである。

第二次世界大戦下の国民生活

一九二二年にベルリンを訪れるとき、田辺平学は欧州航路を利用した。一九四一年の再

★一九四一年六月二一日に田辺平学は、懐かしいゲーラー教授の私宅に招かれて、再会を祝した。『空と国――防空見学・欧米紀行』(相模書房、一九四三年)に収録された写真には、ゲーラー教授(左端)と歓談する田辺(左から二人目)の姿が写っている。

訪時には、往路はシベリヤ鉄道を使っている。ベルリンに到着する直前の国境で、彼はドイツの戦時体制に直面した。五月一日の深夜に、ソ連とドイツ（旧ポーランド領）の国境のマルキニヤ駅に着いたとき、税関で二日分の食料切符を渡されたのである。ベルリン到着後に最初に行かなければならないのは外国人食料局で、パスポートを見せると一週間分の食料切符がもらえた。さらに居住先を決めて警察に届けると、滞在者用の一ヵ月の食料切符を受け取れる。ドイツでは長期戦を覚悟して、開戦初日から食物の統制配給を行っていたのである。

レストランでメニューを見ると、料理名と値段の下に、必要な切符の数量が記されている。たとえばドイツ・ビフテキの場合は、肉類切符一〇〇グラム分と調理用油二〇グラム分をとられた。入国当時の肉類切符は一週間で五〇〇グラム、独ソ戦開始後は四〇〇グラムだから、日本料理店ですき焼きを食べると、週の後半は野菜だけになってしまう。火曜日と金曜日は肉なしデーで、レストランでは切符がいらない魚料理を提供している。もっとも鱈と鰈くらいしかなくて、塩味で煮た鱈はまずかった。アルコールは配給制ではないが、煙草は行列しないと手に入らない。衣料品も切符が必要で、下着や靴下などの消耗品を購入するとなくなる。三軒の日本料理店（日本人会、あけぼの、東洋館）の存在は日本人にはありがたく、魚がメインの日本料理を口にすることができた。

ベルリンの日本人社会の力は、二〇年前に比べて、大きくなっているように田辺には見えた。裏通りにあった日本大使館が、ティーアガルテン沿いの大通りに移転している。ハンブルクにしかなかった正金銀行支店も、ベルリンに移っていた。日本人会も立派な建物に引っ越している。ただし第二次世界大戦開戦後の、在留日本人数が多かったわけではな

★一九四〇年五月に訪伊親善使節団代表としてイタリアを訪れた佐藤尚武は、帰途にベルリンに立ち寄り三週間ほど滞在している。「最近のイタリア及びドイツ」（『婦人之友』一九四〇年一〇月）で佐藤は、ドイツ政府が一行のために接伴員をつけ、様々な要望に応じてくれたと述べている。しかし食事は切符制で、肉類は一週間で四五〇グラム、切符なしではホテルでも食事ができなかった。商店も品薄で、同行者が有名な鞄屋に入ったが何もない。ショーウィンドーに展示してある旅行鞄を譲ってほしいと交渉したが、規則だからと応じてくれなかったという。写真は肉類用の食料切符で、田辺平学『ドイツ――防空・科学・国民生活』に収録されている。

い。一九四一年当時の大ドイツ領土内の大学には、五六ヵ国の国籍をもつ四六三八人の留学生が在籍していた。日本人留学生数は、五六ヵ国中の一四位である。しかしそのほとんどは日独交換学生だった。二〇年前の「高等専門学校大増設時代」のように、「出る船も出る船もドイツに向ふ文部省在外研究員を満載してゐた」という盛況は、過去の思い出話になっていたのである。

戦時体制は食料切符だけに現れていたのではない。本場のドイツで購入しようと思っていたライカやコンタックスは、外貨獲得のために輸出に回されて、国内販売が禁止されていた。郵便物のチェックは厳重で、絵葉書や二重封筒は使えない。切手の裏の秘密通信を防ぐために、切手は郵便局員が貼っていた。外国に手紙を出すときは、パスポートを郵便局に持参しなければならない。検閲ももちろんあって、田辺が日本に出した葉書には、ドイツとイギリスの検閲の痕跡が残っていた。ドイツでは義務年限女中制度が施行されていて、国民学校を卒業した女性は、一年間の女中と、その後の一年間の女子勤労奉仕が義務付けられている。ベルリンの美術館はすべて閉鎖され、わずかにウンター・デン・リンデンの軍事博物館だけが開館していた。

約二〇年の間にベルリンの都市景観も変化している。二〇年前には存在しなかったものの一つは、どこまで走っても信号機がない国営自動車専用道路である。放送局の高塔やオリンピック競技場も、新しい光景だった。レニ・リーフェンシュタール監督が製作した記録映画「民族の祭典」で有名な後者は、都市の名所になっている。一九三六年のベルリンオリンピック大会のときの様子を、ガイドが一五分おきに場内を回って説明した。かつて田辺が「都市美に真に恍惚とした」ベルリンは、早くも都市大改造計画の対象になってい

★『ドイツ――防空・科学・国民生活』に田辺平学は、写真に写っているオリンピック競技場のガイドが、第一次世界大戦の傷痍軍人で、「殊勲甲の鉄十字章と三度戦傷の名誉ある記章」を付けていたと記している。オリンピック期間中に燃えていた篝火の横の壁面には、優勝者として前畑秀子の名前が彫られていた。競技場は第二次世界大戦中は軍用に供せられ、田辺が訪れたときにも、スタンドの裏で軍楽隊が演奏をしていたという。

る。工場の都市集中や、人口の密集が、衛生・保安・交通の問題を引き起こしていた。防空上の観点から見ても、人口密集の危険性は大きかったのである。

ベルリンでは旧知の人々の運命も、歴史の波に流されていた。シュタット・パーク近くの昔の下宿を訪ねると、世話になった母娘が行方不明になっている。ユダヤ人だったので、どこかに追われたらしい。ユダヤ人の排斥は徹底していた。ナチスの政権獲得後にドイツ国内のすべてのユダヤ人は、名前の前に、男性はイスラエル、女性はサラと付けることが義務付けられている。大学に入学するときも、ユダヤ人でないことを証明する書類が必要だった。有名な「ローレライ」も、歌うことが禁止されている。作者のハイネがユダヤ人だったからである。

★ドイツ防空協会は、防空のポスターや漫画絵葉書などを製作して、防空思想の普及を行っている。写真は『ドイツ——防空・科学・国民生活』に収録された「少年と防空」のポスター。

ドイツの防空と空襲体験

ドイツでは一九三五年六月に防空法が発布され、空軍省が所管していた。東京工業大学教授として建築防空講座を担当する田辺にとって、ベルリンの防空システムは大きな関心事だっただろう。その意味で、駐在武官木原中佐を首班とする五名の調査団の一員に、内務省の伊東技師や久下事務官、東大の浜田教授と共に加えられたことは幸運だった。シベリヤ鉄道でソ連領からドイツ領に入るとき、田辺は国境のマルキニヤ駅で、ドイツの列車に乗り換える。その際にまず気になったのも、寝台車の灯火管制設備だった。廊下側の窓は、車内の光が漏れないように厚い布で遮蔽してある。翌朝になってよく見ると、窓ガラスの周囲には黒色塗料が七〜八センチの幅に塗ってあった。

ベルリン到着後に「大なる期待と好奇心」をもって見に行ったのは、ウンター・デン・リンデンである。田辺がドイツに来る直前の一九四一年四月一〇日に、イギリスの爆撃機が開戦以来最大の空襲に成功したと聞いていたからである。しかし現場を見た彼は「少なからずガッカリ」した。確かに最も被害が大きいという噂の国立オペラ劇場は、内部が焼け落ちている。しかし煉瓦造りの外壁はそのままで、翌年春には再開できるという話だった。他の建物は推して知るべしで、焼夷弾が命中しても、屋根裏が焼けたか燻った程度にすぎない。落胆すると同時に、田辺は慄然とした。ウンター・デン・リンデンの耐火建築街ならともかく、東京や大阪に同程度の焼夷弾が落ちたらどうなるのかと。

建築防空の研究の歴史は浅い。田辺によれば世界で最初の建築防空の本は、一九三四年に出版されたショースベルガー『建築防空』だという。ドイツでは防空研究が統制されていて、中心的な国立防空研究所を訪れれば、ほとんどすべての情報が得られるようになっている。新しい研究テーマや進行状況は、ここで知ることができた。また田辺は、ドイツに四五〇〇ある防空学校のうち、三校を見学している。そのうちの一つは大通り沿いの民家を買収した、中クラスの防空学校で、屋外の防火演習場では隣組の防火演習が行われていた。小屋のなかで、イギリス軍が使用しているエレクトロン・テルミット焼夷弾に点火して、防毒マスクを被った二〜三人が消火するという訓練である。

ドイツでは一九四〇年の秋頃から空襲が始まるが、一九四一年六月二六日現在のベルリンの空襲による死者は、三一二名と発表されていた。ベルリンの建物は煉瓦造りの耐火構造で、建築法により五階建てと決められている。ほとんどの建物には、避難用の地下室が備えられていた。道路の幅員も広いので、夜間の「盲目爆撃」を行っても、建物への命中

★『ドイツ——防空・科学・国民生活』に掲載されたこの写真の建物は、ウンター・デン・リンデンとフリードリヒ街の交差点の北西にあったHAUS DER SCHWEIZ（スイス館）で、足場を組み立てて修理している。田辺平学がこの写真を撮影した一九四一年当時には、交差点南西のカフェ・クランツラー、南東のカフェ・ウンター・デン・リンデン、北東のカフェ・ヴィクトリアと向き合っていた。四〇〇〜五〇〇発の焼夷弾を投下したというので、大通りの両側の建物にはよく命中している。それでもスイス館は、最上階の五階が被害を受けた程度だった。

率は低い。それまで七五〇〇発の焼夷弾が投下されたが、九割は火災になる前に消し止められたという。また空襲の被害は、国庫補償されることになっていた。田辺が滞在していたベルリンの下宿にも、大家が訪ねてきて、補償に備えて家具備品類のリストを作っていたという。

田辺自身が初めて空襲警報に遭遇したのは、一九四一年五月九日だった。午前一時一〇分に家人に起こされ、「待望(?)のものが遂に来た」と喜んだ彼は、五分間かけて洋服やネクタイを着用し、地下室に降りていく。避難してきた一四人のうちには、毛布を被って寝ている者や、雑誌を読んでいる者もいて、いかにも慣れた感じだった。この日は実際にはベルリンは空襲されず、午前三時四〇分に警報が解除されている。イギリス軍機の爆音を初めて聞いたのは五月一六日で、午前〇時五五分に空襲警報を聞いて着替えたが、地下室には降りなかった。高射砲音や、爆弾が落ちてくる音が、不気味に耳に響く。それでも「窓を開けて観戦」し「暗中手探りで記録を書き綴る」と書いているから、好奇心の方がはるかに勝っていたのだろう。

八月八日には成層圏飛行のソ連機が飛来して、スターリンの演説が印刷されたビラを散布したりした。ただ田辺が滞在した頃には、空襲の被害もまだそれほど拡大することはなかった。ベルリン最後の夜もイギリス軍機の空襲を体験するが、「実効よりも神経戦としての価値十分だと思ふ」と彼は記している。

それより一ヵ月半ほど前の六月二二日に、ラジオ放送はゲッベルス宣伝相の演説と、ドイツがソ連と交戦状態に入ったというニュースを伝えた。『空と国——防空見学・欧米紀行』によると、その翌日に見学を終えて下宿に戻ると、日本人たちが額を集めて帰国方法

★東京市麹町区大手町にあった日独出版協会から、『ドイツ』という雑誌が出ている。図版は、第二巻第六号(一九四一年七月二〇日)のグラフ頁「ドイツ軍ソ連を電撃す」に掲載された。ベルリンから電送された四枚の写真のうちの一枚で、「ソヴイエイト最初の捕虜」が両手を挙げている。同号の「編輯後記」によればこの雑誌は、『ドイツ公論』と『写真ドイツ』が合併改題した雑誌だという。

の相談をしている。シベリヤ鉄道が途絶して、帰国の見込みが立たなくなってしまったのである。七月一〇日になって日本郵船出張所で、リスボン〜ニューヨーク間の不定期ポルトガル船に乗船すれば、アメリカ経由で帰国する可能性のあることが分かる。日米間の情勢はすでに不穏だったが、田辺は一〇月一一日に東京に戻ることができた。

帰国後に書いた『空と国――防空見学・欧米紀行』の最後の節は、「『不燃都市』の建設を断行せよ！」というタイトルになっている。各地の講演でも、彼は防空建築の必要を説き続けた。その際にベルリンやドレスデンで見てきたドイツの都市防空が、彼の意識にあったことは間違いない。しかし田辺が評価したドイツの都市は、やがてイギリス軍機やアメリカ軍機の大規模無差別爆撃の前に崩壊することになる。ハンブルクは火の海となり、ドレスデンは火災旋風のために焦土と化し、ベルリンも壊滅した。日本の都市部が空襲のために焼け野原となるのは、その後のことである。

（和田博文）

★『空と国――防空見学・欧米紀行』によると、リスボン〜ニューヨーク間の船賃は一万一〇八〇エスクドで、平時の二倍以上だった。戦時の保険料が高かったためである。写真のポルトガル船はカルヴァルオ・アロウシユ号四四六九トン。以前に大西洋を渡ったときに五万二〇〇〇トンのイギリス船に乗船した田辺は、「何といふ貧弱な小さい船だ」「何かの間違ひではあるまいか」と驚いている。しかし船は「超満員」で、ユダヤ人が目立った。「今頃大西洋を渡る者は、外交官でなければ、ユダヤ人かスパイだ」という誰かが言った言葉を、彼は思い出している。

Ⅲ ベルリン事典

(1)ヴィンター・ガルテン(劇場)
(2)ヴェルトハイム百貨店
(3)ウンター・デン・リンデン(大通り)
(4)王宮
(5)オリンピック・スタジアム
＊地図の範囲外(西方)
(6)カイザー・ヴィルヘルム記念教会
(7)カイザー・フリードリヒ博物館
(8)カー・デー・ヴェー(百貨店)
(9)カフェ・ヴィクトリア・ルイーゼ
(10)カフェ・クランツラー
(11)カフェ・ゲイシャ
＊正確な位置不明
(12)カフェ・デス・ヴェステンス(西区カフェ)
(13)カフェ・バウアー
(14)カール・リープクネヒト・ハウス(共産党本部)
(15)カンマーシュピーレ(ドイツ座附属室内劇場)
(16)クーアフュルステンダム(大通り)
(17)グローセス・シャウシュピールハウス(劇場)
(18)ケンピンスキー(レストラン)
(19)国立劇場
(20)国立歌劇場
(21)国会議事堂
(22)ジーゲス・ゾイレ(戦勝記念塔)
(23)シュトゥルム画廊
(24)シュポルト・パラスト(競技場)
(25)ノイエ・ヴァッヘ(戦死者記念堂)
(26)ツォイクハウス(武器庫)
(27)ティーアガルテン(森)
(28)テンペルホーフ空港
＊地図の範囲外(南方)
(29)ドイツ座(劇場)
(30)独逸日本人会
(31)動物園
(32)東洋館(日本料理店)
＊この通りの21番地
(33)中管(日本人商店)
＊この通りの2番地
(34)a 日本大使館／b 日本大使館事務所
(35)ノレンドルフ広場劇場
(36)フィルハーモニー・ザール(コンサート・ホール)
(37)ブランデンブルク門
(38)フリードリヒ街
(39)フリードリヒ街駅
(40)フリードリヒスフェルデの墓地
(41)ペルガモン博物館
(42)ベルリン工科大学
(43)ベルリン大学
(44) ベートーヴェン・ザール(コンサート・ホール)
＊この通りの32番地
(45)ホテル・アドロン
(46)メトロポール座(劇場)
(47)ラインゴルト(レストラン)
(48)ルストガルテン(広場)
(49)レッシング座(劇場)
(50)ロマーニッシェス・カフェ

「ベルリン事典」で扱う 50のスポット

ヴィンター・ガルテン（劇場）（Dorotheenstrasse 16）

ヴァリエテとして有名なヴィンター・ガルテンは、もとはフリードリヒ街駅の向かいに建っていたセントラル・ホテルの一画にあった。その豪華で洗練された内装は、映画「ヴァリエテ」の舞台ともなった。藤森成吉は、「広い天井一面燦爛として無数の星が輝きわたり、『空には無数の星、地には道徳律』のカントの言葉を思はず憶ひ出させるやうな豪奢さだ」（『愛と闘ひ』竹村書房、一九四一年）と書いている。

武林文子がこのヴィンター・ガルテンで踊りを披露したのは、一九二九年四月のことであった。夫の武林無想庵によると、この月の出し物は、まずノルウェー人の軽業、ギリシャ人の力業、ハンガリー人の百面相、コーカサス人の四部合唱、大貫春子の歌、武林文子の踊り、そして熊の芸だったらしい。「楽屋の中庭でこの熊が稽古を一つすますごとに、角砂糖をもらって嬉しがっていました。楽屋はじつに整然と近代化され、機械化されていて、それ〴〵の部門との連絡は、正確の時間に、すべてベルだけで、人手を要さず、部屋々々の隣には、湯と水のでるシャワーが、そなえつけられてありました」（『むさうあん物語12』無想庵の会、一九六四年）と、無想庵は珍しい楽屋の様子まで書き残している。文子が「かっぽれ」を踊る八分の間、娘のイヴォンヌが締太鼓でバチをたたく真似をしていたが、一四歳未満の子供だからと警察に注意されて、出演できなくなったという。

文子のほかにも日本人の芸はよく披露されたようだが、秦豊吉によると「寄席の番付で最下等な処に出るのが日本人の曲芸で拙劣この上ないので、殆ど正視するに忍びな」（『青春独逸男』文芸春秋社出版部、一九二九年）かったらしい。

（和田桂子）

◇ヴィンター・ガルテンの一九二九年六月のプログラムと内部の様子を写した当時の絵葉書。

ヴェルトハイム百貨店 (Leipziger Strasse 126-130/132-137)

ヴェルトハイム百貨店は、アルフレット・メッセルの設計により一八九六年に建築された。その後増築・改築を繰り返し、一九〇四年にできたライプツィヒ広場に面する建物は、メッセルの代表作とされている。池谷信三郎は、「ラスキンであるならばこれを建物とは呼ばずに、正しく建築物と呼ぶであらうと思はれる、如何にも美術的な壮厳な石造建築物」(『池谷信三郎全集』改造社、一九三四年)と書いた。

ベルリンの三越ということで、多くの日本人がここで買物をしている。一九二七年四月二九日には、和辻哲郎が夏外套の出来合を買った。「一番上等ので、百三十五マーク、それになほし代三マーク、即ち六十九円」で、「日本であつらへると百円以上する」ものだったらしい。六月四日には、はやりの縁の広い帽子を買い、「安帽子でも伯林の流行に追ひついたわけだ」とご満悦の様子であった(『和辻哲郎全集』第二五巻、岩波書店、一九九二年)。一九二九年五月一三日には、新明正道が外套と子供服と帽子を買った。「店員かなり高値のものを出してくる。日本人は金を持っていると思うせいか」(『ドイツ留学日記』時潮社、一九九七年)と書いている。小宮豊隆はここでパスポート写真を撮り、岡本かの子はクリスマスの飾りつけを見た。山口青邨も各国の民芸品を見ている。

一九三〇年一〇月一三日には、国民社会党の暴徒がここの窓ガラスを叩き割るという騒ぎがあった。しかし蔵田周忠によれば、「翌日前を通つてみたら殆んど全部新らしい大きな硝子を入れて、しきりと硝子拭きや陳列の整理などしてゐたのを見て私は資本の力の大を感じないわけにゆかなかつた」(『欧州都市の近代相』六文館、一九三二年)という。

(和田桂子)

◇ヴェルトハイム百貨店の外観と内部(*Wertheim Album*, Atelier A. Wertheim, 刊行年不記載)。

ウンター・デン・リンデン（大通り）（Unter den Linden）

宮城の前のシュプレー河にかかる橋を渡ると、ベルリン最大の目抜き通りであるウンター・デン・リンデンに出る。ここから西の端にあるブランデンブルク門まで、幅六〇メートルの道路が一キロ余り続いている。「ウンター」は下で、「リンデン」は菩提樹。その名の通り、両側の歩道にも、車道にはさまれた中央の散歩道にも、菩提樹が植えられていた。東の端にはベルリン大学とオペラ座が道路をはさんで向き合い、フリードリヒ大王の銅像がある。通りの左右には、大使館や官庁、大きなホテルやカフェや商店が立ち並んでいた。

徳富蘆花『日本から日本へ　西の巻』（金尾文淵堂、一九二一年）に、徳富蘆花と愛子がウンター・デン・リンデンでショッピングを楽しむ様子が描かれている。ワイマールで壊れた金時計のガラス蓋を、蘆花は時計店で取り替えてもらった。ライゼ・ビューローでは、ベデカーの *Berlin and its Environs* を購入する。愛子の冬服はビロードの好みの色がなくて諦めたが、カメラ店で写真を焼き増ししてもらったり、レストランで鰊のランチを味わったり、露店で梨を買い求めたりした。

国家的行事があるときは、ウンター・デン・リンデンは装飾を施され、パレードなどに使われている。ベルリン・オリンピックで飾られた通りの写真を、岸田日出刀は『第十一回オリンピック大会と競技場』（丸善、一九三七年）に収録した。もっともこのときは地下鉄工事のため、立派だった菩提樹は跡形もなくなっていたという。高嶋泰二『伯林日誌』（求龍堂、一九九四年）には、一九四〇年九月二七日の光景が出てくる。日独伊三国同盟調印式を祝って、通りは三国の旗を持つ市民でごったがえしていた。

（和田博文）

◇ベルリン・オリンピック大会のときのウンター・デン・リンデン（岸田日出刀『第十一回オリンピック大会と競技場』丸善、一九三七年）。

王宮（Schlossplatz）

ウンター・デン・リンデンから東に向かい、シュロス橋を渡った右、つまり南側がシュロス広場である。ここにあった王宮は、片山孤村『都会文明の画図伯林』（博文館、一九一三年）によると、元は「選挙侯フリードリヒ二世が伯林及ケルンの両市を威圧せんが為めに、千四百四十二年より八年の星霜を費して築いた城塞であつたが、其後現皇帝に至るまで世々改築増築の結果今日の外観を呈するに至つた」もので、「長百九十二メートル、幅百十六メートル、高三十メートル長方形の四階建、小さな中庭が二つ、大きな中庭が同じく二つ、室の数は約七百」であった。絵画室や礼拝堂など、一部は帝政時代から拝観に供されていたが、保科孝一『伯林と巴里』（冨山房、一九一四年）には、「宮殿附属の庭園があるではなし、通用門は直に公道に通じ、宮殿の窓下を車馬が往来してゐるので、神さびたところが少しもない」と書かれ、塚田秀男の『欧米タバコ行脚』（隆章閣、一九三三年）も、「その粗末な外観」と実にそっけない。

第一次世界大戦開戦時、カイザー・ヴィルヘルム二世は、この宮殿のバルコニーから群衆に勅語を発した。この時の様子について、山田潤二は、「時正に七時、忽ち起る歓声と拍手とは百雷の一時に落つるが如く天に轟き地に響く」（『伯林脱出記』千章館、一九一五年）と描写している。しかし、徳富蘆花・愛子『日本から日本へ　西の巻』（金尾文淵堂、一九二一年）には、既にして、「鉄の扉は打破られ、二階の硝子窓なども破れて孔があいて居る」と書かれた。

山口青邨『伯林留学日記　上』（求龍堂、一九八二年）一九三七年九月一七日の項に、「ここは半分はSchloß Museumとなつてをり半分はむかしのままに皇帝の住居そのままを見せるやうになつてゐる、別々に入場料をとる」という記事が見える。これも今は無い。

（真銅正宏）

◇シュロス橋の南から運河越しに見た宮殿西面。円蓋は宮城礼拝堂である。右にヴィルヘルム一世国民記念像が見える（内藤民治編『世界実観』第一巻、日本風俗図会刊行会、一九一五年）。

オリンピック・スタジアム（Olympischer Platz）

ブランデンブルク門から西に約一〇キロの地点に、一九三六年、第一一回オリンピック・ベルリン大会のスタジアム（Reichsportfeld 国立競技場）がある。市浦健「1936年第11回伯林オリンピック施設に就て」（『建築雑誌』一九三七年一月）によれば、もともとこの場所には第六回ベルリン・オリンピックのために建設された競技場（一九一三年竣工）があった。その第六回大会は第一次世界大戦のために中止になってしまうわけだが、一九二八年に再度オリンピックの開催地がベルリンに決定し、もう一度ここに新たなスタジアムが建設されたのである。このスタジアムを設計したWerner Marchは、第六回大会の競技場を設計したOtto Marchの息子であり、彼は、この競技場設計でベルリン・オリンピック芸術競技建築部門（都市計画）の第一等を受賞することになる。一三二エーカーにおよぶ広大な敷地には、水泳競技場やサッカー場などの各種の競技場や、五月広場、野外劇場なども建設された。

武者小路実篤は「ドイツはオリンピックには随分金をかけ又宣伝をした。そして大げさに大実行した。発場式なぞは実に要領がよかつた。順序もよく、次ぎから次ぎと出来事が起つた。人々を興奮させた」と、このスタジアムで行われたオリンピック開会式を回想している（『湖畔の画商』甲鳥書林、一九四〇年）。一九三七年八月二八日の夜、山口青邨がこのスタジアムで見物したのは「伯林七百年祭」の催しだった。それは「三十年戦争出陣、ペスト（黒死病）襲来、世界戦争、昨年行はれたオリンピックと歴史を展開する野外劇」であり、約二千人が参加して、劇は音楽や巧みな照明で演出されていたのだという。青邨は「これこそ本当の野外劇だ」と記している（『伯林留学日記　上』、求龍堂、一九八二年）。

（西村将洋）

◇満員のオリンピック・スタジアムを、西側にそびえ立つ鐘塔から見下ろした写真（岸田日出刀『第十一回オリンピック大会と競技場』丸善、一九三七年）。スタジアムの向こう側（東の方角）にはベルリン市街が広がっている。

カイザー・ヴィルヘルム記念教会（Auguste Viktoria Platz）

この教会は、第二次世界大戦後、象徴的な建物としてかえって有名になった。戦後、ドイツが、大戦の記念のために、「無残に途中からポッキリと折れてしまった」尖塔を「そのままの姿で残して置くことにした」（村山知義『演劇的自叙伝』第2部、東邦出版社、一九七一年）からである。

蔵田周忠の『欧洲都市の近代相』（六文館、一九三二年）には、「内部は金ぴかのモザイク壁、外は灰色の石造。その形式が当時独逸の国民的建築として主張されたロマネスク」であると書かれている。また、片山孤村『都会文明の画図伯林』（博文館、一九一三年）にも「千八百九十一年より九十五年までにシュウェヒテン（Schwechten）の作った後期ロマーン式、ラテン十字架形の建築」と書かれている。一方、池谷信三郎『望郷』（新潮社、一九二五年）などには、「石造のゴシック式の」と形容される。ゴシック式は、中世におけるロマネスクの次の建築様式である。ロマネスクの特徴は石造で半円型アーチなどの多用にあり、一方ゴシック式のシンボル性は高い尖塔にある。尖塔の印象は強かったようで、例えば小宮豊隆『ベルリン日記』（角川書店、一九六六年）には、タウエンツィーン街の並木道からの眺めを、「並木の鈴懸がまっ黒くずっと直線に並行している向うのまん中に教会の高い塔が三つばかりすくすくと立っていて、しかもそれが夕闇につつまれてうっすらと輪郭が見える」「たとえば大空の星をとろうとしてのばせるだけのばした手のような、つよいあこがれを持った感じが浮動して見える」（一九二三年九月三〇日）とある。

小宮はまた、「ゲデヒトニス・キルヒエ」へ「バハのオルガンの曲を聴きに出かけ」（『黄金虫』小山書店、一九三四年）たが、閉まっていて聴くことができなかったことを書きとめている。教会のもう一つの楽しみを示して興味深い。

（真銅正宏）

◇タウエンツィーン街の並木道から見たカイザー・ヴィルヘルム記念教会（仲摩照久編『世界地理風俗大系』第一一巻、新光社、一九三一年）。

カイザー・フリードリヒ博物館（Monbijoustrasse 3）

ベルリン博物館島の最北に位置するカイザー・フリードリヒ博物館（現・ボーデ博物館）は、エルンスト・フォン・イーネの設計で、一八九七年から一九〇四年にかけて建設された。館内には一三世紀から一八世紀末までのドイツ、イタリア、オランダの絵画や造形芸術品のほかに貨幣収集室もあった。片山孤村『都会文明の画図伯林』（博文館、一九一三年）は、ここを「伯林第一の大美術館」と言い、「同一時代の絵画、彫刻、工芸品及建築の或部分を同時に配置して該時代の美術全般を概観することの出来るやうにしてある」と、「陳列方法の斬新」さに言及している。

多くの日本人がここを訪れ、美術の世界に想いを馳せた。和辻哲郎が興味をもったのはレンブラントだった。和辻は、レンブラントの絵画が「不思議に美しい光」を表現しており、「着物」を描く際にも「もつと奥にあるものを現はすためにその着物を描いてゐる」（『和辻哲郎全集』第二五巻、岩波書店、一九九二年）と批評を加えている。正宗白鳥は、ボッティチェリ作「セバスチアン尊者の殉教」に興味をもった。その絵画は、画面の残酷さが「少しも我々にショクを与へないで、顔面姿態に『春愁』に類したものが漂つてゐて」「その境地に誘はれる」（『旅行の印象』竹村書房、一九四一年）と、白鳥は記している。一九三六年のオリンピックの時にベルリンを訪れた武者小路実篤も、ここがお気に入りだったようだ。

この博物館は文化人の待ちあわせの場所でもあった。小宮豊隆の一九二三年八月二日付の日記には、レンブラントの部屋で児島喜久雄と落ちあう場面がある。児島は「あそこにいなかったらここだろうと思って来た」（『ベルリン日記』角川書店、一九六六年）と小宮に言っている。二人は、翌日もその翌日も、この博物館に足を運び、互いの美術批評を戦わせた。

（西村将洋）

◇カイザー・フリードリヒ博物館（Mario v. Bucovich, *Berlin*, Albertus-Verlag, 1928）。

カー・デー・ヴェー（百貨店）（Tauenzienstrasse 21-24）

Ka De We（カー・デー・ヴェー）とは、Kaufhaus des Westens の略で、西のデパートという意味である。ヴィッテンベルク広場の南西角に位置するこのデパートは、一九〇七年に創業された。シャルロッテンブルクなど西部郊外の富裕層を顧客としたカー・デー・ヴェーの店内には、顧客のあらゆるニーズに応えようと、ヘアサロンやオーダーメイドのドレスショップ、旅行代理店やフードコートが設置されている。

蔵田周忠『欧州都市の近代相』（六文館、一九三二年）には、建築家の視線ならではのデパートの姿が描かれた。彼が訪れた前年にこのデパートは増築したが、入口にはその頃に流行したブロンズ製の枠や扉が使われ、上階のカフェはガラス壁で間仕切りをして、パイプ椅子を並べている。エーミール・シャウトの設計はすでに古風になったが、ヴェルトハイム百貨店と比較して、新しいイメージで統一されていると蔵田は感じた。面白いことに明るいショーウィンドーには、「当店陳列窓は意匠登録故写生撮影を禁じます」と記載されていたらしい。

ベルリンで生活を始める日本人にとって、百貨を揃えるデパートは便利な場所だった。宮内鎮代子は『女性の出発』（六芸社、一九三九年）に、ベルリン到着直後にカー・デー・ヴェーで、地図やカレンダーやアドレスブックを購入したと書いている。「これらをすぐ買ふことは、外山先生からの秘伝」だったとか。ツォー駅のやや西に住む山口青邨にとって、このデパートは歩いていける距離だった。『わが庭の記』（龍星閣、一九四二年）で彼は、暇なときによく立ち寄ったと回想している。食事をしたり、スポーツ器具や台所用品や婦人服を、彼は眺めて歩いた。デパートはベルリンの家庭の様子を窺える場所でもある。

（和田博文）

◇一九二〇年代のカー・デー・ヴェーの夜景（Mark R. McGee, *BERLIN 1925-1946-2000*, Nicolaische Verlagsbuchhandlung, 2000）。

カフェ・ヴィクトリア・ルイーゼ（Viktoria-Luise-Platz 8）

野一色利衛編『独逸案内』（欧州月報社、一九三六年）には、「伯林の日本人間には俗称『トリ屋』を以て有名」と紹介されている。理由は、日本人男性がよい「鴨」だから、ということである。なるほど日本人男性が書いたベルリン滞在記には、「妙齢の美人がズラリと並び、客を待つ光景は遊女の張り見世と同じやう」（塚田秀男『欧米タバコ行脚』隆章閣、一九三三年）、「日本人向きに上品に、あどけなささうに作つた若い娘たちが、胸に真赤な花をつけたり、流行のヒサシの透いたスペイン帽をかぶつたりして、三々五々、白い皮膚の笑顔をテーブルに載せてゐる」（勝本清一郎『赤色戦線を行く』新潮社、一九三一年）、「日本人留学生御用のお嬢さん方の屯しておられるカフェー・ヴィクトリア」（千田是也『もうひとつの新劇史』筑摩書房、一九七五年）などと書き残されている。留学や出張で単身ベルリンにいる彼らにとっては、強い誘惑の場所であったらしい。

しかし、こうした日本人向けの店を苦々しく感ずる日本人もいた。ここに案内された土岐善麿は「鎖国的な気性、退嬰的な陰欝性、じめ〱とした非社交性」（『外遊心境』改造社、一九二九年）などを感じて、嫌な気分になっている。また、一九二九年四月、ベルリンに着いて間もない新明正道は、大鯰髭を生やした年配の日本人が隅でビールを飲んでのうのうとしているのを見て、「どうも日本人は間が抜けている。何もしていない。でなければ、好加減、洋服の型だけきちんと独逸風に着こんで、いい気になっている。笑うべき哉だ！」（『ドイツ留学日記』時潮社、一九九七年）と苛立っている。

なおこのカフェはヴィクトリア・ルイーゼ広場にあり、ヴァルター・ベンヤミンが高校時代に通っていたというフリードリヒ街のヴィクトリア・カフェとは別の店である。（**宮内淳子**）

◇『独逸月報』一九三〇年一一月号に載っているカフェ・ヴィクトリア・ルイーゼの広告

カフェ・クランツラー（Unter den Linden 25）

カフェ・クランツラーの創業は一八三四年である。プロイセン王室御用達の菓子職人だったクランツラーが独立して、ウンター・デン・リンデンとフリードリヒ街の交差点にあたる一等地に店を構えたのだ。おいしいアイスクリームとケーキ、それに当時としては画期的だったテラス式のカフェで、クランツラーは一挙に有名になった。二階にはレストランもできた。池田林儀によると「嘗てカイゼルが散歩に来ては、菓子を食つたり茶を飲んだり時には飯を食つたところ」（『改造の独逸より』東京堂書店、一九二三年）だそうだ。「日本なら鍋町の風月」（『蝙蝠日記』大鐙閣、一九二二年）と黒田礼二は呼んだ。

クランツラーのある場所は、秦豊吉にいわせれば「伯林市内でも有名な逢引と交際の町角」（『好色独逸女』文芸春秋社出版部、一九二八年）であった。マルク暴落の折、ここは金まわりのいい日本人が行きずりの女性を見つけるのに最適の場所であったようだ。大言壮語するだけでなく、実際に秦はクランツラーの前でタイピストらしい娘を見つけ、手際よくナンパして友人に紹介したのだった。

クランツラーはやがてクーアフュルステンダムにも支店を設けた。一九三三年、七年ぶりにベルリンを訪れた秦は、今度はこちらに二人の女を連れてやって来る。「太い螺旋形の階梯を囲んで、紫陽花とベコニアの花を一杯に植ゑ込んだ、屋内庭園が、二階の手すりから見降された。その第一階には、小さい噴水もあつて、金魚が泳いでゐる」（『好色ベルリン女』いとう書房、一九四九年）という描写から、クーアフュルステンダム支店の方も本店に劣らず立派な店であったことがわかる。

（和田桂子）

◇ウンター・デン・リンデンのカフェ・クランツラー。KRANZLER の文字が見える（Max Arendt und Paul Torge, *Berlin Einst und Jetzt*, Gustav Grosser,1934）。

カフェ・ゲイシャ（Wittenbergplatz）

秦豊吉は『好色独逸女』（文芸春秋社出版部、一九二八年）で、「日本人の為の遊び場所」「芸者カフエ」について、「現在新伯林のキッテンベルグ広場を中心として転々しては開業する」と記している。この近辺はベルリン西南部の日本人街であり、日本人居住区に、いつの間にか出没するカフェ・ゲイシャは、まさに神出鬼没の存在だった。また、『赤色戦線を行く』（新潮社、一九三一年）で、勝本清一郎が解説するところによれば、日本大使館に住所届けを出すと「ベルリンに有名なるカフェー・ゲイシャ——日本の方を歓迎。音楽！ダンス！お茶！ビール！おいしいお料理！」という案内状が突然舞い込んでくる仕組みになっていたようである。

一九二四年七月一日、このカフェにやってきたのは斎藤茂吉だった。「童馬山房漫筆」（『改造』一九二六年九月）によれば、友人と一緒に夜道を歩いていた茂吉は、偶然出会ったドイツ人の街娼に連れられてこのカフェに入った。そのうちの一人の娘が片言の「日本語」で「あなたHakasche《ハカシエ》?・」と言ったことに、ひどく茂吉は動揺した。「鼈甲の眼鏡をかけた、黄顔にして細鼻な、額の狭い日本のHakasche《ハカシエ》」（博士）が、やっと留学したベルリンで「異邦の娘に、Hakasche《ハカシエ》などと教える」。その何とも言えない光景が「幻」のように浮かんできたのだ。店内には、妙に腰を動かしながら、娘たちと踊っている他の日本人客もいた。茂吉は紙に鉛筆で「Baka《バカ》」と書き、その日本人客に言ってこいと娘に命令した。そのとき娘は、茂吉の感情を和らげるために「恋はやさし野べの花よ。夏の日のもとに」と覚束ない抑揚で日本語の歌をうたったのである。もう茂吉は「Baka」とは書けなかった。この「唄を教へた日本人の根気」と「暗記した娘の根気」とに、「感謝と讃歎と崇拝」の気持ちがあふれてきたのである。

（西村将洋）

◇シドニー・ジョーンズのオペレッタ「ゲイシャ」（一八九六年）がVolksbühne Berlin Theater am Nollendorfplatzで公演された時のパンフレット（一九三六年六月四日発行）。「藝者」の漢字の左側に記されている文章は、全文がドイツ語版の岡倉天心『茶の本』からの引用。オペレッタの解説者にされるとは、天心も想定外だったろう。

カフェ・デス・ヴェステンス（西区カフェ）（Kurfürstendamm 18-19）

クーアフュルステンダムとヨアヒムスタール街の交わった角にあるカフェで、一八九三年に開店した。ベルリン西部は王宮などがある東の旧市街に比べて後から開発された新興地域だけに新しい流れを取り込みやすく、この小さなカフェはベルリンの新しい芸術家たちの溜まり場となった。雑誌『シュトゥルム』、『アクツィオーン』などに拠る表現主義やダダイズムの芸術家たちを中心に、風変わりな人々が集まって、日々語り合い、騒いでいたので、「誇大妄想狂カフェ（カフェ・グレーセンヴァーン）」という通称で呼ばれた。常連客は、表現主義の先頭にたったヘルヴァルト・ヴァルデンとエルゼ・ラスカー=シューラーを筆頭として、画家のオスカー・ココシュカ、マックス・ペヒシュタイン、ゲオルゲ・グロス、ダダイストの詩人のヴァルター・メーリング、ジャーナリストのクルト・ヒラー、俳優のエーミール・ヤニングスなど、数多い。

第一次世界大戦後の混乱期、インフレの波に乗って儲けた成金がこのカフェにやってくるようになると、コーヒーだけで長く居残るボヘミアンたちは敬遠された。居にくくなった常連たちはロマーニッシェス・カフェに移動していった。

この移動は、単なる引っ越しであるにとどまらず、ひとつの時代の終わりを示すものだと、黒田礼二は「蝙蝠日記（十二）」（『解放』一九二二年六月）に書いている。「当時のボヘミアンと言へば、絶対的な本統のニヒリストでありコムニストだつた」けれど、結局ドイツ革命は成されず、戦中から続いていた物資不足は敗戦後も続き、精神にまで貧困が沁み入ってくると、もはやベルリンにボエームの存在余地がなくなったという。黒田が夏の旅行から戻ってみるとカフェのオーナーが変わって、店は改築中であった。一九二一年のことである。

（宮内淳子）

◇一九〇五年頃のカフェ・デス・ヴェステンス（Jürgen Schebera, *Damals im Romanischen Café*（Westermann, 1988）。

カフェ・バウアー　(Unter den Linden 26)

片山孤村『都会文明の画図伯林』（博文館、一九一三年）に「飲食の伯林」という章がある。彼の記述によれば、カフェ・バウアーはベルリンでのウィーン風カフェの元祖だった。その後数百のカフェが出現することになるが、ベルリンの大カフェは規模の点でも設備の点でも、パリやウィーン以上だという。ただカフェにも国民性が現れている。土岐善麿は『外遊心境』（改造社、一九二九年）で、パリのカフェで人々は自由に振る舞っているが、ドイツ人は行儀がいいのか、ベルリンのカフェでは外套を必ず脱ぐと書いている。またベルリンでは店の前に野外の席を作っても、パリのようなテラスではなかった。

森鷗外が「夜バウエル茶店 Cafe Bauer に至る。三浦、加藤の球戯を作すを観る」と「独逸日記」（『鷗外全集』第三五巻、岩波書店、一九七五年）に記したのは、一八八五年六月二九日のことである。また巖谷小波が「退校の途次、ウンテル、デン、リンデンのバウエルに立寄つた。伯林一の珈琲屋で、此処には日本の日々新聞が来て居る」と「さゞ波日記」（『小波洋行土産　上』博文館、一九〇三年）に書くのは、一九〇〇年一一月二六日のことである。この頃には日本人の客が一定数いて、日本の新聞をサービスでおいていたのだろう。

カフェ・バウアーは『世界通』（世界通発行所、一九二二年）でもベルリンのカフェのトップにあげられ、「設備高尚である」と推奨されている。しかしこのカフェの名前は、一九二〇年代後半になると、日本人のベルリンの記述から姿を消してしまう。演劇人・音楽家・詩人がよく出入りしていたカフェ・バウアーは、一九二六年に経営者が変わり、カフェ・ウンター・デン・リンデンと店名が変更されたからである。

（和田博文）

◇カフェ・バウアーの外観（*Grüsse aus Berlin und Umgebung in Bild und Wort*, W.Sommer, 1898）。

カール・リープクネヒト・ハウス（共産党本部）（Bülow Platz）

この建物は革命家カール・リープクネヒトが活動の拠点とした場所であり、ドイツ共産党の本部でもあった。勝本清一郎『赤色戦線を行く』（新潮社、一九三一年）には、「雪のやんだブューロウ広場――『カール・リブクネヒトの家』が、活動的な全面をひろげてゐる。最近の政治的スローガンをあらはした赤い帯を幾段にも巻いた五層建の鼠色の大ビルディングだ。黄色地に赤色で『ディー・ローテ・ファーネ』と書いた看板が鮮やかだ」と記されている。

一九三〇年前後に、ドイツ共産党には日本人セクションが存在した。司法資料という限定がつくが、「治安維持法違反事件被疑者大岩誠の被疑事実並に検事聴取書」（『思想研究資料』特輯、一九三八年七月）によれば、一九三一年六月の時点で、国崎定洞、佐野碩、勝本清一郎、和井田一雄、野村平爾がドイツ共産党員であり、大岩誠、嬉野満洲男、島崎蓊助（島崎藤村の三男）、小林義雄らが準共産党員だった。この大岩の調書には、「同セクションは反帝同盟ドイツ支部東洋人部日本人部を構成し反帝の目的とする一般活動に参加し其の政治部員は各々其の居住地の党地区細胞と連絡活動して居る」と記されており、「日本人との連絡役」（国崎）、「演劇同盟関係」（佐野）、「作家同盟関係」（勝本）、「反帝ドイツ支部関係」（野村）、「文芸及美術関係」（島崎）、「反帝機関紙配布等」（大岩）などの役割分担も記されている。

これ以前の、一九三一年に日本へ帰国した千田是也もドイツ共産党員だった。『もうひとつの新劇史』（筑摩書房、一九七五年）によれば、千田はカール・リープクネヒト・ハウスの「一階にあるその事務所に毎日通って」、「ベルリン市議会選挙の宣伝パンフレットやビラのデザインをしたり、地区ニュースや工場新聞のカットを描いたりして暮らした」のだという。

（西村将洋）

◇一九三〇年のメーデー当日のカール・リープクネヒト・ハウス（藤森成吉『ロート・フロント』学芸社、一九三三年）。「五月一日は大衆ストライキだ」などと記されている。

カンマーシュピーレ（ドイツ座附属室内劇場）（Schumannstrasse 14）

一九〇五年にドイツ座の演出家として招かれたマックス・ラインハルトは、翌年にドイツ座の隣にあったダンスホールを買い取って、客席と舞台の近い親密な空間が作れるよう、客席数三〇〇ほどの小さな劇場を作った。これをカンマーシュピーレ（室内劇場）と呼ぶ。芸術的に質の高い舞台を見たいという小数の観客向けに、文学的、実験的な戯曲を上演しようという劇場であった。開場の演目は、イプセンの「幽霊」である。穂積重遠『独英観劇日記』（東宝書店、一九四二年）には、「普通の劇場とは非常に構造が違ひ、見物席は装飾も何もない長方形の座敷に腰掛けが二十列程並んでゐるだけ、見物人が三百人きりはいらない。随つて観劇料も高く、より抜きの役者を揃へて新らしい凝つた狂言を見せるといふ、極《ごく》の劇通が来る芝居」とある。

ラインハルトの仕事に興味を持っていた小山内薫も、一九一三年にここを訪れていた。カーテンの背景だけでメーテルリンクの「アグラヴェーヌとセリセット」を演じたり、ヴェーデキントの「春のめざめ」を初めて板に乗せた実験的な劇場として、小山内の憧憬するところであった。一九二三年にベルリンにいた土方与志は、帰国後に小山内と創設した築地小劇場を建築するにあたって、「舞台、観客席は、私のしばしば出入りしたベルリンのカンマシュピーレ座による所が多い。問題のクッペルホリゾントもほとんどその形をとり、観客席と舞台の高さもそれに等しい」（「築地小劇場の改築について」、『築地小劇場』一九三二年一二月）としており、日本の新劇運動に大きな貢献をした築地小劇場に影響を与えたことがわかる。

土方と同じ時期にベルリンにいた小宮豊隆はここでフランク・ヴェーデキント「春のめざめ」を見た（『ベルリン日記』角川書店、一九六六年）。

（宮内淳子）

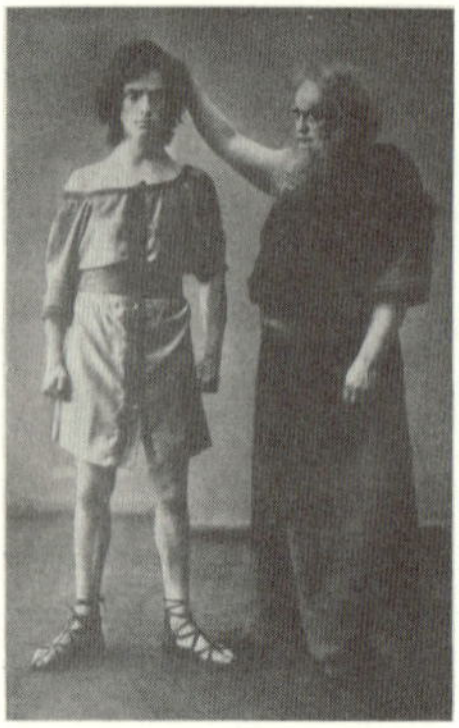

◇穂積がカンマーシュピーレで見たシュミット・ボーン「失われた息子」で、父と息子を演じたのは実際のシルドクラウト親子であった（穂積重遠『独英観劇日記』東宝書店、一九四二年）。

クーアフュルステンダム（大通り）（Kurfürstendamm）

「カフェと映画館と料理屋と衣裳店と、しかも往来の真中を貫く鬱蒼たる大樹の並木と、その並木の彼方に灰色に聳えるゴシックの記念寺」の見えるこの通りを、「清新な近代風景」とたたえているのは秦豊吉（『青春独逸男』文芸春秋社出版部、一九二九年）である。クーアフュルステンダムは、ラントヴァー運河の南をほぼこれと平行して走る長い通りであるが、ここでは、カイザー・ヴィルヘルム記念教会から延びている繁華な二キロ程度の範囲を指す。

第一次世界大戦前までは新興ブルジョワの家が立ち並ぶ住宅街で、「巴里のシヤンゼリゼーに相当する伯林の街路は、クルフュルステンダム街であらう。こゝはミリオーネルの集つたところで、家屋もきはめて壮麗である」（保科孝一『伯林と巴里』冨山房、一九一四年）と言われていた。それがパリの並木路の真似をやめて中央線地帯を狭くし、両側に店が立ち並ぶようになると、タウエンツィーン街とともに西区を代表する通りとなってゆく。教会周辺の巨大映画館に人が集まると、ここはますます賑わった。

藏田周忠は、この通りにある建築物にルックハルト、カウフマン、メンデルゾーンらの設計になるものがあり「伯林の中でも新らしい傾向の建物が集まりつゝある所」（『欧州都市の近代相』六文館、一九三二年）としている。中央を市街電車の軌道が通り、その両側が車道、それと同じくらいの幅の人道があり、その横に草花を植えた小さな庭やショーウィンドーが立ち並ぶこの路は、散策するのにちょうど良かった。一方、「新しき伯林の恋愛は、西区を横断するクルフュルステンダムの大通りの贅沢と、その横丁に巣食ふお妾連中の生活から出発しなければならぬ」（秦豊吉『好色独逸女』文芸春秋社出版部、一九二八年）とあるように、歓楽街の様相も強まった。**（宮内淳子）**

◇クーアフュルステンダムの通りと、そこに見える商店の前庭。小さなショーウィンドーが前庭に置かれている（藏田周忠『欧州都市の近代相』六文館、一九三二年）。

グローセス・シャウシュピールハウス（劇場）（Am Zirkus 1）

一九一九年一一月二八日に開場した五〇〇〇人が入るという大劇場で、マックス・ラインハルトの構想により、シューマン・サーカス（曲馬場）を改造して作った。ベルリン建築アカデミー教授のハンス・ペルツィヒの設計で、劇場内部につららのような装飾があり、鍾乳洞に入ったような錯覚を与える表現派建築であった。蔵田周忠は、「氷柱の下ったやうな観客席の円蓋」に「客席の紅色と相映じて設計者の幻想的な意識」を感じ、「オペラの方はそつちのけでこの鉄骨を包む幻想の集結を眺めて帰ってきた」（『欧州都市の近代相』六文館、一九三二年）と記している。

かねてからラインハルトは、観客に参加を呼びかけることができ、また大群集劇も可能な円形劇場を夢見ていたのである。第一次世界大戦後の気運に乗って、演劇の革新をこの劇場空間で果たしたいというラインハルトの野心が実り、アイスキュロス「オレスティア」を記念公演として開場した。客席には中央の舞台へ向けて三つの通路があり、オッフェンバック「天国と地獄」を見た村山知義は、「踊り手の群が、客の脚の下から現れて、三本の花道を踊りながら、舞台へ殺到したのには驚いた」（『演劇的自叙伝』第2部、東邦出版社、一九七一年）という。ハウプトマンの誕生日祝賀公演で華々しく「フローリアン・ガイヤー」が演じられたのも、トラー「機械破壊者」の初演があったのも、ここである。

しかしこの巨大な空間は使いこなすのに難しく、音響も悪く、何より多くの観客を常時確保するのが困難で、経営難に陥った。一九二四年からはレヴュー専門劇場となって、エリク・シャレルに任される。シャレル・レヴューは、クライン、ハラーと並んで三大スペクタクル・レヴューとうたわれ、質の高いダンスや演出で定評があった。

（宮内淳子）

◇グローセス・シャウシュピールハウスの内部（*Album 20 : Theaterserie*, Dr.Franz Stoedtner, 刊行年不記載）。

ケンピンスキー(レストラン) (Leipziger Strasse 25/Kurfürstendamm Strasse 27/Potsdamer Platz)

ケンピンスキーは、ベルリン最大のワイン・レストランとして一八八九年にライプツィヒ街に開店した。一九一一年、このレストランは「カイザー・ザール」すなわち「皇帝の間」という部屋をつくり、わざわざ皇帝直営のカディーネン陶器製造所産の陶板を取り寄せて張りつめたのだ。翌年ここに皇帝、皇后、内親王が行幸し、ベルリン中の話題となった。「しかし、こんなことは敢て珍しいことではないと見え、新聞もたゞ尋常一様のことゝして報道してあつたので、独逸に行つたばかりの我輩は、少からず驚いた」(『伯林と巴里』冨山房、一九一四年)と保科孝一は書いている。

一九二七年六月一三日に、鹿子木員信と和辻哲郎はケンピンスキーで昼食をとった。「久しぶりにエビを喰つたが、中々うまかつた。伯林で料理屋らしいところへ行つたのはこれが初めてだ」(『和辻哲郎全集』第二五巻、岩波書店、一九九二年)と和辻は感激の様子だ。和辻は九月一一日にもケンピンスキーに行っている。「ケンピンスキといふ云はゞ銀座の風月(よりは拙いが)へ行つて夕食をたべた」(『和辻哲郎全集』第二五巻)と書いている。保科孝一に言わせれば、「この料理店は東京でいふと花月位なところであらう」(『伯林と巴里』)となる。

和辻が行った頃には、ケンピンスキーはクーアフュルステンダムにも店を出している。一九二八年にはポツダマー広場にケンピンスキー・ハウス・ファーターラントという大食堂を開店させた。こちらのケンピンスキーは、日本人の間では「カフェ・ファーターラント」として知られ、その趣向をこらしたエンターテインメント・ダイニングともいうべき空間は、ベルリンで大人気を博した。

(和田桂子)

◇ポツダマー広場の夜景。左のドーム型の建物に KEMPINSKI HAUS VATERLAND の文字が見える(Max Arendt und Paul Torge, *Berlin Einst und Jetzt*, Gustav Grosser, 1934)。

国立劇場（Am Gendarmenmarkt）

一八二一年、王立国民劇場が王立歌劇場と合体して王立劇場ができた。しかし一八一七年に火災にあい、一八二一年にカール・フリードリヒ・シンケルによって再建される。一般にはシャウシュピールハウスと呼ばれていたこの劇場は、日本人には「王立劇場」「王国座」「王室付属劇場」などと呼ばれた。一九一九年、ドイツが共和国になると、国立劇場と改称される。この劇場も第二次大戦で破壊され、一九八四年に復元されてコンサートホールとなった。

まだ「王立劇場」だった一九〇一年春に「マクベス」を見に行った巌谷小波は、「台辞まはしに至りては、よくその神に迫まり実を写して、所詮日本の俳優には、望みて得ざる所ならん乎」（『小波洋行土産　下』博文館、一九〇三年）と誉めたが、平野万里は『スバル』（一九一三年九月）に「伯林の王室座はしようのない所である」と書いた。「独逸の議員には物の分る人があつて春の議会で出し物の攻撃をした、そのとき左党が盛に喝采をした」そうだ。一九一三年一〇月二二日に「マリー・スチュアート」を見に行った穂積重遠は、「今日の舞台を見て先づ第一の失望は、肝心の女王連が二人とも絶世の不美人であることであつた」（『独英観劇日記』東宝書店、一九四二年）とあけすけだ。「この座は王室付で、役者が皆終身官であるために、かうお婆さん揃ひになるのゝ由、行政整理の必要があるね」とばっさり斬った。

「国立劇場」の頃の一九二三年八月二二日に小宮豊隆は「ハイルブロンのケートヒェン」を見に行き、「こっちの役者には風格がないことをつくづく感じ」た。九月一三日には「ペール・ギュント」を見に行ったが、「役者はどれもこれもまずいもので、何だかちっともおもしろくなかった」、と手厳しい（『ベルリン日記』角川書店、一九六六年）。

（和田桂子）

◇王立劇場と呼ばれていた頃の国立劇場（*Grüsse aus Berlin und Umgebung in Bild und Wort*, W. Sommer, 1898）。

国立歌劇場（Unter den Linden 7）

ウンター・デン・リンデンに威容を誇る国立歌劇場（シターツ・オーパー）は、クロル・オペラ座（後の王広場歌劇場）と共に、為政者の変遷を超えて、常に手厚い保護を受けてきた。

片山孤村『都会文明の画図伯林』（博文館、一九一三年）によると、以前は「王室附属オペラ劇場（Königliches Opernhaus）」と呼ばれ、一七四三年竣功の建物は「約百年後の千八百四十三年火災に罹つて全焼したが、ランクハンスがはじめの建築技師クノーベルスドルフの故意を襲うて復旧した」。同書によると「ワーグネルの楽劇はたゞこの座でのみ聴くことが出来」たらしく、阿部次郎は一九二三年六月二三日、「タンホイザー」を聴き（『阿部次郎全集』第一四巻、角川書店、一九六二年）、和辻哲郎は一九二七年四月一八日付の照子宛書簡に、「マイスタージンガー」を聴いたと報告し（『和辻哲郎全集』第二五巻、岩波書店、一九九二年）、山口青邨も一九三八年一二月一一日、「神々の黄昏」を聴いている（『伯林留学日記』下、求龍堂、一九八二年）。黒田礼二の『蝙蝠日記』（大鐙閣、一九二二年）にも「ローヘングリン」を聴いたとある。

穂積重遠の『独英観劇日記』（東宝書店、一九四二年）には、この「王立歌劇場」を初め、「ドイツ座」や「王立劇場」での観劇の感想が詳しく書かれている。多くの日本人にとって、パリのオペラ座にしろここにしろ、それはオペラというものの初めての体験の場であった。

田辺平学は第二次世界大戦の際、その焼け跡を見て、「成程これは建物の内部を無残に焼き払はれ、観覧席の部分は屋根も床も焼け落ちてゐる。だが周壁は煉瓦造なのでソックリ残つてをり、コリント式柱列の見事な正面入口の辺りも舞台裏の部分もなんともなつてゐない」（『ドイツ——防空・科学・国民生活』相模書房、一九四二年）と書いている。

（真銅正宏）

◇オペラ座と、ウンター・デン・リンデンから見てその後ろに位置する聖ヘドヴィッヒ聖堂（*Berlin*, J. Wollstein 刊行年不記載）。

国会議事堂（Königsplatz）

国会議事堂はティーアガルテンの東北部、かつてのケーニヒス広場東部にある。そのルネサンス様式の華麗な建物は、一八八四年から一八九四年にかけて、パウル・ヴァロットの設計で建てられた。一八八八年二月、ビスマルクはここで、「われ〳〵独逸人は今や世界に恐るべきものがない、唯神あるのみ」（保科孝一『伯林と巴里』冨山房、一九一四年）と演説した。

議事堂は見学もできた。田川大吉郎の『欧米都市とび〳〵遊記』（二松堂書店、一九一四年）には、「議会の見物には十五銭取られる、それでもずんずん見せられるから好い」と書かれている。

内部については、池田林儀が『改造の独逸より』（東京堂書店、一九二二年）に、一九二一年の様子として、「議場は全体の物々しいに似ず至つて質素なさつぱりしたものである。議場全体は白木で何等の色彩的装飾はない。議席も傍聴席も極めて質朴に見える」と書いている。また、野一色利衛編『独逸案内』（欧洲月報社、一九三六年）には、「廊下にカイザー・ヴィルヘルム一世及び大統領エーベルト及びヒンデンブルグの像がある。右側に図書室あり、その窓の一つから、一九一八年十一月九日多数党の社会民主々義政治家フィリップ・シャイデマンが共和国成立の宣言をなした」と紹介されている。

山口青邨は『伯林留学日記　上』（求龍堂、一九八二年）の一九三七年一一月二五日の項に、「国会議事堂（Reichstag）に今、アンチボルシェウィズムの展覧会（Große Antibolschewistische Ausstellung）が催されてゐるので見にゆく。（略）種々珍奇なものがあるがとても正視に耐へない、気持が悪い、実に徹底した宣伝である」と書いた。ヒトラーの時代にはこのような催しにも使われたのである。

（真銅正宏）

◇国会議事堂正面。ビスマルクの銅像も見える。ドームの高さは「二四六呎」すなわち約七五メートルに及ぶ（内藤民治編『世界実観』第一巻、日本風俗図会刊行会、一九一五年）。

ジーゲス・ゾイレ（戦勝記念塔）（Königsplatz）

ティーアガルテンの東部に南北に通じていたかつてのジーゲス・アレーの北端、ケーニヒス広場（現在のレプブリック広場）の中央に、円形のモザイクの石畳を敷いてそびえ立っていた戦勝記念塔は、一八六四年の普・墺とデンマークの戦争、一八六六年の普墺戦争、および一八七〇年～一八七一年の普仏戦争の勝利、および一八七一年のドイツ帝国樹立を記念するために建てられたものである。ストラックの設計により、一八七三年九月二日に落成した。池田林儀の『改造の独逸より』（東京堂書店、一九二三年）には、「建築材料は赤黒色の大理石と独逸特産の砂岩と青銅とを巧みに配したもので、その高さ二百呎に及んでゐる」とある。同書によると、「二十二呎の方形の礎台」の上に「柱廊台」が重ねられ、そこから「黒円柱」が延び、その上にドロケによって作られた勝利の女神の像が金色に輝いている。円柱の内側は螺旋階段で、ヴィクトリアの足下まで上がることができた。茶褐色の花崗岩の礎台には、戦画を浮彫にした青銅板がはめ込まれ、柱廊には、三つの戦争の戦利品である砲身が用いられている。

中村吉蔵はこの塔に上り、四辺を眺めて受けた、ベルリンの街にあふれる「新らしさと強さ」の印象をつとに書き留めている（『欧米印象記』春秋社書店、一九一〇年）。片山孤村の『都市文明の画図伯林』（博文館、一九一三年）の表紙をも飾り、ベルリンを象徴する建物であるが、例えば田中一貞の『世界道中かばんの塵』（岸田書店、一九一五年）には、「女神と円柱とが甚だ調和しない。仏蘭西人は之を嘲笑して、独逸の勝利記念塔は腸詰だと云つて居る」と書かれている。都市の新しいシンボルが、非難にさらされるのはよくあることである。現在はティーアガルテン中央の、グローサー・シュテルン広場に移されている。

（真銅正宏）

◇右手に月桂冠、左手に金の杖らしきものをもつ勝利の女神像を頂いた戦勝記念塔（内藤民治編『世界実観』第一巻、日本風俗図会刊行会、一九一五年）。

シュトゥルム画廊 (Potsdamer Strasse 134a)

ヘルヴァルト・ヴァルデンの画廊で、一九一二年三月に開かれ、表現主義の発信地となった。ヴァルデンはピアニストであり作曲家でもあったが、一九一〇年三月に雑誌『シュトゥルム』を創刊。エルンスト・キルヒナー、ヴァシリー・カンディンスキー、フランツ・マルクらの作品を載せた。画廊での第一回展は「ブラウエ・ライター」の画家とオスカー・ココシュカの作品展であった。続いて、イタリア未来派、カンディンスキーの展示などが行われる。平野万里もここでカンディンスキーを見て感服している(「休暇」、『スバル』一九一三年九月)。

ベルリン留学中の山田耕筰と斎藤佳三はヴァルデンと親しく交際し、日本に帰国する際、ヴァルデンからシュトゥルム画廊に展示された作品一五〇点を託される。一九一四年三月に日比谷美術館で「シトゥルム木版画展」を開いた。この展覧会は、長谷川潔、恩地孝四郎らに大きな影響を与えたことで知られる。

一九二二年、村山知義はシュトゥルム画廊のことを「その小さな店には、表現派の画家たちの画集がいっぱいに売られており、ショーウインドーや室内の壁や、二階の小展覧会場の壁には表現派の画や彫刻が、取りかえ、引きかえ飾ってあった」(『演劇的自叙伝』第2部、東邦出版社、一九七一年)と回想している。ヴァルデンは、デュッセルドルフで開かれる国際美術展覧会に村山の絵を出品してみないかと誘い、この話が実現した。帰国後の村山の活躍を思えば、シュトゥルム画廊が日本の前衛美術運動に与えた影響は大きい。黒田礼二『蝙蝠日記』(大鐙閣、一九二二年)にも、シュトゥルム画廊を訪れる文章がある。がらんとした会場に黒パンを噛っているチケット売りの女性がいて、シュトゥルム運動について大いに語ってくれた。

(宮内淳子)

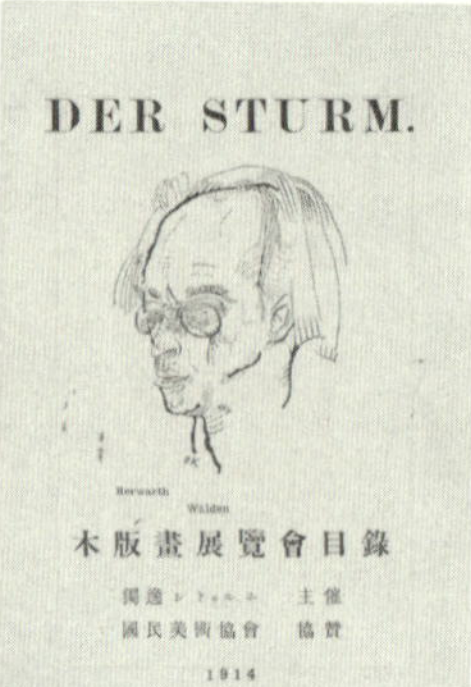

◇日本で開かれたシュトゥルム木版画展の目録。オスカー・ココシュカが描いたヘルヴァルト・ヴァルデンの肖像がある。

シュポルト・パラスト（競技場）（Potsdamer Strasse 72）

藤森成吉が「ベルリン最大の殿堂」（『ロート・フロント』学芸社、一九三三年）と呼んだこの建物について、野一色利衛編『独逸案内』（欧州月報社、一九三六年）は、「凡ゆる種類のスポーツ競争が見られるから、スポーツのファンは須らく、これを利用し、独逸のスポーツの情況を研究されるのもよからう」と説明している。勝本清一郎は、二万人を詰め込んだこの建物でプロレタリア・スポーツ大会を見物し、「仰向きの若い工女たちの健康な身体が、盛りあがつた二つの乳房を、運動着一枚の下に、ぐり〱揺すぶつてゐる。よく延びた、白い皮膚の、脚ばかりの一面の騒海！」（『赤色戦線を行く』新潮社、一九三一年）と記した。

だが、ここは単にスポーツ競技のためだけの場所ではなかった。多数の聴衆を前にして数々の演説会や示威集会も行われたのである。一九二一年二月、第一次世界大戦後の賠償反対演説会に赴いた池田林儀は、クロール博士が「精細綿密」な数字を示して賠償の不可能を実証するのを見て、「激烈な感情演説よりも、反つて聴衆をして腹の底から感激と興奮とを誘致した」と述べている（『改造の独逸より』東京堂書店、一九二二年）。また、新明正道はここでブリューニング宰相の軽妙な演説を聴き、河合栄治郎もここで社会民主党の演説会に耳を傾けた。

藤森成吉の小説「ドイツ選挙戦風景」（『中央公論』一九三二年九月）には、登場人物の山田がシュポルト・パラストで行われるヒトラーの演説会に向かった時のことが記されている。演説会まで「半時間も間がある」のに、周辺は建物に入りきらない人々であふれかえっていた。旗を持った突撃隊がナチスの歌をうたっているのを見て、山田は「ちヱッ、ＫＰＤ〔ドイツ共産党〕の運動のやりかたをソツクリ真似やがつて」と言っている。

（西村将洋）

◇塚本義隆『ドイツ通信1929-30』（新聞聯合社大阪支社、一九三一年）に収められた「ベルリンのスポートパラストに於ける共和国擁護団体の大示威運動」。

ノイエ・ヴァッヘ（戦死者記念堂）（Unter den Linden 4）

戦死者記念堂は、カール・フリードリヒ・シンケルの設計により、一八一六年から二年の歳月をかけて建設されたもので、最初は国王の衛兵所として使用された。一九三一年に、ハインリヒ・テセナウによって改築され、第一次世界大戦の戦没者を追憶する場所となった。板垣鷹穂が「堅い壁体で周囲をかこむ簡素な形態で、ドリス柱列ねる前廊は古典風の破風を具へてゐる」（『民族と造営』六興商会出版部、一九四三年）と評した建築である。

『欧米の旅　下』（岩波書店、一九四三年）によれば、野上弥生子は、パリの都市景観と比較して、ベルリンの「教科書の文章みたい」に整然とした街並に「失望」していた。その失望を忘れさせたのが、この戦死者記念堂だった。その内部には「石畳の、まつ四角な部屋の中央に、黒大理石の墓碑をもつて高い十字架がおかれ」、燭台には青ざめた炎が燃えていた。その「瓦斯でも噴く仕掛らしい燭台の火が、暗室めいた石の部屋にひどく効果的であつた」。弥生子は「厳かにしんとした美しさ」と、そのときの印象をまとめている。

山口青邨は、ここで「少し趣の異つた」花環を見つけている。それは「白絹の大リボンをかけ」、「木の枝葉を集めてこしらへた深緑の環に、大輪の白菊をぼとりぼとりと鏤めたもの」で、訪独していた秩父宮が手向けたものだった。青邨は「伯林でも初めて菊の花が薫つたやうに思つた」と、俳人らしい言葉を残している（『滞独随筆』三省堂、一九四〇年）。この直後に秩父宮が向かったのは、一九三七年のナチス党大会だった。そののち第二次世界大戦の終戦直前に爆撃で破損したこの建物も、現在は修復され、戦争の犠牲者を追悼するドイツの中心的な場所となった。ただし戦争犯罪人は、その追悼の対象からは除外されている。

（西村将洋）

◇図版は、シンケルが設計した頃の「衛兵所（初案）」（板垣鷹穂『民族と造営』六興商会出版部、一九四三年）。この後のノイエ・ヴァッへの様子については、本書次頁の「ツォイクハウス」の項目にある図版を参照（ツォイクハウスの左側に見える建物がノイエ・ヴァッへ）。

ツォイクハウス（武器庫）　（Unter den Linden 2）

Zeughausとは武庫の意で、元はその名のとおり武器庫であったが、一八八〇年に武器博物館となった。ベルリンを代表する建築の一つである。片山孤村『都会文明の画図伯林』（博文館、一九一三年）によると、「千六百九十五年より千七百六年までに数人の技術家殊にシュリューテルの手を経て出来上つた中古の建物。一辺九十メートルの正方形二階建」という実に宏壮なものである。ウンター・デン・リンデンの東端、シュロス橋の手前左側に位置する。

世界通社編『世界通』（東京タイムス社、一九一八年）には、「北面の二階に大円頂を飾りて『栄光の間』となし、ブランデンブルヒ及び普魯西の戦史を題材とせる壁画及び彫刻を以て装飾した」「武器及び分捕品の博物館としては、世界一の称がある」と書かれている。

中村吉蔵『欧米印象記』（春秋社書店、一九一〇年）に、その収蔵物が詳しく描写されている。一部を抜粋すれば、「入ると黒く光る大砲ばかり並んでゐて、傍に石弾なども積んである、上にはすり切れ、色のさめ果てた軍旗がかけ連ね」「壁間には古さびた槍や剣がかけ連ねてある」「メッス役や、セダン役や、墺太利戦争などの小模型が玻璃の箱の中に飾られてある」「二階へ上ると正面に名匠ラウフ作の勝利神の大理石像、左右の壁画はセダン役と、ウエルサイユ宮の凱旋式」といった具合である。ただし中村は、「人間が如何に争闘の動物であつたか、又今もしかくあるかといふ考しか起らぬ」と、やや批判的な視線を投げかける。

パリのアンヴァリッドの武器博物館をも髣髴とさせるが、当時は東京九段の遊就館に譬えられることが多く、山口青邨の『伯林留学日記　上』（求龍堂、一九八二年）の一九三七年九月一六日の項にも、「日本の九段靖国神社の遊就館のやうなもの」と注記されている。

（真銅正宏）

◇ツォイクハウスとその前を行進する軍隊（内藤民治編『世界実観』第一巻、日本風俗図会刊行会、一九一五年）。

ティーアガルテン（森）（Tiergarten）

徳富蘆花・愛子『日本から日本へ　西の巻』（金尾文淵堂、一九二一年）に、「伯林の肺の臓である」と書かれるティーアガルテンは、ベルリンきっての市民の憩いの場である。

ティーアガルテンとは「動物の庭園」という意味で、元は狩猟場であったのを、フリードリヒ一世の時代以降、順次整備したものである。ブランデンブルク門からシャルロッテンブルクに到る約三キロメートルの大道を中心に、約二五五ヘクタールの広さに及ぶ。東部にはかつて凱旋道路とジーゲス・ゾイレがあり、あちらこちらに池があり、また園内各所ゲーテやレッシング、ワグナーなどの記念像が見られる。保科孝一『伯林と巴里』（冨山房、一九一四年）によると、土曜日の晩になると「兵卒」と「下女」が何千組もここをぶらぶらしていたらしい。

池田林儀の『改造の独逸より』（東京堂書店、一九二三年）には、「三月十日（一九二一年大正十年）はルイゼ皇后の誕生記念日とあつて、チーアガルテンの皇后の大理石像の前には、人が群れてゐた」という描写が見え、帝政終焉後も続くこれらの彫像への市民の親近感が窺える。

近くに住んでいた河上肇は、「其で朝の珈琲を終へて後暫らくは日課のやうに独りで其公園に散歩したものですが、何時でも人に見られるので、其が嫌さに兎角急ぎ足に為つて困りました」（『祖国を顧みて』実業之日本社、一九一五年）と書いている。当時のベルリンの人々の日本人への複雑な視線が窺える。平野万里は逆に、「伯林の芝居とゼツエツション」（『スバル』一九一三年七月）に、「もしこの椈葉樹の森林にいとふべき独乙人を見ることがなかつたら私は賞賛の多くの言葉を決して惜しまないだらう」とドイツ人への反感を書く。いずれにしてもティーアガルテンは、日本人滞在者のそのような感情を癒す場でもあったのである。

（真銅正宏）

◇凱旋道路（ジーゲス・アレー）の彫刻。「歴代の皇帝三十二人の大理石塑像が路の左右に美術的に排列され」、「各帝王の両側には（略）忠臣の半身像が必らず二人宛配置されてある」（内藤民治編『世界実観』第一巻、日本風俗図会刊行会、一九一五年）。

テンペルホーフ空港 (Flughafen Berlin Tempelhof)

ベルリン航空港会社が設立されたのは一九二四年五月である。第一期工事が始まり、一五〇万平方メートルのテンペルホーフ飛行場が完成するのは、その三年後のことになる。予備陸軍航空兵中佐の安達堅造は、「鵬程僅に壹万粁（その二）」（『科学知識』一九二七年一二月）に次のように記した。ヨーロッパ滞在中に六〇余りの飛行場を視察したが、最新の設備をもち、飛行機の離着陸数が最も多いのは、テンペルホーフ空港であると。格納庫は五棟あり、総坪数は一万二〇〇〇平方メートル。事務所や倉庫を含めた管理家屋は、総建坪八〇〇〇平方メートルだった。この空港は夜間着陸も可能で、直径一メートル一〇センチの旋回式大照空燈や、着陸線標示燈を設置している。メトロパ（中欧寝台車食堂車株式会社）が運営する建物内外のレストランの収容人員は、二五〇〇人を誇っていた。

歌人の土岐善麿がテンペルホーフ空港を訪れたのは、一九二七年の初夏のことである。『外遊心境』（改造社、一九二九年）によれば、野外レストランでコーヒーを楽しんでから、彼はベルリン上空遊覧飛行を体験した。ウンター・デン・リンデンやシュプレー河を見下ろしながら、土岐はシートベルトを外して、おそるおそる窓際に寄り、空中写真を撮影している。

一九四一年五月に建築学者の田辺平学は、ほぼ二〇年ぶりにベルリンの土を踏んだ。テンペルホーフの練兵場は、立派な空港に変身している。『ドイツ――防空・科学・国民生活』（相模書房、一九四二年）に彼は、「大都市の真中に斯る大航空港があるのは珍らしい。飛行機から下りると直ぐ近くに地下鉄の停車場があるので極めて便利である」と記した。イタリア旅行から戻るときも、リスボンに向かうときも、田辺はこの空港を利用している。

（和田博文）

◇一九二七年一二月の『科学知識』に掲載されたテンペルホーフ空港の写真で、乗客が旅客飛行機から送迎用の自動車に乗り換えている。

ドイツ座（劇場）（Schumannstrasse 13）

一八八三年に喜劇作者アドルフ・ラロンジュらが中心となってドイツ座を組織し、シラー「たくらみと恋」で幕開け。一八九四年にはオットー・ブルームが責任者となり、ハウプトマン、シュニッツラーといった作家のリアリズムの現代劇を中心に上演した。一九〇五年からはマックス・ラインハルトが引き継いで、シェークスピアなどの古典を斬新な演出で見せた。

一九一三年から翌年にかけてシェークスピア劇を連続上演したときには、パリにいた郡虎彦がベルリンまで見に来ている（「伯林通信」、『白樺』一九一四年七月）。ここで「ファウスト」を見た柳沢健は、ドイツ座が思ったより小さいこと、古典劇でも伝統に縛られず大胆な演出を施していることなどが印象に残ったという（『歓喜と微笑の旅』中央美術社、一九二三年）。

古典劇だけでなく、ゲオルク・カイザー「朝から夜中まで」という表現主義の戯曲も、ここで初演された。一九一九年一月三一日のことである。トルストイ「生ける屍」も評判であった。秦豊吉は、「もし又独逸座がはねた後で一杯のウオツカに寒さを凌いでかへらうとするならば、角を曲つて堀割に近いそこの見すぼらしい露西亜料理屋に寄り給へ。『生ける屍』のフエジアを演じて顔を落したばかりの役者のモイシイが、男ばかりの連れで片隅の汚い椅子に同じくウオツカの一杯に長い垂れ下る髪をかき挙げてゐるのが目に入るであらうから」（『文芸趣味』聚英閣、一九二四年）と、芝居の雰囲気に満ちた情景を描き出している。アレキサンダー・モイシはラインハルトがよく起用したことでも知られ、フェージャは当たり役の一つであった。ラインハルトの名声を慕い、モイシらの演技に憧れてドイツ座に足を運んだ日本人は数多い。

（宮内淳子）

◇夜のドイツ座の車寄せ（Fritz Engel und Hans Böhm, *BERLINER THEATERWINTER*, Eigenbrödler=verlag, 1927）。

独逸日本人会（Bülowstrasse 2）

外務省外交史料館には一九三一年一二月六日付で、ドイツの日本大使館から外務大臣に送られた「在当地本邦人諸団体調査報告ノ件」という公文書が所蔵されている。この公文書によれば、ビューロー街二番地の独逸日本人会は、一九二三年に創立された。目的は「会員相互ノ親睦知識交換福利増進」で、会長は小幡駐独大使が務め、会員数は一五〇名を数えている。「活動ノ範囲（事業）並ニ業績」には「設備」として、日本人会食堂、撞球、ピンポン、庭球、剣道、マージャン、トランプが列挙された。

ベルリンを訪れた日本人の文章を読むと、独逸日本人会は日本人倶楽部とも日本倶楽部とも呼ばれている。そして独逸日本人会には前身があった。山田潤二『伯林脱出記』（千章館、一九一五年）によれば、第一次世界大戦で日本がドイツに宣戦布告する一週間前、一九一四年八月一六日に日本倶楽部は閉鎖されている。この日に彼が倶楽部を出ると、ビューロー街の停留所から号外売りの呼び声が聞こえてきた。寺田寅彦は一九〇九年五月一〇日付の寺田利正宛書簡（『寺田寅彦全集』第二五巻、岩波書店、一九九九年）で、日本倶楽部の食事代は高いと書いているから、この頃にはすでに存在していたのである。

独逸日本人会の内部について秦豊吉は、壁紙は強い赤色で、色の剥げたグランドピアノや古い食卓や肘掛け椅子があったと、『好色独逸女』（文芸春秋社出版部、一九二八年）で述べている。内装や調度品はこの場所が以前、ベルリン一の高等美少年倶楽部だったことを示していた。そういえば黒田礼二は『蝙蝠日記』（大鐙閣、一九二二年）に、閉鎖中の日本人倶楽部とは別に、日本倶楽部という名前の「男色のお茶屋」があると書いている。

（和田博文）

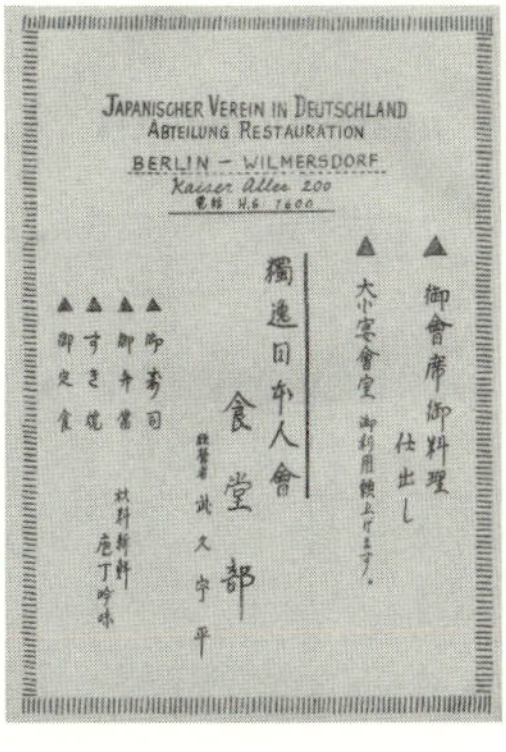

◇野一色利衛編『独逸案内』（欧州月報社、一九三六年）に掲載された独逸日本人会食堂部の広告。この頃にはカイザー・アレー二〇〇番地に移転していた。

動物園（Hardenbergplatz 8）

ベルリンの動物園は一八四四年に創立された。フリードリヒ・ヴィルヘルム四世が自分の動物コレクションを寄贈したものから始まり、一九一一年に片山孤村が訪れた頃には、すでに一四〇〇種、三千余頭を擁していた。

多数の珍しい動物は訪れた日本人を喜ばせたが、中でも水族館は興味を惹いたようだ。一九一九年に訪れた徳富蘆花は、「日本からの山椒魚や蛙などが国際問題なんて、といつた風に、パスポオトの面倒もなく、悠々と遊んで居る、のを見ると人間が少しはづかしい気持ちにせられる」（『日本から日本へ　西の巻』金尾文淵堂、一九二一年）と書いた。武者小路実篤は一九三六年にここを訪れ、「珍しい魚が多く、皆、中々元気で、日本の水族館のやうに尻尾が切れたり、鼻が傷をして白いものがくつついたりしてはゐなかつた」（『欧洲見聞記』山本書店、一九三六年）と感心している。

一九〇〇年に訪れた巌谷小波が注目したのは、動物ごとに建物が違う点だった。「象の居る所には、印度風の家屋、駱駝の居る所には、埃及風の建物、乃至南洋北国と、それ〲模擬家屋のあるのは、頗るよい考案で。中には、肝腎の動物より、建築物を見に行く者もあるだらう」（『小波洋行土産　下』博文館、一九〇三年）と小波は書いた。その予想どおり、一九三〇年にやってきた蔵田周忠は、「動物の遊んでゐる様をゆつくりした気持ちで見てゐるのもよかつたが、殊にこれ等の建物が建てられ、伯林がこの方面に拡大された十九世紀末のドイツの背景を、そしてその発展の依存関係とこれ等の建物の表はれとを考へ合せてみる事は私には尽きない興味だつた」（『欧州都市の近代相』六文館、一九三二年）と書いている。

（和田桂子）

◇動物園の入口は東洋風になっており、石造りの象が据えられている（石川千代松「ドイツ文化を語る」、『世界現状大観　独逸共和国篇』新潮社、一九三〇年）。

東洋館（日本料理店）（Geisbergstrasse 21）

日本料理店の東洋館は、ニュルンベルク広場近くのガイスベルク街二一番地にあった。このあたりは「日本人村」と呼ばれていて、同じ通りの三二番地には、やはり日本料理店の都庵が店を開いている。一九三〇年に刊行された『昭和五年度用日本人名録』（THE EASTERN PRESS, LTD）には館主として大津力男の名前が、一九三六年に出た野一色利衛編『独逸案内』（欧州月報社）には鈴木重吉の名前が記されているから、この間に経営者が変わったのだろう。

在留日本人にとって日本料理店は、故国の味を懐かしむ場所であり、日本人同士が交歓する場所でもある。阿部次郎が一九二三年に書いた「仏英日記」（『阿部次郎全集』第一四巻、角川書店、一九六二年）には、そんな雰囲気がよく現れている。六月二二日は雨が降っていたので、阿部は下宿に遊びに来ていた児島喜久雄・小宮豊隆と、東洋館まで車を走らせた。久しぶりの日本食で、鰻丼や刺し身、煮びたしや香の物がとてもおいしい。八時頃に鈴木宗忠が姿を見せた。さらに森巻吉や村岡典嗣もやってくる。人数が多くなりすぎたので、阿部・児島・小宮は林二九太らを誘って、六人でロシア紅茶を飲みにいった。

旅行者にとっても日本料理店は、異国での緊張を解ける場所である。日本文学研究者の斎藤清衛はベルリン到着後に、日本人がよく利用したガイスベルク街二一番地のパンジョン・イデルナというホテルに向かう。そしてその日の夕食を、一階にある東洋館で食べた。『欧羅巴紀行東洋人の旅』（春陽堂書店、一九三七年）によれば、日本の新聞を読みながら、彼はふとベルリンにいることを忘れている。メニューには、すき焼き、鯛ちり鍋、湯豆腐、田楽、焼き鳥、ぬた、親子丼、天麩羅そばなど、四二品目が並んでいた。

（和田博文）

◇斎藤清衛がスケッチした東洋館の外観のペン画（斎藤清衛『欧羅巴紀行東洋人の旅』春陽堂書店、一九三七年）。

中管（日本人商店）　（Elssholzstrasse 2）

一九三〇年代半ばのベルリンには、中管・与謝野商店・高田屋商店という日本人経営の商店が三軒あり、在留日本人が重宝していた。野一色利衛編『独逸案内』（欧州月報社、一九三六年）に掲載された中管の広告によれば、一九二二年に農商務省海外貿易研究生が創立したらしい。広告の上段に記載されているように、新聞・雑誌・書籍の取次販売を行い、「貴金属、宝石、時計」から「八ミリ十六ミリ撮影機及び映写機」に至るまで、幅広く日本への土産品を取り扱っていた。また広告の下段から分かるように、中管には旅行事務所と食料品部があり、切符の手配や荷物の発送、日本の食料品の販売も手掛けている。

日本の生活で使い慣れたものが欲しくなったとき、在留日本人はよくこれらの商店に探しに行った。山口青邨『伯林留学日記　上』（求龍堂、一九八二年）によると、一九三八年三月四日に山口は、散歩がてら中管に立ち寄っている。「わかもと」がないかと聞くと、「わかもと」も仁丹もドイツ政府に輸入申請をしたが、薬ならドイツに何でもあるという理由で、許可されなかったと主人が答える。仕方なく山口は、パイプを三本買い求めた。

和辻哲郎『故国の妻へ』（角川書店、一九六五年）に収録された妻宛の書簡にも、中管は何度か顔を覗かせる。一九二七年六月八日に和辻は、タイプライターを店で眺めていて欲しくなり、旅行に携帯できる小型のものを購入した。ベルリンを去る直前の一〇月二〇日には、この地で購入した書籍を二箱、中管に依頼して日本に送っている。興味深いのは五月一七日の出来事。隣室の日本人に誘われて、ベルリンの警視庁刑事課の博物館を見学に行くが、このツアーを主催したのが中管だった。この日は五〇人ほどの日本人が集まっている。

（和田博文）

◇中管の広告（野一色利衛編『独逸案内』欧州月報社、一九三六年）。

日本大使館／日本大使館事務所　（Tiergartenstrasse 3 / Ahornstrasse 1）

日本大使館は緑深いティーアガルテンの近くにあり、日本大使館事務所はノレンドルフ広場に近いベルリン西南部にあった。当然、二つの場所のおもむきも異なる。

『游欧雑記　独逸の巻』（改造社、一九三三年）によれば、阿部次郎は「伯林にゐる間、度々大使館に手紙を捜しに行つた」のだという。家族のことが気になって仕方がなかったからである。この阿部のいう「大使館」とは、郵便整理棚のあった大使館事務所のことだろう。ここに届けられる手紙は、日本とベルリンをつなぐ貴重な存在でもあった。一九二七年に渡独した和辻哲郎も、ここに届いた家族からの手紙で「船にゐた時よりもよつぽど工合がいゝ」と、気持ちをもちなおすことができた（『和辻哲郎全集』第二五巻、岩波書店、一九九二年）。

一方、ティーアガルテンの日本大使館には賑やかな雰囲気が漂っている。巌谷小波『小波洋行土産　上』（博文館、一九〇三年）によれば、天皇誕生日を祝う天長節の夜には、ドイツに滞在する日本人が招待されて、「遙かに陛下の万歳を祝すのが、毎年の吉例」だった。その後は一同で君が代を合唱し、隠し芸大会がはじまる。正月にも同じような催しがあった。一九三七年から二年間ドイツに滞在した山口青邨の『伯林留学日記　上』（求龍堂、一九八二年）にも、同様の正月の光景が記録されていることを考えると、この伝統は長く守られていたようだ。

だが、平穏な日々が続いていたわけではない。浜田常二良『大戦前夜の外交秘話』（千代田書院、一九五三年）によれば、一九三五年にベルリン日本大使館からロンドン日本大使館にかけた国際電話がナチスに盗聴されていた事実が判明した。その責任を追求され、ベルリンからの帰国を余儀なくされたのが、武者小路実篤の兄、武者小路公共大使だった。

（西村将洋）

◇ティーアガルテンにあった日本大使館（浜田常二良『大戦前夜の外交秘話』千代田書院、一九五三年）。この建物も第二次世界大戦で空襲にあった。

ノレンドルフ広場劇場 (Nollendorfplatz 5)

一九三三年の秋、ノレンドルフ広場の近くに下宿していた画家の東山魁夷は、その場所を「劇場や映画館、レストランなどの並んだ賑やか」なところと説明している（『馬車よ、ゆっくり走れ』新潮社、一九七一年）。ノレンドルフ広場劇場は、この広場の一角にあった。

一九一四年、穂積重遠はここで「初めて西洋踊りの妙味を解し得た」。ロシア・バレーのディアギレフ一座が興行に来ていたのである。穂積は「実に軽妙活溌、よくもあゝからだが動くものと思ふ。殊に目立つのが足の動き」と記し、「これを見ると帝劇諸嬢のドタバタダンスは真に情けなくなる」と述べた（『独英観劇日記』東宝書店、一九四二年）。また茅野蕭々は、ここでマリー・ウィグマンの舞踏を見た。茅野は「古代彫刻によくある著物の襞、あれが盛に動く。肉体の曲線運動に従つて動くと思へばよい。さうしてその曲線の運動が我々観客の上に一定の印象を重ねてゆく」と感想を綴っている（『朝の果実』岩波書店、一九三八年）。

この劇場は前衛劇がたびたび上演された場所でもあった。一九二七年、黒田礼二は「どっこい、生きてる！――ノレンドルフ座にトラア新作をのぞいて」を『東京朝日新聞』（一一月一七〜二五日）に連載し、エルンスト・トラーとエルヴィン・ピスカートルという二人の鬼才が集結した新作を日本に報じた。トラーの「思想は線香花火の火花の様に劇的効果を収めつゝ四方八方に飛乱する」と黒田は述べている。この舞台の稽古を見学し、芝居で使う映画にも出演したのが、千田是也だった。ただ、千田はピスカートルの横暴な態度や、「芸術スノッブ」を対象とした演出に疑問を抱いていた。政治演劇も「一時のセンセーションに終わるだけではないか」というのが正直な感想だった（『もうひとつの新劇史』筑摩書房、一九七五年）。

（西村将洋）

◇エルウイン・ピスカトール『左翼劇場』（村山知義訳、中央公論社、一九三一年）に収められたトラー作、ピスカートル演出による「どっこい生きてる」（一九二七年）の舞台装置。

フィルハーモニー・ザール（コンサート・ホール）（Bernburger Strasse 22-23）

ベルリン・フィルハーモニーの音楽堂は、兼常清佐『音楽巡礼』（岩波書店、一九二五年）によると、ベルンブルガー街の「『スカッチング　リング』といふ興業場」が、一八八八年にシュヴェヒテンによって「音楽堂として改築」されたものである。小松耕輔『世界音楽遍路』（アルス、一九二四年）には「五千人の聴衆」と書かれているが、これはややオーバーであろう。

和辻哲郎は滞伯中、しばしば足を運んだ。一九二七年九月二三日付の照子宛書簡に、「今こちらで評判のフルトヱングラーといふ指揮者は十月七八日から出初めるので、今のところはPrüwerといふ人がやつてゐる」（『和辻哲郎全集』第二五巻、岩波書店、一九九二年）とある。

またここでは、コンサート以外にもいろいろな催しがあった。巌谷小波『小波洋行土産　上』（博文館、一九〇三年）によると、日本で東京神田の独逸学協会学校が焼失した際、「東京祭」という大慈善会が開かれ、また『小波洋行土産　下』（博文館、一九〇三年）には、「ゲエテ祭」、婦人慈善会による「大夜会」、訪伯中の日本の芸者たちによる「演芸会」などの記事が見える。

池谷信三郎の『望郷』（新潮社、一九二五年）の主な登場人物である恵吉も、ここで、クライスラーのヴァイオリンによる、「ヴイバルデイーの『司伴曲ハ長調。』と云ふ曲」を聴いている。

宮内鎮代子『女性の出発』（六芸社、一九三九年）には、「ホールは古く、二千人たらずしかはいらないのですが、ベルリン一の大きいホールです。椅子は木の椅子です。そして、座席は下は平らで、二階は歌舞伎座のやうに三方にあり、ステーヂは雛段を組み、オーケストラの並んだ上に、つゞいて聴衆が並んでゐます。四方から聴かれるわけです」とある。この立派なザールも第二次世界大戦で失われ、現在地に再建されたのは一九六三年のことである。

（真銅正宏）

◇フィルハーモニーの音楽堂で、ベルリン・フィルハーモニー管弦楽団を指揮するヴィルヘルム・フルトヴェングラー（*BERLIN POTSDAM u. UMGEBUNG*, Atlantis Verlag, 1936）。

ブランデンブルク門（Pariser Platz）

ブランデンブルク門は、一七九一年にプロイセン王国の凱旋門として、アテネの神殿の門を真似て作られた。門の上には四頭立ての騎馬に乗る勝利の女神ヴィクトリアの像が据えられているが、これは一八〇七年にナポレオンによって奪われ、フランスに持ち去られた。それを一八一四年にドイツが奪い返したのである。ベルリンを代表するこの門について片山孤村は、「数列のドーリス式大円柱に支へられた門の姿は勇ましくも亦美しき限りである」（『都会文明の画図伯林』博文館、一九一三年）と書いた。

一九二七年一〇月二日、ヒンデンブルク大統領の八〇歳の誕生祝賀会が行われるというので、自動車に乗った大統領を一目見ようと、和辻哲郎はブランデンブルク門のそばで待っていた。一時間半も待った頃、「ヒンデンブルグの自動車が門の柱の間からチラと出て来たと思ふと、前に立つてゐた青年が帽子を持つてゐた手を高くあげて万才をやり出した。お蔭で私の前にあいてゐた穴はふさがつて了ひ、何にも見えなくなつてしまつた」（『和辻哲郎全集』第二五巻、岩波書店、一九九二年）というのだから情けない。

ナチスの時代には、このブランデンブルク門の傍らに、そして高い台上にも衛兵が立っていた。彼らは銅像のように一時間ほど不動の姿勢で立っているのだ。その姿を山口青邨は、「どこまでもフォルムの国ドイツの構成美、形態美、統一美をなしてゐる。日本の仏閣の山門の如き構成美をなしてゐる」（『わが庭の記』龍星閣、一九四一年）と感嘆した。正午の衛兵の交代は名物になっていて、「吾々、外国人には殊更珍らしいので買物をして居るのを止めて外に出て見ると言つた具合」（『わが庭の記』）だったらしい。

（和田桂子）

◇ブランデンブルク門を通って行進する衛兵たち。当時の絵葉書。

フリードリヒ街 (Friedrichstrasse)

一九一三年にベルリンに滞在した小山内薫は、小説「逆戻り」(『伯林夜話』春陽堂、一九一六年)に、「夥しい人通りである。乗合自働車が来る。馬車が来る。電車が通りを横に切る。夜の生活を『遊び』にする男達と、夜の生活を『商売』にする女達とは、目まぐるしい程に入り乱れて歩いてゐる」と、フリードリヒ街を描いている。ベルリン東区に位置するこの通りは、もともとフリードリヒ二世が整備したことから名づけられ、第一次世界大戦前まではベルリン第一の繁華街だった。『世界地理風俗大系』第一一巻(新光社、一九三一年)には、「道幅はせまく街路樹はないが種々の娯楽場やカフェーやバーなぞが集まり夜は暁近くまで不夜場の賑ひを呈する」と記されている。だが、一九一九年のワイマール共和国成立を境として、繁華街は、この通りから次第に新興ベルリンともいうべき西区に移動していった。

小宮豊隆『ベルリン日記』(角川書店、一九六六年)には、一九二三年のインフレの頃、フリードリヒ街の「蓄音機屋」で出会った「いかにもうぶで可愛い女店員」を見ていて、ふと「いろんな客のためにスポイルされ、あばずれになるのだろう」と思う場面がある。小宮は第一次世界大戦後に「ドイツ中の処女がもてあそばれ」ていることをよく知っていた。彼が「淫売を買う気」になれないのは、「ドイツ」と「自分」と「妻子」を愛するからである。だが、その日記の続きには、その辛抱も「いつまで続くものやら」と、小宮自身も記していた。

そんなフリードリヒ街を、丸木砂土(秦豊吉)は、「夜鷹が往復」し、「美しい明暗の趣きが少なく、甚だ殺風景」であり、「連れ込みホテルを軒並に控へた」「暗い銀座」と表現したのである(『青春独逸男』文芸春秋社出版部、一九二九年)。

(西村将洋)

◇『世界地理風俗大系』第一一巻(新光社、一九三一年)に収録された「夜間生活」と題するフリードリヒ街の写真。

フリードリヒ街駅　(Friedrichstrasse Bahnhof)

ベルリンにはアンハルター駅やポツダマー駅など、多くの列車の駅がある。シベリヤ鉄道を利用したり、ヨーロッパ各地から来るときに、到着駅が異なるので、出迎えてほしければ駅名を連絡しておく必要があった。日本人旅行者がよく利用したのはフリードリヒ街駅とツォー駅である。瀧本二郎『千五百円三ケ月間欧米見物案内』(欧米旅行案内社、一九二九年)は、イギリスやフランスから来る場合は、前者での下車が一番いいと述べている。ツォー駅は日本大使館事務所や独逸日本人会が近いので、日本人には便利だった。

一九一〇年に朝日新聞社が企画した第二回世界一周会の一行は、六月二六日の午前一〇時にケルンを出発し、午後七時にベルリンに到着している。一行が下車したのはフリードリヒ街駅である。朝日新聞記者同編『欧米遊覧記』(朝日新聞合資会社、一九一〇年)によれば、日本大使館・日本人倶楽部の関係者らの出迎えを受けて、一行は車でベルヴュー・ホテルに向かっている。翌日から四日間、彼らはベルリン市内やポツダムを観光した。

シベリヤ鉄道でロシアを横断してベルリンを訪れた斎藤清衛も、フリードリヒ街駅で下車している。『欧羅巴紀行東洋人の旅』(春陽堂書店、一九三七年)に斎藤は、このときの様子をこう記した。鞄と毛布を持って、人々の後からついていったが、駅舎が修理中で順路が分からず、南側の裏口に出てしまう。駅前には広場もなく、タクシーも見当たらなかった。仕方なく日本でもらった欧米旅行者便覧を手にぼんやりしていると、ドイツ人の男が近づいてくる。どこに行くのかと尋ねられ、中管の住所を見せると、男はバスの停留所まで案内してくれた。都市の玄口である駅には、旅行者の期待や不安が満ち溢れている。

(和田博文)

◇Mario Krammer, *Berlin und das Reich*, Ullstein, 1935に収録された、フリードリヒ街駅の構内の写真。

フリードリヒスフェルデの墓地（Friedrichsfelde）

後のバウハウス第三代校長であり、モダニズム建築の巨匠としても知られるミース・ファン・デル・ローエが設計したドイツ革命戦士記念碑（一九二六年）は、フリードリヒスフェルデの墓地にあった。ここには一九一九年に国防省のノスケひきいる義勇軍に虐殺された革命家カール・リープクネヒトとローザ・ルクセンブルクをはじめとして、一九一八年一月のストライキで犠牲者となった人々など、多くの共産主義者が葬られていた。

一九三〇年三月、殺害された共産党員の葬列に加わるために、勝本清一郎もこの墓地を訪れた。勝本は革命戦士記念碑を「硬質の煉瓦をもつてガッシリと組み上げた、積木細工の城壁のやうな巨大な構成物」と記している（『赤色戦線を行く』新潮社、一九三一年）。藤森成吉「ベルリンの春」（『文化集団』一九三三年六月）は、「ベルリン内外の墓地中最大」の、この記念碑周辺での出来事を小説の題材とした。青々とした緑や草花の中で、登場人物の「僕」は、『レンツ（春）！』何かが僕の耳へ囁いた。――初めて僕が春でも見たやうに」と小説を締めくくった。この後、この記念碑もヒトラーによって破壊されることになる。

時をさかのぼること約一〇年、一九二〇年に、哲学の二教授と音楽の一教授をひきいてここに来たのは、北一輝の弟、北昤吉だった。北は哲学と政治学の融合を考えて、右派や左派の機関紙八種を毎日乱読していた。下宿先の門番のM君は、北が共産党を支持していると勘違いして、墓参に誘ったのである。北は白虎隊や源義経の非業の死になぞらえながら、リープクネヒトの「悲劇的の死は、彼の有する一切の欠点を忘れしめて、彼の正直と卒直と果敢と情熱を愛せしめる」と、感慨深く文章を綴っている（『哲学行脚』新潮社、一九二六年）。

（西村将洋）

◇石濱知行「現代の社会思想」（『世界現状大観』独逸共和国篇、新潮社、一九三〇年）に収められた、ミース・ファン・デル・ローエ設計の「ドイツ革命戦士の記念碑」。手前の右側に見えるのがカール・リープクネヒトの墓石。左が、ローザ・ルクセンブルクの墓石。

ペルガモン博物館（Am Kupfergraben）

ペルガモンとはアレキサンダー大王の死後間もなく小アジアに生まれた国で、現在でいえばトルコに位置する。ここで発掘された「ゼウスの祭壇」は、紀元前一六五〜一五〇年の間にオメイネス二世により建てられたもので、ドイツの調査隊が一八七八年から一八八六年の間に発掘した。これをベルリンへ持ち出すには、多大な労働力と費用がかかっている。美術品の発掘競争は、フランスやイギリスに対抗する一手段でもあった。

巨大遺跡を納めるために建てられたペルガモン博物館は、一九〇九年にアルフレット・メッセルの設計によって起工され、一九三〇年にやっと完成した。これでムゼウムス・インゼル（博物館島）の構想が実現したわけで、蔵田周忠は「伯林博物館『ムゼウムス・インゼル』公開」（『国際建築』一九三二年一月）でこれを報告している。また、「手法もメッセルらしいクラシックの堅実さであるが室内や陳列法には新しい時代の穏健な採用が見られる」（『欧州都市の近代相』六文館、一九三二年）とも書いている。原寸で再現できるよう設計の段階から配慮された展示が、この博物館の特質であった。

「ゼウスの祭壇」だけでなく、バビロンにおけるドイツ隊の発掘（一八九九〜一九一七）で発見された遺跡もここの目玉である。野上弥生子はそのイシュタール門から延びるバビロンの行列大通りの壁を見て、「壁が屏風のやうに屈折し、それに一頭づつ並列させてあるのも距離と運動を示すに役だち、じつと眺めてゐると、いかにも王の飼物らしい驕慢な獅子の列が、妖しく美しい彩瓦のつくりだす雰囲気とともに、近づくほどのものをバビロンの古い栄華の夢に誘ひこまうとする」（『欧米の旅　下』岩波書店、一九四三年）と記している。

（宮内淳子）

◇ペルガモンの宮殿（市河三喜・晴子『欧米の隅々』研究社、一九三三年）。祭壇は正面三六メートル、側面三四メートル、高さ九・六メートル。基壇の壁にはオリンポスの神々のレリーフが施されている。

ベルリン工科大学（Berliner Strasse 170-172）

野一色利衛編『独逸案内』（欧州月報社、一九三六年）によれば、ベルリン大学以外の官立大学として、工科大学、商科大学、農科大学、獣医大学、政治大学、音楽大学、独逸体育大学、国立芸術学院がベルリンにあった。九つの官立大学のうち、商科大学と政治大学を除く七大学は、一九世紀に創立されている。一八七九年創立のベルリン工科大学は、シャルロッテンブルクのベルリナー街に面していた。ティーアガルテンの西のシャルロッテンブルクは、一九二〇年に大ベルリンに併合された町である。ツォー駅からハーデンベルク街を進むとクニー（現在のエルンスト・ロイター広場）に出る。そこで右折して、ベルリナー街（現在の六月一七日通り）を少し歩くと、右側にベルリン工科大学があった。

建築家の蔵田周忠は『欧州都市の近代相』（六文館、一九三二年）で、ベルリン工科大学の外観が「豪壮」で「彫刻の重い建物」だと述べている。ここに通っていたY教授は、「学校建築も立派でないと大人物は出ませんよ」とよく彼に語ったという。もっともバウハウスやジードルンクに関心を示す蔵田とは、意見が合わなかっただろう。「新らしい箱のやうな建物ではどうだらうか」という杞憂を聞いて、さすがに彼も反論したらしい。

同じく建築が専門の田辺平学は、ベルリン工科大学の入口の大広間に、第一次世界大戦で戦死した学生たちの記念像が設けられていたと、『ドイツ――防空・科学・国民生活』（相模書房、一九四二年）に書いている。壁面には多数の戦死学生の氏名が、塗料で記されていた。以前は銅盤に氏名を刻んでいたが、一九四〇年に武器製造のため、銅盤を供出したのである。第二次世界大戦でも銅盤だけでなく、多数の学生の命が失われることになった。

（和田博文）

◇ベルリン工科大学の外観（*Grüsse aus Berlin und Umgebung in Bild und Wort*, W. Sommer, 1898）。

ベルリン大学（Unter den Linden 6）

ベルリン大学（現在のフンボルト大学）、正式にはフリードリヒ・ヴィルヘルム大学は一八一〇年に開学した。キャンパスの所在地は、王宮に近いウンター・デン・リンデン沿いである。ベルリン大学は二つの点で、世界中に大きな影響を与えた。一つは、権力と一線を画す教授と研究の自由、すなわち「学問の自由」という理念を掲げたことである。もう一つは、哲学を重視したことで、開学時はヨハン＝ゴットリープ・フィヒテが有名だった。

一九一一年四月に留学した片山孤村は、『都会文明の画図伯林』（博文館、一九一三年）に「伯林大学」「学生区及労働者区」の章を設けている。片山の説明によれば、一九一〇年のベルリン大学の教官数は五〇〇人余りで、学生数は七九〇二人、聴講生も含めると一万二二一九人が学んでいた。パリのカルチェ・ラタンと同じように、ベルリンにも学生区がある。ベルリン大学から北に歩いて、シュプレー河の橋を渡った、フリードリヒ街一帯である。約一万人の学生がこのエリアで、朝食（コーヒーとパン）付きの下宿を借りていた。

一九三四年一〇月に留学した化学者の安部道雄は、「ベルリンだより」（『婦人之友』一九三五年三月）で自らの留学生活をこう紹介した。午前中は数学の講義を聴き、午後は大学構内の語学校でドイツ語を学んでいる。数学の時間は教室は静かだが、日本人が四人、中国人とイギリス人とトルコ人が三人ずつ、アメリカ人とスウェーデン人が一人ずついる、ドイツ語のクラスは賑やかだと。「盗む」という単語を説明するときに、先生は学生の帽子をとって教室の外に飛び出す。週に二回は先生の奥さんや子供も一緒に、遠足や見学に出掛けて、教室で学んだドイツ語を実際に使ってみると。

（和田博文）

◇片山孤村『都会文明の画図伯林』（博文館、一九一三年）の口絵を飾った「現今の伯林大学」。奥の建物がキャンパスで、その手前がウンター・デン・リンデン。

ベートーヴェン・ザール（コンサート・ホール）（Köthener Strasse 32）

ベートーヴェン・ザールは、一八九九年に開堂の式を挙げた、ベルリンを代表するコンサート・ホールの一つである。兼常清佐『音楽巡礼』（岩波書店、一九二五年）には、『ベートーヴェン楽堂』は『フィルハルモニー』につゞいてその裏にある。同じ経営者の手で建てられた姉妹楽堂である。約千人の聴衆を容れる位の大さである」と書かれている。

小宮豊隆はしばしばここに通った。『ベルリン日記』（角川書店、一九六六年）によると、一九二三年九月一八日に「ロシアの旧帝室歌劇付の役者の四部合唱」を聴いているし、同月二一日には、「クラウディオ・アラウとかいうピアニストのピアノ」を聴きに出かけた。この際には、ベートーヴェン・ショパン・シェーンベルク・ブゾーニ・リストの曲を聴いている。茅野蕭々の「滞欧日記抄」（茅野蕭々・茅野雅子『朝の果実』岩波書店、一九三八年）にも、一九二六年一月八日、「フリイドマンのショパンの夕」を聴きに出かけたことが書かれている。

これら演奏会の様子は、日本にも伝えられていた。例えば一九三八年五月の『フィルハーモニー』の「海外楽信」には、「ヒュッシュ独唱会」として、「我国にも知名な歌手ゲルハルト・ヒュッシュが伯林ベートーヴェンザールで一月末独唱会を催した」と載せられている。

ちょうどその頃である。山口青邨は一九三八年四月二五日の日記に、「ベートーヴェン座のテノールの会」に見知らぬ女性から招待を受け、友人たちに相談すると「街の女」に違いないというので、翌二六日、友人に同道してもらって行ってみると、「Ausländer Amt」の人たちの好意の招待だったという顛末を書いている（『伯林留学日記　上』、求龍堂、一九八二年）。その日のプログラムは藤原義江の独唱であった。

（真銅正宏）

Das Berliner Programm

Konzerte, Vorträge etc.

Konzerte

Philharmonie, Bernburger Str. 22
Singakademie, Kastanienwäldchen
Beethoven-Saal, Köthener Str. 32
Bach-Saal, Lützowstr. 76
Bechstein-Saal, Linkstr. 42
Schwechten-Saal, Lützowstr. 76

Vorträge

Schubert-Saal, Bülowstr. 104
Singakademie, Kastanienwäldchen
Aula, Hohenstaufenstr. 47
Aula, Lützowstr. 84 d
Haus der Technik, Friedrichstr. 110
Reichswirtschaftsrat, Bellevuestr. 15
Aula, Georgenstr. 30

Ausstellungen

Haus der Technik, Friedrichstr. 110-112
Potsdamer Straße 123 b
Ausstellungshallen am Kaiserdamm
Funkhaus am Kaiserdamm

◇ベルリンの情報誌に掲載された、一九三〇年二月四日から一〇日までのコンサート情報。ベートーヴェン・ザールではほぼ毎日公演が行われていることがわかる。（*Das Berliner Programm*,出版社不明）。

ホテル・アドロン（Unter den Linden 1）

ウンター・デン・リンデン一番地という住所を持つこのホテルは、まさにベルリンの玄関といってよい。設立は一九〇七年で、落成式にはカイザー・ヴィルヘルム二世の臨席を賜った。以来、国賓、外交官、有名人の多くはこのホテルを定宿とした。チャーリー・チャプリン、マレーネ・ディートリヒ、トマス・マンもここに泊まった。乃木希典も、一九一一年の夏をベルリンで過ごした際、ここを根城とした。『頬杖つきて』（政教社、一九一二年）によれば、鳥居赫雄はここの一階のサロンで乃木大将と面会している。

オリンピック世界連合委員会の本部もここに置かれた。オリンピックにあわせてベルリンに滞在していた横光利一の送別会も、このホテルで催された。「どことなく大劇場の壮麗さだ」（『欧州紀行』創元社、一九三七年）と横光は感嘆している。一九四一年五月八日には、ドイツ・イタリア両国から招聘された軍事調査団山下奉文中将一行が、ドイツ側の軍幹部を招待して別離の宴を開いた。在留邦人として列席した田辺平学は、「日独両国旗の下、湧き起る奏楽の裡に、此処でも彼処でもカーキ色の軍服と淡鼠色の軍服とが入り混つて、互に手を執り合つてカクテルやビールの杯を挙げてゐる」のを「日独交歓の美しい絵巻だ」と感じた（『ドイツ――防空・科学・国民生活』（相模書房、一九四二年）。

しかし戦争も終わりに近い一九四五年ごろになると、さすがに華やかさは薄れる。「独逸の外務省も隔週水曜日にホテル・アドロンで省員と外交団との定例午餐会を開いて、つとめて接触を保つことに努力してはゐたが、料理などにももはや無理をしてゐるなと云ふ感を免れなかつた」（『縁なき時計』采花書房、一九四八年）とは与謝野秀の言である。

（和田桂子）

◇一九三〇年二月四日〜一〇日の週の、ベルリンで開催されるイベントを記載した情報誌 *Das Berliner Programm* によると、この週ホテル・アドロンでは、毎日午後五時のお茶（5 Uhr-Tee）とダンス（Tanz）の催しがあったことがわかる。

メトロポール座（劇場）（Behrenstrasse 55-57）

メトロポール座は、肩の凝らないオペレッタやヴァリエテを供する大衆的な劇場である。『独逸案内』（欧州月報社、一九三六年）によれば、入場料は九〇ペニヒから一五マルク九〇ペニヒまでで、ヴィンター・ガルテンや国立劇場に比べてずいぶん幅がある。巌谷小波は一九〇〇年一一月六日、ベルリンに着いて二日目にこの劇場を訪れている。出し物は手踊り、軽業に続いて喜劇「転倒世界」であった。「筋は極めて簡単なものだが、その座の立派さと、海底を見せる大道具と、女護島観兵式の美しさとは、頗る人目を喜ばして、着後二日目の田舎者には、只開いた口の閉がる間も無かつた」（『小波洋行土産　上』博文館、一九〇三年）と小波は大いに感嘆し、楽しんだようだ。

寺田寅彦は、一九〇九年からの一年半の滞在中、たった一度だけメトロポール座に行ったと書いている。「夜会服姿の黒奴に扮した舞踊などもあつたが、西洋人ばかりの観客の中に交つた我々少数の有色人種日本人には、かうしたニグロの踊は決して愉快なものではなかつた」（「マーカス・ショーとレビュー式教育」、『中央公論』一九三四年六月、「吉村冬彦」の署名）というから、小波ほど無邪気には楽しめなかったようだ。

一九三〇年九月一六日には、新明正道がオペレッタ「ヴィクトリア」を見に行っている。この日はオペレッタの前に日本のフィルムが上映された。「どうも変なところがある。僧侶か神主か分らぬものが出てくる。ちょんまげをつけているものもいるには驚いた。女の服のつけ方も無理があり、支那的でもある。大分笑った」（『ワイマール・ドイツの回想』恒星社厚生閣、一九八四年）と新明は書いている。

（和田桂子）

◇メトロポール座のプログラムと一九二九年九月一六日のチケットの半券。

ラインゴルト（レストラン）　（Bellevuestrasse 19-20）

ラインゴルトは、ホテル・エスプラナーデにほど近いベルヴュー街にあった料理店で、これもベルリンで有名な、何店も支店を持つ料理店アシンゲルの系列店である。片山孤村『都会文明の画図伯林』（博文館、一九一三年）にも、「アッシンガー株式会社」について述べた後に、「『ラインゴルト』（Rheingold）の如き広大無辺の料理店は亦同社の経営する所である。千二百万麻を費した贅沢極まる大建築には四千人を容れて余がある」と書かれている。

池谷信三郎の『望郷』（新潮社、一九二五年）には、ここ「ラインゴールド」に踊り場があったことが書かれている。また山田耕筰は『私の観た現代の大作曲者』（大阪毎日新聞社・東京日日新聞社、一九三四年）に、一九一〇年頃の様子として、「四十人ばかりの楽手からなるオーケストラがヴィーン式の、気の利いた演奏をしてゐました」と書いている。総合的な娯楽場だったようである。また新明正道は、一九三〇年一月二日、ここで夕食を取った後、ほど近いベルリン・フィルハーモニーへと出かけている（『ドイツ留学日記』時潮社、一九九七年）。

山田は続けて、その指揮者について、次のような興味深いエピソードを紹介する。すなわち、「Walzerkönigといふのは、ワルツの作曲で名高い、例の『藍色のダニューブ河』などを作つた、ヨハン・シトラウスの事です。そしてその孫であるこのレストランの指揮者も、やはりヨハンといふのださうです。名高い楽人の孫が、金のためにとはいひながら、レストランの指揮者をして、そして祖父のもらつた勲章を胸にぶら下げながら、得意さうに演奏してゐるのを見た時には、私は悲惨な滑稽とでもいふべき異様な感慨に打たれずには居られませんでした」というものである。これもベルリンならではのエピソードということができよう

（真銅正宏）

◇一九三一年のポツダマー広場を写した航空写真。大きな屋根に「RHEINGOLD」の文字が見える（E・ロータース編『ベルリン1910-1933芸術と社会』多木浩二・持田季未子・梅本洋一訳、岩波書店、一九九五年）。

ルストガルテン（広場）（Lustgarten）

かつては王宮、旧博物館、ベルリン大聖堂に三方を囲まれた広場だったが、現在、王宮はなくなっている。もう一方の橋を渡るとウンター・デン・リンデンに続く。もともと一五七三年に王宮の庭園として作られたもので、「Lust」には「愉楽」の意味がある。権威ある建造物が立ち並ぶ広場であるが、「何か事があるとよく示威運動が行はれるところ」（池田林儀『改造の独逸より』東京堂書店、一九二一年）というように、ウンター・デン・リンデンへとデモに向かう格好の集合場所となった。

藤森成吉は一九三〇年のメーデーの様子を、「大広場が、無数の赤旗と労働者達の黒い姿でギツチリ埋つてゐる。四ケ所へ演台を作つて、ラッパの音を合図に党中央委員長テールマン、赤旗編集長ノイマン、赤色救援会長ピーク、その他、印度、支那、日本等の同志が大声で演説をやる」（『ロート・フロント』学芸社、一九三三年）と書いている。この頃の日本では厳しい弾圧がありデモなど考えられない状況だったので、留学生たちはこうしたデモをよく見に行き、書き留めていた。しかし、一九三八年のメーデーに山口青邨がルストガルテンで見たのはヒトラーであった（『伯林留学日記　下』求龍堂、一九八二年）。ベルリン・オリンピックのときには、ルストガルテンにナチスの旗が高々と、幾つも並べられた。オリンピックの聖火はまず、ルストガルテンに届けられたのである。

しかしふだんは、観光名所であり市民の憩いの場でもあった。クリスマスにはヴァイナハツマルクト（クリスマス市）が開かれ、サーカスや露天がたくさん出たり、ちょっとした乗りもので遊ぶ施設が出来たりして子どもたちの歓声が響いた。

（宮内淳子）

◇ルストガルテンにおける「ベルリンのメーデー」（『世界地理風俗体系』第一一巻、新光社、一九三一年）。うしろに見えるのは旧ドイツ皇室の王宮。

レッシング座（劇場）（Friedrich Karl-Ufer 1）

一八八八年、オスカー・ブルーメンタールがレッシング作の「ナータン」でこけら落としをし、一九〇四年からは自由劇場の創立者として知られるオットー・ブルームが引き継いで、イプセンやハウプトマンの作品を中心に上演した。一九一二年にブルームが没すると経営はヴィクトル・バルノフスキーの手に移る。

小山内薫は一九一三年の一月から三月をベルリンで過ごし、最後のブルーム演出の舞台をレッシング座で見た。ベルリン滞在中、彼がもっとも多く通ったのがこの劇場で、「芸風から言っても、舞台の設備から言っても、飽くまで生真面目に、極めて地味な座である」（「レッシング座で見た芝居」、『歌舞伎』一九一三年六月）と書いている。彼はここで、イプセンの「社会の柱」「青年団」「ヘッダ・ガブラー」「海の夫人」、ハウプトマンの「海狸の皮」「沈鐘」「織匠」「寂しき人々」「ローゼ・ベルント」を見た。エマヌエル・ライヒャー、オスカー・ザウアー、エルゼ・レーマンといった名優たちもここに属していた。

しかしやがて、時代の変化が劇場にも影響してきた。一九二三年、小宮豊隆『巴里滞在記』（岩波書店、一九三四年）によると、ここでモスクワ芸術座第三スタジオのエヴゲーニー・ワフタンゴフ演出、カルロ・ゴッツイ作「トゥーランドット」などを見ている。ソヴィエトとの交通がさかんになっていたことを思わせる。一九三〇年九月一四日の総選挙の日に、新明正道がここにいた。第一次大戦中の水兵の反乱を題材としたピスカートル演出「皇帝の奴隷」（原作、テーオドール・プリーヴィエ）の初演を見ていたのだ。幕間には、幻燈で選挙結果を写し出していた（『欧州の危機』日本評論社、一九三一年）。ナチ党が驚異的な伸びを見せた選挙であった。

（宮内淳子）

◇レッシング座（*Grüsse aus Berlin und Umgebung in Bild und Wort*, W. Sommer, 1898）。

ロマーニッシェス・カフェ　(Kurfürstendamm Strasse 238)

カフェ・デス・ヴェステンス（西区カフェ）にたむろしていた芸術家たちは、一九一七年ごろ、カイザー・ヴィルヘルム記念教会の向かいに立つロマーニッシェス・カフェに居場所を移した。一九一六年にできたこのカフェは、特に料理がうまいわけでもインテリアがすばらしいわけでもなかったが、大人数を収容でき、居心地のいいコーナーを芸術家たちに提供した。

このカフェにはさまざまな出会いがあった。一九二七年、千田是也は「この辺のエキストラ市場になっているロマーニッシェス・カフェーに坐って、コーヒー一杯を奮発して、口のかかるのを待つことにした」（『もうひとつの新劇史』筑摩書房、一九七五年）。そしてまんまと映画「大自然と愛」のエキストラの仕事をせしめるのである。

一九三〇年一月四日、新明正道に近づいたのはドイツ人の老人だった。「北清事変とか仏陀について話すが、要領を得ず。一本二フェニッヒの煙草を出して大いにのめという。立ちがけに、買物にゆくというと『一緒にゆこうか』といっていたところを見れば、どうも好い加減の爺らしい。こんな話の分らぬ爺をつれて歩いて一体何の役に立つか、妙な人間の多いところである」（『ワイマール・ドイツの回想』恒星社厚生閣、一九八四年）と新明は書いている。

一九三三年には秦豊吉がベルンハルト・ケラーマンと一緒に、彼の行きつけだったこのカフェへ行っている。夕方になってカフェの向かいの教会の鐘が鳴るとケラーマンは、「京都の鐘は、あんな殺風景な音ではない」と言い、「『ぶむむむ、ぶむむむ』と指を挙げ、遠く二十五年前に聞いた日本の鐘の音を回想するやうに微笑した」のだった（秦豊吉『伯林・東京』岡倉書房、一九三三年）。

（和田桂子）

◇一九二八年ごろのロマーニッシェス・カフェ。ROMANISCHES CAFÉ の文字が見える（Jürgen Schebera, *Damals im Romanischen Café*, Westermann, 1988）。

〔補〕日本人雑誌編集長の見たベルリン

戦前のベルリンには、日本人の発行した雑誌がいくつかあった。このうち『東亜』『日清月報』『Deutsch-Japanische Revue』『日独学芸』『独逸月報』『日独月報』について解説する。調査に際してベルリン日独センターの桑原節子氏、Staatsbibliothek zu Berlin の Jutta Schöffel 氏、Die Deutsche Bibliothek の Ellen Bertram 氏、扶桑書房氏のご協力を得た。

『東亜』

『東亜』（*Ost=Asien*）は、玉井喜作（Kisak Tamai）が創刊したドイツ語雑誌である。一八六六（慶応二）年生まれの玉井は、一八九二年妻子を日本に置いてロシアに向けて出発し、シベリヤを横断して一八九四年にベルリンに着いた。ベルリンでは語学力を生かして『ケルニッシェ・ツァイトゥング』紙の記者として働いたが、日本とドイツの橋渡しをすべく、自ら『東亜』を発刊することに決めたのだった。

『東亜』は一八九八（明治三一）年四月号が第一号となっており、本文はドイツ語ながら、日本語で「在欧日本人月刊欧文雑誌ノ始稿」と説明が付されている。Ost=Asien というタイトルの下には「日独貿易ノ大機関」とあるが、副題として Monatsschrift für Handel, Industrie, Politik, Wissenschaft, Kunst etc. と書かれており、この雑誌が貿易に留まらず、工業、政治、学術、芸術等の広い守備範囲を持つ月刊誌であったことがわかる。玉井はこれをベルリンのツィンマー街一一の事務所で編集した。ベルリンでの販売元は C.Calvary & Co.、東京での販売元は南江堂となっている。印刷はベルリンの Otto Elsner に任せた。

第一号には「本誌発行ノ趣旨」が掲げられており、その冒頭はこのようなものである。

東西両洋ノ商業的関係ハ近年益々繁密ニ趣キ特ニ独逸ハ新興ノ商工業国トシテ其商品ノ販路ヲ東亜ノ闊天地ニ拡メツヽアリ而シテ之ト同時ニ東亜ノ実業界ハ長夜ノ惰眠ヨリ覚破セラレ特ニ我大日本ノ如キ従来ノ受動的地位ニ安ンゼスシテ自動的ニ世界ノ大市場ニ向テ啻ニ其豊饒ナル粗生品ノミナラズ漸ク精巧ナル工芸品ヲモ輸出スルノ勢ヲ呈シタリ

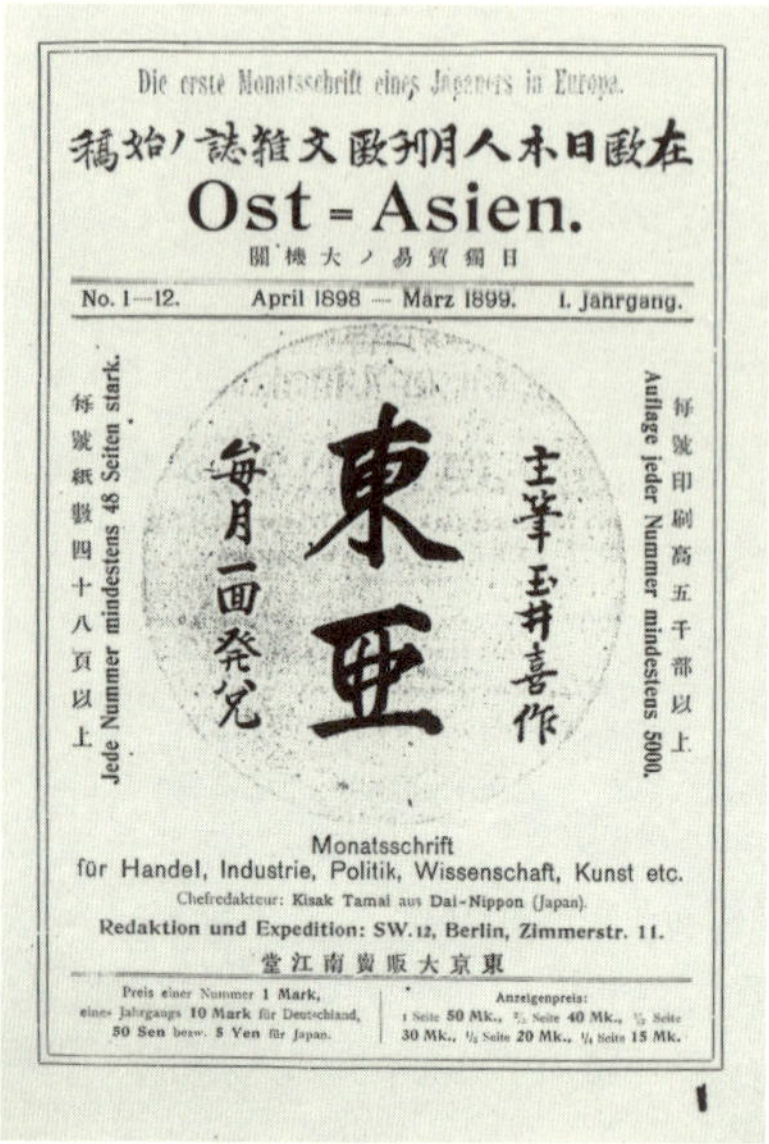

Die erste Monatsschrift eines Japaners in Europa.

在歐日本人月刊歐文雜誌ノ始稿

Ost = Asien.

日獨貿易ノ大機關

No. 1—12. April 1898 — März 1899. I. Jahrgang.

每號印刷高五千部以上

Auflage jeder Nummer mindestens 5000.

主筆 玉井喜作

東亜

每月一回発兌

每號紙數四十八頁以上

Jede Nummer mindestens 48 Seiten stark.

Monatsschrift

für Handel, Industrie, Politik, Wissenschaft, Kunst etc.

Chefredakteur: Kisak Tamai aus Dai-Nippon (Japan).

Redaktion und Expedition: SW. 12, Berlin, Zimmerstr. 11.

東京大販賣南江堂

Preis einer Nummer 1 Mark, eines Jahrgangs 10 Mark für Deutschland, 50 Sen bezw. 5 Yen für Japan.

Anzeigenpreis: 1 Seite 50 Mk., ¾ Seite 40 Mk., ½ Seite 30 Mk., ⅓ Seite 20 Mk., ¼ Seite 15 Mk.

1

★『東亜』創刊号（一八九八年四月）表紙。編集長玉井喜作。

東西貿易の発展のために創刊されたこの野心的月刊誌は、その規模も「毎号印刷高五千部以上」であり、「本誌ハ全世界到ル処ニ講読者ヲ有ス故ニ広告ノ効能ハ甚タ大ナリ」「本社ハ東洋ニ三百社独墺瑞ニ四百社其他世界各国ニ三百社合計一千ノ新聞雑誌社ト新聞雑誌交換ノ予定ナリ」とあるように、世界的なものであったことがわかる。

第二号（一八九八年五月）と第四号（一八九八年七月）は、この雑誌の創刊号への各紙の評判を載せた。*Allgemeines Deutsches Exportblatt*, *St. Petersburger Herald*, *Vossische Zeitung*, *Globus*, *Berliner Lokal-Anzeiger*, *Leipziger Tageblatt*, *Norddeutsche Allgemeine Zeitung* といったドイツ各紙のみならず、ロンドン、シカゴ、カイロなどの新聞雑誌にも言及されたことがわかる。日本では『万朝報』（一八九八年三月三〇日）に英文でこのように紹介された。

Mr. Kisaku Tamai, a gentleman connected with one of the Berlin dailies and the best friend of the Yorodzu in Berlin, is about to start a monthly journal in that city to be devoted to the political matters, business, industry, science, art, etc. It is entitled "Ost-Asien." The subscription for one year is 10 marks for Germany and 5 yen for Japan. The office of the journal is located at 12 Zimmerstr. Berlin S. W. We wish him every success that he deserves.

『万朝報』の中でも「雑録」に相当するような小さな英文コラムであり、住所もまちがっている。それでも遠い国での雑誌の創刊に、こうした好意的な記事を書いてくれるだけ恵まれていたと考えるべきかもしれない。

第七号（一八九八年一〇月）には、「今回徳国（独逸）皇弟顕理（ハインリッヒ）親王殿下。有寵命。毎月供『東亜』於殿下之瀏覧。『東亜』之光栄何加焉。謹弘告于我読者。」とあり、ドイツ皇室でも『東亜』を講読するようになったことを、誇らしげに報告している。

第一六号（一八九九年七月）には、「業務拡張ノ為メ Halleschestr. Nr. 13ニ移転ス」とあり、ツィンマー街一一の事務所が手狭になり、ハーレッシェ街一三に移転したことがわかる。『東亜』の宣伝効果が認められ、広告による収入がふえたためと考えられる。

『東亜』の頒布先は日本以外にドイツ、オーストリア、イギリス、フランス、アメリカ、ロシア、スカンディナヴィア、清国に及んだ。この影響力を利用して玉井は誌上カンパも募った。それは「シベリア在住及びシベリアからの無資産の日本人非戦闘員のため」（第七九号　一九〇四年一〇月）であったり「日本赤十字と遺族のため」や「日本の義勇艦隊のため」（八一号　一九〇四年一二月）であったりした。

玉井一人では切り盛りできないほど仕事が増えると、宇野万太郎や老川茂信が編集を手伝った。一九〇六年九月、玉井は病を得てベルリンで死去する。上野精養軒での追悼会の模様は、翌日の『万朝報』（一九〇七年二月二二日）に載った。さすがに今度は「雑録」扱いではない。

昨日午後六時三十分より上野精養軒にて開きたるが氏は独逸伯林に於て雑誌東亜を発行しつゝ我留学生等の世話も懇切に為したる事とて当日の来会者百五十名の多きに達し而も殆んど独逸帰りのハイカラ紳士にて近来稀れに見るの盛会なりし会員は多方面に亘り法律家、政治家、医家、軍人、学者、文士ありて柳澤伯爵、石黒男、大岡育造、井上密、元田肇、山根正次、松井茂、津軽英麿、岩谷小波、太田覚眠及び井上（哲二《ママ》郎）芳賀、岡村、穂積（陳重）高橋、松波、姉崎の諸博士其他長岡少将田所中佐等の顔も見受けられ又日独郵報持主エルロン幷にブットマンの二外人もあり

この記事にあるとおり、玉井はベルリンで留学生らの世話を親身になってした。雑誌の発行だけでもその苦労はひととおりではなかったはずだが、元来世話好きの玉井は、ベルリンを訪れる日本人の接待まで引き受けたようである。玉井宅で開かれる親睦会の寄せ書きには新渡戸稲造や美濃部達吉らの名前も見られる。私設公使とも呼べる玉井のこうした活動については湯郷将和『キサク・タマイの冒険』（新人物往来社、一九八九年）および泉健「『Ost=

Asien』研究」（『和歌山大学教育学部紀要』第五二集、二〇〇二年二月〜第五五集、二〇〇五年二月）に詳しい。玉井の戒名は、そうした貢献を讃えて「東亜院義侠貢献居士」とされた。

玉井亡きあと、これまで仕事を手伝っていた老川茂信が『東亜』を引継ぎ、一九〇六年一一月の一〇二号から一九一〇年二月の一三九号まで発行を続ける。一〇二号（一九〇六年一一月）には、次のような老川の引継ぎの弁が載った。

★『東亜』一〇二号（一九〇六年一一月）表紙。編集長老川茂信。

拝啓各位益々御清福之段奉大賀候陳者今迨御講読ヲ辱フセシ月刊雑誌東亜ハ主筆玉井喜作氏死去致サレ候為永々休刊致居候処愈々今月ヨリ再ビ小生主筆トナリ発行仕ルベク候間何卒以前ノ通リ御引立御講読アランヿヲ偏ニ奉願候。扨テ今後ハ益々在歐日本人諸君ノ為便宜ヲ御計リ可申候又一方ニ於テハ目下世人ノ注目スル東亜天地ノ紹介者トナリ特ニ我ガ日本帝国ノ為ニ飽マデ尽スベキ考ニ御座候間何卒宜シク御賛助アランヿヲ奉希望候。

事務所は『東亜』五三号（一九〇二年八月）から事務所としていたクラインベーレン街九のままになっている。ここから老川は以前とほぼ同じ体裁で一三九号までを刊行し続けるのである。

老川は一八八三年の生まれで、ベルリン大学に一九〇四年から一九〇七年まで通った。在学中から『東亜』の編集を手伝っていた彼は、若いころから玉井に劣らず日本人の世話をよくした。斎藤茂吉の養父紀一も、彼の世話になったようだ。一九二一年にはハンブルクに住んでおり、斎藤茂吉は一九二一年一二月二七日にハンブルクに到着するやいなや、老川の家を訪れている。茂吉の「盗難記」（『斎藤茂吉全集』第八巻、岩波書店、一九五二年）には次のように記されている。「老川氏は父紀一が留学中、それから二度目の漫遊中にも、いろいろ世話にもなり、親交があつたので、私のことについて万事頼むといふ意味の書面をよこして置いて呉れたのであつた」。また老川の風貌について「長い間独逸にゐて、半独逸人のやうな風格を具へてゐた」とも書かれている。

老川が引き継いだ『東亜』一〇二号（一九〇六年一一月）には自社広告が小さく載っている。そこには「Kisak Tamai „Ost-Asien“ das vorzüglichste Insertions-Organ speziell für Japan und China」と書かれている。この後半の「Japan und China」は、後に老川が発行する雑誌の表題（『日清月報』*Japan und China*）となった。

『東亜』は、東京大学総合図書館をはじめとする大学図書館のほか、大阪府立中央図書館にも大部分所蔵されている。

『日清月報』

『東亜』が一三九号（一九一〇年二月）で終刊を迎えると、老川は同じクラインベーレン街九を事務所として『日清月報』（*Japan und China*）を創刊した。『東亜』が「在欧日本人月刊欧文雑誌ノ始稿」であり「日独貿易ノ大機関」であったのに対し、『日清月報』は「在欧日清人之機関」と謳っている。表紙下部には Patent-Vermittlungs-Bureau für Japan とあり、特許・仲介など主に貿易を扱う雑誌であったことに違いはない。

創刊号（一九一〇年五月）にはベルリン大使珍田捨巳の祝辞も載った。七号（一九一〇年一一月）には、「日清月報ハ　日本帝国久邇宮邦彦王　普国ハインリツヒ親王　両殿下ヨリ　毎月台覧ノ光栄ヲ辱フス」と書かれている。八号（一九一〇年一二月）には、杭州、北京、満州、間島在住の日本人がベルリンに会した「第一回清国曽遊会」の模様が記されている。一一号（一九一一年三月）からは、事務所をケーニヒスヴェク一四に移転した。一五号（一九一一年七月）には Patente, Schutzmarken und Gebrauchsmuster für Japan とあり、「特許、商標、意匠」といった貿易の諸業務に力を入れている様子がうかがえる。日独貿易を主眼目としている点は『東亜』の時代と変わらないが、『日清月報』にはベルリンの日本人の住所のほかに、ドイツ、オーストリア在住の中国人の住所なども毎号のように記載された。二一号（一九一一年一二月）には、「日清月報ハ毎月／

★『日清月報』創刊号（一九一〇年五月）表紙。編集長老川茂信。

普国ハインリッヒ親王殿下ノ台覧並ニ／杉村大使閣下ヨリ補助金拝受之光栄ヲ有ス」と書かれている。二七号（一九一二年八月）からは、ドイツ語誌名は変わらないが、日本語誌名が『日華月報』と変わった。この年、清のかわりに中華民国が成立したためである。しかしこの月刊誌も時代には勝てず、第一次大戦の前に終刊を迎えることとなる。老川は、ベルリンを離れはしてもヨーロッパを離れることはなかったようで、一九二一年には前述のように斎藤茂吉をハンブルクで迎えるのである。

『日清月報』は東京大学、学習院大学、岩手大学に部分的に所蔵されている。

『Deutsch-Japanische Revue』

一九二三年一一月、報知新聞記者の池田林儀がドイツ語月刊誌『Deutsch-Japanische Revue』（日本語誌名はないが、訳すとすれば『日独評論』か）を創刊した。池田は報知新聞ベルリン代理店の代表としてカイザー・フリードリヒ街四〇IIの事務所に勤務していた。『Deutsch-Japanische Revue』の発行所はVerlag „Linden“ となっているが、住所は報知新聞ベルリン代理店と同じである。

『世紀を超えて――報知新聞一二〇年史』（報知新聞社、一九九三年）によると、報知新聞社では一九〇五年八月二日にはすでに、「各地の出張所、出張店を支局に昇格させ計一五支局となる。海外もロンドン、ベルリン、パリ、上海、北京など一六か所に特派員、通信員を置いており、内外とも通信網が強力化」したとある。創刊号に載った大野代理公使の祝辞でも、『東亜』『日清月報』を引き継ぐ強力な雑誌として『Deutsch-Japanische Revue』が期待されていたことがわかる。

『Deutsch-Japanische Revue』は第一号から第九号までがドイツのDie Deutsche Bibliothek に所蔵されている。その目次と日本語訳および簡単な解説を次に示す。

Nummer 1 (November Jahrgang 1923) 第一号（一九二三年一一月）

第一号の価格は六五ペニヒ、発行所はVerlag „Linden“-Charlottenburg となっている。Mitsubishi Shoji Kaisha, Ltd., Suzuki & Co., Ltd., Hochi Shimbun, Takata & Co., Fusi Denki Seizo K.K., Toyo-Kwan, Okura & Co., G.m.b.H., The Yokohama Specie Bank, Ltd. の広告が見られる。この号は大野代理行使、クニッピング外務省東アジア局長、オイケン教授、野間三菱商事ベルリン支社長、ケスラージーメンス社長、園田横浜正金銀行ベルリン支店長らによる創刊の祝辞と、関東大震災の惨状を伝える記事とが対照的である。

Die heutige Zeit und die D. J. R. —S. I.
現代とＤＪＲ ――池田林儀
Die Erdbebenkatastrophe —S. Ikeda
地震災害 ――池田林儀

Die auf der Brücke sich begegnen —Erich Dombrowski
橋の上での出会い ——エーリヒ・ドンブロウスキ
Dr. Solfs Danksagung
ゾルフ博士からの礼状
Die kaiserliche Familie Japans
日本の皇族
Der „D. J. R." zum Geleit —S. Ikeda/ M. Ohno (Japanischer Geschäftsträger) /H. Knipping (Ministerialdirektor) /R. Eucken (Prof) /S. Noma (Dir. der Mitsubishi Shoji Kaisha Ltd.) /H. Keßler (Dir. de. Siemens-Echuckert-Uberseeabtg) /S. Sonoda (Dir. der Yokohama Specie Bank Hamburg) /Friedrich Stampfer (Chefredakteur des Borwärts) /R. Frankenberg (Chefredakteur des Berliner Lokal-Anzeiger) /Heinrich Rickert (Prof) /M. Saiki (Dir. Dr., Okura & Co.) /F. Deutsch (Vorsißender des Direktoriums der Allgemeinen Elektrizitäts-Gesellschaft) /Paul Schulze (Prof) /Hermann Diez (Direktor des W. T. B.) /Y. Nagashima (Manager, Mitsui & Co., Ltd.)

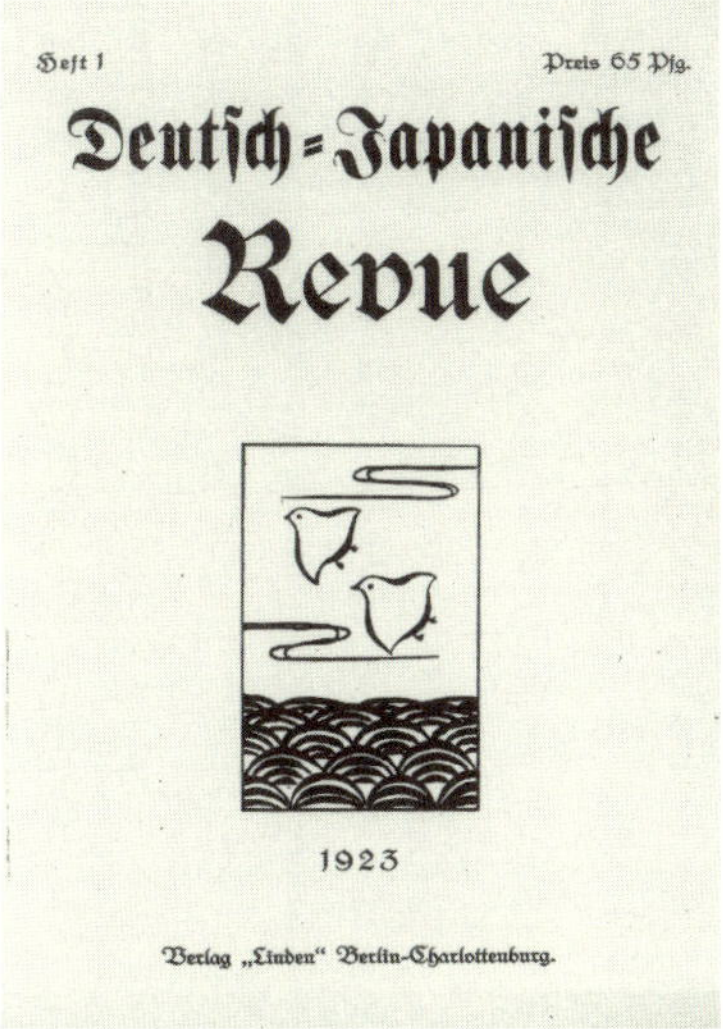

★『Deutsch-Japanische Revue』創刊号（一九二三年一一月）表紙。編集長池田林儀。

DJR創刊にあたって ——池田林儀、M・大野、H・クニッピング、R・オイケン、S・野間、H・ケスラー、S・園田、フリードリヒ・スタンファー、R・フランケンバーグ、ハインリヒ・リッケルト、M・斎木、F・ドイッチ、ポール・シュルツ、ヘルマン・ディエズ、Y・長嶋
Das Erdbeben des 1. Septembers —K. Kanokogi
九月一日の地震 ——K・鹿子木
Das religiöse Leben in Japan —Dr. Suma
日本の信仰生活 ——ドクトル須磨

Nummer 2 **(Dezember Jahrgang 1923)** **第二号**（**一九二三年一二月**）
価格が七〇ペニヒに値上がりした。広告に The Berlitz Schools of Languages, Otto Kühl, C. Illies & Co. が加わった。

Politik ohne Propaganda —S. I.

プロパガンダなしの政治 ——池田林儀

Japans Weltstellung

日本の国際的立場

Japans Handelsverkehr mit Stettin —Arthur Kunstmann

日本のステッティンとの通商 ——アルトゥール・クンストマン

Befestigung der Rechtsbeziehungen zwischen Deutschland und Japan —Hans Jonas

日独関係の強化 ——ハンス・ヨナス

Japans Außenhandel im Jahre 1922

一九二二年の日本の輸出入

Das religiöse Leben in Japan —Dr. Suma

日本の信仰生活 ——ドクトル須磨

Verständigungsarbeit zwischen Ost und West

東西の理解のために

Frühlingstag —Sofu Taketomo

春 ——竹友藻風

Einige Pressestimmen

各紙誌評

Nummer 3 (**Januar Jahrgang 1924**) **第三号**(**一九二四年一月**)

巻頭の池田の論文の中に„Japanisch-Deutsche Zeitschrift für Wissenschaft und Technik“についての言及がある。これは『日独学芸』という月刊誌のことであり、日独関係の発展を願って『Deutsch-Japanische Revue』に先行する形で発行されたこの雑誌に、池田は敬意を示している。また池田はこの論文の中で、『Deutsch-Japanische Revue』の日本語版がこの年八月、東京で発刊される旨を伝えている。この号の広告には、その日本語版が多数の図版・統計を含み、二〇〇ページの厚さで、一二〇〇〇部の発行部数となると伝えているが、実際に発行に至ったかどうかは不明である。広告は他にNippon Yusen Kaisha, Buchdruckerei Nerger & Co., K. F. Koehlers Antiquarium, Nakakwan & Co., Rodenstock G.m.b.H.が加わった。

Drei Aufgaben der „D. J. R“ —S. Ikeda

DJRの三つの課題 ——池田林儀

Das heutige Japan und seine Stellung zu Deutschland —Otto Mosdorf

今日の日本とドイツにおけるその立場 ——オットー・モスドルフ

Nationales, Internationales, Übernationales —Rudolf Eucken

国家主義、国際主義、超国家主義 ——ルドルフ・オイケン

Reichskanzler Marx an das Japanische Volk

マルクスドイツ帝国宰相と日本国民

Yumeji Japanisches Schauspiel in 2 Akten —Y. Suma

夢路（日本の戯曲二幕物）——Y・須磨

Japanische Treue —A. Unger

日本人の誠実さ ——A・ウンガー

Hidemaro Konoye —Felix Robert Mendelssohn

近衛秀麿 ——フェリックス・ロバート・メンデルスゾーン

Die Seele des Herbstes —Sofu Taketomo

秋の心 ——竹友藻風

Menschen/ Der Letzte —Hans-Heinrich Grunwaldt

人間／最後 ——ハンス・ハインリヒ・グルンヴァルト

Nummer 4 (Februar Jahrgang 1924) 第四号（一九二四年二月）

発行所が Verleger : S. Ikeda, Berlin-Charlottenburg という表記に変わった。表紙は本多ベルリン大使の写真。広告に Buchhandlung Gustav Fock G. m. b. H, Oscar Rothacker, Hirschwaldsche Buchhandlung, Grünfeld, Simon, Evers & Co., Schering Veramon が加わり、『Deutsch-Japanische Revue』の他に『日独学芸』の広告も載っている。

Die Hochzeit im japanischen Kaiserhause

日本皇室の結婚式

Botschafterwechsel in Berlin

ベルリンの大使交替

Zur Lage in Japan

日本の状況

Eine Abendgesellschaft in der Berliner japanischen Botschaft —S. I.

ベルリン日本大使館における夜会 ——池田林儀

Gandhi Der Geist der indischen Revolution —K. Kanokogi

ガンジー インド革命の精神 ——K・鹿子木

Itos Klage Schauspiel in 3 Akten —Y. Suma

伊藤家の嘆き（戯曲三幕物）——Y・須磨

Echo —Else v. Holten

こだま ——エルゼ・v・ホルテン

Pilzesuchen in den Bergen—F. v. Willisen

ベルゲンでのきのこ探し ——F・v・ヴィリセン

Die Beriberi-Krankheit —W. Schweisheimer

脚気という病気 ——W・シュヴァイシャイマー

Ideal und Wirklichkeit —Hans-Heinrich Grunwaldt

理想と現実 ——ハンス・ハインリヒ・グルンヴァルト

Ein neuer Konzertsaal in der Nähe Berlins

ベルリン近郊の新設コンサートホール

Ein Brief aus dem Leserkreise —Hans Fraenkel

読者からの手紙 ——ハンス・フランケル

Bücherbesprechungen

書評

Deutsch-Japanische Jugendverbindung —Walter Simon

日独青年会 ——ヴァルター・シモン

Nummer 5 (**März Jahrgang 1924**) **第五号**（**一九二四年三月**）

表紙は結婚式の正装をした良子《ながこ》妃の写真。裕仁昭和天皇は久邇宮邦彦の第一女子良子（香淳皇后）と一九二四年一月二六日に結婚した。この号の「ドイツの日本人会」という記事の中には、会に出席した会員の名が記されている。ベルリンからは S. Ikeda, S. Nakajima, A. Nishinoiri, K. Noma, T. Saitoh, S. Suganuma, Y. Suma, H. Takeda の八名が、ハンブルクからは T. Harada, C. Kaneko, Y. Nagashima, S. Oikawa, S. Sonoda の五名が名を連ねている。このうちハンブルクの S. Oikawa とは『東亜』『日清月報』の編集者、老川茂信のことと考えられる。すでに編集の仕事を退いていた老川だが、この頃も池田の編集長としての仕事に、なんらかのアドバイスを与えていたことは十分に考えられる。

Der Wiederaufbau in Japan und die deutsche Industrie —S. Sonoda

日本の復興とドイツ企業 ——S・園田

Deutschland und Japan —Paul Ostwald

ドイツと日本 ——パウル・オストヴァルト

Deutscher Wiederaufbau und Kolonie —Dr. Grünwald

ドイツの復興と植民地 ——ドクトル・グリュンヴァルト

Der Japanische Verein in Deutschland

ドイツの日本人会

Übersicht über die japanische Geschichte

日本史概観

Hina=Matsuri —Richard Kunze

ひな祭り ——リヒャルト・クンツェ

Ein Brief Prof. Euckens —Rudolf Eucken

オイケン教授の手紙 ——ルドルフ・オイケン

Adressen=Liste

住所録

Bücherbesprechungen

書評

Aus der Berliner japanischen Kolonie

ベルリン日本人村から

Die moderne Behandlung der Gonorrhoe des Mannes —Hans Dohmann

男性の淋病の近代的治療 ——ハンス・ドーマン

Nummer 6 (**April Jahrgang 1924**) **第六号**（**一九二四年四月**）

表紙は木曽の風景。広告には『Deutsch-Japanische Revue』『日独学芸』の他に *Ostasiatische Zeitschrift* が加わった。こちらは副題が

beiträge zur kenntnis der Kunst und Kultur des fernen Ostens とあり、Otto Kuemmel, William Cohn, Erich Haenisch が編集責任者となっている。

Immanuel Kant
　イマヌエル・カント
Zum amerikanisch-japanischen Konflikt　—S. I.
　日米摩擦について　——池田林儀
Deutsch-japanische Rechtsbeziehungen　—Hans Jonas
　日独法関連事項　——ハンス・ヨナス
Formosa
　台湾
Alois Riehl zum 80 Geburtstag, am 27. April 1924　—K. Kanokogi
　アロイス・リール一九二四年四月二七日八〇歳の誕生日に
　——K・鹿子木
Alois Riehl　—H. R.
　アロイス・リール　——H・R
Riehls „Friedrich Nietzsche“-Buch　—Hans-Heinrich Grunwaldt
　リールの「フリードリヒ・ニーチェ」の本　——ハンス・ハインリヒ・グルンヴァルト
Übersicht über die japanische Geschichte
　日本史概観

Nummer 7 (**Mai Jahrgang 1924**) **第七号**（一九二四年五月）

表紙はワシントン軍縮会議での議決後、規模縮小の対象とされた戦艦「敷島」の写真。広告にはFrankenthalが加わった。フランケンタールの高速印刷機については、報知新聞社でもかねがね関心を抱いており、三木代表が視察のためヨーロッパに出張していた。今号にはその関連記事が載っている。『世紀を超えて――報知新聞一二〇年史』によれば一九二五年一〇月一五日、「ドイツから輸入した超高速輪転機の稼働で印刷能力増大し、朝夕刊一二ページ建てに復旧」とある。

Japans Entwicklung zum Industrie-Staat—Otto Richter
　日本の工業国家への発展　——オットー・リヒター
Das erdbebensichere Wohnhaus und seine Einrichtung　—F. Ernst Bielefeld
　耐震住宅とその設備　——F・エルンスト・ビーレフェルト
Neue Untersuchungen über die Kakke (Beriberikrankheit)　—W. Sch.
　脚気の新しい研究　——W・シュヴァイシャイマー
Japanische Studien in Deutschland　—F. M. v. Siegroth
　ドイツにおける日本研究　——F・M・v・ジーグロス
Zwiefach Ruhe　—P. H. Seiler
　二倍の静寂　——P・H・ザイラー

Übersicht über die japanische Geschichte
日本史概観
Ehrenabend
夜会報告
Bücherbesprechungen
書評
Ein Gang durch die Schnellpressenfabrik Frankenthal
フランケンタール高速印刷機工場について

Nummer 8 (Juni Jahrgang 1924) **第八号**（一九二四年六月）

表紙はゾルフ駐東京ドイツ大使の胸像の写真。巻頭記事は池田林儀の別れの挨拶となっている。一九二〇年来ドイツに暮らしていた池田が、よんどころない事情で日本に帰ることになったためという。

Ein paar Worte zum Abschied —Shigenori Ikeda
別れの言葉 ——池田林儀
Vom Jujutsu
柔術について
Vom Harakiri
ハラキリについて
Japan und Amerika
日本とアメリカ
Übersicht über die japanische Geschichte
日本史概観
Bücherbesprechungen
書評

Nummer 9 (Juli Jahrgang 1924) **第九号**（一九二四年七月）

表紙は散歩中の良子妃の写真。池田が帰国したため、記事の数は減り、署名記事は一篇もない。『ＤＪＲ』日本語版がこの年八月に東京で刊行されるとの予告広告が相変わらず載っていることから、池田はあるいはこの発行にまつわる事情によって帰国したのかもしれない。

Das Bankwesen in Japan
日本の銀行制度
Der „unverständliche“ Japaner
不可解な日本人
Einiges über die Geisha
芸者について
Bücherbesprechungen
書評

『日独学芸』

ドイツ語誌名を*Japanisch-Deutsche Zeitschrift für Wissenschaft und Technik*という。第一巻第一号は一九二三年七月発行。編集長はMedizinische Akademie in Osaka（大阪医科大学）佐多教授。後援としてDeutsch-Japanischen Vereins in Osaka（大阪日独会）、Instituts für Kultur- und Universalgeschichte bei der Universität Leipzig（ライプツィヒ大学付属文化史世界史研究所）、Direktor Prof. Dr. Goetz（ゴーツ教授）、Ostasiatischen Seminars der Universität Leipzig（ライプツィヒ大学東アジアセミナー）、Direktor Prof. Dr. Conrady（コンラディ教授）となっている。編集部員として、大阪医科大学所属のProf. Dr. Sata, Prof. Dr. Härtel, Prof. Dr. Ueberschaarと、ライプツィヒ大学所属のProf. Dr. Doren, Prof. Dr. Haas, Prof. Dr. Rassow, Prof. Dr. Spalteholz, Prof. Dr. Sudhoff, Dr. Wedemeyerの名前が記載されている。発行所は神戸のDeutsche Wissenschaftliche Buchhandlung G. C. Hirschfeld Gomei Kaisha及びドイツのF. Hoffmann & Co., Lübeck, Königstrasse 19となっている。

第一巻第一号の「序文」によると、日独学芸編集部は一九二二年一〇月に大阪医科大学の佐多教授によって創設され、一九二三年二月にはDr. Phil. Ueberschaarによってライプツィヒにもできたという。目次にはHeinrich Rickert : Die Internationalität der Kulturwissenschaft（ハインリヒ・リッケルト……文化学の国際性）、Ludwig Aschoff: Der gegenwärtige Stand der Pathogenese der menschlichen Lungenschwindsucht（ルードヴィヒ・アショフ……人間の肺結核の病因論の現状）、Berthold Rassow : Die Teerfarbstoffe und ihre Echtheit（ベルトルド・ラッソウ……コールタール染料とその堅牢度）、Fritz Stier-Somlo : Der Sozialisierungsgedanke in der deutschen Reichsverfassung（フリッツ・スティア・ソムロ……ドイツ憲法における国有化論考）など主に医学や化学分野の論文が並んでいる。

第二巻第二号（一九二四年二月）には『Deutsch-Japanische Revue』の広告が載っており、次のように書かれている。

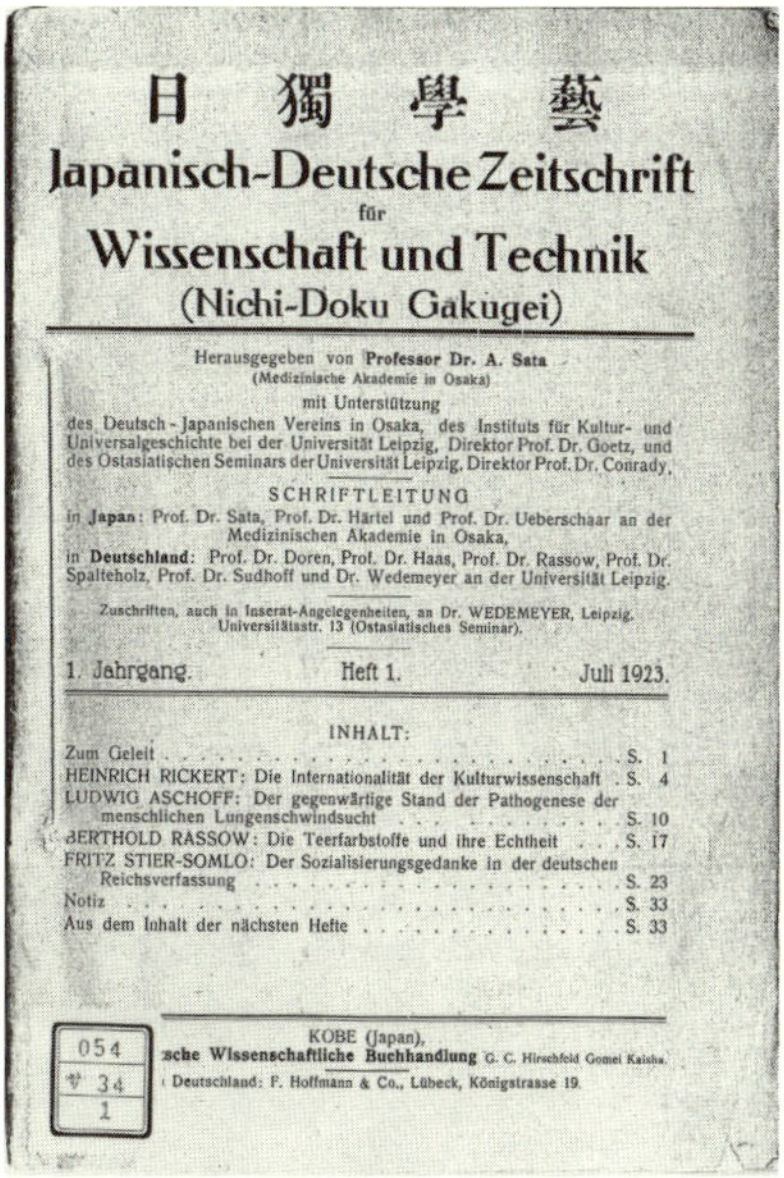
日獨學藝
Japanisch-Deutsche Zeitschrift
für
Wissenschaft und Technik
(Nichi-Doku Gakugei)

Herausgegeben von **Professor Dr. A. Sata**
(Medizinische Akademie in Osaka)
mit Unterstützung
des Deutsch-Japanischen Vereins in Osaka, des Instituts für Kultur- und Universalgeschichte bei der Universität Leipzig, Direktor Prof. Dr. Goetz, und des Ostasiatischen Seminars der Universität Leipzig, Direktor Prof. Dr. Conrady,

SCHRIFTLEITUNG
in **Japan**: Prof. Dr. Sata, Prof. Dr. Härtel und Prof. Dr. Ueberschaar an der Medizinischen Akademie in Osaka,
in **Deutschland**: Prof. Dr. Doren, Prof. Dr. Haas, Prof. Dr. Rassow, Prof. Dr. Spalteholz, Prof. Dr. Sudhoff und Dr. Wedemeyer an der Universität Leipzig.

Zuschriften, auch in Inserat-Angelegenheiten, an Dr. WEDEMEYER, Leipzig, Universitätsstr. 13 (Ostasiatisches Seminar).

1. Jahrgang. Heft 1. Juli 1923.

INHALT:

Zum Geleit	S. 1
HEINRICH RICKERT: Die Internationalität der Kulturwissenschaft	S. 4
LUDWIG ASCHOFF: Der gegenwärtige Stand der Pathogenese der menschlichen Lungenschwindsucht	S. 10
BERTHOLD RASSOW: Die Teerfarbstoffe und ihre Echtheit	S. 17
FRITZ STIER-SOMLO: Der Sozialisierungsgedanke in der deutschen Reichsverfassung	S. 23
Notiz	S. 33
Aus dem Inhalt der nächsten Hefte	S. 33

KOBE (Japan),
…sche **Wissenschaftliche Buchhandlung** G. C. Hirschfeld Gomei Kaisha.
… Deutschland: F. Hoffmann & Co., Lübeck, Königstrasse 19.

★『日独学芸』創刊号（一九二三年七月）表紙。編集長佐多愛彦。

Die ,,Deutsch-Japanische Revue" stellt eine Fortsetzung der vor dem Kriege vorhanden gewesenen Monatsschrift ,,Ostasien"(Herausgeber K. Tamai u. S. Oikawa) dar, und verfolgt das Ziel, bessere Beziehungen zwischen Deutschland und Japan auf geistigem, politischem und wirtschaftlichem Gebiet anzubahnen, unter Mitarbeit hervorragender Vertreter beider Länder.

『Deutsch-Japanische Revue』は、ここでも『東亜』を引き継ぐ雑誌として精神的、政治的、経済的分野におけるよりよい日独関係を構築することが期待されている。『Deutsch-Japanische Revue』が誌上で『日独学芸』に敬意を表したのと同様、『日独学芸』の方でも『Deutsch-Japanische Revue』に敬意を表しているのがわかる。

第二巻第三号（一九二四年三月）には、佐多博士の紹介が載っている。それによると、佐多愛彦教授は一八七一年九月一七年生まれで、一九二四年三月をもって大阪医学校（大阪医科大学）の校長を退職したとある。

この雑誌には日本人の論文が少なかったが、第三巻第四号（一九二五年四月）には K. Yamagiwa:Kurzer Rückblick auf unseren künstlichen Teerkrebs、第三巻第五号（一九二五年五月）には S. Yoshida : Wichtige Resultate japanischer Ascarisforschungen der letzten Zeit, Y. Uyama:Ueber das Verhalten des Farbensinnes nach der Starextraktion, 第三巻第六号（一九二五年六月）には K. Miyairi : Schistosoma japonicum, Katsurada, ausserhalb des Säugetierleibes, 第四巻第一号（一九二六年一月）には T. Kitasato : Forschungen über das altjapanische Sprachlaut-system といった日本人の名前が見られる。

第五巻第一号（一九二七年一月）は、発行所が Verlag : Prof. Dr. A. Sata と個人名で表記されている。

第五巻第二号・三号合併号（一九二七年三月）には、佐多教授が大阪の結核研究所である竹尾研究所の所長となったと書かれている。

一九二八年一〇月からは新訂第一巻第一号となり、副題は日本語で「学芸的　政治経済的　文化的　日独親善器関」とある。編集長はやはり佐多教授で、肩書きはPräsident des Deutsch=japanischen Vereins（日独会会長）となっている。発行所は Verlag von Walter de Gruyter & Co., Berlin W10となっており、ライプツィヒからベルリンに移ったことがわかる。第一巻第一〇号・一一号合併号（一九二九年八月）には、Dr. Keizo Dohi : Die Drogen in der Kaiserlichen Schatzkammer zu Nara という日本人の論文も見られる。

『日独学芸』は天理大学に所蔵されており、第二巻第六号（一九三〇年六月）までの刊行が確認された。

『独逸月報』（後に『日独月報』）

田口正男編輯による月刊日本語雑誌。ドイツの Staatsbibliothek zu Berlin には、第四六巻（一九三三年一一月二〇日）から第一〇三／一〇四巻（一九四〇年六月五日）までが所蔵されている。その中の主な事項をかいつまんで解説したい。

編輯長田口正男について

第四六巻（一九三三年一一月二〇日）の発行所は表紙にはDoitsu-Geppo-Sha（Redakteur M. Taguchi） Berlin-Wilmersdorf Motzstraße 90となっているが、奥付にはM. Taguchi Berlin W. 57 Elssholzstrasse 2と書かれている。編集長は田口正男。『日独月報』第一〇〇／一〇一巻（一九三九年一二月三〇日）には田口正男による「伯林案内」があるが、

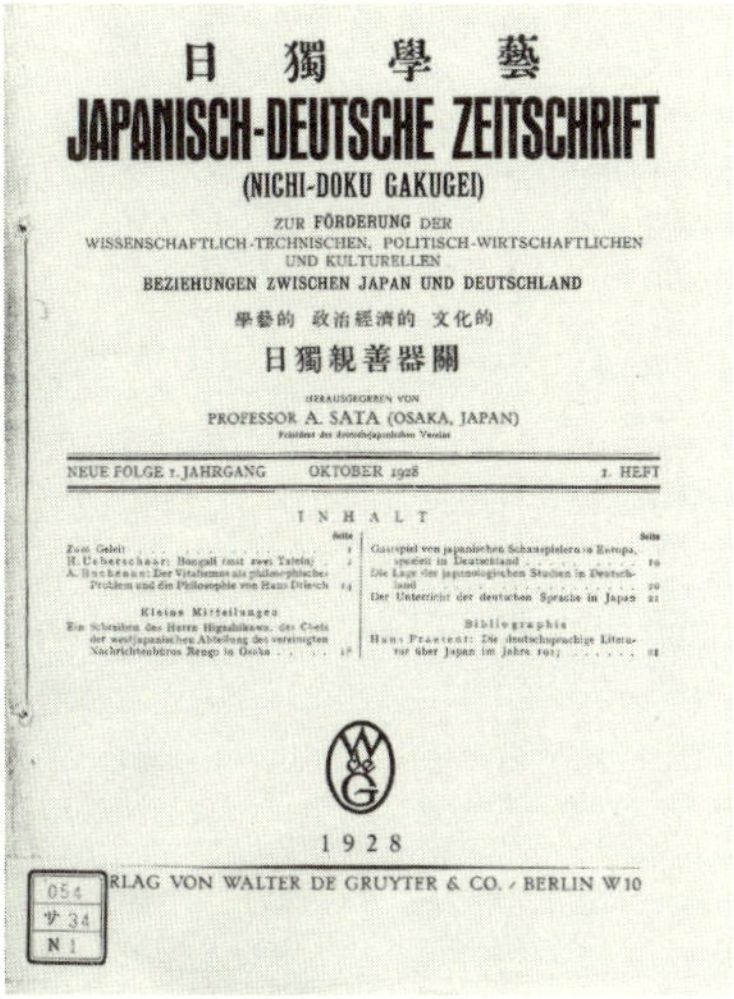

★『日独学芸』新訂第一巻第一号（一九二八年一〇月）表紙。編集長佐多愛彦。

その「カフェー」の欄を書く田口の筆が大いに脱線し、彼の生い立ちに触れることになった。

その話を総合すると、田口は一八九四年秋田生まれ。一九〇七年に東京に呉服屋の丁稚奉公に出たが、その後小石川の陸軍砲兵工廠の職工や大崎の園池製作所の熟練工を経て一九一七年一一月に独立して田口高級工具製作所を創設した。一九二二年にはドイツへ視察に行くつもりであったが実現せず、実際に日本を出航したのは一九二五年一〇月三一日であった。『独逸月報』第八〇巻（一九三七年五月二五日）に載った「独逸月報経営五週年を迎ふ」という記事によると、田口がドイツに来たのは一九三一年一一月である。この頃のドイツは「開闢以来の国歩艱難の時代」であった。しかし「独逸人は興る国民だ」と見守るうち、その復興の有様は日本の「程朱の学に範を模したもの」と感じられたという。「再び独逸より昔我が国に発育したものを逆輸入する」ことにより、やがて「未曾有の強大なる結束した国家が犖として東西に成立するであらう」と田口は書いた。

第一〇二巻（一九四〇年二月一一日）によると、田口が『独逸月報』にはじめて関わった一九三三年ごろは、編輯同人として栗原昇がおり、また中萱商会の中西賢三も経理を担当していた。第四六巻の奥付の住所が、中萱の住所と同じなのはそのためだろう。ほどなく田口は一人で何もかも切り盛りするようになる。「世に編輯、印刷、製本、発行、配達、集金、おまけに借金の遣り繰り迄、何

も彼も一切合切一人でやって居るのは斯く申す日独月報一ツ位のものである。もう七、八年之をやって来たが未だ登録もして居ない。又、登録の必要もないと思って居る。それは制度なるものは後から出来たものだからである」と田口は書いている。

第一〇三/一〇四巻(一九四〇年六月五日)には、故郷の町長あてに出した次のような結婚報告書が載った。「秋田県仙北郡　六郷町々長殿　昭和十五年五月二〇日　杈て不肖儀少青年の頃より一生独身の積りで居りましたが、日日に輻輳する雑事の助手にもと今回独逸婦人を配偶者と択びました。一つは独逸に滞って日本文化の高揚に、二は独逸の真の事情を亜細亜の大衆に紹介の為め、之の日独文化提携の一役を将来負担したい心底からであります。老生は四十六歳、彼女は二十五歳であります」。

雑誌概要

第四六巻(一九三二年一一月二〇日)の目次は以下のとおりで、記事内容は多岐にわたっている――「伯林の起源と其の紋章に就いて」「潜行的大計画の世界猶太人問題」「伯林論壇」「無線光線応用自働回転階段」「精神の分析に就いて」「木から砂糖を採る」「ナチの研究」「ナチスの字典」「シンボル(ハーケンクロイツ)」「前月の日記(十月中の出来事)」「独逸中央銀行週報」「マルチンルーター四百五十年祭」「スポートプレッセ祭の優勝選手」「欧州旅行案内」「旅行に就いて」「独逸日本人村消息欄」「長編実話　ベルリン辺秘帳」。

このうち「独逸日本人村消息欄」には、さまざまな日本人向けの催しが書かれている。たとえば「徳川公爵の伯林入りに、日独協会では主催となってクロールオパーで歓迎会があった」「日本人会主催でマドリットの議員会議に出席した、二荒伯爵、原惣兵衛代議士、窪井義道代議士、飯村五郎代議士、中御門男爵等の歓迎会があった」「日本研究会ビーヤアーベンド」「伯林日本人スポート倶楽部」「独逸文研会」などのお知らせである。

中でも目をひくのが「第三回日独舞踏会」への誘いで、日本人主催の舞踏会をベルリンで開くことは日本人の矜持であり、「在外の我々には凡ゆる手段を通じ、凡ゆる機会を捉へて我が日本を正しく世界に紹介する国民的義務がある」と、高らかに宣言している。この舞踏会は、一九三三年一二月一二日、伯林日本人スポート倶楽部主催でツォーのバンケットザールで催された。

舞踏会の事後報告が第四七巻(一九三三年一二月二〇日)にあり、それによると「日本側は三井の畠中総支配人夫妻、住友の竹の内支店長夫妻等外約百名ばかりであったが、扨て蓋をあけて見ると独逸人側が二百人以上而も心配してゐた婦人の方が多」かったらしい。報告者の二木白人によれば「問題であったアイマイ女も全然混入してゐないとは保証出来ないが、その数は極く少」なかったという。

広告で気付くのは、ベルリンの店のみならず、ロンドンやパリの店の広告も多数入っていることである。ロンドンのときわ、酒井商会、阿座上商会、日の出屋のほか、パリのぼたん屋、伴野商店、さらにはニューヨークの青柳商会、シカゴのストリー旅館、ロサンゼルスの都ホテル、サンフランシスコのヤマトホテルなどの広告もある。海外の日本人ご用達の店は、この『独逸月報』の読者がベルリンに限らず、世界の大都市に旅行することを見込んでいたようだ。

　独逸月報社はロンドンにも支店を持っており、第四七巻には「独逸月報社　倫敦代理人　北村泰蔵」という広告も見られる。ハムステッドのハウィット・ロード一二に事務所があったようである。

★『独逸月報』第四六巻（一九三三年一一月）表紙。編集長田口正男。

『伯林週報』の広告

第四八巻（一九三四年一月一日）には謹賀新年と記して名を連ねた中に、「伯林週報社　主筆　鈴木東民」「独逸月報社　主幹　田口正男」の名も見られる。『伯林週報』の広告には、次のように書かれている。「伯林週報は毎日数通日本より有線無線の重要電報を受信し、此れを翻訳独乙各新聞にニウスを供給する一方在留邦人の便宜の為め一週一回（月四回）発行して機敏に母国の情勢を報導する唯一の邦字週刊紙なり」。編集長は鈴木東民、発行所はレーゲンスブルガー街七となっている。

　第五〇巻（一九三四年三月一五日）に載った『伯林週報』の広告によると、編集長はT. Adachiとなっており、「毎日電報で入る日本のニュースを編輯。希望者には其の日その日にでも通信します」とある。T. Adachiとは日本電通特派員の安達鶴太郎のこと。第一〇二巻（一九四〇年二月一一日）の新年のあいさつには、「社団法人同盟通信社（在伯林）安達鶴太郎」と記されている。『伯林週報』に関しては、加藤哲郎氏のホームページ（http://www.ff.iij4u.or.jp/~katote/Berlin.html）に詳しい。

移転のお知らせ

第五三巻（一九三四年六月二〇日）には、一九三四年六月一日より、ガイスベルク街四一に移転したと書かれている。第七六巻（一九三六年一〇月三〇日）によると、一九三六年一〇月一〇日にはモッツ街九〇に移転したようだ。独逸月報社は書籍取次をする日本堂も兼ねるようになった。この頃には、独逸日本人会内に文研会、独逸工学会、二高会、二高会、八高会、伯林日本人スポート倶楽部があり、よさの商店内に一高会、伯林日本人医会があり、欧州月報社（独逸月報社）内にはアマチュア通信倶楽部、在欧婦人会が置かれていた。第七六巻の記事によれば、独逸月報社がモッツ街九〇に移転するやいなや、ドイツ電灯会社より百万マルクが送られてきたという。しかし宛名が独逸日本人会となっている。よく調べると一九二三年七月二六日、二七日にビュロー街二にあった当時の日本人倶楽部が、この電灯会社に点灯保証供託金として百万マルクを預託していたことがわかった。それが独逸日本人会となり、一九三二年二月にモッツ街三一に移転。この番地はやがて改正になり、六四になった。独逸日本人会は一九三三年一〇月五日にカイザー・アレー二〇〇に移転した。つまりこの電灯会社は、当時の日本人倶楽部への預託金を返そうとして、モッツ街にある独逸月報社に送りつけたというわけであった。独逸月報社はこの金を独逸日本人会に手渡すことにしたようだ。

黒田礼二とのつながり

第五五巻（一九三四年八月二五日）あたりから黒田礼二の論考が頻繁に掲載されるようになり、第七九巻（一九三七年二月二八日）には、黒田礼二編輯の『日独旬刊』の広告が載った。第八〇巻（一九三七年五月二五日）に載った黒田の「『第三国家』外交の凱歌」は、『日独旬刊』第二二号（一九三七年四月五日）からの転載であった。以後『日独旬刊』からの転載が増える。また、この巻の社告には、次のように書かれている。

> 多年伯林に駐在し、独逸通として余りにも知られ過ぎる岡上守道（黒田礼二）氏は報国の丹精を一「日独旬刊」誌に托して猛進して居られる。玆に弊独逸月報五年の経営を迎へ一劃旧套を脱し誌名を「日独月報」と改題し東西相呼応して身命の続く限り筆陣の堅塁を持し、国恩に報ひ併而両国民の福祉の増進に寄与するところあらんヿを期す。

こうして第八〇巻の奥付には、日独旬刊社と日独月報社が並記された。日本の『日独旬刊』とドイツの『独逸月報』（第八一巻からは『日独月報』第一巻六、七月号とも書かれた）と相結んで、より強力な日独関係を築こうというのであった。

第八三巻（一九三七年一二月二五日）の表紙には「日独伊『防共』協定は人類の神格化への道　悪魔凋伏の剣にて候」という田口の言葉が書かれている。この巻には黒田礼二から田口への私信が掲載されており、東方会の中野正剛とともに一国民使節としてドイツ、イタリアをまわる旨が書かれている。それによると彼らは一一月一一日に東京を出、ナポリに一二月一六日に着き、ローマでムッソリーニと面会し、ベルリンにはクリスマス前あたりに到着予定ということであった。

第八四巻（一九三八年一月五日）の謹賀新年の記名には「中野正剛　在伯林」「日独同志会理事　黒田礼二　在伯林」の名前が見られる。「中野正剛氏海外放送」は、一一月一一日午前五時、中野がAKより欧州各国に向けてドイツ語で放送した渡欧の所信を邦訳したものである。中野はイタリアでムッソリーニと面会した後、ドイツではヒトラーとも面会したようである。

★『日独月報』第一巻（一九三七年七月）表紙。編集長田口正男。

田口の方も黒田に負けず日独関係の強化に努めた。第九九巻（一九三九年一〇月三〇日）には、田口がベルリンの『ローカル・アンツァイガー』紙編輯局に九月一日付で送った手紙を載せている。日独の精神同盟は確立したが、軍事同盟には至っていない、しかし欧州の非常時に際し日本国民として精神同盟の価値を認識する、といった内容である。田口はまた三〇〇〇部を別刷にして街頭で配布し、大島大使には九月四日付の手紙で訴えた。

『日独月報』終刊へ

第九一巻（一九三八年一一月三〇日）には、田口正男編『伯林案内』の広告が載った。「三百頁を超える此の『伯林案内』は空前の詳述を極めたるもの!!　之『ベルリンの華』である!!」と書かれ、定価一部一〇マルクまたは一〇円の予約支援を乞うている。しかしこれが実際に刊行された形跡はない。

第一〇〇／一〇一巻（一九三九年一二月三〇日）によれば、田口は「亜細亜新天地造営基論」なる論文を数年前より執筆していた。その論拠は「歯車社会理論」で、社会に十八段の歯車があり、各々がそれぞれの社会構成の各部門を担う者として責任をもって歯車を回転させるというものである。「歯車国家理論」は「人間社会からゼニと云ふババッチイ感念を去」らせ、同時に「親譲り、ゴマスリを否定」した。しかしこの壮大な論考も、世に出た形跡がない。

第一〇二巻（一九四〇年二月一一日）には、「紀元二千六百年記念事

業」という告知があり、「在欧日本人全体の機関誌として提供」「順次邦文、欧文　両文入りになし、以て友邦各官公立大学へ寄贈すると共に日本、満州、北支、新支那　亜細亜に渉る各官公立大学へ寄贈」などと列記されている。しかし第一〇三／一〇四巻（一九四〇年六月五日）の「社告」によれば、「版の定着薬品と印刷インキが軍用方面の需用（戦地で兵隊が地図作製）に廻されて、全く手に入る事が不可能であった為め三月号、四月号は余儀なく休刊しました」とある。ますます規模を広げようとする編集長の意図とは裏腹に、情勢はいよいよ厳しくなり、この後まもなく『日独月報』は終刊に追い込まれたのではないかと思われる。

（和田桂子）

〔附〕ベルリン関係・出版物年表　1861-1945

〈凡例〉

◇本年表は、事項篇と出版物篇から成る。

◇事項篇には、主として、本書に登場する日本人のベルリンでの足跡およびそれに関係するベルリンの時代的動向を記載した。日付のわかるものから先に記載している。なお、この事項篇作成に際しては、一次資料から記事を採録したが、併せて、下記の書籍なども参照している。岩波書店編集部編『近代日本総合年表第二版』（岩波書店、一九八四年）、平井正『ベルリン1918-1922』（せりか書房、一九八〇年）、平井正『ベルリン1923-1927』（せりか書房、一九八二年）、平井正『ベルリン1928-1933』（せりか書房、一九八二年）。

◇一八八二年～一九一四年の事項の末尾に†で、この年からの主なベルリン大学在籍者を記載した。ベルリン大学在籍者の在籍期間は、RUDOLF HARTMANN, *Japanische Studenten an der Berliner Universität 1870-1914*, Mori-Ōgai-Gedenkstätte der Humboldt-Universität zu Berlin, 2000に拠っている。

◇一九二〇年～一九四五年の事項の末尾に†で、この年からの主なベルリン大学在籍者と正科生・聴講生・語学校生の区別を記載した。ベルリン大学在籍者の在籍身分と在籍期間は、*RUDOLF HARTMANN, Japanische Studenten an der Berliner Universität 1920-1945*, Mori-Ōgai-Gedenkstätte der Humboldt-Universität zu Berlin, 2003に拠っている。

◇出版物篇には、現物を確認した、日本人のベルリン体験関係出版物を記載した。原則として単行本に限ったが、一部、雑誌の特集号をも記載している。なお翻訳は原則として除いている。

一八六一（文久元）年

一月、ヴィルヘルム一世がプロシア王に即位。プロシア政府と幕府との間で日普修好通商条約・貿易章程が締約される。

一八六二（文久2）年

九月、ドイツ連邦に所属する各国の非公式代表がワイマールに集まり単一連邦国家の建設に合意する（28日～29日）。ビスマルクがプロシアの宰相に就任し（30日）、この時から有名な「鉄血政策」が採られる。

一八六三（文久3）年

一二月、ドイツ連邦軍がシュレスヴィヒとホルシュタインの両公国をデンマークから分離すべく先ずホルシュタインに侵攻した（24日）。

一八六四（文久4）年

一月、プロシア・オーストリアがデンマークに最後通牒（16日）。二月、プロシア・オーストリアがシュレスヴィヒに侵攻（1日）。七月、休戦

（18日）。

一八六六（慶應2）年

六月、プロシアがドイツ連邦議会にオーストリアの除外を提案し（10日）、普墺戦争始まる（14日）。八月、プラハ講和条約が調印されプロシアの大勝をもって普墺戦争が終わる（23日）。

一八六七（慶應3）年

四月、北ドイツ連邦憲法が採択されオーストリアと南ドイツ四ヵ国を除く二二ヵ国の北ドイツ連邦が成立した（26日）。

一八六九（明治2）年

四月、青木周蔵が長州藩（後に山口藩）の藩命により医学修業のためベルリンに到着する。

一八七〇（明治3）年

七月、フランスがプロシアに宣戦布告し普仏戦争始まる（19日）。この年晩春、山県有朋と山口藩政府員である御堀耕助が視察のためにベルリンを訪れ青木周蔵と会う。またこの年、フランスとプロシアの戦争が始まると大山巌・品川弥二郎・林有造・佐賀藩士池田弥一らがベルリンにやってきてプロシア政府の許可を得て戦を見守った。

一八七一（明治4）年

一月、プロシア王ヴィルヘルム一世がヴェルサイユ宮殿においてドイツ皇帝に即位し（18日）、これによりドイツ帝国が成立した。フランス国防政府はビスマルクとの間に休戦協定を結んだ（28日）。三月、ドイツ軍がパリ入城（1日）。パリ・コミューンが成立し（28日）、パリは内戦状態に入った。五月、ヴェルサイユ軍がパリに入り「血の週間」と呼ばれる激しい攻防の末にパリ・コミューン消滅（28日）。

一八七二（明治5）年

九月、教育制度の調査にあたっていた新島襄がベルリンに到着しドイツの教育事情に関する文献の翻訳を行う（翌年まで滞独）。

一八七三（明治6）年

三月、岩倉遣外使節がベルリンに到着し（9日）、様々な施設を訪問する（28日まで滞在）。ドイツ皇帝ヴィルヘルム一世の誕生の日に東京・横浜在住のドイツ人によってアジアに関する知識の増進と普及をはかって「独逸東亜細亜協会」（会長は駐日ドイツ帝国弁理公使M・フォン・ブラント）が設立される（22日）。五月、司法省フランス法制度調査団の一員として井上毅がベルリンを訪問する。一〇月、ドイツ皇帝ヴィルヘルム一世がシェーンブルン協約に調印しドイツ・オーストリア・ロシアの間で三帝協商が成立した。

一八七五（明治8）年

四月、『ベルリン・ポスト』に対仏戦争の予想記事が掲載され両国関係に緊張が走る（8日）。

一月、田中不二麿『理事功程』巻之八～九（文部省）。五月、田中不二麿『理事功程』巻之一〇～一一（文部省）。

一八七八（明治11）年

六月、ベルリン会議が開かれドイツ・ロシア・オーストリア・イギリス・フランス・イタリア・トルコが参加した（13日〜7月13日）。

一〇月、久米邦武編『特命全権大使米欧回覧実記』第三編（博聞社）。

一八八一（明治14）年

六月、ドイツ・オーストリア・ロシアの間で三帝同盟が成立した（18日）。

一八八二（明治15）年

五月、ドイツ・オーストリア・イタリアの間で三国同盟が成立した（20日）。

†経済学者の和田垣謙三が冬学期〜一八八三年の冬学期に在籍。

一八八四（明治17）年

四月、哲学者の井上哲次郎がベルリンに到着する（3日）。八月、井上哲次郎がベルリンからハイデルベルクに移る（3日）。一〇月、森鷗外がベルリンに到着した（11日）が、橋本綱常の勧めに従い先ずライプツィヒのホフマンの教えを請うべくベルリンを出発した（22日）。

†物理学者の田中正平が冬学期〜一八八七年の冬学期に在籍。

一八八五（明治18）年

五月、森鷗外がベルリンを再び訪れたが（26日）、すぐにライプツィヒに帰った（30日）。

一八八六（明治19）年

二月、森鷗外がロートと共にプロシア軍医会に出席するために三たびベルリンを来訪（19日〜23日）。四月、井上哲次郎がハイデルベルク・ライプツィヒ・ハレ・イエナを経て再びベルリンに到着し以後エードゥアルト・ツェラーに師事する。八月、森鷗外がミュンヘンからベルリンにやってきた（9日）が、すぐにミュンヘンに帰った（11日）。この年、サダキチ・ハルトマンがベルリンに滞在。

†哲学者の井上哲次郎が夏学期〜一八八七年の夏学期に在籍。

一八八七（明治20）年

四月、ロベルト・コッホについて学ぶために森鷗外がベルリンに腰を落ちつけた（16日）。とりあえずトヨップフェル・ホテルに滞在していた鷗外はやがてマリーエン街の下宿に住居を移した（18日）。森鷗外が北里柴三郎に誘われてコッホと会う（20日）。森鷗外が元津和野藩の亀井子爵を訪れたり（21日）、青山胤道を訪れたり（22日）とベルリン在住の日本人とさかんに交流する。五月、森鷗外が在ドイツ日本人の親睦会である大和会に初めて出席する（29日）。六月、森鷗外がクロスター街に転居した（15日）。七月、石黒忠悳がミュンヘンよりベルリンにやってきて（17日）、森鷗外とレストラン・インペリアルで会食した（22日）。九月、巽軒こと井上哲次郎がベルリン大学付属東洋語学校の教壇に立ち以後帰国するまで同校に勤務する。一〇月、森鷗外が井上哲次郎と会う（28日）。一一月、森鷗外が西園寺公望全権公使を停車場に迎える（10日）。

五月、西湝生『西洋風俗記』（駸々堂本店）。

一八八八（明治21）年

一月、井上哲次郎がベルリン大学講堂で神道に関する講演会を開催する。三月、ドイツ皇帝ヴィルヘルム一世が没しフリードリヒ三世が即位した（9日）。森鷗外がプロシア近衛歩兵第二連隊の医務につくよう命を受け（10日）、これより軍医として忙しく勤務するようになった。四月、森鷗外がハッケシュ市場の大首座街に転居した（1日）。森鷗外は乃木少将が帰朝するのを見送った（15日）。六月、ドイツ皇帝にヴィルヘルム二世が即位した（15日）。七月、森鷗外が石黒忠悳とともにベルリンを出発し（5日）、ヨーロッパ各地を廻って帰国の途についた。

二月、農商務省『欧米巡回取調書』四（農商務省）。

一八九〇（明治23）年

三月、ヴィルヘルム二世の治世に移ったためにビスマルクは宰相を退任した（20日）。八月、井上哲次郎がベルリンを出発し帰国の途につく。

†物理学者の田中館愛橘が夏学期〜一八九一年の冬学期に在籍。

一八九一（明治24）年

三月、ロシアのアレクサンドル三世がシベリヤ鉄道建設の勅書を発布した（29日）。五月、シベリヤ鉄道着工（31日）。

九月、井上哲次郎『勅語衍義』巻上下（井上蘇吉・井上弘太郎）。

一八九二（明治25）年

八月、ロシアとフランスが軍事協約を結びドイツ・オーストリア・イタリア三国同盟に対抗（17日）。

†経済学者の山崎覚次郎が夏学期〜一八九四年の冬学期に在籍。

一〇月、観風吟社編『海外観風吟社』（東京堂書房）。

一八九三（明治26）年

七月、ドイツ陸軍の増強法案が帝国議会を通過した（15日）。

†物理学者の長岡半太郎が夏学期〜一八九四年の夏学期、一八九五年夏学期〜一八九六年の夏学期に在籍。

七月、徳富健次郎『近世欧米歴史の片影』（民友社）。

一八九四（明治27）年

二月、玉井喜作がベルリンに到着する（26日）。六月、玉井喜作がベルリンの新聞『ケルニッシェ・ツァイトゥング』の記者となる。八月、日本が清国に宣戦布告し日清戦争が始まる（1日）。

†政治家の安部磯雄が冬学期〜一八九五年の夏学期に在籍。

九月、川崎三郎『独仏戦史』（博文館）。

一八九五（明治28）年

四月、日清講和条約調印（17日）。ドイツ・オーストリア・ロシアが日本に対しいわゆる三国干渉を行った（23日）。

†仏教学者の高楠順次郎が冬学期〜一八九六年夏学期に在籍。ジャーナリストの玉井喜作が夏学期〜一八九六年の夏学期に在籍。

五月、渋江保『普墺戦史』（博文館）。

一八九六（明治29）年

この年、鎌田栄吉がベルリンを訪れる。

一八九八（明治31）年

三月、玉井喜作がベルリンでドイツ語雑誌『東亜』を創刊する（15日）。

†公法学者の清水澄が冬学期〜一九〇一年冬学期に在籍。社会学者の建部遯吾が冬学期〜一八九九年冬学期に在籍。海事法学者の松波仁一郎が冬学期〜一八九九年冬学期に在籍。

七月、阪本喜久吉『欧洲再航録』（開成舎）。

一八九九（明治32）年

五月、法学者の美濃部達吉がドイツ留学に出発し後にフライブルク大学教授イェリネックから国会法人説を学ぶ。この年、幸田露伴の妹の幸田幸子がベルリン国立高等音楽院に入学してヨーゼフ・ヨアヒムに師事する。

†国際司法学者の山田三良が冬学期〜一九〇〇年の夏学期に在籍。

六月、鎌田栄吉『欧米漫遊雑記』（博文館）。

一九〇〇（明治33）年

一〇月、パリ留学中の国文学者、池辺義象が旅行でベルリンを訪れる（2日〜7日）。一一月、巌谷小波がベルリンのポツダマー駅に到着して（5日）、ベルヴュー・ホテルに宿泊し同宿の幸田幸子と歓談する（7日）。『東亜』主筆の玉井喜作が離日して八年目の記念日を自宅で祝い巌谷小波ら一〇名が招待され「東亜料理」を御馳走になる（17日）。巌谷小波がベルリン大学東洋語学校の日本語の講師となる（19日）。クレブス・ホテルで和独会が開かれ日本の手品師の隅田川太夫が余興（23日）。一二月、クレブス・ホテルで和独会がヴァイナハト祭と忘年会を兼ねた催しを行い一二〇名ほどが集まる（21日）。この年、哲学者の金子馬治（筑水）がドイツに留学する。

†法学者の加藤正治が冬学期〜一九〇二年夏学期に在籍。国文学者の芳賀矢一が冬学期〜一九〇二年の冬学期に在籍。教育学者の林博太郎が冬学期〜一九〇二年冬学期に在籍。憲法学者の美濃部達吉が夏学期〜一九〇〇年冬学期に在籍。倫理学者の吉田静致が冬学期〜一九〇二年の冬学期に在籍。

七月、司法省総務局庶務課編『欧米派遣法官演説筆記』（司法省総務局庶務課）。

一九〇一（明治34）年

一月、クレブス・ホテルで日本人会が開かれ七〇名余りが集まる（1日）。巌谷小波・加藤正治・水野酔香・美濃部達吉らがベルリンで在留邦人俳句会「白人会」を結成する。三月、前年より滞独中の姉崎嘲風がベルリンに移りここで学位論文の執筆に励んだ。四月、姉崎嘲風・巌谷小波・玉井喜作・美濃部達吉・芳賀矢一ら一八名が発起人となりフィヤ・ヤーレス・ツァイテン・ホテルで花祭を行う（5日）。五月、パリ万国博覧会から帰国する芸妓八人がベルリンに立ち寄り玉井喜作がフィルハーモニーでこれら芸妓の演芸会を開く（8日）。芸妓一行がベリ・アリヤンス座に招聘されて演芸を見せる（15日）。農科大学教授白井光太郎が室内に放火して人を傷つけ（22日）、「癲狂院」に収容される。六月、和独会の会員が天文台を見学する（10日）。和独会が夏季の遠足会をシュラハテンゼーで行う（28日）。一〇月、日本公使館付武官の津田三郎海軍大佐が死去し（24日）、葬儀が行われる（27日）。一一月、川上音次郎・貞奴の一座が中央座で「武士と芸妓」「袈裟御前」などを興行する（18日〜）。一二月、伯林日本倶楽部が伊藤博文の歓迎会をアルブレヒト親王館で開催し（6日）、大谷光瑞や露伴の妹の幸田幸子ら九〇名ほどが集まる。和独会の忘年会がクレブス・ホテルで開かれ川上一座の藤沢浅次郎の振付でドイツ人が日本語劇を演じる。（18日）。

✝宗教学者の姉崎正治（嘲風）が夏学期〜一九〇一年の冬学期に在籍。東洋史学者の白鳥庫吉が冬学期〜一九〇二年の夏学期に在籍。

七月、大橋新太郎『欧米小観』（博文館）。

一九〇二（明治35）年

二月、エリザベス女学校の同窓会に巌谷小波が招かれて日本の御伽噺の講話をする（18日）。三月、ライプツィヒ博物館で日本音楽会が行われ幸田幸子が琴を演奏したが滝廉太郎はあいにく入院中で参加できなかった（16日）。四月、フィルハーモニーで東京祭があり発起人総代として大村仁太郎が挨拶し幸田幸子の琴の演奏などが行われる（3日）。第二回花祭が行われて六〇名余りが集まり幸田幸子がピアノを演奏した（8日）。六月、姉崎嘲風が三年の留学期間を終えて帰国した。七月、イギリス皇帝戴冠式に出席する小松宮殿下がベルリンを訪れ巌谷小波らがコンチネンタル・ホテルに集まった（27日）。九月、巌谷小波がベルリンを去る（3日）。一一月、美濃部達吉がドイツから帰国した。

✝経済学者の塩沢昌貞が夏学期と冬学期に在籍。法学者の副島義一が冬学期〜一九〇七年夏学期に在籍。農業経済学者の高岡熊雄が冬学期〜一九〇四年の夏学期に在籍。統計学者の高野岩三郎が夏学期〜一九〇二年冬学期に在籍。新聞記者の鳥居赫雄（素川）が冬学期〜一九〇三年の夏学期に在籍。政治家の鈴木貫太郎が冬学期〜一九〇四年の夏学期に在籍。

八月、池辺義象『欧羅巴』（金港堂）。一二月、建部遯吾『西遊漫筆』（哲学書院）。

一九〇三（明治36）年

この年、幸田幸子がベルリンから帰国する。

四月、巌谷小波『小波洋行土産』上巻（博文館）、守屋源次郎『独逸社会史』（実業之日本社）。五月、巌谷小波『小波洋行土産』下巻（博文館）。一〇月、大和灰殻編『西洋土産ハイカラー珍談』（文昌堂）。

一九〇四（明治37）年

二月、日本がロシアに宣戦布告し日露戦争が始まる（10日）。七月、イギリスに留学していた島村抱月がベルリンに到着する。九月、哲学者の波多野精一が早稲田大学海外研究員としてベルリン大学とハイデルベルク大学に留学する。この年、金子馬治（筑水）がドイツから帰国した。

一一月、井上篤之編『独逸は如何にして富みしや』（大日本紡績連合会）。刊行月不記載、文部省『大学制度調査資料』第四編（文部省）。

一九〇五（明治38）年

一月、日露戦争の戦況について旅順のロシア軍降伏（1日）の情報がドイツでも新聞の号外で伝えられる（2日）。野田貞・川名兼四郎・鈴木梅太郎らが発起人となり旅順陥落を祝って在ベルリン日本人有志者による祝賀会が開かれ（10日）、島村抱月は「旅順陥落朗吟歌」を書き上げてこの祝賀会に出席する。五月、アメリカ・イギリスを経て左右田喜一郎がフライブルク大学に到着し経済学と哲学を専攻する。哲学ではハインリヒ・リッケルトに師事した（三年後にはチュービンゲン大学へ移る）。六月、島村抱月がベルリンを出発しイタリア・フランス・イギリスを経て帰国の途につく。
一一月、巌谷小波『伯林土産恋の画葉書』(博文館)。

一九〇六(明治39)年

三月、波多野精一がドイツから帰国する。九月、玉井喜作がベルリンで客死(25日)。

†政治家の松本烝治が夏学期〜一九〇七年冬学期に在籍。

七月、島村抱月『滞欧文談』(春陽堂)。

一九〇七(明治40)年

三月、市川左団次(二代目)ドイツ着(29日)、ベルリンでは劇場に通いイプセン「社会の柱」、ゴーリキー「夜の宿」などを見て四月中旬まで滞在。七月、哲学者の桑木厳翼がベルリンに到着しベルリン大学教授アロイス・リールらと交流する。九月、加藤弘之がドイツ語学を初めて日本に広めた功績としてヴィルヘルム二世から王冠第一等勲章を授与される。

一〇月、釈宗演『欧米雲水記』(金港堂書籍)。

一九〇八(明治41)年

六月、黒板勝美がベルリンを訪れる(15日)。桜井彦一郎(鷗村)がベルリンに到着しフリードリヒ街駅で友人の首藤中佐が出迎える(25日)。七月、桜井鷗村がベルリンのフリードリヒ駅からイギリスに向けて出発する(4日)。七月、中村吉蔵がベルリンに到着し日本倶楽部で大橋新太郎や東勝熊や後に着いた黒板勝美らと交流する。八月、黒板勝美が万国史学家大会に出席するためにベルリンを再訪し(6日)、一週間滞在。九月、黒板勝美がベルリンにさらに一ヵ月半ほど滞在。この年、ベルリン国立歌劇場で「蝶々夫人」のドイツでの初演が行われた。

†法学者の佐竹三吾が冬学期〜一九〇九年夏学期に在籍。政治家の堀切善兵衛が夏学期〜一九〇九年夏学期に在籍。

一月、戸田海市『我が独逸観』(丸善)。三月、戸川秋骨『欧米記遊二万三千哩』(服部書店)。九月、石川周行『世界一周画報』(博文館)、川田鉄弥『欧米遊記』(高千穂学校)。

一九〇九(明治42)年

五月、寺田寅彦がベルリンに到着した(6日)。左右田喜一郎がチュービンゲン大学からベルリン大学に移る。八月、黒板勝美が四度目のベルリン訪問(7日〜10月19日)。九月、桑木厳翼がドイツから帰国する。

†応用化学者の大河内正敏が冬学期〜一九一〇年の冬学期に在籍。哲学者の左右田喜一郎が夏学期〜一九一〇年の冬学期に在籍。物理学者の寺田寅彦が夏学期〜一九一〇年の冬学期に在籍。ドイツ文学者の山岸光宣が冬学期〜一九一一年の冬学期に在籍。

一月、杉村楚人冠『半球周遊』(有楽社)。七月、坪谷善四郎『世界漫游案内』(博文館)。一二月、桜井鷗村『欧洲見物』(丁未出版社)。

一九一〇(明治43)年

三月、山田耕筰がベルリンに到着する(20日)。山田耕筰がベルリン国立高等音楽院に合格。中島半次郎がベルリンに着く。五月、老川茂信がベルリンで『日清月報』を創刊。六月、朝日新聞社主催第二回世界一周会の一行がフリードリヒ街駅に到着(26日)、中四日の滞在の後にロシアのペテルブルクに向かう(7月1日)。一〇月、寺田寅彦がベルリンを出発する。左右田喜一郎がベルリン大学から再びチュービンゲン大学に移る。(その後にハイデルベルク大学とパリ大学を経て一九一三年に帰国)。

†憲法学者の佐々木惣一が冬学期～一九一二年の冬学期に在籍。農学者の東郷実が夏学期～一九一二年の夏学期に在籍。刑法学者の牧野英一が冬学期～一九一一年の冬学期に在籍。

一月、田川大吉郎『改造途上の欧米社会見物』(日本評論社出版部)。四月、床次竹二郎述、国府種徳編『欧米小感』(加島虎吉)。六月、中村吉蔵『欧米印象記』(春秋社書店)。九月、小塚正一郎『欧米巡遊日記』(小塚正一郎)。一〇月、西村時彦『欧米遊覧記』(朝日新聞合資会社)。

一九一一(明治44)年

三月、文部省留学生として多久寅が、私費留学生として萩原英一がベルリンに着いた。四月、エーミール・ジャック・ダルクローズによるリトミック体操の教育施設がドレスデン郊外のヘレラウで定礎式を迎える(22日)。七月、乃木希典がベルリンに着き(10日)、三日滞在後にヨーロッパ各地訪問。再びベルリンに着き(30日)、二週間ほど滞在。鳥居素川(赫雄)、ベルリンに滞在。八月、中島半次郎がベルリンを発つ。この年、桂太郎・青木周蔵・長井長義らによって、日独両国の親善と両国間の学術的交換を目的として日独協会(東京小石川区)が創立される。

†ドイツ文学者片山正雄(孤村)が夏学期～一九一二年の夏学期に在籍。哲学者の鹿子木員信が冬学期～一九一二年の夏学期に在籍。倫理学者の友枝高彦が冬学期～一九一三年の夏学期に在籍。国語学者の保科孝一が冬学期～一九一二年の夏学期に在籍。

六月、中村吉蔵『最近欧米劇壇』(博文館)。八月、桜井鷗堂『彼我対照欧洲視察』(欧亜協会)。九月、黒板勝美『西遊二年欧米文明記』(文会堂書店)。一〇月、井上嘯風『欧米籬覗』(松原曠)。一一月、竹内友二郎『東眼西視録』(金港堂書籍)、三上正毅『独逸帝国』(博文館)、三宅克己『欧洲絵行脚』(画報社)。

一九一二(明治45・大正元)年

三月、山田耕筰・斎藤佳三がベルリンのシュトゥルム画廊から持ち帰った版画を日比谷画廊で「シュトルム木版画展」として展示する(14～28日)。八月、『日清月報』が『日華月報』に変わる。一〇月、片山孤村がライプツィヒに移る。一二月、演劇研究のために欧州に向かった小山内薫がモスクワに着く(27日)。この年、東京音楽学校から服部駟郎次と小倉末子が留学生としてベルリンを訪れた。

†理論物理学者の石原純が冬学期～一九一三年の夏学期に在籍。美術史家の澤木四方吉が冬学期～一九一三年の夏学期に在籍。実業家の渡辺銕蔵が冬学期～一九一三年の冬学期に在籍。

一月、中村直吉、押川春浪編『五大洲探険記』第五巻(博文館)。二月、明石照男述、山室宗文編『独逸銀行管見 独逸工業管見』(菱蔭会)。三月、野口義夫、片山正雄『外国教育の状況』(文部省)、山崎林太郎『欧米都市の研究』(東京市)。六月、幣原坦『世界小観』(宝文館)。一一月、中島半次郎『独逸教育見聞記』(目黒書店)。一二月、鳥居赫雄『頬杖つきて』(政教社)、内務省衛生局『衛生叢書』第二輯(内務省衛生局)。

一九一三（大正2）年

一月、山田潤二と平野万里がベルリンに着く（15日）。小山内薫もベルリン着。山田耕筰がベルリン国立高等音楽院を卒業。四月、片山孤村がベルリンを経て帰国する。小山内薫がヘレラウのダルクローズ学校を訪問（20日）。五月、田中一貞がベルリンに到着し（31日）7月16日までの一ヵ月半を過ごす。六月、森律子がベルリンに着き（24日）、観劇等を楽しんで発つ（29日）。八月、伊藤道郎がダルクローズ学校で学び始める（～翌年8月）。小山内薫が帰国し神戸に着く（8日）。一一月、郡虎彦がドイツ座のシェークスピア・チクルスを見るためにパリからやってきた。郡虎彦がゴッホ展を見て感銘を受ける。一二月、山田耕筰がベルリンを離れる（6日）。千葉秀甫が生田葵をベルリンのシャルロッテンブルクに訪ねる。

†政治家の清瀬一郎が夏学期と冬学期に在籍。家族法学者の穂積重遠が夏学期～一九一四年の夏学期に在籍。経済学者の小泉信三が冬学期～一九一四年の冬学期に在籍。

一月、望月小太郎『独逸の現勢』（英文通信社）。六月、保科孝一『独逸国内各都市の小学校における国語教育に関する報告』（文部省）。一一月、森律子『わらはの旅』（博文堂）、片山孤村『都会文明の画図伯林』（博文館）。一二月、志賀潔『二どめの独逸』（南山堂書店）、石井柏亭『欧洲美術遍路』下（東雲堂書店）。

一九一四（大正3）年

四月、河上肇がベルリンに着き河田嗣郎の下宿に宿泊（23日）。五月、野口米次郎がベルリンに滞在。三浦環、ドイツに向けて神戸港を出航（23日）。六月、オーストリアの皇太子夫妻がサラエヴォで暗殺される（28日）。七月、三浦環、ベルリンに着く（11日）。日本からドイツへの郵便物配達が最後となる（14日）。オーストリアがセルビアに宣戦布告し（28日）、第一次世界大戦が始まった。八月、ドイツで動員令が下る（1日）。ドイツがロシアに宣戦布告（1日）。ひきつづきドイツがフランスに宣戦布告（3日）、さらにドイツはイギリスと開戦した（4日）。この情況をうけて日本大使館がベルリン在留民に注意書を送る（5日）。さらに日本大使館は在独日本人にドイツを退却するよう通知し（14日）、日本大使館・日本倶楽部・松下旅館には帰朝を促す警告が貼られた。日本の海軍士官および陸軍士官のほぼ全員がベルリンを発った。三浦環が夫政太郎と共にベルリンを脱出（14日）。河上肇もベルリンを発った（15日）。ベルリンの日本倶楽部が閉鎖され（16日）、山田潤二と平野万里もベルリンを発ちオランダ経由でイギリスに向かう（17日）。ドイツ官憲が日本人保護の名目で在留邦人を拘禁する（20日）。日本、ドイツに宣戦布告（23日）。船越代理大使がアメリカ大使館を訪れ、引き揚げ後の残留日本人の保護を依頼（23日）。日本大使館一行がベルリンを発つ（24日）。ドイツ軍は東部タンネンベルクで勝利を得る（27～30日）。九月、マルヌ河の戦い（5日～10日）でドイツ軍の勢いが止まる。一〇月、ドイツ軍はイープルの戦い（30日～11月24日）に破れ、西部戦線は長期化。

†外交官の重光葵が夏学期～一九一四年の冬学期に在籍。商法学者の竹田省が夏学期と冬学期に在籍。

二月、内ヶ崎作三郎『白中黄記』（実業之日本社）。五月、滑川次郎・河合三郎・田村輿吉『新訂四版伯林医科大学治療新書』（金原商店）、小杉未醒『画筆の跡』（日本美術学院）。六月、杉村楚人冠『大英游記半球周遊』（至誠堂書店）。七月、田川大吉郎『欧米都市とび〳〵遊記』（二松堂書店）、『世界奇聞馬糞録』。一〇月、保科孝

一『伯林と巴里』（冨山房）、蜷川新『欧米我観』（清水書店）、村島靖雄『カイゼル、ウィルヘルム二世』（鍾美堂書店）。一一月、片山孤村『独逸及独逸人』（冨山房）、三好学『欧米植物観察』（冨山房）。一二月、田川大吉郎稿、東京市役所編『欧米一巡の後』（東京市）。

一九一五（大正4）年

五月、イタリアが三国同盟条約を破棄（3日）。

二月、山田潤二『伯林脱出記』（千章館）。四月、星野米『独逸国土地抵当銀行視察報告書』（北海道拓殖銀行）。七月、内藤民治『世界実観』第一巻（日本風俗図絵刊行会）、田中一貞『世界道中かばんの塵』（岸田書店）。九月、吉田熊次『独逸の教育』（冨山房）。一一月、教育学術研究会編『独逸研究』（同文館、『教育学術研究』臨時増刊）。一二月、河上肇『祖国を顧みて』（実業之日本社）、和田垣謙三『西遊スケッチ』（至誠堂書店・至誠堂小売部）。

一九一六（大正5）年

二月、ヴェルダンの戦い（21日〜12月15日）でドイツ兵三三万余とフランス兵三六万余の犠牲者を出す。三月、カール・リープクネヒトやローザ・ルクセンブルクらがスパルタクス・ブントを結成した。八月、ルーマニアが参戦。ヒンデンブルクがドイツ軍総司令官に就任した。

一月、西村乙吉『列強模範青年団』（明治出版協会）。五月、坪内士行『西洋芝居土産』（冨山房）、朝永三十郎『独逸思想と其背景』（東京宝文館）。七月、小林照朗『国民教育家修養叢書欧米教育の印象』（育英書院、目黒書店）。九月、笠松慎太郎『鉄道見学欧米巡遊記』（東洋書籍出版協会）。一〇月、遠藤吉三郎『西洋中毒』（二酉社）。

一一月、文部省普通学務局編『欧洲戦争写真帖』（文部省）、中根環堂『欧米の女性』（采女社）。一二月、小山内薫『伯林夜話』（春陽堂）。

一九一七（大正6）年

一月、ドイツが無制限潜水艦戦布告を出す。三月、ロシアのニコライ二世が退位し二月革命（15日）。四月、アメリカが参戦（6日）。一一月、ロシア一〇月革命（7日）。

三月、大日本文明協会編『暗黒面の独逸』（大日本文明協会事務所）。五月、臨時軍事調査委員編『欧洲戦と交戦各国婦人』（小林又七）。六月、渋川玄耳『藪野椋十日本と世界見物』（誠文堂）、高村眞夫『欧洲美術巡礼記』（博文館）、松尾正直『独逸伯林城下の誓ひ』（大文館）。七月、小山内薫『北欧旅日記』（春陽堂）。一一月、澤木四方吉『美術の都』（東光閣書店）。一〇月、松井茂講述、藤野至人編『消防叢書　第一篇　独逸消防の近況と所感』（消防新聞社）。

一九一八（大正7）年

一月、ベルリンで大規模な大衆ストライキが行なわれた（28日）。四月、西部戦線で一時的にドイツ軍が攻勢に転ずる。八月、仏英軍の反撃によりドイツ側の戦局は絶望的となる。一一月、キール港における水兵の出動命令拒否に端を発してベルリンはゼネストに入る。皇帝ヴィルヘルム二世が退位しフィリップ・シャイデマンが共和国を宣言。（9日）、ドイツ、連合国と休戦協定（11日）。一二月、マックス・ペヒシュタインらにより革命的表現主義者の集団「一一月グループ」結成（8日）。ドイツ共産党結成（30日）。

七月、赤木格堂『独逸を中心に』（大阪屋号書店）。九月、坪内士行

『欧米巡遊　旅役者の手記』（新潮社）。一二月、福島安正述、野中春洋編『伯林より東京へ単騎遠征』（小西書店）、世界通社編『世界通』（東京タイムス社）。

一九一九（大正8）年

一月、いわゆる一月蜂起始まる（4日）。政府はノスケ内相に全権を与え武力によってこの蜂起を鎮圧。反革命軍によりカール・リープクネヒトとローザ・ルクセンブルクが虐殺された（15日）。国民議会選挙が行なわれるが共産党はボイコット（19日）。ゲオルク・カイザー「朝から夜中まで」がドイツ座でベルリンにおける初演（31日）。二月、ワイマールに国会が招集される（6日）。ダダの雑誌『誰もが自分のフットボール』第一号発行（15日）。三月、ダダの雑誌『破産』第一号発行（1日）。ベルリンで大規模なゼネスト（2日～12日）。四月、ヴァルター・グロピウスがバウハウスの学長に就任し（1日）、バウハウスが学校としての活動を開始する（15日）。「第一回ダダ展」がノイマン画廊で開催。六月、ヴェルサイユ条約調印（28日）。七月、ワイマール憲法採択（31日）。八月、憲法公布（11日）。九月、トリビューネでエルンスト・トラー「変転」が初演される（30日）。一〇月、名倉聞一が朝日新聞特派員としてベルリンに赴任（～一九二一年四月）。徳富蘆花・愛子がベルリンに着く（19日～11月1日）。一一月、独立社会民主党党首のフーゴー・ハーゼが暗殺される（7日）。グローセス・シャウシュピールハウス開場（28日）。一二月、レオポルト・イエスナー演出の「ヴィルヘルム・テル」でイエスナー階段が使われる。

七月、野上俊夫『欧米教育の印象』（岩波書店）。一二月、煙山専太郎『独逸社会民主党』（外交時報社出版部）

一九二〇（大正9）年

一月、ホテル・プリンツ・アルブレヒトで日本人新年宴会が開かれ七二名が集まる（1日）。二月、秦豊吉が三菱商事ベルリン出張所勤務に向けて横浜を発つ。映画「カリガリ博士」公開（27日）。三月、反政府クーデターであるカップ一揆（13日）が起きたが失敗に終わる。四月、哲学者の北昤吉（北一輝の弟）がドイツに入国（8日）。五月、秦豊吉がゲールハルト・ハウプトマンをシュレージェンに訪ねる。六月、オットー・ブルヒャルト画廊で「第一回ダダ国際見本市」が開催される（24日）。一〇月、三宅克己が四度目の洋行の途上で加藤静児と辻永とともにベルリンに立ち寄り（12日）、六日間滞在する。パウル・ヴェーゲナー監督「ゴーレム」封切（29日）。一一月、秦豊吉がルドルフ・オイケンをエナに訪ねる。この年冬、池田林儀がベルリンに着く。またこの年、黒田礼二がベルリンに着く。

†哲学者の伊藤吉之助が冬学期～一九二一年夏学期の正科生。経済学者の大塚金之助が冬学期～一九二二年冬学期の正科生。

一月、田川大吉郎『改造途上の欧米社会見物』（日本評論社出版部）。三月、蜷川新『復活の巴里より』（外交時報社）。四月、林富平『欧米視察案内』（米国実業視察団）。五月、生田葵『独逸哀話』（上弦書洞）、山岸光宣『現代の独逸戯曲』（東京宝文館）。六月、加藤直士『改造の欧洲より』（実業之日本社）。八月、津野田是重『踏破十有七国』（博文館）。

一九二一（大正10）年

二月、柳沢健がベルリンに滞在する。三月、ルイゼ皇后の誕生記念日を祝う催しがティーアガルテンで開催され、池田林儀がこれを見に行く。四月、名倉聞一がドイツを発つ。北昤吉がベルリンからフライブルクに移る。八月、元蔵相マティアス・エルツベルガー暗殺される（26日）。九月、河東碧梧洞がベルリンのアンハルター駅に到着し（7日）、その後一週間滞在する。一一月、一ドルが二〇〇マルクとなりインフレが始まる。一二月、斎藤茂吉がパリからベルリンのアンハルター駅に到着し石原房雄に出迎えられる（20日）。斎藤茂吉がベルリンのホテル・アルマニアに宿泊しここで親戚の前田茂三郎に会う（21日）。斎藤茂吉が磯部喜右衛門・中村隆治二に連れられてケンピンスキーで食事（26日）。斎藤茂吉がベルリンからハンブルクに向かったが（27日）、ベルリン―ハンブルク間の汽車中で信用状を盗まれた（28日）。斎藤茂吉が前田茂三郎に案内されてタウエン・ヴァリエテやユニオン・パレスに行く（29日）。斎藤茂吉がなくした信用状が大使館に届けられる。斎藤茂吉が塚原伊勢松を見送りにフリードリヒ街駅に行きまた前田茂三郎に連れられてシャウシュピールハウスでシュニッツラーの「輪舞」を見た（30日）。前田茂三郎が斎藤茂吉のなくした信用状を届けてくれた婦人に会い三五〇〇マルクの謝礼を与える（31日）。斎藤茂吉はユニオン・パレスで大晦日をすごす（31日）。この年、映画会社デクラ・ビオスコープ社がウーファ社に統合される。黒田礼二がベルリン大学で国家学を学ぶ。

†音楽評論家の石倉小三郎が冬学期～一九二四年夏学期の正科生。ドイツ文学者の木村謹治が夏学期と冬学期の聴講生。評論家の岡上守道（黒田礼二）が冬学期～一九二二年夏学期の正科生。弁護士の島田武夫が冬学期～一九二二年の正科生。児童文学研究家の田中梅吉が冬学期～一九二三年冬学期の正科生。商法学者の松岡熊三郎が冬学期～一九二三年の冬学期に正科生、一九二四年の冬学期～一九二五年の冬学期に正科生。仏教学者の森川智徳が冬学期～一九二二年の夏学期の正科生。経済学者の森戸辰男が夏学期と一九二二年夏学期の聴講生。哲学者の山内得立が夏学期の聴講生。

二月、建築写真類聚刊行会編『独逸近代建築彫刻巻一』（洪洋社）。三月、徳富蘆花・愛子『日本から日本へ』西の巻（金尾文淵堂）。五月、世界通編輯所編『世界通』（世界通発行所）、山田潤二『赤心録』（民友社）。八月、木村彦右衛門『戦敗の独逸を歴遊して』（鈴屋書店）。一二月、三宅克己『欧洲写真の旅』（アルス）、山本博一『欧米漫遊日誌』（山本博一）。

一九二二（大正11）年

一月、村山知義がベルリンへ向けて横浜出港（4日）。斎藤茂吉が盗難にあったハンブルクを気味わるく思い、留学先をウィーンに変更して、ベルリンからウィーンに向かう（13日）。三月、哲学者の田辺元が文部省在外研究員として渡欧し、ベルリン大学でアロイス・リールに学ぶ。後に田辺はフライブルク大学でエドムント・フッサール、マルティン・ハイデガーらと交流し、山内得立、木場了本、三木清らとも交際した。ベルリンのノイマン画廊で開かれたイタリア未来派のルッジェーロ・ヴァザーリが主催した「大未来派展」に、村山知義の油絵四点、永野芳光の油絵三点が展示される。五月、小宮豊隆がベルリンに着く。デュッセルドルフのティーツ百貨店で開かれた「第一回国際美術展」に、村山知義と永野芳光が出品（28日～7月3日）。六月、外相ヴァルター・ラーテナウ暗殺される（24日）。岩波茂雄の出資を受けてドイツに留学した三木清がドイツに到着する（24日）。その後に三木はハイデルベルク大学に移りハインリヒ・リッケルトに師事して、オイゲン・ヘリゲル、大内兵衛、羽仁五郎、北昤吉、糸井靖之、石原謙、久留間鮫造、小尾範治、鈴木宗忠、阿部次郎、成瀬無極、天野貞祐、九鬼周造、藤田敬三、黒正巌、大峡秀栄らと知り合い、後に移ったマールブルク大学ではマルティン・ハイデガーやカール・レーヴィットと交流した。七月、共和国保護法成立（18日）。阿部次郎がパリの北駅から出発してベルリンのツォー駅に到着する（5日）、ベルリン滞在中は東京法科の矢作教授や三高の林・大使館の矢野と交流する。仲田定之助がベルリンに着く。八月、インフレの激化によりクーノ内閣が倒れ人民党のシュトレーゼマンを首班とする大連合内閣が成立する。阿部次郎が約一ヵ月のベルリン生活を終えアンハルター駅から出発してハイデルベルクに移る（8日）。斎藤茂吉がマインツからベルリンへ向かう（17日）。斎藤茂吉がベルリンからワイマールへ向かう（24日）。斎藤茂吉がテッサウからベルリンに着く（27日）。斎藤茂吉がベルリンで前田茂三郎・薬師寺主計・海津小次郎・石原房雄らに会う（28日）。斎藤茂吉がコッホ研究所を訪問した（29日）。斎藤茂吉がベルリンを発ってウィーンに向かう（31日）。池谷信三郎がベルリンに到着しベルリン大学法科に入学する。信時潔が三年間の留学を終えて帰国した。九月、村山知義がポツダマー街にあるトワルディー画廊で個展を開く（18日〜30日）。トワルディーで石本喜久治がカンディンスキー夫妻に会う。一〇月、ベルリンで第一回ロシア美術展が開かれる。一一月、田辺平学がベルリンのフリードリヒ街駅に到着し（7日）、ベルリン工科大学の材料試験所で鉄筋コンクリートを研究する。石本喜久治と仲田定之助がワイマールのバウハウスを訪問する（13日）。土方与志が欧州で演劇研究をするため神戸から旅立つ。ハウプトマン生誕六〇年の祝賀会が開かれグローセス・シャウシュピールハウスで「フローリアン・ガイヤー」を上演（15日）、これを村山知義、林久男らが観劇した。岡田桑三（山内光）がベルリンに着く。森戸辰男宅で黒田礼二や村山知義と知り合う。北昤吉がハンブルクを出発して日本に向かう。一二月、石井漠が義妹の小浪とともに神戸から欧州へ発つ（4日）。村山知義がベルリンより帰国の途に着く。この年、池田林儀がビスマルクの墓を訪ねる。

†小説家の池谷信三郎が冬学期〜一九二三年冬学期の正科生。西洋史学者の大類伸が夏学期の聴講生。民法学者の勝本正晃が冬学期の聴講生。音楽評論家の兼常清佐が夏学期の聴講生。公法学者の川村又介が冬学期〜一九二三年夏学期に正科生。無教会主義伝道者の黒崎幸吉が冬学期〜一九二三年夏学期の正科生。ドイツ文学者の小牧健夫が夏学期の聴講生。ドイツ文学者の吹田順助が夏学期の聴講生。美学者の園頼三が冬学期の聴講生。電気工学者の田中寿一が冬学期〜一九二三年の冬学期に正科生。哲学者の田辺元が夏学期の聴講生。社会学者の円谷弘が冬学期の聴講生。労働生理学者の暉峻義等が冬学期の聴講生。ドイツ文学者の成瀬清（無極）が夏学期と冬学期の聴講生。作曲家の箕作秋吉が夏学期の聴講生。政治学者の南原繁が夏学期〜一九二三年夏学期の聴講生。ドイツ文学者の林久男が冬学期〜一九二三年冬学期の正科生。経営学者の平井泰太郎が夏学期と冬学期の聴講生。政治家の安井誠一郎が夏学期の聴講生。心理学者の矢田部達郎が冬学期の聴講生。

一月、林鎌次郎『大ベルリンの教育』（大同館）、黒川小六編『独逸労働組合運動史』上巻（協調会事務所）。二月、鈴木隆『欧米漫遊百話　意外の意外』（河野豫順）、坂口二郎『欧米三十五都』（下出書店）。三月、宮崎敬介『欧米より帰りて』（宮崎敬介）、大谷光瑞『最近の欧洲』（民友社）。四月、池田林儀『改造の独逸より』（東京堂書店)。五月、名倉聞一『共和国独逸』(大阪屋号書店)、真田幸憲『西洋見物お土産話』(目黒書店)。七月、山岡光太郎『外遊秘話』(飛龍閣)、山田耕筰『近代舞踊の烽火』(アルス)、佐久間政一『表現派の芸術』(日本美術院)。一〇月、船尾栄太郎『欧米新聞界の秘事』(丁美出版社)、樋口龍峡『欧米うらおもて』(弘道館)。一一月、荒木東一郎『欧米めぐり夢の旅』(誠文堂)、黒田礼二『蝙蝠日記』(大鐙閣)。一二月、下村宏『欧米より故国を』(丁未出版社)、国民教育奨励会編『大戦後の欧米教育』(民友社)。

一九二三(大正12)年

一月、フランス・ベルギー軍によりドイツの工業地帯ルールが占領される(11日)。土方与志がベルリン大学に演劇科が開かれると聞いてパリからベルリンへやってくる。村山知義がベルリンから帰国し神戸に着く。向坂逸郎がベルリンに到着する。二月、石井漠が義妹小浪とともにベルリンに着く。三月、シュラーゲター事件(15日)。土方与志がドイツ座でラインハルト演出の「ファウスト」を観る(30日)。石渡泰三郎がベルリンに滞在。四月、田辺平学がベルリンを去りドレスデンの材料試験所でコンクリートの研究を始める(1日)。石井漠と小浪がブリュッツナー・ザールで舞踊会を催し好評を得る(24日)。土方与志がレッシング座でイエスナー演出の「ファウスト」を観る(25日)。五月、小宮豊隆がベルリンに到着(12日)。神田文房堂で村山知義が「意識的構成主義的小品展覧会」を開催(15~19日)。三木清がハインリヒ・リッケルトの紹介で「日本の哲学に対するリッケルトの意義」と題する論考を『フランクフルター・ツァイトゥング』紙に寄稿する(27日)。六月、阿部次郎が再びベルリンを訪れ(20日)、25日にハンブルクに向かうまでの間に児島喜久雄・小宮豊隆・林二九太・林久男・村岡典嗣らと会う。七月、土方与志と近衛文麿がヘレラウのダルクローズ学校を訪問する(8日)。小川町の流逸荘でアウグスト・グルッペ主催の「最近露独表現派展覧会」開催(2~14日)。ミュンヘンに転学していた斎藤茂吉がベルリンに着き小宮豊隆・茅野蕭々・下田光造らと会う(30日)。佐多愛彦らがライプツィヒで『日独学芸』を創刊。八月、シュトレーゼマン政権が成立。一ドルが一一〇万マルクとなる。斎藤茂吉がベルリンを発ちミュンヘンに帰る(12日)。小網源太郎がカイザーホーフに到着し(29日)、日本人会書記の那須氏の案内で翌日にアレキサンダー市場を視察。田辺元がドイツを出国する(ロンドン・パリを経由して翌年一月に帰国)。九月、関東大震災(1日)の報を受けベルリンに滞在していた多くの日本人が帰国する。池谷信三郎も東京の家が全焼したため借金して帰国の途につく。岡田桑三がドイツ国立美術工芸博物館附属工芸学校の本科舞台美術第七アトリエに編入学。阿部次郎がマルセイユから加茂丸で帰国の途につき(11日)、翌一〇月に帰国し(18日)、東北帝国大学教授となる(27日)。一〇月、小宮豊隆がツォー駅からベルリンを出発しパリに向かった(14日)。煙山専太郎がベルリンに着き(15日)、一週間ほど滞在。一一月、仲田定之助がベルリンを発つ。ヒトラーがミュンヘンで一揆を起こす(8日)も失敗に終わる。レンテンマルク発行(15日)。池田林儀がベルリンで『Deutsch-Japanische Revue』を創刊。一二月、土方与志がソ連領を通るシベリヤ鉄道経由で帰国し神戸港に着く。この年、ベルリンでラジオ放送が始まる。ラースロー・モホイ=ナジが国立バウハウスの金属工房の教授として招かれる。秦豊吉がハインリヒ・フォーゲレルを訪ねる。哲学者の天野貞祐がドイツに留学しハイデルベルク大学でリッケルトやオイゲン・ヘリゲルに学ぶ。

↑経済哲学者の石川興二が冬学期〜一九二四年夏学期の正科生。マルクス経済学者の宇野弘蔵が冬学期〜一九二四年夏学期の正科生。倫理学者の大島直治が夏学期〜一九二四年夏学期の正科生。土木工学者の大坪喜久太郎が冬学期〜一九二五年冬学期の正科生。哲学者の鹿子木員信が冬学期と一九二四年冬学期の正科生。ドイツ文学者の上村清延が冬学期の正科生。農業史家の黒正巌が夏学期の聴講生。経済学者の向坂逸郎が冬学期〜一九二四年夏学期の正科生。生物化学者の左右田徳郎が夏学期の聴講生。経済学者の高木友三郎が夏学期の聴講生。社会運動家の棚橋小虎が夏学期と冬学期の正科生。教育家の千葉命吉が夏学期の聴講生、冬学期〜一九二五年夏学期の正科生。英文学者の豊田実が冬学期〜一九二四年の夏学期の正科生。経済学者の早川三代治が夏学期と冬学期の正科生。商法学者の本間喜一が夏学期〜一九二五年の冬学期に正科生。経営学者の増地庸治郎が冬学期〜一九二四年の冬学期の正科生。宗教学者の真野正順が夏学期の聴講生。ソヴィエト法学者の山之内一郎が夏学期と冬学期の正科生。教育家の湯浅八郎が夏学期と冬学期の正科生。

三月、柳沢健『歓喜と微笑の旅』(中央美術社)、建築写真類聚刊行会編『独逸近代建築彫刻巻二』(洪洋社)。六月、春海熊三『私の見た欧米の美術』(慶文堂書店)、柳沢健『南欧遊記』(新潮社)、黒川小六編『独逸労働組合運動史』下巻(協調会)、林安繁『欧山米水』(林安繁)。七月、石川欣一『旅から旅へ』(大阪毎日新聞社、東京日日新聞社)、坂口昂『歴史家の旅から』(内外出版)。一〇月、井上貫一『欧米学校印象記』(同文館)。一一月、牧野英一『小蓋集』(牧野英一)。

一九二四(大正13)年

一月、近衛秀麿がベートーヴェン・ザールでベルリン・フィルハーモニー指揮による音楽会を開く(18日)。田辺元がドイツから帰国する。二月、茅野蕭々が伏見丸でベルリンに向かう。同船には一九二五年一〇月までドイツとフランスに留学する登張竹風も乗っていた。六月、小山内薫・土方与志らにより築地小劇場が創設される(13日)。斎藤茂吉が再びベルリンに着く(29日)。斎藤茂吉、ベルリンに滞在し医科大学を参観する。七月、斎藤茂吉が親しい友人である前田に連れられてベルリンのカフェ・ゲイシャを訪れる(1日)。斎藤茂吉はその後ベルリンを発ってハンブルクに至り(7日)、再びベルリンに戻るが(10日)、さらにその後ミュンヘンに帰り(13日)、パリへ向かった。村山知義『マヴォ』創刊。八月、ロンドン会議でドーズ案によるドイツの欧米連合国への賠償金が決定。通貨単位がライヒスマルクに移行。斎藤茂吉がパリからの小旅行の際再びベルリンに立ち寄る。三木清がドイツを出国する(パリを経由して翌年10月に帰国)。九月、チューリンゲン州政府が翌年四月にバウハウスのマイスターとの契約を打ち切ると通告(30日)。岡田桑三がドイツ国立美術工芸博物館附属工芸学校を卒業。河合栄治郎がベルリンのアンハルター駅に着き向坂逸郎、中西寅雄の出迎えを受け(16日)、七ヵ月ほど滞在。斎藤茂吉がベルリンに二週間ほど滞在。一〇月、登張竹風がワイマールのニーチェ文庫を訪問する(2日・15日)。河合栄治郎が向坂逸郎・本位田祥男・荒木光太郎・中西寅雄らが行っていた研究会に出席し(30日)、マルクスについて討論した。一一月、石津作次郎がベルリンに着く(18日)。一二月、石津作次郎がベルリンを発つ(9日)。岡田桑三がドイツより帰国。村山知義が築地小劇場で上演された「朝から夜中まで」(5日〜20日)の舞台装置をつくる。この年の夏の終わりに、茅野蕭々がワイマールのニーチェ文庫を訪ねる。またこの年、秦豊吉がアルフレート・ケルを訪ねる。秦豊吉は結婚のために一時帰国したが三ヵ月ほどでベルリンに戻った。

†民法学者の石田文次郎が夏学期と冬学期の正科生。ドイツ文学者の奥津彦重が夏学期と冬学期の正科生。

二月、向井鹿松『海外有価証券市場論』第一巻（清水書店）。五月、一氏義良『立体派未来派表現派』（アルス）。七月、成瀬無極『夢作る人』（内外出版）、宮下孝雄『私の見たる欧洲文様美術』（東邦堂）。一〇月、武用種吉『半歳で世界一周』（内外出版）、中根滄海『西洋の女』（潮文社）。一一月、小池秋草『外遊印象』（広文堂書店）、村山知義『現在の芸術と未来の芸術』（長隆舎書店）。一二月、池田林儀『ワンダーフォゲル』（文化社）。

一九二五（大正14）年

一月、ルター内閣が成立。二月、河合栄治郎が向坂逸郎らの研究会に出席し（14日）、社会政策や価格論についての討論に参加する。ベルリンの東洋軒で行われた向坂逸郎らの研究会に河合栄治郎が出席し研究会終了後に中西寅雄と階級意識の問題について議論する（21日）。三月、河合栄治郎がベルリンを発ちパリに向かう（21日）。石井漠・小浪が二年余に及ぶ欧米巡業を終えて帰国し横浜に着く（4日）。四月、ヒンデンブルクが大統領に就任。五月、向坂逸郎がドイツから帰国する。一〇月、デッサウのバウハウスが仮校舎で開校する（14日）。哲学者の高橋里美が文部省から哲学研究のために二年間のドイツ留学を命ぜられて渡独し翌年秋にはフライブルク大学のフッサールのもとに向かう。一一月、哲学研究の官命によりヨーロッパ歴訪中の安倍能成がベルリンに滞在する。一二月、ロカルノ条約調印。この年、ヴァルター・グロピウスがバウハウスをデッサウに移す。バウハウス叢書の一冊としてモホイ＝ナジの『絵画・写真・映画』が刊行される。文化映画「美と力への道」封切。ベルリンで「国際アヴァンギャルド映画上映会」開催。池田林儀が帰国。森岩雄が村田実と映画「街の手品師」を携えてベルリンに着く。鳥居素川がベルリンを訪れる。

†教育学者の稲毛金七が夏学期の聴講生。憲法学者の宇賀田順三が冬学期〜一九二六年冬学期の正科生。臓器薬品化学者の緒方章が夏学期と冬学期の聴講生。社会学者の奥井復太郎が八月に語学校に入学。民法学者の片山金章が冬学期の聴講生。金融論学者の金原賢之助が一一月に語学校に入学。医学者の黒田源次が夏学期の聴講生。ドイツ語学者の佐久間政一が夏学期の聴講生。ドイツ文学者の新関良三が冬学期の聴講生。教育学者の福島政雄が冬学期の聴講生。洋画家の脇田和が八月に語学校に入学。

一月、岡田泰祥『絵筆を載せて』（内外出版印刷）。二月、石渡泰三郎『欧米百貨店事情』（白木屋呉服店書籍部）、佐竹義文『欧米を縦横に』（宝文館）。三月、守屋栄夫『欧米の旅より』（蘆田書店）。四月、青木庄蔵『世界をめぐりて』（青木庄蔵）、エルンスト・トラー作、村山知義訳『燕の書』（長隆舎書店）。五月、森戸辰男『思想と闘争』（改造社）。六月、大藤治郎『西欧を行く』（新潮社）、村山知義『カンディンスキー』（アルス）。七月、森戸辰男『最近ドイツ社会党史の一齣』（同人社書店）、浜田勇三『欧米諸国一見』（浜田勇三）。一〇月、小網源太郎述、倉片寛一編『欧米魚市場覗記』（小網源太郎）、池谷信三郎『望郷』（新潮社）。一二月、林久男『芸術国巡礼』（岩波書店）、田子静江『愛児の為めに欧米を訪ねて』（東京

宝文館)、下河内十二蔵『東西万里』(此村欽英堂)。石津作次郎『欧羅巴の旅』(内外出版)、成瀬無極『偶然問答』(大鐙閣)。

一九二六(大正15・昭和元)年

二月、ジョセフィン・ベーカーがベルリンのネルゾン・レヴューに客演しチャールストンの大流行となる。三月、哲学者の務台理作がドイツ留学のために神戸港から諏訪丸で出発し(4日)、ハイデルベルク大学ではリッケルトやカール・ヤスパースに師事しフライブルク大学では高橋里美らとともにフッサールに師事する。三月、井上赳がベルリンに到着し(3日)、4月6日に北欧に旅立つ。四月、ベルリンにドイツ内務省ほかの後援のもと「日本学会」(正式名称「独逸及び日本の精神的生活及び公的施設の相互的理解促進協会」)が創立され事業を開始する(1日)。この前後に哲学者の鹿子木員信が在外研究員としてベルリンに到着しマックレンブルヒ博士とともに日本学会の草創の事業に三ヵ月ほど従事する。経済学者の有沢広巳がベルリンに到着し中西寅雄と野口正造の出迎えをうける。五月、吉田薫がデッサウのバウハウスを訪問してグロピウスに面会する。マルクス内閣成立。七月、鹿子木員信がベルリンを発ち帰国し東京にて日独文化協会設立に携わる。八月、大石喜一がベルリンを出発してウィーンに向かう(24日)。日本電報通信社特派員として鈴木東民がベルリンに到着する(28日)。九月、ドイツが国際連盟に加盟。国崎定洞がシベリヤ経由でベルリンに向けて出発する(24日)。一〇月、今井兼次がデッサウのバウハウスを訪れてグロピウスに会う(5日)。仲田定之助が『アサヒカメラ』でモホイ=ナジの『絵画・写真・映画』を紹介。一一月、池田林儀が雑誌『優生運動』を創刊。一〇月、倉田亀之助がアーヘン大学に入学するためベルリンを離れる。この年の末頃、蝋山政道・有沢広巳・国崎定洞らが中心となり後のベルリン反帝グループの前身である「ベルリン社会科学研究会」を発足。谷口吉彦・鈴木東民らも出席する。この年、シュトレーゼマンがノーベル平和賞を受賞。ソ連映画「戦艦ポチョムキン」ドイツで公開。池田林儀が報知新聞社を辞し、「日本優生運動協会」を立ち上げる。秦豊吉が三菱商事東京本社に転任となりベルリンを発つ。藤原義江がドイツリードの勉強のためベルリンに滞在。

†実験物理学者の浅田常三郎が冬学期〜一九二八年夏学期の正科生。物理学者の荒勝文策が九月に語学校に入学。経済史家の石浜知行が夏学期の正科生。美学者の上野直昭が夏学期の聴講生。電気工学者の加藤信義が四月に語学校に入学。商学者の加藤由作が冬学期の聴講生。労働法学者の菊地勇夫が一一月に語学校に入学。思想家の国崎定洞が一一月に語学校に入学。経済地理学者の佐藤弘が冬学期の聴講生。土壌肥料学者の塩入松三郎が九月に語学校に入学。数学者の正田健次郎が九月に語学校に入学、冬学期の聴講生、一九二七年夏学期と一九二八年冬学期〜一九二九年夏学期の正科生。ドイツ文学者の関泰祐が四月に語学校に入学。法学者の田中周友が四月に語学校に入学、夏学期の聴講生。経済学者の谷口吉彦が九月に語学校に入学。胸部外科学者の都築正男が冬学期の聴講生。林学者の徳川宗敬が九月に語学校に入学。憲法学者の土橋友四郎が四月に語学校に入学。機械工学者の橋本宇一が四月に語学校に入学。民法学者の舟橋諄一が六月に語学校に入学、一九二七年の冬学期に聴講生。経済学者の堀江邑一が九月に語学校に入学。刑法学者の安平政吉が四月に語学校に入学、冬学期の正科生。

二月、山崎直方『西洋又南洋』(古今書院)、村山知義『構成派研究』（中央美術社）、『朝日新聞社欧洲訪問大飛行記念画報第二輯』（大阪朝日新聞社、『大阪朝日新聞』2月11日号附録）。四月、瀧澤七郎『旅券を手にして』（明文堂）、矢崎千代二『絵の旅から』（東京朝日新聞発行所）。五月、河合栄治郎『在欧通信』（改造社）、北昤吉『哲学行脚』（新潮社）。七月、三浦周行『欧米観察過去より現代へ』（内外出版）。八月、菊池盛太郎『欧米学校音楽めぐり』（共益商社書店）。九月、金子健二『馬のくしゃみ』（積善館）、太田順治『欧米素描』（培風館）。一〇月、小池堅治『表現主義文学の研究』（古今書院）。一一月、小倉右一郎編『独逸現代美術展覧会』（国民美術協会）、朝日新聞社編『独逸展第一回Erste Deutsche Kunst Ausstellung』（朝日新聞社）。一二月、村山知義『人間機械』（春陽堂）。

一九二七（昭和2）年

一月、フリッツ・ラング監督の映画「メトロポリス」封切。二月、哲学者の和辻哲郎と大西克礼が日本郵船の白山丸でドイツに向けて出発する（17日）。三月、音楽研究のため岡内順三（村山知義の義弟）がベルリンに到着する。四月、大西克礼・出隆・和辻哲郎がベルリンのフリードリヒ街駅に到着し児玉達童に出迎えられる（8日）。和辻哲郎が文部省留学生としてベルリンに滞在し（8日〜11月1日）、フラウ・ドクトル・イレ宅でドイツ語を学び始める（19日）。京大農学部助教授の大槻正男が日本人会で和辻哲郎に出会い不眠症だと語る（28日）。水谷武彦がデッサウのバウハウスに入学する。鹿子木員信がベルリンに着き日本協会の指導とベルリン大学学賓教授として「日本精神」の紹介につとめ日独研団の設立やドイツ語雑誌『やまと』の創刊にも従事する。五月、出隆がフラウ・ドクトル・イレとその娘からドイツ語会話とラテン語を学び始める（2日）。中管が企画した警視庁刑事課の博物館見学に日本人が五〇人程参加する（17日）。千田是也がベルリンに着き（25日）、西区レーゲンスブルク街に住む。千田は片山潜からの紹介状をもって黒田礼二を訪ねベルリン社会科学研究会に参加。六月、川路柳虹がモスクワ経由でベルリンに到着し（30日）、翌日に和辻哲郎を訪ねて民族誌美術館に案内される。大久保利武侯爵を会長とする日独文化協会（東京麹町）が発会式を行う（19日）。七月、柳沢健がベルリンに滞在。八月、出隆が和辻哲郎を訪ねて次男の純が亡くなったと話す（24日）。和辻哲郎が「メトロポリス」を見に行く（27日）。九月、出隆がベルリンからシベリヤ経由で帰国の途につく（11日）。鹿子木員信が尽力する伯林文化学会が日本人会で開かれる（23日）。千田是也は中央区のアルテ・ヤーコブ街に引っ越す。ピスカートルがピスカートル劇場を立上げノレンドルフ広場劇場で第一回公演のトラー「どっこい生きてる」を上演。一〇月、大統領ヒンデンブルクの八〇歳の誕生日祝賀会のためベルリン中が賑わい和辻哲郎もこれを見物する（2日）。和辻春樹が中学時代の同級生と共にベルリンに到着する（8日）。一一月、和辻哲郎がベルリンを去り（1日）、ドイツ各地を経由してパリに向かう。一二月、片山潜が数日ベルリンに滞在しベルリン社会科学研究会のメンバーと会う。千田是也が反帝同盟第一回評議委員会に労農党代表として出席する。高橋里美がシベリヤ経由で帰国の途につく。法学者の平野義太郎が文部省留学生としてドイツに入国する。この年、文化映画「大自然と愛」が封切されたがこの映画には千田是也がエキストラとして出演していた。ヴァルター・ルットマン監督の「伯林——大都会交響楽」封切。ドイツ工作者連盟主催の国際展「写真と映画」がシュトゥットガルトで開催される。フランツ・ロー・ヤン・チホールト共編『写真眼（フォト・アウゲ）』出版。

上山勘太郎が欧米を旅行しベルリンにも寄る。

†実業家の足立正が一一月に語学校に入学。哲学者の出隆が夏学期の聴講生。西洋史学者の亀井高孝が六月に語学校に入学。憲法学者の黒田覚が六月に語学校に入学、冬学期の聴講生。経営学者の佐々木吉郎が七月に語学校に入学。結晶物理学者の庄司彦六が夏学期の聴講生。数学教育家の杉村欣次郎が夏学期と冬学期の正科生。小説家の竹山道雄が一一月に語学校に入学。経済学者の土屋喬雄が六月に語学校に入学。応用物理学者の真島正市が冬学期~一九二八年夏学期の正科生。鉄道工学者の山崎匡輔が一一月に語学校に入学。西洋中世史学者の山中謙二が冬学期の聴講生。国際法学者の横田喜三郎が冬学期~一九二八年夏学期の正科生。哲学者の和辻哲郎が夏学期の聴講生。

二月、春田能為(甲賀三郎)『欧米飛びある記』(博文館)、『欧洲大陸旅行日程』第二版(日本郵船株式会社)。四月、上村知清『欧洲旅行案内』(海外旅行案内)。六月、野村兼太郎『欧洲印象記』(日本評論社)、大石喜一『新らしき国古き国』(福音社)、村山知義『スカートをはいたネロ』(原始社)、鉄道省運輸局編『西伯利経由欧洲旅行案内』(鉄道省運輸局)。七月、片山正雄『双解独和大辞典』(南江堂)。九月、池谷信三郎『橋・おらんだ人形』(改造社)。一一月、牧野英一『海をわたりて野をわたりて』(日本評論社)、銭高作太郎、銭高静子編『旅より我が家へ』(銭高静子)、上山柑翁『欧米漫筆』(宝文館)。一二月、大崎清作『欧米の実際を見て』(博文館)。刊行月不記載、伯林市一般地区疾病保険組合『社会保険調査資料第一一号　伯林市一般地区疾病保険組合一九二六年度事業報告書』(社会局保険部)。

一九二八(昭和3)年

一月、千田是也が「ヨシワラの一夜」(エメリヒ・ハヌス監督、ハンスベッカーザックス・プロダクション)にドイツ人演ずる日本人の娘の父親役として出演。二月、マックス・ラインハルトがアメリカからドイツに戻る。務台理作がベルリンを出発し帰国の途につく。三月、日本で三・一五事件が発生し、政府の左翼運動への警戒が高まる。四月、グロピウスの後任としてハンネス・マイヤーがバウハウス学長に就任(1日)。千田是也がATBD(ドイツ労働者演劇同盟)の第一〇回大会に出席し挨拶する。五月、ドイツ総選挙で社会民主党が勝利(20日)。有沢広巳がベルリンを発つ。六月、ミュラー大連合政府成立。七月、大阪毎日新聞社・東京日日新聞社主催の欧洲一周旅行団第一班が到着(12日)、二日後に第二班も到着しそれぞれ四泊五日の日程で観光する。「ヨシワラの一夜」封切。千田是也の他にもベルリン在住の多数の日本人が出演していた。市川圓常がベルリンに着き(21日)、見学の後ベルリンを発つ(25日)。国崎定洞がドイツ共産党に入党する。八月、ケロッグ・ブリアン不戦条約調印。ブレヒト『三文オペラ』初演(31日)。九月、ソ連で公演してきた市川左団次の一行がベルリンに立ち寄り市川段四郎(三代目)はそのままベルリンに残り千田是也の下宿に住んでラーバン式律動体操の教室に通う(~12月)。アメリカで製作された世界初のトーキー「ジャズ・シンガー」がベルリンで公開される。堀江邑一ベルリンを発つ。ヴァルター・ルットマン監督の「伯林――大都会交響楽」が日本に輸入された最初の純粋映画として公開される。上旬に竹内勝太郎がベルリンに着き一ヵ月ほど滞在。一〇月、松岡冬樹(柳田国男の甥)夫妻がベルリンを訪問し国崎定洞と会見する(29日)。『日独学芸』の発行所がライプツィヒからベルリンに変わる。この年夏、名取洋之助がベルリンに着く。秋、吉屋信子がモスクワからベルリンに着き数日でパリへ向けて発つ。またこの年、衣笠貞之助が自作映画「十字路」を持ってドイツに向かう。伍堂卓雄が二、三ヵ月ドイツに滞在。

†漫才作家の秋田実が五月に語学校に入学。神学者の浅野順一が三月に語学校に入学、冬学期の聴講生。新聞人の阿部真之助が冬学期の聴講生。水産化学者の大谷武夫が三月に語学校に入学。宗教心理学者の岡本重雄が冬学期の聴講生。林学者の梶田茂が六月に語学校に入学。中国哲学者の高田真治が三月に語学校に入学、冬学期の聴講生。ヴァイオリニストの夏目純一が二月に語学校に入学。地球物理学者の長谷川万吉が七月に語学校に入学。日本経済史学者の堀江保蔵が九月に語学校に入学、一九二九年の夏学期に聴講生。日本史学者の松本芳夫が一一月に語学校に入学、一九三五年六月に語学校に入学、冬学期に聴講生。民法学者の柚木馨が三月に語学校に入学。哲学者の由良哲次が八月に語学校に入学。

一月、稲毛詛風『欧洲文化の印象と批判』（大同館書店）、松本君平述、佐藤俊三編『カイザル皇帝との会見』（青年教団）、秦豊吉『独逸文芸生活』（聚英閣）。二月、清家吉次郎『欧米独断』（清家吉次郎）、瀧本二郎、マダム・ド・ブレスト『欧米漫遊留学案内 欧洲の部』（欧米旅行案内社）。四月、渡辺四郎『欧米の港と腰弁の視た国々』（渡辺四郎）。五月、秦豊吉『好色独逸女』（文芸春秋社出版部）、露西亜文学研究会『メイエルホリド研究』（原始社）、庄野貞一『十八ヶ国欧米の旅』（高橋南益社）。六月、煙山専太郎『再生の欧米を観る』（実業之日本社）、小林澄兄『欧洲新教育見聞』（明治図書）。七月、小川正行『独逸に於ける新教育』（目黒書店）。八月、杉山健三郎編『相馬愛蔵氏欧洲視察団』（矢口書店）。九月、鳥居赫雄『松籟』（鳥居とも子）。一〇月、大阪毎日新聞社編『欧洲観光記』（大阪毎日新聞社・東京日日新聞社）、石川光春『欧米曼陀羅雑記へゝのゝもへじ』（至玄社）、大野勇『巴里を中心にして観たる欧米の卸売市場』（大野勇）。一一月、三宅克己『世界めぐり』（誠文堂）、篠田治策『欧洲御巡遊随行日記』（大阪屋号書店）、野田安次郎編『欧洲飛脚唖の日誌』（野田安次郎）。一二月、近藤浩一路『異国膝栗毛』（現代ユウモア全集刊行会）。

一九二九（昭和4）年

一月、エーリヒ・マリーア・レマルク『西部戦線異状なし』出版（31日）。二月、パリで賠償に関するヤング会議開催（9日）。衣笠貞之助が千田是也と同じラウバッハ街の下宿に住む（〜9月）。千田是也が見学に行ったUFA撮影所で労働者演劇にかかわっていたグスタフ・フォン・ワンゲンハイムと知り合う。池田林儀がドイツに向けて東京を発つ（17日）。三月、池田林儀がベルリンに着き（4日）、ヒンデンブルク大統領に接見（16日）。武林無想庵・文子夫妻がベルリンに着く（30日）。千田是也がATBDの全国劇団代表者会議に出席（31日）。四月、武林文子がヴィンター・ガルテンでカッポレを踊る（1日から一ヵ月）。武林無想庵・文子夫妻が黒田礼二とベルリンの藤巻で会う。社会学者の新明正道がベルリンに到着する（25日）。ドイツを出国した鹿子木員信が日本に帰国する。五月、血のメーデーに川村金一郎や平野義太郎らが参加する（1日）。国崎定洞が東京帝大助教授依頼免官となる（4日）。岩崎清七がベルリンに滞在し万国瓦斯電気博覧会に出席。武林無想庵が妻子を残してベルリンを発つ。衣笠貞之助監督の映画「十字路」が「ヨシワラの影」という名でモーツァルト・ザールで封切。新明正道が「ヨシワラの影」を封切当日に見に行く。六月、ベルリンの日本料理店「花月」で中條（宮本）百合子の話を聴く医師の会が行われ満員の盛況となる（6日）。賠償支払いに関するヤング案調印（7日）。武林文子がベルリンを発ってパリに行く。七月、千田是也が国際反帝同盟第二回評議員総会（於フランクフルト・アム・マイン）に新党準備会代表として出席（25日～29日）、他に片山潜・国崎定洞・三宅鹿之助・平野義太郎らも出席した。岡田桑三が鍋島田鶴子とモスクワおよびベルリンに向かう。モスクワでエイゼンシュテインと会いベルリンでは衣笠貞之助と会う。八月、武林無想庵がベルリンに戻るがすぐに文子を追ってパリへ行く。千田是也がドイツ共産党に入党しＡＴＢＤの赤シャツ隊に所属して舞台装置・衣装・小道具の設計や製作を担当する。九月、勝本清一郎が島崎藤村の三男の島崎蓊助とともに敦賀港からドイツへ向けて旅立つ。千田是也は東北区フーフェラント街に移る。一〇月、池田林儀がヒンデンブルク大統領より二等赤十字名誉徽章を授与される（7日）。勝本清一郎が島崎蓊助を伴ってベルリンに着く（10日）。蓊助は千田是也と岡内順三に会いその後は千田の下宿に同宿する。ニューヨークの株式大暴落（25日）による世界恐慌。一一月、平野義太郎がアメリカ経由で帰国の途につく。一二月、岡田桑三が鍋島田鶴子とドイツより帰国。この年、トマス・マンがノーベル文学賞受賞。エーミール・ヤニングスがアメリカからドイツに戻る。シュトゥットガルトで「映画・写真国際展」が開催される。年末に在独日本人による「ベルリン反帝グループ」が結成される。その際にドイツ共産党日本語部も組織され国崎定洞が責任者となる。

†経営学者の池内信行が夏学期に聴講生、冬学期～一九三〇年の夏学期に正科生。電力工学者の大山松次郎が八月に語学校に入学。電気工学者の尾本義一が五月に語学校に入学。民事訴訟法学者の菊井維大が六月に語学校に入学。経済学者の新庄博が七月に語学校に入学。応用化学者の栗山捨三が四月に語学校に入学。経済学者の杉本栄一が二月に語学校に入学、冬学期～一九三〇年夏学期の正科生。土木工学者の中原寿一郎が一一月に語学校に入学。ドイツ文学者の芳賀檀が冬学期の聴講生。有機化学者の藤瀬新一郎が冬学期～一九三〇年夏学期の聴講生。法学者の松坂佐一が四月に語学校に入学、夏学期と冬学期の聴講生。地震学者の松沢武雄が八月に語学校に入学、冬学期の聴講生。美術評論家の山田智三郎が冬学期～一九三三年冬学期の正科生。植物学者の山田幸男が八月に語学校に入学。

四月、土岐善麿『外遊心境』（改造社）、丸木砂土『青春独逸男』（文芸春秋社出版部）、平井常次郎『空』（博文館）、片山正雄『双解独和小辞典』（南江堂）。五月、滝本二郎『千五百円三ケ月間欧米見物案内』（欧米旅行案内社）、井上雅二『世界を家として』（博文館）、秋山日吉『風変りの欧米ひとり旅』（桂泉社）、片岡半山『鶏のあくび』（伊藤淳一郎）。六月、長沢安弘『欧洲巡遊と其印象』（光奎社）。七月、市川円常『欧米管見』（谷汲山華巌寺）、鉄道省運輸局編『西伯利経由欧洲旅行案内』（鉄道省運輸局）。八月、塚本義隆『ツェッペリン飛行船に托して最新のドイツを報ず』（新聞聯合社大阪支社）。一〇月、池田林儀『独逸復興の原動力』（優生運動社）、円地与四松『空の驚異ツェツペリン』（先進社）、『建築時代』２（洪洋社）。一一月、『建築新潮』（「特輯バウハウス」）、岸田日出刀・今井兼次・堀口捨己・藤島亥治郎『現代建築大観』第四輯（構成社書房）、柳瀬正夢編『ゲオルゲ・グロッス』（鉄塔書院）。一二月、道家斉一郎『欧米女見物』（白鳳社）、塚田公太『よしの髄』（浅井泰山堂）、成

瀬無極『疾風怒濤時代と現代独逸文学』（改造社）。

一九三〇（昭和5）年

一月、水谷武彦が帰国する（3日）。蔵田周忠と山田守がデッサウのバウハウスを見学する。塚田秀男がポツダマー駅に到着し西区のエリゼン・ホテルに入った（18日）。藤森成吉・信子夫妻が日本を出国し（30日）、ベルリンへ旅立つ。二月、塚田秀男がベルリンを発ち二週間ほどの旅行にでかけ（8日）、ドイツ国内やウィーン、プラハなどを廻ってベルリンに帰った（21日）。三月、塚田秀男が盛岡高等農林の長谷川米蔵に送られてレールター駅からベルリンを出発しハンブルクに向かった（4日）。ブリューニング内閣成立。日本の治安維持法に似た「共和国保護法」が国会で可決される（18日）。四月、ヴィルヘルム街の建築家倶楽部階上でヴァルター・グロピウス展覧会が開かれ（8日〜）、蔵田周忠が見にいく。千田是也は西区アッシャッフェンブルク街に移る。千田はATBD第一一回大会に出席（18日〜21日）。六月、野村覚一がベルリンを訪れ（8日）、道路工事などを視察する。千田是也はベルリンを発ちモスクワのIATB第一回国際会議に出席（25日）。七月、山脇巌・道子がベルリンに到着する。衣笠貞之助がベルリンを発って帰国。新明正道を中心に文部省から派遣されていた服部英太郎・大熊信行らがカール・コルシュやタールハイマーといったドイツ共産党の主流からはずれたマルキストとの勉強会を始める。八月、バウハウス学長のハンネス・マイヤーが解任されたという『ベルリン日日新聞』の記事を見た山脇巌がデッサウに行くが詳細は分からなかった（1日）。今和次郎がベルリンの山脇夫妻の下宿を訪れる（8日）。山脇巌の案内で今和次郎がデッサウのバウハウスを訪問する（12日）。九月、野田一郎がベルリンに到着し（9日）、その後北欧へ向かう（28日）。林平吉がベルンブルガー街のVWA協会講堂で天然色写真の展覧会と講演会を開催（26日〜30日）。扇田漸がモホイ=ナジの『絵画・写真・映画』を『写真新報』に連載開始（〜一九三一年八月）。一〇月、解任されたハンネス・マイヤーの代わりにルートヴィヒ・ミース・ファン・デル・ローエがバウハウスの学長に就任する。山脇巌と山脇道子がベルリンからデッサウに移り（17日）、バウハウスに入学する（21日）。一一月、村野藤吾がデッサウのバウハウスを見学する。勝本清一郎はソヴィエトのハリコフ市で開かれた国際革命作家会議第二回総会に出席するためドイツを出る（〜12月）。藤森成吉もこれに同行した。一二月、山口文象がシベリヤ経由で渡欧。映画「西部戦線異状なし」がモーツァルト・ザールで封切。井口基成がベルリンに滞在。「ベルリン反帝グループ」によるドイツ語版の徳永直『太陽のない街』(N. Tokunaga, *Die Strasse ohne Sonne*, Internationaler Arbeiter-Verlag, 1930) が出版される（千田是也・アルフ・ラダッツ訳）。この年夏、衣笠貞之助がドイツより帰国。初秋、黒田礼二がエーリヒ・マリーア・レマルクとベルリンのホテル・ヴィラ・マイエスチークで会う。秋に自由学園の羽仁もと子・羽仁恵子・山室光子・笹川（今井）和子がデッサウのバウハウスを訪れる。年末、山口文象がベルリン着。またこの年、「嘆きの天使」封切。新興写真研究会が東京と大阪で開催される。

†天体物理学者の荒木俊馬が夏学期の聴講生。経済学者の大熊信行が七月に語学校に入学。実業家の岡崎嘉平太が三月に語学校に入学。テノール歌手の奥田良三が九月に語学校に入学。国際私法学者の川上太郎が五月に語学校に入学。ドイツ文学者の相良守峯が冬学期の聴講生。画家の島崎蓊助が一月に語学校に入学。地理学者の多田文男が冬学期と一九三二年冬学期の聴講生。統計学者の寺尾琢磨

が一月に語学校に入学。商法学者の西原寛一が三月に語学校に入学、夏学期に聴講生。法学者の花井忠が二月に語学校に入学、冬学期～一九三一年の冬学期に正科生。政治家の堀木鎌三が一一月に語学校に入学。数学者の三村征夫が七月に語学校に入学、冬学期～一九三一年夏学期の正科生。憲法学者の宮沢俊義が一一月に語学校に入学。

一月、暁烏敏『地球をめぐりて』(香草舎)。二月、勝本清一郎『前衛の文学』(新潮社)、鶴見祐輔『自由人の旅日記』(日本評論社)。三月、岸田日出刀・藤島亥治郎・今井兼次・堀口捨己『現代建築大観』第五輯(構成社書房)、滝本二郎『欧洲旅行案内』(欧米旅行案内社)。四月、津田栄『独逸現代の教育思潮と制度』(目黒書店)。五月、塚本義隆『合理化せる独逸』(新聞聯合社大阪支社)。六月、馬郡健次郎『ジャズの欧羅巴』(万里閣書房)、吉屋信子『異国点景』(民友社)、永田秀次郎『高所より観る』(実業之日本社)、時野谷常三郎『欧洲史蹟観』(目黒書店)。七月、池田林儀『女の畑を覗く』(万里閣書房)、守田有秋『燃ゆる伯林』(平凡社)。八月、新村出『南国巡礼』(梓書房)、池田林儀『新興ドイツ魂』(万里閣書房)。九月、吉田八十綱『欧米漫遊記』(吉田八十綱)、佐藤義亮編『世界文学講座』13(新潮社)、塚田公太『外遊漫想よしの髄』(一橋出版社)。一〇月、今村忠助『世界遊記』(帝国教育会出版部)、佐藤義亮編『世界現状大観』2(新潮社)、入沢宗寿『欧米の印象』(教育研究会)。一一月、八木彩霞『欧亜を縦横に』(文化書房)、ハインリッヒ・マン『伯林ソナータ』(春陽堂)。一二月、馬郡健次郎『欧米大学生活』(春陽堂)。刊行月不記載、鹿子木員信『Der Geist Japans やまとこゝろ』(Asia Major)。

一九三一(昭和6)年

一月、ベルリンで「春のめざめ」の舞台に千田是也と山脇道子が出演(17日)。伯林日本画展覧会が開催され(17日～3月1日)、帝国美術院会員、審査員・無鑑査出品者・日本美術院同人・無鑑査出品者ら一四二名の作品(全一四七点)が出品される。この時の観覧者は二万人以上にのぼり矢代幸雄の日本画解説が付された図録(一冊一マルク)も販売され七一〇〇〇部を売り尽した。展覧会終了後には横山大観・川合玉堂らの作品がベルリン博物館に寄贈された。新明正道がベルリンを出発しイギリス・フランスなどを経て帰国の途につく。前年に刊行されたドイツ語版の徳永直『太陽のない街』の連載がドイツ共産党の機関紙『ローテ・ファーネ』で始まる。二月、バウハウス・フェストの「東洋の夕べ」で山脇道子が日本舞踊を踊る(13日)。千田是也は北東区クニプローデ街に移る。トロツキーなどの紹介者として知られる山西映一がベルリンに到着し鈴木東民の世話になる。三月、千田是也がIFA(ドイツ労働者文化団体協議会)第二回大会に参加。反ファシスト・ベルリン大会に国崎定洞が出席する。緊急大統領令によりアジプロ隊演劇集団の集会参加が禁止された(28日)。四月、千田是也がATBD全国代表者会議にその頃属していたアジプロ隊「クラシン」の代表として出席。五月、ベルリンで独逸建築博覧会が開催され(9日～8月2日)、蔵田周忠と山脇巌が見学する。千田是也は「劇団1931」に参加し創立公演「鼠おとし」の準備を始める。五月～六月頃に山口文象が加入していた社会主義建築同盟がノイケルン区ケーペニッカー街の工場でプロレタリア建築展覧会を開催する。六月、フーヴァー・モラトリアムにより賠償の支払いが一時猶予される。名取洋之助の写真が『ミュンヘナー・イルストリールテ・プレッセ』に掲載され、これによりベルリンのウルシュタイン社の契約写真家となる。千田是也はモスクワＩＡＴＢ（国際労働者演劇同盟）第一回評議委員会総会（25日〜7月2日）に主席するためにベルリンを出る。七月、山口文象がグロピウスのアトリエを訪れ（6日・7日・13日）、アトリエで働き始める。岡本一平・かの子がベルリンに着きカイザー・フリードリヒ街に住む（28日〜翌年1月11日）。九月、国際労働者救援会（ＩＡＨ）世界大会がベルリンで開かれ（9日〜15日）、千田是也と佐野碩が出席。千田是也は民衆舞台の『平行』に出演。満州事変が起こる（18日）。谷井類助がベルリンからハイデルベルクに移る。一〇月、哲学者の三枝博音がヘーゲル百年祭を機にドイツに留学する。一一月、千田是也は夫人のイルマとともに帰国のためベルリンを発つ（4日）。帰国する千田是也と共に旭正秀・佐野碩・山脇巌・山脇道子らがモスクワまで同行し山脇夫妻は再びベルリンに戻る。河崎喜久三がウーファ・スタジオのカール・ホフマンを訪れる（16日）。木村専一がベルリンに着く（28日）。一一月から一二月にかけて、木村専一はクオリテート社のC・E・ヒンケフスをはじめモホイ=ナジ、ウンボ、エルレル、ヘッダ・ヴァルター、イヴァ、ヘルベルト・バイヤーを訪れツァイス工場や有賀虎五郎が卒業した写真学校レティー・ハウスを見学する。田口正男がドイツに着く。一二月、木村専一がベルリンを発つ（19日）。この年春、黒田礼二がヒトラーに会見。夏に蔵田周忠がブルーノ・タウトが設計したツェーレンドルフ・ジードルンクで過ごす。またこの年、ドイツ建築博覧会がベルリンで開催され山脇巌と蔵田周忠が共同取材をする。朝日新聞社主催「ドイツ国際移動写真展」が東京と大阪で開催される。ベルリン国立高等音楽院のレオニード・クロイツァーが来日。ドイツ語版の小林多喜二『一九二八年三月十五日』の抄訳（Takiji Kobayashi, *Der 15. März 1928*, MOPR-VERLAG, 1931）が、国崎定洞の翻訳によってベルリンで出版される。

†日本古代史学者の今宮新が九月に語学校に入学、冬学期に聴講生。ドイツ文学者の植田敏郎が八月に語学校に入学、冬学期〜一九三二年夏学期の正科生。作曲家の高田三郎が九月に語学校に入学。ドイツ文学者の高橋健二が冬学期の聴講生。行政法学者の田中二郎が七月に語学校に入学、一九三二年の夏学期と冬学期に正科生。Ｘ線工学者の田中晋輔が六月に語学校に入学。物理化学者の千谷利三が六月に語学校に入学。社会政策学者の服部英太郎が夏学期と冬学期の聴講生。国際法学者の前原光雄が九月に語学校に入学、冬学期の聴講生。精神病学者の三浦百重が冬学期の聴講生。作曲家の宮原禎次が三月に語学校に入学。洋画家の森芳雄が冬学期の聴講生、一九三二年の冬学期の聴講生、一九三三年の冬学期の聴講生。

一月、大島亮治『一紡績技師の西遊雑記』（紡織雑誌社）、黒田礼二『廃帝前後』（中央公論社）、『建築時代16バウハウス・デッサウ篇』（洪洋社）、勝本清一郎『赤色戦線を行く』（新潮社）、エルヴィン・ピスカートル著、村山知義訳『左翼劇場』（中央公論社）、新関良三『西洋演劇研究』（春秋社）。二月、浅野研真『ヨーロッパ新風景』（正和堂書房）、塚本義隆『勤労と享楽線上のドイツ人』（新聞聯合社大阪支社）。三月、仲摩照久編『世界地理風俗大系』第一一巻（新光社）、長田新『独逸だより再遊記』（目黒書店）、橘篤郎編『綜合ジャーナリズム講座』第六巻（内外社）、山田十一郎『瞑想の旅』（山田十一郎）。四月、井上赳『印象紀行祖国を出でて』（明治図書）、清澤洌『不安世界の大通り』（千倉書房）、鹿子木員信『やまとこゝろと独乙精神』（民友社）。五月、岡本一平『漫画漫遊世界一周』（文武書院）、若槻礼次郎、実業之日本社編『欧洲に使して』（実業之日本社）。七月、『独逸国日本人名録』第三版（独逸月報社）、『国際建築』（「独逸建築博覧会号」）、エーリヒ・マリーア・レマルク、黒田礼二訳『その後に来るもの』（朝日新聞社）、佐藤義亮編『世界文学講座』1（新潮社）。九月、有馬頼吉『欧米みやげ話』（有馬頼吉）、三浦耀『建築・風景』（岩波書店）、岡田泰祥『絵筆を載せて続編』（内外出版印刷）。一〇月、北村兼子『大空に飛ぶ』（改善社）。一一月、新明正道『欧洲の危機』（日本評論社）。一二月、松波仁一郎『欧洲視察談』（日本交通協会）。

一九三二（昭和7）年

一月、尾崎行雄がベルリンに着く。在独革命的アジア人協会が結成され国崎定洞が組織部長となる。二月、坂倉準三と山口文象がベルリンで会う（25日）。ビューロー街二にあった日本人倶楽部が独逸日本人会となりモッツ街三一に移転。三月、山脇巌・道子が下宿にカンディンスキー夫妻やミースらを招く（9日）。四宮恭二がベルリンに着く。ベルリン警視庁が国崎定洞にプロイセンからの退去命令を出す。三枝博音がドイツから帰国する。四月、ヒンデンブルク大統領再選。五月、ドイツ留学に向かった河合栄治郎がベルリンのアンハルター駅に到着する（12日）。ベルリンを出発した藤森成吉夫妻が日本郵船の龍田丸で横浜港に到着する（20日）。河合栄治郎がカール・コルシュを訪問し（20日）、以後コルシュから個人指導を受けることになる。国崎定洞がコミンテルン「三二年テーゼ」を日本の河上肇宛に送る。北昤吉が二度目の欧米諸国の視察に出発し、ドイツでは元駐日大使ゾルフ博士を訪問する。上野松坂屋で日独文化協会・建築学会主催「新興独逸建築工芸展覧会」が開催される（14日）。六月、山口文象がベルリンから帰国の途につき（14日）、グロピウスの紹介状を持ってパリのコルビュジエのアトリエを訪問し（19日）、翌月神戸港に到着する（24日）。河合栄治郎がドイツ文学研究者でかつての一高の教え子でもある高橋健二を訪問し（20日）、以後高橋からドイツ文学について話を聴くことになる。パリの「ガスプ」グループ（在巴里芸術科学友の会）に属していた大岩誠がベルリンに到着し国崎定洞らベルリン反帝グループと行動を共にする。その後に大岩は赤色労働組合所属世界水上港湾労働組合マルセイユ支部経営に係わる船員クラブの仕事に従事するためベルリンを旅立つ。パーペン内閣成立。七月、鶴見祐輔がベルリンのシュポルト・パラストで行われたヒトラーの演説会を訪れる（28日）。ドイツ総選挙でナチスが六〇八議席中二三〇議席を獲得し第一党となるが単独過半数には達せず（31日）。八月、デッサウ市参事会がバウハウスの廃校を決定する（22日）。鶴見祐輔がゲッベルスと会見する（24日）。国崎定洞がアムステルダム国際反戦大会に出席するためにベルリンを出発する。九月、竹久夢二がベルリンに着く（〜翌年9月）。デッサウのバウハウスが閉鎖される（30日）。鈴木東民が日本大使館事務所で日本からの手紙を探しに来た国崎定洞と偶然再会する（この後国崎はソ連に入国）。一〇月、フリードリヒ街駅から山脇巌と道子が帰国の途につく（1日）。ベルリンのシュテーグリッツでバウハウスが再開される（18日）。竹久夢二がベルリンを出発し（23日）、ウィーン、パリ、ジュネーブなどを旅行する。大上茂喬がテンペルホーフ飛行場で行われた独逸空中競技博覧会主催の空中大運動会を見学。一二月、シュライヒャー内閣成立。ワイマール共和国最後の国会開催（6日）。都市施設視察のため本多市郎がアンハルター駅に到着（30日）。島崎翁助がベルリンからハンブルクに移り住む（翌年に日本へ帰国）。この年、『ベルリナー・イルストリールテ・ツァイトゥング』に載せる日本の旅館の写真を撮るため名取洋之助がドイツより帰国し野島康三と知り合うがほどなくベルリンのウルシュタイン社に戻る。黒田礼二がベルリンより帰国。

†有機化学者の赤堀四郎が六月に語学校に入学。細菌学者の安藤洪次が一一月に語学校に入学。応用物理学者の海老原敬吉が四月に語学校に入学。哲学者の河野與一が夏学期と一九三三年の夏学期の聴講生。電気工学者の清水勤二が六月に語学校に入学。教育学者の田花為雄が四月に語学校に入学。機械工学者の沼知福三郎が四月に語学校に入学。化学者の堀内寿郎が八月に語学校に入学。地質学者の本間不二男が九月に語学校に入学。水産製造学者の松生義勝が六月に語学校に入学。電気工学者の松田長三郎が一月に語学校に入学。民法学者の宮崎孝治郎が六月に語学校に入学、冬学期の聴講生。海法学者の森清が一月に語学校に入学。作曲家の諸井三郎が七月に語学校に入学。機械工学者の湯浅亀一が四月に語学校に入学。政治学者の吉村正が二月に語学校に入学。

二月、蔵田周忠『欧洲都市の近代相』(六文館)、阿部次郎『游欧雑記独逸の巻』(改造社)、熊川良太郎『征空一万三千粁』(大日本雄弁会講談社)。五月、建築学会・日独文化協会編『新興独逸建築作品集』(丸善)、高崎信太郎編『新興独逸建築工芸』(松坂屋)。六月、鶴見祐輔『欧米大陸遊記』(大日本雄弁会講談社)、谷井類助『欧洲見物所どころ』(大同書院)。七月、市河三喜・晴子『欧米の隅々』(研究社)、岡田良太郎『欧米の印象ところどころ』(宝文館、大阪宝文館)。八月、鈴木定次『欧洲快遊記』(賢文館)、馬郡健次郎『欧羅巴案内』(内外社)。一〇月、矢野貫城『欧米旅行雑感』(矢野貫城)、塚本義隆『ドイツ通信1929—30』(新聞聯合社大阪支社)。一一月、秦豊吉『伯林・東京』(岡倉書房)、林ふき子『欧米旅日記』(京華社)。

一九三三(昭和8)年

一月、河合栄治郎が留学中のベルリンから帰国の途につく(21日)。ヒンデンブルク大統領がヒトラーを首相に任命しヒトラー内閣が成立する(30日)。北昤吉がベルリンを発つ。秦豊吉が三菱商事を退社し八月に東京宝塚劇場に入社するまでの間ベルリンを訪れる。二月、ベルリンの国会議事堂炎上事件起こる(27日)。岡内順三がベルリンから帰国する。三月、ドイツ総選挙でナチスが得票率の約四三パーセントを獲得する(5日)。全権委任法が成立しヒトラー独裁政権が事実上確立される(23日)。今井兼次・蔵田周忠・吉田鐵郎・山田守・山脇巌が東京朝日展覧会場で欧州建築展を開き(28日~4月6日)、三岸好太郎が会場を訪れる。四月、土方与志が妻と二人の息子とともに欧州へ向けて神戸港を出る(4日)。大野玉枝がベルリンのバウハウスに入学する。ナチ親衛隊がバウハウスの強制捜査を行う(11日)。ヒトラー四四歳の誕生日に国立劇場でハンス・ヨースト作「シュラーゲター」が上演される(20日)。五月、銀座の資生堂画廊で「山脇道子バウハウス手織物個展」が開催される(1日)。日本インターナショナル建築会の招請でブルーノ・タウトが来日する(3日)。ナチスによる焚書が行われ(10日)、翌日には外電で日本に伝わる。土方与志はモスクワへ行く途中に一日だけベルリンに立ちより勝本清一郎の通訳でビザを取りモスクワに着いた(31日)。六月、ナチス焚書事件に対する抗議集会「ドイツ文化問題懇話会」が開催され(2日)、久米正雄を議長とする多数の文化人が結集し抗議文をナチス党本部に送る。竹久夢二がかつてバウハウスに在籍していたヨハネス・イッテンの主宰するベルリンのイッテン・シューレ（一天画塾）で「日本画についての概念」と題する講演を行う（26日）。七月、バウハウス教授会がバウハウスの閉鎖を決定する（20日）。朝日新聞社がシュネードロフに発注した映画「大東京」が公開される。八月、木村伊兵衛・伊奈信男・原弘・岡田桑三・名取洋之助による日本工房が発足。竹久夢二がドイツを出国する。一〇月、ベルリンで日本人児童殴打事件が発生し邦人侮蔑問題として日本でも報道される。独逸日本人会がカイザー・アレー二〇〇に移転。一一月、滝澤克己が、九州大学の鹿子木員信の推薦によりヴィルヘルム・フォン・フンボルト協会給費生として渡独。一二月、勝本清一郎は夫人のドーラ・ミンドラとともに帰国し神戸に着く（26日）。この年春、服部轍がドイツに着き半年ほど滞在。またこの年、秦豊吉がエーリヒ・マリーア・レマルクに会う。名取洋之助がウルシュタイン社より関東軍による熱河省侵攻を取材する特派員として派遣されるがヒトラー政権下のドイツに戻れなくなりやむなく帰国し野島康三を介して岡田桑三と知り合う。日本工房主催の「ライカによる文芸家肖像写真展」が開催される。東山魁夷がベルリンに着く。田口正男がモッツ街九〇で『独逸月報』の編集に関わる。

†刑事訴訟法学者の江家義男が七月に語学校に入学。内科臨床医学者の沢田藤一郎が六月に語学校に入学。哲学者の滝澤克巳が冬学期の聴講生。心理学者の千輪浩が夏学期と冬学期の聴講生。工業経営学者の都崎雅之助が一一月に語学校に入学。画家の東山新吉（魁夷）が一〇月に語学校に入学、一九三四年冬学期〜一九三五年夏学期の正科生。ドイツ文学者の藤森秀夫が四月に語学校に入学。政治家の松前重義が六月に語学校に入学。

一月、藤森成吉『争ふ二つのもの』（日本プロレタリア作家同盟出版部）。二月、阿部次郎『游欧雑記独逸之巻』（改造社）。三月、藤森成吉『ロート・フロント』（学芸社）。五月、池田林儀『ヒットラー』（太陽社）、岩崎清七『欧米遊蹤』（アトリヱ社）。六月、谷井類助『欧洲見物所どころ』（大同書院）、鶴見祐輔『欧米大陸游記』（大日本雄弁会講談社）。七月、黒田礼二『最後に笑ふ者』（千倉書房）、北昤吉『再革命の独逸』（平凡社）、市川三喜・晴子『欧米の隅々』（研究社）、桑原信助『観てきた欧米』（東京毎夕新聞社出版部）。八月、馬郡健次郎『欧羅巴案内』（内外社）。一一月、秦豊吉『伯林・東京』（岡倉書房）、安達堅造『ナチスの真相』（アルス）、沖野岩三郎『欧洲物語』（四条書房）。一二月、塚田秀男『欧米タバコ行脚』（隆章閣）、藤森成吉『飢』（叢文閣）。

一九三四（昭和9）年

一月、川喜田煉七郎が銀座で運営する新建築工芸学院の織物科が新設され山脇道子が講師に招かれる。三月、滝澤克己がベルリンを出発しボン大学のカール・バルトのもとに向かう（翌年10月に帰国）。鈴木東民が妻ゲルトルートとともにベルリンを出発しナポリ港から船に乗って日本への帰国の途につく。六月、『独逸月報』の発行所がモッツ街九〇からガイスベルク街四一に移転する（1日）。日本人の母をもつ生物学者オットー・ウルハンがナチス人種政策のためにドイツから逃れ靖国丸で神戸港に到着する（25日）。九月、ニュルンベルクでナチス党大会（「統一と力の党大会」）が行われ（5日〜10日）、後にこの時の様子がレニ・リーフェンシュタール監督の映画「意志の勝利」となる。一〇月、山脇巌が設計した三岸好太郎邸が完成する。名取洋之助が日本文化紹介雑誌『NIP-

PON』を創刊。この年、日本工房主催の「報道写真展」が開催される。

黒田礼二がベルリンへ赴く。

†**電気工学者の宇田新太郎が四月に語学校に入学。法学者の江川英文が五月に語学校に入学、冬学期の聴講生。民法学者の木村常信が四月に語学校に入学。経済学者の今野源八郎が冬学期の聴講生。『独逸月報』編集者の野一色利衛が九月に語学校に入学。実業家の山下静一が九月に語学校に入学。**

一月、大上茂喬『外遊雑記見たまゝ聞いたまゝ』（文明社）、倉田亀之助『欧米行脚』（杉野龍蔵）。二月、小宮豊隆『黄金虫』（小山書店）、本多市郎『最近の世界を巡りて』（平凡社）。三月、辻二郎『西洋拝見』（共立社）。四月、河野節夫『世界一巡百感記』（朝鮮仏教社）、服部纉『ヒットラー運動と独逸の現状』（目黒書店）、藤森成吉『ヨーロッパ印象記』（大畑書店）、北原俊子『子供の見た欧羅巴』（新趣味社）。六月、秦豊吉『僕の弥次喜多』（三笠書房）、池谷信三郎『池谷信三郎全集』（改造社）、内務省警保局『ドイツ国民社会主義運動の概況』（内務省警保局、奥付なし）。七月、登張竹風『人間修行』（中央公論社）。八月、黒田源次『最近独逸に於ける日本学研究の傾向』（日独文化協会）、成瀬無極『人生戯場』（政経書院）。九月、『白人集』（白人会）、川喜田煉七郎・武井勝雄『構成教育大系』（学校美術協会出版部）、河合栄治郎『欧洲最近の動向』（日本評論社）。一〇月、滝本二郎『欧米漫遊留学案内』（欧米旅行案内社）。一一月、鈴木東民『ナチスの国を見る』（福田書房）。一二月、柳沢健『三鞭酒の泡』（日本評論社）。

一九三五（昭和10）年

一月、哲学・文学・歴史・法律・経済など文化科学を専攻するベルリン在住の日本研究者によって「文化科学会」が組織されその事務所を日本人倶楽部内に置く。六月、山脇巌が設計したアトリエ付き自宅が駒場に完成する。七月、川喜多長政が映画の打ち合せのためベルリンでアーノルド・ファンク監督と会う。九月、「ライヒ公民法」と「ドイツ人の血の純潔と婚姻とを保護するための法律」がニュルンベルクのナチス党大会（「自由の党大会」）で成立する（15日）。ヨーロッパ外遊中の日本文学研究者久松潜一がイギリスからベルリンに到着し（11日）、以後ベルリンを拠点にして諸国を旅行する（翌年帰国）。一一月、伍堂卓雄がドイツに着き約二ヵ月滞在する。この年晩春、浜田常二良がドイツに着き五年滞在。またこの年、秦豊吉が欧米劇場視察に出掛ける。

†**外科学者の青柳安誠が一月に語学校に入学。教育学者の川地理策が九月に語学校に入学。物理学者の佐藤孝二が一月に語学校に入学。法学者の鈴木義男が二月に語学校に入学。経済学者の高村象平が四月に語学校に入学。日本思想史学者の竹岡勝也が夏学期の聴講生。法学者の谷口知平が八月に語学校に入学、一九三六年夏学期～一九三七年夏学期に正科生。行政法学者の俵静夫が九月に語学校に入学、冬学期～一九三六年の冬学期に聴講生。数学者の辻正次が六月に語学校に入学、冬学期～一九三六年冬学期の聴講生。栽培学者の野口弥吉が七月に語学校に入学。有機化学者の船久保英一が六月に語学校に入学。統計学者の山田雄三が一一月に語学校に入学。法哲学者の和田小次郎が冬学期の聴講生。**

二月、美濃部亮吉『独裁制下のドイツ経済』（福田書房）。四月、和田三造『欧米絵の旅』（章華社）、大阪毎日新聞社編『ドイツの爆弾

宣言と戦慄の欧洲』(大阪毎日新聞社、東京日日新聞社)。六月、新見吉治『ナチス祖国愛の教育』(三友社)、兼常清佐『音楽と生活』(岩波書店)。八月、高浜虚子『渡仏日記』(改造社)。九月、和辻哲郎『風土——人間学的考察』(岩波書店)。一一月、滝本二郎『欧米の習慣作法』(欧米旅行案内社出版部)、長岡半太郎『随筆』(改造社)。一二月、武者小路公共述、牧田武編『欧洲の近情』(霞山会館)、武者小路実篤『欧洲見聞記』(山本書店)。

一九三六(昭和11)年

一月、今泉孝太郎がベルリンに着き二年滞在する。二月、伍堂卓雄がドイツを発つ(11日)。三月、ドイツ国民投票でヒトラー政権に九九パーセントの賛成票が集まる(29日)。四月、ベルリン大学東洋語学校の新校舎開校式が日独両国の来賓出席のもと挙行される(15日)。ピアニストのヴィルヘルム・ケンプがドイツ文化使節として来日し日比谷でピアノ独奏会を開いた(13日・14日・22日〜25日)。高浜虚子がベルリンに着き(22日)、ベルリンの日本学会で「何故日本人は俳句を作るか」という題で講演した(25日)。ポツダムへ日帰り旅行をした夜にも日本人会で虚子を囲んでの俳句会が催された(26日)。高浜虚子がベルリンを発つ(27日)。五月、安騎東野が文部省留学生(医学)としてベルリンを訪れた(12日〜一九三八年)。斎藤清衛がベルリンを訪れ(16日)、その後北欧を経て七月に再びベルリンに戻った。六月、オリンピック日独交換放送として上野児童音楽園児童「征けよ、伯林」(作詞、三島彌彦)と東京男声合唱団「オリムピック讃頌」(作詞、大木惇夫)が東京からベルリンに向けてラジオ放送されベルリンからは「エグモンド序曲」(ベートーヴェン作曲)が日本に向けて放送された(8日)。武者小路実篤がパリまで迎えに出たドイツ大使の兄公共とともにベルリンに到着した(10日)。ベルリン・オリンピック出場のために平沼亮三団長ひきいる日本選手団(男子水泳および陸上選手を除く)とベルリン・オリンピック競技施設調査のために同行する建築家の岸田日出刀が日本を出発。七月、武者小路大使邸でオリンピック選手歓迎大会が催され斎藤清衛も出席する(15日)。武者小路実篤が北欧旅行のためベルリンを出発しハーグに着いた(22日)。八月、第一一回オリンピック・ベルリン大会が開催される(1日〜16日)。その開会式では武者小路実篤や横光利一らも観客席にいた。一〇月、『独逸月報』の発行所がガイスベルク街四一からモッツ街九〇に移転(10日)。岸田日出刀がベルリンから帰国の途につく。一一月、日独防共協定が調印される(25日)。日独交換教授としてベルリン大学教授エードゥアルト・シュプランガーが来日し約一年間日本に滞在する。一二月、武者小路実篤が横浜港に着いた(12日)。この年、名取洋之助が取材のためベルリンを訪れる。黒田礼二がベルリンより帰国。藤原義江がベルリンで公演。邦正美(本名、江原正美)がベルリンに到着しドイツ国立舞踏大学で学ぶ。年末には、ユダヤ人の哲学者カール・レーヴィットがドイツから逃れて来日する。

†憲法学者の大西邦敏が冬学期の聴講生。運輸官僚の加賀山之雄が五月に語学校に入学。言語学者の熊沢竜が九月に語学校に入学。写真評論家の田中雅夫が冬学期と一九三七年の夏学期の聴講生。運輸官僚の下山定規が五月に語学校に入学。国文学者の中村幸彦が二月に語学校に入学。機械工学者の成瀬政男が七月に語学校に入学。ローマ法学者の原田慶吉が六月に語学校に入学、冬学期〜一九三七年夏学期に聴講生。内科学者の山形敞一が六月に語学校に入学。

三月、岡本かの子『世界に摘む花』(実業之日本社)。四月、宮島幹之助『洋行百面相』（双雅房）、黒田礼二『独裁王ヒットラァ』（新潮社）。五月、光永星郎編『独逸大観（一九三六年）』（日本電報通信社）、下田将美『欧亜点描』（一元社）、谷川博『欧洲見物案内』（欧米旅行案内社）。六月、野一色利衛『独逸案内』（欧洲月報社）。八月、高浜虚子『渡仏日記』（改造社）。九月、松波仁一郎『目あきの垣覗き』（大日本雄弁会講談社）。一〇月、米野豊實編『伯林オリムピック大観』（満州日日新聞社）。一一月、菱谷惣太郎『欧米鉄道行脚』（春秋社）、陸上競技研究会編『伯林オリムピックの全貌』（一成社）。一二月、野村覚一『欧米蝸牛行』（野村覚一）、大塚虎雄『ナチ独逸を往く』（亜里書店）、黒田礼二『日独同志会パンフレット』第一輯（日独同志会）、豊田勝秋編『第十一回オリンピック芸術競技参加報告』（大日本体育芸術協会）、武者小路実篤『欧洲見聞記』（山本書店）。

一九三七（昭和12）年

一月、建築家アルベルト・シュペーアが帝国首都建設総監に任命される（30日）。二月、初の日独合作映画「新しき土」が日本で公開。三月、原節子が川喜多長政らとともに映画「新しき土」のドイツ・プレミアに出席するためベルリンに向かう。「新しき土」はベルリンのカピトル座で封切られた（23日）。四月、山口青邨がベルリンに到着した（1日）。山口青邨がビュルガー夫人の家に転宅（19日）。藤原義江がベルリンのベートーヴェン・ザールで独唱会。五月、日本海軍の軍艦「足柄」がドイツを訪問しベルリンで日独軍隊の交驩式を行う。山田耕筰がドイツに視察旅行にやってくる。六月、桑木厳翼がベルリンに到着した（2日）。桑木厳翼がゲッチンゲン大学創立二百年記念式に参列するためにベルリンを出発する（23日）。山田耕筰がベルリン・フィルハーモニーを指揮する。七月、桑木厳翼が再びベルリンに戻る（1日）。ミュンヘンで「ドイツ文化二〇〇〇年祭」の祝賀行列と新築のドイツ芸術館で「大ドイツ芸術展」が開幕し（18日）、ドイツの前衛芸術を集めた「退廃芸術展」も同時開催される。桑木厳翼がベルリンを出発し（20日）、パリの学会に出席した後に帰国の途につく。『独逸月報』が『日独月報』に変わる。八月、鳩山一郎がベルリンに着いた（18日）。鳩山一郎が第三三回列国議会議員同盟会議に出席するためパリに向かう（29日）。九月、秩父宮がベルリンのテンペルホーフ飛行場に到着し出迎えの群衆に山口青邨らも加わった（8日）。ベルリンのホテル・エスプラナーデのマルモルザールで秩父宮を歓迎するお茶の会が催され日独官民数百人の来会者が訪れる（9日）。ニュルンベルクでナチスの党大会（「労働の党大会」）が行われ（6〜13日）、日本からは秩父宮や鳩山一郎らが出席した。鳩山一郎がベルリンに戻る（25日）。一〇月、鳩山一郎がロンドンに向かう（18日）。一一月、伍堂卓雄がベルリンに立ち寄り（15日）、翌16日にカフェ・ヴィクトリアで開かれたドイツ人囲碁会の歓迎碁会に出席。その後イギリスに渡るがベルリンに戻り（25日）、翌月8日まで滞在する。この年、近衛秀麿はベルリンに居を定めドイツ中央放送局の毎週の演奏会の指揮を定期的に行った。哲学者の西谷啓治が文部省在外研究員としてドイツに留学する（一九三九年に帰国）。

†農業経営学者の磯辺秀俊が四月に語学校に入学。地理学者の飯本信之が四月に語学校に入学。教育学者の上村福幸が六月に語学校に入学。外交官の尾崎義が夏学期の聴講生。経営経済学者の小林喜楽が六月に語学校に入学。刑法学者の斎藤金作が八月に語学校に入

学。ドイツ語学者の桜井和市が七月に語学校に入学、冬学期〜一九四三年冬学期の正科生。ドイツ文学者の高橋義孝が冬学期と一九三八年冬学期の正科生。日本法制史学者の高柳真三が六月に語学校に入学、冬学期と一九三八年夏学期の聴講生。電気工学者の中尾徹夫が六月に語学校に入学。統計学者の森田優三が冬学期の聴講生。地質学者の渡辺武男が四月に語学校に入学。

三月、井上鍾編『ライカによる第十一回伯林オリムピック写真集』（シュミット商店）。四月、横光利一『欧洲紀行』（創元社）、野矢徹二『移り行く列強を訪ねて』（清教社）、黒田礼二『日独防共協定の意義』（日独同志会）。五月、斎藤清衛『欧羅巴紀行東洋人の旅』（春陽堂書店）、渡辺良助『周遊六万粁』（東京開成館）、『日独文化協会創立十周年記念独逸国宝名作素描展目録』（日独文化協会）。六月、平山孝『鉄路西と東』（春秋社）、伊藤正雄『欧米空の旅』（帝国社臓器薬研究所）。七月、河上清、大阪毎日新聞社編『不安の欧洲を巡る』（大阪毎日新聞社、東京日日新聞社）。八月、岸田日出刀『甍』（相模書房）。九月、光永星郎編『独逸大観（一九三七—三八年）』（日本電報通信社）、末富勇『外遊日誌』第一輯（末富勇）。一〇月、岸田日出刀『第十一回オリンピック大会と競技場』（丸善）。一二月、谷川清一『雲の峰』（谷川清一）、芳賀檀『古典の親衛隊』（冨山房）。刊行月不記載、名取洋之助『GROSSES JAPAN　大日本』（Karl Specht）。

一九三八（昭和13）年

一月、近衛秀麿に依頼され草間加壽子が演奏会に出演のため母世良とともにベルリンに着く。この演奏会では草間加壽子のピアノの後田中路子も歌った。二月、山口青邨がベルリン大学講堂で伊東忠太の講演「日本建築の今日」を聴く（2日）。今泉孝太郎がドイツを発つ。宮内鎮代子が神戸からベルリンへ向かう（21日）。三月、安騎東野はベルリンでドイツがオーストリアを併合したというニュースを聞く。宮内鎮代子がベルリンのフリードリヒ街駅に到着。四月、伍堂卓雄がベルリンを発つ（14日）。宮内鎮代子がベルリン国立高等音楽院に合格（12日）。六月、宮内鎮代子がベルリンからグルーネヴァルトに引っ越す（1日）。七月、日独青少年団交驩事業として文部書記官の朝比奈策太郎団長らとともに日本全国の青少年団員から選抜された二五名がベルリンに到着し（4日）、以後ドイツ各地でヒトラー・ユーゲントとの交驩の旅を開始する。日本人青少年ドイツ派遣団を招待してベルリンの日本大使館と日本人クラブで歓迎会が催される（8日）。日本人青少年ドイツ派遣団がベルリン近郊の青少年宿泊所へヒトラー・ユーゲントを訪問し（10日）、その後にヒトラー・ユーゲントはドイツを出国し日本に派遣された。宮内鎮代子がポツダムのマルモア・パレでのピアノ講習会に参加。八月、ベルリンの市役所で女優の田中路子とドイツの国家的俳優ヴィクトル・デ・コーヴァとの結婚式が挙げられる（16日）。ヒトラー・ユーゲントが横浜港に到着し（16日）、以後札幌から九州までの日本全国各地の主要都市を訪問する。九月、大日本青少年独逸派遣団がベルリンを発つ（24日）。一一月、日独伊親善芸術使節として小林米三を団長とする宝塚少女歌劇団がベルリンに到着し（4日）、多数の日本人やドイツ側関係者の出迎えを受ける。宝塚少女歌劇団が大島大使や山口青邨も参加したベルリン日本人会の招待会に出席し余興として合唱・大島節・木曾節などを披露した（9日）。青邨によると百四、五十人は集まったという。「水晶の夜」事件が発生しナチスがジナゴーク（ユダヤ教教会）を焼き討ちしユダヤ人商店を襲う（9日）。日独青少年団交驩事業でドイツを訪問していた日本人青少年団が神戸港に到着し同地で来日中のヒトラー・ユーゲントとの送別交驩式が行われヒトラー・ユーゲントはそのまま帰国の途につく（12日）。宝塚少女歌劇団のベルリン公演が国民劇場で初日を迎え（20日）、群舞（「宝塚音頭」「かっぽれ」など）や舞踊（「川端」「五人道成寺」など）および歌舞伎（「紅葉狩」「曾我対面」）が上演され、満員の大成功となる（〜23日）。日独文化協定（正式名称「文化協力に関する日本国独逸国間協定」）が結ばれる（25日）。宝塚少女歌劇団がドイツ・イタリアの各地を巡業するためベルリンを出発する（26日）。ベルリン日本大使館を建設するために建築家の谷口吉郎がベルリンに到着する（翌年アメリカ経由で帰国）。一二月、国際文化振興会の主催により日独文化協定成立を記念して「日独文化の夕」が東京九段の軍人会館で開催され（9日）、外務大臣有田八郎や駐日ドイツ大使オイゲン・オットー出席のもと建築家伊東忠太の講演や山田耕筰の指揮によるベートーヴェン作曲ピアノ協奏曲の演奏およびドイツ文化映画の上演が行われる。この年、レオニード・クロイツァーが東京音楽学校の教務嘱託となる。

†経済学者の気賀健三が四月に語学校に入学。高分子化学者の祖父江寛が二月に語学校に入学。建築家の谷口吉郎が一一月に語学校に入学。ドイツ文学者の谷友幸が二月に語学校に入学。

一月、滝本二郎『欧米漫遊留学案内欧洲篇』（欧米旅行案内社）。二月、村上瑚磨雄『ドイツ精神』（冨山房）。三月、鳩山一郎『外遊日記　世界の顔』（中央公論社）、二荒芳徳『独逸は起ちあがつた』（実業之日本社）、中野正剛述、大野木繁太郎編『独伊より帰りて日本国民に訴ふ』（銀座書房）。四月、大日本正義団編『民間使節独伊訪問略誌』（正義時報社出版部）、古井喜実『欧米一見随感』（良書普及会）、外務省情報部編著『独逸読本』（改造社）。六月、芦田均『欧米見たまゝ』（明治図書）、石田寿『欧米を廻りて』（石田寿）。七月、森崎善一『学べ！　独逸国民生活』（千峰書房）。八月、古谷善亮『伯林及倫敦の交通調整』（鉄道同志会）、宮本守雄・青少年鍛錬指導本部編『ドイツ青少年運動』（朝日新聞社）、星野はな『ヨーロッパの旅』（星野茂樹）、高島誠一『欧米訪問経済使節団報告書』（日本経済連盟会）。一〇月、伍堂卓雄『東の日本・西の独逸』（金星堂）、伍堂卓雄『伸びゆく独逸』（日本評論社）。一一月、茅野蕭々・茅野雅子『朝の果実』（岩波書店）、伊東忠太講演、笠森傳繁編『新独逸文化と日本』（啓明会事務所）。一二月、屬啓成『ライカ行脚　独逸楽聖遺跡』（三省堂）、古沢健太郎編『独逸に使して』（古沢健太郎）。

一九三九（昭和14）年

一月、山口青邨がベルリンを出発しブレーメンに向かう（27日）。二月、伯林日本古美術展覧会がベルリンの独逸美術館で開催され（28日〜3月31日）、日本の国宝二九点・重要美術品六一点のほか多数の美術品が出品される。この展覧会初日の開会式にはヒトラーも出席した。三月、文部省在外研究員として桑木務がベルリンに到着し（2日）、チロルで開催される第一回日独学徒会議に出席するためベルリンを出発する（10日）。六月、日独協会第一回音楽会に出演のため草間加壽子が母世良と共にベルリンに着く。草間加壽子が大島大使夫人の招待で田中路子・深尾須磨子と昼食会の後ジングアカデミーで演奏しすぐにパリに戻る。七月、北昤吉が三度目の欧米諸国視察のために日本を出発しドイツで元首相ブリューニングを訪問する。八月、独ソ不可侵条約締結（23日）。九月、第二次大戦勃発（1日）。イギリス・フランス両国がドイツに宣戦布告する（3日）。宮内鎮代子がベルリンを発つ（9日）。一一月、宮内鎮代子が帰国（18日）。一二月、アレキサンダー・フォン・フンボルト財団による交換留学生として欧洲航路（榛名丸）でドイツに向かった篠原正瑛がベルリンのアンハルター駅に到着する（17日）。この年夏、野上弥生子がベルリンに数日滞在。またこの年、日本工房が名取洋之助を役員とする国際報道工芸株式会社に改組される。田中路子が早川雪洲とのパリでの生活を清算しベルリンで新生活に入る。

†新聞人の江尻進が六月に語学校に入学。旧約聖書学者の関根正雄が冬学期の正科生。聖書学者の前田護郎が冬学期の正科生。

二月、吉田辰秋『外遊漫筆』（明治図書）。三月、木下杢太郎『其国其俗記』（岩波書店）、朝比奈策太郎『若きドイツ』（羽田書店）。四月、桑木厳翼『書・人・旅』（理想社出版部）、今泉孝太郎『ナチの つぶて』（巌松堂書店）、国際文化振興会編『日独文化協定』（国際文化振興会）、日独青少年団交驩会編『日独青少年団交驩会事業概要』（日独青少年団交驩会）。五月、中塚栄次郎『欧米の物心両面に触れて』（ジャパン・マガジーン社）、大日本青少年独逸派遣団編『訪独感想集』（日独青少年団交驩会）、大日本青少年独逸派遣団編『訪独記録』（日独青少年団交驩会）、宝塚少女歌劇団『日・独・伊親善芸術使節渡欧記念アルバム』（宝塚少女歌劇団）。六月、五十嵐健治『欧米之洗濯業』（日本洗濯界社）、大泉行雄『独逸及び独逸人の問題』（同文館）、百々巳之助『ナチス独逸を動かす人々』（刀江書院）。七月、浅井治平『欧米を見て』（新潮社）。八月、森一兵『独伊と日本』（日本評論社）、日独青少年団交驩会編『日独青少年団交驩記念』（日独青少年団交驩会）。九月、伯林日本古美術展覧会委員会編『伯林日本古美術展覧会記念講演会日独文化の夕』（伯林日本古美術展覧会委員会）。一〇月、稲富早苗『ドイツに使して』（稲富早苗）。一一月、宮内鎮代子『女性の出発』（六芸社）、日独青少年団交驩会編『日独青少年団交驩記念』（日独青少年団交驩会）、芝時孝『欧米に遊びて』（第一工業製薬）。一二月、児玉章一編『独伊に使して』（日本新聞協会、宗平書店）、伯林日本古美術展覧会委員会編『伯林日本古美術展覧会記念図録』上・下巻（伯林日本古美術展覧会委員会）。

一九四〇（昭和15）年

二月、皇紀二千六百年の祝典に参列するためにドイツ在住の邦人が日本大使官邸に集まる（11日）。岡正雄を会長として「在独日本学生会」が結成され（28日）、原良夫・安達剛正・桑木務・篠原正瑛らが加わる。四月、浜田常二良がベルリンを発つ。六月、パリ陥落（14日）。佐藤尚武を代表とする訪伊親善使節団がイタリアからの帰途にベルリンに到着し（23日）、三週間の滞在中にハインケルの飛行機工場やシーメンスの電機工場を見学する。「日本学生会歌」（桑木務作詞・尾高尚忠作曲・田中路子伴奏）がベルリンから日本に向けてラジオ放送される（29日）。九月、日独伊三国同盟調印式がベルリンで行われ日本政府代表として特命全権大使の来栖三郎が出席する（27日）。一二月、かつて日独交換教授として訪日したベルリン大学教授エードゥアルト・シュプランガーが日本国から勲章を贈られてベルリンで祝賀会が行われた（16日）。このときシュプランガーに学んだ日本人学徒もドイツ全土から集まる。日独協会主催の大日本帝国紀元二千六百年記念祝賀会がベルリンのハウス・

デル・フリーガーで行われる（19日）。この年、哲学者の北山淳友がマールブルク大学から名誉教授の称号を受け「東アジアの宗教と文化学」という題目の講演を行う。

†哲学者の篠原正瑛が冬学期の正科生。

一月、安騎東野『欧洲の雀』（人文書院）。二月、牧野義雄『滞英四十年今昔物語』（改造社）。三月、山口青邨『滞独随筆』（三省堂）。六月、武者小路実篤『湖畔の画商』（甲鳥書林）、深山杲・伊藤太郎『最近独逸戦時下の国民生活と厚生運動』（英進社）。七月、独逸国外務省編『独逸白書』（独逸国大使館）、村上瑚磨雄『ドイツ精神』（冨山房、増補版）、深尾須磨子『旅情記』（実業之日本社）、正宗白鳥『旅行の印象』（竹村書房）。八月、東武『見たまゝ聞いたまゝ』（東季彦）、佐々木駒之助『一九三八年の欧米』（佐々木駒之助）。九月、青山一郎『独逸の砂』（長崎書店）、森川覚三『ナチス独逸の解剖』（コロナ社）、安達堅造述、下村敬三郎編『戦時下に於ける「ドイツ」の状況』（帝国在郷軍人会本部）、森本猛『若きドイツ』（森本猛）、高橋健二『現代ドイツ文学と背景』（河出書房）。一〇月、東郷実『伯林の月』（冨山房）、山本実彦『新欧羅巴の誕生』（改造社）、光永星郎編『独逸大観（戦時特輯）』（日本電報通信社）、中村秋一『ドイツ舞踊文化』（人文閣）。一一月、池田林儀『独逸戦勝の原動力』（亜細亜大陸協会）、芦谷瑞世『独逸人気質』（教材社）。一二月、黒田礼二『躍進ドイツ読本』（新潮社）、ハール・フェレンツ『東洋への道』（アルス）。

一九四一（昭和16）年

二月、外務省嘱託の斎藤祐蔵がドイツなどを訪れるため敦賀から出発。三月、松岡洋右外相がベルリンを訪問し（26日）、ベルリン市内が夥しい日の丸で埋め尽くされる。松岡は帰国途中のソ連で日ソ中立条約を締結した。芳賀檀が日本学徒代表として渡独し以後ドイツ各地で日本文化についての講演を行う。チロルで開催される第三回日独学徒会議に出席するために桑木務・崎村茂樹・芳賀檀がベルリンを出発する（29日）。四月、イギリス爆撃機がベルリン空襲に成功しウンター・デン・リンデンで火災が発生する（10日）。斎藤祐蔵がベルリンのホテルで空襲を体験。五月、田辺平学がベルリンのツォー駅で伊藤五郎らの出迎えを受けて一九年ぶりにベルリンに着き（2日）、ドイツの民防空を視察する五名の調査団に加わる。田辺平学が初めて空襲警報の夜を体験する（9日）。六月、独ソ戦の開始によりシベリヤ鉄道が途絶したというニュースがベルリン在住の日本人に伝わる（22日）。八月、田辺平学がアメリカ経由で日本に帰国しようとベルリンを出発（11日）。九月、フィンランドのヘルシンキ大学客賓教授に就任した桑木務がベルリンを出発する（6日）。一一月、ベルリンの芳賀檀の下宿に朝日・毎日・読売などの新聞関係者が集まり近衛秀麿の誕生日を祝う（18日）。一二月、日本軍の真珠湾攻撃（8日）の情報が即座にベルリンにも伝わる。ベルリン大学の教壇に立った芳賀檀が真珠湾攻撃を知ったドイツの学生らから拍手喝采を受ける（9日）。ヒトラーがアメリカに宣戦布告する（11日）。この年、岡田桑三を理事長とする東方社が発足。写真雑誌『FRONT』が刊行される。

†発達心理学者の上武正二が三月に語学校に入学、夏学期～一九四二年の夏学期に正科生。実業家の菊地庄次郎が九月に語学校に入学。

一月、藤沢親雄『ナチス叢書戦時下のナチス独逸』（アルス）。二月、長谷部照伍『動乱欧洲を衝く』（誠文堂新光社）、中西賢三訳編

『独逸国防漫画傑作集』(新紀元社)。三月、武者小路実篤『欧米旅行日記』(河出書房)、池田林儀『ヒトラー総統伝』(大民社出版部)。四月、佐藤武夫『ドイツの造形文化』(育生社)、森三郎『独逸の青春』(青年書房)。五月、山口青邨『わが庭の記』(龍星閣)、奥村喜和男『ナチス叢書国防国家とナチス独逸』(アルス)。六月、山本実彦『蘇聯瞥見』(改造社)、山口吉郎『わが庭の記』(龍星閣)、『東半球資料第六号　伯林大学論』(東半球協会)、浜田常二良『ナチス・独逸』(相模書房)。七月、正宗白鳥『旅行の印象』(竹村書房)、独逸大使館編『独逸国防国家体制』(日本電報通信社)。八月、樋口正徳編『ドイツの科学と技術』(朝日新聞社)、窪井義道・松岡洋右著、中原義則編『戦乱下の欧洲を旅して』(国民教育研究会)。一〇月、浅井治平『新しき欧米』(古今書院)。一一月、松本昇編『戦ふ独伊の壁新聞』(写真協会出版部)。一二月、岡本太郎『母の手紙』(婦女界社)、長井亜歴山『独逸の経済と国民生活』(タイムス社)、成瀬政男『ドイツ工業界の印象』(育生社弘道閣)。

一九四二(昭和17)年

一月、日独伊三国軍事協定が調印される(18日)。三月、アウシュヴィッツへ西ヨーロッパとドイツ本国から最初のユダヤ人移送が行われる。六月、アウシュヴィッツ=ビルケナウでユダヤ人の大量ガス殺がはじまる。八月、芳賀檀がベルリンを出発し中立国のトルコ(コーカサス)からシベリヤ鉄道を経由して帰国する。一二月、諏訪根自子がベルリンの田中路子のもとに身を寄せドイツ軍慰問のため各地に演奏旅行に出掛ける。

一月、児島喜久雄『希臘の鋏』(道統社)、三沢弘次『ドイツ風雲録』(東海出版社)。二月、薩摩雄次『欧洲の首都伯林より』(皇国青年教育協会)、斎藤祐蔵『戦時欧洲飛脚記』(清水書房)、山口青邨『雪国』(竜星閣)。三月、加藤完治『訪欧所感』(地人書館)、近藤春雄『ナチスの厚生文化』(三省堂)。四月、桝居伍六『独逸大観〔一九四二年〕』(日本電報通信社出版部)。五月、田辺平学『ドイツ防空・科学国民生活』(相模書房)、『昭和十六年度事業報告』(日独文化協会)。六月、三木清『読書と人生』(小山書店)、岸田日出刀『扉』(相模書房)。七月、蔵田周忠『ブルーノ・タウト』(相模書房)。八月、山脇巌『欅』(アトリヱ社)。一〇月、穂積重遠『独英観劇日記』(東宝書店)。

一九四三(昭和18)年

一月、ヒトラーが「総動員」指令(「ドイツ本国国防での男女包括的動員に関する総統指令」)を行う(30日)。二月、ナチス・ドイツ宣伝相ゲッベルスがシュポルト・パラストで「総力戦演説」を行い(18日)、また諏訪根自子に名ヴァイオリン、ストラディヴァリウスを贈呈する(22日)。八月、篠原正瑛がベルリンから哲学者カントの出生地ケーニヒスベルクへ移る。一一月、ベルリンのホテル・カイザーホーフにあった朝日新聞社ベルリン支局でヨーロッパ特派員ローマ支局長の衣奈多喜男を歓迎してテンプラ会が行われる(22日)。イギリス空軍によるベルリン大空襲が始まる(18日)。ベルリンへの大空襲でホテル・カイザーホーフが攻撃を受け朝日新聞と読売新聞のベルリン支局が全壊する(23日)。

一月、田辺平学『空と国防空見学・欧米紀行』(相模書房)、友枝宗達『戦ふ独逸』(第一書房)。三月、宮内鎮代子『独逸だより』(敬文堂書店)、岸田日出刀『ナチス独逸の建築』(相模書房)、芳賀檀

『朝日時局新輯ドイツの戦時生活』（朝日新聞社）。四月、辻猛三『ドイツの航空工業』（大日本飛行協会）。六月、野上弥生子『欧米の旅下』（岩波書店）。八月、辻猛三『銃後の独逸』（艸書房）、井上哲次郎『懐旧録』（春秋社・松柏館）。九月、石井漠『世界舞踊芸術史』（玉川学園出版部）。一〇月、山岸重孝『戦乱の欧洲を行く』（鱒書房）。一二月、浜田常二良『世界時局叢書決戦下の独逸』（高山書院）。

一九四四（昭和19）年

六月、連合軍がノルマンディに上陸し（6日）、在仏の日本大使館員らはドイツへ避難する。八月、パリに在住していた物理学者の湯浅年子やヴァイオリニストの諏訪根自子、ハープ奏者の阿部よしえらがベルリンに向けて出発する（15日）。アメリカ軍によってパリが解放される（25日）。九月、ゲッベルスによる緊急指令でドイツ全土にわたって寄席やキャバレーの営業が停止されオペラ劇場・演劇場・美術館が閉鎖し音楽会・舞踏公演・美術展覧会が停止となった（1日）。ドイツの各種の文化研究所や戦争と関係のない科学研究所に対しての閉鎖命令が出る（10日）。

四月、日独文化協会編『綜合独逸講座』第一輯（日独文化協会）。五月、斉藤一寛編『独逸大観（一九四四年）』（日本電報通信社出版部）。七月、池田林儀『青年独逸研究政治篇』1（昭和刊行会）、池田林儀『青年独逸研究政治篇』2（昭和刊行会）、池田林儀『青年独逸研究政治篇』3（昭和刊行会）、安倍能成『西遊抄』（小山書店）。刊行月不記載、『記念せよ！　ドイツの史蹟』（Max Nössler & Co.）。

一九四五年（昭和20）年

一月、アウシュヴィッツ収容所がソ連軍によって解放される（27日）。四月、ドイツ外務省からの連絡によりベルリンにいた大島浩大使らが南ドイツに避難し（13日）、ベルリン日本大使館には参事官の河原畯一郎らが残ることになる。近衛秀麿がベルリンを脱出する（13日）。ヒトラー五六歳の誕生日に日本大使が南ドイツに避難していたため代わりに日本海軍の軍人が臨時大使となってナチスのリッペントロップ外相を訪問する（20日）。ソ連軍のベルリン破撃が始まる（20日）。ベルリンがソ連軍によって完全に包囲される（25日）。天長節を迎えベルリン日本大使館の防空壕にいた河原畯一郎参事官・湯本武雄財務官・朝日新聞ベルリン特派員守山義雄・横浜正金銀行行員らが日本酒を挙げ祝意を表する（29日）。新妻エヴァとともに総統官邸の地下壕でヒトラーが自殺する（30日）。この頃日本大使館から邦人はベルリン西部ベルチッヒにあるマールスドルフ古城に避難するよう通達がでる。五月、ソ連軍がベルリンを占領する（2日）。ロシア軍の捕虜となった邦正美が同じくロシア軍の捕虜となっていたベルリン駐在の日本商社の人々（全二五人）とともにベルリンを出発し（5日）、シベリヤ鉄道を経由して日本へ帰国の途につく。ランスとベルリンで休戦協定が調印される（7日・9日）。ベルチッヒのマールスドルフ古城に避難していた約一二〇名の邦人とベルリン日本大使館に残っていた河原畯一郎参事官らがベルリンのリヒテンベルク駅から終戦直前の日本へ向けて出発する（20日）。

あとがき

現在の日本で手に入るベルリンの情報は、同じヨーロッパの主要都市であるパリやロンドンに比べてはるかに少ない。まずベルリンだけの旅行ガイドブックが見当たらない。二〇〇三年八月にベルリンで現地調査を行ったときも、パリやロンドンには航空機の直行便があったが、ベルリンにはフランクフルトなどを経由して行くしかなかった。日本近代のさまざまな制度はドイツをモデルとしてきたし、明治・大正・昭和の戦前期に留学生（研究者）の圧倒的多数は、ベルリンを中心とするドイツを訪れている。にもかかわらず、現在の私たちのベルリン・イメージは、なぜ稀薄なのだろうか？　ベルリン郊外にある「魔の山」と呼ばれる小高い丘に登ったとき、その答えがおぼろげながら見えてきたような気がした。

ベルリン西部のツォー駅近くのホテルを、現地調査の拠点としたことは、正解でもあり不正解でもあった。日本人が多く住んでいたのはツォー駅の南側だったから、確かに歩き回るには便利だったのである。しかし行けども行けども、親しみを覚えるような場所が現れてこない。日本料理店の番地は空地になっている。哲学者の住所にある建物はどう見ても戦後の建築としか思えない。第二次世界大戦の空襲でベルリンは瓦礫と化し、戦前までの都市景観は幻影となっていたのである。

瓦礫と化したベルリンの、まさにその瓦礫を運んで、「魔の山」は作られたという。それは不気味なネーミングだが、足元の土の下には、ドイツ人のたくさんの記憶と共に、日本人の記憶も眠っている。第二次世界大戦でドイツと日本は敗戦を迎えた。そしてドイツのナチスや強制収容所という記憶のアポリアと、日本の大東亜戦争という記憶のアポリアは、戦後に引き継がれながら、相互に響き合っている。そのことが、ベルリンの記憶が戦後の日本の言説空間から遠去けられてきた一因ではないのか――「魔の山」を歩きながらそんな思いが湧いてきた。

最後に、日本人のベルリン体験を問う旅を共にしてきた一人一人の声を届けて、本書を目指してきた日々に区切りを付けたいと思う。

ベルリンを訪れた二〇〇三年夏、ブランデンブルク門横の広場には、二メートルほどの個性豊かな熊の像が一二〇（国連加盟国を示す）、輪になって仲良く並んでいた。実はその時は知らなかったのだが、これは二〇〇二年にベルリンに始まり、二〇〇五年には東京にやってくることになる、ユナイテッド・バディ・ベアーズという、平和を訴える移動展示であった。「ベルリン」は現地では「ベアリーン」と発音され、それに通じる熊がこの街のマスコットとなっている。

現代のベルリンは、私には全く捉えどころのない都市に見えた。あたかも、古くから動物の王であり、大きくも可愛く、また時に怖ろしく、常に動き回り続ける熊のようである。実はこの感想は、この書を書きながらずっと抱き続けていた、過去のベルリンに対する感覚とも共通するものであった。この街については、もう少し何かを知らねばならない。鷗外の下宿のあったハッケーシャー・マルクトのガード下で飲んだ地ビールはおいしかった。ブルストをはじめ、ドイツ料理は意外に（！）どれも美味しかった。今回も面倒な番地捜しにつきあってくれた子供たちや妻も、満足していたように思う。この書を持って、もう一度ゆっくり、あの街を訪れてみたい。もう少し何かを知るために。

（真銅正宏）

本書のために最初に向かった都市はベルリンではなく大阪の梅田だった。その日は阪急高架下のカフェで初めてのベルリン研究会に参加。数時間後、第Ⅱ部であつかう二五名のリストが出来上がり、どの人物を指名（担当）するかの順番を決めるときになってちょっとだけ戸惑った。恒例の（？）あみだくじ（？）が始まったのである……。あみだくじはこの本とよく似ていると思う。そのタテとヨコの線からなる網目は、無数の言葉が交錯する本書の網目へと連なってゆく気がするからである。個人的な体験談でしかないが、その網目のなかでは何の前触れもなく、全く思いがけない言葉と言葉とが出会い、新しいタテやヨコの線が加わって、生成と変化が繰り返されていた。この網目はきっと完結する性質のものではないのだろう。そんな近代未完のあみだくじへ、さらに新たなタテやヨコの線を書き込んでいただけたら、と思う。

付記　執筆において科学研究費補助金（特別研究員奨励費）の助成を受けた。

（西村将洋）

『言語都市・ベルリン』に向けた第一回の集まりのあと、ベルリンにちなんでドイツ料理屋へ行ったのだけれど、出てきたアイスバインを見たとき、ああ前回のパリとは違う性質の仕事が待っているのだなと実感した。そして予想通り、同じ時代を取り上げても都市が違うと、集まる日本人も、その活動内容も、これだけ違うのかと改めて驚いたものだった。

ベルリンで最初に行ったのが、戦後、街中の瓦礫を郊外に運び出して出来た「魔の山」で、ちょっと足先で土を掘ればすぐコンクリート片など出てくるのが生々しかった。もちろん、戦前の文章に描かれた場所を探しての町歩きは難航。ふたたび憂鬱なるアイスバインにまみえたのは、近未来都市のように変貌したポツダム広場の一角に、疲れた足を休めたときだった。

街は工事中が多く、変貌は続行中。動物園へ行くと、真夏の午後、柵のむこうでチーターが木陰のブランコに横になってそれを揺らしながら昼寝をしていた。これはチーターが都市型に変わったためなのか、それともメルヘンの一場面がこの都市に現れたのか。白日夢でなかったことを確かめに、また行ってみたい。

(宮内淳子)

滞在したホテルがツォー駅の近くだったので、何度か動物園を訪れた。一八四四年の創立だ。日本の上野動物園が一八八二年の開園だから、ベルリンの方が四〇年近く先輩にあたる。戦前ベルリンに来た日本人の多くが、この動物園を楽しんだ。山口青邨はアザラシへのエサやりを見て大喜び、武者小路実篤は何種類ものヘビやトカゲを見て大満足だった。今でこそ日本でも旭山動物園などが工夫を凝らして人気を集めているが、当時、広い敷地にあれだけの動物を集めて十分な管理をしていることが、日本人には驚きだったのだろう。

私にとって動物園は、それほど目新しくはない。ロンドン動物園やサンディエゴ動物園などにも行ったことがある。ベルリンでどうしても動物園に行かなければならなかったのは、ヒョウがブランコに乗って遊んでいて、それを黒ヒョウがうしろから押してやっているのを見た、と誰かが言ったからだ。東洋風の門を入って、まっすぐヒョウ舎まで向かい、しばらく見ていたが二頭とも寝ている。ぐるりと回って戻ったが、まだ寝ている。閉園時間ぎりぎりに不意打ちをくらわせたが、やはり寝ていた。次の日もその次の日も寝ていた。うそつき。

(和田桂子)

記憶とは不思議なものである。写真まで撮ったのに、一人がチーターだと書き、もう一人がヒョウだと書くと、どちらなのか自信がない。黒ヒョウが押していたよと笑ったのは、自分だったような気もするし、違うような気もする。三年前の自分の記憶すら曖昧だから、八〇年前や一〇〇年前の他人の記憶を掘り起こすのはもっと大変だ。しかし記憶をつなぎあわせていくと、記憶の持ち主も意識化しなかったような光景が見えてくる。そのスリリングさが、「言語都市」のシリーズを持続させているのだろう。今回は五〇〇頁に迫る大冊となってしまった。私たちのわがままな仕事を受け入れてくださった、藤原書店の藤原良雄さんと刈屋琢さんにお礼を申し上げたい。

本書が読者に届く頃、私たちはすでにベルリンから離れている。次に訪れる都市で私たちは、博物館に展示された各国の古代遺跡を眺め、移民やその子孫が経営する各国の料理を口にしながら、七つの海を支配した帝国の過去に思いを馳せるだろう。そして午後九時になっても明るい夏の公園や、暗くどんよりとした冬の劇場やパブで、日本人がどのように他者や自己と向き合ったのかを問い直すだろう。私たち五人が次に訪れるのはロンドンのヒースロー空港。それでは新たな書物で再会するまで、See You.

(和田博文)

二〇〇六年九月

〈調査でお世話になった方々・研究機関〉(敬称略)

大阪学院大学図書館・大阪府立中央図書館・大阪府立中之島図書館・外務省外交史料館・学習院大学図書館・神奈川近代文学館・桑原節子(ベルリン日独センター)・国立公文書館・国立国会図書館・竹松良明・檀原みすず・ドイツ図書館(Die Deutsche Bibliothek)・帝塚山学院大学図書館・天理大学図書館・東京大学図書館・同志社大学総合情報センター・東洋大学図書館・鳥谷祐枝・日本近代音楽館・日本近代文学館・蓮沼龍子(ケルン日本文化会館)・東原武文・ベルリン国立図書館(Staatsbibliothek zu Berlin)・森鷗外記念館・山品明・山田俊幸

〈付記〉
スポットの呼称には、ドイツ語読み、英語読み、日本語読みが存在する。また日本人のドイツ紀行に記された、前二者のカタカナ表記にも幅がある。本書では原則として、今日の一般的表記と思われるものを採用した。

ら　行

わ　行

ローマ字

や　行

ま 行

な　行

は　行

た　行

さ　行

か　行

人名索引

人名は姓→名の順に表記した。本文，および脚注，写真キャプション中の人名のうち，文学作品に登場する人物以外の人名は，すべて挙げてある。漢字の読みが確定できなかった人名は，原則として音読みで配列した。カタカナの人名は可能な限り現代の標準的な表記に合わせたため，本文での表記とは一致しない場合がある。

あ 行

著者紹介

和田博文（わだ・ひろふみ）

1954年神奈川県生。神戸大学大学院文化学研究科博士課程中退。文化学・日本近代文学専攻。東洋大学教授。著書に『テクストのモダン都市』（風媒社，1999）『言語都市・上海』（1999）『言語都市・パリ』（2002）『パリ・日本人の心象地図』（2004，以上共著，藤原書店）『飛行の夢』（2005，藤原書店）『コレクション・モダン都市文化』全40巻（監修，ゆまに書房，2004〜）他。

真銅正宏（しんどう・まさひろ）

1962年大阪府生。神戸大学大学院文化学研究科博士課程単位取得退学。日本近代文学専攻。同志社大学教授。著書に『永井荷風・音楽の流れる空間』（世界思想社，1997）『言語都市・上海』（1999）『言語都市・パリ』（2002）『パリ・日本人の心象地図』（2004，以上共著，藤原書店）『ベストセラーのゆくえ』（翰林書房，2000）他。

西村将洋（にしむら・まさひろ）

1974年兵庫県生。同志社大学大学院文学研究科博士課程中退。日本近代文学専攻。日本学術振興会特別研究員 PD。著書に『コレクション・モダン都市文化　第5巻　モダン都市景観』（編著，ゆまに書房，2004）『本多秋五の文芸批評』（菁柿堂，2004）『大衆文学の領域』（大衆文学研究会，2005）『技術と身体』（ミネルヴァ書房，2006，以上共著）他。

宮内淳子（みやうち・じゅんこ）

1955年東京都生。お茶の水女子大学大学院人間文化研究科博士課程修了。日本近代文学専攻。帝塚山学院大学教授。著書に『藤枝静男論』（1999）『岡本かの子論』（2001，以上ＥＤＩ）『言語都市・パリ』（2002）『パリ・日本人の心象地図』（2004，以上共著，藤原書店）『有吉佐和子の世界』（編著，翰林書房，2004）他。

和田桂子（わだ・けいこ）

1954年兵庫県生。神戸大学大学院文化学研究科博士課程単位取得退学。比較文学専攻。大阪学院短期大学教授。著書に『二〇世紀のイリュージョン』（白地社，1992）『西脇順三郎・パイオニアの仕事』（編著，本の友社，1999）『言語都市・上海』（1999）『言語都市・パリ』（2002）『パリ・日本人の心象地図』（2004，以上共著，藤原書店）他。

言語都市《げんごとし》・ベルリン　1861-1945

2006年10月30日　初版第1刷発行©

著　者　和田博文 他

発行者　藤原良雄

発行所　株式会社 藤原書店

〒162-0041　東京都新宿区早稲田鶴巻町523
電　話　03 (5272) 0301
FAX　03 (5272) 0450
振　替　00160-4-17013

印刷・製本　図書印刷

落丁本・乱丁本はお取替えいたします
定価はカバーに表示してあります

Printed in Japan
ISBN4-89434-537-4

❺ ボヌール・デ・ダム百貨店 ——デパートの誕生

Au Bonheur des Dames, 1883　吉田典子 訳＝解説

ゾラの時代に躍進を始める華やかなデパートは、婦人客を食いものにし、小商店を押しつぶす怪物的な機械装置でもあった。大量の魅力的な商品と近代商法によってパリ中の女性を誘惑、驚異的に売上げを伸ばす「ご婦人方の幸福」百貨店を描き出した大作。

656 頁　**4800 円**　◇4-89434-375-4（第 6 回配本／ 2004 年 2 月刊）

❻ 獣人 ——愛と殺人の鉄道物語 *La Bête Humaine, 1890*

寺田光德 訳＝解説

「叢書」中屈指の人気を誇る、探偵小説的興趣をもった作品。第二帝政期に文明と進歩の象徴として時代の先頭を疾駆していた「鉄道」を駆使して同時代の社会とそこに生きる人々の感性を活写し、小説に新境地を切り開いた、ゾラの斬新さが理解できる。

528 頁　**3800 円**　◇4-89434-410-6（第 8 回配本／ 2004 年 11 月刊）

❼ 金《かね》 *L'Argent, 1891*

野村正人訳＝解説

誇大妄想狂的な欲望に憑かれ、最後には自分を蕩尽せずにすまない人間とその時代を見事に描ききる、80 年代日本のバブル時代を彷彿とさせる作品。主人公の栄光と悲惨はそのまま、華やかさの裏に崩壊の影が忍び寄っていた第二帝政の運命である。

576 頁　**4200 円**　◇4-89434-361-4（第 5 回配本／ 2003 年 11 月刊）

8 文学評論集

佐藤正年 編訳＝解説

有名な「実験小説論」だけを根拠にゾラの文学理論を裁断してきた紋切り型の文学史を一新、ゾラの幅広く奥深い文学観を呈示！　「個性的な表現」「文学における金銭」「猥褻文学」「文学における道徳について」「小説家の権利」「バルザック論」他。（次回配本）

9 美術評論集

三浦篤 編訳＝解説

ゾラは 1860 年代後半〜 70 年代にかけて美術批評家として重要な役割を果たした。マネの擁護、アカデミックな画家への批判、印象派や自然主義の画家への評価……。書簡、文学作品を含め総合的にゾラと美術の関係を示す。「サロンの自然主義」他。

❿ 時代を読む 1870-1900 *Chroniques et Polémiques*

小倉孝誠・菅野賢治 編訳＝解説

権力に抗しても真実を追求する真の“知識人”作家ゾラの、現代の諸問題を見透すような作品を精選。「私は告発する」のようなドレフュス事件関連の文章の他、新聞、女性、教育、宗教、文学と共和国、離婚、動物愛護など、多様なテーマをとりあげる。

392 頁　**3200 円**　◇4-89434-311-8（第 1 回配本／ 2002 年 11 月刊）

11 書簡集 1858-1902

小倉孝誠 編訳＝解説

19 世紀後半の作家、画家、音楽家、ジャーナリスト、政治家たちと幅広い交流をもっていたゾラの手紙から時代の全体像を浮彫りにする、第一級史料の本邦初訳。セザンヌ、フロベール、ドーデ、ゴンクール、マラルメ、ドレフュス他宛の書簡を精選。

別巻 ゾラ・ハンドブック

宮下志朗・小倉孝誠 編

これ一巻でゾラのすべてが分かる！　①全小説のあらすじ。②ゾラ事典。19 世紀後半フランスの時代と社会に強くコミットしたゾラと関連の深い事件、社会現象、思想、科学などの解説。内外のゾラ研究の歴史と現状。③詳細なゾラ年譜。ゾラ文献目録。

7　金融小説名篇集

吉田典子・宮下志朗 訳＝解説
〈対談〉青木雄二×鹿島茂

ゴプセック――高利貸し観察記　*Gobseck*
ニュシンゲン銀行――偽装倒産物語　*La Maison Nucingen*
名うてのゴディサール――だまされたセールスマン　*L'Illustre Gaudissart*
骨董室――手形偽造物語　*Le Cabinet des antiques*

528 頁　3200 円（1999 年 11 月刊）◇4-89434-155-7

高利貸しのゴプセック、銀行家ニュシンゲン、凄腕のセールスマン、ゴディサール。いずれ劣らぬ個性をもった「人間喜劇」の名脇役が主役となる三篇と、青年貴族が手形偽造で捕まるまでに破滅する「骨董室」を収めた作品集。「いまの時代は、日本の経済がバルザック的になってきたといえますね。」（青木雄二氏評）

8・9　娼婦の栄光と悲惨――悪党ヴォートラン最後の変身（２分冊）

Splendeurs et misères des courtisanes

飯島耕一 訳＝解説
〈対談〉池内紀×山田登世子

⑧448 頁 ⑨448 頁　各 3200 円（2000 年 12 月刊）⑧◇4-89434-208-1 ⑨◇4-89434-209-X

『幻滅』で出会った闇の人物ヴォートランと美貌の詩人リュシアン。彼らに襲いかかる最後の運命は？「社会の管理化が進むなか、消えていくものと生き残る者とがふるいにかけられ、ヒーローのありえた時代が終わりつつあることが、ここにはっきり描かれている。」（池内紀氏評）

10　あら皮――欲望の哲学

La Peau de chagrin

小倉孝誠 訳＝解説
〈対談〉植島啓司×山田登世子

448 頁　3200 円（2000 年 3 月刊）◇4-89434-170-0

絶望し、自殺まで考えた青年が手にした「あら皮」。それは、寿命と引き換えに願いを叶える魔法の皮であった。その後の青年はいかに？「外側から見ると欲望まるだしの人間が、内側から見ると全然違っている。それがバルザックの秘密だと思う。」（植島啓司氏評）

11・12　従妹《いとこ》ベット――好色一代記（２分冊）

La Cousine Bette

山田登世子 訳＝解説
〈対談〉松浦寿輝×山田登世子

⑪352 頁 ⑫352 頁　各 3200 円（2001 年 7 月刊）⑪◇4-89434-241-3 ⑫◇4-89434-242-1

美しい妻に愛されながらも、義理の従妹ベットと素人娼婦ヴァレリーに操られ、快楽を追い求め徹底的に堕ちていく放蕩貴族ユロの物語。「滑稽なまでの激しい情念が崇高なものに転じるさまが描かれている。」（松浦寿輝氏評）

13　従兄《いとこ》ポンス――収集家の悲劇

Le Cousin Pons

柏木隆雄 訳＝解説
〈対談〉福田和也×鹿島茂

504 頁　3200 円（1999 年 9 月刊）◇4-89434-146-8

骨董収集に没頭する、成功に無欲な老音楽家ポンスと友人シュムッケ。心優しい二人の友情と、ポンスの収集品を狙う貪欲な輩の蠢く資本主義社会の諸相を描いた、バルザック最晩年の作品。「小説の異常な情報量。今だったら、それだけで長篇を書けるような話が十もある。」（福田和也氏評）

別巻1　バルザック「人間喜劇」ハンドブック

大矢タカヤス 編
奥田恭士・片桐祐・佐野栄一・菅原珠子・山﨑朱美子＝共同執筆

264 頁　3000 円（2000 年 5 月刊）◇4-89434-180-8

「登場人物辞典」、「家系図」、「作品内年表」、「服飾解説」からなる、バルザック愛読者待望の本邦初オリジナルハンドブック。

別巻2　バルザック「人間喜劇」全作品あらすじ

大矢タカヤス 編　奥田恭士・片桐祐・佐野栄一＝共同執筆

432 頁　3800 円（1999 年 5 月刊）◇4-89434-135-2

思想的にも方法的にも相矛盾するほどの多彩な傾向をもった百篇近くの作品群からなる、広大な「人間喜劇」の世界を鳥瞰する画期的試み。コンパクトでありながら、あたかも作品を読み進んでいるかのような臨場感を味わえる。当時のイラストをふんだんに収め、詳しい「バルザック年譜」も附す。

文学の〝世界システム〟を活写

世界文学空間

〈文学資本と文学革命〉

P・カザノヴァ
岩切正一郎訳

世界大の文学場の生成と構造を初めて解析し、文学的反逆・革命の条件と可能性を明るみに出す。文学資本と国民的言語資本に規定されつつも自由の獲得を目指す作家たち（ジョイス、ベケット、カフカ、フォークナー……）。

A5上製　五三六頁　八八〇〇円
（二〇〇二年一二月刊）
◇4-89434-313-4

LA RÉPUBLIQUE MONDIALE DES LETTRES
Pascale CASANOVA

作家、編集者、出版関係者必読の書

作家の誕生

A・ヴィアラ
塩川徹也監訳　辻部大介ほか訳

アカデミーの創設、作品流通、出版権・著作権の確立、職業作家の登場、作家番付の慣例化など、十七世紀フランスにおける「文学」という制度の成立を初めて全体として捉え、今日における「作家」や「文学」のあり方までをも再考させるメディア論、出版論、文学論の「古典」的名著。

A5上製　四三二頁　五五〇〇円
（二〇〇五年七月刊）
◇4-89434-461-0

NAISSANCE DE L'ÉCRIVAIN
Alain VIALA

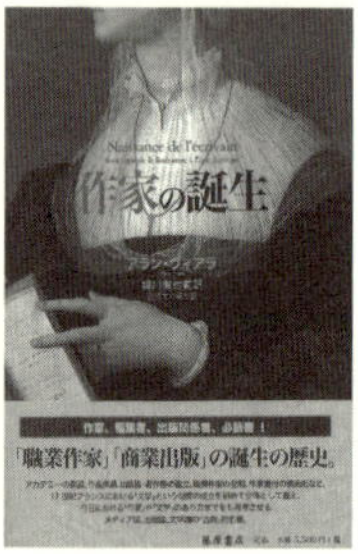

「生前の不遇」―「死後の評価」

ゴッホはなぜゴッホになったか

〈芸術の社会学的考察〉

N・エニック　三浦篤訳

現在最も有名な近代画家、ゴッホ。生前不遇だった画家が、死後異常なまでに評価され、聖人のように崇められるようになったのは何故か？　近現代における芸術家神話の典型を気鋭の芸術社会学者が鮮やかに分析する。

A5上製　三五二頁　三八〇〇円
（二〇〇五年三月刊）
◇4-89434-426-2

LA GLOIRE DE VAN GOGH
Nathalie HEINICH

百通の恋文の謎とは？

サムライに恋した英国娘

（男爵いも、川田龍吉への恋文）

伊丹政太郎＋A・コビング

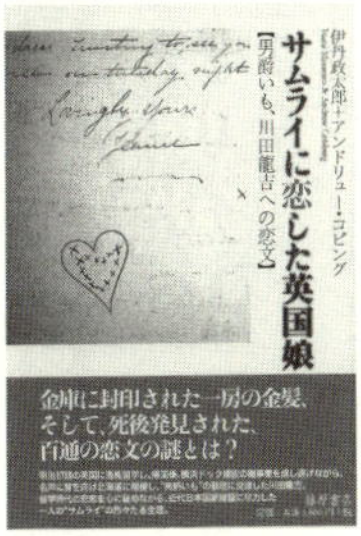

明治初頭の英国に造船留学し、帰国後、横浜ドック建設の難事業を成し遂げながら、名声に背を向け北海道に隠棲し、〝男爵いも〟の栽培に没頭した川田龍吉。留学時代の悲恋を心に秘めながら、近代日本国家建設に尽力した一人の〝サムライ〟の烈々たる生涯。

四六上製　二九六頁　**二八〇〇円**

口絵四頁　（二〇〇五年九月刊）

◇4-89434-466-1

日本人になりたかった男

ピーチ・ブロッサムへ

（英国貴族軍人が変体仮名で綴る千の恋文）

葉月奈津・若林尚司

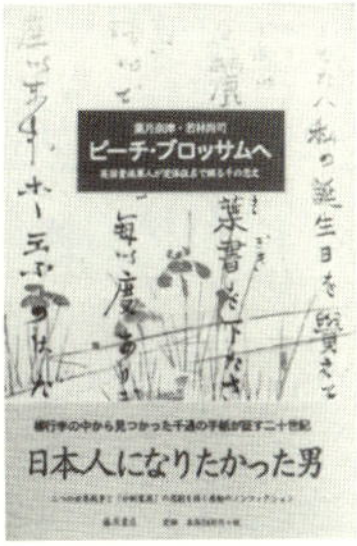

世界大戦に引き裂かれる「日本人になりたかった男」と大和撫子。柳行李の中から偶然見つかった、英国貴族軍人アーサーが日本に残る妻にあてた千通の手紙から、二つの世界大戦と「分断家族」の悲劇を描くノンフィクション。

四六上製　二七二頁　**二四〇〇円**

（一九九八年七月刊）

◇4-89434-106-9

歌手活動四十周年記念

絆（きずな）

加藤登紀子・藤本敏夫

【推薦】鶴見俊輔

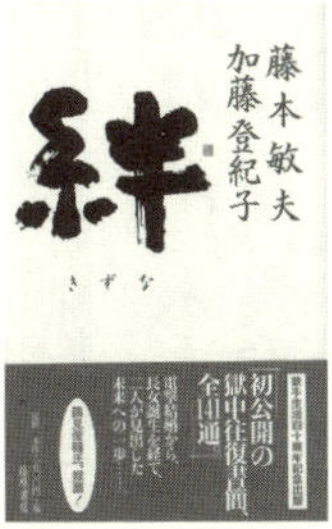

初公開の獄中往復書簡、全一四一通！電撃結婚から、長女誕生を経て、二人が見出した未来への一歩……。内面の激しい変化が包み隠さず綴られた、三十余年前の二人のたたかいと愛の軌跡。

第Ⅰ部「歴史は未来からやってくる」（藤本敏夫遺稿）

第Ⅱ部「空は今日も晴れています」（獄中往復書簡）

四六変上製　五二〇頁　**二五〇〇円**

（二〇〇五年三月刊）

◇4-89434-443-2

最後の自由人、初の伝記

パリに死す

（評伝・椎名其二）

蜷川　譲

明治から大正にかけてアメリカ、フランスに渡り、第二次大戦占領下のパリで、レジスタンスに協力。信念を貫いてパリに生きた最後の自由人、初の伝記。ファーブル『昆虫記』を日本に初紹介し、佐伯祐三や森有正とも交遊のあった椎名其二、待望の本格評伝。

四六上製　三二〇頁　**二八〇〇円**

（一九九六年九月刊）

◇4-89434-046-1

日本近代は〈上海〉に何を見たか

言語都市・上海
〈1840-1945〉

和田博文・大橋毅彦・真銅正宏・竹松良明・和田桂子

横光利一、金子光晴、吉行エイスケ、武田泰淳、堀田善衞など多くの日本人作家の創造の源泉となった〈上海〉を、文学作品から当時の旅行ガイドに至る膨大なテキストに跡付け、その混沌とした多層的魅力を活き活きと再現する、時を超えた〈モダン都市〉案内。

A5上製　二五六頁　**二八〇〇円**
（一九九九年九月刊）
◇4-89434-145-X

パリの吸引力の真実

言語都市・パリ
〈1862-1945〉

和田博文・真銅正宏・竹松良明・宮内淳子・和田桂子

「自由・平等・博愛」「芸術の都」など日本人を捉えてきたパリへの憧憬と、永井荷風、大杉栄、藤田嗣治、金子光晴ら実際にパリを訪れた三一人のテキストとを対照し、パリという都市の底知れぬ吸引力の真実に迫る。

A5上製　三六八頁　**三八〇〇円**
（二〇〇二年三月刊）
◇4-89434-278-2

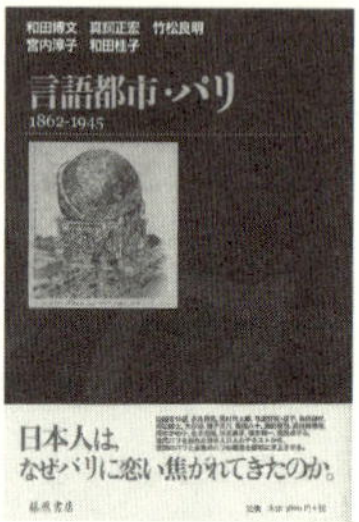

従来のパリ・イメージを一新

パリ・日本人の心象地図
〈1867-1945〉

和田博文・真銅正宏・竹松良明・宮内淳子・和田桂子

明治、大正、昭和前期にパリに生きた多種多様な日本人六十余人の住所と、約一〇〇の重要なスポットを手がかりにして、「花の都」「芸術の都」といった従来のパリ・イメージを覆し、都市の裏面に迫る全く新しい試み。

＊写真・図版二〇〇点余／地図一〇枚
A5上製　三八四頁　**四二〇〇円**
（二〇〇四年二月刊）
◇4-89434-374-6

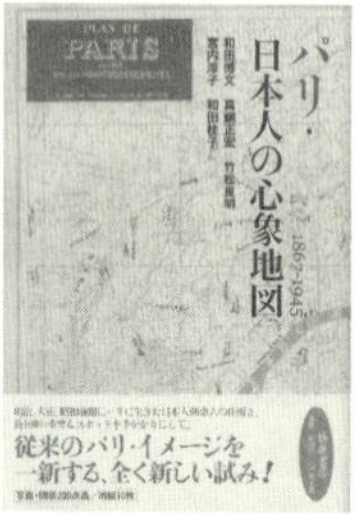

大空への欲望——その光と闇

飛行の夢 1783-1945
〈熱気球から原爆投下まで〉

和田博文

気球、飛行船から飛行機へ、技術進化は距離と時間を縮め、空間認識を変容させた。飛行への人々の熱狂、芸術の革新、空からの世界分割、原爆投下、そして現在。モダニズムが追い求めた夢の軌跡を、貴重な図版を駆使して描く決定版。

＊写真・図版三二〇点
A5上製　四〇八頁（カラー口絵四頁）　**四二〇〇円**
（二〇〇五年五月刊）
◇4-89434-453-X

1989年11月創立 1990年4月創刊

月刊
機
2006
10
No. 176

発行所 株式会社 藤原書店©
〒一六二―〇〇四一 東京都新宿区早稲田鶴巻町五二三
電話 〇三・五二七二・〇三〇一（代）
FAX 〇三・五二七二・〇四五〇
◎本冊子表示の価格は消費税込の価格です。

編集兼発行人
藤原良雄
頒価100円

『苦海浄土』三部作、遂に完結!! 要の位置を占める第二部、単行本で刊行!

水俣病とは何であったか

――『苦海浄土 第二部 神々の村』刊行にあたって――

渡辺京二

第一部「苦海浄土」、第三部「天の魚」に続き、四十年余の歳月を経て完成した「苦海浄土」三部作の要の位置を占める作品ともいうべき第二部「神々の村」が、遂に今月単行本として上梓されます。

「日本の近代文学者でこういう文章を書いた者はこれまで一人もいない。これはいわば情景の人類史の透視を通してうたいあげた、いまだかつてない質の抒情である。作中にはこの種の思索的叙景とでもいうべき文章が随所にちりばめられていて、読むものを魅了せずにはおかない。」（渡辺京二氏） 編集部

●十月号目次●

三十数年の仕事に決着

『苦海浄土 第二部』は井上光晴編集の季刊誌『辺境』に、一九七〇年九月から一九八九年にかけて連載された。『辺境』は中断を挿みながら三次にわたって刊行されたが、第二次『辺境』の刊行状況はほとんど年一冊、第二次と第三次の間には十年の空白があった。一九八九年、第三次『辺境』の終刊によって、連載は十八回をもって未完のままに終り、その後単行本となる機会もなかった。二〇〇四年四月から藤原書店の『石牟礼道子全集・不知火』の刊行が始まり、その第一回配本は『苦海浄土』の第一部・第二部合本であった。この時作者は第二部の最終章「実る子」の後半を書きあげ、三十数年にわたる懸案の仕事にやっと決着をつけたのである。『苦海浄土 第三部』にあたる『天の魚』ははるか以前、一九七四年にすでに刊行されていた。

患者家庭に寄り添う姿勢から名作は誕生

このように完成に長期を要したのは、発表媒体の中断によるところが大きかったが、そもそもは時が経過するにつれ、作者の側で執筆に苦渋が伴うようになったのが根本の理由と察せられる。というのは、『第一部』は公害認定から水俣病対策市民会議の結成までの動きを含むとはいえ、基本的には、水俣病がまだ社会・政治問題化する以前、被害民がひっそりと隠れて苦しんでいた時期の状況を照らし出したもので、作者は無名の詩人として、たとえ父親から昔ならはりつけ獄門じゃ、その覚悟はあるのかと雷を落とされることはあったにせよ、自由にその眼と心を働かせることができた。彼女は患者たちを「取材」したのではない。文中にあるように、彼女は市役所職員の赤崎覚氏（作中では蓬氏）に連れられて患者宅を訪ねたのである。「水俣学」の提唱者原田正純氏は昭和三十年代の後半、インターン生として現地検診に参加した頃、たびたび見かける作者をてっきり保健婦と思いこんでいたという。そのように自然に患者家庭に寄り添う姿勢からこの名作は生れた。

訴訟提起からチッソ株主大会の出席までを扱った『第二部』

しかし、『第二部』が扱っているのは一九六九年の患者二十九家族の訴訟提起から翌年のチッソ株主総会への出席まで、つまり〝訴訟派〟の運動が社会からもっとも注目を浴びた時期である。しかも作者はその昂揚期に筆を起したものの、一九七二年には『第三部 天の魚』の執筆を開始し、『第二部』の執筆は七三年の訴訟判決ののちに持ち越された。そのとき、執筆を開始したときとは運動の状況は一変していた。

というのは『天の魚』が扱っているチッソ東京本社占拠は、〝訴訟派〟とそれをバックアップする市民会議とはまったく違うところから出て来た動きだった。この運動の主体となったのは川本輝夫ら未認定患者たちで、作者が七一年の暮から彼らと心身をともにした次第は『天の魚』に委細が尽されている。チッソ本社前にテントを張ったこの歳月は、作者にとって生涯においてもっとも充実した時期だったのである。

作者の命を磨り減らす仕事になった『第二部』

しかし、この突出した行動は運動内部に様々なきしみを生まずにはおかなかったし、それは作者自身を巻きこんで苦しめることになった。『第一部』が運動以前の無垢のなかで、『第三部』が運動の頂点の輝きにおいて書かれたとすれば、『第二部』は運動が分裂と混乱に陥った時期に、それ以前の〝訴訟派〟患者のパフォーマンスが最も華やいでいた様態を描写しなければならなかった。それが苦渋のうちに最後の力をふり絞るような力業となったのは当然である。むろん『第二部』は〝訴訟派〟と支援団体の運動を叙べたものではない。しかし、そのように「運動」などを超え、それを無化するような表現を獲得するためにも、作者はおのれの心眼に映る最も深い世界へ降りて行かねばならなかった。それはまさに作者の命を磨り減らす仕事だったのである。

水俣病問題の全オクターヴを包みこんだ巨大な交響楽

『第一部』が「ゆき女聞き書」に代表されるように、彼女の天質が何の苦渋もなく流露した純粋な悲歌であり、『第三部』がトランス状態のうちに語られた非日常界であるとすれば、『第二部』は水俣病問題の全オクターヴ、その日常と非日常、社会的反響から民俗的底部まですべて包みこんだ巨大な交響楽といってよい。水俣病とは何であったか、そのことをこれだけの振幅と深層で描破した作品はこの『第二部』以外にこれまでもこれからもあるはずがなかった。その意味で『第二部』は『苦海浄土』三部作中、要の位置を占める作品というべきである。

（わたなべ・きょうじ／評論家）

「上海」「パリ」に続く好評「言語都市」シリーズ第三弾、「ベルリン」！

幻影のベルリンへの旅

和田博文

廃墟と新市街

現在の私たちにとってベルリンの印象は、ロンドンやパリに比べて稀薄である。この都市名から連想するのは、冷戦時代はベルリンの壁くらいだった。いま街を歩いていても日本人観光客に出会うことはあまりない。しかし第二次世界大戦以前はそうではなかった。日本人のベルリンの記憶は、ヨーロッパの他の主要都市に比べて少なかったわけではない。

三年前にベルリンを訪れたとき、私はこの都市の景観から二つの特徴を感じた。ツォー駅を出ると、カイザー・ヴィルヘルム記念教会の異様な姿が目に入る。天に向けてそびえ立つ廃墟は、第二次世界大戦の空襲の激しさを語っている。ツォー駅の南側には、日本人村と呼ばれていたエリアがある。日本人会、日本料理店、日本人商店が集中し、日本人の理髪師までいたという。しかし番地を頼りに歩き回っても、そのような雰囲気は感じられない。新しい建築が建ち並び、通り自体が消滅していることもあった。

幻影のベルリンへの旅

記念碑となった廃墟と新市街——ベルリン都市景観の二つの特徴は、現実の都市より幻影の都市に向かうように、私たちの背中を押した。たとえばベルリン・オリンピック大会の一九三六年に、この都市で『独逸案内』（欧州月報社）という一四四頁のガリ版の本が発行されている。編集したのは、京大卒業後にライプチヒに留学し、ベルリン大学に移ってから日本人会主事を務めた野一色利衛《のいしきとしえ》。日本人の視線で都市を紹介し、日本語広告も多数掲載した一冊からは、当時の日本人が生きたベルリン都市空間が濃密に立ち上がってくる。

幻影のベルリンへの旅は困難を極めた。言語都市（＝日本語で記述された都市）の全体像を追いかけるときに、戦前までの日本の出版物でベルリン体験記を収集することは、時間さえかければ可能である。しかしベルリンでの日本語出版物はなかなか出てこない。『独逸月報』の大部がドイツのベルリン国立図書館でようやく見つかったのは、今年に入ってからのことだった。

「学都」ベルリン

ロンドンやパリに比べて、ベルリンは研究者や留学生が多かった。一九二二年を例にとろう。ロンドンの日本人九九八名を職業別に分類すると、①「会社員、銀行員、商店員、事務員」約三五％（三四七名）、②「官公吏、雇員」約一一％（一一〇名）、③「教育関係者」約七％（六九名）の順番になる。パリでは四七二名のうち、①「官公吏、雇員」約二九％（一三五名）、②「写真師、画家」約二一％（九七名）、③「学生、練習生」約一一％（五二名）。それに対してベルリンの場合は、四一〇名中、①「学生、練習生」約五〇％（二〇六名）、②「医師」約一一％（四七名）、③「視察遊歴者」約七％（三〇名）である。ロンドンは「実業の都」、パリは「芸術の都」、ベルリンは「学都」の観を呈していた。

おのずから本書の第II部で立項した二十五人も、研究目的で渡独した人が多い。哲学者の和辻哲郎はもとより、森鷗外は医学研究のため、寺田寅彦は宇宙物理学研究のため、山口青邨は選鉱学研究のためにベルリンに滞在した。日本近代の「知」の世界は、多くをベルリンから受け取ってきたのである。だがそれは学問の世界だけの話ではない。第I部で取り上げたように、日本のクラシック音楽も、機能性を重視した建築・デザインも、新劇や築地小劇場も、新興写真も、ノイエ・タンツも、ベルリンからの波動なしには考えられない。ベルリンへの旅で私たちが見つづけた幻影が、本書で確かな輪郭を獲得していることを願っている。

（わだ・ひろふみ／東洋大学教授）

ウォーラーステイン自らが初めて語る、「世界システム分析」の全体像！

「グローバルに考え、ローカルに行動せよ」

山下範久

グローバルな不平等の拡大

現在、世界の最も富裕な五〇〇人の所得の合計は、世界の最も貧しい四億一六〇〇万人の所得の合計よりも大きい。また世界総人口の四割を占める約二五億人のひとびとが、一日二ドル以下で生活しており、そのひとびとの所得の合計は、世界の総所得の五パーセントにしか相当しない。

今日、グローバルな規模での不平等は、その規模の拡大によってますます切迫した問題となっていると同時に、貧困や暴力が世界の一部に局在する問題ではなく、世界のいたるところに偏在する問題、つまり誰にとっても他人事ではない問題となってきている。

それだけに、こうした問題に関心を抱き、実際なにかしら立場に応じたアクションを起こしている人は少なくない。しかし、問題の全体が巨大で複雑なため、個々のアクションを、その全体の構図のなかで評価するのは容易ではない。

初学者へのハードルの二つの原因

世界システム論は、こういったグローバルな不平等を、ひとつの構造的な全体として捉える見方の古典である。古典であるから、学者のあいだには、その長短功罪について、それなりに定まった評価というものがすでにある。だが、それを過不足なく初学者が学ぶための教材は、これまでほとんどなかった。

原因は二つだ。ひとつは、世界システム論が、既存の学問の枠組みからすると、歴史学、社会学、政治学など複数の分野にまたがる問題設定をとっていることにある。そのため、多くの既存の世界システム論の概説は、それら個別の各分野に切り刻まれたかたちでしか提供されてこなかったのである。

もうひとつの原因は、一九七〇年代に初めて世界システム論を提唱して以来、ウォーラーステイン本人が、理論の更新を繰り返してきたことにある。このため、とりわけアクチュアルな問題と取り組む場合の指針として世界システム論を読もうとするときには、つねに最新のテクストから過去のテクストを再解釈・再構成していかなければ不十分であるということになり、それが初学者にとって、世界システム論への入門のハードルを上げることになったのである。

世界システム論入門の新定番

グローバルな問題に個人が向き合うときの指針として、「グローバルに考え、ローカルに行動せよ」とよく言われる。世界システム論は、そうした必要に備えて自ら考えを深めようとするときの出発点として、いまもなお実際的な使いでがある。だが、まさにそうした出発点として読むべきテクストがこれまで不在だったのだ。今回翻訳した『入門・世界システム分析』は、ウォーラーステイン自身がこの不足を埋めるために書いた恰好のテクストだ。これまで入門書の代わりとしてよく薦められてきた『史的システムとしての資本主義』よりも格段に現代的関心に応える構成であり、今後は、本書が世界システム論入門の定番となろう。

▲Ｉ・ウォーラーステイン氏

ウォーラーステインの時代診断には、共鳴する読者、反発する読者、いずれもあろう。しかしいずれにせよ、そこから構造的全体としてのグローバルな不平等の問題との対話を始めることが、真の意味での入門なのである。

（やました・のりひさ／北海道大学助教授）

著者来日記念

リンボウ先生大絶讃の本嫌いを吹き飛ばすベストセラー!

ペナック先生の愉快な読書法

浜名優美

本を読むことを義務とする教育からの解放

いわゆる読書法に関する本は加藤周一氏の『読書術』をはじめゴマンとあるが、それらはほとんど本を読むことで頭がよくなるとか、知的な生活を送れるといったものか、またはいかに速く読むかといった類である。このたび十数年ぶりに改めて紹介するフランスの作家ダニエル・ペナック先生の読書に関する小説風のエッセイのように、読者には「読まない権利」があると断言したものには出くわしたことがない。本を読むことを義務とする教育(「本を読まなければならない」)から解放してくれたこと、この点が本書の大きな特徴である。

朗読を聞いて先が読みたくなる

わが国では齋藤孝氏の『声に出して読みたい日本語』がベストセラーになり、また幼児に対する「読み聞かせ」がかなり普及していて、一定の成果を上げている。しかしこの方法は小さい子ども相手にしか行われていない。それに対してペナック先生が採用したのは、本を読むのが嫌いと思いこんでいる、いわゆる「出来の悪い」高校生相手に、語句の説明や解釈抜きに、ひたすら朗読するというやり方である。すなわち本を読むことを義務とせず、怖がらせず、強制せずに「読む楽しみ」を伝えるのである。「教師は時速四〇ページで朗読する。ということは、十時間で四〇〇ページ。週にフランス語が五時間として、一学期で二、四〇〇ページ読めるのだ! 一学年で七、二〇〇ページになる! 一、〇〇〇ページの小説が七冊! 一週間にたった五時間朗読するだけで!」という具合で、生徒たちはペナック先生の朗読で先が読みたくなって、図書館にかけつける

そうだ。これはまさに魔法の読書術だ。

リンボウ先生は『知性の磨きかた』（PHP新書）において、このペナック先生の「方法というのは一〇〇パーセント正しいと思う」と賞賛して、まるまる一章をペナック先生の読書論にあてている。またリンボウ先生が東京芸大で古典を「朗読する授業」を実践しているように、私もペナック先生を見習ってルソーの『人間不平等起源論』を自ら朗読し、学生たちにも朗読させている。しかし大学院生までも漢字が読めずに時々往生している姿を見て、日本語の本では漢字にもっとルビを振るべきだと思っている。

▲D・ペナック先生

ペナック先生、うちの子に本を読んでください

ペナック先生の読書論が出版されて以来、フランスでは小説や童話の朗読を吹き込んだCDが多数出版されるようになった。以前にも名作の朗読カセットテープが売られていたが、今では朗読本専門の出版社もあるほどだ。

「フランス５」テレビ二〇〇六年一月の報道によれば、十八歳から六十五歳までのフランス人成人の十から十四パーセントが文字の読み書きができないという。朗読CDが増えているのは、このこととも関係があるかもしれない。

ペナック先生は朗読がうまいだけでなく、二〇〇六年二月には自作の『メルシー』で一人芝居を行っている。

フランスで「最も愛されている作家」と言われるペナック先生の本は、総計六〇〇万部売れたそうだ。一九九五年には高校の先生を辞めて、現在は作家活動に専念している。なお本名はダニエル・ペナッキオニであり、作家になる前には文芸誌で似顔絵を描いていた。道理で初対面のときにサイン代わりにすらすらとデッサンを描いてくれたわけだ。ペナック先生が来日したら、今度はうちの子に本を読んでもらおうかな。

（はまな・まさみ／南山大学教授）

人間の暗い内実を鋭く抉りながら、底抜けに明るい浩三の世界！

いのち煌《きら》めく詩

よしだみどり

戦没詩人の枠からはみ出す天才

毎年、終戦記念日が近くなると、必ずといってよいほど取り上げられる、竹内浩三の詩。

しかし、浩三の作品を知れば知るほど、彼の天才は戦没詩人の枠からはみ出してゆく。

それは天衣無縫ともいえる詩の、生命煌めく言葉が、あまりにも魅力的だからである。

恐らく、二十三歳で命日を与えられていなければ、彼の夢であった映画監督、そしてジャン・コクトーのような多才な詩人にもなっていたのかもしれない。

芸術の子、浩三

本人も「芸術の申し子」を自覚していた。

彼は恋愛がほとんど成就せず、「おんなに、たいして、しびれるようなみれんを、おぼえるけれど、それは、それだけのことである」と書き、「墨をすって、半紙に『以伎芸天為二我一妻』と書いて、壁にはった。そしたら、涙がぼろぼろと出た。伎芸天とは、芸術の神である」と宣言したりしたのは、失恋の傷手による青春の一コマかもしれないが、戦時中であることを考えれば、半ば本気でもあったろう。「粗食難行のあげくさとる。死人に慾はない。死人が女にだきついたハナシはワイ談でなく、クワイ（怪）談である」——。

学徒出陣で繰り上げ卒業、入隊が近付き東京を離れる時、「おれ征きたくないよう」とワァワァ泣きながら路地裏に消えた浩三。いよいよ実家から見送られる時、自室で一人チャイコフスキーの交響曲「悲愴」を背を丸めて膝を抱きながら聴き、姉が促すと、「姉さん、こんな音楽もうこれから聴けないのだから、終楽章まで聴かさせてくれよ」といった浩三。

以前、弟がどんなに軍人に不適合であるか知っていた姉が思案して、伊勢選出の大臣の秘書に面会に行くよう説得した時、「一生のお願いだそうですが、こんなたわいもないことに一生のお願いでは、人間が安すっぽく見えて、いけません。（中略）大映の京都の助監督の口があったが、兵隊前なので、ダメでした。

ぼくは、芸術の子です」と返事を書いた。

親友の回想には、「彼は、生れながらにして円光をもっているような善人であり、生れながらの数少ない詩人の一人であった。呼吸をするように、詩が生れ、画ができた」とある。

▲18歳頃の竹内浩三（1921-45）

人類救済の魂のうた

誰もが皆、軍国少年になっていた頃、洗脳教育にけがされることのなかった尊い詩人の魂は、ついに詩の中で「日本が見えない」と叫ぶ。当時の言論弾圧の厳しさを考えると、このような詩が生まれ、遺されたことに奇跡さえ感じる。

戦争の狂気をおそれ、正気を失うまいとして生命《いのち》がけで書かれた詩ゆえに、人間らしさに満ち溢れ、今や、物質主義によって人間性を失いつつある社会にあっては、浩三の詩は足元を照らす光のようにも思われる。

「生きることは楽しいね／ほんとに私は生きている」とうたう五月生まれの浩三の天真が「赤子《せきし》／全部ヲオ返シスル／玉砕　白紙　真水　春の水」とまで透徹した境地に行きつくまでの作品を追うと、それは、人類救済の魂のうたのようにも聞こえてくる。

（よしだ・みどり／作家・画家）

■山田洋次氏評「彼の美しくも哀しい詩はぼくの胸にしみるようだった。」（週刊文春）

■香山リカ氏評「愛嬌のある絵にウフフと笑い、鋭い詩に感心し、本を閉じたあと何を考えるかは読者次第。ぜひ子供といっしょに見てもらいたい。」（週刊ポスト）

■中村桂子氏評「『ウワハハハハ』と笑い、先生まで巻き込んでしまう天性は、世の中をしっかり見つめる目があってのものだったのに違いない。」（毎日新聞）

竹内浩三集

竹内浩三・文と絵　よしだみどり編

竹内自筆カット・絵毎頁

B6変上製　二七二頁　二三一〇円

■好評既刊

竹内浩三全作品集　日本が見えない　八八〇〇円

竹内浩三楽《らく》書《が》き詩集　まんがのよろづや　全カラー版　一八九〇円

「基地―開発―観光」の連鎖を断ち切る方途はあるのか？

琉球人よ、目を覚ませ

松島泰勝

「琉球弧の経済学」の必要

いま、琉球は危機的状況におかれている。「日本復帰」後、琉球の全域を対象にした労働、土地、貨幣の市場化が怒涛のように推し進められてきた。膨大な補助金が投下されたが、共同体が衰退し、環境が破壊され、島の商品化が進み、失業率も高いままである。経済自立はいつまでたっても達成できない。

琉球を日米政府に依存させることを目的にカネが投じられてきたのだ。日本政府による支配・管理体制が強化されたのであり、琉球を支配するための開発であった。琉球弧で近代化、開発をこれ以上推し進めたらどうなるのだろうか。日本政府による琉球の経済振興策を検証し、琉球開発を後押ししてきた経済学を批判し、新しい「琉球弧の経済学」を提示する時期にきている。

基地と補助金との連鎖を断ち切る

琉球では活発な基地反対運動がみられる。しかし、日米両政府による振興策、経済的妥協策が反対運動を沈静化させてきたのも事実である。琉球人自身が経済振興と引き換えに、基地の存続を許し、開発を求めてきた。われわれ琉球人が琉球を食い物にしてきたという、自己批判が求められている。

われわれ自身が変わらなければ基地はなくならない。自分たち（琉球）は善であるが、他者（日本や米国）は悪であると訴えただけでは、琉球の問題は解決されない。開発、近代化の意味を問い直し、「本当の豊かさ」について考え、これまでの生き方を改め、自らの力で外部からの誘惑を跳ね返し、基地と補助金との連鎖を断ち切らないと、基地はいつまでも琉球の地に存在し続けるだろう。軍事基地とともに近代化のあり方をも再検討することで、「琉球の平和」を実現する可能性がみえてこよう。

植民地状況から脱する

太平洋戦争において琉球は「本土防衛」のための捨石となった。戦後、日本は琉球を切り捨て、米軍による基地拡大を認めることで、自国の経済成長を達成しようとした。琉球の犠牲の上に日本の経済成長があった。

現在、日本国民である琉球人が、基地によって日常的に心身の被害をうけているにもかかわらず、日本政府は日米同盟の強化に邁進している。大半の日本国民は、琉球人の生活や生命を脅かす米軍基地や日米地位協定を認める政党を投票によって支持している。琉球の米軍基地は振興開発と交換される形で維持されてきた。つまり日本国民の税金によって基地が維持され、開発が行われているのである。

写真：市毛實

琉球の基地・開発問題は、日本、日本人の関与を前提としている。日本人、米国人等の非琉球人が自らだけの生存、経済的繁栄、軍事戦略のために、琉球を「捨石」にし続けることは、植民地としての処遇であるといえる。琉球は植民地状況から脱しなければならない。

琉球人よ、目を覚ませ

本書の自治論は、琉球のさらなる開発を志向する自治・独立論とは異なる位置に立つ。市場原理主義を掲げ、琉球の完全な市場化を目指し、米軍基地を押し付ける日本の国家体制から自立する必要がある。

奄美諸島から先島諸島までの島々は一体の存在であり、独自な歴史、文化、政治経済体制、生活様式等を有する地域であることを明示するために、本書では「琉球、琉球弧、琉球人」という言葉をあえて使うことにした。

本書によって、米軍基地を琉球に押し付け、開発しようとする日米両政府、日本企業、日本人、また近代化や開発に期待する琉球の行政機関、琉球人に対して問題提起をし、特に琉球人の目を覚まさせたい。

（まつしま・やすかつ／東海大学助教授）

特集　追悼・鶴見和子　1

山姥の死

免疫学者　多田富雄

現代の「山姥」

鶴見和子さんが急逝された。訃報を聞いて、私は沈黙した。何も考えることができなかった。しばらくして、まぶたに浮かんだのは、誰もいない能舞台だった。正方形の舞台には、物音ひとつしなかったが、私は鶴見さんが、たった今までそこにいたような錯覚をもった。あの能役者のような腹筋を使った声が、いままで響いていたような気がした。

もし能を舞っていたなら何を舞っていたのだろうか。そう思ってしばし考えた。そのとき突然、目前に浮かんできたのは、能「山姥《やまんば》」であった。

私は以前にも、鶴見さんを現代の「山姥」に見立てたことがある。鶴見さんも、その比喩はまんざら嫌いではなかったらしく、私信でも自分を山姥に擬したこともあった。自ら山野を渉猟し、エコロジーをめぐって現代文明に鋭く警告を発していた。水俣訴訟にも舌鋒鋭く告発している姿に、山姥を彷彿させるものがあった。体が不自由になっても、一言も不満を言わなかった。むしろ障害を負ったことで、思索が深まるのを楽しんでいるように見えた。

でも能の「山姥」の一節に、「よしあしびきの山姥が　山廻りするぞ苦しき」とあるように、半身不随であのような多彩な仕事を続けることが、物理的にはどんなに苦しいことだったか、同じ半身麻痺に苦しんでいる私には良く分かっている。

しかし鶴見さんは、仕事を止めることはなかった。発言し続けた。歌を詠み続け、思索を深められた。それらが病を得てから続々と出版されたのである。みんな創造的なお仕事だった。

勝れて「独創的」なお仕事

私も往復書簡『邂逅』で、その一端を垣間見るチャンスに恵まれた。いろいろ教えられたが、今思い出すのは、「独創性」についての議論である。

私は、南方熊楠のやった研究を、生物界の階層を超える原理を発見しようとしたものだといった。つまり階層を超越する原理を発見しようとしたことを、独創的だといったのである。それに対し鶴見

さんは、アメリカの哲学者アリエスを引いて、独創的とは無から有を生ずるようなものではないこと、従来無関係だと思われてきたことに、新しい関係性を発見すること、そして芸術なら、それによって人を感動させることと教えてくれた。

私は眼から鱗が落ちた思いで、科学史に残る独創的研究を眺めた。音楽でも絵画でもそうであった。私に付け加えることがあるとしても、階層を越えること自体、新しい関係を構築することと変わりなかった。そんな眼で鶴見さんのお仕事を読むと、いずれも勝れて独創的であることがわかる。

それが死の直前まで続いた。苦しくなかったといえば嘘になるだろう。

彼女はこの国の為政者に殺された

そして死の前に初めて、恨みの言葉を残した。あまりにも残酷な、リハビリ打ち切りの医療改定に対してである。

政人《まつりごとびと》いざ事問わん老人《おいびと》われ
生きぬく道のありやなしやと

寝たきりの予兆なるかなベッドより
起き上がることのできずなりたり

という歌が残された。「老人リハビリの意味」という最後のエッセイでも、「老人は寝たきりにして死期を早めようとするのだ。この老人医療改定は、老人に対する死刑宣告のようなものだ」と、リハビリ打ち切りを糾弾している（『環』26号）。

私は痛ましくて、涙を抑えることができなかった。彼女は殺されたのだ。彼女の愛したこの国の為政者に。

エコロジーの精霊、山姥

鶴見さんの最大の関心事のひとつは、エコロジーであった。山姥はもともとエコロジーの精霊だったと私は思う。能「山姥」の最後の一節は、「めぐりめぐりて輪廻を離れぬ、妄執の雲の塵積もって、山姥となれる、鬼女が有様、見るや見るやと峰に翔り、谷に響きて、今までここにあるよと見えしが、山また山にめぐりして、行方も知らずなりにけり」とある。鶴見さんの最後もそうであった。でも山姥のようにいつでも現われ、われらを叱咤してくれると思いつつ、長い沈黙は終わった。

（ただ・とみお）

特集　追悼・鶴見和子 2

一期一会

俳人　**黒田杏子**

見事に生ききった八十八年間

「姉が十二時二十三分に息を引きとりました」。病床に就かれてから、ずっと京都ゆうゆうの里のゲストルームに泊まりこんで、最期まで看とりを尽くされた和子さんのお妹さまの内山章子《あやこ》さんからお電話を頂いたとき、一筋の日矢《ひや》のごときものが私の胸を射貫いた、そんな感じを受けたのでした。手帳を開いて、七月三十一日（月）の項に、横書きで、「12時23分　鶴見和子さん長逝」と書きこんだそのとき、こんどは、何かとても強い「気」のかたまりのようなものが胸にどんときて、私の全身にひろがってゆきました。不思議な体験で、うまく説明できないのですが、そのときから私のこころと体は目に見えない強い力に支えられたような心地がしたのです。その日から四十日を経た現在もその感覚は持続しております。おそらく鶴見和子という女性は八十八年間の人生を完全に生ききった方であったのです。米寿を迎えられたのちに病床に就かれたということも、その日までを完全燃焼されたということです。

倒れて生まれ変わる

七十七歳で倒れられ、左片麻痺になられたのちの日々、愚痴や弱音は一切吐かれない方でいらしたと思うのですが、実際にはどれ程辛い、哀しい、淋しい日々であったのかとお察しするのです。人生経験のとぼしい私は、和子さんが人の何十倍もの克己心を以て、ハンディを克服され、対談やインタビュー取材に応じられ、意見を述べ、何より短歌を詠みつづけるという創造的日々を持続されていることにひたすら敬服、励ましを受けておりました。

しかし、あるとき、篠田桃紅《とうこう》先生と和子さんのことについて長い時間お話をしていた折に、私の鶴見和子観は間違っていた、本当に和子さんを理解できていなかった、ということを知らされたのです。鶴見さんは凄い、偉い、ご立派というような感想を実体験に即して篠田先生にいろいろと申し上げていたときのことです。先生ははっきりとおっしゃったのです。「鶴見和子さんは倒れられて、そのと

きから全く別の方に生まれ変わられたのです。稀にそういう方がおられるんですね。あのお方はもちろん、ご努力もされ、見事にご自分を支えておられます。でもね、あの方は七十七歳から全く別の方に生まれ変わられたのですから。それまでの鶴見和子さんではなく、別の方に、全く新しく生まれ変わられたのだ、と私はそのように遠くから拝して参りましたのよ。私、実は谷川健一さんのご案内でお目にかかっているのです。そのときね、あの方のお召しになっていらしたお着物がほんとうに素晴らしくて忘れられませんの。あれほどご趣味のよい、ほんとうにすてきな、美しい着物を身につけておられたことに感動したのです。実に見事なお方でしたね。ああいう方は居られませんよ。いまでもそのお姿が眼に浮かんできます」

九十四歳の世界的アーティスト篠田桃紅先生のお言葉を私は和子さんにまるごとお伝えすることが出来ました。「嬉しいわ。ありがたいわ。だってね、着物をもっとも美しく着こなして、すばらしい創造活動をなさっておられる方が篠田先生ですもの。あんなに魅力的な、すてきな方っておられないでしょう。私の憧れてやまないお方にお誉め頂いて光栄でございます。そうあなたお伝えしてね。必ずよ、お願いしますね。」

ありがたいめぐり逢い

篠田先生から、ほどなく和子さんにあてて封書が届きました。入院される直前のことです。それは見事な墨のアートでした。面会謝絶で病室にこもられてのち、私は鶴見俊輔先生のご配慮で、何度かお訪ねしております。しかし、篠田先生にも和子さんの入院、病状は伏せたまま、私からは一切お伝え出来ませんでした。

和子さんの訃報が新聞に載りました。山中湖の山荘からお電話がありました。「桃紅でございます。淋しいことですけれど、あれほどのお方はおられません。倒れられて、完全に生まれ変わられて、最期まで見事に過ごされたのです。そのような方にめぐり逢えたことをありがたいことと思わなくてはいけませんのね。」

（くろだ・ももこ）

リレー連載　今、なぜ後藤新平か　14

水沢の三偉人

前・後藤新平顕彰会会長　吉田瑞男

水沢の三偉人

水沢市（現奥州市）では、古代歴史に刻む蝦夷《えみし》の英雄アテルイの顕彰碑をはじめ、「水沢の三偉人」と呼ばれる幕末の先覚者高野《たかの》長英《ちょうえい》、先見の政治家後藤新平、孤高の政治家斎藤實《まこと》の三人の精神と偉業を後世に継承するために、現在三つの記念館を設置している。

後藤新平は一八五七（安政四）年、親戚筋である長英の没した七年後、實より一つ年上で同じ吉小路《きちこうじ》（旧侍屋敷）で生まれ、二人は竹馬の友として育った。現在、その生家は新平の墓代わりとして保存し、県有形文化財にも指定され、市が管理している。

新平の父實崇《さねたか》は、旧水沢藩士で学問・学芸に通じ、寺子屋を開いており、母利恵は、藩医坂野家出身の資性闊達な性格であった。

子供時代の新平の腕白ぶりがひどいことから漢学者武下《たけした》節山《せつざん》の塾に託されたが、学問好きの俊英で、漢学や書の素養基盤はこの塾で培われた。この頃、喧嘩相手から〝謀反人の子〟と呼ばれ、後で母から長英について詳しく知らされたことは新平の一生に大きな影響を与えている。

一八六九（明治二）年、胆沢県庁が水沢に置かれ、新平の才能を見出し、後に岳父ともなる大参事安場保和や、その部下阿川光裕との巡り合いも新平の生涯の道筋や方向に大きく寄与している。

顕彰会発足の経緯と展望

二〇〇一年、須賀川市（福島県）での医学校時代の新平をテーマにした市民劇「明日を繋ぐ橋」を観劇。新平に寄せられる誇りと親近感に感動し、水沢の公的顕彰事業に加え、民間諸活動の必要性を痛感した。二〇〇二年五月、当時東京都副知事をされていた青山佾《やすし》先生（現本会顧問）を記念講演講師に迎え、「後藤新平顕彰会」が設立した。そして現在に至るまで、関係機関、団体、市民などの参加協力で、着実に顕彰事業を推進している。続いて高野長英、斎藤實顕彰会も発足。「水沢の三偉人」の顕彰活動は一層の高まりを深めている。

明二〇〇七年は後藤、翌〇八年は斎藤の生誕百五十周年の節目の年である。奥州市では、記念事業の効率的、相乗的運営を期するため両顕彰会を主軸に本年二月、市長を会長に記念事業委員会を結成し、本年度から四年間のスケジュールで全国発信を含む諸準備、諸活動に現在取り組んでいる。

既に東京では、〇五年より「後藤新平の会」がスタートし、全国的視野で多彩な事業が行われている。水沢の記念事業には、さらなる連動支援を切願している。

▲後藤新平（1857–1929）

限りない未来感溢れる発想

二十一世紀は「変革と選択」の時代とも言われているが、紛争のない国際社会、貧困や苦悩の少ない人類の幸せへの願いも空しく、多くの不安、課題が累積し、打開の道程は閉塞状態を続けている。

そのような現状のなか、「今、なぜ後藤新平か」との刮目のキーワードに対して示しうるのは、五十年、百年先を見通した新平の先見性であり、長期的展望や広大なアイデア、ビジョンの集積と天性の逞しい行動力ではなかろうか。即ち、これまでに見たことも、聞いたことも、行われたこともない、限りない未来感溢れる発想を示す新平像に、われわれは魅せられるのではなかろうか。

伊藤博文は新平に対して「君の生まれるのが遅すぎた。そして早すぎた」と……。しかし、新平没後七十有余年、いまなお国内外、とりわけ台湾、満州に残した公益、民衆福利の偉大な足跡、功労は広く語り継がれている。

晩年の新平は、「政治の倫理化」運動に心を砕き、また、新しい時代を担う後世に希望を託してのボーイスカウト活動の推進など、その一生は最後まで理想追求一筋の道を歩み続けた。

私利私欲、藩閥、学閥、閨閥なく波瀾万丈の生涯に悔いはなかったと思われてならない。

人のおせわにならぬよう
人のおせわをするよう
そして、むくいをもとめぬよう

自立自尊、日常規範の源泉「自治三訣」である。万人《ひと》齊しく知り、学び、伝承する名言であり、尊い遺産でもある。

（よしだ・みずお）

リレー連載　いのちの叫び　93

死者とともに走る

金子兜太

私は中部太平洋上の大珊瑚環礁トラック島で、今次大戦の終末を迎えた。敗北までに、米軍機の銃爆撃による死者、本土との補給路を断たれたことによる餓死者をはじめ、赤道直下の炎暑の島で死んでいった人たちを、目前で見送ってきた。私の脳裡には、銃爆撃でひんむかれた赤肌の島があり、生き残って帰ってきた者たちの残した小さな共同墓碑がある。

そのときの体験の一つを書いておきたい。マリアナ諸島が米軍の手中に帰したあと、武器も食料も現地で賄うことを余儀なくされたとき、手榴弾も試作された。そしてその実験を、私の所属する海軍施設部がやることになったのである。施設部は土建専門の部隊で、軍属が過半だったから、危険なことはまず軍属からということだったのだ。

海ぎわに実験をする男が立ち、横に落下傘部隊から来てもらった古参の少尉が立って、すべてを指図してくれた。そのとき甲板士官の私は直接の責任者なので、後方六、七メートルほどのところに掘られた戦車壕の上にいた。ほかの連中は壕の後ろ。

実験は即座に失敗した。手榴弾が手もとで爆発したのである。男は一瞬浮き上がり、どうと倒れた。少尉は海中に吹き飛ばされていた。私たちは一せいにとび出して、男を抱きおこしたのだが、右腕はなく、背中は運河のように抉られていて、すでに絶命していた。抉られたあとの肉の壁がまだ白かった。

とび出した連中のなかの一人が男を背負って走りだした。まわりをおおぜいが囲んで走っていた。私もそのなかにいて何か怒鳴っていたことを思い出す。みな、わっしょいわっしょいと叫んでいた。そして自《おの》ずから海軍病院に向かっていたのである。

あの叫び声が、死体の肉の臭いとともにある。とても忘れられるものではない。

（かねこ・とうた／俳人）

リレー連載　いま「アジア」を観る　46

「太平洋ロシア」

ワシーリー・モロジャコフ

日本から「アジア」を観る場合には、主に太平洋から考える。歴史的、文明的に考えたら、インドももちろん「アジア」である。イスラムの世界はどうか？　西洋から観れば、イスラムの諸国は言うまでもなく「アジア」である。したがって、東洋から観た「アジア」と西洋から観た「アジア」は違う。

ロシアはどういう位置にあるか？　昔から西洋文明から観たロシアは「アジア王国」とよく呼ばれていた。しかし、東洋から観たロシアは、キリスト教・白人の国として西洋世界の一部と見られたのである。ソ連の崩壊以後、中央アジアの新しく独立した諸国は、明白に自分を「アジア」として観ているにもかかわらず、ロシアとの関係が現在も強い。

「アジア」というのは、どこから？　どこまで？　「アジア」より理解しやすい概念も存在する。それはユーラシアである。地理的に観れば、ユーラシアというのはヨーロッパとアジアを含める意味がある。だが、文化的、文明的に西洋と東洋を統一して観ることはやはり不可能ではないか。

ロシアの思想家また政治家はよくユーラシアを語る。その意図は、ユーラシアとしてロシアを観ることにある。しかし、ロシアはユーラシアの全部ではなく、一部である。日本もロシアと同じようにユーラシアの一部として観ることは意味深い考え方だ、と筆者は確信している。

百年前、日英同盟時代には、二つの島国帝国である英国と日本の一致・共通する運命を語ることがよくあった。地政学的に観れば、英国はいつも大陸から距離をおいて、大陸の諸国と闘争した。日本は、地理的には島国であるが、文化的、文明的には大陸の一部でもある。その意味で、日本もロシアもユーラシア世界の柱である。

太平洋はアジアの海でもある。いま、将来を考えるロシア人は「太平洋ロシア」を語る。将来を考える日本人もそうであろうか。

（Vassili Molodiakov／拓殖大学日本文化研究所主任研究員）

Le Monde

■連載・『ル・モンド』紙から世界を読む　44

「戦場のアリア」はつくりもの

加藤晴久

銃や大砲だけでなく、戦車も飛行機も潜水艦も登場した。毒ガスも使われた。しかし、第二次大戦時の兵器と比べれば、大量破壊能力においてはまだまだ「遅れて」いた。にもかかわらず、英仏とも、四年続いた第一次大戦（一九一四〜一八年）における死者のほうが六年続いた第二次大戦（一九三九〜四五年）のそれよりもはるかに多い（単位万、含民間人）という事実が、前者の凄惨さを如実に語っている。今なら、パリから車で二、三時間の地域で戦線が膠着し、農地に幾重にも掘られた塹壕から突撃した兵士たちは、砲弾が激しく飛び交うなか、泥まみれで白兵戦を展開し殺し合った。一五年五〜一〇月の英仏軍によるシャンパーニュ作戦ではフランス軍だけで三四万八千の戦死者、その二倍以上の戦傷者を出した。一六年二月〜一二月の「地獄」と言われたヴェルダン攻防戦では戦死・行方不明・捕虜はフランス軍二二万人、ドイツ軍五〇万人。一七年四月のル・シュマン・デ・ダム作戦でフランス軍は二日間で戦死者三万人、戦傷者八万人を出したのである。

	第一次	第二次
英	78万人	39万人
仏	140	53.5
独	180	450

この状況で脱走、反乱、戦闘拒否が続出したのは当然であろう。英国兵士では三百六名が軍事裁判にかけられ「みせしめ」のために銃殺された。

一九九〇年以来、それら兵士の親族が名誉回復を要求してきたが左右の歴代政府、復員軍人組織、王室、保守派メディアの反対で退けられてきた。今年八月一六日、デス・ブラウン国防相の決断によって、終戦後八八年目に、ようやく、全員一括、名誉回復されることになった（『ル・モンド』紙　〇六・八・一八付）。

「戦場のアリア」は美しい造作物にすぎない。この夏、靖国に群れた若者たち、知っているのだろうか。一九四五年八月一五日までは、日本の上層階級の男子は、親と相談しつつ、将来、戦場には行かないで済むように、靖国に祀られるような羽目にはならないように、を基準に進学先を決めていたのであることを。

（かとう・はるひさ／東京大学名誉教授）

triple ∞ vision 65

観察

吉増剛造

どう思われますか、……。電車や地下鉄でお隣りや前に立たれた、(とくに、……)お嬢さん方が、脇目も振らずに、……そうだったのか、〃脇目も振らず、……〃と綴ってみて、初めて、……懐かしい眼の昔の仕草が、一瞬の秋波、……とまでは行かないものの、眼のわかい、色の波だちが、車内から消えていったのを、内心淋しがっていることが判ってきていた、……いかがですか？　ケータイに集中してられる、お嬢さん方が、気になりませんか？　わたくしはケータイ歓迎派で、街頭を、そぞろ歩きしながら、何処かしら遠方と交信しているらしい姿が、(耳の、……)奇蹟だと、自ずからほくそ笑む。幾時だったか、もう五年も前のことだ。駐車場でしばらく時間待ちをしていたとき、車のフロントグラスの、向こうを、ケータイを片手に、(場所は、八王子東高校内だったが、……)女子生徒さんが、俯いて静かに、通り過ぎて行った。その姿、……ことに、ケータイが、お祈りの棒《ボー》のようにみえて、それが啓示だった。音もしない、呼吸も伝わってこない、……その場面《シーン》を思い起こしつつ綴っていて、「車内」とは、明らかに違っていることに気がつく。電車や地下鉄のお嬢さんのお手元に、わたくしの記憶の〃静かなシーン〃を、二重焼きの写真のように、差し出してみる。細かく、甚《はなは》だ、忙《せわ》しなさそうなお嬢さん方の指の動きの音楽もまた、わたくしたちの耳には、ほとんど聞こえない筈なのに(少しはね、……)、近くでわたくしは、わたくしたちは、心(の耳、……)を騒がせて、……いや、その〃仕草〃に、落着きをなくしているのだ。カフカはどうだったのかと「日記」(一九一一年一月〜二月)を探してみると、急行列車に乗ったフランツ・カフカの観察は、こんなだった。

> それからまた、《面白新聞》を読んでいる、血色のよい若者だ。これが小刀を使って好い加減に仮綴頁を切っているのはいいが、しまいに何とも驚き入った暇な男の入念さで、絹のハンケチでも畳むように、何度となく押しをきかせたり、中から縁《へり》を圧潰したり、外から固めたり、上から叩き潰したりして折畳むと、その嵩ばったやつを無理やり上衣の内ポケットに押込むのである。この分では、家へ帰ってまた読むつもりなのだろう。かれがどこで下車したのか、全然気がつかない。
>
> (フランツ・カフカ「フリードランドとライヘンベルクへのある旅の日記」一九一一年、近藤圭一、山下肇氏訳、新潮社)

カフカは、とっても、驚いている。そうして一息に書いたのだろう、その驚きの波動が伝わって来る。それにしても、こんな風にして折畳まれる、新聞紙の、なんという荒々しい奇麗さだ！　〃絹のハンケチでも〃〃小刀を使って〃と、まるで処刑場の阿修羅のような、車内の若者に、カフカは眼を近付けている。いまの世の電車や地下鉄でのお嬢さんの〃仕草〃を、フランツ・カフカならば、さぞ見事に、観察を、と思いつつ引用して、愕然とする。〃叩き潰したり〃〃内ポケットに押込んだり〃これは、ほとんど同じではないか！　(よします・ごうぞう／詩人)

連載

詩に非ざる詩

帰林閑話 143

一海知義

漢詩人河上肇の「閑人詩話」（全集第21巻所収）に、次のような一節がある。

「畢竟《ひっきょう》、日本読みにする漢詩は、日本の詩であつて、支那の詩ではないのだ。かうした日本の漢詩を、支那人が支那の詩として見た場合、依然として鑑賞に値すれば、これに越したことはないが、しかしさうでないからと云つて、日本読みにするために作られた日本の漢詩は、日本の詩として依然独立の存在価値を保つことを妨げないのである」

これを読んで、日頃から漢詩を作っている知人から、「我流漢詩に些《いささ》か自信を得た」という手紙が来た。そして、良寛の次の詩を思い出したそうだ。

誰我詩謂詩
我詩是非詩
知我詩非詩
始可与言詩

この「詩に非ざる詩」、読み下せば次のようになるだろう。

誰か我が詩を詩と謂《い》う
我が詩は是《こ》れ詩に非ず
我が詩の詩に非ざるを知りて
始めて与《とも》に詩を言うべし

第四句は、『論語』の中で孔子が弟子の一人をほめて、「お前こそ詩（この場合の詩は『詩経』の詩）のわかる人間だ。お前とならばともに詩を語ることができる（始めて与に詩を言うべきのみ）」といった言葉を、そのまま踏まえている。

しかし孔子があくまでも生真面目《きまじめ》なのに対し、良寛はふざけている。

良寛のこの詩は、五言四句、すなわち五言絶句の形を取りながら、押韻、平《ひょう》仄《そく》その他絶句の法則を全く無視しており、一種の戯《ざ》れ歌である。

けれども、ふざけながら、詩というものの本質をついている。

河上肇にも「詩にあらざる詩」と題する和語の詩がある。

世の常の詩人らは／老いて詩情は枯るると云ふに／六十初めて詩を学び／いま古稀になんなんとして／賦詠《ふえい》日に多し／詩人たらざりし我のさきはひ

（いっかい・ともよし／神戸大学名誉教授）

（竜蛇様に先導されて出雲大社に向かう八百万の神々／島根県出雲市：稲佐の浜）

連載・GATI 81

出雲大社の御神紋に重ねられた暗喩

――「亀甲紋」が「亀」を意味するとはかぎらない／「龍と蛇」考 ❸ ――

久田博幸
（スピリチュアル・フォトグラファー）

一般に十月を神無月《かんなづき》というが、出雲だけは神有《かみあり》(在)月《づき》となる。八百万《やおよろず》の神々が各地から集まるから神有(在)月となる。神在祭《かみあり》の由来は国譲りのとき、大国《おおくに》主神《ぬしのかみ》が天神《あまつかみ》に向かい、「吾が治《しら》す顕露《あらわに》の事は皇孫まさに治めたまうべし、吾はまさに退きて幽《かく》れたる事を治めん」（日本書紀）とし、神事《かみのこと》すなわち幽事《かくれごと》を司ることになったという。その結果、男女の縁結びや一年の幽事を神議《かみはか》りで決める信仰が生まれた。

神迎えの神事は稲佐の浜に漂着した海蛇「竜蛇《りゅうだ》様」を先導役にして行う。竜蛇《りゅうだ》とは永良部《えらぶ》鰻《うなぎ》（別説に背《せ》黒《ぐろ》海蛇）の剥製《ミイラ》で大国主神の使者を意味している。

出雲大社の御神紋は、本来「二重亀甲《にじゅうきっこう》に有《ゆう》の字」（「有」という字は「十月」を表す）だが、現在は出雲国《こく》造家《そうけ》の家紋「二重亀甲剣花菱《にじゅうきっこうけんはなびし》」も用いられる。亀甲紋が用いられる理由は、大国主神の神徳が六合《りくごう》（全宇宙）に遍《あまね》く象徴され、日本の北部に位置する出雲が北方を守護する玄武《げんぶ》（亀）を意味するからという。

一方で佐太《さだ》神社元宮司の朝山《あさやま》皓《あきら》氏に興味深い指摘がある、これは海蛇の背鱗の形であると。柳田の南方《なんぼう》『海上の道』がここにもある。

九月新刊

言語から見えるヨーロッパ全史

西欧言語の歴史

H・ヴァルテール
[序]A・マルティネ／平野和彦訳

　ギリシア、ケルト、ラテン、ゲルマン——民族の栄枯と軌を一にして盛衰を重ねてきた西欧の諸言語。数多存在する言語のルーツ、影響関係をつぶさにたどり、言語同士の意外な接点を発見しながら、かけがえのない「ことば」の魅力を解き明かす欧州のベストセラー、ついに完訳！

A5上製　五九二頁　六〇九〇円

身近な「お札」に潜む壮大な文明史

「お札《ふだ》」にみる日本仏教

B・フランク／仏蘭久淳子訳

　大好評『日本仏教曼荼羅』（8刷）に続く、待望の第二弾。民衆の宗教世界の具現としての「お札」。そこには、仏教が遭遇したオリエントの壮大な文明史そのものが潜む。ヨーロッパ東洋学・日本学の最高権威の遺作。全国各地の神社で蒐集した千点以上のコレクションから約二百点を精選収録。

四六上製　三六八頁　三九九〇円

近代日本「政治」における「天皇」の意味

天皇と政治

近代日本のダイナミズム

御厨貴

　天皇の存在とその意味を真正面から論じ、近代日本のダイナミズムを描きだす。今日に至る日本近現代史一五〇年を読み直す問題作！

四六上製　三一二頁　二九四〇円

印象派女性画家の画期的評伝

黒衣の女 ベルト・モリゾ 1841-95

D・ボナ／持田明子訳

多図数版

　巨匠マネの絵のモデルであり、近代画家の中でひときわ光彩を放つ女性画家でもあるモリゾ。未発表資料を駆使し、その生涯をいきいきと描く。

A5上製　四〇八頁　三四六五円

積年の河上肇研究の全成果

杉原四郎著作集（全4巻）Ⅲ

学問と人間

——河上肇研究

　総合的「日本経済学史」の扉を開いた著者の真骨頂。「科学と宗教」問題を焦点に、思想家・河上の歩みを、マルクス研究、ミル研究、人間にとっての経済と労働の意義の三側面から深める。

[月報]細川元雄・金沢幾子・鈴木篤・田中秀臣

A5上製　五六〇頁　一二六〇〇円

「戦後日本」と「啓蒙」の関係を問う！

〈社会思想史研究〉30号

特集「啓蒙」の比較思想史

思想史の方法論的視座を問う(2)

社会思想史学会編

（執筆者）安田常雄＋長尾伸一＋木前利秋／安藤隆穂／服部健二／清水瑞久／高山裕二／南谷和範／古松丈周／八島隆之／大竹弘二／井上彰ほか

A5判　二一六頁　二一〇〇円

読者の声

いのちを纏う■

▼この書籍で初めて染織物の世界を知りました。志村ふくみさんは、途方もなく大きなエネルギーの持ち主です。大自然とその生命を相手にして、自己の想像の世界を掴み出し、表現してゆかれるのですから。書店で探す書架がひとつふえました。
（兵庫　**谷口裕晶**　71歳）

▼鶴見和子氏の和服とのかかわりに歴史を感じた。志村ふくみさんの著書のほとんどを読んでいるが、鶴見氏との対談により志村さんのお仕事の深さがより鮮明に浮び上った感じがした。
（宮城　**籏野久子**　70歳）

遺言のつもりで■

▼従来、かなりの本を読んで参りましたが、本書のように、平易で、方言のまま、率直な言葉で書かれた本に出会ったのは、はじめてでした。「生《なま》」の叫びが伝わるのを肌に感じ、強い感動を覚えました。
（北海道　**山本和雄**　78歳）

ドキュメント 占領の秋 1945■

▼戦後60年をむかえ、戦後日本社会の歩みを考証するうえで、まず占領下を実証的に検証する姿勢は重要。戦後体験談や戦災記に比べ、身近な地域社会の占領史が意外と数少ないという指摘には同感。「占領体験」とは、戦後日本の方向性に大きな影響を与えたものといえる。
（東京　大学教員　**谷本宗生**　39歳）

論語語論■

▼まるで一海先生の講義を目の前で聴いているようなありがたい内容の充実した本です。再読、三読したいと思っています。先生の著作集を楽しみにしております。
（神奈川　会社員　**宮本政明**　48歳）

環23号〈特集・「日韓関係」再考〉■

▼貴出版案内にて『環』のバックナンバーを知り、1号と23号を購入しました。「歴史認識」と『「日韓関係」再考』、特集のタイトルに惹かれました。素人ながら朝鮮半島との関係見直しは次世代必須のテーマであり、もう我々世代のように見て見ぬふりは許されない時世を強く感じます。当然在日外国人問題絡みにも関心を示さねばならないと思います。
（千葉　**菅澤幸雄**　65歳）

石牟礼道子全集・不知火■

▼ひさしぶりに良心的な出版に出会いました。
（東京　弁護士　**御前　義**　75歳）

歌集 回　生■

▼病い、老いをありのままに受けいれられ、自然と自然の中にいる自己とに平然と対話してられるお姿に感銘しました。（兵庫　**谷口裕昌**　71歳）

※みなさまのご感想・お便りをお待ちしています。お気軽に小社「読者の声」係まで、お送り下さい。掲載の方には粗品を進呈いたします。

書評日誌（八・一〜八・三一）

(書) 書評　(紹) 紹介　(記) 関連記事
(TV) 紹介、インタビュー

八・一　(紹) 週刊エコノミスト『知識人』の誕生」（「新刊」）
(書) 経済界 8／1号「米寿快談」（「米寿を控えた情熱的詩人二人が紡ぎ出す人生訓、養生訓」／藤原作弥）
(記) 毎日新聞（夕刊）「鶴見和子さん訃報」（「『思想の科学』社会学者」／「鶴見和子さん

死去」／「八十八歳」）

八・二 (記) 朝日新聞「鶴見和子さん訃報」「鶴見和子曼荼羅」「鶴見和子・対話まんだら」（「社会学者・地域に根差した発展論」／「鶴見和子さん死去」）

(記) 読売新聞「鶴見和子さん訃報」（「『思想の科学』独自の社会学」／「鶴見和子さん死去」／「八十八歳」）

(記) 読売新聞「鶴見和子さん追悼記事」（「論壇」／「鶴見和子さんを悼む」／「南方曼荼羅 最終の答え」／澤地久枝）

(記) 読売新聞（夕刊）「鶴見和子さん関連記事」「米寿快談」（「編集手帳」）

(記) 京都新聞「鶴見和子さん訃報」「歌集 回生」「歌集 花道」（「鶴見和子さん死去」／「女性社会学者の先駆け」／「八十八歳」／「知への純粋さ貫く」／「鶴見和子さん京でも悼む声」）

(記) 東京新聞「鶴見和子さん訃報」「鶴見和子曼荼羅」（「社会学者、『思想の科学』創刊」／「鶴見和子さん死去」／「八十八歳」）

(記) 共同通信社配信「鶴見和子さん訃報」（「民俗学的手法の社会学者」／「鶴見和子さん死去」／「八十八歳」）

(記) 毎日新聞（夕刊）「第二回河上肇賞」（「第二回河上肇賞の評論、論文を募集」）

八・三 (記) 信濃毎日新聞「鶴見和子さん関連記事」（「斜面」）

八・四 (記) 京都新聞「鶴見和子さん追悼記事」（「鶴見和子さんを悼む」／『何も排除せず』という社会」／中村桂子）

八・六 (書) 毎日新聞「鞍馬天狗とは何者か」（「単純な反戦でも戦争協力でもなく」／大岡玲）

(紹) 西日本新聞「ジャンヌ」（「読書館」／「本と人」／『ジャンヌ——無垢の魂をもつ野の少女』の翻訳本を出した持田明子さん」／十九世紀に輝いたサンドの作品」）

八・六〜一九 (書) 共同通信社配信「米寿快談」（「詩歌の言葉に身体を生かす力」／吉川宏志）

八・六〜二〇 (紹) 共同通信社配信「鞍馬天狗とは何者か」（「新刊紹介」）

八・七 (記) 東京新聞（夕刊）「鶴見和子さん追悼記事」（「森羅万象につながる生命観」／「鶴見和子さんを悼む」／大石芳野）

八・八 (記) 朝日新聞（夕刊）「鶴見和子さん追悼記事」（「凛として群れぬ生き姿」／「鶴見和子さんを悼む」／赤坂憲雄）

八・九 (紹) 毎日新聞（夕刊）「苦海浄土」「天の魚」「神々の村」（「水辺をめぐる夏①」／「悲惨と夢幻の境で」／米本浩二）

(書) 日本経済新聞（夕刊）「鞍馬天狗とは何者か」（「目利きが選ぶ今週の三冊」／「戦争に揺れた大佛次郎を読み解く」／井上章一）

八・一〇 (紹) 東京新聞（夕刊）「乳がんは女たちをつなぐ」（「自著を語る」／「書物の森を散歩する」／「共通の運命を偶然に背負い」／大津典子）

(記) 日本記者クラブ会報 四三八号「後藤新平の会 二〇〇六シンポジウム『二十一世紀と後藤新平——世界構想と世界戦略』（「情報発信」）

八・一三 (記) 読売新聞「鶴見和子さん関連記事」（「五郎ワールド」／「いかに生き、いかに死ぬか」／「凛冽さと『熱願冷諦』と」／橋本五郎）

(書) 週刊東洋経済 8／12-19号「脱デフレの歴史分析」（「特集／この経済本がすごい!!」／「二〇〇六年上半期経済・経営書ベスト一〇〇」／田中秀臣／中村宗悦／原田泰／若田部昌澄）

八・一六 (記) 日本経済新聞「鶴見和子さ

ん追悼記事」（「喪友記」／「鶴見和子さんを悼む」／「短歌で思想語る」／道浦母都子）
(書) ダカーポ「脱デフレの歴史分析」（「BOOKS面白本捜査線」／「旬の本」／「吉田司が読む話題の本」／「金融政策史をたどり、戦前日本の行き詰まり説を覆す、ワクワク本」／吉田司）
八・一七　(書) 週刊新潮　8／17・24号「鞍馬天狗とは何者か」（「福田和也の闘う時評」／「鞍馬天狗とヒトラー・ユーゲント」／福田和也）
八・一八　(記) 週刊読書人「鶴見和子さん追悼記事」（「鶴見和子さんを追悼して」／「内発的発展論の始めのころ」／宇野重昭）
八・二〇　(書) 読売新聞「中世の身体」（「あの時代に新鮮な息吹」／青柳正規）
八・二〇～二七　(書) 時事通信社配信「漢詩逍遥」（「深遠な中国古典の世界」／「漢文の面白さ縦横無尽に」／加藤徹）
八・二三　(書) 婦人公論「米寿快談」（「カルチャーセレクション BOOK」／「病も介護も、得がたいチャンス！」」／「自分の可能性を信じる巨人の楽しい対話集」／渡邊十絲子）
八・二三　(記) 朝日新聞（夕刊）「鶴見和子さん追悼記事」（「夕陽妄語」／「随筆　何くれとなく」／加藤周一）
(紹) 日本経済新聞（夕刊）「ハルビンの詩がきこえる」（「エンジョイ読書」）
八・二四　(紹) 読売新聞（夕刊）「ハルビンの詩がきこえる」（「よみうり寸評」）
八・二五　(書) 週刊読書人「レーニンとは何だったか」（「レーニンの暗部を照射」／「ソ連崩壊後公開された新しい史料に基づいて」／内田健二）
八・三一　(書) 週刊文春「中世の身体」（「文春図書館」／「私の読書日記」／「選択肢、性と身体の罪、マイ・ラスト・ソング」／鹿島茂）
(記) 熊本日日新聞「安場保和伝」（「近代肥後異風者伝」／「豪傑・無私の政治家 安場保和」／「その剛気は、清廉潔白の精気から出ているから強く貴い」／井上智重）
八月号　(紹) 歴史と地図208「食の歴史」（「新刊紹介」／真柴晶彦）
(書) 母の友「いのちを纏う」（「HahatomoClub」／「日本の女が散らす命の花火」／小池昌代）
(記) 公募ガイド「第二回河上肇賞」（「論文」／「理論武装派のあなたに」）
(紹) 経済セミナー618「脱デフレの歴史分析」（「新刊書紹介」）
(紹) 化学「セレンディピティ物語」（「化学の本だな」／「本屋さんが選ぶ今月の一冊」／菅野実希子）
(書) 俳壇「米寿快談」（「本阿弥ブックシェルフ」／村上護）
(書) 都市問題「住宅市場の社会経済学」（「書評」／「新自由主義批判から読みとる住宅政策への示唆」／五石敬路）
(紹) 明日の友「米寿快談」「いのちを纏う」「歌集　回生」「歌集　花道」（「本の森逍遥」／「米寿を迎えられた鶴見和子さんの世界」／黒田杏子）
(紹) クレヨンハウス通信「乳がんは女たちをつなぐ」（「Woman's EYE」／「本のつくり手による新刊紹介」）
(紹) Bookport　147号「セレンディピティ物語」（「贈りたい本」／「ちょっぴり落ち込んでいるときに。元気を出したい人に贈ります！」／「幸運をつかむ言葉のルーツとなった物語」）

十一月新刊

＊タイトルは仮題

国民にとって銀行の役割とは何か？

環

学芸総合誌・季刊【歴史・環境・文明】Vol.27

［特集］「銀行神話」を問う

〈インタビュー〉「銀行とは何か」　松原隆一郎／栗本慎一郎

〈寄稿〉「中央銀行とは何か」若田部昌澄／安達誠司／石井寛治／井上泰夫／大橋正明／坂口明義／菊地義美／黒田美代子／坂口明義／田中秀臣／千葉明／原原志啓／田中秀臣／千葉明／原田泰／東谷暁／書間文彦／J・ファビエ／A・プレシ／吉松崇

〈シンポジウム〉「いのちを纏う」　志村ふくみ＋川勝平太＋西川千麗

〈新リレー連載〉「石牟礼道子の世界」三砂ちづる

〈連載〉多田富雄（↓石牟礼道子）／石井洋二郎／浅利誠／金時鐘／能澤壽彦／榊原英資／子安宣邦／石牟礼道子／鶴見和子（**辞世**）

初の満鉄の全体像！

別冊『環』⑫　満鉄創立百年記念出版

満鉄とは何だったのか

〈鼎談〉「満鉄とは何だったのか」小林英夫＋高橋泰隆＋波多野澄雄

［世界史のなかの満鉄］　V・モロジャコフ／小林道彦／Y・T・マツサカ／金子文夫／加藤聖文／長見崇亮／伊藤一彦／松重充浩／F・コールマン

［「満鉄王国」のすべて］　原田勝正／前間孝則／高橋団吉／竹島紀元／中山隆志／小林英夫／加藤二郎／庵谷磐／西澤泰彦／磯田一雄／芳地隆之／富田昭次／岡村敬二／李相哲／里見脩／岡田秀則／井村哲郎／岡田和裕

［回想の満鉄］　石原一子／衛藤瀋吉／下村満子／杉本恒明／宝田明／高松正司／中西準子／長谷川元吉／松岡満壽男／松原治／山田洋次

［資料］　満鉄関連書ブックガイド／満鉄関連地図／満鉄年譜／満鉄ビジュアル資料（ポスター・絵葉書・スケッチ・出版物）

伝説の組織の全貌に迫る決定版

満鉄調査部の軌跡 1906-45

小林英夫

明治末から敗戦まで、満洲経営を「知」で支え、戦後「日本株式会社」の枠組みも用意した満鉄調査部。後藤新平による創設以降、植民地統治の先兵にしてマルクス主義の母胎でもあった特異な組織の全史を振り返る。

手料理、もてなしの達人、その極意とは？

伊都子の食卓

岡部伊都子

「ともかくも、今夜はおいしいものを食べてちょうだい。あなたのいちばん好きな、おいしいものを食べて、美しくお化粧をしてね。それからよ、死ぬのは」——手料理をたのしみ、手料理でもてなす、食卓の秘伝とは。

ドイツ人女性による日本文学の核心

日本文学の光と影

バルバラ・吉田・クラフト

吉田秀和編　濱川祥枝・吉田秀和訳

女が文学に果した役割の重さ、小説に比する「随筆」の重み——東洋に憧れたドイツ人女性が見ぬく、日本文学の核心に届く細やかな視線。

〝生命宇宙との交感の場〟としての樹

〈石牟礼道子全集・不知火〉（全17巻・別巻一）

6 常世の樹 ほか

エッセイ 1973-74

「人間よりも木の方を好いているようなところがある」。九州・沖縄の巨樹を訪ねる比類ない紀行文。南方への憧れを綴った諸エッセイも収録。

［解説］**今福龍太**　［第11回配本］

9月の新刊

タイトルは仮題

苦海浄土 第二部 **神々の村** *
石牟礼道子 [解説]渡辺京二
四六上製 四〇八頁 二五二〇円

竹内浩三集 * 図版毎頁
竹内浩三・文と絵 よしだみどり編
B6変上製 二七二頁 二三一〇円

ペナック先生の愉快な読書法 *
読者の権利10ヵ条
D・ペナック 著者初来日
浜名優美・木村宣子・浜名エレーヌ訳
四六判 二一六頁 一六八〇円

言語都市・ベルリン 1861-1945 *
和田博文・真銅正宏・西村将洋・宮内淳子・和田桂子
A5上製 四八八頁 四四一〇円 図版多数

入門・世界システム分析 *
I・ウォーラーステイン/山下範久訳
四六上製 二六四頁 二六二五円

琉球の「自治」 *
松島泰勝
四六上製 三五二頁 二九四〇円

近刊

学芸総合誌・季刊
『環 歴史・環境・文明』 ㉗ 06・秋号 *
〈特集・「銀行神話」を問う〉

別冊『環』⑫ 満鉄創立百年記念出版
満鉄とは何だったのか *

満鉄調査部の軌跡 1906-45 *
小林英夫

伊都子の食卓 *
岡部伊都子

日本文学の光と影 *
バルバラ・吉田・クラフト/吉田秀和編
濱川祥枝・吉田秀和訳

〈石牟礼道子全集 不知火〉6(全17巻・別巻一)
常世の樹 ほか エッセイ1973-74 [第11回配本]
[解説]今福龍太

好評既刊書

西欧言語の歴史 *
H・ヴァルテール/平野和彦訳
[序]A・マルティネ
A5上製 五九二頁 六〇九〇円

「お札《ふだ》」にみる日本仏教 *
B・フランク/仏蘭久淳子訳
四六上製 三六八頁 三九九〇円 図版多数

黒衣の女 ベルト・モリゾ 1841-95 *
D・ボナ/持田明子訳
A5上製 四〇八頁 三四六五円 カラー口絵8頁

天皇と政治 近代日本のダイナミズム *
御厨貴
四六上製 三一二頁 二九四〇円

〈杉原四郎著作集〉III(全4巻) [第3回配本]
学問と人間 河上肇研究 *
杉原四郎
A5上製 五六〇頁 一二六〇〇円

〈社会思想史研究〉30
「啓蒙」の比較思想史 *
思想史の方法論的視座を問う(2)
社会思想史学会編
A5判 二二六頁 二一〇〇円

学芸総合誌・季刊
『環 歴史・環境・文明』 ㉖ 06・夏号
〈特集・「人口問題」再考〉
菊大判 三三〇頁 三三六〇円

ハルビンの詩《うた》がきこえる
加藤淑子著 加藤登紀子編
A5変上製 二六四頁 二五二〇円 口絵8頁

強毒性新型インフルエンザの脅威 緊急出版
岡田晴恵編
速水融+立川昭二+田代眞人+岡田晴恵
A5判 二〇八頁 一九九五円

漢詩逍遥
一海知義
四六上製 三二八頁 三七八〇円

鞍馬天狗とは何者か
大佛次郎の戦中と戦後
小川和也 第一回「河上肇賞奨励賞」受賞作品
四六上製 二五六頁 二九四〇円

*の商品は今号に紹介記事を掲載しております。併せてご覧戴ければ幸いです。

書店様へ

▼石牟礼道子さんの『**苦海浄土**』三部作、読者の要望にお応えし、三部作の「要の位置を占めるともいうべき」第二部『**神々の村**』を今月遂に単行本化。大ロングセラーの文庫版『苦海浄土』は、全三部作中の第一部です。ご期待ください。▼新聞などの書評が相次ぎ、最近の新刊、売行好調です。**加藤淑子『ハルビンの詩がきこえる』**(三刷)、**一海知義『漢詩逍遥』**(二刷)、**小川和也『鞍馬天狗とは何者か』**(二刷)、**金子兜太+鶴見和子『米寿快談』**(三刷)と続々増刷です。さらに、先月刊**B・フランク『「お札」にみる日本仏教』**が刊行早々「朝日」(9/26)「日経」(10/5)で紹介され、早くも大反響。**『強毒性新型インフルエンザの脅威』**も流行が本格化するシーズンを前に、「朝日」(9/17)で紹介され、動き本格化。貴店でも目立つ処でご展開下さい。(営業部)

鶴見和子さんを偲ぶ会

去る七月三十一日、88歳で逝去された鶴見和子さんを偲び、左記の通り「偲ぶ会」を開催します。多数の皆様のご来場をお待ちしております。

〈呼びかけ人〉 (五〇音順・敬称略)

石牟礼道子　上田敏　大石芳野
緒方貞子　岡部伊都子　加藤周一
金子兜太　黒田杏子　佐佐木幸綱
志村ふくみ　高野悦子　多田富雄
ロナルド・ドーア　中村桂子
西川千麗　西川祐子　ヨゼフ・ピタウ
武者小路公秀　柳瀬睦男　藤原良雄

(日時) 二〇〇六年十一月二十日(月)
第一部 **鶴見和子さんを語る会** 午後三時より
第二部 **懇親会** 午後五時半より
(場所) 東京會舘 千代田区丸の内三―二―一
(参加費) 一万円
*当日は平服でお越し下さい。
*記念品としてDVD『**鶴見和子・短歌百選**』を差し上げます。
*お問合・申込は実行委員会事務局 藤原書店内「偲ぶ会」係まで

出版随想

▼半年ぶりに水俣を訪れた。緒方正人さんや胎児性の患者さんとの再会を楽しみにして。幸いその日は、真青な空と海そして緑豊かな山に囲繞されている美しい水俣だった。緒方さんの丁重なる出迎えをうけ、水俣川の傍のしゃれた喫茶店で、今年の行事たる「公式発見五十年」の水俣病事件の意味、国家と個人の関係、公と私について、近代なるもの、自治について……とどまるところなく話は広がり、今、われわれに何ができるか、何をなすべきかという核心の問題も語り合った。水俣こそ、現在の日本の縮図である。水俣病事件は、決して公害の問題ではなく、われわれが積極的に志向した「文明」の問題であり、その問い直しが始まっている現在、もっとも象徴的な形で生じた事件である。水俣病患者は、今も日々いつその症状が起きるかビクビクしながら暮らしている。躰内に大きな爆弾を抱えているのだ。

▼石牟礼道子は、物心がついた頃から〝近代〟とは何かということをずうっと考え続けてきたという。今月、刊行する『苦海浄土』(全三部)は、不知火海に生まれ育ち、近代とは何かを探ってきたひとりの主婦の眼で書かれた作品である。〈事件―訴訟―判決〉という近代に作られた制度でこの事件が解決されていいのだろうか、というわれわれにとって根本的な問いが、石牟礼道子、緒方正人という異なる人格の人間によっていみじくも同じ頃に想起された。

▼この問いは、実は十年前に、戦後文学の旗手と云われた野間宏が、死ぬ直前まで雑誌『世界』に十六年間連載を続けた「狭山裁判」の集大成たる『完本狭山裁判』を編集製作していた時に生まれた。野間さんが「狭山裁判」で本当に書こうとしたのは、この裁判の謎を説明したり、犯人を見つけることではなく、人が人を裁くという現代の裁判制度そのものへの根底的な問いかけではないか、ということだ。膨大な裁判資料を一つ一つ読み解きながら、その問いに迫る野間の眼は、われわれが生きる〝近代〟そのものへの問いかけであった。

▼〝近代〟という巨大な怪物に囲繞されながら、われわれは今この呪縛からいかに解き放たれる道を進めばよいか、一人一人にその問いは向けられている。 (亮)